KB252900

장양공 이일(壯襄公 李鎰)장군 연구
-『국역 '장양공전서'』(國譯 '壯襄公全書')-

장양공정토시전부호도(小塘 李在寬, 1849)
(종손 李宗漢 소장본)

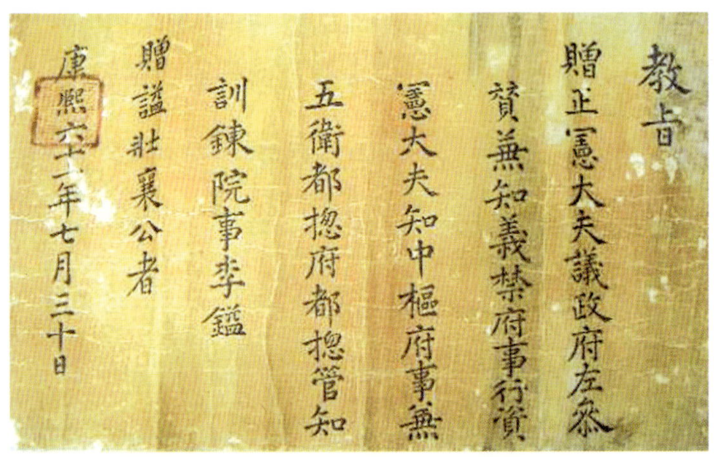

教旨
贈正憲大夫議政府左參
贊兼知義禁府事行資
憲大夫知中樞府事兼
五衛都摠府都摠管知
訓鍊院事李鎰
贈諡壯襄公者
康熙六十一年七月三十日

장양공 이일장군 시호 교지(諡號 敎旨)
(景宗 2년, 1722)

장양공 이일장군 묘
(용인시 처인구 모현면 매산리 산 108-1)

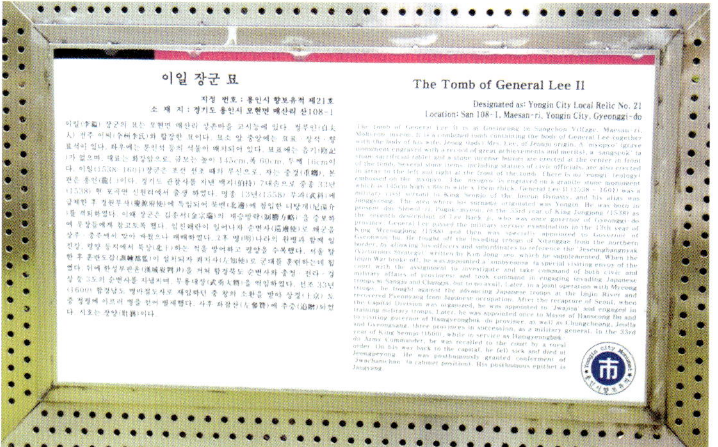

이일 장군 묘

지정 번호 : 용인시 향토유적 제21호
소 재 지 : 경기도 용인시 모현면 매산리 산108-1

The Tomb of General Lee II

Designated as: Yongin City Local Relic No. 21
Location: San 108-1, Maesan-ri, Yongin City, Gyeonggi-do

장양공 이일장군 안내문
(용인시 향토유적 제21호)

장양공 이일장군 신도비(1984년 건립)
(이일장군 묘소 입구 50여 미터 전)

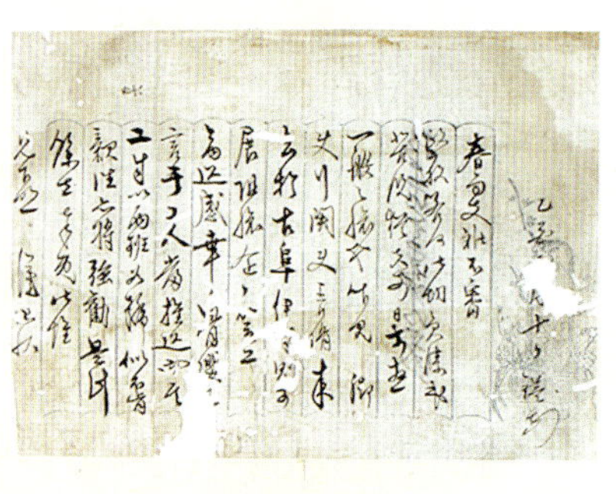

장양공 이일장군 간찰

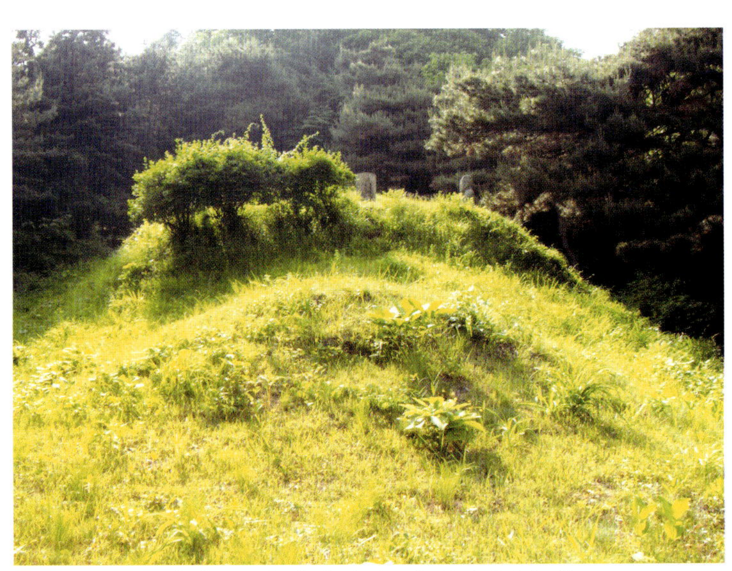

장양공 이일장군 御馬 墳(말 무덤)
(장양공 이일장군 묘소 하단)

조선 초기 국경선의 확정과 여진족의 분포상황

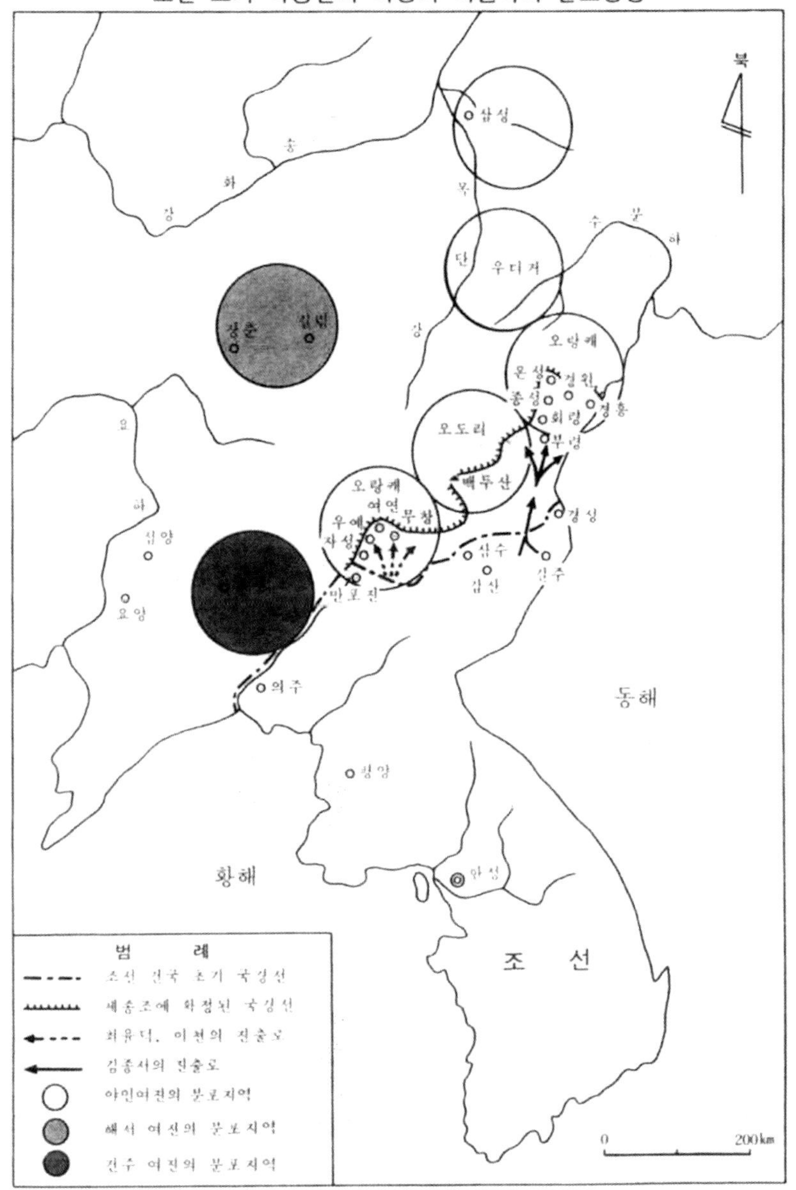

〈두만강 유역의 오랑캐 부족 분포 상황〉(이일 장군 활동 지역)
(『丙子胡亂史』, 국방부전사편찬위원회, 1986, 14쪽)

상주 임란북천 현 모습
(경북 상주시 만선동 북천변)

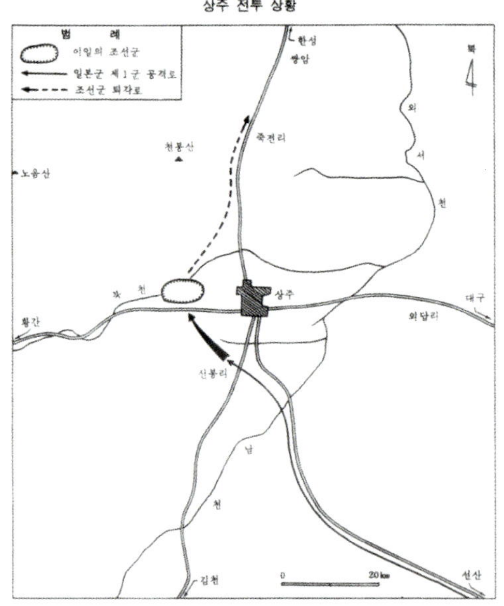

〈상주 북천전투 상황〉(1592.4.25)
(『임진왜란사』, 국방부전사편찬위원회, 1987, 45쪽)

임란북천 전적기념비
(경북 상주시 만선동 전적기념관 內)

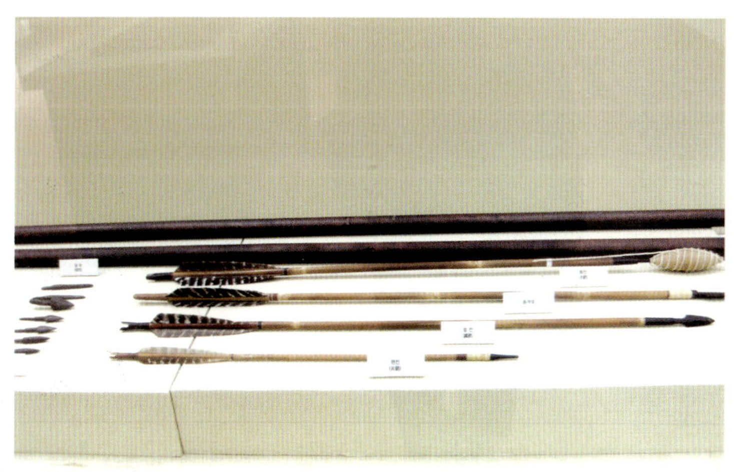

임란무기(편전, 철전, 동기살, 화전)
(상주 임란 북천 전적기념관 內)

임란 해유령전첩비와 충현사
(경기도 양주시 백석읍 연곡리 산 38번지)

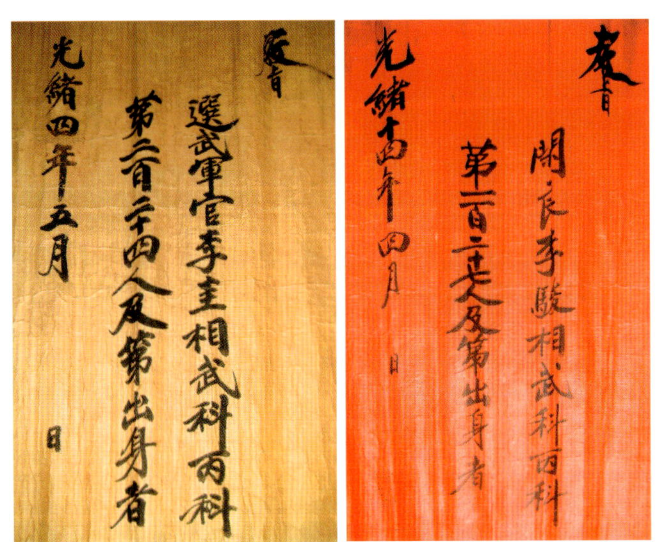

李圭相(1878년), 李駿相(1888년) 武科 급제 교지
(이일장군 후손, 종손 李宗漢 소장)

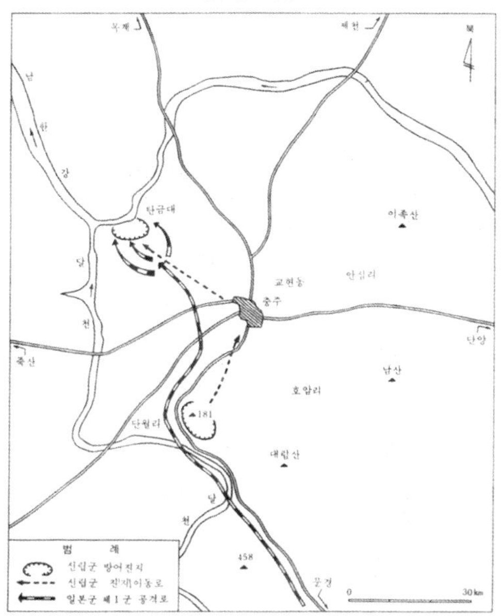

〈충주 탄금대 방어진지 전투 상황〉 (1592.4.28)
(『임진왜란사』, 49쪽)

〈평양성 제2차 탈환 상황〉 (1593.1.6~1.8)
(『임진왜란사』, 150쪽)

일본군 북침 상황

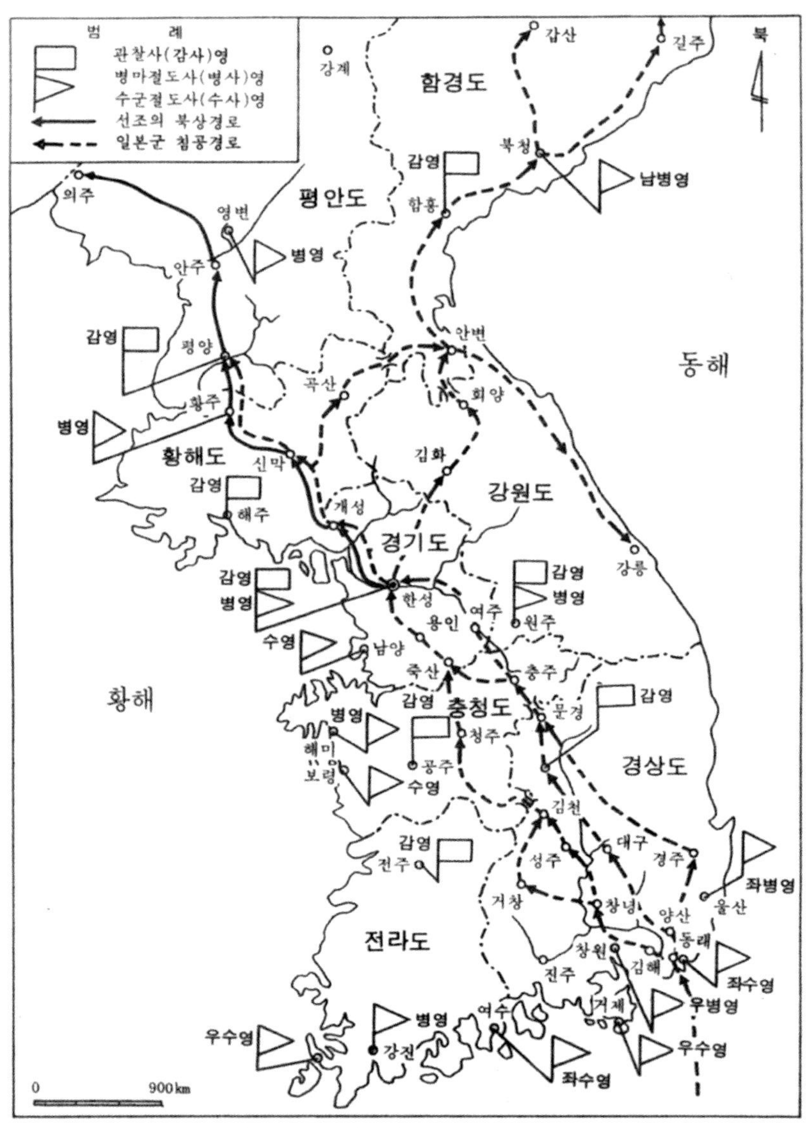

〈임진왜란시 일본군 북침 상황〉(1592.4~1598.11)
(『임진왜란사』, 국방부전사편찬위원회, 1987, 73쪽)

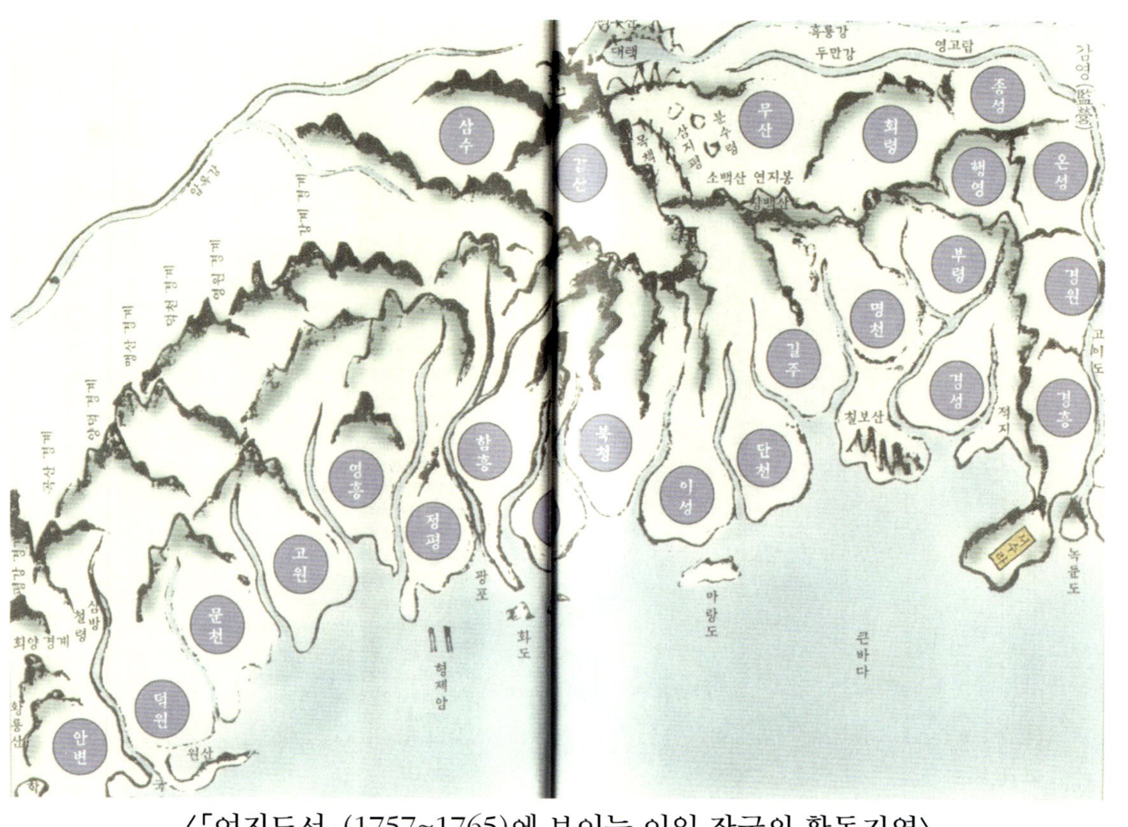

〈「여지도서」(1757~1765)에 보이는 이일 장군의 활동지역〉
(전주대학교 고전국역총서, 『국역 輿地圖書』 함경도편, 2009, 채색지도)

〈「대동여지도」(1861년)에 보이는 '시전부락과 녹둔도' 지역〉
(세종기념사업회, 『국역 제승방략』, 1999)

장양공 이일(壯襄公 李鎰)장군 연구
―『국역 '장양공전서'』(國譯 '壯襄公全書')―

저자

이원명·박상진

국학자료원

▌머리말

본『장양공 이일(壯襄公 李鎰)장군 연구』―『국역 '장양공 전서'』는 조선 중기 임진왜란 발발 직전 함경도 지역에서 여진족 정벌(1588)과 임진왜란시(1592) 경상도 상주와 충북 충주, 경기도 양주 및 평양 탈환에 공훈을 세운 壯襄公 李鎰(1538~1601) 장군의 활동을 엮은 사료이자 문집인『장양공전서』(1893)를 중심으로 한 연구서이자 국역서이다. 이를 탄생 470여 만에 다시 정리가 되어 국역 출판하게 됨을 필자로서는 감회가 깊다.

『국역 장양공 전서』구성은 먼저 필자(서울여자대학교 사학과 교수)가 그동안 장양공 업적에 대한 재평가를 위하여 답사를 다녀온 경상도 상주의 북천임란 전적지와 충북 조령·탄금대 지역 및 경기도 양주시 광적면 해유령전적비, 경기도 광명시 철산동에 거주하고 있는 종손(이종한)이 소장한 그림 '정토시전부호도'(征討時錢部胡圖)를 근접 촬영한 사진과 공이 활동한 함경도 지역 지도를 수록하였다.

그리고 이어서 解題를 통하여『장양공 전서』수록 내용을 정리 분석하여 되새겨 보았다. 따라서『장양공전서』3권을 국역과 함께 원문(활자본 및 영인본)을 실었다. 즉『장양공전서』1권 24편에는 序文(민영준, 안기수)과 '정토시전부호도'(이재관) 비롯하여 공의 '「制勝方略」 시행을 요청하는 狀啓' 등을 수록한 實行(걸어 온 길)을 수록하였고,『장양공전서』2권 6편에는 行狀(이담, 이재)과 神道碑銘(안윤행, 이의현) 등을, 그리고 3권에서는 공의 贈諡를 축하하는 글과 諡狀(이의현) 및 이를 축하하기 위한 13명의 延諡宴韻 등 13편을 국역 수록하였다. 특히 원문 활자본을 수록하여 일반인들에게도 내용을 확인하는데 도움을 주도록 하였다.

또한 부록으로 본 『장양공전서』에 수록되어 있지 않은 사료를 국역인 박상진 선생이 찾아낸 해좌(海左) 정범조(丁範祖)가 찬한 신도비명 등 2편을 발굴하여 수록하였고, 필자의 장양공의 활동을 재평가한 논고를 일부 보완하여 재수록하였다. 이어서 '정토시전부호도' 그림을 서울시 문화재 지정을 건의한 요청서와 끝으로 색인을 달아 찾아보기에 편리하도록 하였고, 마지막에는 비록 사본이지만 필자가 소장하고 있었던 『壯襄公全書』를 영인본으로 수록하여 향후 후손들과 연구자들이 참고할 수 있도록 하였다.

필자는 대학에서 한국중세사를 가르치면 조선조 인물(정도전, 조광조, 박권 등)에 대한 연구를 통하여 재평가 해왔었는데, 그동안 활약에 비하여 제대로 평가를 받지 못하였던 壯襄公 李鎰 장군에 대하여 최근 논문 발표와 이번 국역작업을 통하여 재평가의 논의가 활발히 전개되리라 기대해 본다. 끝으로 이번 출판을 위하여 애써주신 용인이씨 유후공·청백리공파 명예회장 李源福님과 국역과 꼼꼼히 주를 다느라 수고하신 朴相進 선생에게 감사함을 전하는 바이다.

2010년 2월
서울여자대학교 연구실에서
李源明

▌목차

국역 장양공 전서(國譯 壯襄公全書) 2권_박상진

행적 기록(紀行)

부록(附錄)

영인본(影印本)

『국역 장양공전서』(國譯 壯襄公全書) 해제

이원명(서울여자대학교 사학과 교수)

1. 『장양공전서』(壯襄公全書) 소개

『장양공전서』(1893)는 조선 중기 여진족 정벌과 임진왜란시 활동한 이일(李鎰, 1538~1601, 본관 龍仁, 시호 壯襄)장군의 「제승방략」(制勝方略) 시행을 건의한 장계(1588)를 비롯하여 공의 연보와 행장, 신도비명 및 유고(遺稿) 등을 수록하여 3권으로 엮어서 전해지는 고서이다[1].

「장양공전서」서문을 보면 장양공이 졸한지 300년 가까이 흐른 1893년 공의 후손 등이 장양공의 유고를 수집하여 서문을 당대 지인들에게 부탁하여 편찬한 문집이다. 이 문집은 후손 및 지인들에 의하여 3, 4차례 이상 공의 유고(家狀, 備忘記, 「請行制勝方略狀啓」, 文籍, 그림 등)와 당대 문집

---

[1] 『壯襄公全書』는 필자가 20여 년 전 지인으로부터 3권으로 된 복사본을 기증받아 보관하던 중, 최근 2008년 장양공 탄생 470주년을 기념하여 용인이씨 유후공·청백리공파의 후원(당시 회장 李源福)을 받아 구두 발표(09.2)와 이를 보완하여 학계에 논문(「조선중기 鹿屯島 확보와 北兵使 李鎰에 관한 일고찰 -『장양공전서』(1893)를 중심으로-」『白山學報』83호, 2009, 4)으로 발표하여 소개한 바 있다(본서, 재수록).

류(懲毖錄, 壬辰日記 등) 및 사료(國朝寶鑑, 大東稗林 등)을 정리하면서 완성된 것 같다.

즉, 1700년대 지어진 공의 신도비명(안윤행과 이의현)을 비롯하여 공의 행장(이재와 이담), 1820년대 여진 시전부락을 정벌하는 그림의 서문(征討時錢部胡圖序)(이담과 정기장), 1849년 공의 8세손이자 화가 소당 이재관(小塘 李在寬)이 그린 정토시전부호도 그리고 1892년과 1893년『장양공전서』서문(민영준과 안기수) 등을 수록하였다. 이처럼 이 고서는 장양공 이일에 관한 사료와 행장 등을 300여 년간(1588~1893) 후손들이 이일 장군에 대한 사료들을 모아 필사본 3권으로 분책(分冊)하여 고종(高宗) 30년(1893)에 금속활자본으로 출판된 것 같다.[2]

전서의 목록을 보면 일찍이 공이 함경북도병마절도사로서 유명한『제승방략』[3] 실시를 건의하는「請行制勝方略狀」(1588년)을 비롯하여 그의

---

2) 현재 고려대학교 도서관(六堂文庫 D1-A271-1 卷1)에 원본이 소장되어 있는 것으로 확인되었는데, 그 서지목록을 보면 금속활자본(全史字)으로 형태사항은 1권 1책(全3책)이며 10行 22字, 上下白口, 上下向黑魚尾로 크기는 20.9 × 30.8 ㎝이다. 발행사항은 미상이라 하면서 安淇壽의 서문 년도를 기준으로 고종 29년(1892)으로 발행 연도로 표기하고 있으나 지훈련원사겸 규장각 제학인 閔泳駿의 서문 년도(1893)가 확인되어 발행 연도는 1893년으로 보는 것이 타당하다고 본다.

3)『制勝方略』은 조선중기 함경도지방의 군사 방어체제이면서 또한 이를 정리한 兵書이기도 하다. 현재 규장각 도서(No. 132)로 체제는 98장으로 되어 있다. 원래『제승방략』은 조선초 세종대왕 때 여진족 정벌을 위해 두만강 유역 6진을 개척한 名臣 節齋公 金宗瑞가 처음 입안한 것으로 알려져 왔지만, 원본은 1588년 북병사 이일의『증보 제승방략』이 책으로 출간할 때까지 세상에 그 이름이 알려지지 않았다가, 그 사실이「請行制勝方略狀」를 통해 확인할 수 있어 역사적 의미가 큰 것으로 보고 있다. 그 후 1670년(현종 11) 북평사 李選에 의해『증보 제승방략』이 복간되었는데 현재는 <북방 제승방략>과 <남방 제승방략>으로 구분하여 이해하고 있다(이태진,『한국군제사』, 1968(육군사관학교 한국사연구실), 321~322쪽 脚註) 302, 김두진・이현숙,「≪制勝方略≫의 北方 防禦 체제」,『국역 제승방략』, 세종대왕기념사업회, 1999, 87~88 및 101~102쪽 및 졸고,「조선중기 녹둔도 확보와 북병사 이일에 관한 고찰」『백산학보』83호, 2009, 494~496쪽 참조).

行狀(도암 이재 찬)과 神道碑銘(이의현 찬), 그리고 정토시전부호도 서문(이담, 정기장 찬)과 8세손 화가 이재관의 정토시전부호도 및 서문(민영준 찬) 등이 주요 목록 내용이라 할 수 있다. 하지만 당대는 제대로 알려지지 못하다가 공이 졸한지 300년 만에 후손으로 함경북도병마절도사겸 만호(萬戶)와 영원군수(寧遠郡守)를 역임한 이규상(李圭相, 1854~1906, 武科)이 유고를 수집, 편집하여 3권으로 엮어서 간행에 이르게 되었다.[4] 그로부터 110여년 만에 국역과 함께 다시 세상에 빛을 보게 된 것은 의미가 크다고 본다.

『장양공전서』 중에는 내용의 중복과 문중 관련 내용이 수록되어 있어 좀 장황한 면도 있으나, 16세기 후반 여진족 정벌과 임진왜란 당시 상황을 이해하는데 있어 소중한 자료라 생각된다. 아래 『장양공전서』 3권에 대한 수록 목차는 아래와 같다.

〈卷之 一〉 實行(걸어온 길)

壯襄公全書序(知訓練院事 규장각제학 閔泳駿, 1893), 壯襄公全書序(竹山人 安淇壽, 1892), 世系(一世~三十四世), 歷仕年譜, 征討時錢時將官姓名(戰圖中詳載, 八世孫 李在寬 1849)[5], 國朝寶鑑, 申恕庵(靖夏)所撰 贈兵判金慶福神道碑銘(作戰勝圖를 올려 宣祖의 격려가 있음)[6], 北關誌(故事三), 征

---

4) 민영준 찬, 「장양공전서 序」(1893) 『장양공전서』 참조.

5) 征討時錢時將官姓名 중 戰圖中詳載라 하였지만 정벌전시 활동한 장수 이름만 있고 軍務 29事와 禁令 27條를 조목조목 기술하여 함께 수록한 ≪제승방략≫ 1건을 만들어 시행하기를 주청(1588년)한 사실을 수록한 '征討時錢部胡圖'(8世孫 在寬, 1849년)가 필자의 복사본 및 고려대학교 도서관 소장의 『장양공전서』에는 빠져 있지만, 그림 畵題에 있는 것을 보완하여 이번 『국역 장양공전서』에 내용을 수록하였음을 밝힌다.

6) 당시 여진 정벌에 관한 큰 공로를 세운 이일장군과 신립장군의 승전을 조정에 보고하면서 각각 그림을 그려 보고한 것으로 추정되는데, 그에 관한 사료로 '作戰

討[7]時錢部胡戰圖序(僉知中樞府事 李橝 찬, 1828), 征討時錢部胡戰圖序(玄孫婿 草溪仁 鄭夔章 찬, 1829), 請行制勝方略狀啓(咸鏡北道兵馬節度使臣 李鎰 謹, 1588), 備局回關(1588), 報巡營狀, 軍務二十九事[8], 禁令二十七條, 尙州敗報後回諭, 楊州蟹踰嶺戰捷後回諭(五月初四日于此與戰大破之), 三道巡邊使陣順天時辭職上疏, 伏拜北兵使時因事拿處原情, 備忘記(書下條件問啓 逐條進對 批答), 逐條問計, 逐條進對, 又追上一疏, 批答

〈卷之 二〉紀行(행적 기록)

行狀(이조참판 李橝 찬, 1828), 行狀後序(李橝, 1828), 行狀後序跋(李橝, 1829), 行狀(이조판서 李縡 찬, 1732), 神道碑銘 幷序(공조판서 安允行, 1743), 神道碑銘 幷序(영의정 李宜顯 찬, 1744)

〈卷之 三〉

贈諡(景宗朝 乙丑, 1709)[9], 司諫院完議, 司憲府完議, 延諡祝, 延諡宴韻(朴弼琦, 柳綏, 鄭夔章, 朴師訥, 韓汝斗, 韓夢麟, 李希益, 李尙老, 李希復, 李

勝圖를 올리니 宣祖大王이 격려하고 칭찬하였다'(作戰勝圖以上 宣廟益加奬歎云)가 찾아져 주목된다. 오늘날 현존하는 여진정벌에 관한 그림은 이일장군의 「정토시전부호도」(육군박물관, 종손 및 개인 소장 등 3점 현존)와 신립장군의 「신립장군 여진정벌도」(고려대학교 소장『북관유적도』; 박재광,『화염조선』, 글항아리, 2009, 63쪽, 사진 참조) 두 종류가 현존하고 있다. 특히「정토시전부호도」에 대한 연구는 강신엽,「朝鮮中期 李鎰의 關防政策」－壯襄公征討時錢部胡圖를 중심으로－『學藝誌』5, 육군사관학교 육군박물관, 1997가 있어 이해에 크게 도움을 주고 있다.

7) 본문 제목은 목차의 征討가 아닌 討滅로 되어 있음.

8) ≪제승방략≫에서는 事가 條로 되어 있음.

9) 장양공 이일장군의 諡號는 1722년(康熙 61년, 景宗 2년)에 받은 敎旨 확인으로 년대는 정정이 불가피 하다고 본다.

復春, 李咸春, 安允行, 李宜顯), 謚狀(李宜顯, (1745), 配享忠烈祠 儒林報巡
營狀, 巡營題辭, 配享忠烈祠 儒林報兵營狀, 兵營題辭, 配享忠烈祠慶源
府使報巡營狀, 巡營題辭, 配享時奉安祝, 告由祝, 兩丁祝

  이처럼 조선 중기 장양공 이일 장군에 대한 사료가 300년 가까이 모아
져 당시 상황을 이해하는데 도움을 주고 있다 하겠다. 특히 공에 대한 행
적 기록인 기행(紀行)의 찬자들이 당대의 명사인 1703년 공조판서(안윤
행), 1732년 이조판서(이재), 1745년 영의정(이의현) 및 1828~1829년 이
조 참판·첨지중추부사(이담) 등의 글인지라 그 객관성이 높다고 하겠다.
  그 외에도 권3에는 공의 후손에 관한 내용도 포함되어 있었지만 본 국
역본에는 생략하고,[10) 새로 찾아진 『조선역대명신록』 등을 국역과 함께
수록하였다.[11)

2. 장양공 이일(李鎰)장군의 생애와 활동

  장양공(壯襄公) 이일(李鎰, 1538.7.7~1601.1.30) 장군은 본관이 용인
(龍仁)이며 자는 중경(重卿)이다. 조선 태종대 청백리 이백지(李伯持)의 7
대손으로 지금의 용인 처인구 포곡면 신원리에서 태어났다. 타고난 성품

---

10) 寧國公(李涌, 25世) 文集附目錄, 行狀(金昌集), 墓碣銘(李亮淵), 輓詩(李景
    奭, 俞橄, 李後山, 尹鑴, 李衿, 鄭斗卿, 李澳, 趙國老, 權翼亮), 祭文(李澳, 趙
    國老) 및 監役公(李雲瑞, 26世) 行狀附 具赫喜, 祭文(李汝松 沙雲) 등이 있다.
    참고로 장양공 이일은 용인이씨 23世孫으로 寧國公 李涌은 공의 4世孫이 되
    고, 監役公 李雲瑞은 공의 5世孫이 된다.

11) 대신 이번 국역인 박상진 선생이 찾은 『조선역대명신록』에 수록된 「이일 장양
    공」과 『海左先生文集』(1867) 卷24, 碑銘 에 수록된 海左 丁範祖(1723~1801)
    찬, 「장양공신도비문」을 아울러 수록하였다(海左 丁範祖찬, 「순변사 시장양
    이공신도비명」 『해좌선생문집』 권24, 및 「朝鮮歷代名臣錄」).

이 뛰어나고 어려서부터 힘이 장사였다고 전한다[12].

　공은 조선중기 중종대에서 선조대까지 여진족 정벌과 임진왜란시 충무공 이순신(忠武公 李舜臣; 1545~1598, 德水人)과 충장공 신립(忠壯公 申砬; 1546~1592, 平山人)장군과 함께 한 시대를 풍미하였던 무장이다. 즉, 당시 인물에 대한 평가로서, '장수는 신순변(신립)·이무용대장(이일)·이충무공(이순신) 등 두 세분 정도가 호준(豪俊)하였다'[13]라는 평을 듣던 인물이었다. 시호는 장양(壯襄)이다.[14]

　먼저『장양공전서』의 년보(年譜)와『용인이씨대동보』를 통하여 이일의 생애를 보면, 신라말 고려초 용인지역 토착세력이었던 시조 길권(吉卷)의 23세손이다. 길권은 고려태조(高麗太祖) 왕건(王建)을 도와 삼한벽상공신(三韓壁上功臣)에 책록되고 태사(太師)를 지낸 후 고려조에서 활동하면서 용인지역에서 가문을 연 토호세력의 한 사람이다. 그 후 용인이문들은 고려말 조선초에 이르러서는 중인(中仁)이 구성부원군(駒城府院君)으로서 봉해지고 본격적인 가문을 일으키켜 용인이씨 중시조(中始祖)가 되었다. 그는 사위(士渭)를 낳으니 조선조에 개성 유후(開城留後)를 지냈고, 그가 백지(伯持)를 낳으니 그는 이조참판(吏曹參判)으로 조선초 태종조에 청백

---

12) 공의 무관으로서 힘과 관련한 전설로 전해지는 것이 포곡읍 신원리 '느티나무와 선돌'인데, '이일 장군이 5~6세 인 어린나이에 큰 돌 2개를 양쪽에 들고 힘자랑 한다고 옮겨 놓았다'는 전설이 있지만 이는 과장된 표현이라 하겠고, 바로 옆에 약 400년 가까이 된 고목 느티나무(1993년 용인시 보호수)와 함께 '마을(신원리 유실마을)의 역사로 보면 이 나무는 조선시대 무관출신 이일장군의 출생을 기념하기 위해 나무를 심고 선돌을 세운 것이라는 설이 전해 오고 있다'라는 이광섭(용인문화원 문화위원겸 향토학자)증언이 더 객관성이 있다 하겠다(용인시민일보, 07.10.25字 참조).

13) 李稈 , '將帥則有申巡邊 李武勇 李忠武公 二三豪俊'「征討時錢部胡圖 序」『장양공전서』권1.

14) 공의 '壯襄'이란 시호는 '여러번 원정에서 적을 죽인 공적(屢征殺伐)을 壯'이라 하고 '갑옷을 입고 수고한 것(甲胄有勞)을 襄이라'하여 붙여진 이름으로, 景宗朝 壬寅年(景宗 2년, 康熙 61년) 1722년에 받은 敎旨(사진 참조)를 후손이 보관 중 기증으로 최근 용인이씨대종회에서 현재 소장하고 있다.

리(淸白吏)에 뽑혔는데 장양공에게는 7대조가 된다.[15]

공의 7대조 청백리공 이백지가 5명의 아들을 두니 수강공(守綱公, 府使)·수령공(守領公, 主簿)·수상공(守常公, 判官)·수례공(守禮公, 縣監)·수의공(守義公, 司直)으로 그 중 이일은 판관공 수상(守常)의 후손이다. 이일의 고조부 회충(會忠, 통정대부 允若의 아들)은 관직이 첨사(僉使, 종3품)요, 증조부 승사랑(承仕郎, 종8품) 승효(承孝)는 형조참의(刑曹參議)의 증직을 받았고 할아버지 환(環)은 선략장군(宣略將軍, 종4품) 충무위 부사직(副司直)으로 호조참판에 추증되었다. 그리고 아버지 민덕(敏德)은 무과 출신으로 함경북도 병마우후(兵馬虞侯, 종3품)로 여러번 증직을 받아서 숭정대부 의정부좌찬겸 판의금부사(崇政大夫 議政府左贊成兼判義禁府事, 종1품)에 이르니 공의 직계 선조들은 문반이 많았던 일반 용인이문 중 무관출신이 의외로 많았던 후손임을 알 수 있다. 어머니는 연안이씨(延安李氏)로 생원 출신을 지낸 이계수(李繼壽)의 딸이다.[16]

한편 용인이문은 조선조 분과급제자 86명(생원·신사시 급세사 197명)을 배출한 경화사족(京華士族)의 대표적 가문이나 170여 명의 무과급제자를 배출한 문중이기도 하다.[17] 그런데 장양공 이일은 무과출신 집안의 계

---

15) 용인지역에 뿌리를 내린 龍仁李氏는 주로 묘역도 이곳 용인지역에 많이 분포되어 있는데 駒城府院君 李中仁·留後公 李士渭·淸白吏公 李伯持 묘가 3대에 걸쳐 연이어 용인시 향토유적으로 각각 60호·63호·57호로 지정되어 있어 이 지역에서 그 위치를 짐작할 수 있다(「龍仁李氏 宗報」제90호, 2009.2.1 참조).

16) 『장양공 전서』권1, 世系 歷年仕譜 참조. 그리고 이일은 부인 全州李氏 사이에 진사출신으로 덕산현감과 좌승지(추증)를 지낸 崇義를 낳고, 손자는 호가 蒲谷인 寧國原從功臣 涌과 沅, 澍, 汧를 두었고 증손으로 監役公 震瑞가 있다.

17) 용인이문은 대체 문인 출신이 많은 京華士族 집안이지만 물론 武人도 생각보다 많았다. 즉 장양공 이일장군을 비롯한 무과 출신자들이 170여 명으로 알려져 있다. 참고로 현대에도 장군 출신은 李鎭三(부사공파 37世)대장으로 제27대 육군참모총장(1992.12.6 전역, 현 국회의원)을 비롯하여 육군 소장 李源長(육군 6사단장 및 4대·7대 국회의원)과 李鎭百(육군 정보사령관) 장군이 있고, 육군준장으로 李世圭(8대 국회의원 및 대종회고문 역임) 장군을 배출하기도 하였다(졸고,『용인이씨현조사적』, 2005, 60쪽과 73~79쪽 및 졸고「조선후기 近畿地域

보를 이어 1558년(명종 13) 약관 20세에 무과 급제 이후 주로 무관으로 생애를 거의 다 보냈지만, 「제승방략」 시행하기를 청하는 글(1588년)과 함께 군무 29조와 금령 27조 등 78가지 일을 글로써 올린 글 및 현존하는 공의 간찰 서체로 볼 때 문장 실력도 상당하였다고 본다.[18] 그러한 면에서 안기수(安淇壽, 竹山人)가 찬한 「장양공전서 서문」(1892)을 보면,

> "백세(百世)동안 불후(不朽)의 공덕(功德)으로 존경을 받은 연후에야 (어떤) 경지에 이르렀다 할 것이니, 文으로선 글을 지을 수 있어야 하고, 武로선 용맹을 떨쳐야 하는 것이다. 文은 武가 없인 불가하고, 武는 文이 없인 불가한 것이다.(中略) 선조조(宣祖朝) 훌륭한 장수인 장양 이공은 문으로선 문장이 있었고, 무로선 용기가 있었으니, 비록 삼대 양한(兩漢)의 시대에 있었다 할지라도 조금도 여러 장수에 부끄럽지 않을 것이다.(中略) 또한 한 소(疏)를 보니 문장력(文章力)이 있고 의리(義理)가 삼엄(森嚴)하였으며 무용(武勇)이 있어서 책략(策略)과 방비(防備)가 끝이 없었다. 몸을 굽혀 진췌(盡悴)하여 한 시대에 절의(節義)를 세웠으니, 누가 그 소탈함에 흠모하고 감탄하지 않으리오? (중략) 송자(宋子; 우암 송시열)께서 이르시기를 '도학(道學)이란 위로는 절의(節義)가 있고, 절의는 위로는 도학이 있는 것'이니, 공의 단심(丹心)에 절의만 있을 뿐 도학이 없겠는가? 만약 도학이 없으면서 절의가 있다면 문에 장(章)이 없는 것이다. 어찌 文이 없으면서 武가 있겠는가?"[19]

京華士族 고찰」 －龍仁李氏 文科及第者를 중심으로－『향토서울』 67호(서울시사편찬위원회), 2006, 171~180쪽 참조).

18) 이담(이조참판, 1828) 찬, '有等百世而不朽之德 然後可以爲等 百世而不朽 故文可爲章 武可爲勇 則文不可以無武 武不可以無文(중략) 故宣廟朝良將 壯襄李公 文可爲章 武可爲勇 雖在三代兩漢之時 少不怪於諸列矣(중략) 且觀於一疏則文之有章 義理森嚴 武之有勇 策備無涯 鞠躬盡悴 立節義於一代 孰不欽歎於下風乎(중략) 宋子曰 道學上有節義 節義上有道學 公之丹心 只有節義 而無道學歟 公之貫誠 只有道學 而無節義歟 無節義而有道學 則武無勇矣 (중략) 若無道學而有節義 則文無章矣 豈有無文 而有武哉' 「행장」 『장양공전서』 권2.

라 하였다. 이는 장양공 이일이 단순한 문무(文武)를 갖춘 장군뿐 아니라, 도학(道學)과 절의(節義)를 겸비한 인물로서 평소 공의 문장력과 책략이 많은 인물에 대한 적절한 표현이라고 본다.

한편 공의 활동을 임진왜란 전후로 하여 나누어 보고자 한다. 즉, 임란 이전 50세 중반까지 주로 함경도 지역에서 「제승방략」 체계로 10여년 무장으로서 활동하여 특히 두만강 하류 녹둔도 지역을 확보한 사실은 실로 오늘날에도 의미가 크다고 본다.[20] 즉 약관 20세에 무과(1558)에 급제한 후 선전관(宣傳官)에 추천되고 이어서 먼저 외직으로 함종 현령(1567, 평안도), 벽동 군수(1570, 평안도), 경흥부사(1575, 함경도), 단천 군수(1576, 함경도), 온성부사(1577, 함경도), 온성부사(1577, 함경도), 상토첨사 (1579, 평안도 강계관내) 등 서울에서 1,000여 리 이상씩 떨어진 주로 험준한 평안도와 함경도 지역에서 주로 활동하였다.[21]

---

19) 안기수(주산인, 1892) 찬, 「장양공전서 서문」『장양공전서』권1. 참고로 安淇壽 는 이일의 신도비명(1703)을 일찍이 쓴 대사간과 공조판서를 역임한 安允行 (1692~?, 竹山人)이 高祖父가 되기도 한다.

20) 녹둔도(鹿屯島) 지역은 두만강 하류 삼각주로 둘레 2리, 수면에서 10자쯤 되는 섬인데 여의도의 두 배쯤 된다고 한다. 세종 때 6鎭을 개척한 뒤 이곳 녹둔도에 주민 822명(110戶)을 이주시켜 살게 하고 우리 군사를 주둔시켜 전진기지로 삼 았던 지역이었다. 그러다가 '청나라가 1712년(숙종 38) '백두산정계비'를 세운 후 土門江을 강제로 두만강으로 해석한 후, 그들의 영토로 편입시키고 나아가 1860년 러시아와 北京條約을 맺으면서 이 지역을 러시아에 넘겨 준 지역으로 알려졌다. 그 후 러시아는 1937년 조선주민을 강제로 중앙아시아에 이주시키고 1990년 북한과 새 국경선을 맺었고, 2008년에는 국경선 협상을 벌인 것으로 알 려졌기 때문에 향후 남북통일 이후에 영토분쟁 소지가 있는 지역이기도 하다' (이이화, 「못 박힌 철조망 앞에서 간도·녹둔도를 기억하다」, 경향신문, 2009. 10.6 및 졸고, 백산학보 83호, 492~493쪽, 참조)라는 지적을 생각하면 400여 년 전 이미 공의 함경도 두만강 너머 여진족 정벌과 녹둔도 확보는 주목된다 하겠다.

21) 장양공은 무과 급제 후 무관에 걸맞게 주로 평안도와 함경도 지역에서 16년간 현 령과 군수 내지는 부사로 활동하였는데(『장양공전서』중 年譜 등 참조), 서울과 의 떨어진 거리를 보면 가까이 가까운 곳이 600여리 떨어진 함종에서 부터 멀리 는 2,000여리(경흥과 온성)나 되었다. 즉 공이 활동하였던 함경도 함종 682리,

그러나 곧 이어 부산진 첨사(1581)에 다시 제수된 이래 전라좌수사 (1582)로 있다가 당시 1583년 두만강변의 여진족 니탕개 난(泥湯介難)[22] 이 발발하자 경원부사(1583)로 차정된 이후 함경도 방어에 1등공신이 된 대표적 武將이라 할 수 있다.[23] 임란 이전 무장(武將)으로서 활동을 그의 『장양공전서』 권1, 연보(年譜)와 기타 사료 등을 통해 보면, 경원부사 (1583.4.7; 니탕개 난 정벌)와 회령부사(1585) 및 북병사(北兵使; 함경북도 병마절도사, 종2품, 1587.9.4, 鏡城)에 올랐다. 이 때 9월 여진족의 녹둔도 습격사건 해결과 11월 추도의 오랑캐(17채, 33명 사살) 및 시전부락 정벌 은 임란 이전 공의 전성시대의 활약상이라 할 수 있다. 이 때 추도(楸島)의 오랑캐를 습격하여 공을 세우고 1588년 시전부락 오랑캐를 대파시키고 육진(六鎭)을 평정한 공로는 의미가 크다고 볼 수 있다.[24]

벽동 1,387리, 경흥 2,144리, 단천 1,278리, 온성 2144리, 상토(평안도 강계 소속 고을) 1,400여리(강계까지가 서울과의 거리가 1,361리), 회령은 서울에서 1,838 리나 떨어진 곳이었다(2009, 국역『여지도서』, 전주대학교 고전국역총서1, 평 안도·함경도편 참조).

22) 경흥부 藩胡인 尼湯介가 1583년 1월과 5월에 걸쳐 두 번 침략이 있었는데, 1차 때는 온성부사 신립에 의하여 격퇴되었고, 5월 再侵 때는 2만여 병력으로 경성 과 동관진을 공격하니 이 때 勝字銃筒이 격퇴에 유효하였다(육군본부,『한국군 제사』, 1968, 年表 참조).

23) 李鎰將軍 직계로는 할아버지, 아버지의 대를 이은 武臣 출신이지만 그의 7대조 까지는 전통적인 문과출신이라 할 수 있다.

24) 오랑캐 정벌전을 그린 유명한 정토시전부호도(征討時錢部胡圖)는 당시 전투 장면을 그려 공의 손자인 경상좌수사 이견(李汧, 1616~1668, 25世)이 화공에 게 명하여 그림을 그려 종손과 여러 지손에게 보배로 傳存케 하였지만(「정토시 전부호도」 및 『용인이씨대동보』(戊子譜), 권4, 440쪽), 200여 년 세월이 흘러 한 점밖에 없게되자, 공의 8세손 소당 이재관(李在寬, 1783~1849년 後, 31世) 으로 하여금 1849년 '정토시전부호도'(征討時錢部胡圖) 3점을 그리게 한 내용 이 나오고 있다. 그리고 현존하는 「정토시전부호도」 3점은 바로 1849년 이재관 이 그린 그림으로 확인되었다. 현재 이 그림의 소유자를 보면 육군사관학교 내 육군박물관에 전시 중에 있고, 다른 그림은 개인 소장가 박준상씨가 소유하고 있는 것으로 전해지고, 마지막 한 점은 종손 이종한(李宗漢, 38世)이 소유하고

그 중 오랑캐 여진족 정벌을 장면을 그린 '정토시전부호도' 그림과 관련하여 당시 선조대왕도 그 사실을 알고 있음을 알 수 있는 내용도 확인되어 의미가 있다. 즉, 신여암(申恕庵)이 지어 올린 증병판김경복신도비명(贈兵判金慶福神道碑銘)에 보면 '시전부락 오랑캐가 여러 차례 국경을 침범하니 공이 또 다시 북병사 이일과 함께 장병을 거느리고 기습 공격을 감행하여 그 소굴을 불사르고 돌아왔다. 작전승도(作戰勝圖)을 올리니, 宣祖께서 격려하고 칭찬하였다'[25]고 밝히고 있다는 점이다.

그 후 공은 전라병사(1589)와 남병사(南兵使 : 함경남도병마절도사, 1590, 북청)에 있었을 때, 당시(1591) 일본의 통신사로 갔던 황윤길(黃允吉) 등의 보고로 조선 침략 가능성의 보고로 조야(朝野)의 두려움이 커지자, 선조께서 비변사에 여러 신하에게 명하여 각기 장수가 될 만한 인재를 추천하게 하였는데 공이 무재(武宰) 중에 가장 이름이 있었지만, 당시 '이일은 이름난 장수 이니 서울에 머무름이 마땅하니 보낼 수 없다'는 병조판서(홍여순)의 건의가 받아들여 공을 자헌대부(정2품) 한성판윤 겸 오위도총관·포도대장에 임명된 것이 임란 전 해의 상황이었다.[26]

한편 임진왜란(1592.4.13)을 당하자 조정에서는 공을 왜의 침략을 막기 위하여 순변사로 임명(1592.4.17)하여 순변사(巡邊使)로서 명을 받아 왜적의 침입 주요 경로인 제1군(中路)의 충북 조령(鳥嶺) 방면에 급파되어 입전하였지만, 당시 군사체계와 무기 전략면에서 전혀 준비가 되어 있지 않은 상태에서 상주(尙州) 북천전(北川戰)(4.25)과 충주(忠州) 단월역(丹越

있다. 또한 같이 여진정벌에 활동하였던 申砬장군도 '신립장군 여진정벌도'(고려대학교 소장『북관유적도』; 박재광,『화염조선』, 글항아리, 2009, 63쪽, 사진 참조)가 남아 있어 공의 '정토시전부호도'의 역사적 중요성을 더하고 있다고 본다. 아울러 현재 육군박물관 소장본과 종손 그림에 대해서 노원구문화재자문위원회(위원장 이원명)가 서울시 문화재로 지정 신청(09.9) 중에 있다.

25) 『장양공전서』卷一, 「公又與北兵使李公鎰將兵襲之 焚其巢穴而還 作戰勝圖以上宣廟益加獎歎云」.

26) 李縡(이조판서) 찬(1732년), 「行狀」『장양공전서』卷2, 참조.

驛)(4.27) 및 탄금대(彈琴臺)(당시 도순변사 신립)에서 패전을 당한 것은 주지의 사실이다27). 그러나 당시 임란 초기의 패전은 여러 원인이 있지만 당시 조선중기의 군사체계인 진관체제(鎭管體制)의 이완과 무기(鳥銃)의 차이 및 조정의 무능을 들 수 있다. 그리고 임진왜란 전 북방 두만강 지역에서 전투에 효과적이었던 소위 '북방 제승방략(北方 制勝方略)'은 잘 훈련된 병사와 지형지물을 최대한 이용할 수 있는 조건하에 가능하였기 때문이었지만, 임진왜란이 일어나기 전 남부 지방에서의 방심한 국방태세와 진관체제의 이완은 전쟁 발발한지 3일이 지나도록 데리고 갈 군사가 없어 거의 혼자 경상도 상주 전투로 떠나야 하는 초기 임란은 이미 싸우기 전에 패배는 기정사실이 되었다고 할 수 있다.28)

하지만 곧이어 경기도 양주시 광적면의 '해유령(蟹踰嶺) 전투'29)에서 적 30級 베는 큰 수확을 올리자 임금께서 선전관을 보내어 어마(御馬)를 하사하면서30), 다시 순변사를 제수하기도 하였다. 그리고 평양 왕성탄 전

---

27) 李泰鎭, 전게서, 296쪽 '임란 초기의 敗退의 원인을 이일의 무능에 두지 않고 당시의 防禦體制의 非合當性에 두어여 한다'는 지적 및 졸고, 전게논문, 498쪽 주17) 및 517쪽 주 63) 참고.

28) 졸고, 494쪽~496쪽 참조.

29) '幸於蟹踰嶺之戰 卿能奮威破賊 奏凱獻馘 可謂垂翅桑楡奮翼澠池也 其令御馬一匹賜給 復除巡邊使 把截平壤以南事'「楊州蟹踰嶺戰捷後回諭」『장양공전서』卷1. 이처럼 장양공 이일장군이 御馬를 받은 사실이 밝혀졌을 뿐 아니라, 이를 바탕으로 공의「行狀」(이재 撰) '公與恪夢軒等行到蟹踰嶺遇賊 公先登力戰斬三十餘級 恪夢軒繼至亦斬四十級以啓 上遣宣傳官賜公御馬'을 비롯하여「神道碑銘 幷序」『장양공전서』卷2(안윤행, 이의현 撰)에도 찾아지고 있어 공에 대한 재평가를 하는데 귀한 사료라 할 수 있다.

30) 선조 임금으로부터 하사 받았다는 御馬는 公의 묘소(용인시 처인구 모현면 매산리 산 108-1번지) 앞 20여 미터 아래에 '말 무덤'으로 작은 봉분 형태가 현재도 전해지고 있다(졸고, 517쪽 및 본서 사진 참조). 참고로 임란이후 조선측 첫 승전(1592.5)이라 할 수 있는 '해유령전투'를 기념하기 위하여 경기도 양주시 백석읍에 세워진 '해유령전첩비'(1976, 경기도 기념물 제39호, 높이 10.6m × 둘레 4.8m)와 忠顯祠에는 申恪·李渾 장군에 대한 언급만 있을 뿐 함께 공을 세운 장

투 등에서 중국 명나라군대와 함께 적을 격퇴하는데 공을 인정받아 중국 조정에 알려져 중국 황제로부터 白金 20량 받았고,[31] 조정에서는 공의 증조부(承孝)를 승사랑(종8품)에서 형조참의(정3품)로 증직하기도 하였다. 그 뒤 지중추부사, 비변사 당상, 훈련원지사를 지내면서 군사를 조련시켰으며 삼도도순변사를 거쳐 무용대장이 되었다. 1601년(선조 34)에 함경남도 병마절도사로 재직하다가 함경도 정평(定平)에서 병으로 졸(1601.2.6)하니, 이일장군의 나이는 64세 이었다. 사후에 좌참찬(左參贊, 정2품)으로 추증되었고, 시호는 장양(壯襄)이다. 특히 용인지역에서는 '용인출신 護國의 名將 이일장군'으로 최근 크게 관심을 끌고 있다고 본다.[32]

장양공 이일장군의 묘(용인시 향토유적 21호)는 장군의 고향 신원리 마을에서 고개 넘어 모현면 매산리 산 108-1에 있는데 속칭 상촌마을 고씨능이라 불리 운다. 단분으로 상석과 향로석과 문인석 및 묘표가 있으며 간소하고 소박한 형태로 있다[33]. 오른쪽에는 최근(2009.4) 용인시 향토유적(제63호)으로 지정된 공의 8대조 개성 유후(開城留後, 종2품) 이사위(李士渭) 묘가 있으며, 저서로 함경도 여진족 정벌을 대비한 병서고전인 『증보

양공 이일장군과 방어사 문몽헌에 대한 기록('公與恪夢軒等行到蟹踰嶺遇賊 公先登力戰斬三十餘級 恪夢軒繼至亦斬四十級以啓 上遣宣傳官賜公御馬' 「行狀」(이재 撰)이 전혀 없어 공에 대한 안내문 내용 추가와 忠顯祠에 위패 봉안이 당연히 함께 모셔져야 한다고 본다(졸고, 『백산학보』 83호, 2009, 516~517쪽 및 안윤행, 이의현 撰, 「神道碑銘 幷序」『장양공전서』卷2 참조).

31) 이재 撰, '朝廷以公戰功轉奏中朝 中朝賜公銀二十兩 斬級將士各賜五兩' 「行狀」을 비롯하여「神道碑銘 幷序」(안윤행, 이의현 撰)『장양공전서』卷二에도 사료가 보인다.

32) 이인영(전 용인시문화원장) 선생을 비롯하여 홍순식(강남대 한국학연구소장), 정양화(용인향토문화연구소장), 이광섭(용인문화원 문화위원)선생들이 대표적이라 하겠다(용인소식」 2007.5.25 참조).

33) 최근(2008.7) 용인시 문화과에서 공의 묘소 입구 도로포장 및 진입로 돌계단을 조성하고 도로명도 '이일장군로' 명명하였고, 최근 공의 8대조인 유후공 이사위 묘가 문화재로 새로 지정되자 이일장군로와 함께 도로 안내 표시가 있어 용인지역 향토문화재로서 재조명받고 있다하겠다.

제승방략』2권과 공의 활동을 후손들이 수집 정리한『장양공전서』3권 등이 있다.

이처럼 북병사 李鎰은 1583년(선조 16) 여진족 니탕개의 난의 진압부터 시작하여 1599년(선조 32)에 이르기까지 16년간 오랑캐들이 함경도 지역 및 두만강지역에서 감히 난리를 일으키지 못한 것은 모두 공의 힘이 컸던 것이다. 그러나 현재는 시전부락을 포함한 간도(間島) 땅이 중국 땅으로 편입되는 계기가 된 간도협약(1909)이 올해로 100년을 맞이하였고, 당시 조선의 영토로 확보하였던 두만강 하류의 녹둔도 지역은 오늘날 러시아와 국경선 문제로 관심이 되고 있는 현실을 돌아 볼 때, 400여 년 전 장양공 이일 장군의 활동은 특히 주목할 만하다고 본다.[34]

하지만 오늘날 장양공 이일에 대한 평가는 임진왜란을 당하여 패주(敗走)를 일삼은 장면의 TV사극 등으로 일반인들은 그동안 부정적이었다고 본다. 당시 같이 활동하였던 충장공 신립과 충무공 이순신에 비해 그 공적이나 역할면에서 과소평가 내지 폄하되고 있는 현실이라 본다. 이처럼 장양공 이일장군에 대한 그동안 평가에서 크게 2가지 문제가 걸림돌이 되지 않았나 한다.

그 중 하나는 여진족의 녹둔도 침략(1587년)에 대한 책임과 관련한 당시 조산보 만호(造山堡 萬戶, 종4품)였던 이순신 장군의 '白衣從軍'(백의종군) 처리 문제와 다른 하나는 임진왜란시 초기 충주전투에서 도순변사(都巡邊使) 신립(申砬)장군과의 관계[35]라 할 수 있다. 하지만 충무공 이순

---

34) 소위 '백두산 정계비'(1712) 사건부터 시작하여 조선 후기 영토와 관련한 최근 학계의 관심과 연구에 대해서는 졸고, 491쪽~493쪽 참조. 그러한 면에서 간도 및 연해주 지역(녹둔도 포함)을 조선 후기까지 우리가 확보하고 관리 주체가 될 수 있는 기반의 큰 공로자 한 사람이 바로 장양공 이일장군임을 결코 간과해서는 안 된다고 본다.

35) 이일장군과 신립장군과의 관계는『증보 제승방략 』각 故事條에 신립장군이 니탕개를 격퇴한 용맹담이 이일 자신의 무용담보다 다 많이 기록된 것 등으로 보아 여진적 정벌과정에서는 서로사이가 좋았던 관계(김두진·이현숙,『국역 제

신장군의 소위 '백의종군' 사건에 대한 사실의 진실이 더 밝혀져야 하겠다. 이와 관련하여『장양공 전서』를 보면,

> '장양공 이일이 이순신의 백의종군을 조정에 건의하여 이른바 충무공을 구한 것이다'라든가, '충무공(忠武公) 이순신(李舜臣)이 조산만호(造山萬戶)로서 군율(軍律)을 범하여 죄가 장차 헤아릴 수 없었는데 힘껏 청하여 죄를 용서하게 하고 장차 공을 세워 갚도록 하였는데, 마침내는 노량(露梁)의 승첩(勝捷)이 있게 되었다. 그 감식(鑑識)이 또한 이와 같았으니, 나라 사람들이 공을 중흥(中興)의 양장(良將)이라 함이 까닭이 있는 것이다'[36)]

라고 평가 받고 있음을 주목하고자 한다.

그러나 이러한 공의 업적과 평가와는 달리 일반 世人들의 공에 대한 평가는 부정석이지만, 싱주 전투의 싴패에 대해서는 '조정에서 공을 씀이 빠르지 않음에 말미암은 것이지, 그 지혜와 용기가 모자라서가 아닌 것이다'(論者以鳥嶺失守咎公　然此由朝廷用公不早　非其智勇有不及也)[37)]라는 지적이 객관적인 상황이라 하겠다. 그리고 이일장군이 충주 탄금대 전투에서 장양공 신립처럼 순국하지 않고 빠져 나온 행동에 대한 평가가 아닌가 한다.

하지만 탄금대 전투의 전후 과정을 보면, 당시 상주에서 방어 실패 후

승방략』, 78쪽 및 본서 각주 6) 참조)로 있다가, 임진왜란을 맞아 조령 전투 작전에서 크게 달라졌고, 특히 死後 평가 면에서 신립장군이 선조대왕의 庶 4남 信城君의 장인으로 사돈관계가 되므로 많은 차이가 나지 않았나 한다.

36) 이담(이조참판) 찬, '將軍請于朝 李公舜臣汝諸白衣從軍 向所謂忠武公也'「장양공전서 서문」『장양공전서』권1 및 안윤행(공조판서), 찬 '當李忠武舜臣失律於造山 罪將不測 力請貰罪 以責來效 卒有露梁之捷 其鑑識又如此'. 「신도비명 병서」『장양공전서』권 2. 이에 대한 구체적 전후 과정에 대한 졸고, 508쪽 참조.

37) 안윤행(공조판서), 「신도비명 병서」『장양공전서』권2, 참조.

몰려오는 왜군을 막는 방안으로 장양공 이일은 천하요새지인 문경 조령
(새재)에서의 방어전략 제안을 제안하였지만, 이를 무시한 것은 당시 도순
변사 신립 장군의 작전상 판단의 실패로 귀결될 수밖에 없다고 본다. 즉,
당시 공에 대한 평가와 관련하여 150여 년 후 이의현(영의정) 찬 「신도비
명」을 보면,

> '섬 오랑캐(왜구)가 처들어오자 한 번 출전해서는 상주(尙州)의 궤멸
> (潰滅)이 있었고 두 번 출동해서는 단월(丹月)의 패전(敗戰)이 있었다.
> 이로 인하여 사람들은 공이 용맹은 부족하지 않았으나 혹 책략(策略)이
> 부족하지 않았는가 의심하는데 이는 절대로 그렇지 않다. 용병(用兵)하
> 는 방법은 첫 번째는 기세요, 두 번째는 지형이니 이것을 잃으면 반드시
> 패한다(一則勢 一則地 失此必敗績). 공이 출전하여 전공을 세우지 못
> 했던 것은 혹은 주장(主將)의 실책(失策)에 연유하였고, 혹은 중과부적
> (衆寡不敵)에 연유하였으니(或由主將失策 或因衆寡不敵), 이는 참으
> 로 공의 죄가 아니다'[38]

라고 하였다. 즉, 상주와 충주에서의 실패는 병졸의 중과부족과 책임 수장
(主將)의 실책에 있다고 본 것은 제반 당시 군사체계와 무기 등 여건과 천
하요새 지역인 새재에서의 전투를 피한 주 장수에 대한 책임이 더 크다고
본 것이다.

특히 충주 전투에서 당시 이일장군이 경상도 순변사로 임명되어 상주
에서 왜군과 첫 싸움에서 무기와 군사체계상 그 한계를 경험하였기 때문
에, 이일장군을 비롯하여 신립장군의 부장 김여물(金汝岉) 및 충주목사 이

---

38) 이의현(영의정), 撰 「신도비명 병서」 '及至島夷之逞。一出而有尙州之潰。
再出而有丹月之衄。因此人或疑公勇猛非不足。而獨少歉乎策略。此未
必然。用兵之道。一則勢。一則地。失此必敗績。公之兩出無功。或由
主將失策。或因衆寡不敵。斯固非公之罪'과 이재(이조판서)찬 「行狀」 및
안윤행(공조판서) 찬 「신도비명」『장양공전서』권 2, 참조.

종장(李宗張) 등이 이르기를, "(문경) 새재의 험한 산세에 의지하여 기슭 양쪽에 복병을 배치했다가 틈을 보아 일제히 활을 쏘아 물리치는 것이 좋다"고 건의 하였지만, 도순변사 신립은 오히려 "적병은 步兵이고 우리는 騎兵이니 들판에서 기마로 짓 밟아버리는 것이 효과적인 전술이요, 또 우리 군사는 훈련이 안 되었으니 배수의 진을 쳐야한다"고 주장하면서 탄금대 앞 평지에다 배수의 진을 친 전투를 고집하였다.

결과는 '천혜의 요새를 포기한 장군 때문에 졌소'[39]라는 지적을 피할 수 없다 하겠다. 물론 당시 아군의 군대가 충청도에 들어와 모은 8천명의 병력이었지만 대개 오합지졸 인지라 배수의 진을 치고 전투에 임했다고 생각되나, 30여리에 걸쳐 평균 사, 오백여 미터나 되는 험준한 새재(鳥嶺)의 지형[40]을 이용하자는 장양공의 전투 제의를 무시한 전투 결정은 일본 군의 조총 앞에 맥없이 쓰러질 수밖에 없었던 것이다. 결국 고분 분투하던 신립 장군은 딘금대 바위 쪽으로 밀려나 벼랑 끝에서 저항하다가 떨어져 월탄(月灘; 충주 탄금대 벼랑 아래)에 빠져 죽었다. 이 탄금대 전투는 참패로 끝났을 뿐 아니라 '8천 고혼(孤魂)'이 이곳에서 잠들게 되었고, 일본 적군이 서울까지 무인지경으로 밀고 올라 갈 수 있는 길을 열어주었던 것이다[41].

---

39) 이이화, 『한국사 이야기』 11권(조선과 일본의 7년 전쟁), 한길사, 2000, 138~140쪽 참조.

40) 鳥嶺(문경 새재)은 경북 상주전투에서 멀지 않은 경북 문경에서 시작하여 충북 괴산군에 이르는 백두대간에 솟아있는 鳥嶺山(1,026m, 종주 6시간 거리)을 정상으로 하고 있는 명산이자 천하 요새로, 문경쪽의 주흘관(조령 제1관문)~조곡관(조령 제2관문)~조령관(조령 제3관문, 표고 650m)으로 통하는 30여리 정도나 이어지는 당시 경상도에서 충청도 거쳐 경기도, 한양으로 이어지는 주요 도로이었다(김형수, 『한국의 555山行記』, 깊은 솔, 2006, 참조).

41) '당시 일본군은 새재(鳥嶺)에서 저항이 있으리라고 예상하였으나 아무 낌새가 없어, 그들은 아마 "바보 같은 놈들, 이런 천연 요새를 버리고 달아나다니"라고 속으로 비웃었을 것이다'라는 지적(이이화, 전게서, 139쪽 참조)은 지금도 가보아도 실감이 난다 하겠다.

그러나 신립장군에 대한 평가는 당시 선조대왕(宣祖大王)의 총애를 받던 후궁 인빈김씨(仁嬪金氏, 1578~1622) 차남이자 선조대왕의 庶 4남(아들로는 다섯째)인 신성군(信城君) 후(珝, 1578~1592)의 장인인지라 그에 대한 평가는 정치적 위치[42]가 고려되지 않을 수 없었다고 본다. 즉, 장양공 이일장군이 30여리 넘는 천하요새 조령 지형을 이용한 전투 제안을 거부하고 배수의 진을 친 신립장군의 탄금대 전투가 결국 충주 남한강 줄기 탄금대 달천강에서 투신 자결로 막을 내렸지만, 그 후 평가는 '장렬한 순국(殉國)'[43]으로 전해지고 있다고 본다.

이번『장양공전서』국역은 역사적 사실에 대한 다양한 자료 정리와 소개로 장양공 이일장군 평가에 큰 도움이 되리라 보고, 특히 '임란 초기의 패퇴의 원인을 李鎰의 무능에 두지 않고 당시의 방어체제의 非合當性에 두어여 한다'는 지적과 '서울에서 온 군관들만이 이일을 둘러싸고 용감하게 항전했다…이 패전이 李鎰에게만 책임이 있는 것이 아니다'[44]는 학계의 연구를 간과해서는 안되리라 본다.

따라서 필자는 본서의 출판의 의미는 역사상 한 개인에 대한 정당한 평

---

42) 당시 한성부 판윤 신립장군의 딸인 신성군 부인의 성격과 정치적 위치를 엿 볼 수 있는 사료로 '천성이 호걸스러워 女中男子'라 할 정도로 불리었고, 신성군이 임진왜란 중 후사 없이 의주에서 15세에 졸(1592.11)하였지만 그녀는 광해군 7년(1615) 윤 8월 선조대왕의 庶 5남 정원군(定遠君, 元宗, 1580~1619)의 셋째 아들 능창군(綾昌君) 이전(李佺)을 후사로 삼았었다. 능창군은 仁祖(정원군 만아들)에 앞서 후사로 옹립 대상에 오를 정도의 인물이었다가 17세에 죽임(광해군 7년 11월)을 당한 인물이기도 하였다. 하지만 신립장군은 정원군(인조대왕의 父)에게는 처 외숙부이기도 하고, 뒤에 영의정에 추증되었다(지두환,『선조대왕과 친인척』2, 역사문화, 2002, 159~169쪽 참조).

43) 신립(壯節公 申崇謙의 후손)장군의 묘소는 경기도 광주군 실촌면 신대리 산 1-11(경기도 기념물 제95호)에 있고, 비문은 우암 송시열이 찬하였다. 그리고 현재 충주 탄금대에는 신립장군을 기리는 8,000孤魂 위령탑과 충장공 신립장군순절비 및 '탄금대 열두대의 신화' 등이 조성되어 있다.

44) 李泰鎭, 전게서, 1968, 296쪽와 이이화, 전게서, 2000, 135쪽 및 졸고, 전게논문, 516쪽 참조.

가를 하는 계기가 되기를 바라며, 나아가 임진왜란 전후 조선 중기 국방
현실과 관련하여 올바른 역사적 진실을 찾는 노력의 일환이라는 면에서도
의미가 크다고 본다.

국역 장양공 전서(國譯 壯襄公全書) 1권

박상진(국사편찬위원회 사료조사위원)

장양공전서 권지일 목록(壯襄公全書卷之一 目錄)

걸어온 길(實行)

- 장양공전서서(壯襄公全書序)[1]_민영준(閔泳駿, 1893년)
- 장양공전서서(壯襄公全書序)[2]_안기수(安淇壽, 1892년)
- 세계(世系)
- 벼슬한 이력(歷仕年譜)
- 여진 시전 부락을 정벌하는 그림(征討時錢部胡圖)_이재관(李在寬, 1849년)[3]
- 시전 부락을 정벌할 때 장수 명단(征討時錢時將官姓名)
- 국조보감(國朝寶鑑)
- 서암(恕庵) 신정하(申靖夏)가 지은 '증병판김경복신도비명'에서(申恕庵所撰贈兵判金 慶福神道碑銘)
- 북관지(北關誌)
- 여진 시전 부락을 정벌하는 그림의 서문(征討時錢部胡戰圖序)_이담(李橝, 1828년)
- 여진 시전 부락을 정벌하는 그림의 서문(征討時錢部胡戰圖序)_정기장(鄭夔章, 1829년)
- 제승방략(制勝方略)을 시행하기를 요청하는 장계(狀啓)(請行制勝方略狀, 李鎰, 1588년)
- 비변사(備邊司)에서 회답하는 관문(備局回關, 1588년)
- 순영(巡營)에 보고하는 글(報巡營狀)[4]

---

1) 원서의 목차에는 누락 되었음.

2) 원서의 목차에는 누락 되었음.

3) 원서의 내용에는 누락된 것을 보완하여 수록하였음.

4) 『제승방략(制勝方略)』에서는 '報巡營(보순영)'이라하여 '狀'(장)자가 생략되어 있다.

· 군무(軍務) 29사(軍務二十九事)[5]

· 금령 27조(禁令二十七條)

· 상주패보(尙州敗報) 후 회유(回諭, 1592.4.2)

· 양주(楊州) 해유령(蟹踰嶺) 승전 후 회유(回諭, 1592.5.4)

· 삼도 도순변사로 순천(順天)에 진을 쳤을 때 사직 상소(1593년)

· 두 번째 북병사(北兵使)로 있으면서 나포(拿捕)당했을 때의 원정(原情)(己亥年, 1599)[6]

· 비망기(備忘記)[7]

· 조목을 따라서 계책을 물음(逐條問計)(8事)

· 조목을 따라서 대답해 올림(逐條進對), 비답(批答)(7事)[8]

· 또다시 추가로 한 번의 상소를 올림   비답(批答)

實行

· 壯襄公全書序_閔泳駿

· 壯襄公全書序_安淇壽

· 世系

· 歷仕年譜

---

5) 『제승방략(制勝方略)』에서는 '事'(사)가 '조'(條)로 기록되었다.

6) 원정(原情) : 사인(私人)이 원통한 일이나 억울한 일, 또는 딱한 사정을 국왕 혹은 관부에 호소
   하는 문서나 그 일을 말함. 『한국고전용어사전』(세종대왕기념사업회, 2001)

7) 비망기(備忘記) : 『역』임금의 명령을 적어서 승지(承旨)에게 전하던 문서.

8) 비답(批答) : 상소에 대한 임금의 하답(下答).

9) 본문 제목은 목차의 征討가 아닌 討滅로 되어 있음.

걸어온 길(實行)

장양공전서 서(壯襄公全書序)

(奎章閣 提學 閔泳駿, 1893년)

　세상을 다스리는데 문(文)이 없으면 난세(亂世)를 다스릴 수가 없고, 무(武)가 없으면 나라의 위난(危難)을 평정할 수가 없는 것이니, 한 번의 치세(治世)[1]와 한 번의 난세(亂世)[2]는 천지(天地)의 운행(運行)과 관련된 것이다.

　대저 봄기운이 화창한 것은 천지의 문(文)이요, 가을 기운이 엄숙하여 죽일 듯함은 천지의 무(武)이다. 무와 문의 덕이란 서로 마지막이 되기도 하고 처음이 되기도 하니, 가면 돌아오지 않을 수가 없는 것이다.

　그러므로 『서경(書經)』에 이르기를, "하늘의 업을 사람이 대신하는 것이다."[3]고 하였으니, 옛날 황제(黃帝)가 탁록(涿鹿)에서 치우(蚩尤)와 싸울 때는 풍후(風后)[4]의 무용(武勇)을 사용하였고, 무왕(武王)이 목야(牧野)에서 상(商)나라 주왕(紂王)을 칠 때에는 태공(太公)[5]의 무용을 사용하였다.

---

1) 치세(治世) : 잘 다스려진 세상. 태평한 세상.

2) 난세(亂世) : 어지러운 세상.

3) 『서경(書經)』제1편 제4장 「고요모(皐陶謨)」에 나오는 말임.

4) 황제(黃帝) 때의 상신(相臣). 일종의 병서(兵書)인 『악기경(握機經)』을 저술하였는데, 후세에 담병(談兵)하는 자가 다 조(祖)로 삼았다. 『四庫提要兵家類』

5) 태공(太公) : 태공망(太公望). 중국 주(周)나라의 신하. 본명은 여상(呂尙). 강태공

이는 무가(武家)의 종주(宗冑)가 되는데, 방소(方召)[6]가 흉노족(匈奴族)을 물리친 일이나, 손오(孫吳)[7]가 제후(諸侯)를 끌어들인 일, 서한(西漢)의 한팽(韓彭)[8], 동한(東漢)의 등풍(鄧馮)[9], 제갈무후(諸葛武侯)[10]에 이르기까지, 무목왕(武穆王) 악비(岳飛)[11]와 문천상(文天祥)[12]이 속한 것이 모두 그 분파(分派)와 나머지 유파(流派)이다.

우리 동방의 선조대왕(宣祖大王) 중흥시기에 문관(文官)과 무관(武官) 중 빼어난 자가 많았으나 용사지변(龍蛇之變)[13]에 신충장공(申忠壯公)[14]

(姜太公)이라고도 한다. 은(殷)나라를 격파하고 제(齊)나라의 후(侯)로 봉해졌다. 태공망이라는 명칭은 주나라 문왕(文王)이 위수[渭水]에서 낚시질을 하고 있던 여상을 만나 선군(先君)인 태공(太公)이 오랫동안 바라던(望) 어진 인물이라고 여긴 데서 유래했다고 한다.

6) 방소(方召) : 주 선왕(周宣王) 때의 현신(賢臣)이었던 방숙(方叔)과 소호(召虎)를 합칭한 말로, 방숙은 일찍이 형만(荊蠻)을 평정하였고, 소호는 일찍이 회이(淮夷)를 평정한 일이 있다.

7) 손오(孫吳) : 중국 고대의 병법가(兵法家)인 손자(孫子)와 오자(吳子)를 이름. 손자는 보통 손무(孫武) 또는 손무의 후예 손빈(孫)에 대한 경칭이다. 손무는 춘추시대 제(齊)나라 사람으로, 자는 장경(長卿)이다. 일찍이 『병법』 13편을 오왕(吳王) 합려(闔閭)에게 보이고 그의 장군이 되었으며, 대군을 이끌고 초(楚)나라를 무찔렀다. 오자는 춘추시대의 위나라 무장으로 이름은 (起)임.

8) 한팽(韓彭) : 동한 고조(高祖)의 공신인 한신(韓信)과 팽월(彭越)을 이름.

9) 등풍(鄧馮) : 서한의 재상인 등우(鄧禹)와 장수 풍이(馮異).

10) 중국 촉한(蜀漢 : 221~263/264)의 정치가인 제갈량(諸葛亮)을 이름. 무후(武侯)는 시호. 자는 공명(孔明)임.

11) 악비(岳飛) : 중국 남송(南宋)의 무장(1103~1141). 자는 붕거(鵬擧). 금나라에 대하여 주전론(主戰論)를 펴다 재상 진회(秦檜)의 참소로 옥사하였다. 사후에 무목왕(武穆王)에 추존되었다.

12) 문천상(文天祥) : 중국 남송의 충신(1236~1282). 자는 송서(宋瑞), 이선(履善). 호는 문산(文山). 옥중에서 절개를 읊은 노래인 「정기가(正氣歌)」가 유명하다. 저서에 『문산집』이 있다.

13) 임진년(壬辰年)과 계사년(癸巳年)에 걸쳐 일어난 전란의 뜻으로 임진왜란(壬辰倭亂)을 지칭함.

은 충주(忠州)에서 패하여 전사했고, 이충무공(李忠武公)은 해상(海上)에서 전사한 것이 이때이다.

일신(一身)의 안위(安危)를 잊고 나라를 위해 목숨을 바쳐 충정(衷情)을 다했고, 온갖 계책을 궁리한 것은 이들에게 (나라의) 안위가 달렸기 때문이다. 남정북벌(南征北伐)하여 오랑캐를 소탕하고, 나라를 다시 일으켜 세우고자 하였으니, 나라를 되살린 공로는 홀로 순변사(巡邊使) 장양이공(壯襄李公)15)이 있을 뿐이다. 이 분은 이미 그 큰 공적(功績)이 진실로 옛날 이름난 장수에 비해도 뒤지지 않는데, 차가운 분위기가 된 것은 상주(尙州)의 패전만이 아니라 단월(丹月)의 참패16) 또한 실로 절제(節制)함에서 나온 것이니, 사람들이 고개가 험함으로 지키지 못함으로 말미암은 것뿐이니 어찌 족히 공의 허물이 될 것인가?

공이 돌아가신지 이미 300년인데, 사손(嗣孫)인 규상(圭相)17)이 공의 유고(遺稿)를 수집하여 전서(全書)를 편집하여 3권으로 엮어서 출판하여 위대한 공적을 소중히 전하고자 하였다.

나에게 (이 책의) 머리 부분에 넣을 서문(序文)을 지어달라 하니, 전현(前賢)18)의 저술을 편찬하는 일이라 다시 군더더기 말을 더할 수 없어 겨우 졸렬한 말로 엮어 붙이니 도움이 되었으면 하는 마음 진실로 간절할 뿐이다.

---

14) 신립(申砬)을 말함. 임진왜란에 충주 탄금대에서 왜장 고니시 유기나가(小西行長)의 군대에 패하여 전사함.

15) 이일(李鎰; 1538~1601, 본관 龍仁) 장군을 지칭함.

16) 단월(丹月)의 참패 : 신립(申砬)이 충주 단월역(丹月驛) 앞에 진을 쳐다가 고니시 유키나가(小西行長)가 이끄는 왜병에게 대패한 사건.

17) 규상(圭相; 1854~1876)은 장양공 이일의 후손(34世)으로 무과출신. 禦侮將軍과 함경북도병마절도사겸 萬戶와 통훈대부 寧遠郡守 역임(『용인이씨대동보』 戊子譜, 권4, 2008, 526쪽).

18) 전현(前賢) : 예전의 현인.

숭정(崇禎) 266년 계사년(고종 30, 1893) 원월(元月 : 정월)에

숭정대부(崇祿大夫) 독판내무부사(督辦內務部事) 겸(兼) 기기국총판(機器局摠辦) 판리연무공원사무(辦理鍊武公院事務) 지훈련원사(知訓鍊院事) 규장각 제학(奎章閣提學) 친군경리사(親軍經理使) 세자우부빈객(世子右副賓客) 민영준(閔泳駿)은 삼가 서문을 쓴다(謹序)

壯襄公全書序

治世無文無以圖治亂世。 無武無以靖亂。 一治一亂關天地之運行也。 若夫。 春氣和暢。 天地之文。 秋氣蕭殺。 天地之武。 武文之德。 相爲終始。 無往不復。 故書曰。 天工人其代之。 昔黃帝戰蚩尤於涿鹿者。 風后之用武也。 武王伐商紂於牧野者。 太公之揚武也。 是爲武家之宗胄。 而方召之攘玁狁。 孫吳之摟諸侯。 西漢之韓彭。 東漢之鄧馮。 以至諸葛武侯。 岳武穆文天祥之屬。 皆其分派餘流耳。 逮我東方宣廟盛際。 文武諸彦挺生林立。 而龍蛇之變。 申忠壯敗沒於忠州。 李忠武戰亡於海上。 于斯時也。 忘身殉國殫渴衷赤。 左籌右謨。 擔着安危。 南征北伐。 掃蕩夷狄。 奠致中興之業。 贊成再造之恩者。 獨巡邊使壯襄李公。 是已其豐功盛熱。 固無讓於古之名將。 而參天地肅殺之氣者。 非邪尙州之潰。 丹月之岫。 實出於節制。 由人嶺險失守而已。 奚足爲疵於公也。 沒已三百年。 而嗣孫圭相。 收集遺稿。 編次全書。 分爲三卷。 入梓壽傳儘偉績也。 要予作序冠其篇首。 前賢備述。 更何贅附僅搆拙辭。 以副固懇云爾。

崇禎 二百六十六年 癸巳 元月 日

崇祿大夫 督辦內務部事 兼 機器局摠辦 辦理鍊武公院事務 知訓鍊院事 奎章閣提學 親軍經理使 世子右副賓客 閔泳駿 謹序

장양공전서 서(壯襄公全書序)

(竹山 安淇壽, 1892년)

백세(百世)동안 불후(不朽)의 공덕(功德)으로 존경을 받은 연후에야 (어떤) 경지에 이르렀다 할 것이니, 문(文)으로선 글을 지을 수 있어야 하고, 무(武)로선 용맹을 떨쳐야 하는 것이다. 문(文)은 무(武)가 없인 불가하고, 무(武)는 문(文)이 없인 불가한 것이다. 그러므로 방숙(方叔)·길보(吉甫) 삼대(三代)의 일컬음[19]이 있고, 유후(留侯)[20]·공명(孔明)[21] 양한(兩漢)[22]의 영예(榮譽)가 있는 것이다.

우리 해동(海東)[23]이 비록 한쪽 귀퉁이에 위치하지만 예약문물(禮樂文物)과 충의열절(忠義烈節)이 삼대(三代)·양한(兩漢) 시대에 못지않다. 그러므로 선조조(宣祖朝)의 훌륭한 장수인 장양(壯襄) 이공(李公)께선 문으로선 문장이 있으셨고, 무로선 용기가 있으셨으니, 비록 삼대(三代)[24]·양한(兩漢)의 시대에 있었다 할지라도 조금도 여러 장수에 부끄럽지 않을 것이다.

장의(仗義)[25]는 진영(陣營)을 통하였고 용기(勇氣)는 삼군(三軍)을 통솔

---

19) 방숙……일컬음 : 주 선왕(周宣王) 때는 훌륭한 장수가 많았는데, 험윤(玁狁)을 정벌할 때는 윤길보(尹吉甫)에게 명하였고, 만형(蠻荊)을 정벌할 때는 방숙(方叔)에게 명하였고, 회남(淮南)의 오랑캐를 정벌할 때는 소호(召虎)에게 명하여 모두 장수들의 힘으로써 하였다고 한다.『홍재전서(弘齋全書)』29권.

20) 유후(留侯) : 한(漢) 고조 때 공신인 장량(張良)의 봉호이다. 한 고조 유방(劉邦)이 천하를 평정할 때 장양에게 3만호를 택하게 하니 장양이 유(留)에 봉해주기를 원했다. 이에 유후(留侯)로 봉하게 되었다. 자는 자방(子房)이다.『사기(史記)』「유후세가(留侯世家)」

21) 공명(孔明) : 제갈량(諸葛亮)의 자. 중국 촉한(蜀漢 : 221~263/264)의 정치가.

22) 양한(兩漢) : 전한(前漢)과 후한(後漢)을 말함.

23) 해동(海東) : 조선(朝鮮)을 지칭함.

24) 삼대(三代) : 고대 중국의 세 왕조. 하(夏), 은(殷), 주(周)를 이른다.

25) 장의(仗義) : 의로운 것을 따름.

함으로써 장차 무너지려는 우리나라를 부액(扶腋)[26]하고, 도탄(塗炭)에 빠진 창생(蒼生)을 구제하였으니, 그 탄갈성력(殫竭誠力)[27]과 정충대의(貞忠大義)[28]가 후인이 본받을 만하다.

또한 한 소(疏)를 보니 문장력(文章力)이 있고, 의리(義理)가 삼엄(森嚴)하였으며, 무용(武勇)[29]이 있어서 책략(策略)과 방비(防備)가 끝이 없었다. 몸을 굽혀 진췌(盡悴)[30]하여 한 시대에 절의(節義)를 세웠으니, 누가 그 소탈함에 흠모하고 감탄하지 않으리오?

송자(宋子)[31]께서 이르시기를, "도학(道學)이란 위로는 절의(節義)가 있고, 절의는 위로는 도학이 있는 것이니, 공의 단심(丹心)[32]에 절의만 있을 뿐 도학이 없겠는가? 공의 정성스런 마음에 다만 도학만이 있을 뿐 절의가 없겠는가? 절의가 없는데 도학이 있다면 무(武)에 용(勇)이 없는 것이리라. 만약 도학은 없으면서 절의가 있다면 문(文)에 장(章)이 없는 것이다. 어찌 문(文)이 없으면서 무(武)가 있겠는가?

도학(道學)과 절의(節義)는 이 무덕(武德)[33]과 문덕(文德)[34]을 함께 갖췄으니 족히 백세(百世) 후에도 거울로 삼을 수 있을 것이다. 공의 전후(前後)의 사적을 일일이 살피면 나의 고조부인 담헌공(澹軒公)[35]께서 지은 비명(碑銘)에서 볼 수 있는데, "좌우에서 왕실을 보위하는데 충성을 다했으니

---

26) 부액(扶腋) : 겨드랑이를 붙잡아 걷는 것을 도움.

27) 탄갈성력(殫竭誠力) : 정성과 힘을 다함.

28) 정충(貞忠)은 절개가 곧고 충성스러운 것을, 대의(大義)는 사람으로서 마땅히 지키고 행하여야 할 큰 도리를 이름.

29) 무용(武勇) : 무예와 용맹을 아울러 이르는 말.

30) 진췌(盡悴) : 몸이 여위도록 마음과 힘을 다하여 애씀.

31) 송자(宋子) : 우암 송시열(宋時烈) 선생의 경칭.

32) 단심(丹心) : 속에서 우러나오는 정성스러운 마음.

33) 무덕(武德) : 무인(武人)이 갖춘 위엄과 덕망.

34) 문덕(文德) : 문인(文人)이 갖춘 위엄과 덕망.

35) 담헌공(澹軒公) : 안윤행(安允行)을 이름.

더더욱 전체의 정황을 알 수 있을 것이다" 하였다.

공의 사손(嗣孫)[36]인 규상(圭相)이 재물을 거두고 모아 상재(上梓)[37]하여 영세(永世)토록 소중히 간직하고자 나에게 그 서문(序文)을 짓기를 청하였다. 감히 사양하지 못하고 겨우 몇 줄의 글을 작성하여 작은 정성을 보일 뿐이다.

숭정(崇禎) 265년 임진년(고종29년, 1892) 4월 갑술일에
죽산(竹山) 안기수(安淇壽)는 공경히 서문을 짓는다.

壯襄公全書序

有等百世而不朽之德。然後可以爲等。百世而不朽。故文可爲章。武可爲勇。則文不可以無武。武不可以無文。是以方叔吉甫三代之稱也。留侯孔明兩漢之譽也。至我海東。雖是偏邦。禮樂文物。忠義烈節。不下於三代兩漢之時。故宣廟朝良將壯襄李公。文可爲章。武可爲勇。雖在三代兩漢之時。少不怪於諸列矣。仗義赴陣。勇冠三軍。扶青邱於將頹。濟蒼生於塗炭。其殫竭誠力。貞忠大義。足可法於後世也。且觀於一疏則文之有章。義理森嚴。武之有勇。策備無涯。鞠躬盡悴。立節義於一代。孰不欽歎於下風乎。宋子曰。道學上有節義。節義上有道學。公之丹心。只有節義。而無道學歟。公之貫誠。只有道學。而無節義歟。無節義而有道學。則武無勇矣。若無道學而有節義。則文無章矣。豈有無文。而有武哉。道學節義。具是武文之德。而足可鑑於百世之下也。公之前後實蹟。一一偏見。則不佞之高祖澹軒公。撰其碑銘。有曰。左右王室殫竭忠赤。盆覺全鼎之味矣。公之嗣孫圭相。鳩財侵梓。以壽永世。要予爲

---

36) 사손(嗣孫) : 대를 이을 손자.
37) 상재(上梓) : 출판하기 위하여 인쇄에 붙임

序。敢不辭。獲僅搆數文。以備微悃云爾。

崇禎二百六十五年。壬辰 蜡月。甲戌。

竹山 安淇壽。敬序。

세계(世系)

· 일세(一世)

길권(吉卷)

고려삼한벽상삼중대광(高麗三韓壁上三重大匡), 태사(太師)이다. 묘소는 용인 구흥역(駒興驛) 자은교(慈恩橋)에 있었는데, 지금은 실전(失傳)되고 없다.

· 이세(二世)

헌정(憲貞)

원윤(元尹)

· 삼세(三世)

정(靖)

상서좌복야(尙書左僕射), 태자 태사(太子太師)

· 사세(四世)

회(懷)

사공(司空), 상서좌복야(尙書左僕射), 참지정사(參知政事)

· 오세(五世)

효공(孝恭)

상의(尙衣), 봉어(奉御)

· 육세(六世)

현후(鉉候)

위위시 승(尉衛寺 丞)

· 칠세(七世)

광보(光輔)

봉어동정(奉御同正)

· 필세(八世)

진문(晉文)

직장동정(直長同正)

· 구세(九世)

인택(仁澤)

위위시승동정(尉衛寺丞同正)

· 십세(十世)

당한(唐漢)

호부상서(尙書戶部), 영사동정(令史同正)

· 십일세(十一世)

유정(惟精)

공부상서(尙書工部) 낭중(郎中)

· 십이세(十二世)

석(奭)

검교예빈소경(檢校禮賓少卿), 행합문지후(行閤門祗候). ○ 배위는 승화군부인(承化郡夫人) 전주최씨(全州崔氏)이니 원외랑(員外郎) 제(濟)의 따님이다.

· 십삼세(十三世)

광시(光時)

광(光)은 선(善)이라고도 쓴다. 동지밀직사사(同知密直司事), 판도판서(版圖判書), 상호군(上護軍), 판전의시사(判典儀寺事)를 지냈다. 초배(初配)는 연창군부인(延昌郡夫人) 죽산박씨(竹山朴氏)이며, 계배(繼配)는 덕양군부인(德陽郡夫人) 행주기씨(幸州奇氏)이니, 소윤(少尹) 정서(挺瑞)의 따님이다.

· 십사세(十四世)

승명(承命)

중민(中敏)

중인(中仁)

통직랑(通直郎), 홍복도감 판관(弘福都監 判官)이니 추성병의 동덕찬화보리공신(推誠秉義同德贊化輔理功臣)에 추봉(追封)되었고, 구성부원군(駒城府院君)에 봉해졌다. 송산서원(松山書院)에 배향되었다. 배위는 천안전씨(天安全氏)이니, 묘는 자은교 자좌(慈恩橋 子座)이다.

· 십오세(十五世)

사영(士穎)

사위(士渭)

사마시와(司馬試)와 문과(文科)에 급제하였고(포은 정몽주 榜아래), 벼

슬은 서해관찰사(西海觀察使)와 개성유후(開城留後)를 지냈다. 포은 정몽
주와 목은 이색의 문하에서 배웠다. 배위는 장흥임씨(長興任氏)이니, 세정
(世正)의 따님이다. 묘는 고매곡 유좌(古梅谷 酉坐)이다.

· 십육세(十六世)
백지(伯持)

문과(文科 : 우홍명의 榜아래)에 급제하였다. 강원·황해 양도관찰사
(江原黃海兩道觀察使), 이조 참판(吏曹參判) 등을 지내고 태종조(太宗朝)에
가장 먼저 청백리(首選淸白吏)에 뽑혀, 자손이 대대로 관직에 나갈 수 있
는 은전(恩典)을 입었다. 배 위는 해평윤씨(海平尹氏)이고, 계배(繼配)는 안
동권씨(安東權氏)이다. 묘소는 가곡 범위동(柯谷範圍洞) 자좌(子坐)이다.

· 십칠세(十七世)
수강(守綱)

수령(守領)

수상(守常)

통훈대부(通訓大夫) 예빈시 판관(禮賓寺 判官)을 지냈다. 묘는 포곡(蒲
谷)에 있다. 배위는 죽산박씨(竹山朴氏)이니, 소윤(少尹) 기(祈)의 따님이
다. 묘소는 고매곡(古梅谷)에 있다.

수례(守禮)

수의(守義)

· 십팔세(十八世)
윤약(允若)

관직은 통정대부(通政大夫) 부사(府使)이다. 배위는 평강채씨(平康蔡氏)

이니, 담(潭)의 따님이다.

· 십구세(十九世)
회충(會忠)

관직은 첨사(僉使)이다. 배위는 현풍박씨(玄風朴氏)이고, 묘소는 모현촌(慕賢村) 갈월리(葛月里)이다.

· 이십세(二十世)
승효(承孝)

승사랑(承仕郎)이니 형조참의의 증직을 받았다. 배위는 진주정씨(晉州鄭氏) 염(濂)의 따님으로 묘는 [38]同。

· 이십일세(二十一世)
환(環)

자는 언진(彦珍)으로 선략장군과 충무위 부사직를 지내고, 호조참판을 증직받았다. 배위는 해주최씨(海州崔氏)로 감찰 문순(文孫)의 따님으로 墓는 上同。

· 이십이세(二十二世)
윤덕(潤德)

민덕(敏德)

자는 숙달(叔達)이니, 무과(武科)에 올라 함경북도 병마우후(咸鏡北道兵馬虞候)를 지내고, 숭정대부((崇政大夫) 의정부 좌찬성(議政府 左贊成)에 추증되었다. 배위는 연안이씨(延安李氏)이고, 계배(繼配)는 창원박씨(昌原

---

38) 土자가 아닌 上자 임으로 이곳에서 바로잡는다.

48 장양공 이일(壯襄公 李鎰)장군 연구

朴氏)이다. 묘는 위와 같고 좌향 오좌(午坐)이다.

· 이십삼세(二十三世)
전(銓)
전설사 별제(典設司 別提)을 지냈다.

일(鎰)
자는 중경(重卿)이다. 무과(武科)에 올라 자헌대부(資憲大夫) 삼도순변사(三道巡邊使), 무용대장(武勇大將), 한성판윤(漢城判尹), 도총관(都摠管), 지훈련원사(知訓鍊)를 지내고, 정헌대부(正憲大夫) 의정부 좌참찬(議政府 左參贊)에 추증되었다. 시호는 장양공(壯襄公)으로 경원(慶源)의 충렬사(忠烈祠)에 배향되었다. 배위는 전주이씨(全州李氏)이니, 태흥령(太興令) 대춘(大春)의 따님이다. 묘소는 위와 같다 계배(繼配)는 (全州李氏)이니, 거효(巨孝)의 따님으로, 묘소는 고매곡(古梅谷)에 있다.

· 이십사세(二十四世)
숭원(崇元)
무과(武科)에 급제하여, 황해도 병마절도사(黃海兵使)를 지냈다. 인조 갑자년 이괄(李适)의 난에 안치 싸움(安置戰)에서 공을 세워서 원종일등공신(錄原從一等功)에 책록(策錄)되었다.

숭의(崇義)
자는 경제(景制)요, 호는 망은(忘隱)이다. 진사시(進士試)에 입격(入格)하여 종묘서 영(宗廟署令), 덕산 현감(德山縣監) 등을 지내고, 좌승지(左承旨)에 추증되었다. 초서(草書)와 예서(隷書)에 능했고, 유고(遺稿)가 간행되었다. 배위는 고령김씨(高靈金氏)이니 현감(縣監) 자(滋)의 따님이고, 계배는 제주고씨(濟州高氏) 판결사(判決事) 윤덕(德潤)의 따님이다. 묘소는 가곡범위동(柯谷範圍洞)이다.

· 이십오세(二十五世)
용(涌)

　자는 호원(浩源)이고, 호가 포곡(蒲谷)이다. 감역(監役) 벼슬을 받았으나 나가지 않았다. 인조 갑자년 이괄(李适)의 난에 백의로 왕을 호종(扈從)하여 영국원종일등공신(寧國原從一等功臣)에 록되고 의금부 도사(義禁府都事)의 관직을 받았으나 역시 나가지 않았다. 호조참의(戶曹參議)의 증직이 내렸다. 배위는 양천허씨(陽川許氏) 정언(正言) 실(實)의 따님이고, 계배는 신평이씨(新平李氏) 동지(同知) 문헌(文憲)의 따님이다. 묘소는 위와 같은 품자(品字)[39]이다.

운(沄)

주(澍)

견(汧)

　자는 성원(聖源)이니, 무과(武科)에 급제하여, 선전관(宣傳官)·경상좌수사(慶尚左水使) 등을 지냈다. 묘소는 위와 같다.

· 이십육세(二十六世)
진서(震瑞)

　자는 자상(子祥)이고, 관직은 감역(監役)인데 나가지 나가지 않았다. 배위는 안동권씨(安東權氏)이니, 감찰(監察) 이급(以伋)의 따님이다. 묘소는

---

39) 품자(品字) : 삼각(三角)으로 벌여 놓은 형상.

포곡 양촌(蒲谷 陽村)이다.

· 이십칠세(二十七世)
위(蔿)

자는 백야(白也)이니, 감역(監役)을 지냈다. 배위는 (靈光金氏)이니, 묘소는 위와 동일하다.

· 이십팔세(二十八世)
희설(希卨)

자는 순보(舜輔)이니, 관직은 통덕랑(通德郎), 배위는 (江陵金氏)이니 일환(一煥)의 따님인데, 묘소는 위와 동일하다. 上同。

· 이십구세(二十九世)
항춘(恒春)

자는 여구(汝久)요, 배위는 안동권씨(安東權氏)이니, 구(姤)의 따님이다. 묘는 위와 같다. 계배는 파평윤씨(坡平尹氏)이다.

· 삼십세(三十世)
응호(應祜)

자(字)는 원경(元卿)이요, 배위는 전주유씨(全州柳氏)로 우명 (佑命)의 따님이고, 계배(繼配)는 김해김씨(金海金氏)이다.

· 삼십일세(三十一世)
재순(在淳)

자는 이천(而天)이니, 배위는 연일정씨(延日鄭氏)로 취인(就寅)의 따님이다. 묘소는 위와 같다.

・삼십이세(三十二世)

인현(仁鉉)

자는 우서(禹瑞)이다. 배위는 여흥민씨(驪興閔氏)이니 치상(致祥)의 따님이다. 묘소는 위와 같다.

・삼십삼세(三十三世)

원태(源泰)

자는 치대(致大)이며, 묘소는 위와 같고, 배위는 함양박씨(咸陽朴氏)이다.

원철(源喆)

・삼십사세(三十四世

규상(圭相)

자는 찬경(瓚卿)이니, 무과(武科)에 급제하였고, 훈련원 주부(訓鍊主簿)를 지냈다.

준상(駿相)

世系

一世

吉卷

高麗三韓壁上三重大匡。 太師。 墓 龍仁駒興驛。 慈恩橋。 今失傳。

二世

憲貞

元尹

三世
靖

尙書左僕射。 太子太師。

四世
懷

司空。 尙書左僕射。 參知政事。

五世
孝恭

尙衣。 奉御。

六世
鉉候

尉衛寺 丞。

七世
光輔

奉御。 同正。

八世
晉文

直長。 同正。

九世

仁澤

丞。同正。

十世

唐漢

尙書戶部。令史。同正。

十一世

惟精

尙書工部。郎中。

十二世

奭

檢校禮賓少卿。行閤門祗候。○配 承化郡夫人。全州崔氏。員外郎濟女。

十三世

光時

光一作善。同知密直司事。版圖判書。上護軍。判典儀寺事。○配 延昌郡夫人 竹山朴氏。○繼配 德陽郡夫人。幸州奇氏。少尹挺瑞女。

十四世

承命

中敏

中仁

通直郎。 弘福都監 判官。 追封 推誠秉義同德贊化輔理功臣。 駒城府院
君讓封。 配享 松山書院。 ○配天安全氏。 ○慈恩橋子座。

十五世
士穎

士渭

司馬。 文科。 鄭圃隱榜下。 西海觀察使。 開城留後。 從圃隱牧隱遊。
○配 長興任氏。 世正女。 ○墓 古梅谷 酉坐。

十六世
伯持

文科。 禹洪命榜下。 江原黃海兩道觀察使。 吏曹參判。 太宗朝。 首選
淸白吏。 有世世子孫調用之典。 ○配 海平尹氏。 ○繼配 安東權氏。 ○墓
柯谷範圍洞 子坐。

十七世
守綱

守領

守常

通訓大夫。 禮賓寺 判官。 ○墓 蒲谷。 配 竹山朴氏。 少尹祈女。 墓 古
梅谷。

守禮

守義

十八世
允若
通政大夫。府使。○配 平康蔡氏。潭女。

十九世
會忠
僉使。○配 玄風朴氏。○墓 慕賢村 葛月里。

二十世
承孝
承仕郎。贈刑曹參議。○配 晉州鄭氏。濂女。○墓上[40]同。

二十一世
環
字彦珍。宣略將軍。忠武衛 副司直。贈戶曹參判。配 海州崔氏。監察 文孫女。○墓上同。

二十二世
潤德
敏德
字 叔達。武科。咸鏡北道兵馬虞候。贈崇政大夫。議政府 左贊成。配

---

40) 土자가 아닌 上자 임으로 이곳에서 바로잡는다.

延安李氏。○繼配 昌原朴氏。○墓 上同。午坐。

二十三世

銓

典設司 別提。

鎰

字 重卿。武科。資憲大夫。三道巡邊使。武勇大將。漢城判尹。都摠
管。知訓鍊。贈正憲大夫。議政府左參贊。諡壯襄公。配享慶源忠烈
祠。配 全州李氏。太興令大春女。墓 上同。○繼配 全州李氏。巨孝
女。○墓 古梅谷。

二十四世

崇元

武科。黃海兵使。甲子适亂樹功于安置戰。錄原從一等功臣。

崇義

字 景制。號 忘隱。進士。宗廟署 令。德山 縣監。贈左承旨。善草
隸。 有刊行。○配 高靈金氏。縣監滋女。○繼配 濟州高氏。判決事 德
潤女。○墓 柯谷範圍洞。

二十五世

涌

字 浩源。號 蒲谷。監役 不仕。甲子适亂。白衣扈從。錄原從一等寧國
功臣。義禁府 都事。又不仕。贈戶曹 參議。○配 陽川許氏。正言 實女。
○繼配 新平李氏。同知 文蕙女。○墓 上同品字。

法

澍

汧

字 聖源。武科。宣傳官。慶尙左水使。墓 上同。

二十六世
震瑞

字 子祥。監役 不仕。○配 安東權氏。監察 以伋女。○墓 蒲谷 陽村

二十七世
馦

字 白也。監役。配 靈光金氏。○墓 上同。

二十八世
希卨

字 舜輔。通德郎。○配 江陵金氏。一煥女。○墓 上同。

二十九世
恒春

字 汝久。○配 安東權氏。姤女。墓 上同。○繼配 坡平尹氏。

三十世
應祜

字 元卿。○配 全州柳氏。佑命女。○繼配 金海金氏。

三十一世

在淳

字 而天。　○配 延日鄭氏。　就寅女。　○墓 上同。

三十二世

仁鉉

字 禹瑞。　○配 驪興閔氏。　致祥女。　○墓 上同。

三十三世

源泰

字 致大。　○墓 上同。　○配 咸陽朴氏。

源喆

三十四世

圭相

字 瓚卿。　武科。　訓鍊主簿。

駿相

벼슬한 이력(歷仕年譜)

가정 무술년(중종 33, 1538) 7월 7일에 태어남.

임인년(중종 37, 1542) 어머니 연안이씨(延安李氏)의 상사(喪事)를 당함.

만력 무오년(명종 13, 1558) 무과에 급제함.

기미년(명종 14, 1559)이 넘어 선전관(宣傳官)에 추천됨.

경신년(명종 15, 1560) 선전관에 제수됨.

신유년(명종 16, 1561) 계모인 창원박씨(昌原朴氏)의 상사를 당함.

정묘년(명종 22, 1567) 함종현령(咸從縣令)에 제수(除授) 됨.

경오년(선조 3, 1570) 벽동군수(碧潼郡守)에 오름.

임신년(선조 5, 1572) 부친인 찬성공(贊成公)의 상사(喪事)를 당함.

을해년(선조 8, 1575) 경흥부사(慶興府使)에 제수됨.

병자년(선조 9, 1586) 단천부사(端川府使)로 옮겨감.

정축년(선조 10, 1577) 다시 온성부사(穩城府使)로 옮김.

기묘년(선조 12, 1579) 상토 첨사(上土僉使)에 제수됨.

경진년(선조 13, 1580) 무고(誣告)로 인해 체포됨.

신사년(선조 14, 1581) 부산진 첨사에 제수됨.

임오년(선조 15, 1582) 전라좌수사에 오름.

계미년(선조 16, 1583) 간택되어 경흥부사로 차정됨.

을유년(선조 18, 1585) 회령부사(會寧府使)로 옮겨감.

병술년(선조 19, 1586) 북병사(北兵使)에 승차됨.

정해년(선조 20, 1587) 추도(楸島)의 오랑캐를 기습하여 깨뜨림.

무자년(선조 21, 1588) 시전(時錢) 부락 오랑캐를 대파하고 육진(六鎭)을
    평정함.

기축년(선조 22, 1589) 전라병사(全羅兵使)에 옮겨 제수함.

경인년(선조 23, 1590) 남병사로 옮김.

신묘년(선조 24, 1591) 한성 판윤 겸 오위도총관, 포도대장이 됨.

임진년(선조 25, 1592) 순변사가 되어 상주에서 왜적을 방어함.

    다시 부원수에 제수되어 충주 단월역(丹月驛)에서 왜적과 싸움.

    다시 순변사에 제수되어 해유령(蟹踰嶺)에서 왜적을 대파(大破)함.

왕을 호종하여 평양 만경대(萬頃臺) 아래에서 왜적을 대파함.

다시 동변 방어사(東邊防禦使)가 되어 이천(伊川)에서 세자의 가마를 호위함.

다시 평안병사로 제수되어 순안(順安)에 주둔하여 많은 전공을 세움.

계사년(선조 26, 1593) 정월 평양에 주둔한 이여송(李如松)의 전봉(前鋒)이 되어 모란봉(牧丹峯)의 왜적을 깨뜨림.

다시 북도 순변사(北道巡邊使)가 되어 왜적을 평정함.

다시 9월에 해주로 돌아와 왕을 호종다가 10월에 한양으로 돌아 옴.

지중추부사로 훈련도정(訓練都正)과 군기시 제조를 겸함.

얼마 후 충청·전라·경상순변사, 육군도원수로 제수되어 순천(順天)에 주둔한 후 왜의 수군을 몰아냄.

병신년(선조 29, 1596) 다시 북병사(北兵使)가 됨.

기해년(선조 32, 1599) 돌아와 무용대장(武勇大將) 겸 도총관이 한양에 관아를 개설함.

경자년(선조 33, 1600) 다시 남병사(南兵使)가 되었다가 병으로 체직(遞職)되어 돌아오다 정평(定平)에서 죽음.

歷仕年譜

嘉靖戊戌七月七日生

壬寅 丁先妣喪 延安李氏

萬曆戊午 登虎榜 及第

己未越 宣傳官薦

庚申 拜宣傳官

辛酉 丁繼妣喪 昌原朴氏

丁卯 除咸從縣令

庚午 陞碧潼郡守

壬申 丁贊成公喪

乙亥 拜慶興府使

丙子 移端川府使

丁丑 移穩城府使

己卯 除上土僉使

庚辰 因誣被拿

辛巳 敍拜釜山僉使

壬午 陞全羅左水使

癸未 擇差慶源府使

乙酉 移會寧府使

丙戌 陞北兵使

丁亥 襲破楸島胡

戊子 大破時錢胡平定六鎭

己丑 移拜全羅兵使

庚寅 移南兵使

辛卯 拜漢城判尹五衛都摠管捕將

壬辰 拜巡邊使禦倭于尙州

　　復除 副元帥 戰倭于忠州丹月

　　復除 巡邊使 大破倭于蟹踰嶺

　　追護行在 大破倭于平壤萬頃臺下

　　復拜 東邊防禦使 護鶴駕于伊川

　　復拜 平安兵使 陣順安多戰捷

癸巳正月 陣平壤李如松爲前鋒 破牧丹峯賊

　　復爲北道巡邊使 平倭恢 復九月還海州扈駕 十月還京都

　　知中樞府事 兼 訓練都正 軍器寺 提調

尋拜 忠全慶巡邊陸軍都元帥 陣順天驅倭海

丙申 復爲北兵使

己亥 還爲武勇大將 都摠管 開府京都

庚子 復爲南兵使 病遞還 至定平卒

여진 시전부락을 정벌하는 그림(征討時錢部胡圖)

(八世孫, 小塘 李在寬, 1849년)

선조 병술년(선조 19, 1586)에 공(公)이 본도(本道, 함경북도)의 병사로 승진하여 옮기니 인위(仁威)가 널리 퍼져 변방이 편안하고 조용하였다. 이에 군무 29사(事)와 금령 27조(條)를 조목조목 진달(陳達)해서 함께 수록하여『제승방략(制勝方略)』1긴을 만들어 여러 장수들을 모아 강론하여 전최(殿最)에 반영할 것을 시행하기를 주청(奏請)하니 상께서 특명으로 시행하라 하셨다. 방략(方略)이 상세하게 갖춰지고 반포되어 시행된 것은 공으로부터 시작된 것이다.

이보다 앞서 북변(北邊)의 야인들이 변방에 이르러 내부(內附)하니 옷가지와 곡식을 지급하여 육진(六鎭)의 성저(城底, 성벽으로부터 10리 이내)에 머물도록 하였는데, 니탕개(尼湯介)가 변방 너머의 야인들을 몰래 유혹하여 경원(慶源)을 공격하여 함락시키고 고령진(高嶺鎭)을 약탈하였다. 공은 그때에 경원(慶源)·회령(會寧)을 다스렸는데 모두 참획(斬獲)의 공을 세운바 있었다.

정해년(선조 20, 1587) 겨울에 공이 본영(本營, 북병영)으로부터 순시하여 경흥(慶興)에 도착하여 하오랑(何吾郎) 등을 몰래 붙잡아 죽였다. 그리고 우후(虞侯) 김우추(金遇秋)에게 명령하여 추도(楸島) 부락을 습격하여 파괴하고 그들의 소혈(巢穴)을 없애버렸다. 이때에 경흥 지방의 무이(撫夷), 시전(時錢) 등의 부락이 강성하였고, 부여지(夫汝只) 부락이 가장 강성하여 제압하기 어려웠다. 드디어 공이 장차 변방을 도모할 일로써 치계(馳啓)하니 상께서 이로 인하여 토벌하는 것을 허락한다고 회유(回諭)하셨다.

공이 무자년(선조 21, 1588) 정월에 본도의 병사를 징발(徵發)하고 부방(赴防)하는 수병(戍兵)을 더하여 회령부사 변언수(邊彦琇)와 온성부사 양대수(楊大樹)로 하여금 좌·우위장(左右衛將)으로 삼고, 고령진첨사 유극량(劉克良)과 조방장 이천(李薦)을 좌·우위의 선봉장으로 삼아 행영(行營)에서 습진(習陣)을 하고, 덕명역(德明驛)에서 아침 일찍 그 자리에서 식사를 마치고[蓐食], 좌군(左軍)은 아오랑(阿吾郎) 땅의 백안 연대(白顔烟臺)를 거쳐 산을 돌아 북쪽으로 나아가고, 우군은 무이보(撫夷堡)의 성벽 동쪽으로부터 강을 건너 서쪽으로 나와 합세하여 시전의 네 방면 부락들을 포위하여 궁려(穹廬, 유목민족의 장막으로 된 막사) 3백여 곳을 태워버리고 거의 500급을 참수하였다. 임금이 선유관(宣諭官)으로 병조정랑(兵曹正郎) 이대해(李大海)를 파견하여 장사(將士)들에게 음식을 먹여 수고를 위로하고[犒勞] 공의 아들 한 명에게 관직을 주도록 명하였다.

이 전투는 대개 공이 오랑캐를 무찔러 쌓은 공훈 중에서 가장 두드러지는 것으로 그 혁혁함이 마치 어제의 일과 같다. 후세에 먼 후손들이 추모하고 영원히 전할 수 있는 것으로 바람직한 것은 그림을 그려놓는 것 만한 것이 없기 때문에 공의 손자인 수사공(水使公)[41]이 화공에게 명하여 비단에 그림을 그리고 글씨를 써서 몇 건을 종손(宗孫)과 여러 지손(支孫)으로 하여금 보배로 받들게 하였다. 세월이 지날수록 색이 바래지고 갈라졌거나 하루아침에 불타서 없어지기도 하여 남아있는 것이 다만 한 건 뿐이라 혹여 남은 것도 민멸(泯滅)되고 닳아서 선조의 사적(事蹟)을 바라보며 의거할 곳이 없어질까 염려되어 이에 재물을 모아 그림 3건을 새로 그려 예전 집안에 간직하던 법대로 소장하여 선조를 계승하고 자취를 기록하는

---

41) 이견(李汧: 1616~1668)을 지칭함. 무과출신으로 宣傳官을 거쳐 慶尙水使를 역임할 때 祖父인 장양공의 정토시전부호도 등을 圖寫하여 宗支諸派에 傳存케 함(용인이씨대동보 권4, 2008, 440쪽).

일의 만 분의 일이나마 다하고자 할 따름이다.

숭정(崇禎) 기원 후 4번째 기유년(己酉年, 1849) 윤달(4월) 여름에
팔세손 재관(在寬)이 삼가 쓴다.

征討時錢部胡圖

宣廟丙戌。公陞移本道兵使。仁威廣覃。邊圉寧謐。仍條陳軍務二十九
事。禁令二十七條。並錄制勝方略一件。奏請取講諸將。以行殿最。上
特令施之。方略之詳備頒行。自公始焉。先是。北邊野人款塞內附。給
其衣廩。留居六鎭城底矣。尼湯介潛誘越邊野人。攻陷慶源。搶奪高
嶺。公時莅慶源會寧。皆建斬獲之功。丁險。公自本營巡到慶興。密捕
何吾郞等誅之。令虞侯金遇秋。襲破楸島部落。盪其巢穴。是時。慶興
撫夷時錢等部强盛。而夫汝只部落最强難制。公遂將邊事馳啓。上回諭因
許討之。公以戊子正月。簽發本道兵。副以赴戌兵。使會寧府使邊彦琇。
穩城府使楊大樹爲左右衛將。高嶺僉使劉克良。助防將李薦爲左右衛先
鋒。習陣于行營。蓐食于德明驛。左軍。由阿吾郞地白顔烟臺。循山而
北。右軍。自撫夷城東。越江而西。合圍時錢之面四部落。焚燒穹廬三
百餘所。斬首幾五百級。上命遣宣諭官兵曹正郞李大海。犒勞將士。命官
公之一子。是役也。盖公勳胡屢功之最著者。赫赫若前日事也。後世。
雲仍之追慕壽傳。無如繪事之七分典型。故公之孫水使公。命工圖寫絹
障。幾本珍奉于宗支諸孫矣。年久渝泐。且經回祿。餘存者只一本。恐
或仍又泯磨。先蹟。無瞻依之地。迺鳩禊財。描畵新本三件。依舊家
藏。以寓紹先紀蹟之萬一云爾。

崇禎紀元後 四己酉 閏夏。八世孫 在寬 謹書。

시전 부락을 정벌할 때 장수명단(征討時錢時將官姓名)

전도(戰圖) 중에 상세(詳細)히 실림

대장(大將) 함경북도 병마절도사(咸鏡北道兵馬節度使) 이공 휘일(李公 諱 鎰) 자 중경(重卿), 용인인(龍仁人)

조전장(助戰將) 함경북도 병마우후(咸鏡北道兵馬虞侯) 서득운(徐得運) 자 덕구(德久), 이천인(利川人)

종사관(從事官) 함경북도 병마평사(咸鏡北道兵馬評事) 이용순(李用淳) 자 사화(士和), 전주인(全州人)

승의랑(承議郎) 수성도 찰방(輸城道察訪) 심극명(沈克明)

자 백회(伯晦), 청송인(靑松人)

심약(審藥) 선교랑(宣敎郎) 이혜정(李蕙汀)

자 방숙(芳叔), 전주인(全州人)

조전장(助戰將) 급제(及第) 조대곤(曺大坤)

조전장(助戰將) 급제(及第) 신각(申恪)

자 경중(敬仲), 평산인(平山人)

조전장(助戰將) 급제(及第) 이영(李瑛)

자 공헌(公獻), 함평인(咸平人)

조전장(助戰將) 급제(及第) 원호(元豪)

자 중영(仲英), 원주인(原州人)

조전장(助戰將) 전 판관(前判官) 한인제(韓仁濟)

자 제중(濟仲), 청주인(淸州人)

조전장(助戰將) 무이보 병마만호(撫夷堡兵馬萬戶) 이억기(李億祺)

청주인(淸州人)

조전장(助戰將) 전 훈련원 참군(前訓鍊院參軍) 박홍장(朴弘長)

자 사임(士任), 무안인(務安人)

左衛

선봉장(先鋒將) 고령진 병마첨절제사(高嶺鎭兵馬僉節制使) 유극량(劉克
　　良) 자 경선(景善), 배천인(白川人)

용양도장(龍驤都將) 급제(及第) 이발(李潑)

　　　자 여헌(汝獻), 함평인(咸平人)

호분도장(虎賁都將) 전 현감(前縣監) 이종인(李宗仁)

　　　자 백춘(伯春), 전주인(全州人)

사후도장(獅吼都將) 급제(及第) 우응태(禹應台)

　　　자 삼언(三彦), 단양인(丹陽人)

표확도장(彪攫都將) 전 통례원 인의(前通禮院 引儀) 김경복(金慶福) 자 백수
　　　(伯綬)

웅박도장(熊搏都將) 권지 훈련원 봉사(權知訓鍊院奉事) 황대붕(黃大鵬) 자
　　충운(沖雲)

좌골격장(左鶻擊將) 급제(及第) 서례원(徐禮元)

　　　자 숙대(肅大)

우골격장(右鶻擊將) 전 도총부 경력(前都摠府經歷) 송홍득(宋弘得)

　　　자 백실(伯實)

좌화열장(左火烈將) 급제(及第) 이옥(李沃)

　　　자 자윤(子潤)

우화열장(右火烈將) 급제(及第) 변양준(邊良俊)

　　　자 국췌(國萃)

좌부장(左部將) 급제(及第) 강중룡(姜仲龍)

　　　자 시용(時用)

전부장 급제(及第) 박지진(朴知進) 자 퇴이(退而)

위장(衛將) 회령진 도호부사(會寧鎭都護府使) 변언수(邊彦琇)

자 군헌(君獻)

종사관(從事官) 전 판관(前判官) 조경(趙儆)

중부장(中部將) 훈련원 주부(訓鍊院主簿) 노흥문(魯興文)

　　자 비연(斐然), 함평인(咸平人)

유군장(遊軍將) 용양위 후부장(龍驤衛後部將) 이염(李琰)

　　자 정숙(精叔), 전주인(全州人)

우부장(右部將) 급제(及第) 권홍(權洪)

　　자 관중(寬仲), 안동인(安東人)

후부장(後部將) 병절교위(秉節校尉) 부사과(副司果) 송제(宋悌)

　　자 우숙(友叔), 남양인(南陽人)

참퇴장(斬退將) 급제(及第) 박인봉(朴仁鳳)

　　자 이서(而瑞), 무안인(務安人)

한후장(捍後將) 영건보 병마만호(永建堡兵馬萬戶) 박윤(朴潤)

　　자 덕용(德用), 영암인(靈巖人)

일계원장(一繼援將) 부령진 도호부사(富寧鎭都護府使) 이지시(李之詩) 자
　　영이(詠而), 단산인(丹山人)

이계원장(二繼援將) 경흥진 도호부사(慶興鎭都護府使) 정현룡(鄭見 龍) 자
　　운경(雲卿), 동래인(東萊人)

右衛

선봉장(先鋒將) 절충장군(折衝將軍) 함경북도 조방장(咸鏡北道 助防將) 이
　　천(李薦)

영장(領將) 권지 훈련원 봉사(權知訓鍊院奉事) 강만남(姜萬男)

용양도장(龍驤都將) 절충장군(折衝將軍) 행부호군(行副護軍) 선거이(宣居怡)

영장(領將) 보인(保人) 이용제(李用濟)

호분도장(虎賁都將) 절충장군(折衝將軍) 전우후(前虞侯) 김우추(金遇秋)

사후도장(獅吼都將) 급제(及第) 오언량(吳彦良)

표확도장(彪攫都將) 전 찰방(前察訪) 황진(黃進)

웅박도장(熊搏都將) 급제(及第) 이충헌(李忠獻)

좌골격장(左鶻擊將) 훈련원 첨정(訓鍊院 僉正) 원희(元熹)

우골격장(右鶻擊將) 급제(及第) 이경록(李慶祿)

좌화열장(左火烈將) 급제(及第) 성천지(成天祉)

우화열장(右火烈將) 급제(及第) 이순신(李舜臣)

　　　자 여해(汝諧) 덕수인(德水人)

좌부장(左部將) 전 수문장(前守門將) 홍우(洪祐)

전부장(前部將) 권지 훈련원 봉사(權知訓鍊院 奉事) 신초(辛礎)

위장(衛將) 온성진 도호부사(穩城鎭都護府使) 양대수(楊大樹)

종사관(從事官) 급제(及第) 김성○(金聲○)

중부장(中部將) 권지 훈련원 봉사(權知訓鍊院奉事) 김몽록(金夢鹿)

유군장(遊軍將) 전 판관(前判官) 전봉(田鳳)

우부장(右部將) 훈련원 습독(訓鍊院習讀) 원유남(元裕男)

참퇴장(斬退將) 전 만호(前萬戶) 김광수(金光晬)[42]

한후장(捍後將) 승의부위(承義副尉) 서수라보 권관(西水羅堡權官) 임수형
　　　(林秀衡) 자 방중(芳仲), 보성인(寶城人)

일계원장(一繼援將) 통정대부(通政大夫) 종성진 도호부사(鍾城鎭都護府
　　　使) 원균(元均) 자 평중(平仲), 원주인(原州人)

이계원장(二繼援將) 명천 현감(明川縣監)

---

[42] 字 子潤, 義城人

征討時錢時將官姓名。 戰圖中詳載。

大將。 咸鏡北道兵馬節度使。 李公 諱鎰。 字重卿。 龍仁人。

助戰將。 咸鏡北道兵馬虞侯。 徐得運。 字德久。 利川人。

從事官。 咸鏡北道兵馬評事。 李用淳。 字士和。 全州人。

承議郎。 輸城道察訪。 沈克明。 字 晦[43]。 青松人。

審藥宣教郎。 李蕙汀。 字芳叔。 全州人。

助戰將。 及第。 曹大坤。

助戰將。 及第。 申恪。 字敬仲。 平山人。

助戰將。 及第。 李瑛。 字公獻。 咸平人。

助戰將。 及第。 元豪。 字仲英。 原州人。

助戰將。 前判官。 韓仁濟。 字濟仲。 清州人。

助戰將。 撫夷堡兵馬萬戶。 李億祺。 清州人。

助戰將。 前訓鍊院參軍。 朴弘長。 字士任。 務安人。

左衛

先鋒將。 高嶺鎮兵馬僉節制使。 劉克良。 字景善。 白川人。

龍驤都將。 及第。 李[瓛]。 字汝獻。 咸平人。

虎賁都將。 前縣監。 李宗仁。 字伯春。 全州人。

獅吼都將。 及第。 禹應台。 字三彦。 丹陽人。

彪攫都將。 前通禮院 引儀。 金慶福。 字伯綏。

熊搏都將。 知訓鍊院奉事[44] 黃大鵬。 字冲雲。

左鶻擊將。 及第。 徐禮元。 字肅大。

---

43) 자가 伯晦인데, 伯자가 낙구이다.

44) 權知訓鍊院奉事인데 知자 앞의 權자가 낙구이다.

右鶻擊將。 前都摠府經歷。 宋弘得。 字伯實。

左火烈將。 及第。 李沃。 字子潤。

右火烈將。 及第。 邊良俊。 字國萃。

左部將。 及第。 姜仲龍。 字時用。

前部將。 及第。 朴知進。 字退而。

衛將。 會寧鎭都護府使。 邊彦琇。 字君獻。

從事官。 前判官。 趙儆。

中部將。 訓鍊院主簿。 魯興文。 字斐然。 咸平人。

遊軍將。 龍驤衛後部將。 李琰。 字精叔。 全州人。

右部將。 及第。 權洪。 字寬仲。 安東人。

後部將。 秉節校尉。 副司果。 宋悌。 字友叔。 南陽人。

斬退將。 及第。 朴仁鳳。 字而瑞。 務安人。

捍後將。 永建堡兵馬萬戶。 朴潤。 字德用。 靈巖人。

一繼援將。 富寧鎭都護府使。 李之詩。 字詠而。 丹山人。

二繼援將。 慶興鎭都護府使。 鄭見龍。 字雲卿。 東萊人。

右衛

先鋒將。 折衝將軍。 咸鏡北道 助防將。 李薦

領將。 權知訓鍊院奉事。 姜萬男。

龍驤都將。 折衝將軍。 行副護軍。 宣居怡。

領將。 保人。 李用濟。

虎賁都將。 折衝將軍。 前虞侯。 金遇秋。

獅吼都將。 及第。 吳彦良。

彪攫都將。 前察訪。 黃進。

熊搏都將。 及第。 李忠獻。

左鶻擊將。 訓鍊院 僉正。 元熹。

右鶻擊將。 及第。 李慶祿。

左火烈將。 及第。 成天祉。

右火烈將。 及第。 李舜臣。 字[45] 德水人。

左部將。 前守門將。 洪祐。

前部將。 權知訓鍊院 奉事。 辛礎。

衛將。 穩城鎭都護府使。 楊大樹。

從事官。 及第。 金聲○。

中部將。 權知訓鍊院奉事。 金夢鹿。

遊軍將。 前判官。 田鳳。

右部將。 訓鍊院習讀。 元裕男。

後部將。 權知訓鍊院奉事。

斬退將。 前萬戶。 金光晔[46]

捍後將。 承義副尉。 西水羅堡權官。 秀蘅[47] 字芳仲。 寶城人。

一繼援將。 通政大夫。 鍾城鎭都護府使。 元均。 字平仲。 原州人。

二繼援將。 明川縣監。

국조보감(國朝寶鑑)

○ 선조 무자년(21년, 1588) 1월. 북병사 이일(李鎰)이 순행하다가 경흥
에 이르러 우후 김우추(金遇秋)를 파견하여 기병 4백 명을 거느리고 언 강

---

45) 이순신의 字는 汝諧이다.

46) 字 子潤, 義城人.

47) 姓인 林자가 빠졌다.

을 건너 새벽에 추도(楸島)의 반호(叛胡)를 습격하여 33급을 베었다. 이어 계속 길주 이북 각 진의 기병 2천여 명을 동원하였는데, 회령부사 변언수(邊彦琇), 온성부사 양대수(楊大樹), 부령부사 이지시(李之詩)가 장수가 되었다. 몰래 군사를 거느리고 강을 건너 밤에 시전(時錢)의 반호를 습격하여 가옥 3백여 채를 불태우고 5백여 급을 베었다.[48]

國朝寶鑑

宣廟戊子正月。北兵使李鎰巡到慶興。遣虞侯金遇秋。領四百騎。乘氷渡江。曉襲楸島叛胡。斬三十三級。繼發吉州以北諸鎭兵二千餘騎。會寧府使邊彦琇。穩城府使楊大樹。富寧府使李之詩爲將。領潛師渡江。夜襲時錢叛胡。焚三百餘家。斬五百餘級。

서암(恕庵) 신정하(申靖夏)가 지은 '증병판김경복신도비명'에서

운운하기를, 신순변사(申巡邊使 : 申砬)가 김공(金公)의 이름을 듣고서, 거두어 막료로 삼았다. 계미년(선조 16년, 1583)에 번호(藩胡)[49]인 니탕개(尼湯介)가 훈융진(訓戎鎭)을 포위하니, 공(김경복)이 신공(신립)을 쫓아 힘껏 싸웠다.

목을 벤 것이 매우 많았는데, 신공이 임금에게 아뢰어 공의 공을 제일로 삼았다. 선조(宣祖)가 공을 불러보고 친히 정충록(精忠錄)을 내리고, 통례원 인의에 제수하였으며, 을유년(18년, 1585)에는 이성 현감(利城縣監)에

---

48) 그런데 『국조보감』에는 이때의 전과에 대해 가옥 200여 채를 불사르고, 380여 급을 베었다고 하였다. 『국조보감』29권, 선조조 21년 戊子條 참조.

49) 번호(藩胡) : 북쪽 변경에 사는 오랑캐들로, 우리나라에 복종하는 여진족을 말함.

제수하였다.

시전(時錢) 부락 오랑캐가 여러 차례 국경을 침범하니, 공이 또다시 북
병사 이일과 함께 장병을 거느리고 기습공격을 감행하여 그 소굴을 불사
르고 돌아왔다. 작전승도(作戰勝圖)를 올리니, 선조가 격려하고 칭찬하였
다 한다.

申恕庵靖夏所撰贈兵判金慶福神道碑銘

云云申巡邊聞金公名。收爲幕屬。癸未。藩胡尼湯介圍訓戎鎭。公從
申公力戰。斬獲甚衆。申公啓奏公功爲第一。宣廟召見公。手賜精忠錄。
立拜通禮院引儀。乙酉。拜利城縣監。時錢胡數犯境。公又與北兵使李公
鎰將兵襲之。焚其巢穴而還。作戰勝圖以上。宣廟益加獎歎云。

북관지(北關誌)

제승방략에 자세히 보임

【고사(故事)】 1

계미년(癸未年 선조 16년, 1583)에 오랑캐가 변란(變亂)을 일으킨 이후
에, 감사(監司) 정언신(鄭彦信)이 군량미를 쌓아두는 둔전을 녹둔도(鹿屯
島)[50]에 설치하고자 하여, 경흥부사(慶興府使) 원호(元豪)로 하여금 땅을

---

50) 녹둔도(鹿屯島) : 두만강 하류 조산(造山) 부근에 있던 하천 섬. 역사상의 고유
　　영토로서 문헌에는 『세종실록(世宗實錄)』「지리지(地理誌)」에 처음 나타나고
　　있다. 처음에는 사차마·사혈·사혈마 등으로 불리다가 세종 때 육진개척을 한
　　후 녹둔도라 하였다. 섬 둘레 2리(里) 정도의 작은 섬으로 보리·밀·수수와 각
　　종 어류 및 청백염(靑白鹽) 등이 생산된다. 육진개척 이후 국경하천이 된 두만강
　　의 하천도서였으므로 그 대안(對岸)에 살던 여진족의 약탈이 심해져 섬 안에 토
　　성을 쌓고 높이 6척의 목책을 두르고 군사들이 방비를 하고 상주(常住)가 금지

개간하여 둔전(屯田)을 설치하도록 하였다. 하지만 본부(本府)의 힘이 모자라 경작하는 땅은 매우 적었다.

병술년(丙戌年 선조 19년, 1586)에 분조정(分朝廷)[51]에서 선전관(宣傳官)인 김경눌(金景訥)을 보내어 '둔전관(屯田官)'이라 호칭하고 섬 가운데 목책을 설치하고, 남도(南道)에서 군적(軍籍)에 빠진 노예들을 농군(農軍)으로 삼고, 농기구와 농우(農牛)[52]를 많이 들여보내어 땅을 널리 개간하고 곡식을 심었으나, 마침 그 해에 흉년(凶年)이 든 관계로 군량미를 제대로 보충하지 못하였다.

다음 해 정해년(선조 20년, 1587)에 조산보 만호(造山堡萬戶) 이순신(李舜臣)으로 하여금 그 둔전을 아울러 맡아보게 하고, 지난해의 방법에 따라 둔전(屯田)을 맡아보게 하였다.

가을 9월에 경흥 부사(慶興府使) 이경록(李景祿)이 그가 관할하는 관내(管內)의 연호군(煙戶軍)을 이끌고 녹둔도(鹿屯島)에 들어가서 이순신(李舜臣)과 힘께 곡식을 수확할 스음에, 추도(楸島)에 살고 있던 번호(藩胡)인 마니응개(麻尼應介)와 사송아(沙送阿) 등이, 무이보(撫夷堡) 지경에 살고

된 농민들이 배로 오가며 사토(沙土)를 개간하여 농사를 지었다. 선조 때에는 출입의 번거로움과 방수(防戍) 강화를 위해 둔전(屯田)을 실시하자는 의견도 있었다. 섬에서 농경이 지속되자 1587년(선조 20) 족이 습격하여 조선의 수호장 오형(吳亨) 등 11명의 군사를 살해하고 군민(軍民) 160여명을 납치한 녹둔도사건이 일어나 조정에서는 여진족에 대해 강경책으로 대처하였다. 1800년대 이후 강 상류의 토사가 밀려와 녹둔도와 그 대안 사이에 퇴적되어 육지와 연결되어 갔다. 1860년 북경조약으로 러시아에 귀속되어 조선·청·러시아 사이의 국경지역이 되었다. 그러나 대한민국이 다시 반환을 끊임없이 요구하고 있어 아직 러시아에 있지만, 영토문제가 결정 나지 않은 미수복 영토이기도 하다. 이에 대해서는 李源明, 「조선중기 녹둔도 확보와 북병사 이일에 관한 일고찰」 — 『장양공전서』(1893)를 중심으로 — 『백산학보』83호, 2009.4, 502~510쪽 참조.

51) 분조정(分朝廷) : 임진왜란 때 조정을 둘로 나눠 선조가 머물던 의주 조정에 대해 왕세자인 광해군이 머물던 조정을 말함.

52) 농우(農牛) : 농사일에 부리는 소.

있던 시전(時錢)의 중추(中樞) 하오랑아(何吾郞阿)와 추장(酋長) 후통아(厚通阿)·혼도(渾道) 등과, 아오지보(阿吾地堡) 지경에 살고 있던 추장(酋長) 김금이(金金伊)와, 경원진(慶源鎭) 지경에 살고 있던 거추(巨酋) 이청아(伊靑阿)·여처(如處)와, 심처(深處)의 우디캐[亏知介]종족 등에게 나각을 불어 여러 오랑캐들을 불러 모아서 추도(楸島)에 군사를 숨겨둔 뒤에, <녹둔도의> 수호(守護)가 고립되고 허약한 것을 보고 농민(農民)들이 들판에 흩어져서 일할 때에 무리를 지어 갑자기 쳐들어왔다.

그들은 먼저 기병을 동원해 와서 목책(木柵)을 포위한 후에 병사들을 풀어놓아서 크게 약탈하였다. 나와 불의에 녹둔도의 둔소(屯所)를 노략질하였다. 이때 둔전병(屯田兵)이 모두 나와 곡물을 수확(收穫)하는 작업을 하고 있었는데, 목책(木柵) 안에는 다만 10여명이 있을 뿐이었다.

수호장(守護將) 급제(及第) 오형(吳亨)[53]과 감타관(監打官) 임경번(林景藩) 등이 그들의 세력이 큰 것을 보고서 힘으로써 막아내고 못하자 말을 풀어놓고서 포위망을 뚫고 달아났다. 그러나 오형은 적과 싸우다가 죽었고, 임경번은 화살을 가지고 목책 안으로 들어가서 이경록(李景祿)·이순신(李舜臣)과 함께 힘을 합하여 적에게 항거하여 싸웠으나 그도 또한 적의 화살을 맞아서 죽었다.

이때 목책 가운데 있던 장사(將士)들이 모두 농장(農場) 머리로 도망하여 나가고, 남아 있는 자는 몇 사람이 안 되었으므로 장차 지탱할 수가 없을 것 같았다. 다행이 장수(將帥)와 관리(官吏)들이 죽을 각오로 싸운 덕에 목책이 함락되는 것을 면할 수가 있었다.

추장 마니응개는 참호(塹壕)를 뛰어넘어 쳐들어와서 장차 목책을 뛰어넘고자하니 급제(及第) 이몽서(李夢瑞)가 화살 한 대를 쏘아서 꺼꾸러뜨리고, 그 나머지 적도(賊徒)들도 또한 화살에 맞은 자가 많았으므로 적들이 마침내 물러갔다. 이순신과 이경록이 군사를 이끌고 적의 후미(後尾)를 공

---

53) 『제승방략(制勝方略)』의 오향(吳亨)은 오형(吳亨)의 오기(誤記)이다.

격하여 농민 50여명을 빼앗아 돌아왔고, 오랑캐의 머리 3급(級)을 베었고, 오랑캐의 말 1필을 빼앗아 돌아왔다. 그러나 병력이 적어 추격하지 못하였는데, 농민(農民)과 장사(將士) 가운데 적에게 포로(捕虜)가 된 자가 160여명이었고, 살해된 자도 10여명이었다. 그러므로 조정의 논의가 이경록(李景祿)·이순신(李舜臣) 등을 잡아들여 국문하기로 하였는데, 임금이 특별히 백의종군(白衣從軍)을 통해 공을 세워 스스로 정성을 다하게 하였다.

이해 겨울 11월 초하룻날[初吉]에 병사(兵使) 이일(李鎰)이 순시(巡視)하다가 경흥진(慶興鎭)에 이르러 두만강(豆滿江)의 얼음이 단단한지 아니한지를 조사하여 살펴보게 한 후에 우후(虞侯) 김우추(金遇秋)를 위장(衛將)을 정하고, 행영(行營)의 군사와 경흥진 경내(境內) 군사 모두 400여기를 부서를 나누어 편성하여 얼음을 타고 어둠을 틈타 추도(楸島)의 번호 부락을 습격하여 17막사[盧舍]를 불태워버리고 오랑캐의 머리 33급을 베어서 돌아왔다.

【고사(故事)】 2

계미년 여름에 오랑캐 니탕개(尼湯介)가 2만여 기(騎)를 거느리고 등대암(登臺巖) 위에 언제나 와서 군사의 위세를 떨쳤으나, 조방(助防)하는 장사(將士)들이 많이 모여 있는 줄 알고 끝내 감히 와서 침범하지 못하였다. 밤중에 기병과 보병의 오랑캐 15여 명을 보내어 우지개탄(亐知介灘)으로부터 두만강을 건너와서 몰래 탑동(塔洞) 원두(園頭)에 잠입하여 바로 남녀 아이들 모두 4명과 소 두 마리를 약탈하여 가버렸다.

을유년(乙酉年 선조 18년, 1585) 겨울에 고령진(高嶺鎭)의 군관 급제(及第) 임중량(林仲樑)이 군수용(軍需用) 무명[木]10동(同)을 5필의 말에 싣고서 장성문(長城門)으로 들어가서 고령진을 향하여 오롱초 연대((吾弄草烟臺)의 아래에 이르렀다. 적병(賊兵) 10여기가 은밀히 사오이동(沙吾耳洞) 부락에 매복하였다가, 말을 달려와서 물건들을 창탈(搶奪)하여 가버렸다.

임중량(林中樑)이 말을 몰던 사람들과 배종하던 패거리 등과 함께 물건들을 버리고 도망쳤으므로, 적들에게 물건들을 모조리 빼앗겨버리고 양직(梁直)에 들어갔다. 양직장(梁直將) 자모(自募) 조계종(趙繼宗)이 소식을 듣고서 토병(土兵) 윤덕린(尹德獜)과 함께 그 죄를 면하고자 하여 번호(藩胡) 춘(春) 등 4명을 거느리고 죽을 힘을 다하여 적을 추격하여, 적호의 땅에 깊숙이 들어가서 무명[木]40여필을 빼앗아서 돌아왔다.

3일째 되는 날 부사(府使) 이일(李鎰)이 우후(虞侯) 박희량(朴希亮)과 함께 군사를 거느리고 바로 적들이 은밀히 매복하였던 부락을 습격하여 적의 막사[穹廬]를 모두 불태우고 적의 목 30여 급을 베고 온전히 돌아왔다.

【고사(故事)】 3

정해년(丁亥年 선조 20년, 1587) 가을에 중추(中樞) 아오랑아(阿吾郞阿)와 추장(酋長) 후통아(厚通阿)·혼도(渾道) 등이 경원진(慶源鎭) 지경에 살고 있는 거추(巨酋) 이청아(伊靑阿)·여처(如處) 등과 심처(심처)의 우디캐(亏知介) 종족 등과 결연(結緣)한 다음, 녹둔도(鹿屯島)에 침입하여 우리 군민(軍民)들을 크게 약탈하였다.

이해 겨울에 북병사 이일(李鎰)이 순시하다가 경흥진(慶興鎭)에 이르러 몰래 아오랑아(阿吾郞阿)·김금이(金金伊)·김두질개(金頭叱介) 등 침략하기를 남 먼저 제창한 세 명의 오랑캐를 사로잡아서 목베었다.

다음해 무자년(선조 21년, 1588) 1월에 길주진(吉州鎭) 이북 온성진(穩城鎭) 이남에 거주하는 1등 토병(土兵)·2등 토병과 행영(行營)의 군사와 경장사(京將士)와 경흥진(慶興鎭)의 관할하에 있는 4보(堡)의 군마(軍馬) 등 모두 2,700여 명을 징발하였다. 회령 부사(會寧府使) 변언수(邊彦琇)를 좌위장(左衛將)으로 삼고 온성 부사(穩城府使) 양대수(楊大樹)를 우위장(右衛將)으로 삼아 군사와 병마를 부서로 나누어 편성한 다음에 적이 생각지도 못한 틈을 타서 길을 나누어 모두 진군시켰다. 군사를 숨겨 두만강을 건너가서 새벽녘에 적의 소굴을 습격하니 적호(賊胡)들이 모조리 무리를 지어서 나와서 장차 포위망을 돌파하고자 하였다. (이에) 관군(官軍)들이 힘을 합쳐서 공격하고 힘껏 싸워서 모두 섬멸(殲滅)하였다. 적의 2백여 채의 가옥(家屋)을 불태우고 오랑캐의 머리 3백 83급을 베었다.

이것은 대개 임자년(壬子年 명종 7년, 1552) 서수라보(西水羅堡)의 함몰(陷沒)과 신해년(辛亥年 성종 22년, 1491) 조산보(造山堡)의 포위(包圍)와 계미년(癸未年 선조 16년, 1583) 경원진(慶源鎭)·안원보(安原堡)·건원보(乾元堡)·아산보(阿山堡)·훈융보(訓戎堡)의 적변(賊變)이 모두 이러한 부락에 거주하는 적호(賊胡)들이 침략할 것을 먼저 모의하였던 바였으나, 그 즉시 군사를 보내지 않았다가 녹둔도의 패망에 이르게 되자, 이때에 적들을 토벌하여 섬멸(殲滅)하였던 것이다.

北關誌 詳見制勝方略

故事(1) 癸未生變以後。監司鄭彦愼欲儲軍糧屯田于鹿島。使慶興府使元豪開墾作田。然本府力薄。所耕甚少。丙戌年分朝廷。遣宣傳官金景訥號稱屯田官。設冊於島中。以南道闕軍隷爲農軍。多入農器及農牛。廣開種植。而適因年歉得不保功。翌年丁亥令造山萬戶李舜臣。兼掌屯田。依上年例耕作。至秋九月。慶興府使李景祿率掌內烟戶軍入島中。與李舜臣收穫之際。楸島藩胡麻尼應介沙送阿等。傳箭於撫夷境。時錢中樞阿吾郎阿，酋長厚通阿渾道等及阿吾地境酋長金金伊。與慶源境巨酋伊靑阿·如處。深處亐知介等嘯聚群胡。藏兵於楸島後。見守護孤弱。農民布野擧衆突出。先使騎兵來圍木柵。縱兵大掠。守護將及第吳亨及監打官林景藩等。見其勢大。力不能拒。縱馬突圍而走。吳亨被戰而死。林景藩帶箭入柵。與景祿舜臣同力拒戰。又中賊箭而斃。是時。柵中將士皆出場頭。餘者無幾。將不能支。幸賴將吏殊死戰。得免陷敗。酋長麻尼應介跳壕而入。將欲踰柵。及第李夢瑞一箭射倒。其餘賊徒。亦多中箭者。賊乃退去。舜臣景祿率兵尾擊。奪還農民五十餘名。斬馘賊胡三級。獲胡馬一匹而還。然兵少不能追。農民及將士之被虜者一百六十餘名。殺死者亦十餘人。故朝廷議拿景祿舜臣等鞫之。上特使白衣從軍。立功自效。是冬十一月初吉。兵使李鎰巡到慶興。有無審視江氷堅否。以虞侯金遇秋定衛將。部分營軍及慶興境內軍。幷四百餘騎。乘氷暗渡。襲楸島部落。焚燒十七盧舍。斬馘三十三級而還。

故事(2) 癸未夏尼胡率二萬餘騎。登臺巖上。每來揚兵。然知助防將士多集。終不敢來犯。夜遣騎步胡十五餘名。自亏知介灘渡涉潛入塔洞園頭。直男女兒並四名。牛二首掠去。乙酉冬。高嶺軍官及第林中樑。軍需木十同載五馬。入下長城門。向高嶺。到吾弄草烟臺下。賊兵十餘騎。隱伏於沙吾耳洞部落。馳來搶奪。中樑與驅馬人陪牌等棄而走。爲賊全奪。入下樑直　將自募趙繼宗聞奇。與土兵尹德麟。欲免其罪。率藩胡春等四名。盡死力追逐。深入彼地。奪還木四十餘疋。第三日。府使李鎰與虞侯朴希亮。領軍直擣賊隱伏部落。盡焚穹廬。斬獲三十餘級全還。

故事(3) 丁亥秋。中樞阿吾郎阿等。酋長厚通阿渾道等。與慶源境巨酋伊靑阿，如處等。及深處亏知介等締結。入寇鹿屯島。大掠軍民。是冬。兵使李鎰巡到慶興。密捕阿吾郎阿，金金伊，金頭叱介，首唱三胡誅之。翌年戊子正月。簽發吉州以北。穩城以南一二等土兵。及營軍士京將士。與慶興四堡軍馬。並二千七百名。以會寧府使邊彦琇爲左衛將。穩城府使楊大樹爲右衛將。部分士馬。乘其不意。分道並進。潛師渡江。曉襲賊窟。則賊胡悉衆而出。將欲突圍。官軍合擊鏖戰剿滅。焚蕩二百餘家。斬首三百八十三級。大槪壬子西水羅之陷。辛亥造山之圍。癸未慶源安原乾元阿山訓戎之變。皆出於此部落賊胡之所首謀。而不卽加兵。及至鹿島之敗。致討殲滅焉。

여진 시전 부락을 정벌하는 그림의 서문(討滅時錢部胡戰圖序)
(全義 李橝, 1828년)

조선조(朝鮮朝)에서 인재(人才)가 성하기로는 명종(明宗)·선조(宣祖)년간으로 도학(道學)이 최고조에 이르렀으니, 퇴도(退陶)[54]·석담(石潭)[55]·우계(牛溪)[56] 등 여러 선생이 계셨다. 문장(文章)은 간이(簡易)하였으니 월사(月沙)[57]·상촌(象村)[58]·서애(西厓)[59] 등 제공(諸公)이 빈빈(彬彬)[60]이 배출되었고, 상법(相業)[61]은 동고(東皐)[62]·백사(白沙)[63]·한음(漢陰)[64]·오리(梧里)[65]를 꼽을 수 있고, 장수(將帥)는 신순변사(申巡邊使)[66]·이무용대장(李武勇大將)[67]·이충무공(李忠武公)[68] 등 두 세 분

---

54) 퇴도(退陶) : 퇴계 이황(李滉)의 별호.

55) 석담(石潭) : 율곡 이이(李珥)의 별호.

56) 우계(牛溪) : 성혼(成渾)의 별호.

57) 월사(月沙) : 이정귀(李廷龜)의 호.

58) 상촌(象村) : 신흠(申欽)의 호.

59) 서애(西厓) : 유성룡(柳成龍)의 호.

60) 빈빈(彬彬) : 문채와 바탕이 잘 갖추어져 훌륭하다.

61) 상업(相業) : 정승 노릇. 곧 재상의 업무를 이른다.

62) 동고(東皐) : 이준경(李浚慶)의 호.

63) 백사(白沙) : 이항복(李恒福)의 호.

64) 한음(漢陰) : 이덕형(李德馨)의 호.

65) 오리(梧里) : 이원익(李元翼)의 호.

66) 신립(申砬) 장군을 지칭함.

67) 이일(李鎰) 장군을 지칭함.

68) 이순신(李舜臣) 장군을 지칭함.

정도가 호준(豪俊)[69]하였다.

임진왜란(壬辰倭亂)에 퇴계(退溪)·율곡(栗谷) 두 선생과 동고(東皐) 승상(丞相)[70]께선 이미 고인이 되셨는데, 혹은 말을 구하고 격서(檄書)[71]를 전하였고, 혹은 좌우에서 왕실(王室)을 보위하며 서로 더불어 나라의 중흥(中興)을 도모하였으니, 홀로 신순변사께선 충주 탄금대(彈琴臺)에서 패하여 돌아가셨고, 이충무공(李忠武)은 해상(海上)에서 왜구를 격파하다 마침내 탄환을 맞아 돌아가셨으니 슬프고도 슬프도다!

지금의 논자(論者)들은 충무공의 정충장렬(貞忠壯烈)은 변함없이 해와 별같이 여기면서도, 신공(申公 : 신립)과 이공(李公 : 이일) 두 분에 대해서는 본래 중명(重名)[72]을 졌다고 생각하니, 적을 만나 갑자기 패하여 한이 깊다고 여긴 까닭이다. 내가 일찍이 한숨 쉬며 탄식하기를, "일이란 본래 준비하지 않으면 대응할 수가 없는 것이다. 마침내 나라가 태평세월을 오래 겪다보니 백성들이 병사(兵事)를 알지 못했는데, 하루아침에 변보(邊報)[73]가 급히 이르니, 두 장수를 천거하여 뽑아 올렸다. 이에 시정(市井)의 오합지졸(烏合之卒)을 백명·천명도 채우지 못했는데, 갑자기 백만 강병을 맞이하게 되었던 것이다.

바다를 건너 멀리 왔는데 그 칼날이 매우 날카로워 사태를 구제할 수 없을 정도로 기세가 대단하였으니 비록 옛날 이름난 장수라 할지라도 또한 용병(用兵)할 수가 없었다. 그러므로 무용대장 이일장군은 상주(尙州)에서 패했다는 장계를 올렸던 것이다. 성상(聖上)께서는 위유(慰諭)[74]하시고,

---

69) 호준(豪俊) : 재주와 지혜가 뛰어남. 또는 그런 사람.

70) 승상(丞相) : 정승을 이름.

71) 격서(檄書) : 특별한 경우에 군병을 모집하거나 널리 일반에게 알려 부추기기 위한 글.

72) 중명(重名) : 명예를 소중히 여김.

73) 변보(邊報) : 변경에서 보내온 위급한 소식.

74) 위유(慰諭) : 위로하고 타일러 달램.

상유(桑楡)의 공효(功效)[75]를 도모하게 하셨다.

충주의 패전에선 무용(武勇)을 떨쳤으나 홀로 몸을 빼서 시석(矢石)[76]을 무릅쓰고, 고난을 숨기면서 행재소(行在所)에 도달하였는데, 백관(百官)과 육군(六軍)[77]이 의지함이 매우 중하여 은연중에 장성(長城)과 같이 여겼다. 임금께서도 또한 만나보시고 위로하셨으니, 그 전투에서 패한 결말에 있어 인정이 이와 같았다. 장군의 위무(威武)[78]와 용략(勇略)[79]이 세상에서 감복하는바 되었음을 미루어 알 것이다. 옛날 이른 바 영웅에겐 성패를 논할 수 없다는 것이 바로 장군이 가야할 길이기 때문이다.

아! 섬 오랑캐가 창궐(猖獗)[80]함에 신인(神人)[81]이 모두 격분한 바인데, 만리의 중첩된 바다를 경계로 삼아 한 때 날뛰다가 스스로 왔던 길로 돌아가니, 죽어서 오랑캐의 땅으로 돌아간 것이다. 육지와는 또 다른 오랑캐와 접했는데, 이천(伊川)을 호시탐탐 노려서 장사를 치러야하는 근심이 있었다.

전세(前世)로부터 충신(忠臣)·장사(壯士)의 웅분(雄憤)으로 고려 문숙공 윤관(尹瓘)은 선춘령(先春嶺)에 비석을 새겼고, 조선조엔 정승인 절제(節齋) 김종서(金宗瑞)가 두만강 상류에 진(鎭)을 설치해서 위성(威聲)[82]이 흉악한 오랑캐에게 미치게 되니, 놀라고 두려워하였다. 만력(萬曆) 무자년

---

75) 상유(桑楡)의 공효(功效) : 늦더라도 끝내는 일을 성취하는 것을 말한다. 『후한서(後漢書)』 「풍이전(馮異傳)」에 "처음엔 날개를 늘어뜨린 채 골짜기로 돌아와도 끝내는 날개를 떨쳐 연못으로 날아가나니, 그야말로 동쪽 구석에서 실패했다가 만년에 만회하는 것이다"라고 하였다.

76) 시석(矢石) : 예전에, 전쟁에 쓰던 화살과 돌.

77) 육군(六軍) : 중국 주나라 때 천자가 통솔하던 여섯 개의 군(軍). 여기서는 왕의 군대를 지칭함.

78) 위무(威武) : 위엄이 있고 씩씩함.

79) 용략(勇略) : 용기와 지략을 아울러 이르는 말.

80) 창궐(猖獗) : 못된 세력이나 전염병 따위가 세차게 일어나 걷잡을 수 없이 퍼짐.

81) 신인(神人) : 신과 사람을 아울러 이르는 말.

82) 위성(威聲) : 위광과 명성을 아울러 이르는 말.

은 바로 우리 소경대왕(昭敬大王 : 선조대왕) 21년(1588)인데, 무용대장(武勇大將)께서는 부월(斧鉞)을 잡고 북병사(北兵使)로 무반직에 종사하셨다. 이공(二公)께서 오랑캐를 소멸(剿滅)[83]시키고 왕령(王靈)을 선창(宣暢)[84]하시매 임금께서 병부랑중(兵部郎中) 이대해(李大海)를 보내어 장사(將士)들을 호로(犒勞)[85]하고, 특별히 장군의 한 아들[崇義]에게 벼슬을 주니 위적(偉績)[86]에 대한 극진한 대우인 것이다.

이보다 앞서 계미년(선조 16, 1583)에 순변사(巡察使) 정언신(鄭彦信)이 녹둔도(鹿屯島)에 둔전(屯田)을 설치할 것을 건의(建議)하였다. 정해년(선조 20, 1587) 봄에 번호(藩胡)의 여러 부족이 몰래 서로 결합한 후 모여들어 거리낌 없이 죽이고 노략질하니 장군이 계책을 내어 혹은 사로잡아 죽이고, 혹은 습격하여 깨드렸는데, 오직 시전(時錢)부락이 가장 강하여 제어(制御)하기 어려웠다.

마침내 치계(馳啓)하여 토벌하기를 청하니, 임금께서 비답(批答)을 내려 허락하셨다. 이해 정월에 길주(吉州) 이북과 온성(穩城) 이남의 1, 2등 토병(土兵)과 영중(營中)의 건아(健兒)[87], 서울에서 온 편비(褊裨 : 부하 장교)와 경흥(慶興) 사보(四堡)의 군마(軍馬), 아울러 2,700여 인을 좌우위(左右衛)로 나누어 행궁(行營)에서 조련(操鍊)을 시켰다.

덕명역(德明驛)에서 자리에 앉아 식사를 하고, 좌군(左軍)은 아오랑(阿吾郎)의 땅을 경유하여 백안 연대(白顔煙臺)에서 산을 돌아서 북쪽에서, 우군(右軍)은 무이보성(撫夷堡城) 동쪽에서 강을 넘어 서쪽에서 합류하였다. 시전 부락(時錢部落)을 사면에서 포위하고 초토(剿討)[88]하여 적의 오

---

83) 소멸(剿滅) : 외적이나 도적의 무리를 무찔러 없앰.

84) 선창(宣暢) : 드러내어 세상에 널리 폄.

85) 호로(犒勞) : 음식을 주어 수고를 위로함.

86) 위적(偉績) : 훌륭하고 뛰어난 공훈이나 업적.

87) 건아(健兒) : 건강하고 씩씩한 사나이.

88) 초토(剿討) : 도둑의 무리를 쳐서 물리침.

두막집 300여 호를 모두 불 지르고, 머리 500여 급을 목베었던 바 대개 문숙공(文肅公 : 윤관)과 절재(節齋 : 김종서)이후 없었던 바이다.

　오호라! 음삼(陰山)[89]과 가로막은 사막, 치열한 불꽃과 빠른 바람, 맹장(猛將)은 구름같이 빠르고, 금갑(金甲)[90]은 햇빛에 빛이 난다. 오랑캐의 목숨은 대나무가 갈라지듯 빠르니 창자를 밟고 피를 조섭하네. 죽일 것을 대신하여 베풀어 쓰니 장하지 아니한가? 화주(畫廚)를 옮겨서 당(堂)에 거니 벽에 진실로 자룡(子龍)[91]의 한 몸을 발견하니, 아무리 해도 볼 수가 있고, 부릴 수가 있다.

　장군은 여해(汝諧)[92] 이순신(李舜臣)의 백의종군(白衣從軍)을 조정에 청했으니, 이른바 충무공(忠武公)을 구한 것이다. 또한 유극량(劉克良)공은 좌위(左衛)의 선봉(先鋒)이 되어 잘 싸웠고, 후에 또 임진왜란의 명장(名將)이 되어 사절(死節)하였으니 장군의 휘하에 많은 인재가 있었음을 알 것이다. 오호라! 명종(明宗) · 선조(宣祖)년간에 준재(雋才)가 이미 많았지만 다시 볼 수가 없다. 북쪽에서 징백산(長白山)을 바라보면 편안한 기운이 어렴풋하고, 남쪽에서 푸른 바다를 대하면 큰 파도가 아득하니, 우려(憂虞)[93]가 눈에 가득차고 변괴(變怪)가 마음을 놀래 킨다. 이목(李牧)[94]이 없는 탄식과 거록(鉅鹿)[95]에서의 한 끼 식사 생각을 절로 억제하지 못한다.

---

89) 음삼(陰山) : 산이 나란히 두 개가 있을 때, 그 가운데 한쪽의 경사가 가파르지 않은 산. 옛 병서에 의하면 공략하기 쉬운 쪽의 산을 이른다.

90) 금갑(金甲) : 쇠붙이로 만든 갑옷.

91) 삼국지의 조자룡을 지칭함.

92) 여해(汝諧) : 이순신(李舜臣)의 자.

93) 우려(憂虞) : 근심하고 걱정함.

94) 이목(李牧) : 전국 시대 조(趙) 나라 북쪽 변방의 장군이다. 흉노족을 잘 방비하여 10년 동안 흉노족이 조 나라 변방을 침입하지 못했다. 또 진 나라를 대파한 공으로 무안군(武安君)에 봉해졌으며, 남쪽으로 한(韓)과 위(魏)를 막았다. 『史記』卷81「廉頗藺相如列傳」

95) 거록(鉅鹿) : 하북성(河北省)에 있는 지명으로 전국 시대에 항우(項羽)가 진(秦)

전후(前後)의 성패(成敗)가 바라던 것과 같지 않음을 탄식하였으니 또한 한 시대의 원융(元戎)[96]인 것이다.

옛 날 인걸(人傑)중에 어찌 충무공(忠武公)과 같은 무용(武勇)을 얻을 것인가? 무리들이 더욱더 병거(兵車) 사이에 거하는데, 조금이나마 우리 성상(聖上)께서 조정을 치우치지 않게 하려는 근심을 펴보이고자 명주 폭을 잡고 흐르는 눈물을 금할 수가 없었으니 당에 가득하였다.

장군의 가세(家世)[97]가 구성이씨(駒城李氏)[98]에서 나왔으니 이름은 일(鎰)이요, 자가 중경(重卿)으로 바로 성조(聖朝)[99]께서 내리신 호이다. 장군의 증손자인 진방(震芳)이 전도(戰圖)를 소지하고 와서는 나에게 한마디 말을 얻기를 요구하니, 내가 이에 감분(感奮)[100]하여 서를 짓는다.

전의(全義) 이담(李樟)은 삼가 서를 짓는다.

討滅時錢部胡戰圖序

我朝人才之盛。明宣間爲最道學。則有若退陶・石潭・牛溪・諸先生焉。文章則有若簡易。月沙・象村・西厓諸公。彬彬輩出。相業則推東

나라 군사와 싸워 크게 이긴 곳이다.

96) 원융(元戎) : 군사의 우두머리.

97) 가세(家世) : 집안의 계통과 문벌.

98) 구성이씨(駒城李氏) : 구성(駒城)은 용인(龍仁)의 별호로 현재 용인이씨(龍仁李氏)를 말한다. 참고로 용인지역의 지명 유래의 변천을 보면, 삼국시대 백제가 점령시는 멸오현(滅烏縣), 고구려 장수왕 때는 구성현(駒城縣)으로 명명되고, 삼국통일 후에는 거서현(巨黍縣)으로 불리다가, 고려 태조 23년(940년)에는 용구현(龍駒縣)으로 개칭되었다가 조선조 태종 13년(1413)에 이르러서 용구현(龍駒縣)과 처인현(處仁縣)을 합쳐 용인현(龍仁縣)이라 하여 오늘날까지 용인이란 지명이 이어지고 있고, 용인이씨 대종회도 대종회 건물명을 용구빌딩으로 부르고 있다(이원명,『용인이씨현조사적』, 2005, 6~7쪽).

99) 성조(聖朝) : 백성들이 당대(當代)의 왕조를 높여 이르는 말.

100) 감분(感奮) : 느낀 바가 커서 떨쳐 일어남.

皐・白沙・漢陰・梧里。將帥則有申巡邊・李武勇・李忠武二三豪俊。
及至壬辰之亂。退・栗兩先生。東皐丞相已作故人。而或聘詞馳檄。 或
左右王室。相與齒邦國之中興。獨申巡邊敗歿于忠州之彈琴臺。李忠武破
倭于海上。而終不免中丸而死。悲夫。悲夫。今之論者。謂忠武公貞忠
壯烈固炳。如日星。而申李二公。素負重名。遇賊遽敗爲深恨。予嘗喟
然而嘆曰。物不素具。不可以應。卒當國家。昇平日久。民不知兵。一
朝邊報急至　推轂出兩將。乃以市井白徒烏合之衆。不滿千百。猝置百萬
強寇。越海遠來。其鋒甚銳。事之不濟。固勢也。雖古之名將。亦不能
爲之用武矣。是以武勇李將軍尙州敗狀之聞也。聖朝慰諭。令圖桑楡之
效。及至忠州之敗。績武勇。獨能脫身蒙矢石。竄荊棘。達于行在。則
百官六軍。倚以爲重隱若長城。上亦爲之面勞。其在摧敗之餘。人情如
是。將軍威武勇畧。爲世所服。可推而知也。古所謂。莫以成敗論英雄
者。正爲將軍道也。噫。島夷猖獗。憤切神人。然限以萬里重溟。一時
跳踉適足爲自來送。死至於山戎境。連壞接狼。顧虎視伊川。被髮之
憂。自前世爲忠臣壯士之雄憤。高麗尹文肅公勒石于後春之嶺。我朝節齋
金相國。設鎭于豆江之上。威聲遠暨凶奴震讋萬曆戊子。寔我昭敬大王之
二十一年也。武勇大將。杖鉞北閫踵武。二公剿滅醜類。宣暢王靈。上
命遣兵部郎中李大海。犒勞將士。特官將軍之一子儘偉績也。先是癸未巡
察使鄭彥信建議設屯田于鹿島。至丁亥春。藩胡雜種。潛相結。聚大肆殺
掠。將軍以計。或捕誅之。或襲破之。惟時錢部落最強難制。遂馳啓請
討。上寵批許之。是歲正月。簽發吉州以北。穩城以南。一二等土兵。
及營中健兒。京來褊裨。與慶興四堡軍馬。幷二千七百餘人。分左右
衛。操鍊于行營。蓐食于德明驛。左軍由阿吾郎地。白顏煙臺循山而
北。右軍自撫夷堡城東。越江而西合。圍時錢地。面四部落。剿討立盡
焚燒穹廬三百餘。所斬首五百餘級。盖文肅節齋以後。所未有者也。嗚
呼。陰山絶漠火烈風迅猛將如雲金甲曜日胡兒之命。直在破竹履腸涉血脈

殺代用張不其壯歟。移之畫廚掛于堂。壁眞覺子龍一身都是膽也。是役
也。將軍請于朝。李公舜臣汝諧白衣從軍。向所謂忠武公也。且劉公克
良。景善左衛先鋒。後亦爲壬辰名將而節死焉。有以知麾下之多人也。嗟
乎。明宣間。雋才已多。不可復見。而北望長白。燕氛闇闇。南臨滄
海。鯨波淼淼。憂虞溢目變怪驚心。李牧不在之歎。鉅鹿一飯之思。自
不能已也。前後成敗之歎。似若不同要。亦一代元戎。千古人傑。安得
如忠武武勇。輩人俾居笠轂之間少紓。我聖上中朝之憂。邪摩挲綃幅不
禁涕流滿堂也。將軍家世。出於駒城之李。諱鎰。字重卿。武勇大將。
乃聖朝賜號也。將軍之曾孫震芳。爲予持戰圖要得一言。予於是感奮而爲
之敍。

全義 李橝 謹序

여진 시전부락을 정벌하는 그림의 서문(征討時錢部胡戰圖序)

(玄孫婿, 草溪 後人 鄭慶章, 1829년)

가만히 생각하옵건대 우리 명종(明宗)·선조(宣祖) 때에 문무(文武)의
현재(賢才)[101]로써 한 시대에 이름난 장수와 훌륭한 장군이 되어 아울러
어가를 호종하였으니, 왕실을 호위하고 위태함을 구제하고자 두 세 분 정
도의 호준(豪俊)[102]한 자가 이 때 나오게 되어 한결같이 힘을 다해 수고하
였다. 쉬운 고비와 어려운 고비를 한결같이 (자신의) 몸을 돌보지 않고 나
라에 충성을 다 바쳤으니 그 분들 중에 그 누가 장양 이공(壯襄李公 : 이일)
같이 위대하고 기이한 사적이 있을 것인가? 그 공열(功烈)[103] 가운데 가장
드러난 것을 말한다면, 여진족(女眞族)을 토벌하고 왜구(倭寇)를 정벌한

---

101) 현재(賢才) : 뛰어난 재능. 또는 그 재능을 가진 사람.

102) 호준(豪俊) : 재주와 지혜가 뛰어남. 또는 그런 사람.

103) 공열(功烈) : 드높고 큰 공적.

일이라 할 것이다.

그 조진(條陳)[104]한 바 소(疏)에 대해 별유(別諭)[105]를 내린 내용에 원대한 꾀를 내어 승리를 거둘 수 있게 하였으니, (공을) 의지하고 도움이 자못 깊지 않음이 없었는데, 이는 모두 나라의 역사에 자세히 실려 있는 것이다. 전현(前賢)[106]의 기록 가운데, 한결같이 불필요한 말이 아닌 것은 오직 이 한 폭으로 곧 공이 시전(時錢) 오랑캐를 토벌한 그림이다. 그 군용(軍容)[107]이 엄숙하고 진법(陳法)이 바르고 가지런하여 한 눈에 밝게 들어오니 마치 어제 일과 같아 능히 후인(後人)으로 하여금 용맹을 뽐내게 하였으니, 적이 이르자 본심을 잃고 자신을 돌아보지 않은 것이 이에 있었다.

오호라! 요망한 오랑캐가 틈을 노려 변경을 침략하여 우리 북방에 근심을 일으킨 것이 그 유래가 오래 되었는데, 오직 저 시전 부락(時錢部落)이 가장 강하여 제어(制御)하기 어려웠다. 공은 영민(英敏)하고 용맹스러우며 거침없는 재주로써 풍운제회(風雲際會)[108]의 시기를 만나서 선조(宣祖) 임금에게 가장 융숭한 성은(聖恩)을 입었다. 여러 번 북병사(北兵使)에 제수되어 마음과 힘을 다해 방수(防守)하여 거듭 승전을 거두었다. (적의) 위협에 죽기를 두려워하지 않는 군대를 동원하여 그 소굴(巢穴)을 소탕(剿蕩)하고, 그 추악한 무리를 모두 죽였으며, 삼백 궁려(穹廬)[109]의 땅을 회복하여 우리 땅을 삼으니, 수천의 교만하고 사나운 오랑캐가 다시는 침략하여 해치는 일일 없게 되어서, 백년의 난리를 겪은 백성들로 하여금 하루아침에 편안한 삶을 얻게 하였다.

---

104) 조진(條陳) : 조목조목 들어서 말하거나 써서 진술함.

105) 별유(別諭) : <역사> 임금이 특별히 내리던 지시나 분부.

106) 전현(前賢) : 예전의 현인.

107) 군용(軍容) : 1. 군대의 위용(威容)이나 장비. 2. 군대의 상태. 주로 사기(士氣)나 기율(紀律)을 이른다.

108) 풍운제회(風雲際會) : 어진 임금과 뛰어난 신하가 만나는 것을 말한다.

109) 궁려(穹廬) : 몽고인이 사는, 위가 둥글고 높은 모양의 천막. 파오(包)라 함.

공의 무성한 공적(功績)은 다만 임기(臨機)[110]로 적을 제어하여 이기는 것뿐만이 아니니, 옛날 이른바 '국가가 은연히 만리장성(萬里長城)을 만든다'는 것이 바로 이것인데, 승전을 아뢰어 임금의 특별한 사랑이 아들에게 미친 것 뿐만이 아니요, 사자(使者)를 막사(青油)[111]로 보내어 은상(恩賞)[112]을 여러 번 내렸던 것이다. 이름이 한 세상을 울렸는데, 공(功)이 여러 장수중에 으뜸이니 옛 사람의 도상(圖像)과 함께 충훈부(雲臺)[113]에서 단서철권(丹書鐵券)[114]에 공을 책록(策錄)하였으니 또한 족히 장상(將相)[115]으로 모두 벼슬할 만 하였다.

북쪽 변경 지방의 백성들이 공의 화상(畵像)을 베껴서 높이 걸고 공인양 대하였고, 혹은 대대로 지켜 내려오면서 숭봉(崇奉)하기도 하였고, 혹은 해마다 제사를 지내면서 존숭(尊崇)하였었다. 금으로 제단(祭壇)을 만들었고 옥으로 장막(帳幕)을 만들었는데, 유상(遺像)이 의젓하여 (사람의 마음을) 빼앗기에 충분하였다. 군사들의 군율은 정숙하였고, 사기는 충천하였으니, 직궁(直躬)[116]하여 침략(天狼)[117]의 소굴(巢窟)로 들이닥치니, 위풍(威風)이 늠름하여 움직임이 천둥이 치듯 하였다. 불식간에 숭배되었음을

---

110) 임기(臨機) : 사태의 변화나 어떤 것을 즉시 결정하여야 할 시기에 임함.

111) 청유(青油) : 청유막(青油幕)의 준말로, 장수의 막부(幕府)를 말한다.

112) 은상(恩賞) : 임금이 상을 내리던 일. 또는 그 상.

113) 운대(雲臺) : 후한(後漢) 명제(明帝)가 전세(前世)의 공신(功臣)들을 추념(追念)하여 등우(鄧禹) 등 28명의 초상화를 그려서 걸어 놓았던 대각(臺閣) 이름이다. 여기서는 충훈부(忠勳府)를 지칭함.

114) 단서철권(丹書鐵券) : 옛날 공신(功臣)에게 내려주던 쇠로 만든 문권을 말함. 붉은 글씨[丹書]로 적었으며, 반쪽을 주고 반쪽을 나라에 원본은 석실(石室)에 보관해 두었다. 후대엔 공신녹권(功臣錄券)을 지칭함.

115) 장상(將相) : 장수와 재상을 아울러 이르는 말.

116) 직궁(直躬) :『논어』에, 어느 사람이 공자에게 말하기를 "우리 마을에 직궁(直躬 몸을 곧게 가진다는 뜻)하는 자가 있는데, 그 아버지가 양(羊)을 훔쳤는데 아들이 증거를 섰다." 하였다. 여기서는 다만 몸이 곧다는 의미로 인용한 것이다.

117) 천랑(天狼) : 옛날에 침략을 상징하는 것으로 여겨졌던 별 이름이다.

볼 수 있으니, 늠름한 자태는 시원스러웠고, 모골이 송연할 정도로 늠연(凜然)[118]하여 불식간(不識間)에 공경하는 마음이 일어나게 하였다.

아! 다만 아쉬운 것은 제사를 드리며 흠모한 지가 매우 오래 되었고, 칭송이 그치지 않음에도, 아이들과 노예들은 모전과 피류의 터럭이 일어나 움직임을 알지 못하는 것이다. 나는 아직까지도 (공의) 이름을 외고 위엄에 복종함이 쇠하지 않는데, 그 웅호(雄豪)[119]한 기상과 영렬(英烈)[120]한 풍모가 어찌 사람으로 하여금 경앙(景仰)[121]하게 함이 이 같을 수 있을까? 진실로 신위(神威)[122]가 사람을 움직여 사람들이 감히 불복치 않음이 아니라면 성덕(盛德)[123]이 사람에게 미쳐서 사람들이 느끼지 않음이 아닌 것이니 또한 어찌 이에 이를 수 있었겠는가?

오호라! 공은 충의(忠義)의 마음을 가지고 무략(武略)[124]을 다투지 않음이 없었고, 전략(戰略)을 갖추지 않음이 없었으나, 임진왜란(壬辰倭亂)에 한스럽게도 탄오지책(呑吳之策)[125]에 실패하고, 새재(鳥嶺)를 방어할 계획을 완수치 못한 것은 하늘이 돕지 않음이 아니요, 절제(節制)[126]가 자유롭지 못한 때문이다. 진실로 아쉽게도 공에게 흠이 되는 것은 수백의 오합지졸(烏合之卒)[127]로서 치장(鴟張)[128]한 왜병(倭兵)을 대적하다가 대오(隊

---

118) 늠연(凜然) : 추위가 살을 엘 듯이 심하다.

119) 영호(英豪) : 씩씩하고 호걸스러움. 또는 그런 사람.

120) 영렬(英烈) : 뛰어나고 용맹스러움.

121) 경앙(景仰) : 덕망이나 인품을 사모하여 우러러봄.

122) 신위(神威) : 감히 범할 수 없는 거룩한 위엄.

123) 성덕(盛德) : 크고 훌륭한 덕.

124) 무략(武略) : 군사상의 책략.

125) 탄오지책(呑吳之策) : 오나라를 삼킬 전략. 여기서는 전술을 이름.

126) 절제(節制) : 정도에 넘지 아니하도록 알맞게 조절하여 제한함.

127) 오합지졸(烏合之卒) : 까마귀가 모인 것처럼 질서가 없이 모인 병졸이라는 뜻으로, 임시로 모여들어서 규율이 없고 무질서한 병졸 또는 군중을 이르는 말.

128) 흉포한 사람은 치조(鴟鳥 솔개)가 날개를 벌리고 덤비는 것 같다는 뜻. 『삼국지

伍)를 이루지도 못하고 전략을 써보지도 못한 것인데, 학(鶴)이 놀라서 울면 몸을 염려하여 숨듯이 그런 마음이 없지 않았지만, 공은 홀로 흩어진 군사들을 수습하여 전장을 옮겨 다니면서 싸우다가 가장 먼저 세자(世子)의 수레를 호위하였고, 뒤따라 왕이 타는 어가(御駕)를 호종하였었다. 크게 의용(義勇)[129]을 일으켜 중국 병사와 함께 (적을) 모두 죽이고 마침내 승리하여 삼경(三京)을 회복하고, 종묘(宗廟)와 사직(社稷)을 보전하였다. 삼도 순변사(三道巡邊使)가 되니 무용대장(武勇大將)이라 이름 하였는데, 마침내 중국 조정에까지 보고되어 이름이 천하(天下)에 알려져서 동방(東方 : 조선)에 인재가 있음을 알게 되었다.

영원히 만세(萬歲)에까지 말이 있게 되었으니, 이것이 이른바 "회계(回谿)에서 날개를 드리웠지만, 민지(澠池)에서 날개를 떨쳤도다."[130]라는 것으로, 풍공(豐功)[131]과 위적(偉績)[132]이 진실로 옛날 이름난 장수에 비하여도 못하지 않다. 비록 간혹 이광(李廣)이 봉해지지 못한 데 대해[133] 슬

(三國志)』「오지(吳志) 손견전(孫堅傳)」에 "동탁(董卓)이 죄를 두려워하지 않고 치장하여 큰소리를 친다" 하였음.

129) 의용(義勇) : 충의(忠義)와 용기(勇氣)를 아울러 이르는 말.

130) 회계에서 … 떨쳤도다 : 후한(後漢) 때 장군(將軍) 풍이(馮異)가 적미병(赤眉兵)과 싸워서 회계의 판상(坂上)으로 패하여 달아났다가, 그 후 군사들을 독려하여 효산(崤山) 밑에서 다시 적미병을 크게 격파하자, 광무제(光武帝)가 새서(璽書)를 내려 풍이를 위로하기를, "처음에는 비록 회계에서 날개를 드리웠지만, 끝내는 능히 민지에서 날개를 떨쳤도다.[始雖垂翅回谿 終能奮翼澠池]" 라고 한 데서 온 말로, 전하여 한 번 실패했다가 뒤에 다시 분발하여 성공을 거두는 것에 비유한다.

131) 풍공(豐功) : 매우 큰 공훈(功勳).

132) 위적(偉績) : 위대한 공적. 위공(偉功).

133) 이광(李廣)이 … 대해 : 한 문제(漢文帝) 때 이광(李廣)은 팔이 길어 활을 잘 쏘아서 흉노가 두려워하여 감히 발호하지 못했다. 흉노와 70여 차례 싸워 이겼으나 끝내 후(侯)에 봉해지지 못했고 뒤에 대장군(大將軍) 위청(衛靑)의 패배로 인해 견책 당하자 자살하였다.

퍼하고 애석해하지만, 한 때의 기박(緣數)한 운수134)에 불과하였으니 기이하지만 또한 어찌 족히 공의 유한(遺恨)135)이 되겠는가?

슬프다! 옛날 내가 동성(東城)136)에 있으면서 빙군(聘君)137)이 되었는데, 첨지중추부사(僉知中樞府事) 이담(李橝)이 찬정(撰定)138)한 공의 행장(行狀)에 전쟁터에서 적을 제어하는 방책과 의를 따라서 난을 감당한 행적이 늠름하여 빛이 났으므로, 미우지간(眉宇之間)에 머물기를 바랐다. 이제 연시(延諡)139)함에 있어, 다행히도 또한 연회 때 이 그림을 개봉하여 감상하니 유상(遺像)이 완연하였다. 하물며 마치 활촉 아래 있는 것 같이 위험한 상황에서 용맹을 뽐내고 무용을 드날렸건만, 구원(九原 : 저승)에서 다시 살아나기 어려우니, 지금이 옛날 세상과 다름을 알지 못한 것이다.

아! 공의 충의(忠義)로운 마음을 알고자한다면 사적을 기록한 화제(畵題)를 얻어 볼 것이요, 공의 충의로운 사적(事績)을 얻고자 한다면 모상(模像)140)의 진본을 얻어 볼 것이니, 이 두 가지는 반드시 어느 한 가지도 없을 수가 없는 것으로, 화제를 살피면 그 마음을 알 수가 있을 것이요, 그림을 살피면 그 사적(事績)을 상상할 수가 있을 것이니, 훗날에 몸을 돌보지 않고 나라를 위해 죽은 사실과 전장에서 적과 마주한 것, 즐겨 암송하던

---

134) 한 때의 … 운수 : 이광의 운수가 좋지 않음을 이른 말로, 『한서(漢書)』 권54 이광전(李廣傳)에 "대장군이 은밀히 상의 뜻을 받아서 말하기를 '이광은 운수가 기박하니, 선우를 맞아 싸우게 하지 말라. 하고자 하는 바를 이루지 못할까 염려된다.'고 했다." 한 데서 온 말이다. 왕유(王維)의 노장행(老將行)에 "위청이 패하지 않음은 천행으로 말미암았고, 이광이 공 못 세움은 운수가 기박한 때문이었네[衛靑不敗由天幸 李廣無功緣數奇]"라고 하였다.

135) 유한(遺恨) : 살아서 뜻을 이루지 못하고 남긴 한.

136) 동성(東城) : 경상남도 사천(泗川)시의 고호.

137) 빙군(聘君) : 관리로 뽑아 쓰고자 하는 숨은 선비.

138) 찬정(撰定) : 시문(詩文)을 지어서 골라 정함.

139) 연시(延諡) : 시호(諡號)를 맞이함.

140) 모상(模像) : 모방하여 만든 상.

것들을 알 수 있는 것이다. 이것을 그림으로써 충성을 다하고 의로움을 붙든 마음이 유연히 생겨날 것이다. 그렇다면 오직 이 한 폭의 화상(畵像)은 또한 세교(世敎)[141]를 돕지 않음이 없다.

아! 북쪽에서 장백산(長白山)을 바라보니 엷은 흙먼지가 자욱하고, 남쪽에서 망망한 바다를 바라보니 고래 같은 파도가 아득하여 천리(千里)가 평평한 성과 같다. 아직도 수치를 씻지 못해 작은 산에 머무르니 그 누가 외로이 은거하는 그림을 올릴 것인가? 날이 저물면 인간에겐 고통이 남지만 슬픈 노래 부를 수 없고, 성비(聖批)[142]에 슬퍼서 분한 마음에 팔을 들어 유화(遺畵)를 어루만지니 절로 칭찬이 일어남을 깨닫지 못하겠구나. 크게 탄식하노니 감히 거친 글이 졸렬함을 잊고서 간략히 서술하여 마음을 밝히고, 거듭하여 그림 말미에 일운(一韻)의 화제를 붙인다.

아! 공은 어려운 시절을 만났음에도 한 조각 정충(貞忠)[143]으로써 전장에서 여진족(女眞族)을 제압하여 공이 높았고, 방략(方略)을 써서 왜구를 정벌하기를 주청하였다. 임금의 은혜가 두터웠으니 임금께서 명하여 좋은 창을 내리셨고, 몇 번을 떨쳐 일어나 우쭐대는 오랑캐를 숨게 했고, 임금을 도와 어가가 돌아오게 하였으니 유상이 살아있는 듯하다. 싸움을 그치게 하니 그림이 웅호(雄豪)[144]한데무열(武烈)[145]을 다시 누가 잡을 수 있을 것인가?

을축년(1829년) 3월 을유일에 현손서(玄孫婿) 초계(草溪) 후인
정기장(鄭夔章)은 삼가 짓는다.

---

141) 세교(世敎) : 세상을 살아가면서 얻는 교훈.
142) 성비(聖批) : 임금의 비지(批旨:하답).
143) 정충(貞忠) : 절개가 곧고 충성스러움.
144) 웅호(雄豪) : 씩씩하고 호걸스러움. 또는 그런 사람.
145) 무열(武烈) : 싸움에 열렬하고 용감한 일.

征討時錢部胡戰圖序

　　粵我明宣之際。文武賢才。幷駕於一世名帥良將之捍。衛王室扶危濟艱。不特爲二三豪俊之。爲時出而若其終始盡瘁。夷險一致。忘身報國。輸忠仗節者。孰有如壯襄李公之偉且奇也。試言其功烈之最著。則有若討北征南。其所條陳之疏。別諭之旨。莫非謀猷之克臧倚毗之偏深。而此皆國乘之昭載。前賢之備錄。固不可贅說。而惟此一幅。卽公征討時錢胡之圖也。其軍容之肅肅。陳法之正正。瞭然在目。宛如隔晨。而能使後人賈勇。赴敵喪元而不顧者。其在於茲矣。嗚呼。孼胡搆釁侵掠邊陲。而爲我北顧之憂者。其來久矣。惟彼時錢部落最强難制。而公以英武不羈之才。值風雲際會之期。受知宣廟最承隆眷。屢膺北閫。備盡防守。而席累勝之。威發敢死之旅。勦蕩其巢穴。殲盡其醜類。三百穹廬之地。復爲我有而數千驕悍之虜。無復侵暴。使百年離亂之民。獲一朝貼席之安。則公之茂績。不但爲臨機制敵之勝。而古所謂爲國家隱然作萬里長城者。非邪奏凱。天門榮寵及嗣。遣使靑油。恩賞編番。名動一世。功冠諸帥。則其與古人之圖像。雲臺策勳丹鐵者。亦足相將而幷駕矣。北方之人。模畫其像。摽揭爲號。或世守而崇奉焉。或歲酹而尊尙焉。金壇玉帳。遺像儼然。彪攫熊搏。師律整肅。森森劍氣。直躬天狼之巢。凜凜威風。動若雲雷之挈。拂拭披擎可見。英姿之颯爽。竦骨竪髮。不覺凜然而起敬矣。噫。圖之不足。以寄慕於醮奠。時之彌久。而稱頌之不已。童隷之無知氄毷之蠢。愚尙能誦名服威。至于今不衰。則其雄豪之氣。英烈之風。何令人景仰若是耶。苟非神威之動人。而人不敢不服。盛德之及人。而人不能不感。亦何以致此也。嗚呼。以公忠義之心。武略非不競也。征謀非不臧也。而龍蛇之變。未遂掖嶺之計恨失吞吳之策者。莫非天不助順。而節制不自由也。固不足爲疵於公。而公以數百烏合之衆。當十萬鴟張之寇兵。不成伍策不見用。莫不心驚鶴唳身爲鼠竄。

而公獨能收拾散亡。轉戰千里。首衛鶴駕。追護行在。大倡義勇。幷鏖
天兵。克復三京。奠安宗社都巡三邊。建號武勇。終能轉奏中朝。名聞
天下。使知東方之有人。而永有辭於萬世。則此所謂垂翅回谿。奮翼澠
池。而豐功偉績。固無讓於古名將矣。雖或有慨惜於李廣之不封。而不過
爲一時之緣數。奇而已亦何足爲公之遺恨也。噫。昔予在東城。嘗爲聘
君。所要訪見李僉樞樿撰定公之行狀。而其臨陣制敵之策。仗義勘亂之
蹟。凜凜生色。尙宿於眉宇之間矣。今當延諡。幸又赴宴披翫斯圖。遺
像宛然。怳若寄在於鳴金縱鏑之下。而賈勇揚武不知九原之難作。而今古
之世殊也。噫。知公忠義之心者。得之於記事之實。見公忠義之蹟者。
得之於模像之眞。二者相須不可相無。則攷諸記而可知其心。覽諸圖而可
想其蹟。後之忘身殉國。臨陣對敵者。誦其記翫。此圖而輸忠扶義之心。
油然而生矣。然則。惟此一幅圖畵之像。亦不爲無助於世敎矣。噫。北
望長白燕塵闇闇。南瞻溟海。鯨波淼淼。千里平城。尙有未湔之羞。一
髮稽山。孰進孤棲之圖。日暮人間餘痛。莫伸悲吟。聖批徒增。扼腕摩
挲遺畵。自不覺擊節。長歎敢忘蕪詞之拙　略敍。曠感之懷云爾。仍題一
韻于圖末。嗟。公遭遇際時艱。一片貞忠。矢石間制北功高。方略奏征
南。恩厚玉綸頒陽戈。幾奮天驕遁陸手。能扶日御還。遺像如今。留戰
畵雄豪。武烈更誰攀。

　　　　歲乙丑。暮春之日。乙酉。玄孫婿。草溪後人。鄭夔章 謹撰。

제승방략을 시행하기를 요청하는 장계(狀啓)

(선조 21년, 1588, 장양공 이일)

함경북도병마절도사(咸鏡北道兵馬節度使) 신(臣) 이일(李鎰)이 삼가 장
계(狀啓)하여 품정(稟定)을 청합니다. 신(臣)이 임지(任地)에 도착하는 즉

시『제승방략(制勝方略)』을 상고하건데, 도내(道內)의 각 읍(邑) 진보(鎭堡)의 여러 장수(將帥) 등을 전혀 분군(分軍)하지 않았고, 적로(賊路)도 서로 어긋났으며, 각 항목(項目)의 절목(節目)도 소루(疏漏)한 것이 많습니다. 그래서 만약 위급한 경보(警報)가 있을 때에는, 적변(賊變)를 제압할 방책(方策)이 없습니다. 경전(經傳)에 이르기를, "나라의 큰 일은 제사(祭祀)와 전쟁이다."라고 하였고, 『서경(書痙)』에 이르기를, "준비가 있으면, 걱정이 없다." 라고 하였으며, 병법(兵法)에 이르기를 "계책(計策)으로는 먼저 국내(國內)를 안정(安定)시키고, 다음에 군사를 국경(國境) 밖으로 내보낸다." 라고 하였습니다. 평안(平安) 할 적에 닥쳐올 위험을 잊지 아니하고, 정치가 잘 다스려질 때에 정치가 어지러운 때를 잊지 아니하고, 음우(陰雨)에 대한 대비를 조금이라도 늦출 수가 없습니다.

하물며 6진(六鎭)은 적변(賊變)을 겪은 땅으로서 함부로 날뛰는 추악한 오랑캐들이 아침저녁으로 우리를 엿보면서 으르렁대며, 보복(報復)할 계책을 그만두지 않습니다. 그러므로 더욱 병마(兵馬)를 정비(整備)고 사졸(士卒)을 훈련(訓練)시켜서 항상 계엄(戒嚴)을 더하여야 마땅하기 때문에, 도내(道內)의 각 읍에 있는 진보(鎭堡)의 여러 장수(將帥)들은, 육진(六鎭)에 적변(賊變)이 있을 때에는 6진5위(六鎭五衛)로 분군(分軍)하고 경성(鏡城) 명천(明川) 길주(吉州) 3고을의 경내(境內)에 있는 산보(山堡)에 적변(賊變)이 있을 때에는 3읍 3위(三邑三衛)로 분군(分軍)합니다.

그래서 성(城)를 지키거나, 적(賊)을 추격(追擊)하거나 요격(邀擊)하는 절차와 적로(賊路)의 멀고 가까움과 체탐(體探)하는 형편과 복병(伏兵)수호(守護)연대(烟臺)창고(倉庫)의 숫자를 상세하게 합쳐서 기록합니다. 적(賊)에 임하여 변고(變故)를 제압할 때에 대장(大將)의 지휘[節制]를 하는데 기정(奇正)의 무궁한 전술(戰術)을 사용하거니와, 일체의 적(賊)을 방어(防禦)하는 군무(軍務)를 미리 강구(講究)하여 행이(行移(行文移牒))하고, 군사(軍士)들로 하여금 평상시에 미리 이것을 숙지(熟知)하게 하였다가,

창졸(蒼卒)한 변고(變故)에 제대로 대응(對應)하게 하지 아니할 수가 없습니다. 따라서 20여가지의 사목(事目)과 금령(禁令) 27조(條)를 아울러『제승방략(制勝方略)』의 1건(件)으로 기록하고, 이것을 감봉(監封)하여 상달(上達)하는 바입니다. 이것들도 또한 소루(疏漏)한 것을 면하지 못하므로, 시행(施行)하는 것이 편리할는지의 여부(與否)를 해당 관사(官司)로 하여금 상의하고 확정하여 정탈(定奪임금의 재결)한 다음에 하송(下送)하여 주신다면, 1건(件)은 영(營)에 두고, 각 진보(鎭堡)에도 각각 1건(件)씩 나누어 두고, 봄철 가을철 순행(巡行)할 때에 이것을 강론(講論)하여 전최(殿最)146)에 빙고(憑考)함으로써 사람들로 하여금 시기(時機)에 임하여 실수하거나 잘못되지 아니하도록 할 것입니다.

남도(南道)의 각 관(官)도 도(道)에 사변(事變)이 있다면 똑같이 할 것이지만, 만약 아무런 성식(聲息)이 없는데 북도(北道)에 큰 적변(賊變)가 있으면 빨리 가서 구원하지 아니할 수가 없으므로, 구례(舊例)에 의하여 혹은 계원장(繼援將)과 유격장(遊擊將), 혹은 조방장(助防將)으로 차정(差定)하여, 각 위(衛)에 나누어 소속시켜서, 아울러 분군(分軍)할 것입니다. 그런데 같은 도(道)의 수령(守令)들이 저쪽 도(道), 우리 도(道)라고 일컬으면서 본도(本道)의 모든 행이(行移)를 오로지 거행(舉行)하지 않습니다. 그래서 만약 위급(危急)한 일이 있을 때에 빨리 가서 구원하지 아니할 경우에는, 후회가 막급(莫及)하고 지극히 염려스러운 일입니다. 그러므로 남도(南道)의 수령(守令)과 군마(軍馬)들을, 감사(監司)로 하여금 미리 정비(整備)하게 하여 두었다가, 만약 계미년(癸未年1583년 선조 16년)의 경우와 같은 일이 있으면 즉시 달려가서 구원하도록, 각각 별도로 거듭 밝혀서 거행(舉行)하도록 할 것입니다.

---

146) 전최(殿最): 관리들의 근무 성적을 상하로 평정하던 법. 상(上)이면 최(最), 하(下)이면 전(殿)이라 한 데에서 나온 말로, 경관(京官)은 각 관사의 당상관제조가, 외관(外官)은 관찰사가 매년 6월 15일과 12월 15일 두 차례에 걸쳐 등제를 매겨 계문하였음.

신(臣)이 임지(任地)에 도착하는 즉시 진보(鎭堡)의 분군(分軍)을 엄하게 신칙(申飭)하였습니다. 다만 위의 분군(分軍)하는 방략(方略)은 상달(上達)하여 정탈(定奪)한 다음에 시행할 일이지만, 적로(賊路)의 형세(形勢)와 부락(部落)의 다소(多少)와 산천(山川)의 험악하고 평탄함과 도로(道路)의 멀고 가까움과 성(城)을 지키는 절차와 적(賊)을 추격(追擊)하고 요격(邀擊)하는 따위의 일들은 부득이 다시 재차 순행(巡行)하여 조사하고, 참작(參酌)하여 증정(證正)하였습니다.

그래서 이번에 감사(監司) 이광(李洸)과 더불어 같이 상의하고, 신(臣)의 군관(軍官) 훈련 참군(訓練參軍) 박홍장(朴弘長)에게 분명히 주어 상송(上送)하게 하였습니다. 그리고 위의 항목(項目)의 남도(南道)의 각관(各官)을 모두 분군(分軍)에 넣는 일도 아울러 조정(朝廷)에서 조치(措置)하여 주시기를 바랍니다.

만력(萬曆) 16년(선조 21년, 1588) 3월 초3일

請行制勝方略狀 丙戌爲北兵使。 取營中所在方略。 增減修潤

咸鏡北道兵馬節度使。 臣李鎰謹啓爲取稟事。 臣到任卽時制勝方略相考爲白乎矣。 道內各邑鎭堡諸將等乙。 專不分軍。 賊路段置互相牴牾。 各項節目多涉疏漏。 脫有警急。 制變無策。 傳曰。 國之大事在祀與戎。 書曰。 有備無患。 兵法曰。 計先定於內後兵出於外。 安不忘危。 治不忘亂。 陰雨之備不可少緩。 況六鎭經變之地。 跳梁孼胡朝夕覘覦。 報復之計狺然未已。 尤當整飭兵馬訓鍊士卒。 常加戒嚴是白乎等用良。 道內各邑鎭堡諸將等乙。 六鎭有變。 則六鎭五衛分軍。 鏡明吉境內山堡有變。 則三邑三衛分軍。 守城追邀擊節次。 及賊路程道遠近。 體探形止。 伏兵守護煙臺庫數。 詳細合錄爲白旀。 臨敵制變。 在大將之節制。 用奇正之無窮是白在果。 一應禦敵軍務不可不預爲講究行移。 使之預知於平時。 策應於倉

卒乙仍于。條陳軍務二十餘事及禁令二十七條幷錄方略一件。監封上達。
此亦未免疎。脫是白昆施行便否令該司商確定奪下送爲白良在等。一件營
上。各鎭堡各一件分上。春秋巡行時講論。以憑殿最。俾無臨機失誤爲白
齊。南道各官段置同道有事變以乎爲白在果。若無聲息而北道有大變。則
不可不馳援是白乎等。以依舊例或繼援將遊擊將。或助防將差定。各衛分
屬竝爲分軍爲白在果。同道守令等彼我道稱云。本道凡行移專不擧行爲白
去等。脫有緩急馳援不冬爲白在如中。噬臍莫及極爲可慮爲白置。南道守
令及軍馬等乙。令監可預爲整槊爲白有如可。癸未年例登時馳援事。各別
申明擧行敎矣。臣到任卽時鎭堡分軍嚴飭爲白在果。同分軍方略上達。定
奪後行用事是白乎矣。賊路形勢部落多少。山川險夷道路遠近。守城節次
追邀擊等事。不得不已再次巡審。參酌證正乙仍于。節沙與監司李洸同
議。臣矣軍官訓鍊參軍朴弘長准授上送爲白去乎。上項南道各官幷入分軍
事。幷以朝廷處置爲白只爲。

萬曆十六年, 三月初三日。

비변사(備邊司)에서 회답하는 관문(關門)

(선조 21년, 1588)

비변사(備邊司)에서 알리는 일. 이번에 계하(啓下)하여 교도(敎道)하였
는데, 계본(啓本)안에 대략 이르기를, "방략(方略)에서 각 진보(鎭堡)의 서
로 어긋나고 잘못된 부분을 미리 강구(講究)하여 조목별로 진술한 것과 금
령(禁令)에 대한 방략 1건(件)을 상달(上達)하는바, 해당 관사(官司)로 하여
금 상의하여 확정하게 하고 남도(南道)에서 적변(賊變)이 있을 때도 구례
(舊例)에 의하여 계원(繼援)하되, 남방(南方) 각 관(官)의 분군(分軍)하는 일
도 아울러 조정(朝廷)에서 조치(措置)하여 주시기를 바랍니다."라고 하였
는바, 계본(啓本)에 의거하여 본사(本司)에서 계목(啓目)을 첨부하여 계하

(啓下)하였던 것입니다.

전번에 상송(上送)한 방략(方略) 1책(册)은 자못 상세하게 기록하였지만, 오직 분군(分軍)하는 한 가지 일만은 아주 미흡(未洽)하였습니다. 남도(南道)와 북도(北道)에는 각각 전관(專管)하는 곤수(閫帥병사(兵使)와 수사(水使))의 신하가 있으며, 각각의 도내(道內)에는 수령(守令)들이 각기 소속된 곳이 있습니다. 그래서 만일 한 도(道)에서 적변(賊變)이 일어나고 다른 한 도(道)에서 사변(事變)이 없을 경우에는, 적당히 그 완급(緩急)을 헤아려서, 이쪽 도(道)서 저쪽 도(道)를 구원할 즈음에 스스로 감사(監司)가 있어서 지휘(指揮)하고 절제(節制)할 수가 있습니다. 그런데 미리 분군(分軍)하여 이문(移文)하고 호령(號令)하는 것이 마치 관하(管下)의 사람인 것처럼 하면 사체(事體)가 온당치 못할 것이므로, 남도(南道)를 제외하고 북도(北道)의 수령(守令)만 분군(分軍)하도록 하고, 다른 나머지 조건(條件)들은 방략(方略)에 의해서 시행하도록 할 것입니다.

남도(南道)의 수령(守令)들은 남도(南道)에 사변(事變)이 없고 북도(北道)에 적변(賊變)이 일어날 때에는 빨리 가서 구원하기 위해 미리 군사를 정비(整備)하여 두었다가, 북도(北道)에서 치보(馳報)하기를 기다려 즉시 군사들을 들여보내도록, 관찰사(觀察使)에게 아울러 행이(行移)하는 것이 어떠하겠습니까?

만력(萬曆) 16년 6월 18일 우부승지(右副承旨) 신(臣) 이순인(李純仁)이 담당[次知]하여 계달(啓達)해서 의윤(依允)하였기 때문에, 교지(敎旨)의 내용도 같습니다.

만력(萬曆) 16년(선조 21년, 1588) 6월 19일

備局回關

備邊司爲知音事。 節啓下敎道。 啓本內節該。 方略各鎭堡互相牴牾預

爲講究。條陳及禁令方略一件上達。令該司商確。南道有變依舊繼援。南
各官分軍事幷朝廷處置事。啓本據司粘連啓目啓下是白有亦。向前上送方
略一冊頗似祥悉是白在果。唯只分軍一事深爲未穩爲白置。南北道各有專
閫帥臣。各各道內守令各有所屬爲去等。萬一一道生變一道無事。則量其
緩急。以此救彼之際。自有監司可以指揮節制是白去乙。預先分軍文移號
令有若管下之人。事體不當爲白昆。南道除良北道守令以分軍爲白乎矣。
他餘條件依方略施行爲白只爲。南道守令乙良南道無事。而北道生變時馳
援。次以預先整齊爲白有如可。待其北道馳報。登時入送爲白只爲觀察使
處幷以行移何如。萬曆十六年六月十八日。右副承旨臣李純仁次知啓依允
敎事是去有等以。敎旨內貌如。

萬曆十六年六月十九日。

순영(巡營)에 보고하는 글

북도병마절도사(北道兵馬節度使)가 상고(相考)할 일. 남도(南道) 각 관
(官)의 수령(守令)들도 남도(南道)에서 사변(事變)이 있다면 모르지만, 만
약 아무런 성식(聲息)이 없는데 북도(北道)에 큰 적변(賊變)이 있으면 빨리
달려가서 구원하지 아니할 수가 없으므로, 구례(舊例)에 의하여 혹은 계원
장(繼援將) 유격장(遊擊將) 조방장(助防將)으로 차정(差定)하여, 각 위(衛)
에 분속시켜 분군(分軍)하고, 감사(監司)로 하여금 미리 군사를 정비(整備)
하게하여 두었다가, 만약 계미년(癸未年 1583년, 선조 16년)의 예와 같은
일이 있으면 즉시 달려가서 구원하도록 하자고 계달(啓達)하였다.

　그러나 비변사(備邊司)에서 회계(回啓)하기를 "남도(南道) 북도(北道)에
각각 곤수(閫帥)가 있고, 수령(守令)들도 또한 소속(所屬)된 바가 있습니

다. 그런데 다른 도(道)의 수령(守令)을 미리 분군(分軍)하여 이문(移文)하
고 호령(號令)하는 것이 마치 관하(管下)의 사람인 것처럼 하면 사체(事體)
가 온당하지 못할 것이니, 방계(防啓)하여 분군(分軍)하지 말 것입니다. 다
만 만약 남도(南道)에 사변(事變)이 없고 북도(北道)에 사변(事變)이 있을
때에는 감사(監司)로 하여금 남도(南道)의 수령(守令)과 군마(軍馬)를 미리
정비(整備)하고, 북도(北道)에서 치보(馳報)하기를 기다려 즉시 군사를 들
여보낼 일입니다.”라고 계하(啓下)하여 공사(公事)가 이루어졌다.

그러니 만약 본도(本道)에 적변이 일어날 적에는 남도(南道)의 수령(守
令)들에게 군사를 거느리고 달려가서 구원하도록 이문(移文)할 일이다.

報巡營狀

北道兵馬節制使爲相考事。南道各官守令段置南道有事變。若無聲息而
北道有大變。則不可不馳援是乎等。以依舊例或繼援將遊擊助防將差定。
各衛分屬分軍。令監司預爲整朶。如癸未年例登時馳援事啓達。而備邊司
回啓。曰南北道各有梱帥。守令亦有所屬。而他道守令預爲分軍文移。號
令有若管下之人。則事體不當是如。防啓爲有臥乎等以不爲分軍爲在果。
若南道無事北道有事。令監司南道守令及軍馬預先整齊。待北道馳報登時
入送事。啓下成公事爲有昆。若本道生變南道守令乙領軍馳援事移文爲臥
乎事。

군무(軍務) 29사(事)[147]

1. 경성(鏡城)·명천(明川)·길주(吉州) 3고을의 하번(下番)하는 영군사(營軍士)와 각 진보(鎭堡)의 하번(下番)하는 항방군사(恒防軍士)들은, 6진(六鎭)에 적변(賊變)이 일어나면 각각 그 방어(防禦)하는 곳으로 빨리 달려가서 적변(賊變)를 기다리도록 미리 일러준다. 그랬다가 적변(賊變)을 들으면 즉시 일을 잘 아는 품관(品官)을 영장(領將)으로 정하여 거느리게 하고 색리(色吏)와 함께 압령(押領)하여 밤낮을 가리지 않고 달려가서 교부(交付)하고 도부(到付신보(申報)에 대하여 답하는 공문(公文))를 받아 위 관청에 바치되, 영(營)에서 성책(成冊)한다.

일체의 잡색군사(雜色軍士)들은 3운(運)으로 나누어서, 1운(運)은 수성장(守城將)으로 하여금 군사들을 영솔(領率)하고 성(城)을 지키게 하며, 2운(運)은 수령(守令)들이 직접 거느리고 적변(賊變)이 일어난 곳으로 즉시 달려가서 구원하되, 늦게 이르는 자는 군령軍令에 의하여 시행할 일이다.

1. 단천(端川)·이성(利城)·북청(北青) 3고을의 하번(下番)하는 군사와 각 진보(鎭堡)의 토병(土兵)으로 항방군사들은, 함경도(咸鏡道)안에 적변(賊變)이 일어나면 각기 그 방어(防禦)하는 곳으로 빨리 달려가서 적변(賊變)을 기다리도록 미리 일러준다. 만약 적변(賊變)을 들으면 즉시 또한 일을 잘 아는 품관(品官)을 영장(領將)으로 정하여 거느리게 하고 색리(色吏)와 함께 압령(押領)하여 밤낮을 가리지 않고 달려가서 교부(交付)하고 도부(到付)를 받아 위 관청에 바치되, 현지에 늦게 이르는 자와 제대로 단속하지 못한 수령(守令)은 모두 군령(軍令)에 의하여 시행할 일이다.

---

1. 무릇 적변(賊變)을 기다릴 때에 군령(軍令)은 4경(四更) 초(初)에 <각(角)을> 처음 불면[初吹] 말을 손질하고, 4경(四更) 말(末)에 2취(吹)한다. 5경(更) 초(初)에 3취(吹)하면 번(番)을 교대하고, 나머지는 모두 대변청(待變廳)에 모인다. 새벽[平明]이 되면 그때서야 해산할 일이다.

1. 성(城)을 지키는 원래의 군사 여러 명 가운데에서 정병(精兵)을 골라 뽑아 적(賊)을 추격(追擊)하게 한다. 이를 위해 진법(陣法)에 의하여 분군(分軍)한다. 그 나머지 늙고 쇠약한 남녀(男女)는 성(城)을 지키기 위해 매 궁가(弓家)마다 몇 명씩의 사람들을 고르게 나누고, 궁가(弓家)에다 그 소명(小名(兒名))을 써놓는다. 그리고 남자는 활과 화살을 가지고, 여자는 남자의 복장(服裝)으로 바꿔 입고 능장(稜杖)과 창(槍)·도끼·낫을 가지고 성두(城頭)에서 파수(把守)를 서게 한다. 또한 이를 항상 가르쳐 두었다가, 적(賊)이 만약 모습을 니다내면 수성장(守城將)이 대각(大角) 소각(小角)을 아울러 불고 질고(疾鼓)를 친다. 그러면 늙고 쇠잔한 남녀(男女)와 가려 뽑은 정병(精兵)은 모두 성(城) 위의 찌나무[柹木]를 세운 곳에서 즉시 파수(把守)를 선다.

적(賊)이 만약 성(城)을 타고 올라 땡땡이[鐃]를 흔들면 북을 울리고 크게 소리친다. 그러면 궁가(弓家)들이 혹은 활을 쏘기도 하고, 혹은 창(槍)을 적의 가슴에 던지기도 하며, 혹은 돌을 던져서 적의 머리를 맞혀서, 적들로 하여금 성(城)를 기어오르지 못하게 한다. 적들이 만약 퇴각하면 진보(鎭堡)의 장수(將帥)는 함께 정병(精兵)을 골라 뽑고 그들을 영솔(領率)해서 적을 엄습(掩襲)하여, 적의 마필(馬匹)이 돌아가지 못하게 한다.

또 2장(丈) 길이의 마른 참나무를 패서 홰[炬]를 만들어, 매 궁가(弓家)마다 2, 3자루씩을 준비해 놓는다. 그랬다가 적(賊)이 만약 밤에 포위하고 성(城)를 타고 오르면, 수성장(守城將)이 등불을 깃발의 장대에다 매달고, 각 궁가(弓家)들이 일시에 홰에 불을 붙여 여장(女墻)의 구멍을 통해 불빛을 비추면, 적(賊)들이 그 모습을 숨길 수가 없으므로 적세(賊勢)를 쉽게 제압(制壓)할 수 있다. 성(城) 안에는 넉넉하게 준비하여 부족(不足)한 횃불을 잇대도록 하되, 각(角)을 불고 깃발[麾]을 휘둘러 장수(將帥)의 지휘(指揮)가 이루어지도록 한다. 적(賊)들이 만약 어떤 궁가(弓家)를 뛰어넘어서 쳐들어오면, 그 궁가(弓家)를 지키는 남녀(男女)와 그 좌우(左右)에서 구원하지 아니하는 자, 그리고 적(賊)을 추격(追擊)할 때에 실수를 저지른 자는 모두 참형(斬刑)에 처할 일이다.

1. 무릇 징병(徵兵)하여 왕래할 즈음에 군인(軍人)들이 길에서 머무를 때와 각 진보(鎭堡)에서 머물러 유숙(留宿)할 때에 혹은 닭과 개를 잡아서 먹기도 하고, 혹은 화곡(禾穀)을 베어서 먹기도 하며, 심지어 집안에 간직한 잡물(雜物)까지도 공공연히 겁탈(劫奪)하는데, 울타리나 지붕에 덮은 풀을 죄다 거두어 밥을 지으므로, 백성들은 그 괴로움을 견디지 못하여 민가가 소연(蕭然)하니, 지극히 한심하다. 만약 이러한 범죄(犯罪)를 저지르는 자가 있어도 검거(檢擧)하지 아니하는 관령(管領)을 아울러 군령(軍令)에 의하여 시행할 일이다.

1. 무릇 적변(賊變)이 일어난 곳의 여러 장수(將帥)들은 같은 수령(守令)과 변장(邊將)을 나누어서 소속(所屬)시킨 것이다. 그렇더라도 군중(軍中)에는 등급(等級)이 없을 수가 없으므로, 관직(官職)이 높은 자에게 절제(節制)를 받도록 하며, 우후(虞侯)가 도착하면 우후(虞侯)에게서 절제(節制)를 받도록 하고, 절도사(節度使)가 도착하면 절도사(節度使)에게 절제(節制)를 받도록 하되, 각기 그 소속한 장수(將帥)들은 첩정(牒呈(牒報))을 사용할 일이다.

1. 적(賊)을 추격(追擊)하는 노정(路程)은 제승방략『制勝方略』에 실려

있거니와, 만약 외로운 군사로 적(賊)을 추격하다가 적(賊)의 지경(地境)에 깊숙히 들어가면, 적(賊)에게 유인당하여 도리어 패배할 염려가 없지 않다. 병법(兵法)에서 말하기를, "가능성이 보이거든 진격(進擊)하고, 어려움을 알거든 후퇴하라." 고 하였으니, 오직 시기에 따라 적변(賊變)를 제압할 것이고 군사를 쓰는 시기를 놓치지 말아야 한다. 만약 우리 지경에 있을 때에는 이러한 제한이 있을 수가 없는 일이다.

1. 어떤 진보(鎭堡)에 적변(賊變)이 있을 때에는 그 좌우(左右)에 있는 이웃의 진보(鎭堡)는 성을 지킬 군사를 계산해 남겨두고 정예(精銳)한 군사를 거느려 즉시 달려가서 구원(救援)하는데, 만일 머뭇거리며 지체하면, 스스로 그 군율(軍律)을 적용할 일이다.

1. 적변(賊變)이 일어난 곳에서는, 비록 성(城)이 포위당하였다고 하더라도 사이길[間道]를 통해 소식을 전하여 이웃의 진보(鎭堡)에서 서로 구원(救援)하고 또한 적(賊)을 추격(追擊)하거나 요격(邀擊)할 수 있는 일이다. 그런데 각 진보(鎭堡)에서 무릇 적변(賊變)를 보고하는 것은 공무(公務)인데, 즉시 빨리 보고하지 않는 것은 지극히 해괴(駭怪)한 일이다. 금후(今後)로는 잘 달릴 수 있는 사람들을 많이 뽑아 그 이름을 써서 벽에 걸어 두었다가, 적변(賊變)이 일어나면 즉시 그 좌우의 이웃 진보(鎭堡)와 함경도에 빨리 보고하고 지체하지 말도록 하되, 위의 공사(公事)는 해서(楷書)로 쓰지 말고 주필(走筆)로 빨리 보고하게 할 일이다.

1. 적(賊)을 방어하는 데에 가장 중요한 것은 승자총통(勝字銃筒)만한 것이 없는데, 변방(邊方)의 장수(將帥)들이 부지런하게 가르치지 아니하여, 총통을 사용하는 데 익숙지 못한 자가 매우 많다. 지금 이후로는 나이 40세 이하 15세 이상 되는 자는 한 사람도 남김없이 가려 뽑아 항상 이것

을 가르쳐서, 위급할 때에 쓰임에 대비할 것이다. 만일 군사(軍士) 가운데 우두머리[頭頭人] 되는 사람을 탈루(脫漏)하였다가 발각이 되면 그 당사자와 진보(鎭堡)의 장수(將帥)는 모두 중한 죄로써 다스릴 일리고, 순행(巡行)할 때에 도목장(都目狀)에도 이것을 써서 바칠 일이다.

1. 수호(守護)는 5경(五更) 초(初)에 소각(小角)을 불면 수호장(守護將)이 군사를 거느리고 점검(點檢)을 거치는데, 이른 새벽에 나가서 <두만강(豆滿江)의> 강변(江邊)으로 돌아가서 친히 순찰(巡察)한 다음에, 수호청(守護廳)에 이르러 갑옷[甲]을 벗지 아니하고 안장을 갖춘 채 멀리 망(望)을 보면서 평상시에도 적(賊)이 쳐들어오는 것과 같이 하다가, 해가 질 때에는 농민(農民)들을 빠짐없이 보호한 다음에 진보(鎭堡)에 들어오게 할 일이다.

1. 농민(農民)들이 진보(鎭堡)를 나가서 농토에 돌아갈 때에는 사람들이 모두 군장(軍裝)을 지니고 다니는데, 군장(軍裝)이 없는 자는 혹은 칼이나 창이나 도끼나 낫을 가지고 돌아가서 농사를 짓다가, 만약에 적변(賊變)이 있을 때에는 농민들이 한 곳에 모두 모여서 수호(守護)하는 군사들과 힘을 합쳐서 적을 무찌르고 체포한다. 군장(軍裝)과 도끼와 낫을 가지지 않은 자를 진장(鎭將)과 수호장(守護將)이 적발[摘奸]하여 군령(軍令)에 의하여 죄를 다스리되, 이것을 검거(檢擧)하지 아니하는 변장(邊將)과 수호장(守護將)도 또한 군령(軍令)에 의하여 죄를 다스릴 일이다.

1. 각 진보(鎭堡)의 군사(軍士)들에게 하번(下番)할 때마다 으레 성두발입[148](城頭發入)과 습진(習陣진법(陣法)을 연습함)과 능마아[149](能亇兒)등

의 일을 강습(講習)하게 하여서 좌작진퇴(坐作進退)하는 법을 거듭 밝히고 가르쳐서, 불우(不虞)의 변고(變故)에 대비하게 할 일이다. 군법(軍法)에서 이르기를, "편안할 때에 불안(不安)할 때를 대비한다[以虞待不虞]"라는 것이 바로 이것이다. 만일 진보(鎭堡)의 장수(將帥)등이 이것을 부지런히 가르치지 아니하였다가 순행(巡行)할 때에 강습(講習)하고 연습하는 것이 정통(精通)하지 아니하는 경우에는, 도훈도(都訓導)와 진보(鎭堡)의 장수(將帥)를 모두 중한 죄로써 다스릴 일이다.

1. 각 진보(鎭堡)의 토병(土兵) 등에게 진보(鎭堡)의 장수(將帥)가 활 쏘는 것을 시험하지 아니하여 활을 잘 쏘는 자가 아주 적고 지극히 보잘 것이 없는바, 매 당번(當番)마다 날마다 활 쏘는 것을 시험하되, 만일 활 쏘는 것을 시험하는 데에 부지런하지 아니하였다가 순행(巡行)할 때에 더욱 치졸(稚拙)하게 활을 쏘게 되는 경우에는, 변장(邊將)도 아울러 중한 죄로써 다스릴 일이다

1. 각 진보(鎭堡)의 격대(擊臺)는 그 다소(多少)에 따라서 상직(上直
(當直))하는데, 아동(兒童)을 덜어낸 군인 5명과 별장(別將) 1명과 사갑(射甲)2명씩으로 체제(體制)를 정하되 매 격대(擊臺)마다 사냥개[(狗子] 2마리[口]씩을 끌고 간다. 윤목(輪木) 1개씩을 또한 별도로 만들어 매 경(更)마다 1인씩 서로 교대하면서 다음 격대(擊臺)에 일시에 차례차례로 전달하는데, 경(更)이 바뀔 적에 격대(擊臺)에서 초경(初更)에 이것을 봉수(逢授남의 물건을 맡음)하는 사람이 2경(二更)에 소각(小角)을 불 때까지 순환

---

149) 능마아(能亇兒): 무관(武官)에게 병학(兵學)을 강의하고 시험 보이던 일. 김석주(金錫胄)의 『행군수지(行軍須知)』 서문(序文)에 "척씨(戚氏); 척계광(戚繼光)의 신서(新書)를 얻어서 그 조련하는 요지를 뽑아 이름을 『병학지남(兵學指南)』이라고 하였는데, 지금 청(廳)을 설치하고 강의하며 가르치면서 능마아라고 일컫는 것이 바로 이 법이다." 하였음.

(循環)하기를 그치지 아니하되 거듭 이르지 아니하도록 하고, 연속적으로 번갈아 이것을 끌어 줄 때에 성(城) 바깥에 적(賊)의 형적(形迹)이 있는지 없는지를 상세하게 정탐(偵探)하고 먼저 별장(別將)에게 보고하여 그로 하여금 엄히 대비토록 하고, 한편으로 즉시 진장(鎭將)에게 보고하되, 2경(二更)에 소각(小角)을 불면 즉시 각각 그 처소(處所)에서 다음 차례의 사람에게 이것을 봉수(逢授)한다. 이로써 초경(初更)부터 5경(五更)까지 번갈아 돌아가면서 끊이지 않도록 하고 마음대로 휴식(休息)할 수 없도록 한다.

상직(上直)하는 사람들도 형세가 깊이 잠을 자기가 어려우므로, 위의 상직(上直)하는 5인 가운데 1인이 1경(更)씩 순환하고, 돌아가면서 이것을 끌어 주면, 1인은 순경(巡更)하고 4인은 자면서 쉬는데, 또한 곤하게 깊이 잠드는 데 이르지 아니하도록 하고, 그 피곤함을 조금 쉬도록 하며, 별장(別將)인 경우에는 위의 상직(上直)하는 군인들을 점검(點檢)하고, 그들을 영솔(領率)하고 매 경(更)마다 윤목(輪木)을 끌어주고 순경(巡更)할 일이다. 그가 오로지 검칙(檢飭)을 맡아볼 때에도 그들에게 휴식(休息)하도록 하지 말되, 그들이 다만 경계(警戒)하여 지키는 일을 부지런히 하는지 게을리 하는지의 상태를 진보(鎭堡)의 장수(將帥)가 혹은 몸소 친히 살펴보기도 하고 혹은 별도로 믿을 만한 군관(軍官)을 보내어 때때로 적발[擲奸]하여 해이하고 나태하지 않도록 하며, 만일 적(賊)의 형적(形迹)을 능히 간망(看望)하지 못하여 즉시 보고해 알리지 아니하거나, 혹은 유월(踰越)의 폐단이 있을 경우에는, 당초에 경계하여 지키던 격대장(擊臺將)과 순경(巡更)하는 군인(軍人)등을 군령(軍令)에 의하여 모두 참형(斬刑)에 처할 일이다.

1. 산보(山堡)인 경우에는 각각 정해진 날에 적(賊)의 자취가 있는지 없는지를 상세하게 체탐(體探)한 다음에, 찌나무[柣木]를 쪼개어 가지고 연(年) 월(月) 일(日)을 써서 채운 다음에 반(半)을 나누어서 이것을 가지고 윗관청에 바쳐 양쪽을 합쳐서 증험(證驗)하는 데에 빙고(憑考)하게 하되, 불

시(不時)에 이것을 적발할 적에 위의 쪼갠 곳을 합쳐서 증험하여, 위반한 단서가 발각되면, 군령(軍令)에 의하여 시행할 일이다.

1. 연대(烟臺)는 적(賊)을 방비하는 데에 가장 중요한데, 사갑(射甲)군인들을 잔열(殘劣)한 사람들로써 구차스럽게 그 숫자에 충당하는 것은 지극히 놀라운 일이다. 적(賊)들이 만약 생각지도 않게 갑자기 연대(烟臺)를 포위한다면, 이것을 방어할 방책이 없다. 금후로는 날쌔고 건장한 사람을 장수(將帥)로 정하고 사갑(射甲)군인들을 골라서 정하여, 봉수(烽燧)를 조심하고 적(賊)의 형적(形迹)을 망(望)보되, 연대(烟臺)의 가까운 곳에다 여러 방면으로 험조처險(阻處)를 설치하여 적(賊)들로 하여금 갑자기 쳐들어오지 못하도록, 능철(菱鐵마름쇠)을 또한 살포(撒布)할 일이다.

1. 친히 적정(賊情)을 순찰(巡察)하거나 체탐(體探)할 때에 적호(賊胡)가 풀과 나무가 빽빽하게 우거진 사이에서 숨어서 배복(埋伏)하면, 능히 적발(摘發)할 수가 없어서 해(害)를 당할 걱정이 없지 아니하다. 토병(土兵)들로 하여금 사냥개[狗子] 1마리씩을 끌고 가서 그들로 하여금 먼저 길을 인도(引導)하게 할 일이다.

1. 전장(戰場)에서 말을 달려 적진에 돌입(突入)할 때에 말이 가장 중요한데, 각 진보(鎭堡)의 토병(土兵)들이 입마(立馬)하는 경우가 매우 적어서 지극히 염려스러운 일이다. 진보(鎭堡)의 장수(將帥)들이 그들을 독려하여 말을 준비하여 대기시키도록 하되, 일체의 군장(軍裝)과 증미(蒸米찐쌀) 1두, 건태(乾太마른콩) 5승, 미식(米食) 5승, 마철(馬鐵말편자) 2부(部), 망치[亇赤]·사족(斜足) 등을 아울러 각각 준비하여 가지고 진승(眞繩노끈)의 그물망에다 넣어서 담고 적변(賊變)를 기다리게 하였다가, 불시(不時)에 이것을 적발[摘奸]하여 점검(點檢)할 경우에 당사자와 진보(鎭堡)의 장수

(將帥)를 아울러 죄를 다스릴 일이거니와, 위의 전마(戰馬)를 상고(相考)하여 차례대로 상등(上等)중등(中等)하등(下等)으로 등급을 나누어서 빠짐없이 별도로 (成冊)하여 윗 관청에 바치며, 군장(軍裝)도 연마(鍊磨)하여 정치(精緻)하게 하지 못할 때에는 각각 특별히 중한 죄로써 다스릴 일이다.

1. 장사(壯士)와 군사(軍士)들이 일체의 군장(軍裝)을 정치(精緻)하게 하지 못하거나 행군(行軍)한 뒤에 이것을 유실(遺失)하거나 남의 것을 훔쳤다가 발각되는 경우에는 군령(軍令)에 의하여 시행할 일이다.

1. 남방(南方)의 각 고을의 군사(軍士)들은 적변(賊變)를 듣는 즉시 생각지도 않게 갑자기 북방(北方)에 들어오게 되므로 양식(糧食)을 싸 가지고 올 수가 없어서 굶주려 죽을 염려가 있기 때문에, 그 도착하는 고을에서 그들의 소명(小名)을 장부에 기록하고 군량미를 지급한 다음에 가을이 되면 즉시 모곡(耗穀)을 제외하고 환자곡[還上]으로써 봉납[捧納]하게 하는데, 비록 6진(六鎭)의 군사(軍士)일지라도 양식(糧食)을 적게 싸 가지고 부방(赴防)하면, 소재(所在)한 고을에서 능히 잇대기가 어렵더라도 또한 남방(南方)의 군사(軍士)들의 관례에 의하여 군량미를 지급할 일이다.

1. 진보(鎭堡)의 장수(將帥)등이 때때로 진(鎭)을 버려두고 주진(主鎭)과 인근의 진보(鎭堡)에 서로 모여서, 심지어 여러 날을 묵으면서 술에 취해서 중도(中道)에 쓰러지는 경우가 너무나 많이 있다. 모두 이와 같이 진보(鎭堡)를 비워둘 때에 뜻밖의 적변(賊變)이 있으면, 비단 당사자는 참혹(慘酷)한 중형(重刑)을 받을 뿐만 아니라 나라의 치욕(恥辱) 너무나 크므로, 정말로 한심한 일이다. 지금부터 이후로는 조심(操心)하고 근신(謹愼)하면서 종전의 습관(習慣)을 함부로 부리지 말도록 하되, 토병(土兵)들도 함부로 술에 취하여서 후회(後悔)를 남기지 말도록 할 일이다. 만일 이러한 소문

(所聞)이 들릴 경우에는 군령(軍令)에 의하여 시행할 일이다.

1. 각각의 진보(鎭堡)에서도 또한 진법(陣法)에 의하여 군사의 편제(編制)를 나눌 때에 병사(兵士)가 많으면 1위(衛)에 5부(部)로 만들고, 병사(兵士)가 중간이면 1위(衛)에 1부(部)로 만들고, 병사(兵士)가 적으면 1부(部)에 4통(統)으로 만들어, 각각 병사(兵士)의 많고 적음에 따라서 진(陣)을 만들도록 할 일이다.

1. 적(賊)들이 만약 침입하여 노략질하기를 장구(長驅)하게 하면, 진보(鎭堡)의 장수(將帥)가 먼저 험조(險阻)한 땅이나 요해처(要害處)를 상지(相地)하여 궁노(弓弩)를 많이 설치하고 능철(菱鐵)을 어지럽게 살포(撒布)하며, 또 정예(精銳)하고 용감(勇敢)한 군사들을 선발하고 복병장(伏兵將)을 임명하여 정해서 정예한 사람들을 거느리고 승자총통(勝字銃筒)과 철환(鐵丸)과 장약(裝藥)을 가지고 매복(埋伏)하였다가, 적(賊)들이 그 앞에 이르면 궁노(弓弩)와 총통(銃筒)을 일시에 나란히 발사(發射)하여 적(賊)들을 급하게 공격하며, 다음으로 진보(鎭堡)의 장수(將帥)들도 또한 용감한 군사들을 거느리고 그때즉시 말을 달려가서 구원(救援)한다. 안팎에서 협공(挾攻)하여 적(賊)들을 쳐서 멸망시키되, 적(賊)은 많고 우리가 적으면 교전(交戰)할 수가 없으므로, 들판을 깨끗하게 치워서 적들이 약탈할 수 없도록 하고 성벽(城壁)을 굳게 지키고 나가서 싸우지 않으면서, 그 형세가 변하기를 기다린다. 병법(兵法)에서 이른바, "그 예기(銳氣)를 피하였다가, 그 사기가 떨어져서 돌아갈 때에 공격한다."는 것이 이것이다.

1. 매복(埋伏)을 설치할 때에 용감하고 건장한 사람을 장수(將帥)로 정하여 미리 먼 곳에 보내고 밤중에 어둠을 틈타서 배후의 세 곳에다 매복(埋伏)하는 곳을 옮기는데, 매 경(更)마다 서로 바꾸어 적(賊)의 동정을 살

피며, 적(賊)들로 하여금 매복(埋伏)을 하고 있는 곳을 알지 못하도록 하되, 만일 실수를 하면 군령(軍令)에 의하여 시행할 일이다.

1. 적(賊)들이 만약 어두운 밤을 틈타서 우리나라의 옷을 몰래 입고 우리 군졸(軍卒)과 섞여서 있으면 그 염려가 없을 수가 없으므로, 군중(軍中)에서는 모름지기 군호(軍號)를 밝혀서 적인지 우리편인지를 구별(區別)할 일이다.

1. 적(賊)들이 성(城)에 가까이 오기를 기다렸다가, 반드시 명중시킬 만한 형세가 있은 연후에야 비로소 화살을 발사(發射)하는데, 함부로 행동하지 말도록 하고, 의당 화살[矢] 이 쉽게 다 떨어질까바 두려워한다. 명령을 따르지 아니하고 함부로 활을 쏘는 자는 군령(軍令)에 의하여 시행한다. 만약 화살이 다하면 돌덩이[石塊]로서 큰 사발이나 작은 목침만한 것을 가지고도 적(賊)들을 방어(防禦) 할 수 있는데. 돌덩이는 미리 많이 쌓아두었다가 불우(不虞)의 변고(變故)에 대비한다.

1. 적(賊)들이 만약 와서 침범(侵犯)하면 성벽(城壁)을 굳게 지키면서 번갈아 나가서 싸우는데, 형세가 약하면 군사를 더 내보내어 싸움을 돕고, 싸움에서 고전(苦戰)하면 진보(鎭堡)로 돌아와서 군사를 휴식시킨다. 이와 같이 한다면 반드시 싸움에 이길 방도가 있으며, 싸움에 패하여 흩어질 염려는 없다. 적(賊)들이 비록 싸움에 패하여 크게 흩어져서 도망하더라도, 또한 성벽(城壁)을 비워 주고 적(賊)들을 추격하지 말아야 한다. 그것은 적(賊)의 유인(誘引)하는 술책에 떨어질 염려가 있기 때문이다.

1. 각 진보(鎭堡)에서 매달 초 1일과 15일에 으레 적(賊)을 체탐(體探)하는 데, 만약 비가 오거나 눈이 내리면 날이 맑게 개기를 기다렸다가 체탐

을 행할 일이다.

軍務二十九事

一.　鏡明吉三邑下番營軍士。及各鎭堡下番恒防軍士等乙良。六鎭生變
則各其防所馳到。待變事預先知委爲。有如可聞變卽時以事知品官定率領
將。色吏一同押領不分晝夜交付授到付。上使爲旀營上成冊。一應雜色軍
士分三運。一運守城將領率守城。二運守令親領生變處登時馳援爲矣。遲
緩者依軍令施行事。

一.　端川利城北靑三邑下番軍士。及各鎭堡土兵恒防軍士等乙良。道內
生變則各其防所馳到。待變事預先知委爲。有如可聞變卽時亦以事知品官
定率領將。色吏一同押領。不分晝夜馳到交付。援到付上使爲乎矣。稽緩
者不檢擧守令幷以依軍令施行事。

一.　凡待變軍令四更初初吹秣馬。四更末二吹。五更初三吹分番相遆。
聚會待變廳。平明乃罷事。

一.　守城元軍幾名內抄擇精兵追擊。次以依軍法分軍。其餘老弱男女乙
良守城次以每弓家幾名式均分。弓家良中小名書塡爲旀。男則持弓矢。女
則變着男服。持棱杖與鎗斧鎌子。城頭把立。亦常川敎誨爲有如可。賊
若現形則守城大小角幷吹擊疾鼓。則老弱男女及抄擇精兵。幷以城上立柱
處卽地把立。賊若緣城而上搖鼗。則鼓噪大呼。弓家者發射。或以槍揣
胸。或投石碎頭。使不得登城賊。若退兵。鎭堡將領兵追擊。使隻馬不
返。且以枯乾二丈眞木撞碎作炬。每弓家二三柄。儲待爲如可賊若夜圍緣
城而上。守城將以燈火懸之旗竿。各其弓家一時燃炬。貫女墻穴以照。則

賊不得遁形。勢可易制。城中則優備以繼不足爲乎矣。吹角用麾在將之指揮爲在果。賊若某弓家越入。則守弓家男女及左右不救者。幷與追擊時失誤者幷斬事。

一..凡徵兵往來之際。軍人等路次。及各鎭堡止宿時。或鷄犬打殺。或禾穀刈取。甚至家藏雜物公然劫掠。藩籬盖屋草盡爲撤取炊飯。百姓不勝其苦閭里蕭然。極爲寒心。如有犯者不檢擧管領。幷以依軍令施行事。

一. 凡生變處諸將等。以同是守令邊將分屬爲乎乙喩良置。軍中不可無等級。是昆職上處受節制爲旀。虞候到則虞候處受節制。度使到則節度使處受節制爲乎矣。各其所屬將處用牒呈事。

一. 追擊程道載在方略爲在果。若孤軍追敵深入敵境。則不無見誘反敗之患。兵法曰。見可而進知難而退。惟當臨機制變。無失軍機爲乎矣。若我境則不在此限事。

一. 某鎭堡有變。則左右隣鎭堡。守城軍計除。率精銳登時馳援爲乎矣。萬一逗遛。則自有 其律事。

一. 生變處雖被圍城。從間道傳通爲良沙。隣鎭堡相救。亦可追邀擊事是去乙。各鎭堡凡報變公事。趁不馳報極爲駭愕。今後乙良能走人多抄。書名掛壁爲有如可。生變卽時左右隣鎭堡及道良中星火飛報。毋令稽緩爲乎矣。同公事楷書除良走筆馳報事。

一. 禦敵最關者莫如勝字銃筒。而邊將等不動敎誨。生疎者甚多。自今以後年四十以下十五以上無遺抄擇。常川敎誨以備緩急之用爲乎矣。萬一

士中頭頭人脫漏現露爲在如中。當身及鎭堡將幷以重治事是昆。巡行時都
目狀進呈事。

一.　　　守護段置五更初令小角。則守護將率軍逢點。凌晨出歸江邊親邏
兀。到守護廳不解甲。卸鞍瞭望。常如敵至爲有如可。日沒時農民無遺
捍後入來事。

一.　農民出歸時。人皆佩持軍裝者。或劍鎗斧鎌持歸耕耘爲如可。若有
賊變則農民一處聚會。守護軍合力剿捕爲矣。軍裝斧鎌不持者。鎭將及守
護將摘奸依軍令治罪。不檢擧邊將守護將。亦依軍令治罪事。

一.　各鎭堡軍士每下番時。例爲城頭發入習陣能爾兒等事講習。坐作進
退申明敎誨。以備不虞之變。軍法曰以虞待不虞者是也。萬一鎭堡將不勤
敎誨爲如可。巡行時講隷不通者。訓導及鎭堡將幷以重治事。

一.　各鎭堡土兵等鎭堡將小爲試射。能射者鮮少極爲無謂。每番逐日試
射爲矣。萬一不勤試射。巡行時尤甚拙射爲在如中。邊將幷以重治事。

一.　各鎭堡擊臺隨其多少上直。軍人兒童除良五各及別將一名射甲二名
式定體。每擊臺狗子二口式牽歸。輪木一介式亦爲別作。每更一人式相
遞。犯近擊臺良中一時次次傳。遞更擊臺初更逢授之人。弋只二更吹爲
限循環不絶。使不得疊到。連續輪曳時。城外賊形有無詳細探聽。先告別
將使之嚴備。一邊卽報鎭將爲乎矣。二更吹角卽時各其處所次第人逢授。
以此自初更至五更輪回。不得任情休息是㫆。上直人段置。勢難熟寐是
置。上直五人內。一人更式循環輪曳。則一人巡更四人宿歇。亦不至困耗
別將是在如中。同上直軍人等檢擧。率領每更輪木巡更事。專掌檢飭毋令

休息爲乎矣。其等徒警守護勤慢形止乙。鎭堡將或躬親或別遣可信軍官時時摘奸。毋令懈怠爲旀。萬一賊形未能看望。不卽報知脫有踰越之弊是在如中。當初警守擊臺將。及巡更軍人等依軍令幷斬事。

一. 山堡是在如中各其定日賊蹤有無詳細體探。柱木斫取年月日書塡。分半割取上使。以憑合驗爲乎矣。不時摘奸同斫取處合驗。違端現捉。則依軍施行事。

一. 煙臺段防衛最關爲去乙。射甲軍人等乙以殘劣人。苟充其數至爲駭愕。賊若不意圍臺。則扞禦無策爲置。今後乙良驍勇人定將。射甲擇定。謹烽燧望賊形。煙臺近處多方設險。使賊不得突入。菱鐵亦布事。

一. 親邏兀體探時。賊胡隱伏草樹間。則不能摘發不無遇害之慮爲置。使土兵等狗子一口牽歸。使之先導事。

一. 戰場馳突馬爲最關爲去乙。各鎭堡土兵等立馬者鮮少至爲可慮。鎭堡將督令備立爲乎矣。一應軍裝蒸米一斗乾太五升米食五升馬鐵二部旀赤斜足。幷以各各備持。眞繩巨乙網良中入盛待變爲如可。不時摘奸干點爲在如中。當身等及鎭堡將幷以治罪事是在果。同戰馬相考次以上中下分等無遺別成册上使爲旀。軍裝段 置不爲鍊精爲有在如中。各別重治事。

一. 將士軍士等一應軍裝精緻不冬。行軍時遺失爲去乃。偸取現捉者。依軍令施行事。

一. 南各官軍士等聞變卽時不意入來。裹糧不得饑死可慮。所到官小名懸錄軍糧題給。秋成卽時耗穀除良還上捧上爲矣。六鎭軍士。裹糧輕赴在所難能。亦依南方軍士例題給事。

一. 鎭堡將等有時棄鎭。主鎭及隣鎭良中互相聚會。至於輕宿醉倒中道者滔滔。皆是若空鎭時有不虞之變。則非徒身伏重刑。國辱莫大誠可寒心。自今以後操心謹愼。毋踵前習爲乎矣。土兵段置毋令縱醉以貽後悔。萬一有所聞爲在如中依軍令施行事。

一. 各鎭堡亦依陣法分軍時。兵多則一衛五部。中則一衛三部。小則一部四統。各隨兵之多少爲陣事。

一. 賊若長驅入擣。則鎭堡將先相阻阨之地要害之處。多設弓弩亂布菱鐵。又選精銳勇敢之士。伏兵將差定。率領持勝字銃箭鐵丸藏藥埋伏爲有如可。賊至其前弓弩銃箭一時齊發急擊。次鎭堡將亦率兵登時馳援。內外挾攻剿滅爲矣。賊衆我寡則勿爲交鋒。淸野堅壁以待其勢。兵法曰避其銳氣擊其惰歸者是也。

一. 設伏以勇健人定將預送遠處。夜黑後三處移伏。每更相遆伺候。使賊不知伏處。萬一失誤。則依軍令施行事。

一. 賊若昏夜變着我國之服。混我軍卒。不無念慮。軍中須明軍號以辨彼我事。

一. 待賊近城。有必中之勢然後乃發射。勿爲妄動。恐失易盡也。不從命妄射者依軍令施行。若矢盡則石塊如大鉢小枕者亦可禦賊。石塊預爲多積。以備不虞事。

一. 賊若來犯則堅壁迭出以戰。勢弱則加出兵助戰。戰苦則還鎭休士。如此則有必勝之道。無潰散之患。賊雖見敗大奔。亦勿空壁追之恐。墮誘引之患也。

一. 各鎭堡每月初一日十五日例爲體探。若雨雪則待晴而行事。

금령(禁令) 27조(條)

1. 각 위(衛)의 위장(衛將)인 경우에는 본진과 그 소속(所屬)된 진보(鎭堡)의 군사(軍士)들 가운데 날쌔고 용감한 군사들을 정밀하게 뽑아 셋으로 나눈다. 그 중에서 3분의 1은 늙고 유약(幼弱)한 사람들과 함께 각기 자기의 진보(鎭堡)에서 성(城)를 지키게 하고, 3분의 2는 계제(計除(計減))하여, 5위(五衛)와 유군(遊軍) 척후(斥候)에 적당하게 소속시켜서 군사의 편제(編制)를 나누는데, 진보(鎭堡)의 장수(將帥) 등에게 그 거느린 토병(土兵)들을 서로 빼앗아서 지급할 경우에는 장수(將帥)가 병졸(兵卒)을 알지 못하고 병졸이 장수를 알지 못하여 상하(上下)가 서로 마음이 이반(離叛)되므로, 적(賊)을 맞아서 적변(賊變)를 제압하는 데에 적당한 방도를 잃을 것이다. 각각 자기의 토병(土兵)으로써 군사의 편제를 나누고 남는 수량을 군사가 부족(不足)한 곳에다 옮겨서 지급하여, 그들로 하여금 각각 자기의 뜻을 이루도록 할 일이다.

1. 계원장(繼援將)과 유격장(遊擊將), 용양장(龍驤將)·호분장(虎賁將)인 경우에는 각각 그 고을의 날쌔고 용감한 군사를 미리 먼저 정밀하게 뽑아서 두었다가, 적변(賊變)를 듣는 즉시 그들을 영솔(領率)하고 성화(星火)

같이 급하게 말을 달려가서 구원하되, 만약 제때에 미쳐 구원하지 못하면 군법(軍法)에 따를 일이다.

1. 대장(大將)을 잃은 경우에는 그 위장(衛將)을 참형(斬刑)에 처하고, 위장(衛將)을 잃은 경우에는 그 부장(部將)과 유군장(遊軍將)을 참형에 처하며, 부장(部將)과 유군장(遊軍將)을 잃은 경우에는 그 통장(統將)과 영장(領將)을 참형에 처하고, 통장(統將)과 영장(領將)을 잃은 경우에는 그 여수(旅帥)를 참형에 처하고, 여수(旅帥)를 잃은 경우에는 그 대정(隊正)을 참형에 처하고, 대정(隊正)을 잃은 경우에는 그 오장(伍長)을 참형에 처하고, 오장(伍長)을 잃은 경우에는 그 오졸(伍卒)과 좌우(左右)에 가까이 있는 군졸(軍卒)로서 능히 서로 구해 주지 못한 자를 모두 참형에 처한다.

1. 호명(呼名)할 때에 응하지 아니하거나 점검(點檢)할 때에 이르지 아니하거나 시(時期)를 어기고 이르지 아니하거나 출동(出動)할 때에 군율(軍律)을 어기는 자는 참형에 처한다.

1. 밤중에 조두150)(刁斗)를 전할 때에 태만하여서 보고하지 아니하거나 경첨(更籤)151)에서 도수(度數)를 어기거나 군호(軍號)를 밝히지 않는 자는 참형(斬刑)에 처한다.

1. 원망하는 말을 많이 하여 자기 주장(主將)에게 성을 내거나 약속(約束)을 듣지 아니하거나 아무리 가르쳐도 다스리기 어려운 자는 참형(斬刑)에 처한다.

---

150) 조두(刁斗): 군중(軍中)에서 쓰는 구리로 만든 기구. 낮에는 음식을 만드는 데 쓰고 밤에는 이를 두드려 경계하는 데 씀.

151) 경첨(更籤): 순찰군(巡察軍)이 지니고 다니던 나무를 깎아 만든 목패(木牌).

　1. 큰소리로 드러내놓고 비웃는 말을 하여 마치 자기의 상사(上司)가 없는 것처럼 행동하거나 금약(禁約)을 지키지 아니하거나 말을 달려서 군문(軍門)에 돌입(突入)하는 자는 참형(斬刑)에 처한다.

　1. 요사스런 말이나 속이는 말을 날조(捏造)하거나 귀신(鬼神)을 가탁(假託)하여 몽매(夢寐)하게 사악(邪惡)한 말을 함부로 하거나 고독(蠱毒)[152]으로써 이사(吏士)를 유혹하는 자는 참형(斬刑)에 처한다.

　1. 간사스런 혀와 날카로운 이빨로써 함부로 시비(是非)를 따지거나 이사(吏士)를 징발[調發]할 때에 불협화음을 내게 하는 자는 참형(斬刑)에 처한다.

　1. 이르는 곳에 남의 가옥(家屋)을 허물거나 부녀자(婦女子)를 핍박하여 간음(姦淫)하는 자는 참형(斬刑)에 처한다.

　1. 남의 재물(財物)을 훔쳐서 자기 소유(所有)로 만들거나 남의 수급(首級)을 빼앗아서 자기의 공로(功勞)로 삼는 자는 참형(斬刑)에 처한다.

　1. 군중(軍中)에서 사람을 모아놓고 일을 의논할 때에 장막(帳幕) 아래에 남몰래 가까이 다가가서 군사기밀을 염탐해 듣는 자는 참형(斬刑)에 처한다.

　1. 혹은 모의(謀議)하는 바와 군중(軍中)의 호령(號令)을 듣고서 외부에 누설(漏泄)하여 적(賊)으로 하여금 알게 하는 자는 참형(斬刑)에 처한다.

---

152) 고독(蠱毒): 뱀지네두꺼비의 독(毒)을 말하는데, 남을 저주(咀呪)하거나 유혹(誘惑)할 때에, 이것을 남몰래 먹여서 실신(失神)하여 환각상태에 빠져 죽게 만듦.

1. 인재(人才)를 뽑아서 쓸 때에 입을 다물고 응하지 아니하거나 고개를 깊이 숙이고 난색(難色)을 나타내는 자는 참형(斬刑)에 처한다.

1. 항오(行伍)를 뛰쳐나가서 앞을 가로막거나 뒤를 어지럽히거나, 언어(言語)를 시끄럽게 지껄이거나 금지하는 훈령(訓令)을 따르지 아니하는 자는 참형(斬刑)에 처한다.

1. 부상(負傷)하였다고 핑계대거나 병(病)이 났다고 속이고 싸움에 나가기를 회피하거나, 부상당한 사람을 부축하거나 거짓 죽은 것처럼 행동하다가 이로 인하여 도피(逃避)하는 자는 참형(斬刑)에 처한다.

1. 상물(賞物)과 군량미와 상급(賞給)을 주장(主掌)할 때에, 자기와 친한 사람에게 사정(私情)을 써서 사졸(士卒)들로 하여금 원망을 하게 하는 자는 참형(斬刑)에 처한다.

1. 적(賊)의 침략을 보고서도 자세히 살피지 아니하고 적(賊)의 형세를 정탐할 때에 상세히 보지 아니하고 돌아와서도 돌아왔다고 보고하지 아니하거나 많은 것을 혹은 적다고 말하거나 적은 것을 혹은 많다고 말하는 자는 참형(斬刑)에 처한다.

1. 궁현(弓弦)이 끊어져서 파손되거나 화살[箭]에 깃과 살촉[羽鏃]이 없거나 칼[劍]과 창(槍)을 날카롭게 갈지 않거나 금고(金鼓)가 잘 울리지 않거나 기둑(旗纛)을 조잔凋殘하게 하는 자는 군령(軍令)에 의하여 죄를 다스릴 일이다.

1. 그 장표[153](章表)를 잃어버리거나, 군호(軍號)를 밝히지 않는 자는

벌(罰)을 준다.

　1. 겁이 많은 자는 홀로 후퇴할 수가 없고, 용감한 자는 홀로 진격할 수가 없는바, 한결같이 마음과 힘을 합쳐야 한다.

　1. 행군(行軍)할 때에 대열을 끊으면 벌(罰)을 준다.

　1. 적(賊)의 소굴(巢窟)을 포위할 때에 적(賊)으로 하여금 포위를 뚫고 나가게 하거나 능히 체포하여 잡지 못하는 자는 참형에 처하되, 그 어려움을 알 만한 것은 또한 끝까지 추격(追擊)하지 아니한다.

　1. 오랑캐의 물건[胡物]을 탐(貪)하여 죽음을 돌아보지 아니하고 오랑캐의 집[胡家]에 남몰래 들어가는 자는 벌(罰)을 준다.

　1. 군중(軍中)에 만약 사상자(死傷者)가 있으면 그 소속(所屬)된 부오(部伍)에서 간호(看護)하여 말에 싣고 돌아오는데, 만약 이를 내버리고 돌아오면 그 소속된 장리(將吏)들을 차례차례 벌(罰)을 준다.

　1. 군중(軍中)에서 고성(高聲)으로 군호(軍號)를 창(唱)하는 자는 벌(罰)을 준다.

　1. 무릇 명령을 어기는 경우에, 일이 급하면 그 즉시 참형(斬刑)에 처하고, 일이 급하지 않으면 대장(大將)에게 보고하여 처치(處置)하며, 참형에 처할때에도 충분히 사정을 참작(參酌)하고 함부로 죽이지 않는다.

---

153) 장표(章表): 군사의 편제(編制)에 따라서 소속(所屬)된 부대를 나타내는 표지. 글자를 넣어서 만드는 일종의 부대 마크를 말함.

1. 군사가 행군(行軍)하는 날에 장사(壯士)들을 불러서 단(壇)아래에 세우고 맹세(盟誓)하기를, "생각하건데 너희 장사(壯士)들은 각기 자기의 마음을 삼가서 금령(禁令)을 범하지 말도록 하라. <옛날 중국에서> 장가(莊賈)가 감군(監軍)이었으나 양저(穰苴)가 그 자리에서 목 베었고, 은개(殷蓋)가 귀척(貴戚)이었으나 한신(韓信)이 즉시 주륙하였으며, 마속(馬謖)이 뛰어난 재주를 가졌지만 제갈무후(諸葛武侯)가 용서하지 아니하였고, 향인(鄕人)이 친후(親厚)하였으나 여몽(呂蒙)이 형벌을 시행하였다.

군법(軍法)의 엄하기가 예로부터 그러하였다. 만약 혹시라도 범함이 있으면, 어찌 털끝만큼이라도 사정(私情)을 용납할 수가 있겠는가? 명령을 받들면 상(賞)을 줄 것이나 명령을 받들지 않으면 죽음을 내릴 것이며, 군령(軍令)을 따르면 공(功)을 세울 것이나 군령을 따르지 아니하면 형벌을 받을 것이다. 그러니 어찌 이것에 힘쓰지 않겠으며, 어찌 이것을 경계하지 않겠는가?" 한다.

禁令二十七條

一.　各衛衛將是在如中。 本鎭及所屬鎭堡軍士等乙。 驍勇軍精擇三分。以一分乙良老弱幷各其鎭堡守城。 軍計除二分以五衛及遊軍斥候良中。 量宜分軍爲矣。 堡將等所率土兵等乙。 互相奪給爲在如中。 將不知卒卒不知將上下離心。 臨陣制敵失宜是置。 各其土兵以分軍。 餘數移給不足處。 使之各得其意事。

一.　繼援將及遊擊龍驤勇人預先精擇爲有如可。 聞變卽時率領星火馳援爲矣。 若不及期。 則以從軍法事。

一.　亡大將者斬其衛將。 亡衛將者斬其部將遊軍將。 亡部將遊軍將者斬

其統將領將。 亡統將領將者斬其旅帥。 亡旅帥者斬其隊正。 亡隊正者斬其
伍長。 亡伍長者斬其伍卒。 左右近卒不能相救者幷斬。

一. 呼名不應。 點視不到。 違期不至。 動乖師律者斬。

一. 夜傳刁斗怠而不報。 更籤違度。 軍號不明者斬。

一. 多出怨言怒其主將。 不聽約束。 梗化難治者斬。

一. 揚聲笑語若無其上。 不有禁約。 馳突軍門者斬。

一. 妖言詭語造捏。 鬼神假托夢寐大肆邪說。 蠱惑吏士者斬。

一. 奸舌利齒妄爲是非。 調發吏士令其不和者斬。

一. 所到之地毀人室屋。 逼人婦女者斬。

一. 竊人財物以爲己。 有奪人首級以爲己功者斬。

一. 軍中聚衆議事。 潛近帳下。 探聽軍機者斬。

一. 或聞所謀及號令。 漏洩於外。 使賊知之者斬。

一. 調用之際。 結舌不應。 低眉俯首。 顯有難色者斬。

一. 出越行伍攙前。 亂後言語誼譁。 不遵禁訓者斬。

一. 托傷詐病以避赴戰。 扶傷假死因爲逃避者斬。

一. 主掌賞物頒給軍糧之時。 阿私所親使士卒結怨者斬。

一. 觀寇不審。 到不言到。 多或言少。 少或言多者斬。

一. 弓弦破絶。 箭無羽鏃。 劍槍不利。 金鼓不鳴。 旗纛凋弊者依軍令治罪。

一. 亡其章表。 不明軍號者罰。

一. 怯者不可獨退。 勇者不可獨進。 一齊心力。

一. 行軍時絶驅者罰。

一. 圍抱賊窟任賊突圍。 不能捕捉者斬。 而見可知難亦勿窮追。

一. 貪於胡物不顧其死。 潛入胡家者罰。

一. 軍中若有死傷者。 所屬部伍看護載來。 若棄而來。 則所屬將吏次次有罰。

一. 軍中高聲唱名者罰。

一. 凡違令者事急則立斬。 事緩則報大將處置。 其於斬刑之際。 十分參酌勿爲妄殺。

一. 師行之日招將士立壇下誓之。曰惟爾將士各謹乃心毋犯禁令。莊賈
監軍而穰苴立斬。殷蓋貴戚而韓信卽戮。馬謖之奇才武侯不貸。鄕人之親
厚呂家蒙施。刑軍法之嚴從古而然。苟或有犯寧容毫。私用命則賞不用命
則誅。趣令則功不趣令則刑。可不勗哉。可不戒哉。

상주패보(尙州敗報) 후 회유(回諭)154)

임진년 4월 2일 순변사로서 이곳에서 창졸간에 왜병을 만나 유서를 치하
(馳下)받다

"경의 장계(狀啓)를 보니 아군이 또한 불리했음을 알겠노라. 이기고 지
는 것은 병가(兵家)에서 흔히 있는 일이다. 경이 힘을 다하지 않아서 그러
한 것이 아니다. 잠시 경의 죄를 용서하니 뒤에 공효(功效)155)를 거두어 빚
을 갚도록 하라.

경은 모름지기 흩어진 백성들을 부곡(部曲)에서 불러 모아 신립(申砬)과
서로 힘을 모아 상유(桑楡)의 공효(功效)156)를 도모토록 하라. 만약 적병이
바야흐로 계속 나아와 사세가 여의치 않다면 혹은 서울로 와서 호위하거
나 혹은 행재(行在)157)를 따라 호위할 것이며, 경은 마음을 다해 시행토록
하라.

또 각 도의 감사(監司)와 병사(兵使), 나라를 지키는 신하들에게 통유(通
諭)하노니 각자는 한 마음으로 힘써 창의(倡義)158)하여 용감히 위급함을

---

154) 회유(回諭) : 회신(回信)과 같은 말.

155) 공효(功效) : 공을 들인 보람이나 효과.

156) 상유(桑楡)의 공효(功效) : 늦더라도 끝내는 일을 성취하는 것을 말한다. 『후한
서(後漢書)』「풍이전(馮異傳)」에 "처음엔 날개를 늘어뜨린 채 골짜기로 돌아
와도 끝내는 날개를 떨쳐 연못으로 날아가나니, 그야말로 동쪽 구석에서 실패
했다가 만년에 만회하는 것이라고 하겠다." 하였다.

157) 행재(行在) : 임금이 머무는 곳.

붙들라”

유지(有旨)[159] 동부승지(同副承旨) 이(李) 수결(手決)

尙州敗報後回諭
壬辰四月初二日。以巡邊使。倉卒馳下。遇倭兵於此

見卿狀啓。知我軍又不利。勝敗兵家常事。非卿不盡力而然也。姑貰卿
罪以責後效。卿須收集散亡。呼召部曲。與申砬相機犄角。以圖桑楡之
效。若賊兵方進未已。而其處事勢有難如意。則或來衛京都。或追護行
在。卿其盡心施行。兼且通諭於各道監司兵使及守土之臣。各自一其心
力。大倡義勇。以扶顚危事。有旨。同副承旨李。

양주(楊州) 해유령(蟹踰嶺) 승전 후 회유(回諭)
5월 4일에 이곳에서 왜적을 만났는데, 싸워서 크게 깨뜨리다.

“경의 장계를 보니 아군이 크게 이긴 것을 알겠노라. 대개 왜구(倭寇)가
우리 땅에 들어온 이래로 동래(東萊)를 거쳐 경성(京城)에 이르기까지
1,000여리 사이에 여러 고을이 와해(瓦解)되어 백성들은 어육(魚肉)이 되
었다.

목백(牧伯)[160]들은 (왜적에게) 항거하지 못하고 장수들은 대적(對敵)하

---

158) 창의(倡義) : 국난을 당하였을 때 나라를 위하여 의병을 일으킴.

159) 유지(有旨) : 임금의 분부(分付)를 전하는 문서. 유지는 임금으로부터 명령을
받은 담당 승지가 그 내용을 직접 써서 본인의 직함과 성(姓)을 쓰고 수결(手決)
한 다음 명령을 받는 이에게 송부하는 주요한 왕명서(王命書)임. 따라서 유지
는 그 자체가 곧 왕명이고 그 내용은 국가기밀에 해당하므로 그 전달과정에서
의 잘못은 중형(重刑)으로 다스렸음.

지 못하니 정성이 매우 한심스럽도다. 다행스럽게도 해유령(蟹蝓嶺) 전투에서 경이 능히 위엄을 떨쳐 적을 격파하여 승전보(勝戰報)를 아뢰고 적의 머리를 바치니 수시상유(垂翅桑楡)요, 분익민지(奮翼澠池)[161]라 할만하다.

영을 내려 어마(御馬) 한 필을 사급(賜給)하고 다시 순변사(巡邊使)에 제수하노니, 평양 이남(平壤以南)을 파절(把截)토록 하라"

유지(有旨) 동부승지(同副承旨) 김(金) 수결(手決)

楊州蟹蝓嶺戰捷後回諭
五月初四日。遇倭于此。與戰大破之

見卿狀啓。知我軍之大捷。盖自倭寇入境。由東萊至京城千餘里之間。列郡瓦解。百姓魚肉。而牧伯不能拒。將帥不能敵。誠爲寒心矣。幸於蟹蝓嶺之戰。卿能奮威破賊。奏凱獻馘。可謂垂翅桑楡奮翼澠池也。其令御馬一匹賜給。復除巡邊使。把截平壤以南事。有旨。同副承旨金

---

160) 목백(牧伯) : 목사(牧使)의 이칭. 여기서는 고을 수령인 목민관(牧民官)을 지칭함.

161) 후한(後漢)의 풍이(馮異)가 적미(赤眉)와 싸울 때 회계판(回溪阪)에서 대패한 뒤에 다시 진용을 정비하여 면지(澠地)에서 크게 승리하여 항복을 받아내자 광무제(光武帝)가 풍이의 노고를 치하하였다. 내용의 일부를 인용한 것인데, 군사를 새에 비유하였음. 『후한서(後漢書)』권7「풍이전(馮異傳)」.
여기에서 상유(桑楡)는 만년(晚年)을 뜻하니, 즉 수시상유(垂翅桑楡)란 늘그막에 전투에서 패배한 것을 말하며, 분익민지(奮翼澠池) 즉 민지(澠池)에서 날개를 활짝 펼친다는 것은 전투에서 대승(大勝)을 거둔다는 것을 빗댄 말이다.

삼도순변사로 순천(順天)에 진을 쳤을 때 사직(辭職) 상소(上疏)

계사년(선조 26년, 1593) 부임하여 바다에서 왜적을 몰아내었다

신은 글이 없고 분에 넘치는 은명(恩命)[162]을 입었사옵니다. (또한) 외람되게도 이번에 병사[兵使 : 閫外]의 중직(重職)을 맡았습니다. 신이 비록 지극히 어리석고 누추하오나 이번 변란(變亂)을 당하여 망극(罔極)한 때 어찌 마음과 힘을 다하고자 아니했겠습니까?

작은 공효(功效)[163]로써 힘을 다해 전하의 은혜에 보답하렸더니[164] 신의 재분(才分)[165]이 유한(有限)하고, 식량(識量)[166]이 천단(淺短)[167]하여 전반적인 일처리가 미숙(未熟)하와 비방하는 말[謗言]이 먼저 모여들었습니다. 신으로 하여금 좌로 끌고 우로 끌게[左牽右掣] 하였으나, 한 가지도 한 일이 없이 오늘에 이르렀습니다. 신이 전하의 뜻을 저버리고 나라를 속인 죄 만번 죽어 합당하옵니다.

신이 하사(下賜)하신 사목(事目)[168] 내 본색 (本色)[169] 인민(人民)을 사족(士族)이나 공사천(公私賤)[170]을 막론하고, 빠짐없이 등사[抄出]하였습니다. 모두 양식 조달을 명한 것을 이르는데, 그 뜻은 대개 고개에 군량(軍餉)을 쌓아놓고자 함입니다. 신이 처음 호서(湖西)[171]에 도착하여 군부(軍

---

162) 은명(恩命) : <역사> 임금이 내리는 명령 가운데 관리를 임명하거나 죄를 용
    서하는 따위의 은혜로운 명령.

163) 공효(功效) : 공을 들인 보람이나 효과.

164) 연애지보(涓埃之報) : 있는 재능을 다하여 왕의 은혜에 보답하는 일.

165) 재분(才分) : 재주의 분수나 정도.

166) 식량(識量) : 식견과 도량을 아울러 이르는 말.

167) 천단(淺短) : 지식이나 생각 따위가 얕고 짧다.

168) 사목(事目) : <역사> 공사(公事)에 관하여 정한 규칙.

169) 본색(本色) : 전지(田地)에서 생산된 그대로의 보리·밀·콩 등을 가리키는데,
    여기서는 양곡의 뜻으로 쓰였음.

170) 공사천(公私賤) : <역사> 공천(公賤)과 사천(私賤)을 아울러 이르는 말.

簿)[172]를 살펴보니, 다만 원액(元額)[173]의 정병(正兵)이 있을 뿐이었습니다. 공사단(公私段)으로 일찍이 뽑아내지 못했으므로 신이 순행하여 지나친 고을마다 각 마을 색장(色掌)에게 명하여 한유인(閑遊人)을 쇄출(刷出)[174]하니, 큰 고을은 수백여 명이요, 작은 고을은 100명, 혹은 6,70명이었습니다. 사세(事勢)를 참작하고, 될 수 있는대로 간편하게 사목(事目)을 적용한다 해도, 본래의 의도 또한 크게 틈이 생길 것입니다. 감사(監司) 윤승훈(尹承勳)이 작은 마을이 모두 비었다며 뼈에 사무쳐 원통함을 호소하니 죄가 신에게 돌아와 장계(狀啓)를 올림에 이르렀사옵니다. 변란이 생긴 3년 동안에 영어(圄圉)[175] 생활을 하느라 갑작스럽고 황망할 뿐입니다.

신이 아직 지방으로 내려오기 전이라 모든 고을 인민(人民)이 여러 곳으로 흩어져 10집이면 10집이 모두 비게 되었사오니, 신이 군사를 징발함에 말미암은 까닭으로, 그 말이 또한 지나치지 않을 것입니다. 영남(嶺南)의 접경(接境)이 마치 구례(求禮) 석주(石柱)와 운봉(雲峰) 팔량치(八良峙) 등처(等處)와 같사오니, 복병(伏兵)을 전에 감사(監司)의 예에 따라 정송(定送)할 것입니다. 그러므로 신이 여러 곳을 순찰한 후 복병(伏兵)을 뒤따라 남원(南原)에 도착한 후 감사와 더불어 면의(面議)[176]한 후 복병을 정송할 것입니다. 앞의 예에 따라서 감사(監司)에게 주재하게 하여 검거(檢擧)하게 하고, 군졸을 부려서 들어가서 방어하게 한다면 순변사(巡邊使) 또한 모른 체하지 못할 것입니다.

그 후에 감사가 낙방(落榜)한 명단을 책으로 묶어 신에게 보내왔사온데, 여러 곳에 복병(伏兵)을 배당시키도록 영을 내린 것입니다. 신이 복병을

---

171) 호서(湖西) : 충청도를 이름.

172) 군부(군부) : 군대의 장부를 이름.

173) 원액(元額) : 군대의 본래 정원.

174) 쇄출(刷出) : 추쇄하여 적발해내는 것.

175) 영어(圄圉) : 감옥(監獄)을 이름.

176) 면의(面議) : 서로 얼굴을 마주 보고 의논함.

배당시킬 일로써 답한다면, 전에 비로소 감사를 꾸짖어 전장(專掌)한 것이
라고 할 것입니다. 이 일이 다만 전일에 이미 만나서 의논한 일일 뿐만 아
니라 설령 잘못됨이 있다 하더라도 처음 대단(大段)이 아니라면 또한 왕복
하여 문서를 이첩(移牒)시킬 수가 있는데도, 감사가 성을 내며 갑자기 계
달(啓達)[177]하였사오니, 방비를 물리쳐 이에 이른 것을 꾸짖었다면 신은
별도로 실수한 바가 없는데도 이같이 배척을 당했사오니 신이 실로 괴이
하게 여기는 것입니다.

해마다 흉년이 들어 주리어 고달픔이 심하오매 의지할 데 없는 백성들
이 일어나서 도적이 됩니다. 고부(古阜) · 정읍(井邑) · 장성(長城) 등과 같
은 곳은 육지의 도적이 횡행(橫行)하여 대낮에도 깃발을 세우고 사람을 살
해하고 물건을 약탈하옵니다. 소재지 군현(郡縣)에서 연이어 치보(馳
報)[178]하옵는데, 신의 뜻으로는 적들이 만약 신이 몸소 간다는 것을 듣게
된다면 반드시 감독하여 잡기를 꺼려하여 그 세력이 반드시 절로 흩어질
것입니다. 그러므로 군관과 아병(牙兵)[179], 부패(部牌)를 많이 거느려 허세
(虛勢)를 부리며, 방에다가 선문(先文)[180]을 내보내니, 진실로 옳은 일이
아닙니다.

순변사(巡察使) 홍세공(洪世恭)이 순창(淳昌)에 이르렀는데, 신을 보고
서도 선문(先文)을 기억하지 못하니 신이 마음속으로 그 실정을 일러주어
야겠다고 생각하고, 무리를 거느리고 적을 잡은 사실을 또한 논계(論
啓)[181]하였습니다. 신이 장수와 재상이 협심(協心)한다는 말을 들었는데,
선비가 미리 목록에 붙인 것입니다. 이제 나라의 형세가 마치 썩은 배를

---

177) 계달(啓達) : 조선 시대에, 신하가 글로 임금에게 아뢰던 일.

178) 치보(馳報) : <역사> 지방에서 역마를 달려 급히 중앙에 보고하던 일.

179) 아병(牙兵) : <역사> 본진에서 대장을 수행하던 병사.

180) 선문(先文) : <역사> 중앙의 벼슬아치가 지방에 출장할 때, 그곳에 도착 날짜
　　　를 미리 알리던 공문.

181) 논계(論啓) : 신하가 임금의 잘못을 따져 아룀.

타고서 저 드넓은 바다에 떠있는 것과 같으니, 오랑캐가 국경을 넘어올 때 손발을 한꺼번에 든다면 배를 대기함을 기약할 수 있을 것입니다. 하물며 신은 양호(兩湖)[182]의 병력을 주재하는 임무를 욕되게 하였으니, 만약 성지(城池)를 수축(守築)하고, 기계(器械)를 제작하며, 양식을 마련하는 등의 일을 반드시 본도의 감사(監司)와 가부(可否)를 서로 도와 결정할 것입니다. 신은 어리석고 망령되어 일을 수행할 수가 없사오니 선처바랍니다.

무릇 행동이 문득 원망하고 배척함을 입었사오니, 범상한 가운데 오히려 통할 수가 없습니다. 그 정의(情意)가 이와 같사오니, 큰일의 구제함을 바랄 수가 있다고 하겠습니까? 신은 이미 사람들에게 수모를 입어 그 호령(號令)이 주군(州郡)에서 행해지지 않으니 그 세가 반드시 심해질 것인 바, 혹 신을 거용(擧用)[183]하라는 논의가 있어 방백(方伯)에게 보고한다고 하더라도, 부인(夫人)이 반드시 스스로 업신여기며, 후인(後人)들이 (또한) 업신여겨, 신이 수모를 받아 진실로 괴이하게 여길 것이니 (신의 마음이) 흡족하지 않습니다.

신이 명색이 주장(主將)이 되었사온데, 이같이 가볍게 보인다면 한 명의 아병(牙兵)을 조달하고, 한 명의 포수(砲手)를 선발하며 군현(郡縣)에서 반드시 힘을 다해 요새를 막아 지연시키고, 때가 이르고 늦음과 적기(賊騎)의 충돌(衝突)을 누가 즐겨 우러러 명을 들을 것이며 주장(主將)을 쓰려고 하겠습니까? 마침내 신을 가벼이 보게 될 것이니 군율(軍律)은 해이(解弛) 해지고, 나라의 기강(紀綱)은 펼칠 수가 없사오니 만약 사목(事目)[184] 가운데서 정예병(精銳兵)을 가려 뽑아 화포(火砲)를 익히거나 성험(城險)을 쌓는 등의 일을 시킨다고 한들 건성으로 완상하기를 탐할 뿐입니다. 백에 한 가지도 조치할 수가 없어서 헛되이 앉아서 식량만 허비하여 주군(州郡)에

---

182) 양호(兩湖) : 전라도와 충청도를 통틀어 일컫는 말.
183) 거용(擧用) : 사람을 천거하거나 추천하여 씀.
184) 사목(事目) : <역사> 공사(公事)에 관하여 정한 규칙.

폐를 끼칠 뿐이니, 신이 항상 지붕을 우러러 탄식하며 죽고자 하여도 땅이
없사옵니다.

 당초에 조정(朝廷)에서는 신에게 양호(兩湖)의 변경 일을 맡아서 다스리
게 하였사온데, 그 뜻이 간정(簡精)하고 용치(勇峙)함이 있습니다. 군사를
일으키고 무예를 익히며, 요해(要害)를 점거하여 싸우기도 하고 수비하게
도 하는데, 신이 이곳으로 내려와 오래도록 교지(敎旨)가 내림을 입지 못
했사옵니다.

 호남(湖南)과 영남(嶺南)사이에 주차(駐箚)하도록 명하시니, 신이 복병
(伏兵)이 파수(把守)하는 곳을 순시(巡視)한 후에 순천(順天)에 머물게 되
었습니다. 이미 군읍(郡邑)을 순검(巡檢)함을 얻지 못했으니, 군병(軍兵)을
뽑아 들여 이미 순천에 머물게 한 후에 또한 각각 관군(官軍)을 나눠 뽑을
수가 있었습니다. 사람들을 윤번(輪番)으로 영문(營門)에서 궁포(弓砲)를
앉아 익히게 하여, 완급(緩急)에 따라 쓰도록 하였으나, 주군(州郡)의 물력
(物力)이 이미 중국 병사를 지공(支供)할 군량미가 다하였으니, 백가지 계
획이 주관하기 어렵게 되었고, 군졸을 훈련하는 일이 오래도록 거행하지
못하였습니다.

 중국 군사가 철군(撤軍)하여 돌아감에 이르러 추수철이 육박하였으니,
신이 나주(羅州) 등처의 다섯 곳의 관군 수백여 명을 대략 선발하여 머물
게 하여 훈련하여 익히게 하였으니 계료(計料)185)하옵소서. (또한) 군량(軍
糧)이 전과 같이 결핍(缺乏)한 까닭으로 부득이 돌아가고자 하오니 신을
파직(罷職)하여 돌아가게 하여 주옵소서. 조정이 신에게 의지한 바가 양호
(兩湖)의 경중(輕重)이 되었으니, 신의 위망(威望)186)이 본래 가벼워서 일
에 장애가 많사옵니다. 앞으로 가도 넘어지고, 뒤로 가도 자빠지며, 손댈
땅이 없고, 근근이 끌어안고 나아가나 실효(實效)를 볼 수가 없사오니, 다

---

185) 계료(計料) : 사정이나 형편을 헤아림.
186) 위망(威望) : 위세와 명망을 아울러 이르는 말.

른 날에 분사(僨事)[187]할 것입니다.

신이 비록 가족이 복주(伏誅)[188]되었지만, 속바치기 어렵고 나라를 그르친 죄가 있사옵니다. 이제 삼경(三京)이 비록 수복되었다고는 하지만 극적(劇賊)[189]이 도리어 왕성한데, 열 지어 성책(城柵)과 보루(堡壘)를 축조하여 곳곳마다 마주 보니 비록 서무(庶務)를 새로 일으켜 짓지는 못하오나 민생(民生)을 어지럽히고 해치니, 또한 온전할 수가 없사옵니다.

그러나 일이 없다고 앉아서 변을 기다렸다가 이때를 당하였는데 반드시 위명(威名)을 얻을 것입니다. 본바탕이 드러나 여러 사람이 추앙(推仰)하고 심복(心腹)하는 바가 되었으니, 주장(主將)이 되어 마침내 정성껏 군무(軍務)를 제도(提導)하고 군중(群衆)을 진무(鎭撫)[190]할 수가 있습니다. 다름이 아니오라 신은 피연(疲軟)[191]하며 용렬(庸劣)[192]하고 누추(陋醜)하여 마침내 하루도 버티기 어려우니, 급히 파직[鐫罷]을 명하시어 군정(軍政)을 무겁게 하신다면, 신은 마땅히 치마를 찢어 발을 싸매고서라도 준비하겠사옵니다. 항오(行伍)의 끝에 서라고 명하시더라도 죽어도 여한이 없사옵니다.

일로써 갖춰 잘 아뢰올 일

만력(萬曆) 21년(선조 26년, 1593) 9월 21일

---

187) 분사(僨事) : 실패하여 틀려 버린 일.

188) 복주(伏誅) : 형벌을 순순히 받아 죽음.

189) 극적(劇賊) : 범행의 규모가 큰 도둑.

190) 진무(鎭撫) : 난리를 일으킨 백성들을 진정시키고 어루만져 달램.

191) 피연(疲軟) : 기운이 없고 나른하다.

192) 용렬(庸劣) : 사람이 변변하지 못하고 졸렬한 데가 있다.

忠全慶都巡邊使陣順天時辭職上疏

癸巳赴任。驅出倭于海。

臣以無狀。濫膺恩命。叨此梱外重任。臣雖至愚極陋。當此變亂。罔極之時。豈不欲竭盡心力。少效涓埃之報。而臣才分有限。識量淺短。凡干事務未及施設。而謗言先集。使臣左牽右掣。不得一有所爲。以至於今日。臣之負君欺國罪。合萬死。臣賚來事目內。本色人民。無遺抄出。勿論士族公私賤。皆令助糧云者。其意盖欲儲峙軍餉也。臣初到湖西。按視軍簿。則只有元額正兵。而公私段不曾括出。故臣所巡過之邑。責令各里色掌。刷出閑遊人。大邑則數百餘名。小邑則百名。或六七十名。參酌事勢務從簡便與事目。本意亦大有間爲白去乙。監司尹承勳以冤號徹天十室十空。歸罪於臣。至於狀啓爲白有臥乎。所變生三年居圍。卒荒臣未下來之前。列邑人民在在流散。若以十室十空。爲盡由於臣之括軍之故。則其辭不亦過乎。嶺南接境。如求禮石柱雲峰八良峙等處伏兵。自前監司例爲定送。故臣巡審各處。伏兵之後到南原。與監司面議。伏兵定送。則依前例監司主之至於檢擧。軍卒使之入防。則巡邊使亦不可不知云云。厥後監司以落榜成册送于臣。處令分定於伏兵諸處。臣答以伏兵分定事。則在前始叱監司。專掌云云。此事非但前日已爲面議。設或有誤。初非大段。亦可移文往復。而監司發怒。遽爲啓達。詆斥備至此。則臣別無所失。而被斥如是。臣實怪之。連年失稔飢困已甚。無賴之民。起而爲盜。如古阜井邑長城等處。陸賊橫行。白晝建旗殺掠人物。所在郡縣相續馳報。臣意以爲賊若聞臣親往。必憚於督捕。其勢必自散。故所率軍官牙兵。部牌多數虛張。榜出先文。非必實有是事也。巡察使洪世恭到淳昌。見臣先文未諳。臣心謂其實。有率衆捕賊之事。亦爲論啓。臣聞將相協心則士豫附目。今國勢如乘朽敗之船。泛彼洋洋之海。當胡越一心手足齊擧。期於艤船而已可也。況臣忝爲兩湖主兵之任。如守築城池制造器械措置糧餉等事。必須與本道監司。可否相濟。而緣臣愚妄不能隨事善

處。凡有動作輒被譏斥。尋常之間。尙不能通。其情意如此。而可以望
其濟大事乎。臣旣被侮於人。其號令之不行於州郡。勢所必至甚。或擧臣
所爲論。報方伯。夫人必自侮。而後人侮之。臣之受侮。固不足怪第。
臣名爲主將。見輕如此。一牙兵之調一砲手之選。郡縣必力爲搪塞延滯。
時月早晚賊騎衝突。誰肯仰心聽命。爲主將之用乎。乃以臣見輕之。故軍
律解弛。國綱不張。如事目中選精銳。習火砲築城險等。悠泛玩愒。百
不一措。徒爲坐費糧料。貽燹州府。臣常仰屋噓唏欲死。無地爲白齊。
當初朝廷以臣句管兩湖邊事者。其意在於簡精勇峙。軍興習戈兵。據要害
爲且戰且守之備。而臣下來。未久被旨。令駐箚於湖嶺之間。臣巡視伏兵
把守之處。而後仍留順天。旣未得巡檢郡邑。抄得軍兵。旣駐順天之後。
亦可分抄各官軍。人輪番營門教以坐作習其弓砲。爲緩急之用。而州縣物
力旣竭於天兵支供餉軍之資。百計難辦爲白乎等用良。訓鍊軍卒久未擧行
爲白有如可。及其天兵撤歸。秋事已登。臣略抄羅州等五官軍人數百餘
名。留置訓習計料爲白矣。軍糧如前缺乏乙仍于。不得已還。爲罷遣爲
白乎。所朝廷依臣爲兩湖輕重。而臣威望素輕。加之以事多拘礙。跋前
躓後。着手無地。徒擁梱寄。未見實效。異日僨事。則臣雖族誅難贖誤
國之罪。今者三京雖已收復。而劇賊尙爾雲。屯列柵築壘。處處相望。
雖不可興作庶務。擾害民生。而亦不可全。然無事坐而待變。當此之時。
必得威名。素著爲衆人所推服者。爲主將乃可以鎭群情制軍務。如臣疲軟
庸陋。決不可一日冒據。亟命鐫罷以重軍政。則臣當裂裳裹足備。使令
於行伍之末。死無所恨爲白乎去。惶恐昧死。以聞爲白臥乎。事是良詮次
以。善啓向敎是事。

萬曆二十一年。九月二十一日。

두 번째 북병사(北兵使)로 있으면서 일로 인해 나포(拿捕)당했을 때의 원정(原情)

병신년(선조 29, 1596)에 부임하였다. 기해년(선조 32, 1599)에 번호인 명간노(明看老) 등이 금표(禁標) 내에 집을 짓자, 강억필(姜億弼) 등을 들여보내어 타일러 훼철(毁撤)하게 하였다가 도리어 살해당하니, 감사(監司)가 공론(公論)에 따라 아뢰어 (공에게) 죄가 돌아왔다.

운운하기를 "겨우 1,000여명을 얻어 부(部)를 나누어 습진(習陣)[193]하였는데, 이 두 구절 위에 100여자의 문장이 빠진 듯하다. 탈락된 글자는 대개 임진년(선조 25, 1592)의 일이다. 다음 날 이른 아침에 적봉(賊鋒)이 갑자기 이르렀습니다.

천여 명의 오합지졸(烏合之卒)로써 10만 정예 왜구를 상대하다가, 패함을 당하였사옵니나. 실로 세력이 서로 연계하여 숨김을 보호함에 미쳤으니, 성은(聖恩)이 망극 하옵니다. 충주(忠州) 싸움에 이르러서는 적의 머리를 벤 것이 10급이고, 말을 빼앗은 것이 20필인데, 군관(軍官) 이치중(李致中)에게 치계(馳啓)하게 하였고, 해유령(蟹踰嶺) 전투에서도 적의 목을 벤 것이 30여급인데, 명성정(明城正) 작(綽)을 시켜서 치계하게 하였습니다. 그 후 강동(江東)에 병력을 주둔시키자, 군관(軍官) 박명현(朴名賢)이 장수가 되어 병력을 이끌고 평양(平壤)과 중화(中和)를 왕래하는 왜적을 잡아서 목을 베고 사실대로 낱낱이 치계하니, 명현이 그 공으로 당상관(堂上官)에 올랐습니다.

평양이 포위되던 날에 중국 장수가 또 신을 선봉장(先鋒將)으로 삼아 지휘하여 전진하게 하였습니다. 신이 군사를 거느리고 먼저 올라가 죽을 각오로 힘껏 싸웠으니 사유를 살피면 모두 전후의 곡절(曲折)이 징험(徵驗)

---

193) 습진(習陣) : <군사> 예전에, 진법을 연습하던 일.

함이 있는데, 다 거론하기 어렵습니다. 신에게 군마(軍馬)를 많이 징발하여 멀리 호랑이 굴을 탐색케 하셨는데, 격노(激怒)한 오랑캐[犬豕]에게 전군대가 무너짐을 당하였습니다. 그렇다고는 하지만 지난번에 회령(會寧) 땅에서 번호(藩胡)인 노토(老土)·명간노(明看老) 등 또한 깊숙한 곳에 있던 오랑캐 대부분이 여러 대에 걸쳐 내부(內附)하여 나라의 번폐(藩蔽)가 된 것을 깨닫지 못하였습니다. 서울에 이르면 영장(營將)이 모양새를 갖추어 봄·가을로 잔치를 베풀고 많은 상을 주니 성심껏 귀순(歸順)하니 크고 작은 적의 변란이 일정하지가 않습니다.

항상 나아가 고하여 만약 깨우쳐주는 일이 있게 되면, 진보장(鎭堡將) 등이 구분하여 두고 통역관[通事]과 배패(陪牌)¹⁹⁴⁾ 등으로써 여러 번호 부락에 영을 전하여 왕래하면서 타일러 이미 격례(格例)¹⁹⁵⁾를 이루었는데, 그 유래가 구원(久遠)하옵니다. 신이 잘못하여 마땅히 바로 맡겼어야함에도 군사를 일으켜 군중을 동원한 일로 인한듯 하거니와 과연 타이르는 사단(事段)이 있게 되었습니다. 전부터 병사(兵使)가 항상 호령(號令)을 사용함에 따라 진에 사는 강언수(姜彦壽)가 나아와 고하게 되었습니다.

회령 부사(會寧府使) 박종남(朴宗男)은 첩정(牒呈) 안의 <내용에> 근거하여, 위 항의 명간로(明看老) 등 삼형제가 <사는 곳이> 또한 정승 파오달(破吾達)과 홍빈(紅濱) 둘 사이라고 하였는데, 이곳 변경은 금지된 경계의 땅으로써 올랑합(兀郞哈) 오랑캐가 난을 피하여 일컫게 된 것이라고 합니다. 임시 장막을 배설(排設)하라 하옵시거늘 소신이 가만히 엎드려 생각하옵건대 정승 파오달(政丞破吾達) 남단은 국가 분계(分界)의 땅입니다. 일전에 비로소 해마다 곡식을 잘라가는 일을 질책(叱責)하여 발붙일 곳을 없게 하였습니다. 화근(禍根)을 끊어버린데 그 뜻이 있거니와, 같은 오랑캐들이 번호(藩胡)를 귀순케 하여 멋대로 출입을 금한 땅에 들어가니 국법

---

¹⁹⁴⁾ 배패(陪牌) : 관령(官令)을 전하는 종.

¹⁹⁵⁾ 격례(格例) : 격식으로 되어 있는 관례.

(國法)이 없게 되어 집을 지음이 있게 되었습니다.

불러다가 끌어들일 방법을 밝히니, 점차 퍼져나감에 이르러 도모하기 어려운 근심을 말하기 어려움이 있습니다. 군사를 일으키는 일을 당함에 죄를 물을 겨를이 없으니, 개·돼지간은 무리들을 먼저 타이를 수가 없으니, 급히 가서 정벌(征罰)한다면 국가에서 오랑캐를 대하는 법도가 마치 미온적으로 된 듯 하니, 타이른 후에 그 순종(順從)하고 거역하는 것을 보아 계품(啓稟)[196]하여 처리하고, 다음으로 오랑캐의 사정을 익숙히 살필 일입니다.

강억필(姜億弼)·강언수(姜彦壽) 등이 또한 통사(通事), 배패(陪牌) 등에 치우치지 않고, 평소 타이를 때의 에에 따라서 같은 오랑캐들을 불러서 주고 마땅히 타이르기를 "너희들이 추앙(推仰)하는 나라의 번호(藩胡)가 되었는데 금령(禁令)을 모를 리가 없을 것이다. 전에부터 경계를 제한한 땅으로부터 함부로 집을 지으니, 그 사실을 적은 원장(原狀)[197]이 극히 해악(駭愕)[198]합니다.

이번에 속히 철거하여 옛날 살던 터전으로 돌아가도록 하고, 일을 순순(諄諄)[199]히 타이르게 하고, 저절로 전쟁을 그치게 하였습니다. 또한 지수(指授)[200]하여 들여보내게 하였사온데, 실은 구구절절 나라를 위하는 마음에서 나온 것입니다. 지난 계미년(선조 16년, 1583)사이에 적호(賊胡)인 니탕개(尼湯介)는 매우 오만했지만, 두드러진 이로서 일찍이 한 번도 사자(使者)를 죽이지 않았는데, 지금 이 명간로(明看老) 등은 과오를 뉘우쳐 마음을 고쳐먹으려고 하지 않고서 갑자기 방자하게 창날같은 야만스런 독으로 살해(殺害)함에 이르렀으니 처음 생각이 미치지 못한 것입니다.

196) 계품(啓稟) : 조선 시대에, 신하가 글로 임금에게 아뢰던 일.

197) 원장(原狀) : 맨 처음에 낸 소장(訴狀).

198) 해악(駭愕) : 몹시 놀람.

199) 순순(諄諄) : 타이르는 태도가 아주 다정하고 친절하다.

200) 지수(指授) : 지시하여 가르쳐 줌.

당초에 소신이 차송(差送)[201]한 사람은 14명인데, 그들이 거느린 취자(炊子) 7명을 아울러 21명 안에서 박산동(朴山同)의 종 내금이(內金伊) 등은 병으로 인해 후금(後金)에 남게 되었고, 한충(漢忠)이 금나라로 들어가자 이들은 도망하여 돌아왔습니다. 양고음(楊古音)·김이(金伊)는 번호인 무허세(無虛世) 등에게 쇄납(刷納)하고 그 나머지 16명은 살해되었다고 합니다. 각 진보(鎭堡)에서 치보(馳報)하였을 뿐만 아니라, 겸순찰사(兼巡察使) 송언신(宋彦愼)이 남도 혜산진(惠山鎭) 안에 영을 전하였고, 급히 갑산부사(甲山府使)에게 전통(傳通)하여 치보(馳報)하였습니다. 건천기(乾天岐) 안에 사는 오랑캐인 이충거(伊忠巨)가 나와서 고하기를, "보을하(甫乙下)경 안에 거주하는 번호 노토(老土) 등이 또한 조선인 15명을 살해하였다"고 하였습니다.

이구동성(異口同聲)으로 말하기를, "번호(藩胡)를 타이르고 호랑이굴(오랑캐 소굴)을 멀리 찾는 것을 비할 수 없으니, 오랑캐[犬豕]들이 격노하였으며, 14명을 뽑아 보냈사온데, 많은 사람과 말을 동원하는 것이 옳지 않다"고 하였습니다. 이 몸을 주장(主將)을 맡기려고 조정에 아뢰어 그 지위를 받게 하였습니다. 겨울이 되기 전에 교만하고 방자한 오랑캐가 경거망동(輕擧妄動)하여 흔단(釁端)[202]을 일으켰다가 패하였다고 합니다.

이 몸이 평소에 책응(策應)[203]할 사이에는, 응당 보고할 주장(主將)의 일은 일찍이 치보(馳報)를 빠뜨린 적이 없었고, 조정(朝廷)에 응당 품처(稟處)하여 일이 일찍이 계품(啓稟)[204]하지 않은 적이 없었습니다. 이번에 한 가지 일로써 타일렀는데, 소신이 이미 병마절도사(兵馬節度使)의 명을 받았고, 또한 부월(斧鉞)을 하사(下賜)받았사온데, 전제(專制)하여 부리도록 하셨으니, 평소에 통행할 법규가 또한 보품(報稟)함에 이르렀습니다.

---

201) 차송(差送) : 사람을 시켜서 보냄.

202) 흔단(釁端) : 서로 사이가 벌어져서 틈이 생기게 되는 실마리.

203) 책응(策應) : 계책을 통하여 서로 응하고 도움.

204) 계품(啓稟) : <역사> 조선 시대에, 신하가 글로 임금에게 아뢰던 일.

관례[循例]에 따라 경행(經行)[205]을 하는 것이 미안한데, 뜻하지 않게도 남을 타이르다가 번호(藩胡)를 살해한 바가 있습니다. 소신이 또한 만번 죽더라도 한 될 것이 없음을 아옵니다. 피살(被殺)된 인명수가 많고 적고라도 신이 순찰사(巡察使)의 전령(傳令)을 받아들였사오니, 그 때에 미쳐서 도망하여 돌아온 김한충(金漢忠) 등의 기여한 바를 참고한다면, 사건의 진상을 자세히 보게 되옵니다.

탐학(貪虐)하여 자행[姿等]을 쫓는다는 말에 이르게 되면, 스스로 한 도사람의 이목(耳目)이 있사오니, 천지 귀신이 밝게 삼열(森列)을 펴니, 소신이 어찌 감히 성명(聖明)[206]의 아래에 서겠습니까? 나라의 두터운 은혜를 입었사오니, 마음으로 절실하게 두려움을 느껴 항상 죽고자 하였습니다. (그러나 나라의 은혜에) 보답하려다가 일처리를 실수하여 벌을 받게 되었으니, 실로 근원이 어렵게 되었사옵니다. 분간하여 시행(施行)할 일.

再莅北兵使因事拏處時 原情

丙申赴任。己亥以藩胡明看老等造家于禁標之內。入送姜億弼等
開喩毁撤矣。反被殺害。監司歸罪於公論啓。

云云。僅得千餘分部習陣。此二句上似有闕文百餘字。而脫落大槩壬辰時事也。翌日早朝賊鋒奄至。以千餘烏合之衆。當十萬銳精之寇。其時見敗實出於勢力之相懸而迨保喘息。聖恩罔極爲白齊。至於忠州之戰。斬賊十級奪馬二十匹。軍官李致中乙用良馳啓。蟹蹄嶺之戰。又斬三十餘級。明城正綽乙用良馳啓。其後駐兵江東。軍官朴名賢定將率兵捕斬平壤中和往來之賊。這這馳啓。名賢以其功。至陞堂上。及圍平壤之日。天將亦

矣身乙。先鋒將定體督令前進。矣身領軍先登殊死力戰緣由段。皆有證驗前後曲折。難以悉擧爲白齊。矣身乙多發軍馬。遠探虎穴。激怒犬豕全師被陷。是如爲白良置。向前會寧境。藩胡老土明看老等。亦深處胡例。不喩累世來附爲國藩蔽。至於都。營長定體。春秋宴享。多受賞給。誠心歸順。大小賊變有無常。常進告。而如有開喩之事。則鎭堡將等段置通事陪牌等乙用良。持傳令諸藩部落良中往來開喩。已成格例。其來久遠爲白去等。矣身謬當梱寄興師動衆之事以乎爲白在。果至於開喩事段。自前兵使常用號令乙仍于。鎭居姜彦壽進告。據會寧府使朴宗男牒呈內。上項明看老等三兄弟。亦政丞破吾達紅濱兩間。此邊禁境之地。兀胡避亂稱云。假幕排設是如爲白去乙。矣身竊伏念。政丞破吾達以南段。國家分界之地。在前始叱連年伐穀。使不得容足。以絶禍根。其意有在爲白去等。同胡等以歸順藩胡。不有國法擅入禁地。在於造家爲白臥乎。所招明引類。漸至滋蔓。則難圖之患。有不可勝言。當興師問罪之不暇。而犬豕之輩。不先開喩。遽加征討。則於國家待夷狄之道。似爲未穩乙仍于。開喩後觀其順逆。啓聞處置。次熟諳虜情。姜億弼彦壽等亦中通事陪牌等。以依常時開喩時例。招給同胡等。當爲開喩。曰爾等仰國藩胡。以非不知禁令。而自前限界之地。任意造家。原其事狀。極爲駭愕。斯速撤毀還居舊基。事乙諄諄開喩。使之自戢。亦指授入送爲自乎。所實出於區區衛國之心也。往在癸未年間。賊胡尼湯介段桀驁之。尤者而曾不殺一使者。今此明看老等不思革心悔過。遽肆蜂蠆之毒。至於殺害。初非意慮之所及。而當初矣身差送人段十四名。其等徒所率炊子七名幷二十一名內。朴山同奴內金伊等段因病落後金。漢忠於入金。伊等段逃還。楊古音金伊段。藩胡無虛世等刷納。其餘十六名被殺是如。各鎭堡馳報是白沙除良。兼巡察使宋彦愼。傳令內南道惠山鎭。傳通據甲山府使馳報。內乾天岐住胡伊忠巨進告。內甫乙下境藩胡老土等。亦朝鮮人物十五名殺害是如。異口同辭爲白去等。開喩藩胡。不比遠探虎穴。激怒犬豕是白乎旀。抄送十四名。不是多發人馬是白齊。矣身乙報主將稟朝廷受其指揮。
不冬驕傲自用輕擧妄動開釁敗軍。是如爲白置。矣身常時策應之間。應報
主將事段。未嘗不馳報。應稟朝廷事段。未嘗不啓稟爲白有在果。今此開
喩一事段。矣身旣膺節度之命。又受斧鉞之賜。使之專制爲白有去等。尋
常通行之規。至亦報稟。未安循例經行爲白有如可。不意開喩之人。爲藩
胡所殺。矣身亦知萬死無憾是白在果。被殺人名數多少乙良。臣所納巡察
使傳令。及其時入歸逃還金漢忠等所供參考。則事狀立見爲白齊。至於貪
虐縱姿等之說。自有一道人耳目。而天地鬼神昭布森列。矣身何敢列於聖
明之下哉。受國厚恩。心切感懼。常欲效死。圖報而處事失當罪實難原是
白置。分揀施行敎是事。

비망기(備忘記)

　　기묘년(선조 12년, 1579) 이후 북쪽 오랑캐가 점차 방자해지니 그곳의
수령(守令)이 군사를 일으키기를 청하였으므로, 임금이 공을 불러서 계
획을 물었다.

　　승정원(承政院)에 전지(傳旨)[207]하기를, "이 지도 한 장 해당 수령(守令)
이 그림 위의 지형(地形)을 토벌(討伐)하기를 청했다. 비록 그 형세(形勢)를
보더라도 견해를 얻을 수 없다. 대저 군사(軍士)를 동원하는 것은 나라의
큰일이다. 옛 사람은 반드시 의정부(議政府 : 廟堂)에서 모의하고, 천시(天
時)[208]와 지리(地理), 인사(人事)를 참작하여 적과 우리의 형편을 살핀 후
에 의논하고 결정하여 싸웠으므로 백번 싸워도 위태하지 않았다.

---

207) 전지(傳旨) : <역사> 승정원의 담당 승지를 통하여 전달되는 왕명서(王命書)
208) 천시(天時) : 하늘의 도움이 있는 시기.

오늘날의 일도 과연 이와 같지 않은지 알 수 없다. 노토(老土) 오랑캐 부락을 보니, 자못 강성(强盛)한데 또 들으니 형세(形勢)가 험난한 것 같다고 한다. 북도(北道)의 파리한 병사[羸兵]와 약한 군졸(軍卒)로써 만일 차질(蹉跌)이 생긴다면 이는 패망(敗亡)을 재촉하는 일이 될 것이다.

어제 비변사(備邊司)의 회계(回啓)를 보건대 특별히 소루(疏漏)하여 그대로 지나칠 수가 없다. 아뢴대로 시행하기를 청하였으나, 내가 마음속으로 이를 위태하게 여긴다. '밭가는 일은 마땅히 종에게 물으라'209) 하였으니, 이일(李鎰)을 불러다가 항목에 해당하는 글을 내려 계책을 물을 것이다" 하였다.

備忘記

己亥以後。北胡漸肆。該守臣屢請興師。故上召公問計

傳于政院。曰此地圖一張。該守臣圖上地形。請討之。雖見之其形勢。不得解見矣。大抵用兵國之大事。古人必謀於廟堂。叅之以天時地利酌之以人事。知彼知己謀定而戰。故百戰不殆。未知今日之事。果如此未耶。觀老賊部落。頗似强盛。又聞形勢似險云。以北道羸兵弱卒。萬一蹉跌是促其亡也。昨觀備邊司回啓。殊似疏漏不過。曰依啓請施行予竊危之。耕當問奴召李鎰以書下條件問計。

조목을 따라서 계책을 물음(逐條問計)

一. 노토(老土)·명간로(明看老)210) 등의 부락은 우리 변진(邊鎭)211) 발

---

209) 전문적인 것은 전문가에게 물어야 한다는 뜻이다.

병처(發兵處)212)에서 몇 리나 되며, 만약 거사(擧事)한다면 하루 안에 다녀올 수가 있으며, 장차 경숙(經宿)213)하고 돌아올 수가 있겠는가? 만약 경숙하게 된다면 어느 곳에서 결진(結陣)214)할 수가 있겠는가? 경숙하게 된다면 우리 군사가 평소 전술을 익히지 않아서 성책(城柵)을 세우고 병영(兵營)을 설치하는 방법을 알지 못하니, 적들이 야습(夜襲)215)하게 된다면, 염려하지 않을 수가 없을 것이다.

一. 우리 지경에서 오랑캐 부락에 이르기까지 도로(道路)가 평탄한가? 협소한가? 말을 타고서 병구(竝驅)216)할 수가 있으며, 걸어서 열을 지어 갈 수가 있는가? 만약 어찌할 수가 없어서 반연(攀緣)217)하게 된다면 조도(鳥道)218)에서 어관(魚貫)219)하여 행할 수 있겠는가? 또한 어쩔 수 없이 혹은 큰 내를 만나서 건너기 어렵던가, 혹은 나무숲이 매우 무성하여 오랑캐가 군사를 매복(埋伏)시킬만한 곳이 되겠는가?

一. 도로(道路)의 우직(迂直)220)과 산천(山川)의 험이(險夷), 부락(部落)의 다소(多少), 변인(邊人 : 여진족)을 한 사람 한 사람 알 수가 있겠는가?

---

210) 원문의 로(老)자가 누락되었다.

211) 변진(邊鎭) : 변경을 지키는 군영(軍營).

212) 발병처(發兵處) : 군사를 일으키는 곳.

213) 경숙(經宿) : 밤을 새우며 유숙하는 것.

214) 결진(結陣) : 전투에서, 진(陣)을 침.

215) 야습(夜襲) : 밤에 적을 갑자기 덮치어 공격함.

216) 병구(竝驅) : 말 따위를 한꺼번에 나란히 몲.

217) 반연(攀緣) : 세력있는 자에게 붙는 것.

218) 조도(鳥道) : 새도 넘기 어려운 험난한 길.

219) 어관(魚貫) : 물고기를 꼬챙이에 꿴 것처럼 줄을 지음.

220) 우직(迂直) : 구부러짐과 곧음.

一. 적 부락(部落)은 몇 개 처인가? 남정(男丁)[221]의 숫자는 몇 명이나 되는가?

一. 본도(本道) 병력(兵力)으로 능히 토멸(討滅) 소탕(掃蕩)이 가능한가?

一. 기계(器械)가 정밀(精密)하지 않다. 이런 까닭으로 사졸(士卒)들이 대적(對敵)한다면 본도 군기(軍器)를 사용하기에 충분하겠는가?

一. 3위(三衛)를 나눠 3협(三協)의 길로 진군하게 한다면 거리가 같지 않아서 반드시 한 때에 일을 수행할 수가 없을 것이다. 만약 기약하여 1협을 진군(進軍)시켜, 먼저 나아가 공격(攻擊)하게 하여 만약 불리(不利)하게 되면 물러나게 한다면 양협(兩協)이 공을 세우기가 어려운데, 어떠한가?

一. 경은 북도(北道)[222]에서 늙어 형세를 잘 아니, 오늘의 일을 계획함이 장차 쉬울 것이니, 무릇 품은 바가 있으면 일일이 서계(書啓)[223]할 것이로다.

逐條問計

一.　老土明看等部落。自我邊鎭發兵。處幾里若擧事。則一日之內可以往還乎。將經宿而還乎。若經宿則結陣於何處乎。經宿則我兵素不習戰。不知立柵設營之術。爲賊夜襲。不無可慮也。

一.　自我地至賊部落道路平坦乎狹隘乎。騎可以竝驅步可以成列乎。抑

---

221) 남정(男丁) : 열다섯 살이 넘은 사내.

222) 함경도를 지칭함.

223) 서계(書啓) : <역사> 조선 시대에, 임금의 명령을 받은 벼슬아치가 일을 마치고 그 결과를 보고하기 위하여 만들던 문서.

無奈攀緣鳥道魚貫而行乎。 又無乃有或大川難涉。 或樹林蓊鬱賊可以伏兵
處乎。

　一. 道路迂直。 山川險夷。 部落多少。 邊人能一一詳知乎。

　一. 賊部落幾何。 計男丁幾何。

　一. 本道兵力。 可以能討滅掃蕩乎。

　一. 器械不精。 是以士卒與敵本道軍器可以足用乎。

　一. 　分三衞以進三協之路。 近不同則必不能一時。 如期而進一協。 先進
攻打若不利而退。 兩協難爲功如之何

　一. 卿老於北道。 備諳形勢。 今日之事計。 將安出凡有所懷。 可一一書啓。

조목을 따라서 대답해 올림(逐條進對)

　一. 무산(茂山)으로부터 차유령(車踰嶺) 길을 경유하여 능주 부락(能主部
落)에 이르기까지가 65리 이고, 능주 부락에서 명간로(明看老) 부락까지가
3리옵니다. 또한 노토(老土) 부락에 이르기까지가 18리 이므로 만약 무산
(茂山)으로부터 군사를 동원하여 능주 부락에 도착했다가 돌아온다면, 하
룻 사이의 거리로 다녀올 수가 있습니다. 만약 명간로·노토 두 부락을 지
나쳐 돌아온다면 왕래하는 거리가 이미 162리에 이릅니다. 비록 해가 긴
날이라 할지라도 결코 하루에 다녀오기가 어렵습니다. 부득이 하여 만약
축두우(縮頭隅)에서 진을 치고 유숙(留宿)하여 적을 방어하게 된다면 야습
(夜襲)의 걱정이 있게 되니, 스스로 방책(防柵)을 세워 엄히 방비함이 마땅
할 것입니다.

　대개 군사를 동원하여 깊숙이 들어오게 되면 반드시 축두우에다 크게
복병을 매복시킬 것이니, 대소 박가(朴加) 등의 부락으로 오랑캐의 내습을

방어하게 한다면 설령 대군(大軍)이 깊이 들어오더라도 복병(伏兵)하는 군사가 도리어 날로 힘이 궁핍하게 될 것이니, 유숙할 방책(防柵)을 설치할 것입니다.

一. 우리 땅에서 오랑캐 부락에 이르기까지의 도로(道路)가 비록 조도(鳥道)에 이르진 않는다 하더라도 좌우측이 절벽(絶壁)으로 수목(樹木)이 하늘을 찌르므로 말을 타고 이를 수가 없고, 나란히 말을 몰수도 없으며, 열을 지어 걸을 수도 없습니다.

또 큰 하천이 하나 있는데, 소용돌이[盤廻]를 여러 번 건너야하고, 소(沼)에서 물이 떨어지며 또한 건너기가 어려워 이를 수가 없습니다. 우리 군사가 길을 따라서 지형을 살핀 후 이르는 곳마다 군사(軍士)를 매복(埋伏)시켜 우리가 먼저 점거한다면 적의 복병(伏兵)을 염려할 필요가 없을 것입니다.

一. 도로(道路)의 우직(迂直)[224]과 산천(山川)의 험이(險夷), 부락(部落)의 다소(多少), 노병(老兵)[225]과 숙졸(宿卒)이 많음을 상세히 알 수 있을 것입니다.

一. 적의 부락(部落)은 아무개 오랑캐가 어디에 살며, 대개 몇 호(戶)이며, 그 나머지 남자 장정은 얼마인지 들어서 알고 있습니다. 비록 그곳 토병(土兵)이긴 하나 무지(無知)[226]한 자들입니다.

一. 본도 병력이 왜변(倭變)을 겪은 이후로 사망(死亡)하거나 포로(捕虜)

---

224) 우직(迂直) : 구부러짐과 곧음.
225) 노병(老兵) : 경험이 많아 노련한 병사.
226) 무지(無知) : 1. 아는 것이 없음. 2. 미련하고 우악스러움.

가 된 자가 그 몇인지 알 수가 없습니다. 지금 길주(吉州) 이북 각 진보(鎭堡)의 토병(土兵)이 합하여 삼등(三等)으로 겨우 5, 6천 명입니다. 그 중 1, 2등이 2천명을 채우지 못하는데, (이중) 말을 가진 군사는 다시 10분지 2, 3입니다. 또한 그 가운데 첨방(添防) 출신 장사(將士)[227]는 보졸(步卒)[228]을 모두 거느리더라도 저쪽 병사(여진족)와 같게 됩니다. 힘을 다해 토벌(討伐)하더라도 소탕(掃蕩)할지는 쉽게 말씀드리기 어렵습니다.

一. 각 진(鎭)의 기계(器械)가 왜변(倭變)을 겪으면서 모두 산실(散失)[229]되었습니다. 비록 혹시 수습하였다고 하더라도 옛날 물건에다가 새로운 양식을 장착하는 꼴이니, 본영(本營)의 군기(軍器)로써 이번 대사(大事)를 거행함에 어찌 능히 넉넉하고 세밀하며, 정교하고 우수할 수가 있겠습니까?

. 이른바 삼협(三協)의 길이란 4, 5식(息)[230]으로 일정하지가 않은데, 진병(進兵)[231]하여 모이더라도 한 때 모이기가 어렵습니다. 이미 함께 행할 수가 없다면 성패(成敗)의 이둔(利鈍)[232]도 미리 논하기가 어렵습니다. 대저 이 오랑캐는 험조(險阻)[233]함에 반거(盤據)[234]하는데, 소소(小小)한 부락(部落)들이 목뼈처럼 서로 마주보고 있습니다. 만약 3협(三協)으로 나

---

227) 첨방군(添防軍) : 국경을 지키는 임무를 남도와 북도 출신의 군사로 나누어 세웠는데, 남도의 군사를 첨방군(添防軍) 이라 한다. 즉 첨가하기 위하여 남도에서 온 군사라는 뜻이다.

228) 보졸(步卒) : 보병(步兵)과 같음.

229) 산실(散失) : 흩어져 잃어버림

230) 식(息) : 거리의 단위로 1식은 30리임.

231) 진병(進兵) : 싸움터 따위로 병사를 내보냄.

232) 이둔(利鈍) : 날카롭고 무딤.

233) 험조(險阻) : 지세가 가파르거나 험하여 막히거나 끊어져 있다.

234) 반거(盤據) : 어떤 곳에 근거를 잡고 지킴.

뉘 군사를 내보낸다면 망루(網漏)[235]할 근심이 없을 듯 하오니, 반드시 우리 병사를 10배쯤 곳곳에 매복(埋伏)시켰다가 삼로(三路)에서 진영(陣營)을 이어 배후(背後)에서 내원(來援)[236]하는 적을 방어토록 합니다. 그런 후에라야만 승리(勝利)를 기약할 수가 있습니다.

만약 5, 6천의 오랑캐 군사가 길을 나눠 나아온다면 병력은 적고 힘은 분산되어 결코 만전(萬全)을 기할 수가 없습니다. 그러므로 소신 이일(李鎰)이 북도에 있을 때, 차유령(車踰嶺)의 길을 따라서 합병(合兵)하고 먼저 능주 부락(能主部落)을 소탕(掃蕩)한 적이 있습니다.

본도의 병력(兵力)이 단약(單弱)[237]하고 기계(器械)가 저어(齟齬)[238]함은 본래부터 잘 아는 바입니다. 그러므로 첨방 무사(添防武士)와 화살대, 궁각(弓角)[239]을 여러 번 요청한 것이 한 두 번이 아닙니다. 이 오랑캐가 변경(邊境)에서 흔단(釁端)[240]만드는데, 치지 않는다면 근심이 될 것이요, 끝없이 정벌(征伐)코자 한다면 병력(兵力)이 단약(單弱)하여 부득이 정병 포수(精兵砲手) 다수(多數)와 방어에 쓸 강한 활과 튼튼한 화포(火砲)도 반드시 좋은 것으로 보내야만 합니다. 그런 후 다만 전시(戰時)에만 쓰고자 할 것이 아니고 이미 적을 소탕한 뒤에라도 분한 마음을 이기지 못하고 침범해오는 오랑캐를 방어할 수가 있습니다.

만약 병세(兵勢)가 호대(浩大)하다면 비록 차유령(車踰嶺)의 길을 쫓더라도 한편으로는 명간로(明看老)·노토(老土) 두 오랑캐 소굴(巢窟)을 분절(分絶)시키고, 한편으로는 능승 부락(能承部落)을 쫓아서 힘을 모아 나누어 소탕한다면 날로 세력이 비록 쇠해가더라도 진을 치고 유숙(留宿)할

---

235) 망우(網漏) : 법망에서 빠져 나감을 이름.
236) 내원(來援) : 와서 도와줌.
237) 단약(單弱) : 외롭고 약함.
238) 저어(齟齬) : 위아래의 이가 서로 잘 맞지 않음.
239) 궁각(弓角) : 활을 만드는 데 쓰는 황소의 뿔.
240) 흔단(釁端) : 서로 사이가 벌어져서 틈이 생기게 되는 실마리.

수가 있을 것입니다. 시전(時錢) 오랑캐를 소탕(掃蕩)할 때 천시(天時)와 인사(人事)가 둘 다 온전하였는데, 지금은 9월 보름(15일) 전이라 시기에 차이가 있습니다. 일찍이 본도 군병(軍兵)이 또한 단약(單弱)하다고 하였사온데, 반드시 먼 곳의 정예한 군사를 기다렸다가 거사(擧事)하게 된다면, 선발하여 보낼 때는 군사를 동원하는 시기를 반드시 급박(急迫)할 때 해야만 합니다.

만약 10월 보름 전이라면 단지 군사를 조달하는 데 편리할 뿐만 아니라 오랑캐 소굴에서 가을걷이한 곡식을 혹은 군량미로 혹은 불사르는 데 모두 이득이 될 것입니다. 만약에 구구(區區)[241]하게 한 가지 계책(計策)이 있다고 하더라도 우리의 병력(兵力)이 이미 이같이 형세(形勢)가 어려운데, 또한 이같이 큰 상을 건다면 큰 이득이 될 것이니, 적의 추장(酋長)을 구포(購捕)[242]하거나, 그들로 하여금 협종(脅從)[243]하게 하여 스스로 전쟁을 그치게 하는 것입니다.

실로 부득이한 계책에서 나온 것이나, 전일(前日)에 니탕개 부락 오랑캐를 소탕할 때 오랑캐를 구포(購捕)하였으니, 비록 이것이 궤우(詭遇)[244]이긴 할지라도 병가(兵家)의 하나의 기책(奇策)으로 삼을만 합니다.

임금께서 비답(批答)하기를, "이번에 이일의 서계(書啓)를 살펴보니 자못 병법(兵法)의 계산이 있도다. 내 뜻 또한 그러하다. 승산(勝算)이 10분이 안됨이 분명하니, 어찌 위태하지 않겠는가? 전교(傳敎)와 회유(回諭)의 말을 비변사(備邊司)에 내려 한 면도 빠짐없이 모두 기록하여 함경도의 감사(監司)와 병사(兵使)에게 서둘러 전달하여 헤아려 시행하여 대비토록 하라." 하였다.

또 서울 안의 포수(砲手)와 화기(火器)·군기(軍器) 및 수도 가까운 곳의

---

241) 구구(區區) : 보기에 떳떳하지 못하고 구차스러운 데가 있다.
242) 구포(購捕) : 상을 내걸고 범인을 잡음.
243) 협종(脅從) : 남의 위협에 못 이겨 복종함.
244) 궤우(詭遇) : 옳지 아니한 방법으로 부귀를 누림.

무용(武勇)이 있는 선비 다수를 엄격히 가려 뽑아 들여보낼 일을 비변사(備邊司)와 에 병조(兵曹)에 말하였다.

또한 나라의 대사(大事)가 오랑캐를 막는 일에 있으니, 지엄(至嚴)한 것이 군기(軍機)이다. 이제 이 북도(北道)의 일을 만약 태만(怠慢)히 하여 곧 거행치 않거나, 혹은 순사(循私)[245]로 정초(精抄)[246]하지 않거든 해당 관아[兵曹]에서는 곧 청(廳)에 나아가 마땅히 하옥(下獄)[247]하고 군율(軍律)에 따라서 정죄(定罪)[248]토록 할 것이며, 당상관(堂上官)일지라도 또한 엄중(嚴重)하게 다스릴 것이다. 이 뜻으로 비변사(備邊司)와 병조(兵曹)에 아울러 말하여 척념(惕念)[249]하여 시행할 것이다.

逐條進對

一. 自茂山由車踰嶺路至能主部落六十五里。能主部落至明看部落三里。又至老土部落十八里。若自茂山動兵至能主部落而回。則一日之間猶可往還。若過明老兩部落而回。則往來已至百有六十二里。雖日長之時。決難一日往還。不得已如縮頭隅近處可以結陣。經宿而至於防賊。夜襲之患。則自當設柵嚴備。大槪擧兵深入。必於縮頭隅大設伏兵。以防大小朴加等部落。胡之來扼。設令大軍深入。而伏兵之卒。猶可窮日力。而設經宿之柵矣。

一. 自我地至賊部落其間道路。雖不至鳥道。而左右絶壁樹木叅天。而然不至於騎。不得竝驅。步不得成列矣。又有一大川。盤廻累渡秋後水落。則亦不至難涉。我軍沿道相地隨處伏兵。則我爲先據。使無賊伏之患

---

245) 순사(循私) : 사사로운 일이나 감정 때문에 공도(公道)를 돌아보지 아니함.

246) 정초(精抄) : 엄격히 선발함.

247) 하옥(下獄) : 죄인을 옥에 가둠.

248) 정죄(定罪) : 죄가 있다고 단정함.

249) 척념(惕念) : 경계하며 두려워하는 마음.

矣。

一. 道路之迂直。山川之險夷。部落多少。老兵宿卒多。有詳知者矣。

一. 賊之部落某賊居某地。而大槪幾戶。則聞而知之。其餘男丁幾許。則雖其處土兵。亦無知之者矣。

一. 本道兵力自經倭變之後。死亡被虜者不知其幾目。今吉州以北各鎭堡土兵。合三等僅五六千。其中一二等不滿二千。而有馬之軍。復十分之二三。又其添防出身將士。率皆徒步之人。以如彼之兵。力其於討滅。掃蕩似難易言之矣

一. 各鎭器械。自經倭變。幾盡散失。雖或收拾。舊件措備新樣。豈能有裕稍。精且優者。本營軍器。擧此大事也。

一. 所謂三協之路。有四五息之不同。進兵之會。難以一時爲期。旣不能偕作。則成敗利鈍。亦難預論矣。大抵此賊盤據險阻。小小部落項肯相望。若分三協進兵。則似無網漏之患。而必我兵什倍處處設伏。連營三路。以防背後來援之賊。然後。可期取捷。若以五六千賊卒分道以進。則兵少力分決不能萬全。故臣鎰在北道時。欲從車蹌之路合兵。先剿能主部落矣。至於本道兵力之單弱。器械之齟齬。素所諳熟。故屢請添防武士箭竹弓角者。非一再矣。此賊搆釁邊上。不征則爲患。無窮欲征。則兵力單弱。不得已以精兵砲手多數。添防强弓勁砲。亦須優送。然後非但爲戰時之用。旣剿之後。亦可防乘憤侵犯之賊矣。若兵勢浩大。則雖只從車蹌嶺之路。一面分絶於明老兩胡之窟。一面從能承部落。捲而分剿。日勢雖暮。亦可結陣經宿矣。焚蕩時錢。則天時人事。似或兩全。而今則九月望前時尚差。早本道軍兵。又爲單弱。待須遠處精兵。可以擧事。而抄選調送之際。師期必迫。若於十月望前。則不但調兵爲便。賊窟秋獲之穀。或因糧或焚盡似爲得利矣。抑有區區一計。我之兵力。旣如此形勢之難。又如此懸以重賞蹈以碩利。購捕賊酋。使脅從自戕。實出於不得已之計。前日尼胡。胡之購捕。雖是詭遇。亦係兵家之一奇也。

批曰觀此李鎰所啓。頗有兵家之算。予意亦然之。其非勝算之十分。則明矣。豈不殆哉。傳敎及回啓之辭。下備邊司。一面具錄。馳諭於咸鏡監兵使。以備參酌施行。且京中砲手火器軍器。及京中近都武勇之士。多數精抄。及期入送事。言于備邊司兵曹。且國之大事在戎。至嚴者軍機。今此北道之事。若惰慢不卽擧行。或循私不爲精抄。該曹卽廳當下獄依軍律定罪。堂上亦重治。此意幷言于備邊司兵曹。惕念施行。

또다시 추가로 하나의 상소를 올림

신이 여러 번 북병사(北兵使)의 임무를 맡았는데, 엎드려 생각해보니 변경(邊境)의 사세(事勢)가 조종조(祖宗朝)[250]에 굴레가 되었는데, 북쪽 오랑캐(여진족)가 규획(規畫)[251]함이 심하여서 봄·가을 잔치 때면 마음으로 기뻐하여 분운(分運)[252] 상경(上京)[253]하여 참석하였는데, 그렇게 한다면 서얼구투(鼠竊狗偸)[254]하는 마음이 생기게 되오니, 오히려 근심을 막기가 어렵사옵니다.

지금은 난(亂)을 겪은 후라 중외(中外)[255]가 탕연(蕩然)[256]하여 오랑캐가 국가가 길러준 은혜를 입지 못하니 장차 10년 후면 그들이 으르렁대며

---

250) 조종조(祖宗朝) : 제왕가(帝王家)의 조상 임금 때를 말함.

251) 규획(規畫) : 계략을 꾸밈. 또는 그 계략.

252) 분운(分運) : <역사> 많은 수량의 가축이나 물건을 아주 먼 곳으로 옮길 때에, 좀 더 효과적으로 운반하기 위하여 일정한 수량을 한 무리의 운(運)으로 나누던 일.

253) 상경(上京) : 지방에서 서울로 올라옴.

254) 서얼구투(鼠竊狗偸) : 쥐나 개와 같이 가만히 물건을 도둑질함. 즉 좀도둑질을 말함.

255) 중외(中外) : 조정(朝廷)과 민간을 아울러 이르는 말.

256) 탕연(蕩然) : 텅 비어 있는 모양.

도리어 물고자 할 것이오니, 세력이 반드시 이르게 될 것인바 저절로 좋은 시절은 가고, 사악한 전갈의 독이 극에 달할 것입니다. 이런 까닭으로 죄를 묻는 것이오니, 그렇지 않은 자는 얻을 수가 없습니다.

다만 생각건대 남쪽의 근심이 다 끝나지 않았는데, 농사철이 이미 다가오니, 병사를 징집하여 북쪽으로 올라가는 것은 풍화(風化)[257]의 계절이 적당할 것입니다. 혹시 철수(撤收)하여 돌아가는 적들이 다시 돛과 노의 편리함을 타게 된다면 피차간(彼此間)에 실로 낭패(狼狽)를 보게 되옵니다. 병가(兵家)에서 싸워 이기는 일은 무상(無常)[258]하니, 이는 위험한 길로 만약 한꺼번에 그 소굴을 소탕한다면 진실로 최선책이 될 것입니다.

만약 그 소굴을 비우고 달아나거나 혹 차질(蹉跌)이 있는 변이 있게 된다면, 육진(六鎭)의 일이 매우 한심(寒心)할 것입니다. 우리의 불리함을 타고서 벌집과 같이 저돌적(猪突的)으로 덤빈다면 장구(長驅)[259]한 근심이 될 것이니, 반드시 무지(無智)한 자들을 보호하기 어려워 최선책이 될 수 없고 그 후라야만 바르게 된다는 것이 이를 이르는 것입니다.

신의 어리석은 뜻으로는 무산(茂山)의 일보(一堡)가 요해처(要害處)[260]가 됨이 정당하다고 봅니다. 가까이는 정승(政丞) 파오달(政丞破吾達)·허수라(虛水羅) 등의 부락(部落)과 멀리는 박가(朴加)·홍오(洪吳)·홍단(洪丹) 등 여러 오랑캐가 모두 공제(控制)[261]되었는 바 이번에 만약 승차(陞差)한 만호(萬戶)와 당상관(堂上官)이 된 첨사(僉使)를 점차 수병(戍兵)으로 충원하여 이 보(堡)에다 관시(關市)를 개설(開設)하고 원근(遠近)의 모든 오랑캐로 하여금 모두 어염(魚鹽)의 이익을 얻게 한다면 이리처럼 탐하는 무리들이 다시 장차 조용해질 것입니다. 이런 추세가 되면 산밖에 있는

---

257) 풍화9風化) : 바람이 멎고 파도가 잔잔함.

258) 무상(無常) : 일정하지 않고 늘 변함.

259) 장구(長驅) : 적(敵)이 멀리까지 거침없이 추격해 옴.

260) 요해처(要害處) : 전쟁에서, 자기편에는 꼭 필요하면서도 적에게는 해로운 지점.

261) 공제(控除) : 억눌러 꼼짝 못하게 함.

오랑캐 또한 반드시 조금 더 조용해질 것입니다.

하오나 조종조(祖宗朝)로부터 보을하(甫乙下)로부터 매매(賣買)하는 행위를 끊었사온데, 그 뜻은 함부로 시장을 개설하는 것을 가벼이 허락하지 못하도록 엄격히 함에 있사옵니다. 마땅히 여러 부락의 추장(酋長)을 불러 모아 노토(老土)·명간로(明看老)를 잡아들이도록 하여 항복을 받아들인 자는 바로 이 보에서 저들의 요청을 듣고 관시(關市)를 통행할 일입니다. 이것이 이롭다고 생각되신다면 재빨리 실행에 옮겨야만 합니다. 몰래 도모하려는 이치(理致)가 없을 수 없기 때문입니다. 소문[所聞 : 聲聞]이 한 번 퍼져나가면 반드시 서로 둘 사이를 의심하게 될 것이오니, 오랑캐 추장을 화해시키면 매우 좋은 전형(典刑)²⁶²⁾을 보이는 것이 될 것입니다. 좀 더 오랑캐 부족으로로부터 떨어지게 하는 것이 좋은데, 오랑캐가 도적질하는 것을 그치게 될 것이기 때문입니다.

그런 후에 남쪽으로로부터의 보고를 상세히 탐지(探知)하고, 북쪽의 변보(變報)를 살필 일입니다. 만약 저 오랑캐들이 능멸하고 뉘우치지 않는다면 고개에서 순찰하여 조금 진정시키고 마침내 추수기를 타서 결행하여 죄를 묻고 사세(事勢)를 헤아린다면 마땅하리라고 봅니다. 이렇게 하지 않고 급히 서둘다가 난을 겪어서 병사들을 소생시키지 못한 상태로 나아가 오랑캐 소굴[虎穴]에 집결한다면, 눈 녹은 물이 넘치고, 도로는 질며, 매우 가파른 언덕[峻坂]의 지름길로 돌아간다면 앞은 가려졌고 뒤는 엄폐되어 말을 타거나 걸어서 가더라도 모두 불편할 것이오니 비록 다행히 이긴다고 하더라도 도리어 움직일 수가 없을 것입니다. 하물며 무리가 움직이므로 때가 마땅치 않사오니, 반드시 실행할 일이 아니질 않겠습니까?

신이 회령부사(會寧府使)로 있을 때 관하(管下)²⁶³⁾의 풍산보(豊山堡)가 여러 번 적에게 떨어진 적이 있사옵니다. 보 가까운 곳의 오랑캐가 본보

---

262) 전형(典刑) : 한번 정하여져 변하지 아니하는 법.

263) 관하(管下) : 관할하는 구역이나 범위.

(本堡)에다 시장(市場)을 열어줄 것을 청원하며 곧 장차 이해관계를 고하여 알리니 순찰사(巡察使) 정언신(鄭彦愼)이 청원에 따라서 시장을 열었사온데, 끝없이 오랑캐가 난을 일으켰기에 (할수 없이) 스스로 쫓은 것입니다.

남도의 혜산(惠山) 가파지(咗波知) 등처(等處)에서도 그들의 귀부(歸附)를 허락하였사오니, 이는 비록 일의 형편이 급박하여 그러한 것이지만 이미 허락한 후인지라 점차로 경급(警急)[264]이 없을 것이오니 이는 실로 전후에 뚜렷이 증명되는 것입니다.

하물며 무산(茂山)·양영(梁永) 등처(等處)는 비록 잠상(潛商)[265]을 금하고 있지만, 풀숲에 잠복(潛伏)하면서 밤에 괴롭고 힘들게 다니니, 영원히 저들의 간세(奸細)[266]함을 막고, 성 안에 사는 한인(閑人)[267]과 잡인(雜人)들에게 영을 내려서 가까이 되풀이하는 것을 엄히 금하도록 한다면, 그들이 이익의 근원을 잃게 되어 거의 다 도망가거나 옮겨갈 것입니다.

만약 관시(關市)를 개설한다면, 이미 흩어졌던 자들이 돌아와서 모일 뿐만이 아니라 변민(邊民)[268] 가운데 장사하는 자[逐末者]는 반드시 장수(將帥)나 정승(政丞)을 거느리고서 달려올 것인데, 성 안으로 인가[人家：人戶]가 힘들이지 않고서 들어온다면 점차 조밀(稠密)함에 이를 것입니다. 이미 산전(山田)이 펼쳐져 있는데, 또 따라서 개간(開墾)하게 된다면 부령(富寧) 읍내가 이로 인해 점차 실하게 될 것입니다.

신이 지난번 변경에 있을 때 부령(富寧) 사람들이 모두 시장 개설을 허락해주기를 원했는데, 잠상(潛商)하는 길이 저와 같이 막기가 어렵사옵니다. 그러므로 신의 뜻으로는 잠시동안 권도(權道)[269]를 쫓아서 마땅히 한

---

264) 경급(警急) : 경계해야 할 갑작스러운 재앙이나 사고.

265) 잠상(潛商) : 법령으로 금지하고 있는 물건을 몰래 팔고 사는 일. 또는 그 장수.

266) 간세(奸細) : 간사하고 도량이 적음. 또는 그런 사람.

267) 한인(閑人) : 한가하고 일이 없는 사람.

268) 변민(邊民) : 변방(邊方)에서 사는 백성.

차례 관시(關市)를 개설한다면 오랑캐들의 욕구에 합당하게 되어 거의 위로(慰勞)가 될 것이며, 피차(彼此)의 마음을 기쁘게 하고 굴레를 진정시키는 길을 얻게 될 것입니다. 그들이 농사철에 군사를 일으키는 것을 보게 된다면 마치 유간(有間)[270]이 되는 것과 같을 것입니다.

전에 왕명을 받들어 조진(條陳)[271]하던 날에 다 상달(上達)[272]하지 못하였는바, 신하가 되어 소회(所懷)[273]가 있음에도 감히 끝내 침묵할 수가 없었습니다. 비변사(備邊司)에 내려 편부(便否)[274]를 상확(商確)[275]하여 처리함이 어떠하겠습니까?

또한 육진(六鎭)의 번호(藩胡)가 오래도록 상경(上京)[276]하지 않는데, 결망(缺望)[277]함이 심하옵니다. 오늘의 형세(形勢)는 이미 상경할 시기를 놓쳤사오니, 만약 함흥(咸興)을 비로소 설향(設享)할 장소로 삼은 후, 각 진의 오랑캐들로 하여금 군액(軍額)을 상송(上送)하게 한다면 『경국대전(經國大典)』에 근거하여 그 상물(賞物)과 녹봉(祿俸)을 반으로 감하고, 또한 절약하여 돌아보아 보호한다면 어려움이 이어지는 근심이 없을 것입니다. 저들로 하여금 본부(本府)에 왕래하는 상인(商人)들과 더불어 토산물(土産物)을 바꾸어 팔게 한다면, 남의 일로 기뻐하는 무리들이 북경(北京)에 조회(朝會)하러 가는 길이 회복되기를 바랄 것이니 비록 선동(煽動)하는 변

---

269) 권도(權道) : 목적 달성을 위하여 그때그때의 형편에 따라 임기응변으로 일을 처리하는 방도.

270) 유간(有間) : <불교> 마음 가운데 다른 생각이 섞이어 한마음이 되지 못함을 이르는 말.

271) 조진(條陳) : 조목조목 들어서 말하거나 써서 진술함.

272) 상달(上達) : 윗사람에게 말이나 글로 여쭈어 알려 드림.

273) 소회(所懷) : 평소에 품고 있는 회포나 뜻.

274) 편부(便否) : 편리함과 그렇치 않음.

275) 상확(商確) : 서로 의논하여 확실히 정함.

276) 상경(上京) : 지방에서 서울로 올라옴.

277) 결망(缺望) : 바라는 대로 이루어지지 않아 원망함.

이 생기더라도 반드시 장차 중지(中止)하여 따르게 될 것입니다.

신이 북방(北方)에 왕복(往復)하면서 여러 해 동안 크고 작은 일을 기록하였사온데, 형세가 남의 마음을 헤아리는 바가 없지 않았습니다. 이는 실로 하나의 어리석음을 얻는 격이지만, 감히 때에 부합(附合)하려고 하지 않았사오니, 조정에서 헤아려 시행함이 마땅할 것입니다. 신은 맡은 바가 없어 간절히 물러나기를 기도함에 이르렀습니다. 황공하오나 죽기로써 간청하오니[昧死]278) 들어주시옵소서”라고 하였다.

임금께서 비답(批答)279) **내리기를,** “족히 경의 나라를 근심하는 충성된 계책을 보았으니, 비변사(備邊司)와 의논하여 처리토록 하라” 하였다.

又追上一疏

臣屢膺北任。伏見邊上事勢。祖宗朝羈縻。北虜規畫甚。至春秋宴享。以悅其心分運上京以中。其欲然而鼠竊之發。猶患難防。今則經亂之後。中外蕩然。犬豕不得蒙國家豢養之恩。將至十年。其狺然反噬者。勢所必至。而自去春益肆蠆毒。此所以問罪之舉。不得不爾者也。第念南虞未殄。農月已追。徵兵北上適當風和之節。脫或捲歸之賊。復乘帆檣之便。則彼此措應。實爲狼狽。而兵無常勝戰是危道。如使一舉而蕩其巢窟。固爲善矣。若其空穴而遁。或有蹉跌之變。六鎭之事。極可寒心。而乘我不利蜂屯豕突。則長驅之患。難保其必無智者。不能善其後正謂此也。臣之愚意。以爲茂山一堡。正當要害。近則政丞破吾達虛水羅等部落。遠則朴加洪吳洪丹等諸胡。皆其所控制。今若陞萬戶爲堂上僉使。稍加戍兵。設關市於此堡。令遠近諸胡。舉蒙魚鹽之利。則狼貪之輩。復將弭耳。以趨而山外之賊。必至少寢矣。然自祖宗朝。斷自甫乙下。通

---

278) 매사(昧死) : 자기 말이 부당하면 죽음으로써 사죄하겠다는 뜻으로, 죽기를 무릅쓰고 말함을 이르는 말. 주로 편지에 쓴다.

279) 비답(批答) : 상소에 대한 임금의 하답(下答).

其買賣者。其意有在固不可妄開。而輕許之。當募諸部豪酋。有能捕老土
明看老。而納降者。方可於此堡聽款。而通行關市云。則惟利是趨之徒。
不無潛圖之理。而聲聞一播。則將必自相疑貳。大可以購魁擘示典刑。小
可以離部種。弨狗偸矣。然後詳探南報。密觀北變。如其虜不侮過。而
嶺徼稍定。乃決乘秋。問罪之擧。則揆之事勢。似爲便當矣。此之不
爲。而欲驅經亂。未蘇之兵。進搏虎穴。雪水之泛漲。道路之泥濘。峻
坂回蹊。前遮後蔽。騎步之行。俱失其便。雖幸而勝。猶未免動。衆之
非時矧乎。其未加必者乎。臣曾爲會寧府使時。管下豐山堡屢有零賊。
而堡境胡人有願於本堡通市者。卽將利害申報。巡察使鄭彦愼依願開市。
自從無窮發之賊。南道惠山乫波知等處。亦自頃年。許其歸款。是雖因事
勢之迫。而旣許之後。稍無警急。此實前後之明驗也。況茂山梁永等處。
雖有潛商之禁。草伏夜行苦難。永杜其姦細。而近因申嚴禁。令城內居閑
雜人等。失其利源。幾盡逃移。若設關市。則非徒已散者還集。邊民逐
末者必將相率而趨之。城內人戶不勞刷入。而漸至稠密。已陳山田。亦從
而開墾。富寧邑居。因之而稍實矣。臣頃在邊上。富寧之人咸願其通市。
而潛商之路。如彼其難防。故臣意以爲姑從權。宜一開關市。以中胡人之
欲。則庶可以慰。悅彼此之心。得羈縻鎭定之道。而其視農月興師。則
似爲有間矣。前於承命條陳之日。未盡上達。臣子有懷不敢終黙。下備邊
司。商確便否而處之何如。且六鎭藩胡。久未上京。其爲缺望極矣。今
日之勢。已無上京之期。如於咸興創爲設享之所。各鎭胡人上送運額。據
大典減半其賞物祿俸。亦加節省保。無難繼之患。使彼得與本府往來商
人。變賣土物。則喜人之輩。冀復有漸次朝京之路。雖有煽動之變。必
將中止而效順矣。臣之往復北方。積有年紀大小事。勢不無所揣摩者。此
實一得之愚。不敢以爲合於時。宜在朝廷量施。臣無任祈懇屛縮之至。惶
恐昧死以聞。批曰足見卿憂國忠謨。與備邊司議處。

국역 장양공 전서(國譯 壯襄公全書) 2권

박상진(국사편찬위원회 사료조사위원)

장양공전서 권지이 목록(壯襄公全書卷之二 目錄)

행적 기록(紀行)
- 행장(行狀)_이담(李橝, 이조참판, 1828년)
- 행장후 작은 서문(行狀後序)_이담(李橝, 이조참판, 1828년)
- 행장후 발문(行狀後序跋)_이담(李橝, 이조참판, 1829년)
- 한성판윤 오위도총부도총관 행장(行狀)
  _이재(李縡, 이조판서, 1732년)
- 신도비명 병서(神道碑銘 幷序)_안윤행(安允行, 공조판서, 1743년)
- 신도비명 병서(神道碑銘 幷序)_이의현(李宜顯, 영의정, 1744년)

紀行
- 行狀_李橝
- 行狀後序_李橝
- 行狀後序跋_李橝
- 行狀_李縡
- 神道碑銘 幷序_ 安允行
- 神道碑銘 幷序_李宜顯

행적 기록(紀行)

자헌대부 충청·전라·경상 삼도순변사 무용대장 행한성판윤 겸 오위도총부도총관 지훈련원사 증정헌대부 의정부좌참찬 지의금부사 이공 행장

(全義 後人 이담(李橝), 1828년)

공의 휘는 일(鎰)이요, 자는 중경(重卿)이며, 성은 이씨(李氏)이니, 용인(龍仁) 사람이다. 시조는 삼한벽상삼중대광(三韓壁上三重大匡)태자 태사(太子太史)를 지낸 휘 길권(吉卷)이다. 동방의 갑족(甲族)을족(乙族)이 되어 여러 대를 벼슬이 연이어서 끊어지지 않았다.

13대손에 이르러 휘가 중인(中仁)이란 분은 구성부원군(駒城府院君)에 봉해졌고, 개성유후(開城留後) 휘 사위(士渭)란 분을 낳으니 처음으로 조선조에 벼슬하였다. 유후공이 이조참판(吏曹參判)을 지낸 휘가 백지(伯持)란 분을 낳으니, 태종조에 처음으로 청백리(淸白吏)에 뽑혔는데, 대를 이어 벼슬에 임용되는 은전을 입었다. 이세(二世)를 내려가서 휘가 회충(會忠)이란 분은 관직이 첨사(僉使)인데 공에게 고조부가 되신다.

증조부의 휘는 승효(承孝)인데, 승사랑(承仕郎)으로 형조참의(刑曹參議)의 증직을 받았다. 할아버님의 휘는 환(環)이니 선략장군(宣略將軍) 충무위 부사직(忠武衛副司直)으로 호조참판(戶曹參判)에 추증되었다. 아버님

의 휘는 민덕(敏德)이니 절충장군(折衝將軍) 함경북도 병마우후(咸鏡北道
兵馬虞侯)로 여러 번 증직을 받아서 숭정대부(崇政大夫) 의정부 좌찬성(議
政府左贊成)에 이르렀다.

찬성공은 생원(生員)을 지낸 연안(延安) 이계수(李繼壽)의 따님에게 장
가들어 가정(嘉靖) 무술년(중종 33년, 1538) 7월 7일에 용인의 옛 집에서
공을 낳았다. 공은 태어나면서부터 기위(奇偉)[1]하여 젊어서 놀고 행동하
는 것이 일반 아이들과는 달랐다. 어릴 적에 일찍이 믿는 바가 없어 힘든
일에 종사하며 엄한 아버지를 섬겼다. 붓을 던지고 활 쏘는 법과 말 타는
법을 익혔으며, 만력(萬曆) 무오년(명종 13년, 1558)에는 무과(武科)에 병
과(丙科)로 급제하였다. 경신년(명종 15년, 1560)[2]에는 선전관(宣傳官)에
제수되고 관아(曹司)의 청규(廳規)를 창설하였다. 현벌(懸罰)[3]을 시행하여
몽둥이로 체벌함에 용추(龍椎)[4]에 이름을 새겨 본받게 하니 동료들이 경
탄(敬憚)[5]하였다.

신유년(명종 16년, 1561)에는 계모(繼母)인 정경부인(貞敬夫人) 창원박
씨(昌原朴氏)의 상을 당하였다. 상기를 마치자 다시 전직(前職)에 복직하
였는데 임기가 차니 함종 현령(咸從縣令)이 되어 외직으로 나갔는데, 백성
들이 위덕(威德)[6]을 우러러 부모와 같이 여겼고, 임기가 차서 떠나갈 때
거사비(去思碑)[7]를 세워주었다.

경오년(선조 3년, 1570)에는 벽동군수(碧潼郡守)로 승차하였고 임신년

---

1) 기위(奇偉) : 뛰어나게 훌륭하다.
2) 원문의 병신년은 경신년의 오기이다.
3) 현벌(懸罰) : <역사> 궁중에서, 죄가 있는 사람의 두 손을 묶어 나무에 매달던 형벌.
4) 용추(龍椎) : 용을 조각한 방망이.
5) 경탄(敬憚) : 공경하면서도 어려워하고 꺼림.
6) 위덕(威德) : 위엄과 덕망을 아울러 이르는 말.
7) 거사비(去思碑) : <역사> 감사나 수령이 갈려 간 뒤에 그 선정(善政)을 기리어
   고을의 백성들이 세운 비.

(선조 5년, 1572)엔 부친의 상사(喪事)를 당했는데, 상기(喪期)를 마치자 단천군수(端川郡守)에 제수되었다. 을해년(선조 8년, 1575) 봄에는 발탁되어 경원부사(慶興府使)로 옮겨갔는데, 정치를 청숙(淸肅)하게 하여 변경(邊境)지방이 태평하니 위계를 당상관(堂上官)으로 올리고 온성부사(穩城府使)로 옮겨가게 하였다. 임기가 차니 상토 첨사(上土僉使)에 제수하였다.

경진년(선조 13년, 1580)에 압록강 강변(江邊)에 있을 때 포로 매독(梅毒) 등이 변경에서 사건을 일으키자, 공이 잡아다가 문초하고 하룻밤을 지나서 풀어주었다. 부산진 첨사(釜山鎭僉使)에 제수되었다가 임오년(선조 15년, 1582)에는 올려서 전라좌수사(全羅左水使)에 제수되었다.

이보다 앞서 북쪽 변경에 사는 여진족이 관새(欵塞)하며[8] 내부하니 조정에서는 옷과 식량을 내려주면서 육진(六鎭) 장성(長城) 밖에 와서 머물러 살게 하였다. 계미년(선조 16년, 1583)에 니탕개(尼湯介)라는 자가 여진족을 몰래 유인하여 변경을 넘어 깊숙이 들어와 난을 일으키고 경원부(慶源府)를 공격하여 함락시키니, 조정에선 특별히 공을 경원 부사(慶源府使)를 삼아서 토벌하게 하였다. 또 종성(鍾城)·온성(穩城)을 포위하니, 부사 신립(申砬)이 달려가서 구원하였는데, 10여기로써 돌격하여 포로를 구해 돌아갔다. 이때 공이 수진장(守鎭將)으로서 적을 맞아들여 승리하여 모두 그 마땅함을 얻게 되니 백성들은 편안하게 되었고 오랑캐들은 복종하였다.

을유년(선조 18년, 1585)에는 니탕개의 오랑캐가 다시 2만여 기를 인솔하고서 회령부(會寧府) 대암(臺巖) 위에 머무르며 군사를 모아 마음대로 빼앗고 노략질하니 이에 조정에선 공을 포상하여 자급을 가선대부(嘉善大夫)로 올려주고, 회령부사(會寧府使)로 옮겨서 임명하여 진압하게 하였다. 이해 겨울에 고령진 군관(高嶺鎭軍官) 임중량(林中樑)이 수령한 군수(軍需)의 무명(木) 10동(同 50필이 1동임)을 싣고서 장성문(長城門)을 통과해

---

8) 관새(欵塞)하며 :『사기(史記)』태사공자서(太史公自序)에, "중역(重譯)으로 관새(欵塞)한다." 하였고, 그 주에, "새문(塞門)을 두들기고 와서 항복한다는 뜻이라." 하였음.

오룡초 연대(吾弄草烟臺) 아래에 이르렀는데 적호(賊胡)가 달려와서 빼앗아 가버렸다. 임중량 등이 군목(軍木)9)을 모두 버리고 달아나니 적들이 전부 차지하게 되었다. 공이 마침내 군사들을 거느리고 곧바로 적들이 매복한 곳을 공격하여 그 부락의 막사들을 전부 불사른 후, 적의 목 30여급을 베고 그들이 빼앗아간 군목을 되찾아 돌아왔다.

병술년(선조 19년, 1586)엔 조정에서 다시 공을 북병사(北兵使)로 승차(陞差)시켰다. 영중(營中)에 일찍이 『제승방략(制勝方略)』이 있어서 그것을 시행한 지가 오래되었으나 각 고을 진보(鎭堡)의 여러 장수가 각각 분속(分屬)됨이 없어서 적로(賊路)의 경유하는 곳이 또한 서로 어긋나 적합지 않았고, 모든 방수절목(防守節目)이 소루(疏漏)10)한 데가 많아서 한번 경급(警急)11)한 일이 생기면 변란을 다스리기에 적당치 않았다. 공이 도임하여 곧 편리한 점과 불편함 점을 고열(考閱)12)하여 윤문을 가하고 증보(增補)하였다. 엄칙(嚴飭)13)할 명분이 될 적로(賊路)의 원근(遠近)과 추격할 때의 요해(要害)14)에서 성지(城池)와 기계(器械), 무릇 변경을 굳건히 하고 적을 방어할 대책과 빼앗긴 물건을 되찾아올 방법을 기록하였는데 갖추지 아니 함이 없었다.

또한 군무(軍務) 29사(事)와 금령(禁令) 27조(條)를 조목조목 진언(陳言)15)하였고 방략(方略) 1건을 아울러 기록토록 임금에게 아뢰고, 이를 여러 장관(將官)에게 시강(試講)토록 청하여 전최(殿最)16)를 삼게 하였다. 임

---

9) 군목(軍木) : <역사> 조선 시대에, 군보(軍保)로 받아들이던 포목.

10) 소루(疏漏) : 생각이나 행동 따위가 꼼꼼하지 않고 거칠다.

11) 경급(警急) : 경계해야 할 갑작스러운 재앙이나 사고.

12) 고열(考閱) : 자세히 살펴보거나 점검하면서 읽음.

13) 엄칙(嚴飭) : 엄하게 타일러 경계함. 또는 그런 신칙(申飭).

14) 요해(要害) : 전쟁에서, 자기편에는 꼭 필요하면서도 적에게는 해로운 지점

15) 진언(陳言) : 일정한 사실에 대하여 말을 함.

16) 전최(殿最) : 고려, 조선 시대에, 관찰사가 각 고을 수령의 치적을 심사하여 중앙

금께서 비변사(備邊司)에 명하여 특명(特命)으로 시행토록 하였으며 각 진보(鎭堡)마다 1건씩 반사(頒賜)[17]하여 미리 강구(講究)[18]토록 하고 또한 일을 만났을 때 실수하여 그르치는 일이 없도록 하였다. 방략(方略)을 자세히 갖추어 반행(頒行)[19]한 것이 대개 공으로부터 시작되었는데, 적을 칠 방법을 수립한 정책과 진보(邊堡)의 고사가 책을 열면 환히 알 수 있으니, 공의 충근(忠勤)[20]과 훈공(勳功)이 더욱 백대(百代)에 표창할만 하다. 이로 말미암아 인덕(仁德)과 위엄(威嚴)이 널리 퍼져 변방이 편안하고 조용해졌다.

이 해 가을에 조정(朝廷)에서는 녹둔도(鹿屯島)[21]에 둔전(屯田)을 설치하고 김경눌(金景訥)로써 동둔관(董屯官)을 삼았는데, 경눌이 오랑캐들이 경내로 들어와서 경작(耕作)하는 것을 마음대로 허가하였다가 사로잡히니 조정에서는 그를 파직하고 조산만호(造山萬戶) 이순신(李舜臣)으로써 동둔관(董屯官)을 겸하게 하여 녹둔도를 수호(守護)하게 하였다.

정해년(선조 20년, 1587) 가을에는 추도(楸島)의 번호(藩胡)인 마니웅개(麻尼應介)와 시전(時錢)의 번호(藩胡)인 하오랑아(何吾郞阿) 등이 몰래 무리를 지어 어느 날 짙은 안개를 이용해 나와 불의에 녹둔도의 둔소(屯所)를 노략질하였다. 이때 둔전병(屯田兵)이 모두 나와 곡물을 수확(收穫)하는 작업을 하고 있었는데 목책(木柵) 안에는 다만 10여명이 있을 뿐이었다. 순신(舜臣)이 홀로 그 예봉(銳鋒)을 맞아 적 수십 명을 쏘고 빼앗긴 것을 되찾았다. 다행히 성채는 보호하였지만 병사가 적고 궁하여 추격하지는 못하였다. 농민(農民)과 장사(將士) 중에 포로가 되거나 죽고 다친 자가

에 보고하던 일. 전(殿)은 맨 아래 등급을, 최(最)는 맨 위 등급을 말하는데, 고과 평정의 뜻으로 썼으며, 해마다 음력 유월과 섣달에 시행하였다.

17) 반사(頒賜) : 임금이 녹봉이나 물건을 내려 나누어 주던 일.

18) 강구(講究) : 좋은 대책과 방법을 궁리하여 찾아내거나 그런 대책을 세움.

19) 반행(頒行) : 출판물을 발행하여 반포함.

20) 충근(忠勤) : 충성스럽고 부지런하다.

21) 녹둔도(鹿屯島) : 강 하류 조산(造山) 부근에 있었던 하천도서.

또한 많았다. 이로써 조정에서 순신(舜臣)을 잡아들여 추국(推鞫)[22]해야
한다는 논의가 있었는데, 공이 그 재주와 용기를 아까워하여 조정에 백의
종군(白衣從軍)[23]을 청하여 이로써 발탁되어 마침내 임진왜란에 큰 공을
세우게 되었다.

겨울에 공이 본영(本營)으로부터 경흥(慶興)에 도착하여 몰래 하오랑아
(何吾郎阿) 등을 잡아서 주살(誅殺)하고, 드디어 우후(虞侯) 김우추(金遇秋)
에게 명하여 병력을 거느리고 추도(楸島)부락을 기습하여 깨뜨리고 그 소
굴을 소탕하였다. 이때 경흥(慶興)·무이(撫夷)·시전(時錢) 부락이 강성
(强盛)하였고 부여지(夫汝只) 부락이 가장 강하여 제어하기가 어려웠다.
공이 마침내 변경의 사정을 갖추어 조목을 들어 치계(馳啓)하니 임금이 회
유(回諭 : 回信)하기를, "지금 경이 아뢴 바를 살피니 변경(邊境)의 사정이
모두 갖추어져 있도다. 마땅히 한 통을 필사하여 자리 곁에 둘 것이며, 토
벌하는 것을 허락하는 바이다." 하였다.

공은 무자년(선조 21년, 1588) 정월에 본도(함경도)의 병사를 발하는 한
편 현지의 수병(戍兵)으로 하여금 돕게 하였는데, 회령부사(會寧府使) 변
언수(邊彦琇)와 온성부사(穩城府使) 양대수(楊大樹)를 좌·우위장(左右衛
將)으로 삼고, 고령첨사(高嶺僉使) 유극량(劉克良)과 조방장(助防將) 이천
(李薦)으로 좌·우위선봉장(左右先鋒將)을 삼았다. 행궁(行宮)에서 진 치
는 연습을 한 후 덕명역(德明驛)에서 아침을 먹었다. 좌군(左軍)은 아오랑
지(阿吾郎地) 백안연대(白顔烟臺)를 경유하여 산을 돌아 북쪽으로, 우군
(右軍)은 무이보성(撫夷堡城)의 동쪽으로부터 강을 건너 서쪽에서 합하여
여진의 시전(時錢) 땅을 포위하고, 그 사부(四部)의 궁려(穹廬) 300여 호를
불사르고 머리를 벤 것이 거의 500급이나 되었다.

---

22) 추국(推鞫) : 조선 때, 의금부(義禁府)에서 임금의 특명에 따라 중죄인(重罪人)
　　을 신문하던 일.
23) 백의종군(白衣從軍) : 벼슬이 없는 사람으로 군대를 따라 싸움터로 나아감.

임금이 선로관(宣勞官) 병조정랑(兵曹正郎) 이대해(李大海)를 보내어 노고를 위로하고 군사를 배불리 먹이고 공의 한 아들에게 벼슬을 명하였다. 이때 일본 사신인 다치바나 야스히로(橘康廣)와 다이라 시게노부(平調信) 등이 와서 관백(關白)인 도요토미 히데요시(豊臣秀吉)의 서계(書契)를 올리고 통신(通信)을 요구하였다. 조정에서 허락하지 않으니 시게노부(調信)가 오랫동안 동평관(東平館)에 머물렀다. 조정에서 지난해(1587년) 손죽도(損竹島)[24]에 침입하여 우리나라 변경민을 포로로 잡아가고서 감히 와서 화친(和親)을 요구하느냐고 문책하면서 이를 허락하지 않으니 시게노부가 이로써 곧 돌아가서 그 나라에 보고하였다.

다음해 5월에 히데요시(秀吉)가 또 다이라 요시토시(平義智)[25], 겐소(玄蘇)[26] 등을 사신으로 보내오니 우리나라는 포로로 잡혀간 변민(邊民)을 전부 쇄환(刷還)[27]하고, 또한 우리나라 반란민(叛亂民)인 사을배동(沙乙背同)을 잡아 보내게 하였다. 정해년(선조 20, 1587)에 왜적(倭賊)인 긴시요(緊時要) 등이 말하기를, "왜구가 들어온 사실을 네가 일 바는 아니지만 바로 귀국의 변민 사을배동이 오도(五島)의 왜구를 유인하여 변보(邊堡)를 노략질 하였소" 하였는데, 대개는 이를 핑계로 통신을 요구하고자 한 것이다. 조정에서는 비로소 경인년(선조 23년, 1590) 3월에 정사(正使)에 황윤길(黃允吉), 부사(副使)에 김성일(金誠一), 서장관(筬同)엔 허성(許筬)을 요시토시(義智) 등과 동행하게 하여 4월에 바다를 건너 10월에 일본에 도착하였다.

---

24) 손죽도(損竹島) : 전라남도 여수시 삼산면에 속하는 섬. 지금은 손죽도(巽竹島)라고 쓴다. 임진왜란 때 이 섬 앞바다에서 이대원(李大源)이 왜구들과 싸우다 순국하여 이곳 주민들은 장군을 잃었다는 뜻으로 이 섬을 손대도(損大島)라 부르다가 손죽도로 개칭되었다 한다.

25) 평의지(平義智) : 1568~1615. 본성은 소오(宗). 조선 선조 때의 쓰시마 도주[對馬島主].

26) 겐소(玄蘇) : 일본의 승려.

27) 쇄환(刷還) : 조선 시대에, 외국에서 유랑하는 동포를 데리고 돌아오던 일.

다음 해 3월에 비로소 돌아왔는데, 보고하는 글 가운데 "우리나라 60여 주가 가까운 몇 해 동안 서로 나누어져 조정의 정치를 듣지 못했소이다. 3, 4년간에 반란국(叛亂國)을 정벌하고 역도(逆徒)들을 토벌하여 나라가 틀리고 길이 먼 곳까지 다 장악하였으니 어찌 답답하게 오래도록 이곳(일본)에 머물고자하겠소이까? 우리나라는 산과 바다가 멀고 나라가 막혀있음에도 불구하고 한번 뛰어 바로 대명국(大明國)에 들어가고 싶소. (중원) 400여 주를 우리 조정의 풍속으로 바꾼다면 황제의 조정이 아주 오래도록 나의 마음속에 남아있게 될 것이오. (이제) 귀국이 먼저 와서 입조(入朝)[28]하니 '멀리 생각하여 가까운 근심을 없게 하려는 것'[29]이겠구려." 하였다.

조정에서 글을 보고 성절사(聖節使) 김응남(金應南)의 사행(使行)에 그 정형을 갖추어 아뢰었다. 또 동지사(冬至使) 이유인(李裕仁)의 사행에 다시 적정(賊情)을 아뢰었다. 겨울에 또 배신(陪臣) 한응인(韓應寅)을 차정(差定)[30]하여 우리나라가 무고(誣告)를 입은 일을 변론하게 하였다. 이보다 앞서 공은 북병사(北兵使)로부터 전라병사(全羅兵使)로 옮겨서 임명되었다가 경인년(선조 23년, 1590)에 다시 남병사(南兵使)로 임명되었는데, 대개 조정에서 남쪽과 북쪽 변경 일에 모두 공을 의지함이 중하였기 때문이다.

그러나 호남에서 오래도록 그 직을 수행할 수 없었으니, 북쪽 변경의 방비에 조치를 취할 수 없었기 때문이다. 여러 번 병마절도사(閫帥)를 맡았는데, 계미년(선조 16년, 1583)으로부터 기해년(선조 32년, 1599)에 이르기까지 16년간에 번호들이 흔단(釁端)[31]을 만들어 감히 난리를 일으키지 못한 것은 모두 공이 전후에 평정(平定)한 공인 것이다.

신묘년(선조 24년, 1591) 봄에 남쪽에서의 보고가 더욱 급박하니, 조야

---

28) 입조(入朝) : 외국 사신이 조정의 회의에 참여하던 일.

29) 멀리 생각하여 …… 하려는 것 : 사람은 먼 생각이 있으면 반드시 가까운 근심이 없다 하였다. 『논어』

30) 차정(差定) : 사무를 맡김.

31) 흔단(釁端) : 서로 사이가 벌어져서 틈이 생기게 되는 실마리.

(朝野)가 크게 두려워하였다. 임금께서 비변사(備邊司)에 명하여 각기 장수가 될 만한 인재를 추천하게 하였는데, 공이 무신 재추(宰樞)[32] 중에 지훈련원사(知訓練院事) 신립(申砬)과 공이 가장 이름이 있었다. 경상 우병사(慶尙右兵使) 조대곤(曹大坤)은 늙어서 무용(武勇)이 전투를 감당하기에 적합지 못하니 정승인 서애(西崖) 유성룡(柳成龍)이 탑전(榻前)에서 공으로서 조대곤을 대신하기를 계청(啓請)하였다.

병조판서 홍여순(洪汝諄)이 아뢰기를, "이름난 장수는 서울에 머무름이 마땅하니 이일(李鎰)은 보낼 수가 없습니다" 하자, 정승 유성룡이 다시 아뢰기를, "무릇 일이란 중요하여 미리 할 일이 있는데, 군대를 훈련하고 적을 방어하는 일이니 더욱 갑자기 판단하기 어렵습니다. 하루아침에 변란이 있게 되면 부득이 이일을 보내지 않을 수가 없습니다. 어차피 보낼 바에야 차라리 미리 보내시어 만일의 변란(變亂)에 대비하게 하심이 유익할지도 모를 일입니다. 그렇지 않았다가 갑자기 급한 일이 닥쳤을 때 일이 지난 후에 급히 내려 보내더라두 이미 본도의 형세를 알 수가 없고, 또한 군사들의 용겁(勇怯)을 알 수가 없으니 이는 병가(兵家)에서 꺼리는 바로 반드시 후회하게 될 것입니다" 하였다. 임금이 홍여순의 말을 매우 신뢰하는 편이라 가납(嘉納)하여 마침내 내려 보내는 것을 윤허(允許)하지 않으시고, 공으로써 한성판윤(漢城判尹) · 오위도총부도총관(都摠管) · 포도대장(捕盜大將)을 삼았다.

임진년(선조 25년, 1592) 4월 13일 왜적이 국경을 침범하여 부산(釜山)을 함락하니, 17일에는 빈청(賓廳)[33]에서 계청(啓請)하여 공을 순변사(巡邊使)로 삼아 중로(中路)[34]에 내려 보내고, 변기(邊璣)를 조방장(助防將)으

로 삼아 조령(鳥嶺)을 지키게 하였으며, 스스로 군관(軍官)을 택하여 가게 하였다.

공은 서울에서 정병(精兵) 수백 명을 거느리고 가고자 하였으므로, 드디어 병조(兵曹)의 선병안(選兵案)을 가져다가 살펴보니, 모두 시정(市井)의 백도(白徒)[35]로서 유생(儒生)과 서리(胥吏)가 태반이었다. 임시로 유생들을 점열(點閱)[36]하니, 유건과 도포를 갖춰 입고 시권(試卷)을 들었으며, 아전들은 평정건(平頂巾)[37]을 썼는데, 면죄시켜달라고 호소하는 자가 뜰에 가득하였다. 공이 명을 받은 지 3일 동안 출발하지 못하니, 조정에서는 부득이 공을 먼저 가게하고, 별장(別將) 유옥(兪沃)을 시켜 뒤따라 인솔해 가게 하였는데, 겨우 군관(軍官)과 사수(射手) 60여인이었다. 문경(聞慶)에 도착하니 고을이 이미 텅 비어 한 사람도 볼 수가 없었다.

이보다 앞서 을묘왜변(乙卯倭變)[38]에 김수문(金秀文)이 호남(湖南)에 있으면서 처음으로 조종조(祖宗朝)[39]의 진관법(鎭管法)을 고쳤는데, 도 안의 여러 고을을 나눠서 순변사(巡邊使)·방어사(防禦使)·조방장(助防將)에 각각 속하게 하였다. 도원수(都元帥)와 본도의 병사(兵使)와 수사(水使)에게도 또한 각각 소속시키게 하고는, "제승방략(制勝方略)으로 모든 도에서 진관법(鎭管法)을 배워 시행한다면 비록 일이 발생하더라도 실로 서로 얽매이는 일이 없을 것입니다" 하였다. 이때에 이르러 감사(監司) 김해(金澥)는 변란을 듣고서 방략(方略)에 따라 군사를 나누어 여러 고을에 이문(移文)[40]하여 각각 소속된 부대를 거느리고 목적지에 모여 순변사(巡邊使)

---

35) 백도(白徒) : 훈련을 전혀 받지 않은 군사.

36) 점열(點閱) : 하나씩 쭉 살펴서 점검함.

37) 평정건(平頂巾) : 조선 때, 각 사(司)의 서리가 쓰던 건.

38) 을묘왜변(乙卯倭變) : <역사> 조선 명종 10년(1555)에 전라남도 해남군에 있는 달량포(達梁浦)에 왜선(倭船) 60여 척이 쳐들어온 사건. 이 사건을 계기로 비변사가 설치되었다.

39) 조종조(祖宗朝) : 현재 임금 이전 임금이 다스리던 조정.

를 기다리게 하였다.

그러므로 문경(聞慶) 이하 수령들이 모두 군사를 인솔하고 대구(大丘)에 도착하여 옥천(沃川) 가에 집결했으나 여러 날이 되도록 순변사가 도착하지 않았다. 적병이 점차 가까이 다가오니 군사들이 서로 놀라서 동요하기 시작하였다. 큰 비를 만나서 군장이 점차 젖기 시작하고 군량 지급이 이어지지 않으니 밤중에 모두 흩어져 도망치니 수령들이 모두 단신(單身)으로 달아나 돌아갔다. 그러므로 문경에서도 나와서 기다리는 자가 없었다. 공이 드디어 창고의 곡식을 내어 군량을 가지고 가게 하였다.

함창(咸昌)을 지나 상주(尙州)에 이르니, 목사 김해(金澥)는 산속으로 달아나고 홀로 판관 권길(權吉)이 고을을 지키고 있었다. 공이 병사가 없음을 책망하고 뜰로 끌어내어 목을 베려하니 권길이 슬피 고하기를 나아가 군사를 모아오겠다고 자청하였다. 밤중이 되어서야 마을을 수색해 겨우 수백명을 모집하여 도착했는데 모두가 농민(農民)들이었다.

공이 상주에 머물던 첫날에 창고를 열어 쌀을 내어수며 흩어진 백성들을 모아들이니 백성들이 산골짜기로부터 한 사람씩 나오기 시작하는데 또한 수 백여 인에 불과하였다. 갑작스럽게 대오(隊伍)를 편성하니 싸움을 감당할 수 있는 자가 한명도 없었다. 이때 적군이 이미 선산(善山)에 이르러 밤에 장천고현(長川古縣)에 주둔하니 상주(尙州)에서 20리 떨어졌는데, 척후병(斥候兵)이 이르지 않아 적이 오는 것을 알지 못했다.

다음날 아침에 공이 오합지졸(烏合之卒)인 민병(民兵)과 서울에서 내려온 장사 겨우 8, 9백 명을 인솔하고, 고을 북쪽의 냇가에 진을 치는 훈련을 하였다. 마침내 산을 의지하여 진을 치고, 진중에 대장기(大將旗)를 세우고 기 아래에 말을 세웠는데, 미처 반을 치기도 전에 바라보니 적 수 명이 산림 속에서 왔다 갔다 하면서 멀리서 바라보다가 돌아갔다. 또 성 안 여러 곳에서 연기가 일어나는 것을 보고 공이 군관(軍官) 한 사람을 시켜 가

---

40) 이문(移文) : <역사> 같은 등급의 관아 사이에 주고받던 공문서.

서 정탐하게 하였더니, 왜병이 먼저 와서 미리 다리 아래 매복했다가 총을 쏘고는 머리를 베어 돌아갔다. 잠시 후에 적병이 대거 이르러 조총을 어지러이 발사하니 장사들이 곧 죽었다. 여러 장수가 옮겨가기를 청하니 병사를 조금 뒤로 물렸다.

공이 칼을 잡고 큰 소리로, "어제 명을 받아 싸움을 독려하는데 어찌 감히 물러나 살기를 바라리오"하며 군사를 독려하며 화살을 쏘게 하였는데, 모두 수십 보를 날아가 떨어져서 적을 살상치 못하였다. 왜적이 마침내 좌·우익(左右翼)으로 나누어 나와 아군의 뒤쪽으로부터 포위해 들어오니 미처 적의 선봉(先鋒)과 교전(交戰)하기도 전에 일이 실패로 돌아갔다.

다음으로 문경(聞京)에 이르러 패한 장계를 치계(馳啓)하니 임금께서 회유하시기를, "경의 장계를 보니 아군이 또한 불리했음을 알겠노라. 이기고 지는 것은 병가(兵家)에서 흔히 있는 일이다. 경이 마음을 다하지 않아서 그러한 것이 아니다. 잠시 경의 죄를 용서하니 뒤에 공효(功效)[41]를 거두어 빚을 갚도록 하라. 경은 모름지기 흩어진 백성들을 부곡(部曲)에서 불러 모아 신립(申砬)과 서로 힘을 모아 상유(桑楡)의 공효(功效)[42]를 도모토록 하라. 만약 적병이 바야흐로 계속 나아와 사세가 여의치 않다면 혹은 서울로 와서 호위하거나 혹은 행재(行在)[43]를 따라 호위할 것이며, 경은 마음을 다해 시행토록 하라. 또 각 도의 감사(監司)와 병사(兵使), 나라를 지키는 신하들에게 통유(通諭)하노니, 각자는 한 마음으로 힘써 창의(倡義)[44]하여 용감히 사직의 위급함을 구하라" 하였다.

---

41) 공효(功效) : 공을 들인 보람이나 효과.

42) 상유(桑楡)의 공효(功效) : 늦더라도 끝내는 일을 성취하는 것을 말한다. 『후한서(後漢書)』「풍이전(馮異傳)」에 "처음엔 날개를 늘어뜨린 채 골짜기로 돌아와도 끝내는 날개를 떨쳐 연못으로 날아가나니, 그야말로 동쪽 구석에서 실패했다가 만년에 만회하는 것이라고 하겠다." 하였다.

43) 행재(行在) : 임금이 머무는 곳.

44) 창의(倡義) : 국난을 당하였을 때 나라를 위하여 의병을 일으킴

공은 이에 유지(有旨)[45]를 받들어 조령(鳥嶺)으로 물러나 지키려다가 원수(元帥) 신립(申砬)이 충주(忠州)에 도착해 있다는 말을 들었고, 또한 부름을 받았으므로 변기(邊璣) 등과 함께 충주(忠州)에 이르렀다. 28일에 신립이 탄금대(彈琴臺) 두 물 사이에 나아와 진을 치고 공에게 선봉(先鋒)을 맡겨 단월역(丹月驛)[46]에 주둔케 하였다. 잠시 후에 왜적이 길을 나누어 도착하였는데, 군세(軍勢)가 풍우(風雨)와 같았다. 한 쪽은 산을 돌아서 동쪽으로 나아오고 한 쪽은 강을 따라 내려왔다. 포성이 땅을 흔들었고 흙먼지가 하늘에 닿을 정도였다.

공이 마침내 돌진하여 싸워서 10여 급을 베었는데, 적병이 좌·우익으로 나누어 이미 신립(申砬)·이빈(李薲)의 양군을 격파한 상태였다. 모든 군사들이 다 물속으로 들어가 죽으니 시체가 강을 덮어 떠내려갔다. 공은 한필의 말과 한 개의 창에 의지하여 포위를 뚫고 나아와 구불구불 험한 길을 헤쳐서 이천(利川)에 이르러 창호지를 잘라 붙여 구계(具啓)[47]하고, 군관(軍官) 이지중(李致中)에게 영을 내려 수급을 올렸는데, 29일 밤 경루(更漏)가 끝날 무렵에 장계가 서울에 도착하였다. 이튿날 새벽에 어가(御駕)가 의주(義州)로 갔다. 처음에 조정에서 적병(賊兵)이 성하다는 말을 듣고 공이 혼자 힘으로 지탱하기 어려움을 염려하였다.

신립은 한 때의 이름난 장수로 군사들이 외복(畏服)[48]하였으므로 도순변사(都巡邊使)가 되었는데, (공에게는) 중병(重兵)을 인솔하여 그 뒤를 게 하였다. 두 장수가 힘을 합치고자 한다면 거의 적을 막을 수 있었지만 불행히도 본도의 수군과 육군의 장수들은 모두가 소문을 듣고 놀라서 멀리 달아나기만 하고 한 번도 교전(交戰)하지 않으니, 적이 이르러 육지로 올라와 북을 울리고 밤낮으로 거리낌 없이 행동하였다. 북으로 올라오는

---

45) 유지(有旨) : <역사> 승정원의 담당 승지를 통하여 전달되는 왕명서(王命書).

46) 단월역(丹月驛) : 충주(忠州)에 있던 역 이름.

47) 구계(具啓) : 사실의 내용을 자세히 갖추어 신하가 임금에게 글로 아룀.

48) 외복(畏服) : 두려워서 복종함.

데 한 사람도 만나 대적하는 자가 없으니 조금 진군 속도를 늦췄는데 불과 10일이 못 되어 상주에 도착하였다. 공은 객장(客將)[49]으로 군사가 없으니 갑자기 서로 대치하는 형세가 되어 대적(對敵)할 수가 없었으므로 원수가 진군하고 후퇴함에 의지할 곳을 잃어 일이 실패하고 말았다.

의주(義州)로 가는 의논이 처음 있었을 때 임금이 우의정 이양원(李陽元)을 머물게 하여 유도대장(留都大將)을 삼아 서울을 지키도록 하였다. 부원수(副元帥) 신각(申恪)·방어사(防禦使) 문몽헌(文夢軒) 등은 함께 양주 대탄(大灘)을 지켰다. 공이 이천(利川)으로부터 서울로 들어오니 이양원이 공에게 대탄의 상류와 하류를 검독(檢督)[50]하게 하였다. 이때 행조(行朝)가 지사(知事) 한응인(韓應寅)을 보내 정병(精兵) 3천명을 거느리고 임진에 이르러 적을 치게 하였다. 응인이 드디어 이빈·유극량(劉克良) 등과 함께 임진(臨津) 나루를 지키게 되었다. 바야흐로 적과 부딪혀 형세가 매우 급하게 되니 이양원이 공에게 급히 가서 구하게 하였다.

공과 신각·문몽헌 등이 해유령(蟹踰嶺)에 도착하였다. 왜적을 만나자 공이 먼저 고개에 올라 싸움을 독려하고 30여 급을 베었고, 신각과 문몽헌도 이어서 또한 40급을 목 벤 사실을 아뢰니, 임금이 선전관(宣傳官)을 보내 공에게 어마(御馬)[51]를 하사하고 다시 순변사(巡邊使)를 제수하였다. 공이 양주(楊州)에 군량이 많다는 소식을 듣고 장차 군량병(餉軍)을 급히 임진(臨津)에 도착하게 하여 바로 양주로 나아갔다가 적의 유병(遊兵)[52]과 만났는데, 적이 스스로 두려워하고 겁을 먹어 밥 짓던 것과 의복(衣服)을 모두 버리고 달아났다. 공이 군량병을 머물게 하고 후기(候騎)[53]에게 적병이 이미 가까이 다가왔음을 급히 고하게 하였다. 공이 신각·문몽헌 두 장

---

49) 객장(客將) : 자기 구역이 아닌 다른 관할 구역에 와 싸우는 장수(將帥).

50) 검독(檢督) : 어떤 일의 진행 상황을 검사하고 일을 열심히 하도록 독촉하여 부추김.

51) 어마(御馬) : 임금이 타던 말.

52) 유병(遊兵) : 유격대에 속한 군인.

53) 후기(候騎) : 적의 형편이나 지형 따위를 정찰하고 탐색하는 임무를 띤 기병.

수와 함께 삼위(三衛)로 나누어 광야(廣野)로 나가 진을 쳤다. 서울에 있던 적이 갑자기 들이닥치니 공과 두 장수가 몸을 떨쳐 힘껏 싸웠는데, 문몽헌의 군사가 먼저 패배(敗北)하였는데, 적병이 승세를 탔으므로 무너졌다.

공은 이미 우익(羽翼)을 잃고 적을 막아낼 수 없게 되자 정병을 거느리고 싸우기도 하고 물러나기도 하니, 적이 감히 가까이 오지 못하였다. 이 때 체찰사 김명원(金命元)이 임진강 군중(軍中)에 있었는데, 5월 18일에 회전(會戰)을 벌이기로 약속이 있었다. 공이 도로(道路)에서 연이어 싸웠으나 기약한 날짜가 연기되어 차질이 생겨 임진강에서 파절(把截)[54]하다가 군사가 패하여 궤산(潰散)[55]하자 공은 바로 대탄(大灘)[56]으로 돌아와 방어하였다.

이보다 앞서 임해군(臨海君)과 순화군(順和君)의 두 왕자가 원임대신(原任大臣) 2인, 재신(宰臣) 3, 4인과 함께 모두 북도(北道)로 옮겨갔다. 그러므로 서울로 들어간 왜적들은 함께 임진강을 건너 황해도 안성역(安城驛)에 이르러 양계(兩界)[57]를 나누어 점령하기로 하였으므로 각자 향할 곳을 의논하였으나 결정을 보지 못하고 두 적장이 서로 다투다가 제비뽑기를 하여 유키나가(行長)는 평안도(平安道)를 얻고, 기요마사(淸正)는 함경도를 얻어서 마침내 길을 나눠 나아갔다.

체찰사(體察使)가 처음에 적이 반드시 북쪽 길을 경유할 것이라 생각하여 공과 함께 철령(鐵嶺)으로 물러나 웅거(雄據)[58]하고자 하였다. 이에 공은 마침내 서쪽(의주)으로 가서 왕을 알현하기로 결의했으므로 체찰사를

---

54) 파절(把截) : 군사적으로 중요한 곳을 파수하여 경비함.

55) 궤산(潰散) : 허물어져 흩어짐. 또는 군대가 싸움에 져서 흩어져 도망함.

56) 대탄(大灘) : 경기도 양주(楊州)에 있는 개천.

57) 양계(兩界) : <역사> 고려, 조선 시대에 군사적으로 중시되던 동계(東界)와 서계(西界)를 아울러 이르던 말. 동계는 함경도와 강원도의 일부 지역에, 서계는 평안도 지역에 해당된다.

58) 웅거(雄據) : 일정한 지역을 차지하고 굳게 막아 지킴.

따르지 않고, 홀로 수하의 군병(軍兵)을 거느리고 밤낮으로 행군하여 평양(平壤)에 도착했다. 이때 여러 장수가 서울로부터 적을 방어하며 남쪽으로 내려가는데, 혹은 죽고 혹은 달아나서 한 사람도 의주(義州)로 와서 호가(扈駕)[59]하는 자가 없었는데, 적이 장차 이를 것이란 말을 듣고 인심이 더욱 두려워하였다.

공은 무장(武將) 중에 본래 명예를 소중히 여겨서 비록 옮겨 다니는 중이었지만 사람들은 공이 이르렀다는 말을 듣고 기뻐하지 않는 자가 없었다. 공은 이미 몸을 숨기는 고난의 기간이라 도로를 피해 밤에 빈 절에서 자니 족히 사나운 호랑이를 차는 격[60]이었다. 낮에 적의 무리를 만나니 걸어가다가 말을 빼앗아 행조(行朝)[61]에 이르렀는데, 용모가 초췌(憔悴)하여 보는 자들이 탄식하였다. 서애(西厓) 유상공(柳相公 : 柳成龍)이 "이곳 사람들이 군을 의지함이 중한데 야위고 파리함이 이 같으니 어찌 여러 사람을 위무(慰撫)[62]할 수 있겠소?" 하고는 마침내 행랑(行橐)을 뒤져 남색 비단으로 된 철릭(帖裏)[63]을 건네주었다. 이에 여러 재신(宰臣)[64]들이 혹은 갓을 주고 혹은 은정자(銀頂子)[65]나 갓끈을 건네주기도 하여 곧 개환(改換)[66]되니 복식(服食)이 일신(一新)[67]되었다.

임금께서 곧 명하여 인견(引見)[68]하시고 수많은 고초(苦楚)를 위로하였

---

59) 호가(扈駕) : 임금이 탄 수레를 호위하며 뒤따르던 일.

60) 위험한 상황을 지칭함.

61) 행조(行朝) : 피난 중의 임시 조정.

62) 위무(慰撫) : 위로하고 어루만져 달램.

63) 철릭(帖裏) : <역사> 무관이 입던 공복(公服). 직령(直領)으로서, 허리에 주름이 잡히고 큰 소매가 달렸는데, 당상관은 남색이고 당하관은 분홍색이다.

64) 재신(宰臣) : 정삼품 당상관 이상의 벼슬. 또는 그 벼슬에 있던 사람.

65) 은정자(銀頂子) : 갓 꼭대기에 은으로 만들어 단 장식.

66) 개환(改換) : 고치고 바꾸어 놓음.

67) 일신(一身) : 아주 새로워짐. 또는 아주 새롭게 함.

68) 인견(引見) : 윗사람이 아랫사람을 불러서 만나 봄.

다. 이때 왜적이 이미 부 관아(府治)의 남쪽 지경에 다다랐는데, 대가(大駕)[69]가 장차 기성(箕城)[70]을 떠나 방향을 바꾸어 용천(龍川)을 향해갔다. 드디어 명하여 도원수(都元帥) 김명원(金命元)을 머물러 지키게 하였다. 이윽고 벽동(碧潼)의 토병(土兵)인 임경욱(任旭景)이 왜적이 봉산(鳳山)에 이른 것을 탐보(探報)[71]하였다.

서애 유상공(유성룡)이 상공인 오음(梧陰) 윤두수(尹斗壽)에게 이르기를, "적의 척후(斥候)가 강밖에 이르렀다 하오. 이 사이는 영귀루(詠歸樓) 아래로 강물이 갈라져 두 물이 되오. 얕은 곳은 건널 수가 있는데, 만일 왜적이 우리 백성을 얻어 향도(嚮導)를 삼아 몰래 건너와 갑자기 이른다면 성이 위급할 것이니, 어찌 급히 이일(李鎰)을 보내어 얕은 여울을 지키게 하여 만일의 사태에 대비하지 않겠소?"하였다. 윤상공(윤두수)이 "그렇습니다" 하였다. 곧 공을 보내니 이때 공이 강원 군사를 인솔하였는데 겨우 수십 여인에 불과하였다. 더욱이 타군(他軍)으로서 성의 서문(西門)을 경유하여 나오니 길을 가리켜 주는 자가 없어서 잘못하여 강서(江西) 길로 가다가 평양 좌수(座首) 김윤문(金胤問)의 사자를 만났다. 앞에서 인도하여 재빨리 만경대(萬頃臺) 아래에 이르렀는데, 성과의 거리가 겨우 10여리였다. 성의 남쪽 언덕을 바라보니, 적병 중에 와서 모여든 자가 이미 수백 명이었다. 강 가운데 작은 섬에 사는 백성이 놀라 부르짖으며 달아나 뿔뿔이 흩어졌다.

공이 급히 무사 10여 인에게 명하여 섬에 들어가 쏘게 하니, 군사들이 두려워하여 나아가지 못하였다. 공이 칼을 뽑아 목을 베려한 연후에야 곧 나아갔다. 적이 이미 강 가운데 있다가 언덕으로 다가왔다. 공이 급히 강궁(强弓)으로 쏘아 연이어 6, 7명이 죽으니 적이 드디어 물러갔다. 이에 머

---

69) 대가(大駕) : 임금이 타는 수레.

70) 기성(箕城) : 평양(平壤)의 고명.

71) 탐보(探報) : 알려지지 않은 사실 따위를 찾아내 알림.

물러 나루를 지키는데 평양이 6월 13일에 성이 함락되었다. 공이 신발을 벗고 왕을 알현하니 적이 이미 길에 가득 찼으므로 부득이 군사를 인솔하여 강을 건너갔다.

황해도에서 천여 명의 무리를 불러 모아 안악(安岳)을 따라 해주(海州)에 이르렀다가 신계(新溪)로를 경유하여 장차 서쪽(의주)의 행재소(行在所)72)로 향하였다. 그때 서쪽 길이 막히고 끊어졌는데, 조정에서 백성들이 통행하지 못하게 하니 모두 적에게 투항하였고, 수령들은 산골짝기로 숨어버렸다.

공이 슬퍼하여 말하기를, "대장부가 세상에 태어나 사직(社稷)을 편안히 하고 국가(國家)를 이롭게 하는 것이 마땅히 옳을 것이다" 하였다. 드디어 임시적인 편의로써 글을 보내어 통지(知委)하기를, "대가(大駕)가 지금 용천(龍川)에 머물고 있다. 중국 병사 20만 명이 이미 압록강을 건넜다. 호남(湖南)의 승병과 의병 10만 명이 모두 몰려들어 회복할 날을 기대할 수가 있게 되었다. 무릇 군량과 볏 집을 날을 정해 조처하여 대비하고 기다릴 것이며, 임시로 군색하고 급하게 이르지 말라. 만일 이 영을 어기는 자는 군율(軍律)로써 다스릴 것이다" 하였다.

문서가 이르는 곳마다 왕의 은총이 빛이 나니 마치 민심이 조순(粗順)함과 같았다. 이에 또한 군관(軍官)을 택하여 재주와 지혜가 있는 자로 임시로 군읍(郡邑)을 지키게 하여 백성들을 무마하게 하였다. 또한 방편(方便)으로 병사를 모아 적을 토벌하니, 접때 도망하여 숨은 수령들이 다투어 나와 일을 보았다. 공이 신계(新溪)에서 곡산(谷山)에 이르렀고, 또 토산(兎山)에서 군사를 모아서 장차 용천(龍川)에 있는 적의 소굴을 기습하려고 하였다.

이때 세자의 분조(分朝)73)가 이천(伊川)에 머물고 있었는데, 공이 가까

---

72) 행재소(行在所) : 임금이 궁을 떠나 멀리 나들이할 때 머무르던 곳.

73) 분조(分朝) : <역사> 임진왜란 때, 선조가 본조정(本朝廷)과 별도로 임시로 설

운 곳에 병력을 주둔하고 있다는 말을 듣고 공에게 소명(召命)이 전달되니 공은 곧 병력을 거느리고 명을 받고 도착하여 머물러 세자를 호위하였다. 잠시 후에 왜적이 학가(鶴駕)[74]가 머물고 있다는 말을 듣고 군부대를 조금 더 전진시켰다. 군사들을 모아 다시 주지시켜 경계토록 하고 요로(要路)에 복병(伏兵)을 두었는데, 왜적이 대포를 쏘아 움막을 불태우고 옥등역(玉燈驛)에 들이닥쳤다. 밤 초경(初更)[75]에 파수하던 여러 장수가 뿔뿔이 흩어져 달아났다. 보고를 받은 공은 왜적이 갑자기 이를 것을 염려하여 소조(小朝 : 세자)가 다른 곳으로 옮겨 주둔하도록 영을 내리려 하였는데, 모두 말하기를, "아침을 기다렸다가 출발하려고 합니다" 하였다. 공이 홀로 말하기를, "이 왜적이 승전을 넘본 지 오래다. 만약 밤을 타서 엄습한다면 맞서 싸우기가 매우 어려울 것이니 급히 성천강(成川江)의 상류를 건넘만 못할 것이다" 하였다. 강폭이 넓어서 적병의 추격이 완화되었는데, 드디어 학가(鶴駕)를 받들어 먼저 가서 길에서 아뢰니 사람들이 모두 공을 겁내어 성천강을 건너갔다.

다음날 새벽에 왜적이 이천(伊川)으로 들어가니, 사람들이 넋을 잃지 않는 자가 없었다. 비로소 공을 지혜롭게 여기니, 임금께서 들으시고, 공을 동변방어사(東邊防禦使)로 삼았다. 또 중화(中和), 상원(祥原)의 여러 별장(別將)들을 모두 공에게 속하게 하여 평양 이북의 왕래하는 왜적들을 경비하게 하였다. 공이 강동(江東)에 진군(進軍)하여, 적을 사로잡고 목 벤 것이 이전과 이후로 가장 많았으므로 공을 자헌대부(資憲大夫)로 올리고, 증조부의 관직을 추증(追贈)하고[76] 그 공적을 중국 조정에 아뢰니 중국 조정에

<hr>

치한 조정. 선조가 의주 방면으로 피난하면서 세자 광해군을 따로 함경도로 피란시킬 때, 선조가 있던 의주의 행재소와 구분하여 세자가 있던 곳을 이르던 말이다.

74) 학가(鶴駕) : 왕세자가 타던 수레.

75) 초경(初更) : 하룻밤을 오경(五更)으로 나눈 첫째 부분. 저녁 7시에서 9시 사이이다.

76) 증조부 李承孝가 승사랑(종8품)에서 통정대부 형조참의(정3품)를 증직 받음.

서 또 공에게 은 20냥을 내리고 적의 목을 벤 장사(將士)들에겐 각 5냥씩
을 내렸다.

이때 이빈(李薲)이 순안(順安)에 머물고 있었는데, 매번 싸울 때마다 패
하니 군을 맡은 관리들이 모두 공으로써 이빈을 대신하고자 하였다. 원수
김명원(金命元)만이 홀로 이빈(李薲)을 주장하였는데, 함께 군사(軍司)를
무마하는 논의가 화합하지 못하여 자못 서로 격한 기미가 보였다. 조정에
서 이에 서애 유상공(유성룡)을 순안(順安) 군중(軍中)에 보내어 진정(鎭
定)시키고 화해(調戢)시키게 하였다. 이윽고 조정의 의논이 모두 공이 이
빈(李薲)을 이겼다고 하였다. 또한 중국 장수가 장차 나올 것이라는 말을
듣고, 이빈을 임명했다가 이기지 못할 것을 두려워하였다. 드디어 공으로
서 본도 병사(兵使)를 삼아 이빈을 대신하여 순변사(巡邊使)를 겸임시켰
다. 모든 군사에게 명하여 순안(順安)으로 진을 옮기게 하였다. 평양의 왜
적이 장차 순안(順安)을 공격할 것이라는 말을 듣고, 바로 순찰사(巡察使)
이원익과 산천에 기도하고 여러 장수가 모여 삽혈동맹(歃血同盟)하고 군
사들을 훈련시켜 변란에 대비케 하였다.

임진년(선조 25년, 1592) 12월에 제독(提督) 이여송(李如松)이 요동(遼
東)과 절강(浙江)의 군사 4만 여명을 거느리고 용만(龍灣)[77]을 건너와 평
양의 서쪽에 진을 쳤다. 공이 또 임원평(林原坪)에 나와 진을 치니 평양 동
북쪽 10여리 지점이었다. 의병장(義兵將) 고충경(高忠卿) 등과 명성(名聲)
과 위세(威勢)가 서로 의지할만하였는데, 베어 죽이거나 포로를 잡은 것이
자못 많으니 왜적이 이로 인해 감히 나오지 못하였다.

다음해(1593년) 정월 6일에 제독 이여송(李如松)이 삼협장(三協將) 양원
(楊元), 장세작(張世爵), 이여백(李如柏) 등과 전군을 지휘하여 성 아래에
접근하여 일지병(一枝兵)이 모란봉(牧丹峯)의 적을 공격하였는데, 공도 전
봉(前鋒)이 되어 우리 군사를 거느리고 먼저 올라가 크게 격파하니 적이

---

77) 용만(龍灣) : 평안도 의주(義州)의 옛 이름.

달아나 성으로 달아나 나오지 않았다. 8일에 일찍이 제독(提督)이 삼영(三營)에 음식을 전하고 전체 군사를 나눠 성 밖을 에워쌌다.

공이 또 전봉(前鋒)이 되니 총병(摠兵) 낙상지(駱尙志)가 뒤쫓아서 함구문(含毬門) 밖에 나와 진을 쳤다. 드디어 별장 김응서(金應瑞) 등과 우리 군사를 거느리고 벌떼처럼 성을 올라 들어가니 중국 병사가 뒤따랐다. 보통문(普通門)과 칠성문(七星門)의 왜적을 공격하여 대포와 화전(火箭)으로써 크게 적을 깨뜨리고 적진을 모두 불태우고 죽이니 지탱하지 못하고 물러나 내성(內城)으로 들어갔다. 성 위에 흙벽에 뚫어진 빈 구멍이 많아 마치 새집 같았는데, 구멍을 따라 조총을 쏘니 중국 병사가 많이 다쳤다. 제독(이여송)은 왜구가 궁핍하여 죽음에 이를 것을 염려하여 드디어 우리 군사와 함께 병력을 거두어 물러나 성 밖에 주둔하였다. 적의 돌아갈 길을 열어주니 밤에 왜적이 모두 얼음을 타고 강을 건너가 은거(隱居)하였다.

공이 이에 추격하여 왜적을 모두 죽이고자 하였으나 중국 장수가 우리 군사를 구금하여 나아가지 못하게 하였다. 왜적이 모두 돌아가니, 오히려 우리 군사가 엄격히 경계하고 지키지 못했다며 책망하였다. 이런 까닭으로 공이 장수의 재질이 없으니 이빈(李薲)으로 교체하는 것이 마땅하다고 선언하였는데 대체로 중국 장수가 순안(順安)을 여러 번 왕래하여 이빈과 친해진 까닭이다. 이에 중국 장수가 말과 글로써 자문(咨文)[78]을 보내니, 조정에서는 좌의정 윤두수(尹斗壽)에게 영을 내려 평양에 도착해 공의 죄를 구문(究問)[79]하여 장차 군법(軍法)을 시행하려다가 한참 후에 풀어줬다.

이때 북도(北道)의 난민(亂民)이 왜적을 육진(六鎭)으로 인도하니 두 왕자(王子)[80]가 왜적의 계략에 빠져 사로잡혔고, 여러 시종신(侍從臣)도 모

---

78) 자문(咨文) : <역사> 조선 시대에, 중국과 외교적인 교섭, 통보, 조회할 일이 있을 때에 주고받던 공식적인 외교 문서.

79) 구문(究問) : 1. 충분히 알 때까지 캐어물음. 2. 샅샅이 조사함.

80) 두 왕자 : 임해군((臨海君))과 순화군(順和君)을 말함.

두 적에게 사로잡히는 신세가 되었다. 삼수(三水)·갑산(甲山)도 난민의 노략질을 벗어나지 못했는데, 병사(兵使) 이혼(李渾)이 백성을 보호하려다가 해를 입었다.

조정에서는 다시 공을 북도 순변사(北道巡邊使)를 삼아 반란(叛亂)을 진압하고 오랑캐의 실정을 살피게 하였다. 이에 공이 곧 부임하여 난을 진압하여 반란의 우두머리를 목 베고, 협종(脅從)[81]한 죄를 묻지 않았다. 번호(藩胡)들에게는 잔치를 베풀고 엄히 말로써 꾸짖고 회유하니 북도의 백성이 안도하게 되었고, 변경에 경급(警急)[82]이 필요 없게 되었다.

계사년(선조 26년, 1593) 9월에 공은 해주로 돌아와 행궁(行宮)을 호위하였고, 10월에는 대가(大駕 : 임금의 수레)모시고 서울로 돌아와 지중추부사(知中樞府事)겸 훈련원 도정(訓鍊院都正), 군기시 제조(軍器寺提調)가 되었다. 이보다 앞서 제독 이여송(李如松)이 왜적을 추격하여 문경(聞慶)에 이르렀다. 왜적이 돌아가 물러나 해변(海邊)에 나누어 주둔하였는데, 울산 서생포(西生浦)로부터 동래(東萊)·김해(金海)·웅천(熊川)·거제(巨濟)에 이르기까지 머리와 꼬리가 서로 이어져 모두 16둔(屯)이나 되었다. 모두 산을 의지하고 바다에 기대어 성을 쌓고 굴을 파서 오랫동안 머물 계획을 세웠다.

중국 조정에서 또 사천 총병(泗川摠兵) 유정(劉綎)으로 하여금 복건(福建)·서축(西蜀)·남만(南蠻)에서 모집한 병력 5천 명을 거느리고 연이어 나오게 하니, 남하하여 성주(星州) 팔거현(八莒縣)에 진을 쳤다. 남쪽의 장수인 오유충(吳維忠)이 선산(善山)의 봉계현(鳳溪縣)에 진을 쳤고, 총병 이녕(李寧)·조승훈(祖承訓)·갈봉하(葛逢夏)는 거창에 주둔케 하고, 유격 낙상지(駱尚志)·총병 왕필적(王必迪)은 경주에 주둔케 하여 사면으로 적과 서로 버티고 있으면서 진격하지 않았다. 군량은 호서와 호남에서 수급

---

81) 협종(脅從) : 남의 위협에 눌리어 복종함.
82) 경급(警急) : 경계해야 할 갑작스러운 재앙이나 사고.

하니 백성들이 매우 힘들어 했고, 두 왕자가 비록 심유경(沈惟敬)의 강화로 귀환하긴 했지만 왜적이 진주(晉州)를 포위하여 더욱 시급해졌는데, 8일에는 성이 함락되었다. 창의사(倡義使) 김천일(金千鎰), 본도 병사(兵使) 최경회(崔慶會), 충청 병사 황진(黃進), 복수대장(復讐大將) 고종후(高從厚) 등이 모두 죽었다. 유정(劉綎)이 진주성이 함락되었다는 말을 듣고 팔려현(八莒縣)으로부터 재빨리 합천(陜川)에 이르렀고, 오유충(吳惟忠)이 봉계(鳳溪)로부터 초계(草溪)에 이르러 우도(右道)를 호위하였다.

이때 공은 지사(知事) 겸 충청·전라·경상 삼도 순변사(三道巡邊使)가 되어 순천부(順天府)에 진을 쳤다. 체찰사(體察使) 상공(相公) 윤두수(尹斗壽)가 수군과 육군을 지휘하니 공이 마침내 육로(陸路)를 경유하여 전갈도(田遏渡)로 들어갔다. 부산(釜山)의 견고한 성릉에서 나오지 아니하니 적봉(賊鋒)과 교전(交戰)도 못해보고 순천(順天)으로 돌아왔다. 오래지 않아 조정에서 공을 소환하니 서울로 돌아가 도총관(都摠管)으로 숙위(宿衛)하였다. 제군이 왕성을 호위하는데, 상하가 의지함이 중하여 은연 중에 한 나라의 권력이 내외에서 협응(協應)하여 3년이란 긴 세월이 흘러 마침내 중흥의 업적을 이룩하였던 것이다.

대개 왜란이후부터 중국 조정과 우리나라가 모두 천하의 병력을 동남쪽에 모두 옮겨 배치하여 북방의 번호(藩胡)가 오히려 손꼽을 정도로 강하여 때를 타 엿보고 육진(六鎭)에 난을 일으키려고 하였다. 이에 조정에서 공의 위덕(威德)이 본래부터 북방에 드러났다 하여 병신년(선조 29년, 1596)에는 특별히 공을 북병사(北兵使)에 임명하여 진수(鎭守)하게 하였다. 이때 부령(富寧)의 번호가 더욱 강성하였는데, 겉으로는 비록 귀순(歸順)하였지만 속으로는 다른 뜻을 품고 있었다.

기해년(선조 32년, 1599)[83] 봄에는 노토(老土)·명간노(明看老) 등이 마음대로 국경에 집을 지으니, 공이 적병의 죄를 묻게 하였다. 적당한 때

---

83) 원문의 을해년(乙亥年)은 기해년(己亥年)의 오기(誤記)임.

를 기다렸다가 보을하(甫乙下)의 토병(土兵) 강억필(姜億弼) 등 10여인을
관례에 따라 들여보내 화복(禍福)을 개진(開陳)[84]하여 철거하여 허물도록
하였다. 일찍이 그들의 의향을 시험하니, 노토 등이 회수(懷綏)하는 말을
듣지 않고 마침내 강억필 등을 죽이고 말았다. 이에 순찰사(巡察使) 송언
신(宋彦愼)이 공이 일을 잘못했다며, 마침내 군사를 잃고 국정을 그르친
죄를 청하였다. 조정에서 공을 잡아 가두었으나 사정을 아뢰니 그날로써
성은(聖恩)을 입어 석방(釋放)되었다. 공은 무용대장(武勇大將)·도총관
(都摠管)이 되어 서울에 관아를 개설하였다.

이때 흉악한 오랑캐가 발호(跋扈)[85]하여 그 해독이 극에 달해 아직까지
그치지 않으니, 수령이 급히 군대를 일으켜 (토벌하기를) 청하였다. 임금
이 특별히 승정원(承政院)에 비망기(備忘記)를 내리기를, "군사를 동원하
는 것은 나라의 대사(大事)이다. 옛 사람은 반드시 묘당(廟堂)[86]이 대책을
의논하였는데, 천시(天時)[87]와 지리(地利)[88]를 참조하고 인사(人事)를 따
랐으니 적의 사정과 아군의 사정을 살핀 후 결정하여 싸웠으므로 백번을
싸워도 위태하지가 않았다. 오늘의 거사가 과연 이 같을 지 알 수 없으니
이를 살펴 어긋남이 없게 하라. 노적 부락(老賊部落)이 자못 강성한 듯하
다. 또 들으니 형세가 험난한 듯하다고 하니 북도의 약한 군사로써 만일
차질이 생긴다면 이는 멸망을 재촉하는 것이 될 것이다" 하였다.

어제 비변사(備邊司)의 회계(回啓)[89]를 보니, 자못 소루(疎漏)한 듯 하니

---

84) 개진(開陳) : 주장이나 사실 따위를 밝히기 위하여 의견이나 내용을 드러내어 말
하거나 글로 씀.
85) 발호(跋扈) : 권세나 세력을 마음대로 휘두르며 함부로 날뜀.
86) 묘당(廟堂) : '의정부'를 달리 이르던 말.
87) 천시(天時) : 하늘의 도움이 있는 시기.
88) 지리(地利) : 땅의 형세에 따라 얻는 이로움이나 편리함. 특히 군사적인 관점에서
는 땅의 생김새가 험하고 터가 단단하여야 이롭다고 한다.
89) 회계(回啓) : <역사> 임금의 물음에 대하여 신하들이 심의하여 대답하던 일.

날짜를 그대로 지나칠 수가 없다. 아뢴대로 시행하기를 청하였으나 내가 마음속으로 이를 위태롭게 여긴다. 밭가는 일은 마땅히 종에게 물어보라고 하였으니, 이일(李鎰)을 불러다가 서하(書下)[90]할 조건을 문계(問啓)[91]토록 하라” 하였다. 임금이 또 하유(下諭)[92]하기를 “경은 북쪽 변경에서 늙었으니, 형세를 알고 있을 것이다. 오늘의 일은 장차 편안히 나오기를 도모하는 것이니 무릇 품은 바가 있다면 일일이 서계(書啓)[93]할 수 있을 것이다”라 하였다.

공이 드디어 적로(賊路)의 형세, 부락의 많고 적음, 산천(山川)의 험하고 평탄함, 도로의 원근(遠近), 복병(伏兵), 추격(追擊), 원병(援兵)이 끊어짐 등 78가지 일을 한 조목씩 글로 써서 올렸다. 또 본도 병역의 외롭고 약함, 기계의 저어(齟齬)[94]를 진계(陳啓)[95]하였다. 거듭하여 방어할 정병(精兵) 포수를 보충해줄 것과 강한 활과 굳세고 날카로운 화포(火砲)를 넉넉히 보내줄 것을 청하고, 거사(擧事)의 마땅한 시기를 보아 하도록 하였다.

임금께서 이르시기를 “이 이일의 서계(書啓)를 살펴보니 자못 병법(兵法)의 계산이 있도다. 내 뜻 또한 그러하다. 승산(勝算)이 10분 정도면 명쾌하지가 않으니, 어찌 위태롭지 않겠는가? 전교(傳敎)와 회유(回諭)의 말을 비변사(備邊司)에 내려 한 면도 빠짐없이 기록하여 함경도의 감사(監司)와 병사(兵使)에게 서둘러 전달하여 헤아려 시행하여 대비토록 하라” 하였다. 또 서울 안의 포수(砲手)와 군기(軍器), 가까운 도의 무용(武勇)이

있는 선비 다수를 엄격히 가려 뽑아 들여보낼 일을 비변사에 말하여 병조
(兵曹)에서 착실히 시행토록 하였다.

공이 또 추가로 하나의 소를 올리기를, "남쪽의 적을 염려함이 다하기
도 전에 농번기(農繁期)가 닥치니, 난을 겪고 병사들이 쉬지도 못하고 호
랑이굴로 진격시켜 몰아내고자 하지만 차질이 생기는 염려가 없을 수가
없습니다. 잠시 동안 무산(茂山)에 관시(關市)를 개설하여 이리처럼 탐욕
한 무리가 이익을 추구하는 땅으로 삼게 하고, 모든 부족의 추장에게 소집
령을 내린 후 현상금을 걸고 노적(老賊)을 사로잡아 스스로 서로 의심하게
한다면 난이 점차 수그러들 것이니 고개에서 기다렸다가 소요를 평정하는
것입니다. 마침내 적기(適期)를 타서 결전(決戰)하여 죄를 묻는다면 거의
상하가 매우 안전하게 될 것입니다" 하였다.

임금이 비답(批答)[96]을 내리기를 "족히 경의 나라를 근심하는 충성된
계책을 보았으니, 비변사에 영을 내려 의논하여 처리토록 할 것이다. 공의
왕실에 대한 노고와 공로가 뛰어나게 드러났으니 무고(誣告)할 수 없음이
이미 저와 같다" 하였다. 선조의 지우(知遇)[97]를 받아 은총을 베풀고 감싸
주고 의지함이 또한 이와 같았음에도 갚지는 못할지언정 도리어 권귀(權
貴)들에게 미움을 받았다. 이 일로 인해 잡혀 들어가 심문을 받아 이름이
삼부(三府)를 거쳐 몇 번을 예측하기 어려운 상태에 빠졌으나 다행히 주상
(主上)께서 그 실정을 밝게 보셔서 겨우 화의 함정에서 벗어났으니 의논하
는 자들이 한심(寒心)하지 않음이 없다.

가을에 번호(藩胡)가 또다시 소란을 피우니, 조정에서는 특별히 공에게
남병사(南兵使)를 제수하여 진압하게 하였으나 오래지 않아 바른 도가 용
납되지 않으니[98] 해직(解職)되어 돌아왔다. 본영(本營)에서 병을 얻어 만

---

96) 비답(批答) : 상소에 대한 임금의 하답(下答).

97) 지우(知遇) : 남이 자신의 인격이나 재능을 알고 잘 대우함.

98) 성과를 거두지 못했다는 뜻임.

력(萬曆) 신축년(선조 34년, 1601) 정월 그믐날에 정평(定平)에 이르러 죽으니 발인(發靷)하여 용인(龍仁)에 반장(返葬)[99]하였다. 모현촌(慕賢村) 고매곡(古梅谷) 신좌지원(辛坐之原)에 장사하였으니 선영(先塋)을 따른 것이다. 향년(享年)이 64세이다.

처음에 대흥령(大興令)을 지낸 전주(全州) 이대춘(李大春)의 따님에게 장가들어 따님 한 분을 낳으셨고, 뒤에 선비 이거효(李巨孝)의 따님에게 장가들어 아들 한 분을 두셨으니 아드님은 휘가 숭의(崇義)로 덕산 현감(德山縣監)을 지냈고, 증직이 좌승지(左承旨)며, 호가 망은(忘隱)으로 초서(草書)와 예서(隷書)에 능했고, 문집이 간행되었다. 따님은 선전관(宣傳官) 성문개(成文漑)에게 시집갔고, 아드님인 숭의(崇義)는 현령(縣令)을 지낸 고령(高靈) 김자(金滋)의 따님에게 장가들었다. 1남을 낳으니 휘가 용(涌)인데, 인조 갑자년(인조 2년, 1624) 이괄(李适)의 난(亂)에 백의(白衣)로서 호종(扈從)하여 진무원종공신(振武原從功臣)[100] 1등에 책록되었고, 의금부 도사의 관직을 받았으나 나아가지 않았다.

새 부인은 판결사(判決事)를 지낸 고덕윤(高德潤)의 따님인데, 3남 3녀를 낳으니 장남은 운(沄)이요, 차남은 주(澍)인데 모두 관직에 나아가지 않았다. 막내는 견(汧)인데 무과에 급제하여 선전관(宣傳官) · 경상 좌수사(慶尙左水使)를 지냈다. 따님은 선비 홍간(洪束), 교리(校理) 권한(權僩), 선비 안응성(安應聖)에게 시집갔다.

용(涌)은 정언(正言)을 지낸 양천(陽川) 허실(許實)의 따님에게 장가들어 1남 1녀를 낳으니 아들은 진서(震瑞)로 선공감 감역(繕工監監役)의 관직을 받았으나 나아가지 않았다. 따님은 현감(縣監) 한공억(韓公億)에게 출가했다. 뒤에 다시 동지(同知) 신평(新平) 이문헌(李文蕙)의 딸에게 장가들어 2

---

99) 반장(返葬) : 객지에서 죽은 사람을 그가 살던 곳이나 그의 고향으로 옮겨다가 장사를 지냄.

100) 원문의 영국원종공신(寧國原從功臣)은 이괄(李适)의 난 유공자에게 봉한 진무원종공신(振武原從功臣)의 오기이므로 이곳에서 바로잡는다.

남을 낳으니 장남은 진혐(震馦)이요, 차남은 진방(震芳)이니 무과(武科) 선
전관(宣傳官)으로 가선대부(嘉善大夫) 전라 병사(全羅兵使)를 지냈다. 내
외의 증현손(曾玄孫)이 약간인(約干人) 이다.

　공은　영무(英武)[101]가　절세(絶世)[102]하고,　용략(勇略)[103]이　초륜(超
倫)[104]하여 젊어서 비록 붓을 던졌으나 성품이 독서(讀書)를 좋아하였고,
충효(忠孝)와 대절(大節)을 알았고, 몸가짐이 맑고 간이(簡易)하였으며, 관
직에 있으면서는 근민(勤敏)[105]하였다. 선조(宣祖)의 성세(盛世)[106]를 만
났으니 일찍이 전공(戰功)을 세워 위명(威名)이 세상을 덮었다.

　임진왜란(壬辰倭亂)이 일어나자 출진(出陣)하여[107] 대장(大將)의 벼슬
에 올랐다.[108] 무략(武略)이 부족함이 없었고, 충성심(忠誠心)이 보족함이
없었으나 공은 기린각(麒麟閣)에 화상(畵像)을 그릴 수가 없었고, 이름은
죽백(竹帛)[109]에 조명되지 못하였으니 대개 시명(時命)[110]이 한결같지 않
아 절제(節制)[111]함이 자유롭지 않았기 때문이다.

　또 공을 기록할 때, 공과 한음(漢陰) 이공(李公 : 이덕형)이 일체로 공을
책록(策錄)함을 사양하고 봉군(封君)을 사양하였으니 권귀(權貴)[112]들의

---

101) 영무(英武) : 영민하고 용맹스럽다.

102) 절세(絶世) : 세상에 견줄 데가 없을 정도로 아주 뛰어남.

103) 용략(勇略) : 용기와 지략을 아울러 이르는 말.

104) 초륜(超倫) : 범상함을 넘어서서 뛰어나다.

105) 근민(勤敏) : 부지런하고 재빠르다.

106) 성세(盛世) : 국운이 번창하고 태평한 시대.

107) 건아(建牙) : <역사> 전쟁터에서, 무신(武臣)이 출진(出陣)하던 일.

108) 등단(登壇) : <역사> 조선 시대에 대장(大將)의 벼슬에 오르던 일.

109) 죽백(竹帛) : 서적(書籍) 특히, 역사를 기록한 책을 이르는 말. 종이가 발명되기
　　　전에 대쪽이나 헝겊에 글을 써서 기록한 데서 생긴 말이다.

110) 시명(時命) : 그 시대의 운명이나 운수.

111) 절제(節制) : 정도에 넘지 아니하도록 알맞게 조절하여 제한함.

112) 권귀(權貴) : 지위가 높고 권세가 있음. 또는 그런 사람.

미움을 피하기 위한 것이었다고 한다. 애석하구나! 임진왜란에 조정은 이미 공으로써 이름을 나란히 하였으니, 자못 치적이 있어 부원수(副元帥)로 발탁되었다. 오직 나라가 태평한 100년 동안 사람들은 병사(兵事)를 알지 못했고, 거느린 군사들이란 모두 시정의 백도(白徒)[113]들이거나 논밭의 농민들이었다. 갑자기 남쪽으로 내려가 하루 이틀 사이에 적이 이미 깊이 들어와 편오(編伍)를 짜기도 전에 진을 반도 치기 전에 홀로 적의 선봉(先鋒)을 당하여 적은 군사로써 적을 죽이는 전투가 시작되어 비록 패전하였으나 끝내는 군공(軍功)을 세웠으니, 능히 공으로써 그 과오를 상쇄시킬만 하였다. 마음으로써 그 자취를 비추고자 하였으니, 어찌 위대하지 아니한가?

당시에 조정에서 만약 남쪽의 보고를 접한 처음에 공의 장월(杖鉞)로써 대군(大軍)을 감독함이 지극하였다면, 남하하여 고개를 넘어 행군하여 병을 거두고 계림(鷄林)의 험조(險阻)[114]와 오산(鰲山)의 천참(天塹)[115] 숨어 기다린 노력 끝에 역전(逆戰)[116]하여 적을 깨뜨리니 공이 평생 동안 쉽게 생각한 원대한 뜻을 거의 이룰 수 있게 되었다. 어가(御駕)가 어찌 용만(龍灣 : 義州)에 파천(播遷)[117]함에 이르러 마침내 내부(內附)하고자 하였던가?[118] 왜적이 삼경(三京)을 함락한 이후 오직 공이 홀로 산망(散亡)[119]한 백성과 군사들을 수습하고, 적진(賊陣)을 꿰뚫고 적과 싸워 이겨 수급(首級)[120]을 올리니 점차 성세(聲勢)[121]가 떨치게 되어 중국 군사를 맞아들여

---

113) 백도(白徒) : 훈련을 전혀 받지 않은 군사.

114) 험조(險阻) : 지세가 가파르거나 험하여 막히거나 끊어져 있다.

115) 천참(天塹) : 천연으로 이루어진 요새지.

116) 역전(逆戰) : 적의 공격을 받다가 역습하여 나아가 싸움.

117) 파천(播遷) : 임금이 도성을 떠나 다른 곳으로 피란하던 일.

118) 선조 임금이 장차 의주로 갔다가 마침내 명나라로 망명하려한 것을 말한다.

119) 산망(散亡) : 흩어져 없어짐.

120) 수급(首級) : 전쟁에서 베어 얻은 적군의 머리.

함께 싸워서 평양(平壤)을 되찾았다.

이로부터 8년 동안 오랑캐를 진압하던 시기에 삼도도순변사(三道都巡邊使)가 되니 건호(建號)를 무용대장(武勇大將)이라 하였다. 중국 조정에 전주(轉奏)[122]하니 이름이 천하(天下 : 중국)에 알려져서 쌍남금(雙南金)[123]을 하사받았고, 영예는 조토(胙土)[124]를 넘었고, 은전(恩典)은 조선(祖先)[125]에 미쳤고, 총광(寵光)[126]은 여러 장수의 으뜸이었다. 그 단서(丹書)[127]와 철권(鐵券)[128]을 보면 우리나라(茅土)[129]에서 이름을 떨친 것이 여러 번이니 또한 부끄럽지가 않다.

그러므로 뒤에 논하는 자들은 한 때에 성을 공격하여 적장을 죽인 공이 많지 않다지만 오직 그 큰 것을 들자면 당시에 뛰어난 인재(人材)가 모두 공의 막하(幕下)[130]에서 나와 훈련을 주관하였다는 사실이다. 경흥(慶興)의 오랑캐를 평정하니 한때의 명무(名武)[131]가 모두 그 군진(軍鎭) 아래에 모여들었다. 임진왜란에 처음부터 끝까지 왕실(王室)에 치력(致力)[132]하여 중흥(中興)에 이르게 한 것이 모두 공을 시용(試用)[133]한 까닭인데, 경

---

121) 성세(聲勢) : 명성(名聲)과 위세(威勢)를 아울러 이르는 말.

122) 전주(轉奏) : 이 자문을 토대로 군문에서 중국 조정에 다시 아뢰는 것.

123) 쌍남금(雙南金) : 보통의 금보다 두 배의 가치가 나가는 남쪽 지방의 금을 말함.

124) 조토(胙土) : 국가에 공로가 있어 그 대가로 국가로부터 받은 땅. 사패지(賜牌地)와 같음.

125) 조선(祖先) : 조상(祖上)과 같은 말.

126) 총광(寵光) : 은총이나 총애를 받는 영광.

127) 단서(丹書) : 공신상훈교서(功臣賞勳敎書)를 지칭함.

128) 철권(鐵券) : 공신녹권을 지칭함.

129) 모토(茅土) : 천자가 제후를 봉해 줄 때 띠(茅)에다 흙을 싸서 나누어 주었다. 조선을 지칭함.

130) 막하(幕下) : 주장(主將)이 거느리던 장교와 종사관.

131) 명무(名武) : 문벌이 높은 무반(武班).

132) 치력(致力) : 어떤 일에 매우 힘을 들임.

흥(慶興)의 전투에서 그 능력을 시험한 것이다.

이미 충무공(忠武公) 이순신(李舜臣)이 항오(行伍)[134] 중에 생재(眚災)[135]가 용서된 것을 알고 조정에 천문(薦聞)[136]하였다. 또 서로 의병장(西路義兵將) 김응서(金應瑞) 등에게 군사를 거느리고 적로(賊路)를 방수(防守)하게 하였다. 중국 병사를 도영(導迎)[137]하였고, 또한 창의대장(倡義大將) 김천일(金千鎰)과 홍의대장(紅衣大將) 곽재우(郭再祐) 등과 서로 안팎으로 협력하여 마침내 큰 공을 이룩하였으니 이것이 일대의 아름다움이 되는 까닭이다. 현인(賢才)[138]을 천거하여 임금께서 상을 내리시니 모두 공에게 돌아갔다.

슬프다! 사람들이 공의 명성을 흠모하니 어찌 그렇지 않겠는가? 하물며 또한 북쪽 오랑캐가 소요를 일으키고 계미년(선조 16년, 1583)엔 마침내 남쪽 오랑캐가 소요를 일으켰는데, 신묘년(선조 24년, 1591)엔 더욱 심해져 당시에 변방을 순행(巡幸)하였지만 몸소 장성(長城)을 쌓진 못했다. 공은 홀로 무용(武勇)으로서 선조(宣祖)에게 인정을 받는데 남쪽의 왜구와 북쪽 오랑캐의 소요를 공에게 맡겼는데, 공이 은혜를 베풀어 위복(威服)[139]시키니 임진년(선조 25, 1592) 중흥(中興)의 위업에 기초가 되었다.

이런 까닭으로 뜻있는 선비들은 모두 광세지감(曠世之感)[140]이 있었으니, 북쪽 변경의 일에 이르러선 더욱 개연(慨然)[141]함이 있었는데 공의 공

---

133) 시용(試用) : 시험 삼아 사용하여 봄.

134) 항오(行伍) : 군대를 편성한 대오. 한 줄에 다섯 명을 세우는데 이를 오라 하고, 그 다섯 줄의 스물다섯 명을 항이라 한다.

135) 생재(眚災) : 과실(過失)과 재해(災害)로 인하여 지은 죄인데, 이것은 사면(赦免)해야 한다고 『서경(書經)』에서 말하였다.

136) 천문(薦聞) : 인물을 추천하여 임금에게 아룀.

137) 도영(導迎) : 인도하여 맞이함.

138) 현재(賢才) : 뛰어난 재능. 또는 그 재능을 가진 사람.

139) 위복(威服) : 권위나 위력에 굴복함. 또는 권위나 위력으로 굴복시킴.

140) 광세(曠世之感) : 세상에 드문 감회.

(功)을 칭송(稱頌)함이 쇠하지 않았으니, 육진(六鎭)의 유민(儒民)이 감영(監營)142)과 병영(兵營)143)에 글을 올려 공을 충렬사(忠烈祠)에 배향(配享)하고, 요동백(遼東伯) 김공(金公)144)을 경원부(慶源府)에 함께 배향하여 복을 빌고 공덕(功德)을 기린 일이 있으니 집집마다 위패(位牌)를 설치하여 복을 빌었던 것이다.

하늘이 공을 낳은 정성이 우연이 아닐진데, 운수(運數)가 기이(奇異)하여 봉군(封君)되지 못했으니, 족히 공의 유한(遺恨)은 아닐 것이다. 공이 돌아가신지 108년에 전의(全義) 이담(李橝)이 마침 공의 증손인 병사(兵使) 진방(震芳) 자형(子馨)145)보(甫)를 성동(城東) 여행에서 만났는데, 이어서 임진년의 여러 장수의 전공(戰功)에 대해 말이 미치자, 자형(子馨)이 움츠리며 말하기를, "임진년 왜변(倭變)에 우리 선조(先祖)의 공이 가장 많았고 컸습니다. 마침내 창저(彰著)146)치 못하여 가성(家聲)147)이 떨치지 못하여 세덕(世德)148)이 장차 민몰(泯沒)149)되려 하오니, 청하옵건대 그대의 글을 얻어 없어지지 않기를 바랍니다." 하였다.

내가 글이 부족하다고 사양하니 오히려 공의 사적에 본말(本末)을 안다며 집안에 전해오는 그림과 문적(文籍)을 보기를 청한다. 자형(子馨) 보(甫)가 마침내 공이 경흥(慶興)에서 오랑캐를 격파하는 그림과 가장(家狀)150)

---

141) 개연(慨然) : 억울하고 원통하여 몹시 분하다.

142) 감영(監營) : <역사> 조선 시대에, 관찰사가 직무를 보던 관아.

143) 병영(兵營) : <역사> 병마절도사가 있던 영문(營門).

144) 요동백 김공 : 김응하(金應河)를 지칭함.

145) 자형(子馨) : 이진방(李震芳: 1643~1724, 장양공의 손자로 이괄의 난 때 원종공신이 된 寧國公 涌의 3남)의 字로 장양공의 증손자. 무과출신으로 康津兵使, 贈 호조판서 역임(『龍仁李氏大同譜』戊子譜 4권, 2008, 435쪽).

146) 창저(彰著) : 어떤 사실을 밝혀 드러냄.

147) 가성(家聲) : 한 집안의 명성이나 평판.

148) 세덕(世德) : 대대로 쌓아 내려오는 미덕.

149) 민몰(泯沒) : 자취나 흔적이 아주 없어짐.

한통을 나에게 보이기에 공경히 받아 읽어보고 이르기를, "이것은 족히 뒷사람을 비추는 이목(耳目)이 될 것입니다. 어찌 내가 문장이 거칠고 졸하다하여 후대에 전할 일을 기다리고만 있겠습니까?" 하였다. 자형 보(甫)가 청하기를 더욱 완고하게 하니, 내가 마침내 서애(西厓) 유상공(柳相公)[151]의 징비록(懲毖錄)과 월사(月沙) 윤상공(尹相公)[152]의 『임진일기(壬辰日記)』·『국조보감(國朝寶鑑)』·『대동패림(大東稗林)』등의 책과 공이 세상에서 간행한 공의 가장(家狀)과 집안에 소장해오던 유지(有旨)[153]·비망기(備忘記)[154]·공사(供辭)[155]·계초(啓草)[156]를 참고하였고 그 모은 것을 분석하고 바로잡았으며, 번다한 곳은 산삭(刪削)[157]하고 그 대략을 한 자 한 구씩 윤문(潤文)하였으며, 감히 사사로이 지어 천착(穿鑿)[158]하여 불위(不韙)의 죄[159]를 짓지 않고자 할 따름이다.

숭정(崇禎) 기원 후 네 번째 무자년(순조 28년, 1828) 5월 5일에

150) 가장(家狀) : 한 집안 어른의 평생 동안 행적을 기록한 글.

151) 선조조 정승 유성룡(柳成龍)을 말함.

152) 월사 윤상공(月沙尹相公) : 미상(未詳). 월정(月汀) 윤근수(尹根壽)?

153) 유지(有旨) : <역사> 승정원의 담당 승지를 통하여 전달되는 왕명서(王命書).

154) 비망기(備忘記) : <역사> 임금이 명령을 적어서 승지에게 전하던 문서.

155) 공사(供辭) : 조선 시대에, 죄인이 범죄 사실을 진술하던 일.

156) 계초(啓草) : 장계의 초고.

157) 산삭(刪削) : 필요 없는 글자나 글귀를 지워 버림.

158) 천착(穿鑿) : 어떤 원인이나 내용 따위를 따지고 파고들어 알려고 하거나 연구함.

159) 불위(不韙)의 죄 : 옳지 못한 죄라는 말인데, 여기서는 자신의 분수를 돌아보지도 않고 제멋대로 단정한 잘못이라는 뜻으로 쓰였다. 『춘추좌씨전』은공(隱公) 11년 조에, 식(息) 나라가 정(鄭) 나라와 말다툼을 하다가 전투를 벌여 대패(大敗)한 사건과 관련하여 "식 나라는 자신의 덕을 헤아리지도 않았고, 역량을 헤아리지도 않았고, 친한 이를 친하게 여기지도 않았고, 사실에 근거하여 자기의 말을 따져 보지도 않았고, 누구에게 허물이 있는지 살피지도 않았다. 이 다섯 가지 옳지 못한 죄를 범하고서 남을 공격하였으니 패전한 것이 또한 당연하지 않겠는가. [不度德 不量力 不親親 不徵辭 不察有罪 犯五不韙而伐人 其喪師也 不亦宜乎]"라는 말이 나온다.

가선대부(嘉善大夫) 이조참판(吏曹參判)·첨지중추부사(僉知中樞府事)
전주 후인(全義 後人) 이담(李橝)은 삼가 짓는다.

資憲大夫 忠清全羅慶尚三道巡邊使 武勇大將 行漢城判尹 兼 五衛都摠府都摠管 知訓鍊院事 贈正憲大夫 議政府左參贊 知義禁府事 李公 行狀

公諱鎰。字重卿。姓李氏。龍仁人也。始祖三韓壁上三重大匡太子太史諱吉卷。爲東方甲乙族。累世蟬聯不絶。至十三代孫。諱中仁。策駒城府院君。生開城留後諱士渭。始事本朝。留後生吏曹參判諱伯持。太宗朝首選清白吏。世襲調用之典。二世有諱會忠。僉使。於公爲高祖也。曾祖諱承孝。承仕郎贈刑曹參議。祖諱環。宣略將軍忠武衛副司直贈戶曹參判。考諱敏德。折衝將軍咸鏡北道兵馬虞侯。累贈至崇政大夫議政府左贊成。贊成公娶生員延安李繼壽之女。嘉靖戊戌七月七日生公於龍仁舊第。公生而奇偉。少小遊戲。動止異凡。兒早失所恃。服勤事嚴父。投筆習弓馬。萬曆戊午丙科及第。丙申除宣傳官。刱設廳規曹司。則用懸罰行椎。法刻名于椎。同僚敬憚。辛酉丁繼母貞敬夫人昌原朴氏喪。服関。更補前職。仕滿出爲咸從縣令。民仰威德如父母。苽遞去思立碑。庚午陞爲碧潼郡守。壬申丁外艱喪。畢除端川郡守。乙亥春。擢移慶興府使。爲政清肅。邊境晏然。階陞堂上。移拜穩城府使。秩滿除上土僉使。庚辰在江邊。捕盧梅毒等。而境上生事。公誤坐拿問。經一夜而蒙放。除釜山僉使。壬午陞拜全羅左水使。先是北邊野人。欵塞內附。朝廷給其衣廩。聽其留居六鎮城底。至癸未。尼湯介潛誘越邊深處。野人作亂。攻陷慶源府。朝廷特以公爲慶源府使。以討之賊。又圍鍾城穩城。府使申砬馳往救之。以十餘騎突擊虜解去。是時公以守鎮將。鳩集制勝。咸得其宜。民安虜服。乙酉尼胡又率二萬餘騎。駐會寧臺巖上。揚兵搶掠。於是朝廷褒陞公嘉善。移拜會寧府使以鎮之。是冬。高嶺鎮軍官林中樑。領載軍需木十同。入下長城門。到吾弄草烟臺。賊胡馳來搶奪。中樑等盡棄軍木而走。爲賊全奪。公遂領軍直擣賊所隱伏。盡焚其部落穹廬斬獲三十餘級。奪還其軍木。丙戌朝廷又陞公北兵使。營中曾有制勝方畧。其行雖久。而各邑鎮堡諸將各不分屬。賊路所由。亦不的指互相牴牾。凡干防守節目。多涉疏漏。一有警急制變失宜。及公到任。卽爲考閱。便否增補修。潤明分嚴飭。賊路遠近追擊要害。以至城池器械。凡係固邊制敵之策。與夫被搶奪回之由。無不畢書而備錄。仍又條陣軍務二十九事。禁令二十七條。幷錄方略一件奏御。建請取講諸將。以行殿最。上命下備邊司特令施之。仍使分頒一件於各鎮堡。預爲講究俾無臨機失誤之患。方畧之詳備頒行。蓋自公始。而征謀籌畫・邊堡故事開卷暸然。公之忠勤勳勞。尤可表於百代也。由是仁威廣被邊圉寧謐。是年秋朝廷設屯于鹿島。以金景訥爲屯官。景訥擅許胡人入耕。因被拿罷朝廷。乃以造山萬戶李舜臣。兼董屯官。以護鹿島。丁亥秋楸島藩胡麻尼應介。與時錢藩胡何吾郎阿等。潛結其黨。一日乘大霧。出不意搶掠鹿島屯所。而屯兵盡出收禾。柵中但有十餘人。舜臣獨當其鋒。射賊數十。奪其所掠。幸而得保其寨。然以兵少不能窮追。農民及將士之被虜殺傷亦多。以此朝廷有拿鞫舜臣之議。公惜其才勇。啓請于朝白衣從軍。賴以擢用。卒成大功於壬辰之亂。冬公自本營巡到慶興。密捕何吾郎阿等誅之。遂令虞候金遇秋。領兵襲破楸島部落。蕩其巢穴。是時慶興撫夷時錢部落强盛。夫汝只部落最强難制。公遂將邊上事情條陣馳啓。上回諭。曰今觀卿啓備悉邊情。當書一通置之座側。因許討之。公以戊子正月發本道兵。副以赴戌兵。使會寧府使邊彦琇・穩城府使楊大樹。爲左右衛將。高嶺僉使劉克良・助防將李薦。爲左右衛先鋒。習陣于行營。蓐食于德明驛。左軍由阿吾郎地白顏烟臺。循山而北。右軍自撫夷堡城東。越江而西合。圍時錢地。面四部落焚燒穹廬三百餘。所斬首幾五百級。上命遣宣勞官兵曹正郎李大海。犒勞

將士。命官公之一子。是時日本國使橘康廣平調信等來。致關白平秀吉書
契。以求通信。朝廷不許。調信久留東平館。朝廷責言上年損竹島之役
虜。我邊民敢來求和。此不可許調信。卽以此歸報其國。明年五月秀吉又
使平義智玄蘇等。盡刷我國被虜邊民。而且縛送我國叛民沙乙背同。及丁
亥賊倭緊時要等。曰入寇之事非我所知。乃貴國邊民沙乙背同誘五島倭。
搶掠邊堡。盖欲誘此以求通信也。朝廷始以庚寅三月差正使黃允吉副使金
誠一書狀許筬同義智等行。四月渡海。十月至其國。明年三月始還。而報
書中有。曰吾國六十餘州。比年分離不聽朝政。三四年間伐叛國討逆徒。
異國遠塗悉歸掌握。焉能鬱鬱久居此乎。不肯邦國之遠山河之隔。欲一超
直入大明國。易吾朝風俗於四百餘州。帝朝億萬斯年者在吾方寸中。貴國
先歸入朝。依有遠慮無近憂者乎。朝廷見書。因聖節使金應南之行。具奏
其情形。又因冬至使李裕仁之行。再陳賊情。冬又專差陪臣韓應寅。因卞
我國被誣事。先是。公自北藩。移拜全羅兵使。至庚寅秋。又拜南兵
使。盖朝廷於南北邊事。皆倚公爲重也。然於湖南。未能久於其職。未
及措置邊備北邊。累受闑寄自癸未至己亥十有六年之間。藩胡生釁。而不
敢作亂者。皆公前後平定之功也。辛卯春南報尤急。朝野洶懼不已。上命
備邊司。各薦才堪將帥者。武臣諸宰中。知訓練院事申砬及公最有名。慶
尙右兵使曹大坤年老。武勇不堪鬪。寄西厓柳相公楬前啓請以公代大坤。
兵曹判書洪汝諄。曰名將當在京師。鎰不可遣。柳相公再啓。曰凡事貴預
治兵禦敵尤不可卒辨。一日有變。鎰終不得不遣。等遣之寧早往。一日使
預備待變。庶或有益。不然倉卒以客將馳下。旣不諳本道形勢。且不識軍
士勇怯兵家所忌。必有後悔。上頗信洪汝諄重內之策。竟不允。以公拜漢
城判尹・五衛都摠府都摠管・捕盜大將。壬辰四月十三日。倭寇犯境陷釜
山。十七日賓廳啓請公爲巡邊使。下中路邊機爲助防將守鳥嶺。皆令自擇
軍官而去。公欲率京中精兵數百而行。遂取兵曹選兵案視之。皆市井白徒
書吏儒生居半。臨時點閱儒生。具巾服持試券。吏戴平頂巾。自愬求免者

滿庭。公受命三日不得發。朝廷不得已令公先行。使別將兪沃隨後領去。
僅得軍官及射手六十餘人。以行到聞慶。則縣中已空不見一人。先是乙卯
有倭變時。金秀文在湖南。始改祖宗朝鎭管法。割道內諸邑。散屬於巡邊
使・防禦使・助防將。都元帥及本道兵水使亦各之。曰制勝方略諸道皆效
之鎭管之名。雖存而實不相維繫。至是監司金晬聞變。依方略分軍法移文
列邑。各率所屬屯。聚信地以待巡邊使。故聞慶以下守令。皆引軍赴大丘
露沃川邊。數日巡邊使未及至。而賊兵漸近。衆軍自相驚動。會大雨依裝
沾灑。粮餉不繼夜皆潰散。守令悉以單身奔還。故聞慶亦無出待之人。公
遂發倉穀。以餉所率而行。過咸昌至尙州。則牧使金澥托以出站遁入山
中。獨判官權吉守邑。公責以無兵曳出庭欲斬之。吉哀告願自出招呼。達
夜搜索村落。僅得數百人以至則皆農民也。公留尙州。一日發倉開糶。誘
出散民。民從山谷箇箇而來。又數百餘人。倉卒編伍爲軍。無一堪戰者。
是時賊已至善山。夜屯長川古縣。距尙州二十里。而未及斥候。賊來不
知。翌朝公率烏合民軍。并京來將士僅八九百。以習陣于州北川邊。遂倚
山爲陣。陣中立大將旗。旗下立馬。布陣未半。望見數人從林木間出徘
徊。眺望而回。又見城中數處烟起。公使軍官一人往探。倭兵已先伏橋
下。以鳥銃中之。斬首而去。俄而賊兵大至。亂發鳥銃中者。卽斃將
士。皆願移兵少却。公杖劒厲聲。曰昨日有旨督戰安敢退生乎。督令軍人
發射矢。皆數十步輒墜。不能傷賊。賊乃分出左右翼以繞軍後。未及交鋒
而左。次至聞京馳啓敗狀。上回諭曰見卿狀啓知我軍又不利。勝敗兵家常
事。非卿不盡心而然也。姑貰卿罪以責後效。卿須收集散亡呼召部曲。與
申砬相機猗角。以圖桑楡之效。若賊兵方進未已。而其處事勢有難如意。
則或來衛京都。或追護行在。而卿其盡心施行。兼且通諭於各道監司兵使
及守土之臣。各自一其心力大倡義勇以扶顚危。公於是奉承有旨。欲退守
鳥嶺。聞元帥申砬行到忠州。且被其召。與邊璣等俱到忠州。二十八日砬
出陣于彈琴臺兩水間。以公爲先鋒屯于丹月驛。少頃賊兵分路而至。勢如

風雨。一路循山而東。一路沿江而下。砲響動地塵埃接天。公遂突戰斬賊
十餘級。而賊兵左右翼已破申砬李薲兩陣。諸軍悉赴江中斃。蔽江而下。
公匹馬單鎗突圍而出。逶迤到利川。割塗窓紙以具啓。令軍官李致中獻
馘。二十九日夜漏下。狀啓至京城。而翌曉大駕西幸。初朝廷聞賊兵
盛。憂公之獨力難支。以申砬一時名將。士卒畏服爲都巡邊使。使引重兵
隨其後。欲兩將協勢庶幾捍賊。不幸本道水陸將。皆望風遠避不一交兵。
及賊登陸鳴鼓橫行晝夜。北上無一人敢牴牾。少緩其勢者。不十日已至尙
州。公以客將無軍。猝與相角勢。固不敵元帥進退失據而狼狽矣。西幸之
議初定。上命留右相李陽元爲留都大將。使守京城。副元帥申恪・防禦使
文夢軒等共守楊州大灘。公自利川入京。則陽元以公檢督大灘上下。是
時。行朝遣知事韓應寅。率精兵三千人赴臨津擊賊。應寅遂與李薲・劉克
良同守臨津。方被賊衝事勢蒼黃。陽元使公馳赴以救之。公與恪・夢軒等
行到蟹蹤嶺。撞見倭賊。先登督戰。斬三十餘級。恪・夢軒繼至亦斬四
十級以啓。上遣宣傳官賜公御馬復除巡邊使。公聞楊州多有軍糧。將欲餉
軍以赴臨津之急。方進楊州值賊遊兵。賊自畏怵。盡棄炊飯衣服而走。公
因留餉軍。候騎馳告賊兵已迫。公與申文兩將。分三衛出陣廣野。京城之
賊起來以逼。公與兩將奮身力戰。夢軒之軍先自敗北。賊兵乘銳崩之。公
旣失羽翼。不能抵敵。率精兵且戰且退。賊不敢逼。是時。體察使金命
元在臨津軍中。約以五月十八日會戰。公道路連戰。日期差遲而臨津把
截。軍已敗潰散。故公乃還守大灘。先是。臨海順和兩王子與原任大臣二
人及宰臣三四人。皆轉入北道。故入京之賊同渡臨津。至海西安城驛。謀
所以分搶兩界。各議所向未決。二賊拈䦰。行長得平安道。清正得咸鏡
道。遂分路以進。體察使初意賊必由北路。欲與公退據鐵嶺。及清正從谷
山踰老吏峴。出於鐵嶺之北。則平壤以南更無可守者。於是。公遂決意西
上觀王。不從體察使獨領手下軍兵。罔晝夜兼行到平壤。是時諸將自京禦
賊南下者。或死或走。無一人西來扈駕。而聞賊將至人心盆懼。公於武將

中素有重名。雖赴走之餘。人聞公至無不喜悅。公旣竄身荊棘間。關道路
夜宿空寺。足蹴猛虎。晝逢賊群。步行奪馬及至行朝。容貌憔悴觀者歎
息。西厓柳相公。曰此處人將倚君爲重。而槁枯如此何以慰衆乎。遂索行
橐中藍紗帖裏與之。於是。諸宰或與聰笠。或與銀頂子彩纓。當而改換服
飾一新。上卽命引見勞其盡瘁。旣而碧潼土兵任旭景探報賊至鳳山 西厓柳
相公謂梧陰尹相公斗壽。曰賊之斥候應至江外。此間詠歸樓下。江水岐而
爲二水。淺可涉。萬一賊得我民嚮導。而暗渡猝至則城危。何不急遣李鎰
往把淺灘以防不測乎。尹相曰然。卽遣公。是時。公所率江原軍僅數十餘
人。益以他軍由城西門出。無指路者。誤向江西路。遇平壤座首金胤問之
使。前引馳至萬頃臺下。距城纔十餘里。望見城南岸。賊兵來聚者已數
百。江中小島居民驚呼奔散。公急令武士十餘人。入島中射之。軍士畏不
卽進。公拔劍欲斬之。然後乃進。賊已在江中而近岸。公急以强弓射之。
連斃六七而賊遂退。乃留守渡口。平壤以六月十三日城陷。公欲跋履覲王
而賊已彌路。不得已率軍渡江。召募於黃海道得千餘衆。從安岳至海州由
新溪路。將西向行在。其時西路塞絶。朝廷命令不通民。皆投賊。守令
竄谷。公慨然曰。大夫出彊有寧社稷利國家專之可也。遂以權宜馳文知
委。曰大駕今駐龍川。天兵二十萬已渡鴨綠。湖南僧義兵十萬皆已輻湊。
恢復可指日。而待凡糧餉藁草刻日措備毋致臨時窘急。若違此令者。以軍
律科之。文所到處王靈赫如民心粗順。於是又擇軍官。有才智者假守郡
邑。使撫百姓。而又方便抄兵討賊。向來逃竄守令爭出視事。公自新溪至
谷山。又聚軍於兎山。將襲龍川賊窟。是時。東宮分朝駐駕伊川。聞公
住兵近地有旨召公。公卽領兵赴命。仍留扈衛。俄而賊聞鶴駕之所住。稍
進屯。聚公申明戒嚴。設伏要路。倭賊放砲燒廬。來逼玉燈驛。夜初更
把守諸將星散奔。報公慮賊猝至。欲令小朝移駐。僉曰待朝將發。公獨曰
此賊之凱覬久矣。若乘夜掩襲。抵當極難莫如急渡成川上流。阻江以緩追
兵。遂奉鶴駕先行啓途。人皆以公爲怯。及行渡成川。翌曉賊入伊川。

人無不喪魄。始以公爲智。大朝聞之。以公爲東邊防禦使。又以中和·
祥原諸別將。咸屬于公。把截平壤以北往來之賊。公進軍江東。盡力剿捕
斬首。最多以前後。公陞資憲。追贈祖考官爵。以其功轉奏天朝。天朝
又賜公銀二十兩。斬級將士各五兩。是時。李薲在順安。每進輒北憮軍司
從官皆欲以公代薲。元帥金命元獨主李薲。與撫軍司論議不協。頗有相激
之端。朝廷乃使西厓柳相公往于順安軍中。使之鎭定調戢。既而朝議皆言
公勝薲。又聞天兵將出。恐薲不勝任。遂以公爲本道兵使。代李薲兼巡
邊使。令都總諸軍移陣順安。聞平壤之賊將攻順安。乃與巡察使李元翼祈
禱山川。會諸將約束喢血盟。鍊兵待變。及壬辰十二月。提督李如松領遼
浙兵四萬餘人。渡龍灣進軍以屯於平壤之西。公又結陣于林原坪。在平壤
東北十餘里。與義兵將高忠卿等牽綴聲援。頗有斬獲。賊由是不得出。明
年正月初六日。提督李如松領三協將楊元·張世爵·李如柏等指揮諸軍逼
城下。因以一枝兵進攻牧丹峰之賊。公亦爲前鋒。領我軍先登大破之。賊
走入城不出。初八日早提督傳食三營。將分統軍環城外。公又爲前鋒。從
摠兵駱尙志進陣於含毬門外。遂與別將金應瑞等領我軍蟻附登城以入。而
天兵繼之。以攻普通七星兩門之賊。以大砲火箭大破賊。焚殺其盡賊。不
能支退入內城。城上爲土壁多穿孔穴如蜂巢。從穴中亂發鳥銃。天兵多
傷。提督慮窮寇致死。遂與我軍收兵退屯城外。以開賊之歸路。夜賊皆乘
氷過江遁居。公於是欲追擊賊盡殲。而天將拘禁我軍。令不得進。使倭悉
遁而反咎我軍不警守。因以宣言公非將材李薲可代。盖以天將往來順安多
與薲相熟者也。於是。天將移咨言狀。朝廷令左相尹斗壽至平壤究問公
罪。欲行軍法良久釋之。是時。北道亂民導倭入六鎭。兩王子陷賊。從
臣幷被執。三甲亦爲亂民所搶掠。兵使李渾爲民所害。朝廷又以公爲北道
巡邊使。以鎭逆亂兼察虜情。於是。公卽赴任止誅魁首脅從罔治。宴享藩
胡。嚴辭開諭北民安堵邊無警急。癸巳九月公還赴海州。扈衛行宮。十月
陪大駕還京都。以知中樞府事 兼 訓練都正·軍器寺提調。先是。提督李

如松追賊至聞慶。而回賊退分屯海邊。自蔚山西生浦至東萊・金海・熊川・巨濟。首尾相連凡十六屯。皆倚山憑海築城窟塹。而爲久留計。天朝又使泗川摠兵劉綎。率福建・西蜀・南蠻等處召募兵五千繼而出來。南下屯于星州八莒。南將吳維忠屯于善山鳳溪。李寧・祖承訓・葛逢夏屯于居昌。駱尙志・王必迪屯于慶州。環四面而相持不進。粮餉取之兩湖民力益困。兩王子雖因沈惟敬和議而還歸。然而賊圍晉州益急。八日而城陷。倡義使金千鎰・本道兵使崔慶會・忠淸兵使黃進・復讐大將高從厚等皆死之。劉綎聞晉州城陷。自八莒馳至陜川。吳惟忠自鳳溪至草溪。以護右道。是時。公以知事兼忠淸・全羅・慶尙三道巡邊使。陣順天府。體察使尹相公斗壽督戰水陸軍。公遂由陸路入田遏渡。而釜山之賊固壘不出。未得交鋒而還順天。未幾。朝廷召公還京都摠宿衛。諸軍扈衛王城。上下倚重隱然爲一國中權協應內外者。至於三年之久。卒成中興之業。盖自倭亂以後。中朝與我國盡天下之兵力罄委輸於東南。而北方藩胡猶且屈强。欲乘時闖作亂六鎭。於是。朝廷以公威德素著北方。丙申特拜公北兵使以鎭之。是時。富寧藩胡尤爲强盛。外雖歸順而內畜異志。乙亥春。老土・明看老等擅意造家於禁境。公以爲問罪之。兵待時當擧姑令甫乙下。土兵姜億弼等十餘人循例入送。開陣禍福。使之撤毀。以嘗試其意。老土等不聽懷綏之言。遂殺億弼等。於是。巡察使宋言愼以公爲債事。乃以喪師誤國請罪。朝廷拿囚原情。卽日蒙恩得釋以公。爲武勇大將・都摠管。開府京師。是時。孼胡搆釁肆毒猶未已。守臣遽有興師之請。上特下備忘記于政院。曰用兵國之大事。古人必謀之廟堂。參之以天時地利。酌之以人事。知彼知己謀定而戰。故百戰不殆。未知今日之擧果如此未邪觀此。老賊部落頗似强盛。又聞形勢似險云。以北道羸兵弱卒。萬一蹉跌。則是促其亡也。昨觀備邊司回啓。殊似疎漏不過日。依啓請施行。予竊危之。耕當問奴。召李鎰以書下條件問啓。上又下諭。曰卿老於北道。備諳形勢。今日之事計將安出凡有所懷可一一書啓。公遂將賊路形勢・部落

多少·山川險夷·道路遠近·伏兵·守柵·追擊·絶援等事七八條。歷
歷書進。而又陳本道兵力單弱·器械齟齬。仍請添防精兵砲手。優送強弓
勁砲。以爲相機舉事之得宜。上曰。觀此李鎰書啓。頗有兵家之算。予
意亦然之。其非勝算之十分則明矣。豈不殆哉。傳敎及回諭之辭。下備邊
司一面具錄。馳諭於咸鏡監兵使。以備參酌施行。且京中砲手軍器。近道
武勇之士。多數精抄。及其入送事言于備邊司。兵曹着實施行。公又追上
一疏。曰南虞未盡農月已迫。欲驅經亂未蘇之兵進搏虎穴。不無蹉跌之
患。姑設關市於茂山。以爲狼貪輩趨利之地。而募令諸部豪酋。購捕老
賊。使之自相疑亂稍。待嶺擾平定。乃決乘秋問罪之。舉似爲萬全上下。
批曰足見卿憂國忠謀。與備邊司議處。公之勤勞王室。勳業較著。其不可
誣者旣如彼。受知宣廟眷注庇倚亦如此。而非但不償反見忤於權貴。及庚
子夏。因事拿問。名經三府。幾陷不測。幸賴主上灼見其情。僅脫禍
窣。議者莫不寒心。秋藩胡又梗化。朝廷特拜公南兵使以鎭之。未幾以直
道不容解職而還。因得疾于本營。以萬曆辛丑正月晦日到定平而卒。發靷
以返龍仁。葬于慕賢村古梅谷辛坐之原。從先兆也。公享年六十四。初娶
大興令全州李大春之女。生一女。後娶士人全州李巨孝之女。生一男。男
崇義。德山縣監贈左承旨。號忘隱。善草隷有刊行。女適宣傳官成文漑。
崇義娶縣令高靈金滋之女。生一男涌。仁廟甲子适亂白衣扈從。錄原從一
等寧國功臣。禁府都事不仕。後娶判決事高德潤之女。生三女三男。男長
沄。次澍皆不仕。季汧武科宣傳官·慶尙左水使。女適士人洪崍。校理
權侸。士人安應聖。涌娶正言陽川許實之女。生一男一女。男震瑞繕工監
役不仕。女適縣監韓公億。後娶同知新平李文蕙之女。生二男。長震
馣。次震芳武科宣傳官嘉善全羅兵使。內外曾玄孫摠約千人。公英武絶
世。勇畧超倫。少雖投筆性好讀書。以知忠孝大節。操身淸簡。居官勤
敏。遭遇宣廟盛際。早建戰功威名盖世。及壬辰倭變。建牙登壇。武略
非不足。忠誠非不多。而勳不能畵麟閣。名不能照竹帛者。盖以時命之不

同。謀節制之不自由也。且於錄勳之時。公與漢陰李公一體辭勳讓封。以避權忤云耳。惜乎。壬辰之亂。朝廷旣以公齊名。頗牧擢爲副元帥。而惟其昇平百年。人不知兵。其所領軍皆市井白徒田畝農民。倉卒南下。一兩日賊已深入。編伍未成布陣未半。獨當賊鋒衆寡懸殊始。雖敗衄終建軍功。能以功準其過。能以心照其迹。豈不偉哉。當時朝廷若於南報之初。至亟以公杖鉞督大軍。南下踰嶺行且收兵。扼諸鷄林之險阻。鰲山之天塹。以逸待勞逆戰破賊。則公之平生咿唔馳志。庶幾可成。而大駕豈至播越龍灣。至欲內附哉。賊陷三京之後。惟公獨能收拾散亡。貫穿賊陣。克敵獻馘。稍振聲勢。以迎天兵。克復箕城。自是八年搶攘之際。都巡三邊建號武勇。轉奏中朝。名聞天下。雙南賜金。榮踰胙土。恩典及祖先。寵光冠諸將。其視丹書鐵卷。茅土耀名數者。亦無愧焉。以故後之論者。不以一時攻城殺將多功。而惟其所大者。當時奇材皆出公幕下以主訓。平慶興藩胡。一時名武皆萃其鎭下。故壬辰之亂終始致力王室。以至中興者。皆公之所以試用。於慶興之戰。而驗其能者也。旣能知忠武公李舜臣於行伍之中赦其眚災。薦聞朝廷。又能率西路義兵將金應瑞等。防守賊路。導迎天兵。又與倡義大將金千鎰・紅衣大將郭再祐等。能不相失內外協力。卒成大功。此其所以專一代之美。而薦賢上賞亦皆歸之於公者也。嗚呼。人慕公名豈不然哉。況且北釁之生。始於癸未南釁之動。著於辛卯。而當時塞徼。無能身作長城者。公獨以武勇見知於宣廟。南憂北顧皆委於公。公能威服恩懷。以基壬辰中興之業。是以有意之士皆有曠世之感。而至於北邊之事。尤有所慨然者。頌公之功不衰。而六鎭儒民屢呈監兵營。追配公於忠烈祠。與遼東伯金公幷享。于慶源府如有祈福禳德之事。則家家設位而祝之。天之生公誠非偶然。而數奇不封。不足爲公之遺恨矣。公沒後百有八年。全義李橝適遇公之曾孫兵使震芳子馨甫於城東旅。次言及壬辰諸將戰功。子馨蹙然而言。曰龍蛇之變吾先祖之功最多且大。而竟不彰著。以至家聲不振。世德將泯。請得子之文。以圖不朽。

予辭以不文。猶欲因知公蹟之本末。請見其家傳圖籍。子馨遂取公慶興破
胡圖。及其家狀一通以示之予。乃敬受而讀之。曰此足以照後人之耳目。
何待予蕪拙之文而傳於後乎。子馨請之益固。予遂取西崖柳相公懲毖錄・
及月沙尹相公壬辰日記・國朝寶鑑・大東稗林等書。公行于世者參以公之
家狀。及有旨備忘供辭啓草之藏于其家者。通其會而驥。其括刪其繁。而
潤其畧一字一句。無敢私撰穿鑿以取不韙之罪云爾。

歲舍戊子五月五日。嘉善大夫。吏曹參判。僉知中樞府事。全義後人。
李橝。謹撰

이순변사(李巡邊使) 행장(行狀) 뒤의 작은 서문(小序)
(吏曹參判 全義이담(李橝), 1828년)

　무자년(순조 28년, 1828) 여름에 나는 객이 되어 동쪽 성에 살고 있었는
데, 이웃에 있는 벗인 이군 진방(震芳; 강진병사, 장양공 손자인 李涌의 3
남)이 찾아왔기에 만나보았다. 그 선조를 물으니 바로 선조조(宣祖朝) 삼
도도순변사(三道都巡邊使)와 지훈련원사(知訓鍊院事)를 지낸 이공 일(鎰)
의 자손이었다. 말을 들어보고 용모를 보니 절로 장수(將帥) 집안의 여풍
(餘風)160)이 있었다.

　"생각건대 사람들은 옥상(屋上)의 까마귀도 사랑한다고 하였거늘, 하물
며 그 자손임에랴?" 한 마디 말을 하고서 내가 마침내 마쳤다. 생각하여보
니 그 세대를 따지고자 하는 것은 말 잘하는 선비의 자질이 된다. 인하여
그 가장(家狀)을 찾아보고는 참조하려고 모으게 되었는데 임진년(선조 25
녀, 1592년)의 기사문(記事文)을 본 바, 그 글 중의 말이 소루(疏漏)하거나

---

160) 여풍(餘風) : 아직 남아 있는 풍습.

착오(錯誤)가 있는 곳이 많았다.

내가 이군(李君)을 위하여 지난 일을 들어 말하니, 이에 이군이 내가 동방(東方)의 고사(故事)를 많이 이해하는 것을 알고서 마침내 그 행장(行狀)을 청하였다. 내가 이에 외사(外史)[161]에 기록된 것을 널리 고증하여 더하고, 또 그 집에 소장한 문자 약간을 1본으로 정초(定草)[162]하여 당대에 글을 읽어 의리를 아는 선비에게 보이게 하니, 모두 말하기를 이는 족히 이공의 실기(實記)가 될 만하다고 한다.

또한 임진년(선조 25년)의 역사를 보충할 만 하다고 하니 후대에 전하지 아니 할 수가 없다. 내가 마침내 이군의 사위 되는 정기장(鄭夔章)에게 선사(繕寫)[163]하여 한성군(韓城君) 이기하(李基夏)공에게 보이도록 하였다. 대개 나와 한성군(韓城君)은 척의(戚誼)[164]와 교분(交分)이 매우 두터운데, 한성군은 지금 지훈련원사(知訓練院事)로 있다.

임진년(선조 25년, 1592년) 이래로 전인(前人)들의 지난 일에 득실(得失)의 자취를 알지 못하는 것이 없다. 오래지 않아서 학성(鶴城)[165]이 송추(松楸)의 옛 집에서 우연히 우계(牛溪) 성선생(成先生)[166]의 문집(文集) 중 만력 계사년(선조 26년, 1593) 사이에 좌의정 오음(梧陰) 윤두수(尹斗壽)공이 기록한 말과 이순변사(李巡邊使)[167]의 한숨을 보았으니, 내가 세운 이론을 증명한다 할 것이다. 후세에 죄를 짓는 일이 될지라도 어기지 않으면 아니 되리니, 드디어 그 책 중의 말을 본 행장의 뒤에 쓰는 바이다.

그 책에 이르기를 "요사이 어가가 서울로 돌아왔는데, 남도를 파절(把

---

161) 외사(外史) : 사관이 아닌 사람이 기록한 사료(史料).

162) 정초(定草) : 완전히 결정한 글의 초(草).

163) 선사(繕寫) : 잘못을 바로잡아 다시 고쳐 베낌.

164) 척의(戚誼) : 인척 사이의 정의(情誼).

165) 학성(鶴城) : 미상(未詳)

166) 우계(牛溪) 성혼(成渾)을 지칭 함.

167) 이일 장군을 지칭함.

截)[168]하는 것이 매우 허소(虛疎)[169]하여 적병이 접근하여 흉모(凶謀)[170]가 예측하기 어려웠다. 여러 곳으로 나누어 모든 장수에게 요해(要害)[171]를 지키게 하니 이는 매우 급한 업무가 되는데, 이일(李鎰) 영공도 이 일을 염려하였다. 아마도 한 번의 은사(恩賜)[172]를 입어 방문하여 하문(下問)하였다면 방략(方略)[173]을 익히는데, 반드시 행할 수 있는 것이 있기 때문이라고 한다.

슬프다! 이공께서 임진년의 큰 환란을 당하여, 주책(籌策)[174]하고 순문(詢問)[175]할 때 홀로 대현(大賢)과 이름난 공경(公卿)의 사이에서 중히 여김을 받았으니, 이와 같은 사실이 있음에 아직도 그 자취를 논하는 것은 사라지지지 않게 하고자 하는 것이니, 이를 어찌 버릴 것인가?

이해 무자년(순조 28년, 1828)[176] 10월 15일에 이조 참판(吏曹參判) 전의(全義) 이담(李橝)은 삼가 짓는다.

追題李巡邊使行狀後小序

戊子夏。予客東城。隣有友人李君震芳來見。問其先故乃宣廟朝三道都巡邊使知訓鍊院事李公鎰之子孫也。聽言觀貌。自有將家餘風。思其人猶

---

168) 파절(把截) : 군사적으로 중요한 곳을 파수하여 경비함.

169) 허소(虛疎) : 허전하고 미덥지 않음.

170) 흉모(凶謀) : 음흉한 모략이나 꾀.

171) 요해(要害) : 전쟁에서, 자기편에는 꼭 필요하면서도 적에게는 해로운 지점

172) 은사(恩賜) : 임금이 은혜로써 신하에게 물건을 내려 주던 일. 또는 그 물건.

173) 방략(方略) : 일을 꾀하고 해 나가는 방법과 계략

174) 주책(籌策) : 이해와 손해를 헤아려 생각한 꾀.

175) 순문(詢問) : 임금이 신하나 백성에게 물음.

176) 실은 숭정(崇禎) 기원 후 네 번째 무자년(순조 28, 1828)이다.

愛屋上烏。 況其子孫乎。 一着語予遂忽焉。 念得欲論其世。 以資談士。
因索其家狀見之參以曾。 所見於壬辰記事之文。 則其狀中之辭。 多有疎漏
錯誤處。 予爲李君。 歷擧其事而言之。 於是李君知予頗解東方故事。 遂請
其行狀。 予乃益如博攷外史所記。 及其家藏文字若干。 草定一本。 以示當
世讀書知義之士。 則皆言此足爲李公實記。 亦可爲壬辰惇史。 不可不傳於
後。 予遂使李君之婿鄭生夔章。 繕寫一通。 以示韓城君李公基夏。 盖以予
與韓城戚誼交分甚厚。 而韓城時在知訓練院事。 壬辰以來。 前人往事得失
之迹。 不可不知也。 未幾鶴城松楸舊居。 偶閱牛溪成先生文集。 得萬曆癸
巳年間。 與梧陰尹左相書語。 及李巡邊使一欵。 則可證予所立論。 不以不
韙得罪於後世。 遂以其書中語。 書諸本狀之後。 其書有曰今者乘輿還都。
南道把截極爲虛疎。 賊兵壓境。 凶謀叵測部分。 諸將各守要害。 斯爲至急
之務。 而李鎰令公亦憂此事。 倘蒙一賜。 訪問則方略之便。 必有可行者云
云。 嗚呼。 李公當壬辰大亂。 籌策詢問之際。 獨見重於大賢名公卿之間。
有如此者。 則尙論其迹。 以圖不朽者。 捨此何哉。 予乃使鄭生夔章。 追
書狀文之卜。

是歲戊子十月之望。 吏曹參判。 全義李檀。 謹撰。

순변사(巡邊使) 행장(行狀) 뒤의 발문(跋文)

가선대부 첨지중추부사 전의(全義 이담(李檀), 1829년

네 번째 무자년(순조 28년, 1828) 여름에 나는 이군(李君) 진방震芳)의
청을 거듭 어겼는데, 그 증조부 무용대장(武勇大將)[177]의 행장(行狀)을 찬
정(撰定)하는 일이었다.

해를 넘겨 이듬 해 겨울에 나는 은명(恩命)[178]에 대한 숙사(肅謝)[179]를

---

177) 이일장군의 관직명으로 이장군을 지칭함.

위해서 성의 동문으로 들어갔다. 유생 정기장(鄭夔章)이 무용대장(武勇大將)이 상주(尙州)에서 패전한 보고 후에 선조(宣祖) 임금께서 내린 회유(回諭) 유지(有旨), 기해년(선조 32, 1599)의 비망기(備忘記), 조건회계초본(條件回啓草本), 그 상소(上訴)한 초본을 아울러 나에게 보이면서, "무용대장께서는 붓을 던지고, 무(武)를 숭상한 무과(武科) 출신으로 명종(明宗)·선조(宣祖) 연간 40여 년 동안 남북의 지방관(分憂)[180]과 장수가 되어 국토를 지켜서 성은(聖恩)을 가장 많이 받았으니, 별유(別諭)[181]의 유지(有旨), 조진(條陳)[182]하는 소장(疏章)[183]이 적지 않았지만 여러 번의 병화(兵火)[184]를 겪으면서 남아 있는 것이 거의 없습니다.

오직 집안에 소장해온 이 수건의 헤진 문건만이 있을 뿐인데, 문건 중 난고(鸞誥)[185]에 봉황(鳳凰)의 문양이 금과 옥처럼 빛났습니다. 그 말이 대낮의 단침(丹忱)[186]과도 같아서 유묵(遺墨)을 비췄으니, 행장의 뒤 발문(跋文)에 그대를 위해 한마디 말을 하지 않을 수가 없습니다." 하였다.

내가 놀라서 무릎을 꿇고 받아 읽어보고는, "애석하구나! 이것이 태사씨(太史氏)[187]가 역사를 기록하는 글에 빠진바 되었으니, 만약에 또다시

---

178) 은명(恩命) : <역사> 임금이 내리는 명령 가운데 관리를 임명하거나 죄를 용서하는 따위의 은혜로운 명령.

179) 숙사(肅謝) : 숙배(肅拜)와 사은(謝恩)을 아울러 이르는 말. 새 벼슬에 임명되어 처음으로 출근할 때 먼저 대궐에 들어가서 임금에게 숙배하고 사은함으로써 인사하는 일이다. 사은숙배(謝恩肅拜)라고도 한다.

180) 분우(分憂) : <역사> 천자(天子)의 근심을 나눈다는 뜻으로, '지방관'을 달리 이르던 말.

181) 별유(別諭) : <역사> 임금이 특별히 내리던 지시나 분부.

182) 조진(條陳) : 조목조목 들어서 말하거나 써서 진술함.

183) 소장(疏章) : <역사> 상소하는 글.

184) 병화(兵火) : 전쟁으로 인한 화재. 전화(戰火).

185) 난고(鸞誥) : 천자의 고명(誥命).

186) 단침(丹忱) : 변함없는 정성.

187) 태사씨(太史氏) : <역사> 중국에서 기록을 맡아보던 벼슬아치.

외사(外史)[188]의 기록에도 누락된다면, 어찌 후인(後人)의 이목(耳目)에 비출 수 있겠는가? 하물며 또한 무용대장께서는 상주(尙州) 전투에서 무너지고, 단월역(丹月驛)의 싸움에서 패하여 몸을 숨겨 마음에 상처를 입었음에도 사람들을 불러 모으고 초유(招諭)하며 천리(千里)를 전전(轉戰)[189]하여 적의 목을 베어 머리를 올리고, 가장 먼저 학가(鶴駕)[190]를 호위하여 적의 추격으로부터 벗어나게 하였고, 추가로 행재전(行在殿)[191]을 호위하였다. 뒤에는 평양(平壤)에서 중국 병사를 향도(嚮導)하였고, 마침내 삼경(三京)을 회복(回復)하였으니, 능히 패함으로 인해 위급함이 도리어 편안함이 될 수 있었다. 기공(奇功)[192]과 장렬(壯烈)[193]로써 먼저 예산(睿算)[194]에 들었으며, 회답하는 글의 전후가 뚜렷한 효험이 있어서 착착(鑿鑿)[195]하였으니, 모두가 마치 좌계(左契)[196]와 같이 합치되었고, 우와 같이 합치되었다.

아아! 임금께서 이미 적심(赤心)[197]을 헤아리시고 마음에 간직하셨고, 신하가 또한 군명(君命)을 받아서 그 성덕(聖德)[198]을 저버리지 않았다. 임금에게 신하가 있기에 왕실을 중흥하는 것이니, 사법(史法)[199]을 헤아려

---

188) 외사(外史) : 사관이 아닌 사람이 기록한 사료(史料).

189) 전전(轉戰) : 이리저리 자리를 옮겨 다니며 싸움.

190) 학가(鶴駕) : <역사> 왕세자가 타던 수레.

191) 행재전(行在殿) : 왕이 임시로 머물던 행재소의 전각.

192) 기공(奇功) : 남달리 특별하게 세운 공로.

193) 장렬(壯烈) : 의기(意氣)가 씩씩하고 열렬하다.

194) 예산(睿算) : 임금의 생각에 대한 높인 말.

195) 착착(鑿鑿) : 말이나 일이 조리에 맞아 분명하다.

196) 좌계(左契) : 계약을 두 장으로 쪼개어 하나는 좌계(左契)로 하고 하나는 우계로 하였다가, 나중에 마주 붙여보아 증거로 하는 것. 좌계는 채무자가 소유하고 우계는 채권자가 소유한다. 전(轉)하여 약속의 증거.

197) 적심(적심) : 거짓 없는 참된 마음.

198) 성덕(聖德) : 임금의 덕(德)을 높여 이르는 말.

199) 사법(史法) : 사서(史書)를 사실 그대로 쓰는 원칙.

무릇 이 문자의 한 어절 한 구절도 모두 기록할 수가 있는 것이다. 이미 정생도가 또한 머리말에서 "고 참판(故參判) 전주 이선(李選)공께서 북평사(北評事)로 재임시에 무용대장께서 저술하신『제승방략(制勝方略)』을 인쇄 간행하였으니, 대개 이는 뒤에 시용(試用)[200]하고자 한 것으로, 마치 한(漢)나라 가의(賈誼)[201]가 문제(文帝)에게 진언(陳言)한 헌책(獻策)[202]과 조조(晁錯)[203]가 경제(景帝)에게 진언한 헌책으로, 무제(武帝)와 선제(宣帝) 연간에 그것을 들어서 시행(施行)한 것과 같다 하겠다.

또한 이것에 바로잡을 것이 있다면, 본으로 삼고자하는 자가 이참판(李參判)의 발문(跋文) 가운데, 방략(方略)의 글로써 본을 삼고자 할 것이니, 처음에 누구의 손에서 나온 것인지 알 수가 없다. 이것이 절제(節齊) 김정

---

200) 시용(試用) : 시험 삼아 사용하여 봄.

201) 가의(賈誼) : 전한(前漢) 문제(文帝) 때의 문신. 20세에 문제의 깊은 신임을 얻어 태중대부(太中大夫)로 발탁되었다. 문제(文帝)에게 소(疏)를 올리기를, "오늘날의 시국이 통곡할 만한 것이 한 가지요, 눈물을 흘릴 만한 것이 두 가지요, 긴 한숨을 지을 만한 것이 여섯 가지이다." 하였다. 정삭(正朔)을 고치고 복색(服色)을 바꾸며 법도를 제정하고 예악(禮樂)을 일으킬 것을 주장하였으나, 주발(周勃)과 관영(灌嬰) 등에게 미움을 사 장사왕(長沙王)의 태부(太傅)로 좌천되어 33세의 젊은 나이로 죽었다.『通鑑節要 卷7 太宗孝文皇帝上』,『漢書 卷48 賈誼傳』

202) 헌책(獻策) : 일에 대한 방책을 드림.

203) : 조조(晁錯) : 한 경제(漢景帝) 의 어진 신하. 신불해(申不害)·상앙(商鞅) 등의 형명학(形名學)을 배웠고, 벼슬은 어사대부(御史大夫)에 이르렀음. 문제 때에 변경의 수비에 관해 자주 상언(上言)하였고, 특히 변경에 집과 농기구를 고루 갖출 것과 죄인은 사면하고 무죄한 자는 벼슬을 주어 그 사람들을 이주하도록 권유하자고 청하였는데, 왕이 그의 말대로 시행하였음. 한 경제(漢景帝)를 위하여 제후왕(諸侯王)의 봉지(封地)를 줄이라고 제의했다가 오(吳)·초(楚) 등 제후국인 7국이 조조를 토벌한다는 명분으로 반란을 일으켰다. 그러자 경제는 사태를 진정시키기 위해 그의 계획이 잘못되었다 하여 원앙(袁盎) 과 상의하여 동시(東市)에서 참형(斬刑)에 처하였다.
『漢書 卷49 鼂錯傳』,『通鑑節要 卷8 漢紀 太宗孝文皇帝下』,『史記 卷101 袁盎鼂錯列傳』

승[204]께서 초고(草稿)를 만들었다는 것은 의문인데, 무용대장 이공께서 증보(增補)하여 닦고 밝힌 것이니, 만약 그렇다면 육진(六鎭)을 설치하고 북쪽 오랑캐[205]를 평정한 것은 절제 김정승의 공이요, 무용대장 이공께서는 이를 능히 계승(繼承)하여 폐추(廢墜)된 것을 수거(修擧 : 수리)하여 여러 문자(文字)로 저술하여 변경을 굳게 지키는데 준용하고자 한 것이다. 이 참판이 또 그것을 쫓아서 목숨처럼 전하여 다시 후세에 시용(試用)코자 하였으니, 그 공이 이미 큰데 그 뜻이 또한 성대하다 할 것이다.

가만히 엎드려 생각하옵건대 지금 우리 성상(聖上)께오서는 장수를 잘 거느리시니(善將) 장차 여러 대장(大將)에게 하유(下諭)[206]하여 바야흐로 제승(制勝)[207]의 기책(奇策)[208]과 전진(戰陣)[209]의 활법(活法)[210]을 강론하여 여러 대장(大將)으로 하여금 먼저 장차 이 한권의 책을 다른 날에 북쪽 변경에 시용(試用)토록 임금에게 아린다면 합종(從合)[211]하여 담소(談笑)하고, 절충(折衝)[212]하고 준조(樽俎)[213]한 공이 아직도 변론을 얻을만 하니 이 또한 기록할만 하다.

---

204) 절재(節齋)는 김종서(金宗瑞)의 호로 절제 김정승은 곧 육진(六鎭)을 개척한 김종서 장군을 지칭한다.

205) 여진족(女眞族)을 지징함.

206) 하유(下諭) : 유시(諭示)를 내림.

207) 제승(制勝) : 겨루어 눌러 이김.

208) 기책(奇策) : 남들이 흔히 생각할 수 없는 기묘한 꾀.

209) 전진(戰陣) : 진을 치고 싸우는 곳.

210) 활법(活法) : 활용하거나 응용하는 방법.

211) 합종(合從) : 굳게 맹세하여 서로 응함.

212) 절충(折衝) : 적의 창끝을 꺾고 막는다는 뜻으로, 이해 관계가 서로 다른 상대와 교섭하거나 담판함을 이르는 말.

213) 준조(樽俎) : 준조는 연회석상으로, 술자리에서 조용히 담소(談笑)를 나누면서 담판(談判)을 지어 적군(敵軍)을 퇴각시키는 등 뛰어난 외교(外交)를 발휘하는 것을 의미한다. 『안자춘추(晏子春秋)』「잡상십팔(雜上十八)」

기축년(순조 29년, 1829) 12월 31일에 가선대부(嘉善大夫)
첨지중추부사(僉知中樞府事) 전의(全義) 이담(李橝)은 발문(跋文)을
짓는다.

又題巡邊使行狀後跋

歲舍戊子夏。予旣重違李君震芳之請。撰定其曾祖武勇大將行狀。越明
年冬。予以恩命肅謝更入城東。鄭生夔章袖武勇大將尙州敗報後宣廟回諭
有旨。己亥備忘記。條件回啓草本。幷其所陳疏。以示予。曰武勇大將
投筆事弓馬出身。明宣間四十餘年。分憂南北。守土制閫。最承眷注。
則別諭之旨。條陳之疏。非不多矣。而累經兵火殆無餘存。惟此數紙零落
於其家藏。故紙中鸞誥鳳字金玉。其言白日丹忱。照其遺墨。子不可不以
一言。跋行狀之後。予警跪以受而讀之。曰惜哉。此爲太史之所闕文。
而若又不入於外史之筆。則何由照後人之耳目乎。況且武勇大將。當其兵
潰尙州戰。敗丹月之日。竄身裏瘡。呼召招諭。轉戰千里。斬級獻馘。
首衛鶴駕以脫賊追。追護行在殿。後平壤嚮導天兵。克復三京。其能因敗
有成轉危爲安。奇功壯烈。先入於睿算。回諭之文而前後明驗鑿鑿。皆合
如持左契。以合其右。嗚呼。君旣推赤心而置人腹中。臣且受君命而不負
其德。有君有臣中興王室。則揆以史法。凡此文字一語一句。皆可書也。
已鄭生且爲予言。曰故參判全州李公選。在北評事時。以武勇所著制勝方
略。入梓刊行。蓋欲以此試用於後。如漢賈誼晁錯所陳於文景之策。舉而
措之於武宣之間者也。且有可質於此。而卜之者。李參判跋文中。以爲方
略之文。未知初出於誰手。而疑是節齊金相公所草叛。而武勇李公所增補
修明者。若然則設置六鎭討平北胡。節齊金相之功。武勇李公能繼之。而
修擧廢墜述諸文字。以爲遵用固邊之地。李參判又從而壽其傳。更欲試用
於後。其功旣大而其意亦盛矣。竊伏念。今我聖上善將。將下諭諸大將。

方講制勝之奇策。戰陣之活法。若使諸大將。先將此一册。奏御他日試用
於北邊。則從合談笑折衝樽俎之功。猶可辨得。此亦可書也已。歲之己丑
臘月晦日。嘉善大夫。吏曹參判・僉知中樞府事。全義李橝跋。

자헌대부 충청 · 전라 · 경상순변사 무용대장 한성판윤 오위도총부도총관 증의정부 좌참찬 이공 행장

자헌대부(資憲大夫) 이조판서(吏曹判書) 이재(李縡), 1732년

가만히 생각하옵건대 우리 명종(明宗) · 선조(宣祖) 때에 문림(文林)[214]
과 무림(武林)[215] 중에 인재(人材)가 배출되었는데, 한 때의 명장(名將)을
꼽을 때 반드시 순변사(巡邊使) 이공(李公)을 최고를 여기나니 지금까지도
아이들과 노예들이 그 이름을 외우니 어찌 마음에도 없이 그러하였겠는
가? 대개 명성으로 말미암아 실로 바탕이 사람들에게 신뢰를 주었으니, 그
수립한 것이 탁월하여 이를 가릴 수가 없었다.

삼가 살피건대 공의 휘는 일(鎰)이요, 자는 중경(重卿)이니 선계(先系)는
용인(龍仁)에서 나왔다. 시조이신 길권(吉卷)은 고려 태조(太祖)를 도와 삼
한벽상공신(三韓壁上功臣)에 책록되고 대광(大匡) 태사(太師)를 지냈는데
뒤를 이어 벼슬(簪組)이 연이었다. 13세에 이르러 휘가 중인(中仁)이란 분
은 구성부원군(駒城府院君)에 봉해졌고, 휘가 사위(士渭)란 분을 낳으니
조선조에 벼슬하여 개성유후(開城留後)를 지냈고 휘가 백지(伯持)란 분을
낳으니, 이조참판(吏曹參判)으로 처음으로 청백리에 뽑혔는데, 이 분은 공
에게 7대조[216]가 되신다.

---

214) 문림(文林) : 문인(文人)들의 사회.

215) 무림(武林) : 무사(武士) 또는 무협(武俠)의 세계.

216) 청백리공 백지(伯持)는 16세이고 장양공 일(鎰)은 23세로 공의 7대조가 됨으로
　　이곳에서 원문의 6대조를 7대조로 바로잡는다. 도곡공(陶谷公)이 지은 장양공

고조부(高祖父)의 휘는 회충(會忠)이니, 관직이 첨사(僉使)요. 증조부(曾祖父)의 휘는 승효(承孝)이니 승사랑(承仕郎)으로 형조참의(刑曹參議)의 증직을 받았다. 할아버님의 휘는 환(環)이니, 관직이 충무위 부사직(忠武衛副司直)으로 호조참판(戶曹參判)에 추증되었다. 아버님의 휘는 민덕(敏德)이니 관직이 함경북도 병마우후(咸鏡北道兵馬虞侯)로, 여러 번 증직을 받아서 숭정대부(崇政大夫) 의정부 좌찬성(議政府左贊成)에 이르렀다. 어머님은 연안이씨(延安李氏)이니, 생원(生員)을 지낸 계수(繼壽)의 따님이다.

공은 가정(嘉靖) 무술년(중종 33년, 1538) 7월 7일에 태어났는데, 태어나면서부터 기위(奇偉)[217]하여 노는 것이 일반 아이들과는 달랐다. 자라서는 붓을 던지고, 활쏘기와 말타기를 익혔으며, 만력(萬曆) 무오년(명종 13년, 1558)에는 무과(武科)에 병과(丙科)로 급제하였다. 경신년(명종 15년, 1560)에는 선전관(宣傳官)에 제수되니, 동료들이 모두 경탄(敬憚)[218]하였다.

갑자년(명종 19년, 1564)[219]에는 함종 현령(咸從縣令)으로 나갔으며, 경오년(선조 3년, 1570)에는 벽동군수(碧潼郡守)로 나갔는데, 모두 위해(威惠)[220]가 있어 백성들이 추념[追思]하는 뜻으로 비를 세웠다. 임신년(선조 5년, 1572)엔 부친인 찬성공(贊成公)의 상사(喪事)를 당했는데, 상기(喪期)를 마치자 단천군수(端川郡守)를 거쳐서 경원부사(慶興府使)로 옮겼다가 멀지 않아서 자급(資級)이 오르고 (다시) 온성부사(穩城府使)로 옮겨갔다.

경진년(선조 13년, 1580)[221]엔 부산진 첨사(釜山鎭僉使)에 제수되었다

(壯襄公)의 행장에선 청백리공을 7대조라 하였다.

217) 기위(奇偉) : 뛰어나게 훌륭하다.

218) 경탄(敬憚) : 공경하면서도 어려워하고 꺼림.

219) 「장양공 연보」엔 정묘년(명종 22, 1567) 함종현령(咸從縣令)에 제수(除授) 되었다고 하였다.

220) 위혜(威惠) : 감히 범하기 힘든 위엄과 은혜.

가 임오년(선조 15년, 1582)에 전라좌수사(全羅左水使)에 제수되었다. 이보다 앞서 북쪽 변경에 사는 여진족이 관새(欵塞)하며[222] 내부하여 우리나라 땅인 장성(長城) 밖에 와서 머물러 살며 대대로 정역(征役)[223]을 바쳤는데 번호(藩胡)라 이름하였다.

계미년(선조 16년, 1583)에 니탕개(尼湯介)라는 자가 강 북쪽에 사는 여진족을 유인하여 경원부(慶源府)를 포위하여 함락시켰다. 조정에서는 특별히 공을 부사(府使)로 삼아 가서 토벌하게 하였다. 공이 그때마다 잘 방어하니 백성들은 편안하게 되었고, 오랑캐들은 명에 복종하게 되었다. 을유년(선조 18년, 1585)에 니탕개가 다시 회령부(會寧府)에 군사를 모아 마음대로 빼앗고 노략질하니 특별히 회령부사(會寧府使)로 임명하여 진압하게 하였다. 겨울에 오랑캐가 또 장성(長城) 안에 들어와 고령진(高嶺鎭)의 군포(軍布)를 빼앗아가니, 공이 군사를 이끌고 가서 그 소굴(巢窟)을 공격하여 그 부락(部落)을 전부 불태우고 30여급(級)을 참획(斬獲)하고 약탈한 물건을 되찾아왔다

병술년(선조 19년, 1586)엔 다시 본도 병사(兵使)로 승차(陞差)하였다. 공의 생각에 오래도록 지켜야할 것이 영구히 북방(北方)을 진수(鎭守)하는 것이라고 생각하고, 곧바로 예로부터 영중(營中)에 보관해오던『제승방략(制勝方略)』을 가져다가 장단점을 헤아려서 증보(增補)하고 윤색(潤色)하였다. 무릇 적로(賊路)의 원근(遠近)과 요해처(要害處)[224]의 험이(險夷)[225],

---

221) 『장양공 연보』엔 경진년(선조 13, 1580)에 무고(誣告)로 인해 체포되었다 하였고, 신사년(선조 14, 1581)에 부산진 첨사에 제수된 것으로 되어 있다.

222) 관새(款塞)하며 :『사기(史記)』 태사공자서(太史公自序)에, "중역(重譯)으로 관새(款塞)한다." 하였고, 그 주에, "새문(塞門)을 두들기고 와서 항복한다는 뜻이라." 하였음.

223) 정역(征役 : 일정한 나이 이상에 이른 남녀가 서울에 가서 일에 복역하는 것.

224) 요해처(要害處) : 전쟁에서 자기편에는 꼭 필요하면서도 적에게는 해로운 지점.

225) 험이(險夷) : 험난함과 평탄함.

각 진에서 성지(城池)와 기계(機械)를 방수(防守)하는 것과 변경(邊境)을 굳게 하고 적을 제어할 방책, 약탈된 물건을 탈환한 자취가 상세(詳細)히 기록하여 갖추어 적지 않음이 없었으니 고거(考據)[226]하여 이를 준거로 삼아 행하게 하였다.

이어서 1건을 기록하여 임금에게 아뢰고, 이를 여러 장수(將帥)에게 시강(試講)토록 청하여 전최(殿最)[227]를 삼게 하였다. 또 군무(軍務) 29사(事)와 금령(禁令) 27조(條)를 진언(陳言)[228]하니 임금께서 비변사(備邊司)에 명하여 아뢴 바에 따라 시행토록 하고, 여러 진보(鎭堡)에 각 1건씩 나누어 반사(頒賜)[229]하여 미리 강구(講究)하게 하니 때에 따라 일을 그르치는 일이 없게 되었다. 이로부터 군사를 나누어 방수(防守)[230]토록 하니, 모두 조리(條理)가 있었고, 인덕과 위엄이 널리 변경 땅에 미쳐 편안하고 조용해졌다.

이 해 가을에 조정(朝廷)에서는 녹둔도(鹿屯島)[231]에 둔전(屯田)을 설치하고 조산만호(造山萬戶) 이순신(李舜臣)으로 동둔관(董屯官)을 겸하게 하였다.

정해년(선조 20년, 1587) 가을에는 추도(楸島)의 번호(藩胡)인 마니응개(應介)와 시전(時錢)의 번호(藩胡)인 하오랑아(何吾郞阿) 등이 짙은 안개를 이용해 침략하였다. 이때 둔병(屯兵)이 모두 나와 곡물을 수확(收穫)하는 작업을 하였는데, 순신(舜臣)이 갑자기 그 예봉(銳鋒)을 당하여 힘을 내어

---

226) 고거(考據) : 자세히 살피고 검토하여 증거로 삼음.

227) 전최(殿最) : 고려, 조선 시대에, 관찰사가 각 고을 수령의 치적을 심사하여 중앙에 보고하던 일. 전(殿)은 맨 아래 등급을, 최(最)는 맨 위 등급을 말하는데, 고과 평정의 뜻으로 썼으며, 해마다 음력 유월과 섣달에 시행하였다.

228) 진언(陳言) : 일정한 사실에 대하여 말을 함.

229) 반사(頒賜) : 임금이 녹봉이나 물건을 내려 나누어 주던 일.

230) 방수(防守) : 막아서 지킴.

231) 녹둔도(鹿屯島) : 두만강 하류 조산(造山) 부근에 있었던 하천도서.

방어하였지만 겨우 성채를 보호하였을 뿐 백성과 군졸 중에 포로가 되거나 죽고 다친 자가 또한 많았다. 조정의 의논이 장차 순신을 잡아들여 추국(推鞫)[232]해야 한다고 하니, 공이 그 재주와 용기를 아까워하여 아뢰어 백의종군(白衣從軍)[233]을 청하여 죄를 용서하게 하였다.

겨울에 공이 경흥(慶興)에 도착하여 순변(巡邊)하니, 하오랑아((何吾郎阿)) 등을 잡아서 주살(誅殺)하고, 우후(虞侯) 김우추(金遇秋)에게 명하여 추도(楸島)를 기습하여 깨뜨리고 그 소굴을 소탕하게 하였다. 이때 무이(撫夷)·시전(時錢)·부여지(夫汝只) 여진 부락이 가장 강하여 제어하기가 어려웠다. 공이 사정을 아뢰어 토벌하기를 청하니, 임금께서 회유(回諭: 回信)하시기를, "지금 경이 아뢴 바를 살피니 변경(邊境)의 사정이 모두 갖추어져 있도다. 마땅히 한 통을 필사하여 자리 곁에 둘 것이다." 하고는 이런 연유로 허락하였다.

무자년(선조 21년, 1588) 정월에 공이 본도(함경도)의 병사와 현지의 수졸(戍卒)을 동원하였는데, 회령부사(會寧府使) 변언수(邊彦琇)와 온성부사(穩城府使) 양대수(楊大樹)를 좌·우위장(左右衛將)으로 삼고, 고령첨사(高嶺僉使) 유극량(劉克良)과 조방장(助防將) 이천(李薦)으로 좌·우위선봉장(左右衛先鋒將)을 삼았다. 좌위(左衛)는 백안 연대(白顔烟臺)를 경유하여 산을 돌아 북쪽으로, 우위(右衛)는 무이보(撫夷堡)의 동쪽으로부터 강을 건너 서쪽에서 합하여 여진의 시전(時錢) 부락을 포위하고, 궁려(穹廬) 300여 호를 불사르고 머리를 벤 것이 거의 500급이나 되었다. 임금이 병조정랑(兵曹正郞) 이대해(李大海)를 보내어 노고를 위로하고 군사를 배불리 먹이고 공의 한 아들[崇義]에게 벼슬을 명하였다.

가을에는 전라 병사(全羅兵使)로 옮겨서 임명하였다가, 경인년(선조 23

---

232) 추국(推鞫) : 조선 때, 의금부(義禁府)에서 임금의 특명에 따라 중죄인(重罪人)을 신문하던 일.

233) 백의종군(白衣從軍) : 벼슬이 없는 사람으로 군대를 따라 싸움터로 나아감.

년, 1590)엔 다시 남병사(南兵使)로 임명하였다. 이때 일본이 오랫동안 호시탐탐 기회를 엿보았는데 그 도가 더해갔다. 신묘년(선조 24년, 1591)에 통신사(通信使)가 돌아오자 남쪽에서의 보고가 더욱 급박하니, 조야(朝野)가 크게 두려워하였다. 임금께서 비변사(備邊司)의 여러 신하에게 명하여 각기 장수가 될 만한 인재를 추천하게 하였는데, 공이 무재(武宰)[234] 중에 가장 이름이 있었다.

이때 경상 우병사(慶尙右兵使) 조대곤(曺大坤)이 늙고 겁이 많아 임무를 감당하기 어려우니 정승인 서애(西崖) 유성룡(柳成龍)이 탑전(榻前)에서 아뢰기를, 공으로서 조대곤을 대신하기를 청하였다.

병조판서 홍여순(洪汝諄)이 말하기를, "이일은 이름난 장수이니 서울에 머무름이 마땅하니 보낼 수가 없습니다." 하니, 정승 유성룡이 "무릇 일이란 먼저 할 일이 있고, 뒤에 할 일이 있습니다. 하물며 군대를 훈련하고 적을 방어하는 일이니 더욱 갑자기 판단하기 어렵습니다. 혹시 하루아침에 변란이 있게 되면 부득이 이일을 보내지 않을 수가 없습니다. 차라리 이때에 하송(下送)[235]하지 못하게 된다면 미리 변란(變亂)에 대비하게 하더라도 만약 급한 일이 닥쳤을 때 급히 보내더라도 반드시 이루는 바가 없으리니 후회하게 될 것입니다." 하였다. 그러나 임금이 홍여순의 말을 받아들여 마침내 윤허하지 않고, 공으로써 한성판윤(漢城判尹) 겸 도총관(都摠管)·포도대장(捕盜大將)을 삼았다.

임진년(선조 25년, 1592) 4월 13일 왜적이 국경을 침범하여 동래(東萊)를 함락하니, 17일에는 빈청(賓廳)[236]에서 비로소 계청(啓請)하여 공으로써 순변사(巡邊使)로 삼아 중로(中路)[237]에 내려 보내고, 변기(邊璣)를 조

---

234) 무재(武宰) : 무관 출신으로 판서나 참판의 벼슬을 지낸 사람.

235) 하송(下送) : 내려 보냄.

236) 빈청(賓廳) : 조선 시대에, 비변사의 대신이나 당상관이 정기적으로 모여 회의하던 곳. 궁중(宮中)에 있었는데 처음에는 매월 3회씩 회의를 열었으나 숙종 24년(1698)부터 매월 6회씩 열었다.

방장(助防將)으로 삼아 조령(鳥嶺)을 지키게 하였다. 공은 경병(京兵) 삼백 명을 거느리고 가고자 병조(兵曹)의 선병안(選兵案)을 가져다가 점검해보니, 모두 시정(市井)의 백도(白徒)[238]로서 유생(儒生)과 서리(胥吏)가 태반으로 유건과 도포를 갖춰 입고 시권(試卷)을 들었으며, 평정건(平頂巾)[239]을 쓰고 호소하는 자가 뜰에 가득하였다. 이런 까닭으로 오래도록 출발하지 못하니, 조정에서는 부득이 공을 먼저 가도록 명하고, 별장(別將) 유옥(兪沃)을 시켜 뒤따라 인솔해 가게 하였다.

공이 겨우 군관(軍官)과 사수(射手) 60여인을 거느리고 문경(聞慶)에 도착하였는데, 고을 안이 텅 비어 사람을 볼 수 없었다. 공이 스스로 창고의 곡식을 내어 군사들에게 식량을 휴대하게 하고, 앞서 상주(尚州)에 이르니, 목사 김해(金澥)는 산속으로 달아나고, 홀로 판관 권길(權吉)이 고을을 지키고 있었다. 공이 병사가 없음을 꾸짖고 장차 목을 베려하니 권길이 나가서 군사를 모아오기를 자청하였다. 밤중에 이르러서야 수색하여 겨우 수백 명을 모집하여 돌아왔다.

공이 상주에 머물던 첫날에 창고를 열어 쌀을 내어주며 흩어진 백성들을 모아들이니 백성들이 산골짜기로부터 한 사람씩 나오기 시작하는데 또한 수 백인에 불과하였다. 갑작스럽게 대오(隊伍)를 편성하니 모두가 농민(農民)들로서 싸움을 감당할 수 없는 자들이었다. 이때 적이 이미 선산(善山)에 주둔하였는데, 주에서 20 리 떨어진 가까운 거리로 적의 척후(斥候)[240]가 온 것도 알지 못하였다.

다음날 아침에 공이 오합지졸(鳥合之卒)인 민병(民兵)과 서울에서 내려온 장사를 합하여 8, 9백 명을 인솔하고, 고을 북쪽의 냇가에 진을 치는데

---

237) 중로(中路) : 오가는 길의 중간.

238) 백도(白徒) : 훈련을 전혀 받지 않은 군사.

239) 평정건(平頂巾) : 조선 때, 각 사(司)의 서리가 쓰던 건.

240) 척후(斥候) : 적의 형편이나 지형 따위를 정찰하고 탐색함. 여기서는 척후병을 지칭함.

미처 반을 치기도 전에 적이 대거 이르렀다. 포탄을 어지러이 발사하자 여러 장수가 모두 병사를 옮겨가기를 청하니 병사를 조금 뒤로 물렸다. 공이 칼을 잡고 큰 소리로, "명을 받아 적을 막는데 어찌 감히 물러나 살기를 바라리오" 하며 군사를 독려하며 전투에 임하였다. 왜적이 좌·우익(左右翼)으로 나누어 아군의 뒤쪽으로부터 포위해 들어오니 군중(軍衆)이 놀라 무너졌다. 공이 사세(事勢)가 구제할 방도가 없음을 깨닫고 마침내 말을 돌려 돌아갔다.

문경에 이르러 치계(馳啓)하니, 임금께서 회유(回諭)하시기를 "경의 장계를 보니 아군이 또한 불리함을 알겠다. 이기고 지는 것은 병가(兵家)에서 흔히 있는 일이요, 경이 힘을 다하지 않음이 아니다. 잠시 경의 죄를 용서하니 뒤에 공을 세워 이를 용서받도록 하라. 경은 반드시 흩어진 자들을 부곡(部曲)에서 불러 모아 신립(申砬)과 때를 보아 의각(犄角)[241]의 형세로 만년(桑楡)의 전공을 도모하라. 만약 적병이 바야흐로 나아와 사세가 여의치 않다면 혹은 서울로 와서 호위하거나 혹은 행재(行在)[242]를 따라 호위토록 하라. 또 각 도의 감사(監司)와 병사(兵使), 나라를 지키는 신하들에게 통유(通諭)하노니, 각자는 한 마음으로 힘써 창의(倡義)[243]하여 용감히 사직의 위급함을 구하라." 하였다.

공이 마침내 조령(鳥嶺)으로 물러나 지키려다가 신립(申砬)이 충주(忠州)에 있다는 말을 듣고, 함께 모여 험한 고개를 이용하여 싸우자고 하였지만 신립이 듣지 않고 스스로 원수가 되어 여러 장수를 절제(節制)하며 반대로 공을 부르니, 공과 변기(邊璣) 등이 함께 신립에게 나아갔다. 28일 날에 신립이 탄금대(彈琴臺)에 나아와 진을 치고 공에게 전봉(前鋒)을 맡기니 단월역(丹月驛)에 주둔하였다. 잠시 후에 적병이 두 길로 나눠 나아

---

241) 의각(犄角)의 형세 : 한 손으로는 그 뿔을 잡고 한 손으로는 그 발을 비튼다는 뜻이다.

242) 행재(行在) : 임금이 머무는 곳.

243) 창의(倡義) : 국난을 당하였을 때 나라를 위하여 의병을 일으킴.

오니 포성과 북소리가 하늘을 진동시키며 군세가 대단하였다.

공이 돌진하여 싸워서 10여 급을 베었는데, 적은 이미 신립(申砬)·이빈(李薲)의 양군을 격파한 상태였다. 군사들이 모두 물속으로 들어가 죽으니 시체가 강을 막을 정도였으므로 공은 (할 수 없이) 몸을 빼어 포위를 뚫고 나왔다. 이천(利川)에 이르러 창호지를 잘라 붙여 구계(具啓)[244]하고, 군관(軍官) 이치중(李致中)에게 영을 내려 수급을 올렸는데, 29일 밤에 장계가 서울에 도착하였다.

이튿날 새벽에 어가(御駕)가 의주(義州)로 가니, 우의정 이양원(李陽元)이 남아 도성(都城)을 지켰고, 부원수(副元帥) 신각(申恪)·방어사(防禦使) 문몽헌(文夢軒) 등은 양주 대탄(大灘)을 지켰다. 공이 이천(利川)으로부터 서울로 들어오니, 이양원이 공에게 대탄의 군사를 검독(檢督)[245]하게 하였다. 이때 행조(行朝 : 임금)가 지사(知事) 한응인(韓應寅)을 보내 이빈·유극량(劉克良) 등과 함께 임진(臨津) 나루를 지키게 하였다. 적이 가까이 다가오자, 형세가 매우 급하게 되니 이양원이 공에게 영을 내려가서 구하게 하였다.

공과 신각·문몽헌 등이 해유령(蠏踰嶺)에 도착하여 적을 만났다. 공이 먼저 고개에 올라 역전(力戰)하여 30급을 베었고, 신각과 문몽헌도 곧이어 도착하여 또한 40급을 목베었다고 아뢰니, 임금이 선전관(宣傳官)을 보내어 어마(御馬)[246]를 하사하였다.

다시 순변사(巡邊使)를 제수하니, 공은 양주(楊州)로 나아가 군량을 확보하고 군사들에게 지급하였다. 임진강에 도착했을 무렵 적병이 이미 가까이 이르렀다는 척후 기병(候騎)[247]의 보고를 들었는데, 공이 신각·문

---

244) 구계(具啓) : 사실의 내용을 자세히 갖추어 신하가 임금에게 글로 아룀.

245) 검독(檢督) : 어떤 일의 진행 상황을 검사하고 일을 열심히 하도록 독촉하여 부추김.

246) 어마(御馬) : 임금이 타던 말.

247) 척후 기병(候騎) : 적의 형편이나 지형 따위를 정찰하고 탐색하는 임무를 띤 기병.

몽헌 두 장수와 함께 광야(廣野)로 나가 진을 쳤다.

적이 갑자기 들이닥치니 공이 몸을 떨쳐 힘껏 싸웠다. 문몽헌의 군사가 먼저 패하니 공은 이미 우익(羽翼)을 잃고 적을 막아낼 수 없게 되자, 싸우기도 하고 물러나기도 하니, 적이 감히 가까이 오지 못하였다. 오래지 않아 임진강을 파수하여 지키는데, 병사가 모두 패하여 무너졌다. 가토 기요마사(加藤淸正)가 곡산(谷山)으로부터 노리현(老里峴)을 넘어서 북으로 들어가니, 평양이남 땅을 다시 지킬 수가 없게 되었다.

공이 이에 근왕(勤王)을 결의하고 수하의 병사를 거느리고 행군하여 평양에 도착하였다. 이때 여러 장수들이 적을 막으려고 남쪽으로 내려오다가 죽어서 한 사람도 어가를 호위하는 자가 없었다. 적이 장차 이른다는 말을 듣고 인심이 더욱 두려워하였으나, 공이 도착하자 기뻐하지 않는 자가 없었다. 임금이 공을 인견(引見)[248]하고 노고를 위로하였다. 적병이 점차 접근하니 대가(大駕)[249]가 다시 용천(龍川)으로 향하였고, 도원수 김명원(金命元)이 평양을 지켰다. 잠시 후에 적이 이미 봉산(鳳山)에 이르렀다는 말을 들었다. 서애(西厓) 정승[250]은 적이 강밖에 도달하여 우리 백성을 향도(向導)로 삼을 것을 염려하였는데, 영귀루(詠歸樓) 아래쪽 수심이 얕고 좁은 곳을 이용하여 몰래 강을 건넜다.

그리고 정승인 오음 윤두수(尹斗壽)와 서로 상의하여 급히 공을 보내어 가서 지키게 하였다. 공이 급히 만경대(萬頃臺) 아래에 도착하니 적병 수백 명이 이미 남쪽 강가에 모여 있었으므로 강가의 주민이 모두 놀라 흩어졌다. 잠시 후에 적이 이미 강 중간 언덕 가까이에 머무르니 공이 급히 무사(武士)에게 영을 내려 강궁(强弓)을 당겨 쏘아 6, 7명의 적을 죽이니 적이 마침내 물러났다.

---

248) 인견(引見) : 윗사람이 아랫사람을 불러서 만나 봄.

249) 대가(大駕) : 임금이 타던 수레.

250) 서애(西厓) 정승 : 영의정 유성룡(柳成龍)을 지칭함.

6월 12일에 평양이 함락되니, 공이 신을 벗고 근왕(勤王)하고자 하였으나, 적이 이미 도로를 가득 채우니 부득이 강을 건너서 황해도에 도착하였다. 모집한 군사가 1천여 명으로, 장차 의주 행재소(行在所)로 가려하였는데, 이때 서로(西路)가 단절되어 조정의 명령이 통하지 않은 상태였으므로 많은 백성들이 적에게 투항하였고, 수령(守令)들은 모두 산골짜기로 달아났다. 공이 개탄하면서, "사내가 세상에 태어나서 사직(社稷)을 편안히 하고 국가를 이롭게 하였다면 한 길을 걸었다 할 것이다" 하였다.

마침내 임시방편으로 서둘러 글을 작성하여 고유(告諭)[251]하기를, "대가(大駕)가 지금 용천(龍川)에 머물고 계시다. 중국 군사 20만이 이미 압록강(鴨綠江)을 건넜고, 호남의 승병과 의병 10만도 또한 이곳에 오기로 했다. 회복할 날을 기대할 수 있게 되었으니 무릇 군량과 건초를 함께 휴대하고 날짜를 정해 고개에 쌓고 기다리되, 감히 어긋남이 없게 하라. 만약 이 영을 어긴다면 마땅히 군율(軍律)에 따라 (엄히) 다스릴 것이다" 하였다. 또한 재주 있고 총명한 자 중에 군관(軍官)을 삼아 편의(便宜)에 따라 임시로 군현(郡縣)을 지키게 하여 백성을 안무(安撫)케 하였다.

또한 기회를 보아 군사를 모으고 틈을 보아 적을 토벌하니 이때 수령(守令)으로써 달아났던 자들이 사태를 지켜보다가 다투어 나와서 왕의 권위가 다시 서게 되었고, 민심(民心)이 점차 진정되어갔다. 공은 신계(新溪)를 거쳐 토산(兎山)에 이르렀는데, 군사를 모아 장차 용천(龍川)의 왜적을 토벌하고자 하였다.

이때 세자의 분조(分朝)[252]가 이천(伊川)에 머물렀는데, 공은 승소(承召)[253]에 따라 재빨리 달려가 머물러 호위하였다. 왜적이 세자가 이곳에

---

251) 고유(告諭) : 일정한 직위를 가진 행정관이 일반 백성에게 어떤 사실을 널리 알리던 일. 또는 그런 내용.

252) 분조(分朝) : 임진왜란 때, 선조가 본조정(本朝廷)과 별도로 임시로 설치한 조정. 선조가 의주 방면으로 피난하면서 세자 광해군을 따로 함경도로 피란시킬 때, 선조가 있던 의주의 행재소와 구분하여 세자가 있던 곳을 이르던 말이다.

머물고 있다는 말을 듣고서 병사를 내보내 옥등역(玉燈驛)에 육박하게 되었다. 이날 밤 보고가 전해지니 공은 왜적이 갑자기 들이닥칠 것을 염려하여 세자의 가마를 호위하여 다른 곳으로 옮겨가고자 여러 장수와 의논하고 장차 새벽이 오기를 기다렸다. 공이 말하기를 "이 왜적이 틈을 엿본지 이미 오래다. 만약 밤을 타서 기습하여온다면 장차 어찌 우리를 지탱할 것인가? 빨리 성천(成川)을 건너가 상류를 막아 지키니만 못하리라" 하였다. 마침내 영을 받들어 먼저 시행하니 사람들이 모두 공을 두렵다고 하였다.

다음날 새벽에 왜적이 이천(伊川)으로 들어오니, 군사들이 비로소 공의 선견을 알게 되었다. 이에 임금께서 공을 동변방어사(東邊防禦使)로 삼으니 중화(中和)·상원(祥原)의 여러 별장(別將)들이 모두 공에게 배속하였다. 공은 평양(平壤) 이북을 파수하여 지키도록 영을 내렸으며, 강동(江東)에 차자(箚子)254)를 올리고, 힘을 다해 공격하여 사로잡으니 목을 벤 것이 매우 많았다.

조정에서 공의 전공(戰功)을 중국 조정에 알리니 황제가 공에게 백금(白金) 20냥을 내렸고 적의 목을 벤 장사(將士)들에게도 각각 5냥씩을 지급하였다. 이때 이빈(李薲)이 순안(順安)에 있으면서 매번 싸울 때마다 문득 패하니 조정의 의논이 이빈이 소임을 감당할 수 없다며, 마침내 공으로써 본도(本道) 병사(兵使)를 삼고 이빈을 대신하여 순변사(巡邊使)를 겸해 전군을 지휘하게 하였는데, 군진을 순안(順安)으로 옮겨갔다. 12월에 중국 제독(提督) 이여송(李如松)이 요동(遼東)과 절강(浙江)의 군사 4만 여명을 거느리고 용만(龍灣)255)을 건너와 평양의 서쪽에 주둔했다. 공이 임원평(林原坪)에 나와 진을 치니, 의병장(義兵將) 고충경(高忠卿) 등과 명성(名聲)과 위세(威勢)가 서로 의지할만하였는데, 목을 벤 것이 자못 많으니 왜적이

---

253) 승소(承召) : 임금이 부르는 명을 받음.

254) 차자(箚子) : 신하가 임금에게 올리던 간단한 서식의 상소문.

255) 용만(龍灣) : 평안도 의주(義州)의 옛 이름.

감히 나오지 못하였다.

다음해 정월 6일에 제독 휘하의 삼군(三軍)이 성 아래로 진격할 때 공으로써 전봉(前鋒)을 삼았다. 모란봉(牧丹峰)의 왜적을 나아가 칠 때 찔러 죽였다. 용감히 떨쳐 일어나 적을 찔러 죽이니 왜적이 크게 패해 성안으로 달아났다. 8일에 제독이 군사를 나누어 성을 포위하자, 공이 또 별장(別將) 김응서(金應瑞) 등과 아군을 거느리고 선봉(先鋒)이 되어 개미떼처럼 먼저 올라가니 중국 병사들이 뒤를 이었다. 크게 적을 격파하니, 적이 물러나 내성(內城)으로 들어갔다.

제독은 왜구가 곤궁에 처하여 죽을 것을 염려하여 드디어 병사를 거두어 물러나 주둔시키고 적에게 돌아갈 길을 열어주었다. 밤에 왜적이 모두 얼음을 밟고 강을 건너서 달아났다. 공이 뒤따라 습격하여 모두 죽이려고 하니, 중국 장수가 아군(我軍)을 잡고서 나아가지 못하게 하고, 오히려 엄격히 경계하고 지키지 못했다고 아군을 책망하였다. 이런 까닭으로 공이 장수의 재질이 없으니 이빈(李薲)으로 바뀌야 힌다고 하였으니 대체로 중국 장수가 이빈의 입지를 많이 고려한 까닭이다. 이에 중국 장수가 말과 글로써 자문(咨文)256)을 보내니, 조정에서는 윤정승 두수(斗壽)에게 영을 내려 평양에 도착해 구문(究問)257)하여 장차 군법(軍法)을 시행하려하였다. 한참 후에 풀어주니 이는 비록 공의 죄가 없어서지만 중국 장수의 체면을 생각해 그렇게 한 것이었다.

이때 북도(北道)의 난민(亂民)이 왜적을 육진(六鎭)으로 인도하니, 두 왕자(王子)258)와 여러 시종신(侍從臣)이 모두 적에게 사로잡히는 신세가 되었다. 삼수(三水)·갑산(甲山)도 난민의 노략질을 벗어나지 못했는데, 병사(兵使) 이혼(李渾)이 해를 입었다. 조정에서 다시 공을 북도 순변사(北道

---

256) 자문(咨文) : <역사> 조선 시대에, 중국과 외교적인 교섭, 통보, 조회할 일이 있을 때에 주고받던 공식적인 외교 문서.

257) 구문(究問) : 1. 충분히 알 때까지 캐어물음. 2. 샅샅이 조사함.

258) 두 왕자 : 임해군((臨海君))과 순화군(順和君)을 말함.

巡邊使)를 삼으니, 공이 곧 부임하여 적 추장을 베고, 협종(脅從)²⁵⁹)을 불
문에 붙이고 잔치를 베푸니 번호(藩胡)들이 모여들었다. 엄히 말로써 꾸짖
고 회유하니 북도의 백성이 안도하게 되었고, 변경 감옥은 경계가 필요 없
게 되었다.

9월에 공은 해주로 돌아와 임금의 행차를 호종(扈從)하였다. 10월에는
세자의 가마를 모시고 서울로 돌아와 지중추부사(知中樞府事) 겸 훈련원
도정(訓鍊院都正), 군기시 제조(軍器寺提調)가 되었다. 이때 왜적은 물러
나 바닷가에 웅거하여 군사를 나누어 16둔(屯)을 설치한 후, 성을 쌓고 참
호를 파서 오래 머물 계획을 세웠다. 공은 지사(知事)로서 충청·전라·
경상 삼도 순변사(忠全慶三道巡邊使)를 겸했는데, 순천에 진을 쳤다. 체찰
사(體察使)인 윤두수(尹斗壽)공은 수군과 육군에게 진군을 독려하였다. 공
이 육로를 이용해 전갈도(田碣渡)로 들어갔지만 왜적이 높은 망루에서 나
오지 않으니 싸우지 못하고 돌아왔다.

오래지 않아 조정에서 공을 소환하니 서울로 돌아와 숙위(宿衛) 일을 총
괄하며 왕도(王都)를 지켰는데, 상하가 의지함이 중하여 은연중에 일국(一
國)의 간성(干城)으로 여겼다. 이때에 번호(藩胡)가 우리나라가 어지러운
틈을 타서 다시 난을 일으키고자 하였다. 조정의 의논이 공의 위덕(威德)
이 본래부터 북방에 드러났다 하니 병신년(선조 29년, 1596)에는 공에게
다시 북병사(北兵使)를 제수하였다.

기해년(선조 32년, 1599) 봄에 노토(老土)·명간노(明看老) 등이 금표
(禁標) 안에서 마음대로 집을 지으니, 공이 먼저 토병(土兵) 강억필(姜億弼)
등으로 하여금 가서 화복(禍福)을 진유(陳喩)²⁶⁰)케 하여 철거토록 하였다.
일찍이 그 뜻을 시험하여 장차 때를 기다려 토벌하니 노토 등이 말을 듣지
않았다. 드디어 억필(億弼) 등을 죽이니, 순찰사(巡察使) 송언신(宋彦愼)이

---

259) 협종(脅從) : 남의 위협에 눌리어 복종함.
260) 진유(陳喩) : 까닭을 말하여 깨치게 함.

공이 일을 잘못하였으니 잡아들여 죄줄 것을 청했지만, 원정(原情)[261]을 펴니 용서되었다. 여름에 공으로써 무용대장(武勇大將)·도총관(都摠管)을 삼으니, 서울에 관아를 개설하였다. 이때 오랑캐가 오히려 이로 인해 흔단(釁端)[262]을 만들고자 독기를 뿜으니, 수령이 급히 군대를 일으켜 (토벌하기를) 청하였다.

임금이 승정원(承政院)에 비망기(備忘記)[263]를 내리시기를, "군사를 동원하는 일은 나라의 대사이다. 어제 비변사(備邊司)의 회계(回啓)[264]를 보니, 자못 소루(疎漏)함이 있다. 내가 마음속으로 이를 위태하게 생각한다. 밭가는 일은 마땅히 종에게 물어보라고 하였다" 하고는 이일(李鎰)을 불러다가 조건을 문계(問啓)[265]후 서하(書下)[266]하였다. 또 하유(下諭)[267]하기를, "경은 북도에서 늙었으니, 정형을 알고 있을 것이다. 오늘의 일은 장차 편안히 나오기를 도모하는 것이니 무릇 품은 바가 있다면 일일이 서계(書啓)[268]할 수 있을 것이다" 하였다.

공이 드디어 장차 적과의 기깝고 먼 거리, 부락의 많고 석음, 형세의 어렵고 쉬움, 산천(山川)의 험하고 평탄함과 복병(伏兵)이 성책(城柵)을 지키는데 요긴함, 원병을 끊고 적을 추격하기에 요긴한 것 등 78가지 일을 한 조목씩 써서 글로 올리고, 방어할 정병 포수를 더 보낼 것을 청하였다. 강한 활과 굳세고 날카로운 화포(火砲)를 넉넉히 보내줄 것을 청하고, 거사

---

261) 원정(原情) : 사정을 하소연함.

262) 흔단(釁端) : 서로 사이가 벌어져서 틈이 생기게 되는 실마리.

263) 비망기(備忘記) : <역사> 임금이 명령을 적어서 승지에게 전하던 문서.

264) 회계(回啓) : <역사> 임금의 물음에 대하여 신하들이 심의하여 대답하던 일.

265) 문계(問啓) : <역사> 죄과로 벼슬에서 쫓겨난 사람을 임금의 명으로 승정원의 승지가 계판(啓板) 앞에 불러 그 까닭을 물어서 아뢰던 일.

266) 서하(書下) : <역사> 임금이 벼슬시킬 사람의 이름을 직접 적어서 내리던 일.

267) 하유(下諭) : 유시(諭示)를 내림

268) 서계(書啓) : <역사> 조선 시대에, 임금의 명령을 받은 벼슬아치가 일을 마치고 그 결과를 보고하기 위하여 만들던 문서.

(擧事)의 마땅한 시기를 보아 경솔하게 때를 놓쳐 후회하는 일이 없도록 하였다. 임금께서 이르시기를, "이 서계(書啓)를 보니, 자못 병법의 계산이 있도다. 내 뜻 또한 그러하다. 비변사(備邊司)에 명하여 전교(傳敎)와 회계 (回啓)를 빠짐없이 기록하여 북도(北道)의 감사(監司)와 병사(兵使)에게 서둘러 전달하여 헤아려 시행할 수 있도록 대비하라." 하였다.

또 서울의 포수(砲手)와 인근 도의 무사(武士)를 많이 엄선(嚴選)하고, 군기(軍器)도 잘 갖추어 들여보내게 하였다. 공이 또 추가로 하나의 소를 올리기를, "남쪽의 적을 염려함이 다하기도 전에 농번기(農繁期)가 닥쳤으니, 난을 겪고 병사들이 쉬지도 못하고 호랑이굴로 진격시켜 몰아내고자 하지만 차질이 생기는 염려가 없을 수가 없습니다. 잠시 동안 무산(茂山)에 관시(關市)를 개설하여 이리처럼 탐욕한 무리가 이익을 추구하는 땅으로 삼게 하고, 모든 부족의 추장을 소집하여 오랑캐로부터 물건을 사들여 스스로 의심하게 한다면 난이 점차 수그러들 것이니 고개에서 기다렸다가 소요를 평정하는 것입니다. 마침내 가을을 이용해 결전(決戰)하여 죄를 묻는다면 거의 만전의 계책이 될 것입니다." 하였다. 임금이 비답(批答)[269]을 내리기를, "족히 경의 나라를 근심하는 충성된 계책을 보았으니, 비변사에 영을 내려 의논하여 처리토록 할 것이다" 하였다.

경자년(선조 33년, 1600) 여름에 공이 권귀(權貴)[270]들에게 거슬려 일 때문에 잡혀가 심문을 받았는데, 얼마나 무고를 입을 지 예측하기 어려웠으나 임금께서 그 사정을 자세히 아셔서 화의 기틀에서 벗어났다. 가을에 번호가 또다시 소란을 피우니, 특별히 공에게 남병사(南兵使)를 제수하여 진압하게 하였으나 오래지 않아 그 직을 파였다. 돌아오는 길에 정평(定平)에 이르러 죽으니 향년(享年)이 64세이다. 용인(龍仁) 모현촌(慕賢村) 고매곡(古梅谷) 신좌지원(辛坐之原)에 반장(返葬)[271]하였으니 선영(先塋)

---

269) 비답(批答) : 상소에 대한 임금의 하답(下答).

270) 권귀(權貴) : 지위가 높고 권세가 있음. 또는 그런 사람.

을 따른 것이다.

공은 무예가 남보다 뛰어났고 용략(勇略)이 한 세대에 뛰어났으며, 독서(讀書)를 좋아하고, 대절(大節)을 알았다. 처신(處身)이 물처럼 맑았으며, 벼슬에 있는 동안 근민(勤敏)[272]하였다. 위풍(威風)[273]이 족히 여러 사람의 마음을 감복시킬만하였고, 충의(忠義)가 족히 사물을 감동시킬만 하였다.

일찍이 전공(戰功)을 이름이 한 때 북쪽 변경을 진동시켜 여러 번 곤수(閫帥)[274]를 맡아서, 계미년(선조 16, 1583)으로부터 기해년(선조 32년, 1599)에 이르기까지 16년을 보냈는데, 번호(藩胡)가 분란(紛亂)을 일으켰으나 끝내 감히 맘대로 날뛰지 못한 것은 공의 힘이다. 옛날 이른바 '장성의 단속(長城鎭鑰)'이라 일컬은 것이 공을 가리킴이 아니겠는가?

임진왜란(壬辰倭亂)에 (인재의) 등용이 빠르지 않았고, 처지가 마땅치 않아서 상주 전투(尙州戰鬪)에선 오합지졸(烏合之卒)을 거느리고 저돌적(猪突的)이며 사기가 충천한 왜구를 맞이하여 참패(慘敗)를 면치 못했고, (충주의) 단월역(丹月驛)에서 싸울 때는 (여러) 사람의 말을 절제(節制)[275]함으로 인해 충언(忠言)을 받아들이지 않았다가 대군(大軍)이 이미 궤멸(潰滅)[276]되어 군대를 편성하여 지탱하기 어려웠으니, 마침내는 평양의 적도(賊徒)가 밤에 달아남에까지 이른 것이다.

또 중국 장수가 만류하여 뒤쫓아 가서 습격하여 분격(奮擊)할 계획을 시행치 못했는데, 공의 큰 재주가 펼치지 못하고 공열(功烈)을 이루지 못했

---

271) 반장(返葬) : 객지에서 죽은 사람을 그가 살던 곳이나 그의 고향으로 옮겨다가 장사를 지냄.

272) 근민(勤敏) : 부지런하고 재빠름.

273) 위풍(威風) : 위세가 있고 엄숙하여 쉽게 범하기 힘든 풍채나 기세.

274) 곤수(閫帥) : <역사> 조선 시대에, 평안도와 함경도의 병마절도사와 수군절도사를 통틀어 이르던 말.

275) 절제(節制) : 정도에 넘지 아니하도록 알맞게 조절하여 제한함.

276) 궤멸(潰滅) : 무너져 없어짐. 무너져 못 쓰게 함.

으니, 이는 지사(志士)들이 지금까지 탄석(歎惜)[277]하는 까닭이다. 그러나 도리어 패하여 달아나는 중에도 수급(首級)을 올렸고, 매우 급한 가운데도 치계(馳啓)하였으며, 산망(散亡)[278]을 수습하였고, 적진(賊陣)을 꿰뚫고 산을 넘고 물을 건너 임금을 모셨으니, 임금의 근심을 덜게 되었다.

당시 효력(效力)있는 이름난 장수는 모두 공이 북병사(北兵使)시 막하(幕下)에서 나왔다. 이미 충무공(忠武公) 이순신(李舜臣)이 항오(行伍)[279] 중에 용서된 것을 알고 임금에게 추천(推薦)한 일에서도 알 수 있거니와 또 능히 의병장 김응서(金應瑞) 등을 솔려(率勵)하여 함께 평양을 수복하는 공을 이룩하였다.

또 창의대장(倡義大將) 김천일(金千鎰), 홍의대장(紅衣大將) 곽재우(郭再佑) 등과 안팎에서 서로 도와서 끝내는 서로 실수(失手)가 없었으니, 재조(再造)의 공을 도운 것이 공이 아니라면 저 누구란 말인가? 이로 말미암아 명망(名望)이 황제의 총명한 마음을 꿰뚫어 장사(將士)에게 상을 내리게 하였고, 영전(榮典)[280]이 선조에게까지 미쳤다. 임금의 두터운 은혜가 여러 장수중에 으뜸이었는데, 임금(楓宸)[281]의 사랑이 계속되었다. 공을 의지하고 믿음이 처음부터 끝까지 쇠하지 않았으니, 정책을 바꿀 때는 묻고서 비답(恩批)[282]을 내렸다. 총유(寵諭)가 다른 사람이 얻을 수 있는 바가 아니었으니, 이는 공신(功臣) 도상(圖像)과 충훈부(忠勳府)에서 공을 책록(策錄)한 단서(丹書)[283]와 철권(鐵券)[284] 같은 것이니, 또한 어찌 선후

---

277) 탄석(歎惜) : 한탄하며 애석하게 여김.

278) 산망(散亡) : 흩어져 없어짐.

279) 항오(行伍) : 군대를 편성한 대오. 한 줄에 다섯 명을 세우는데 이를 오라 하고, 그 다섯 줄의 스물다섯 명을 항이라 한다.

280) 영전(榮典) : 영광스러운 전례.

281) 풍신(楓宸) : 임금의 궁전. 중국 한나라의 궁전에 단풍나무가 많았던 데서 유래한다. 여기서는 임금을 지칭함.

282) 비답(批答) : 임금이 상주문의 말미에 적는 가부의 대답.

283) 단서(丹書) : 공신상훈교서(功臣賞勳敎書)를 지칭함.

(先後)가 있을 것인가?

공은 먼저 대흥령(大興令) 전주(全州) 이대춘(李大春)의 따님에게 장가들어 따님 한 분을 두었고, 뒤에 선비 이거효(李巨孝)의 따님에게 장가들어 아들 한 분을 두었다. 따님은 선전관 성문개(成文漑)에게 시집가서 1녀를 낳으니 참판 홍명형(洪命亨)에게 시집갔다. 아들은 숭의(崇義)로 진사(進士)·종묘서 영(宗廟署令)·덕산 현감(德山縣監)을 지내고 좌승지에 추증되었고 호가 망은(忘隱)으로 초서(草書)·예서(隷書)에 능하였고 문집이 간행되었다. 처음에는 현령(縣令) 김자(金滋)의 따님에게 장가들어 아들 한 분을 두었고, 후에 다시 판결사(判決事) 고덕윤(高德潤)의 따님에게 장가들어 3남 3녀를 두었다. 장남 용(涌)은 감역(監役) 벼슬을 받았으나 나가지 않았고, 갑자년(인조 2년, 1624) 이괄(李适)의 난에 백의(白衣)로서 왕을 호종(扈從)하여 진무원종1등공신(振武原從一等功臣)[285]에 책록되었고, 금부도사(禁府都事)를 받았으나 또한 나가지 않았는데 호는 포곡(蒲谷)이다. 다음은 운(沄)이고, 그 다음은 수(澌)이다. 디음은 건(汧)인데 무과(武科)에 급제하여 선전관(宣傳官)과 경상좌수사(慶尙左水使)를 지냈다. 따님은 선비인 홍간(洪柬)·권간(權僩)·안응성(安應星)에게 시집갔다.

용(涌)은 정언 허실(許實)의 따님에게 장가가서 1남 1녀를 낳았는데, 아들 진서(震瑞)는 선공감(繕工監) 감역(監役) 벼슬을 받았으나 나가지 않았고, 따님은 현감 한공억(韓公億)에게 시집갔다. 새 부인은 동지(同知) 이문헌(李文蕙)의 따님으로 2남을 두었는데, 장남은 진혐(震馦)이고, 다음은 진방(震芳)으로 무과에 급제하여 선전관과 전라 병사(全羅兵使)를 지냈는데, 위계가 가선대부(嘉善大夫)에 이르렀다. 내외의 증손(曾孫)과 현손(玄孫) 약간 명이 있다.

공의 충무(忠武)와 훈업(勳業)이 졸한 지 이미 수백 년이건만 행실(行實)

---

284) 철권(鐵券) : 공신녹권을 지칭함.

285) 비문의 영국원종공신은 진무원종공신의 오기이다.

을 기록함을 얻지 못했으니, 어찌 자손(子孫)의 큰 유감이 아니리오? 나는 공과 같은 고장에서 세거(世居)하였는데, 후손의 거듭된 청에 감히 문장이 졸렬함을 잊고, 간략히 공의 사적이 드러난 바를 엮어 사람들의 이목(耳目)에 드러내고자 글을 작성하였으니 삼가 태사씨(太史氏 : 史官)의 평을 듣고자 한다.

숭정 기원(崇禎紀元) 현서지세(영조 8년, 1732)[286] 3월(暮春) 상순(上旬)에 초야(草野)의 후학(後學)인 자헌대부(資憲大夫) 이조판서(吏曹判書) 이재(李縡)는 삼가 짓는다. (호는 도암)

資憲大夫 忠全慶巡邊使 武勇大將 漢城判尹 五衛都摠府都摠管 贈議政府左參贊 李公行狀

粤我明宣之際。人材輩出文武林立。而數一時名將者。必以巡邊使李公爲之最。至今童隷猶誦其名。豈無自而然哉。盖由聲實素孚于人。而其所樹立卓乎有不可掩焉者也。謹按。公諱鎰。字重卿。系出龍仁。鼻祖吉卷。佐麗太祖三韓壁上功臣。大匡太師。簪組蟬嫣。十三世至諱中仁。策駒城府院君。生諱士渭。仕本朝爲開城留後。生諱伯持。吏曹參判。首與淸白吏選。是於公爲六代祖也。高祖諱會忠。僉使。曾祖諱承孝。承仕郞贈刑曹參議。祖諱環。忠武衛副司直贈戶曹參判。考諱敏德。咸鏡北道兵馬虞候。累贈至崇政大夫議政府左贊成。妣延安李氏。生員繼壽女。公以嘉靖戊戌七月七日生。生而奇偉。遊戲異凡兒。及長投筆事弓馬。萬曆戊午登丙科。庚申拜宣傳官。同僚皆敬憚焉。甲子出令咸從。

庚午守碧潼。俱有威惠。民追思立碑。壬申丁贊成公憂。服闋由端川郡
守。遷慶興府使。俄陞資移穩城。庚辰除釜山僉使。壬午擢拜全羅左水
使。先是。北邊野人　款塞內附。留住長城外我境。世供征役謂之藩胡。
癸未有尼湯介者。誘引江北野人。圍陷慶源。朝廷特以公爲府使往討之。
公綏禦中機。民安虜服。乙酉尼胡又聚兵會寧。大肆劫掠。特拜公會寧府
使以鎭之。冬賊又於長城內激搶高靈鎭軍布。公引軍擣其巢。盡焚其部
落。斬獲三十餘級。奪還其所掠。丙戌又陞本道兵使。公思所以悠久邊守
永鎭北方者。乃取營中舊所藏制勝方略。商度便否。增補潤色。凡賊路遠
近。險夷要害。各鎭防守城池器械。及固邊制敵之策。被搶奪還之迹。
無不詳記而備載。使有所攷據倣行。仍錄一件。奏御請以此取講諸將以行
殿最。又陳軍務二十九事。禁令二十七條。上令備局。依奏許試。分頒
諸鎭堡各一件。預使講究無致臨時失誤。自是分軍防守。各有條理。仁威
廣被邊鄙寧謐。是年秋。朝家設屯鹿島。以造山萬戶李舜臣。兼董屯官。
丁亥秋。楸島藩胡麻尼應介。與時錢藩胡何吾郎阿等。乘大霧來掠。時屯
兵以穡事盡出。舜臣卒當其鋒。奮力捍禦。僅得保寨。而民卒之被虜殺傷
者亦多。朝議將拿鞫舜臣。公惜其才勇。啓請白衣從軍。得以贖罪。冬
公巡到慶興。捕誅何吾郎阿等。令虞候金遇秋襲破楸島。蕩其巢窟。時撫
夷時錢及夫汝只部落最强難制。公啓事情請討之。上回諭。曰今觀卿啓備
悉邊情。當寫一通置之座側。因許焉。戊子正月。公發本道兵。及赴戍
卒。使會寧府使邊彦琇。穩城府使楊大樹。爲左右衛將。高嶺僉使劉克
良。助防將李薦。爲左右衛先鋒。左衛由白顏烟臺循山而北。右衛自撫夷
堡東越江而西合。圍時錢。焚燒穹廬三百餘。所斬首幾五百級。上遣兵曹
正郎李大海。宣勞犒師。命官公之一子。秋移拜全羅兵使。庚寅又拜南兵
使。時日本久有搆釁窺覬之漸。及辛卯通信使之回。南報尤聳。朝野汹
懼。上命備局諸臣。各薦將帥材。公於武宰中最有名。慶尙右兵使曹大坤
老惻不堪任。西崖柳相公啓於楊前。請以公代大坤。兵曹判書洪汝諄。曰

鎰名將當在京師不可遣。柳相公。曰凡事豫然後立。況治兵禦敵尤不可猝辨。倘一朝有變不可不遣鎰。往無寧及時下送。使預備待變若臨急驅策。必無所成將有後悔。上以汝諄重內之言爲然竟不允。以公爲漢城府判尹・兼都摠管・捕盜大將。壬辰四月十三日。倭寇犯境陷東萊。十七日賓廳始啓請以公爲巡邊使。下中路。邊璣爲助防將守鳥嶺。公欲率京兵三百而去。取兵曹選兵案點閱。皆市井白徒。儒生・胥吏居其半。具巾服持試券戴平頂。呼訴者盈庭。以故久未得發。朝廷不得已令公先行。使別將兪沃隨後領去。公纔率軍官及射手六十餘人。行到聞慶。則縣中空無人。公自發倉穀。餉所帶軍。前至尙州。則牧使金澥逃入山。獨判官權吉守邑。公責以無兵將斬之。吉請自出收募。達夜搜索僅得數百而至。公留尙州一日開倉出糶。誘召散民。民箇箇從山谷中來。又數百人。倉卒編伍。皆農民無堪戰者。時賊已屯善山。距州二十里而近。來及斥候不得知。翌朝。公率烏合民兵。及京來將士合八九百。出陣於州北川邊。布陣未半賊大至。砲丸亂發。諸將皆請移兵少却。公杖劍厲聲。曰受命禦敵安敢退生。促軍進戰。賊分左右翼。繞出軍後衆驚潰。公知事不濟回。到聞京馳啓。上回諭。曰見卿狀啓。知我軍又不利。勝敗兵家之常。非卿不盡力。姑貰卿罪。以責後效。卿須招集散亡呼召部曲。與申砬相機猗角。圖收桑楡。若賊兵方進而事勢有難如意。或來衛京都。追護行在。且通諭於各道監兵使。及守土之臣。使各一心力倡義勇以扶顚危。公遂欲退守鳥嶺。聞申砬在忠州。要與來會共扼嶺險。砬不聽自以元帥當節制諸將。反召公。公與邊璣等俱詣砬。二十八日砬出陣彈琴臺。使公爲前鋒。屯丹月驛。有頃賊兵分兩路而進。砲鼓震天。勢如潮湧。公突戰斬十餘級。而賊已破申砬李薲兩軍。軍皆赴水。屍骸塞江。公挺身突出。到利川。割塗窓紙以具啓。令軍官李致中獻馘。二十九日夜　。啓至京城。翌曉。大駕西幸。留右相李陽元守都城。副元帥申恪防禦使文夢軒等守楊州大灘。公自利川入京。陽元使公檢督大灘軍。時行朝遣知事韓應寅。與李薲劉克良等同守臨津。爲賊兵所迫勢甚急。陽元令公馳救之。公與恪夢軒等行到蟹踰嶺遇賊。公先登力戰斬三十餘級。恪夢軒繼至亦斬四十級以啓。上遣宣傳官賜公御馬。復除巡邊使。公就楊州糧儲將餉軍。赴臨津候騎報賊兵已近。公與申文兩將出陣廣野。賊遽來薄。公奮身力戰。夢軒軍先北。公既失羽翼不能抵敵。且戰且退。賊不敢逼。未幾臨津把截之兵皆敗潰。及清正自谷山踰老吏峴入北。則平壤以南更無可守。處公於是決意覲王。領手下兵行到平壤。時諸將以禦賊南下者。或死或亡無一扈駕者。聞賊將迫人心益懼。及公至無不喜悅。上引見勞勉已。而賊兵漸逼。大駕又向龍川。都元帥金命元守箕城。俄聞賊已至鳳山。西厓柳相公恐賊至江外得我民向導。由詠歸樓下江水淺狹處暗渡。與梧陰尹相公斗壽相議。急遣公往把守。公馳至萬頃臺下。賊兵聚南岸者已數百。洲民皆驚散。俄頃賊已在江中近岸。公急令武士。引强弓射殪六七賊賊乃退。六月十二日。平壤陷。公欲跋履覲王。而賊已彌滿道路。不得已渡江至海西。召募得千餘衆。將欲西赴行在。此時西路斷絶。朝命不通。民多投賊。守宰皆竄山谷。公慨然。曰大夫出彊。有可以寧社稷利國家專之可也。遂以權宜馳檄告諭。曰大駕今駐龍川。天兵二十萬已渡鴨綠。湖南僧義兵十萬亦且來。恢復可指日。可待凡糧餉芻茭刻日貯峙。無敢不逮。若違此令當科以軍律。又擇軍官才諝者。假守郡邑安撫百姓。且使隨機募兵。乘間討賊。於是。逃竄守令爭出視事。王靈復振。民心稍定。公由新溪至兎山。聚軍將襲龍川賊。是時。東宮分朝住伊州。公承召馳赴。仍留扈衛。賊聞鶴駕駐此。進兵逼玉燈驛。是夜報至。公慮賊猝犯。欲陪鶴駕移駐。僉議將待曉。公曰此賊覬覦已久。若乘夜掩襲勢必難支。莫若急渡成川阻上流以守。遂奉以先行。人皆謂恸。翌曉賊入伊川。衆始以公爲先知。於是。大朝以公爲東邊防禦使。中和祥原諸別將。咸屬于公。令把截平壤以北。公進箚江東。盡力剿捕。斬獲甚多。朝廷以公戰功轉奏中朝。中朝賜公銀二十兩。斬級將士各賜五兩。是時。李薲在順安每進輒敗。朝議以濱不勝任。遂以公爲本道兵使。代濱兼巡邊使。都總諸軍。
移陣順安。十二月天朝提督李如松。領遼浙兵四萬餘人。渡龍灣進屯平壤
西。公出陣林原坪。與義兵將高忠卿等聲勢相援。多有斬獲。賊不敢出。
明年正月初六日。提督麾三軍逼城下。以公爲前鋒。進攻牧丹峰之賊。奮
勇衝殺賊。大敗走入城。八日提督分軍圍城。公又與別將金應瑞等。領我
軍爲前鋒。蟻附先登天兵繼之。大破賊退入內城。提督慮窮寇致死。遂收
軍退屯。開賊歸路。夜賊皆乘氷過江遁去。公欲追襲盡殲。而天將拘我
軍。使不得進。反以不警守咎我。因宣言公非將材。李濱可代。盖天將
多爲濱地者故也。於是。於是。天將移咨言狀。朝廷令尹相斗壽。至平
壤究問將行軍法。良久得釋。是雖公之無罪。而爲看天將之面也。時北道
亂民導賊入六鎭。兩王子及諸從臣皆陷賊。三甲亦爲亂民所搶掠。兵使李
渾被害。朝廷又以公爲北道巡邊使。公卽赴任誅止巨魁。不問脅從。譙集
藩胡嚴辭開諭。北民安堵。邊圉無警。九月公還海州扈行宮。十月陪駕還
都。以知中樞府事・兼訓練院都正・軍器寺提調。時賊退據海邊。分設
十六屯。築城窟塹。爲久留計。公以知事兼忠全慶三道巡邊使。軍順天
府。體察使尹公斗壽。督水陸軍進戰。公由陸路入田遏渡。而賊高壘不
出。不得交鋒而還。未久朝廷召公。還京師摠宿衛扈王都。上下倚重隱然
爲一國干城。于時。藩胡乘我有亂。更欲作亂。朝議以公威德素著。丙
申復拜公北兵使。己亥春。老土明看老等擅於禁境內造家。公先使土兵姜
億弼等。往陳禍福。使之撤毀。以嘗試其意。將待時致討。老土等不
聽。遂殺億弼等。巡察使宋言愼。以公爲僨事誤國請罪拿囚。施蒙原
赦。夏以公爲武勇大將・都摠管。開府京師。時孼胡猶是搆釁吹毒。守
臣遽請興師。上下備忘記于政院。曰用兵國之大事。昨觀備局回啓。頗涉
疏漏。予竊危之。耕當問奴。召李鎰以書下條件問啓。又下諭。曰卿老
於北道。備諳形勢。今日之事。計將安出。凡有所懷可一一書啓。公遂
將賊程遠近。部落多寡。形勢難易。山川夷險。及伏兵守柵之處。追擊

絶援之要。 七八事。 逐條書進。 仍請添防精兵砲手。 優送强弓勁砲。 相
機擧事。 無貽輕率誤機之悔。 上曰觀此書啓頗有兵家之算。 予意亦然之。
其令備局具錄傳敎及回啓。 馳諭於北道監兵使。 以備參酌施行。 且京中砲
手及近道武士多數精抄。 軍器亦優備入送。 公又追上一疏。 曰南虞未殄。
農月已迫。 欲驅經亂未蘇之民進搏虎穴。 不無蹉跌之患。 姑設開市於茂
山。 以爲狼貪輩趍利之地。 仍募諸部豪酋。 購老賊。 使自疑亂稍俟嶺徼
平定。 乃決乘秋問罪之。 擧似爲萬全。 上批曰足見卿憂國忠謨。 令備局議
處。 庚子夏公忤權貴。 因事拿問。 幾陷不測。 賴聖明灼見其情。 得脫禍
機。 秋藩胡又梗化。 特拜公南兵使以弭之。 未幾解職。 還至定平卒。 享
年六十四。 返葬于龍仁之慕賢村古梅谷辛坐之原。 從先兆也。 公雄武絶
人。 勇略超世。 而好讀書知大節。 律身淸澗。 居官勤敏。 威風足以服
衆。 忠義足以感物。 早建戰功。 名震一時其於北邊。 屢受梱。 寄自癸未
至己亥十六年之間。 藩胡生釁而不敢肆暴者。 緊公是賴。 古所謂鎖鑰長
城。 非公之謂歟。 至於壬辰之變。 朝廷用之不豫處之非所。 尙州之戰。
以烏合零星之卒。 當鴟突方張之寇。 未免敗衄丹月之戰。 節制由人。 忠
言不售。 主師旣償偏師難支。 及平壤賊徒之宵遁也。 又爲天將牽掣。 不
得施其追襲奮擊之計。 使公之大才莫展。 而功烈不成。 此志士所以至今歎
惜者也。 然猶能獻馘於奔敗之中。 馳啓於蒼黃之際。 收拾散亡。 貫穿賊陣
跋涉勤王。 以繼行朝之犀情。 移檄列邑。 以鎭海西之民心。 奉移鶴駕。
以防凶鋒之暗襲。 卒之導迎天將。 執銳先登克復箕城。 而中興之業已基於
此矣。 至於當時效力之名將。 皆出於北梱時幕下。 旣能知忠武公李舜臣於
行伍之中犮過薦聞。 又能率勵義兵將金應瑞等。 共成平壤復城之功。 又與
倡義大將金千鎰・紅衣大將郭再祐等。 內外協力。 終不相失。 則贊成再造
之勳者。 非公伊誰。 由是名徹帝聰賞延將士。 榮典及於祖先。 隆渥冠乎諸
將。 而楓宸之眷注。 倚毗始終不衰。 變謀之下詢恩批之。 寵諭有非他人所
可得者。 此與圖像雲臺策勳丹鐵者。 又何先後焉。 公先娶大興令全州李大

春女。生一女。後娶士人李巨孝女。生一男。女適宣傳官成文漑。生一女適參判洪命亨。男崇義。進士・宗廟令・德山縣監・贈左承旨。號忘隱。善草隸。有刊行。初娶縣令金滋女。生一男。後娶判決事高德潤之女。生三男三女。男長涌。監役不仕。白衣扈從。錄原從一等寧國功臣。禁府都事又不仕。號蒲谷。次沄。次澍。次汧武科・宣傳官・慶尙左水使。女適洪東・權僩・安應聖。涌娶正言許實女。生一男一女。男震瑞繕工監役不仕。女適縣監韓公億。後娶同知李文憲女。生二男。長震龢。次震芳武科・宣傳官・全羅兵使・嘉善。內外曾玄孫摠若干人。以公之忠武勳業。沒已數百年而未得紀行。豈非子孫之至感乎。予於同鄕世居之地。爲其後孫累請之。固敢忘拙。畧掇公事績之表。表在人耳目者。爲之狀。謹以聞於太史氏。

崇禎紀元玄鼠之歲。暮春之月。上幹。草野後學。資憲大夫。吏曹判書。

李綷謹撰。陶庵

행자헌대부 충전경삼도순변사 무용대장 한성판윤 증정헌대부 의정부좌참찬 형조판서 증시장양 이공신도비명 서를 붙임

(공조판서 죽산 후인(竹山後人) 안윤행(安允行), 1743년)

우리 선조대왕(宣祖大王)께서는 성무(聖武)가 천종(天縱)[287]하사 중흥(中興)의 업적을 여셨다. 이때 문관(文官)과 무관(武官)의 여러 신하들이 좌우에서 협조하여 도와서 각기 업적을 남겼으나, 모두가 순변사(巡邊使) 장양(壯襄) 이공을 당대의 훌륭한 장수라며 추앙하였다.

287) 천종(天縱) : 하늘에서 허락하여 무엇이든 마음대로 하게 한다는 뜻으로, 하늘에서 준 덕(德)을 갖춤을 이르는 말. 또는 그런 성격을 이르는 말.

공의 휘는 일(鎰)이요, 자는 중경(重卿)이니, 용인(龍仁) 사람이다. 고려 태사(太師)이신 휘 길권(吉卷)은 용인이씨의 시조(遠祖)가 되시며, 조선조 초에 개성 유후(開城留後)를 지낸 휘 사위(土渭)는 공의 8세조가 되신다. 고조부(高祖父)의 휘는 회충(會忠)이니, 관직이 첨사(僉使)요. 증조부(曾祖父)의 휘는 승효(承孝)이니 승사랑(承仕郎)으로 형조 참의(刑曹參議)의 증직을 받았다. 할아버님의 휘는 환(環)이니, 관직이 부사직(副司直)으로 호조 참판(戶曹參判)에 추증되었다.

아버지의 휘는 민덕(敏德)이니 관직이 우후(虞侯; 함경북도 兵馬虞侯, 종 3품)로, 여러 번 증직을 받아서 좌찬성(左贊成)에 이르렀다. 어머니는 연안이씨(延安李氏)로 생원(生員)을 지낸 계수(繼壽)의 따님으로 가정(嘉靖) 무술년(중종 33년, 1538) 7월 7일에 공을 낳았다.

공은 어려서 기위(奇偉)[288]하였으며 성장하여서는 활쏘기와 말 타기를 익혀서 만력(萬曆) 무오년(명종 13년, 1558)에 무과(武科)에 급제하였다. 선전관(宣傳官)에 제수되고 함종 현령(咸從縣令)·벽동 군수(碧潼郡守)·단천 군수(端川郡守)·경흥 부사(慶興府使)·온성 부사(穩城府使)·부산진 첨사(釜山鎭僉使)에 제수되었다가 다시 전라 좌수사(全羅左水使)에 발탁 제수되었다.

이때 북도에서 번호(藩胡)인 니탕개(尼湯介)라는 자가 여진족을 거느리고 경원부(慶源府)를 함락시키고, 회령부(會寧府)를 노략질하였는데, 그 세력이 매우 대단하였다. 이에 공이 전후에 경흥 부사와 회령 부사로서 토벌하여 평정시켰다. 잠시 후에 본도 병사(本道兵使)로 승차(陞差)하였는데, 『제승방략(制勝方略)』 1통을 지어 올려서 이를 여러 무사에게 강습(講習)토록 청하였다. 또 군무(軍務) 29사(事)와 금령(禁令) 27조(條)를 진언(陳言)[289]하여 모든 진보(鎭堡)에 반사(頒賜)[290]하여 영구히 준행(遵行)[291]

---

288) 기위(奇偉) : 뛰어나게 훌륭하다.

289) 진언(陳言) : 일정한 사실에 대하여 말을 함.

토록 청하였다.

추도(楸島)와 시전(時錢) 등 여러 번호(藩胡)가 난을 일으켜서 죽거나 다친 자가 매우 많았다. 공이 회령(會寧)과 온성(穩城)의 모든 진장(鎭將)을 감독하여 힘을 합쳐 공격하여 4개 부락의 천막 300여 곳을 불태웠고, 머리를 벤 것이 거의 500급[292]이나 되었다. 이에 임금이 사자를 보내어 노고를 위로하고 군사를 배불리 먹이고 공의 한 아들에게 벼슬을 내리도록 명하였고, 공을 전라 병사(全羅兵使)에 옮겨 제수하였다.

(공이) 남병사(南兵使)로 있을 때, 조정에서 남쪽의 왜적(倭賊)이 분란을 일으킬 것을 염려하니 정승인 유성룡(柳成龍)이 '경상 우병사(慶尙右兵使)가 늙어서 변경의 일을 맡길 수가 없으니 공으로 대신하여 미리 대비하는 계책으로 삼자'고 청하였다. 이에 조정의 논의가 '경험이 많은 장수를 서울을 떠나게 할 수가 없다' 하여 드디어 중지하였다.

다음해 임진년(선조 25년, 1592)에 왜적이 대거 국경을 침범하여 동래(東萊)를 함락하고 여러 고을을 무너뜨리니, 이에 공을 순변사(巡邊使)로 삼아 가서 방어하게 하였다. 공은 급작스럽게 명을 받고 수행하는데, 불러 모은 병사가 겨우 8, 9백 명에 지나지 않았다. 상주(尙州)에서 왜적과 조우(遭遇)하였는데, 적의 세력이 대단하여 싸움에 불리하였다. 이때 도원수(都元帥) 신립(申砬)이 충주(忠州)에 주둔해 있었는데, 공이 맞아들여 함께 조령(鳥嶺)을 지키려고 하였으나 신립이 듣지 않았다. 부득이 하여 신립에게 돌아가니 신립이 달내(㺚水)의 상류에 진을 지고 있었다. 공이 단월역

---

290) 반사(頒賜) : 임금이 녹봉이나 물건을 내려 나누어 주던 일.

291) 준행(遵行) : 관례(慣例)·명령을 좇아서 함. 규정을 지켜서 함.

292) '정토시전부호도(征討時錢部胡圖)'와 서(序), 이담(李橝)과 이재(李縡)가 지은 행장(行狀), 안윤행이 지은 신도비문, 후손 이의현(李宜顯)의 시장(諡狀)에는 시전(時錢) 부락 토벌 성과를 모두 불태운 천막이 300여 곳에 참수가 500급이라 하였는데, 오직 후손 이의현(李宜顯)이 지은 신도비문에만 불태운 곳이 300여곳에 참수가 400여급이라 하여 100명 정도가 차이가 난다.

(丹月驛)293)에 주둔하니 왜적이 길을 나누어 크게 들이닥쳤다. 포성과 북소리가 천지를 진동하였는데, 공이 돌격하여 적의 머리 10여급을 베었지만 신립은 적에게 밀려나고 전군이 패몰(敗沒)하였다.

공이 급히 서울에 도착하니, 어가가 서쪽으로 평양(平壤)에 순행(巡幸)하려 하였다. 공이 군사를 이끌고 여러 장수가 임진 나루를 지키는 것을 구하려다가 해유령(蟹踰嶺)에서 적을 만났다. 힘껏 싸워서 크게 깨뜨리고 적의 목 30여 급을 베니, 임금께서 선전관(宣傳官)을 보내어 어마(御馬)를 하사하고 다시 순변사(巡邊使)를 제수하였다. 이때 임진 나루를 지키던 군사가 이미 패하여 다 없어지니, 공은 평양이 고립되어 위태롭게 여겨 급히 배도(倍道)294)하여 급히 행재소(行在所)에 이르렀다.

공이 도착하니 사람들의 마음이 공에게 의지함이 위중하였다. 왜적이 점차 평양(平壤)에 육박하여 장차 강을 건너려하니, 무사(武士)들에게 영을 내려 강궁(强弓)을 쏘아서 물리쳤다. 싸움이 그치고 어가가 의주(義州)로 향하니 성이 드디어 함락되었다. 공은 해서(海西)295)에 이르러 군사를 모집하여 행재소로 가고자 하였는데, 적이 길을 막는 바람에 나아가지 못하였다. 드디어 격문(檄文)과 유서(諭書)를 수령들에게 보내어 군사와 백성 중에 달아났던 자들을 돌아오도록 불러 모아서 때를 타서 적을 토벌하였다.

이때 세자인 광해군(光海君)의 분조(分朝)296)가 이천(伊川)에 머물고 있었는데, 공을 승소(承召)297)하여 급히 와서 머물러 호위하게 하였다. 공은

---

293) 단월역(丹月驛) : 충주(忠州)에 있던 역 이름.

294) 배도(倍道) : 배도겸행(倍道兼行)의 준말. 이틀에 갈 길을 하루에 걸음.

295) 해서(海西) : 황해도의 이칭.

296) 분조(分朝) : <역사> 임진왜란 때, 선조가 본조정(本朝廷)과 별도로 임시로 설치한 조정. 선조가 의주 방면으로 피난하면서 세자 광해군을 따로 함경도로 피란시킬 때, 선조가 있던 의주의 행재소와 구분하여 세자가 있던 곳을 이르던 말이다.

왜적이 반드시 내습(來襲)하리란 것을 알고 급히 학가(鶴駕)298)를 받들어 다른 곳으로 옮겨 피신하였는데, 그 다음날 왜적이 이천을 함락하니 사람들이 모두 놀라 감복하였다. 이에 임금께서 공을 동변방어사(東邊防禦使)로 삼고 평양(平壤) 이북을 방어하도록 영을 내렸는데, 여러 번 싸워 이겨 목을 벤 것이 매우 많으니, 중국 조정에서 상으로 공에게 백금(白金) 20냥을 내렸고 장사(將士)들에게도 각각 차등 있게 상을 내렸다.

공은 본도 병사(本道兵使) 겸 순변사(巡邊使)로서 모든 군사를 거느리고 순안(順安)에 진을 쳤다. 이에 중국 조정에서 제독(提督) 이여송(李如松)을 파견하여 대군(大軍)을 거느리고 조선을 구하게 하였다. 나아가 평양의 왜적을 공격하는데 공이 전봉(前鋒)이 되어 용기를 내어 먼저 성벽을 오르니, 중국 병사가 곧이어 도착하여 크게 왜적을 깨뜨리니 적이 지탱하지 못하고 밤이 되자 달아났다.

이때 육진(六鎭)의 난민(亂民)이 두 왕자(王子)299)와 여러 시종신(侍從臣)을 사로잡고서 적에게 항복하였으며, 병사(兵使)300)를 살해하니, 또다시 공으로써 북도 순변사(北道巡邊使)를 삼았다. 공이 곧 부임하여 토벌하게 되자, 적 추장을 베고, 번호(藩胡)들을 무수(撫綏)301)하니, 북쪽 변경이 이에 편안하여졌다. 해주로 돌아왔다가 어가를 호종하여 서울로 돌아왔다. 왜적이 남해(南海)에 웅거(雄據)하여 물러날 기미가 없으니 또다시 공으로써 충청·전라·경상 삼도순변사(忠全慶三道巡邊使)를 겸하게 하여 방비토록 하였다.

잠시 후에 공이 조정으로 돌아오자 임금이 북쪽 오랑캐의 남은 무리가 때때로 흔단(釁端)을 일으킬 것을 근심하여 공을 불러 편안히 나아갈 계책

---

297) 승소(承召) : 임금이 부르는 명을 받음.

298) 학가(鶴駕) : 왕세자가 타던 수레.

299) 두 왕자 : 임해군((臨海君))과 순화군(順和君)을 말함.

300) 병사 이혼(李渾)이 이때 적에게 살해되었다.

301) 무수(撫綏) : 어루만져 편하게 함.

을 물었다. 공은 적의 많고 적음과 지형의 험하고 쉬움 등 방수(防守)하는 데 편리한 78가지 일을 아뢰어 대비토록 하였다. 이어서 수자리 서는 병사와 병기를 더 보내고 가벼이 움직여 후회하는 일이 없도록 청하였다.

임금이 읽어보시고는 "나의 뜻 또한 그러하다."며 모두 아뢴 바에 따라 시행하게 하였다. 공은 오랑캐에 대비하여 남병영(南兵營)에 있다가 병이 나서 정평(定平)으로 돌아와서 죽으니 수(壽)가 64세이다. 용인(龍仁) 모현촌(慕賢村)에 장사하니 선영(先塋)을 따른 것이다.

공은 충의(忠義)가 타고났으며, 용략(勇略)302)이 남 보다 뛰어났으므로 번호(藩胡 : 여진족)가 모반하면 공에게 명하여 가서 토벌하게 하였고, 섬 오랑캐(왜적)가 선동하여 소란을 일으키면 공에게 명하여 가서 방어하게 하였다. 공의 위엄으로 싸움이 그치고 은혜로 평안하여지니 우리의 북쪽 변경에선 편히 잠을 자게 되었고, 동쪽을 정벌하는 군대는 우군(友軍)을 얻게 되어 사직(社稷)이 다시 안정되었으니 공의 힘이 아니고 누구의 힘이 겠는가? 논자(論者)들은 조령(鳥嶺)을 지키지 못했다고 공을 책망한다. 그러나 이는 조정에서 공을 씀이 빠르지 않음에 말미암은 것이지 그 지혜와 용기가 모자라서가 아닌 것이다.

충무공(忠武公) 이순신(李舜臣)이 조산 만호(造山萬戶)로서 군율(軍律)을 범하여 죄가 장차 헤아릴 수 없었는데 힘껏 청하여 죄를 용서하게 하고 장차 공을 세워 갚도록 하였는데, 마침내는 노량(露梁)의 승첩(勝捷)이 있게 되었다. 그 감식(鑑識)303)이 또한 이와 같았으니, 나라 사람들이 공을 중흥(中興)의 양장(良將)이라 함이 까닭이 있는 것이다.

(공의) 처음 부인은 대흥령(大興令) 대춘(大春)의 따님으로 따님 한 분을 낳으셨고, 새 부인은 전주이씨 거효(巨孝)의 따님으로 한 아드님을 두셨으니 휘가 숭의(崇義)로 진사(進士)와 종묘서 영(宗廟署令), 덕산 현감(德山縣

---

302) 용략(勇略) : 용기와 지략을 아울러 이르는 말.

303) 감식(鑑識) : 어떤 사물의 가치나 진위 따위를 알아냄. 또는 그런 식견.

監)을 지내고 좌승지의 증직을 받았다. 따님은 선전관(宣傳官) 성문개(成文漑)에게 출가했다. 숭의(崇義)가 4남을 낳으니, 용(涌)은 백의(白衣)로서 호종(扈從)하여 영국원종공신(寧國原從功臣)304)에 책록 되었으며, 다음은 운(沄), 주(澍)가 있다. 다음은 견(汧)인데 그는 무과(武科)에 급제하여 선전관(宣傳官)과 경상좌수사(慶尙左水使)를 지냈고, 따님 셋은 홍동(洪東, 남양인), 권한(權僩, 안동인), 안응성(安應聖, 순흥인)에게 출가하였다. 사위 성문개(成文漑, 창령인)의 딸은 참판(參判) 홍명형(洪命亨)에게 출가하였다. 용(涌)의 아들 중 진서(震瑞)는 감역(監役; 선공감역)인데 벼슬에 나아가지 않았고, 다음은 진협(震馦)이고, 진방(震芳)은 전라 병사(全羅兵使; 강진병사)요, 딸은 현감 한공억(韓公億)에게 출가하였다. 나머지는 기록하지 않는다.

공의 5세손인 희일(希逸, 호 愚谷)이 일찍이 불녕(不佞)305)에게 신도비문(神道碑文)을 부탁하기에 대개 승낙만 하였지 끝을 맺지 못했는데, 요즈음 더욱 부지런히 청하니 감히 사양하지 못한다.

다음과 같이 명(銘)을 짓는다.

위엄 있는 이공(李公)께서는 만부(萬夫)306) 중에 빼어났네.
좌우에서 왕실(王室)을 도와 충성(忠誠)을 다 바쳤네.

변경의 사나운 오랑캐가 우리의 북쪽 부락 어지럽히니,
공이 장수의 명을 받아 강한 적을 크게 무찔렀네.

---

304) 원문의 영국공신(寧國功臣)은 영국원종공신(寧國原從功臣)의 오기이므로 번역에서 바로잡는다. 영국공신은 이괄(李适)의 난을 평정하는데 공을 세운 자에게 내린 훈호이다.

305) 불녕(不佞) : 재능이 부족하다는 말로 자신의 겸칭(謙稱)이다.

306) 만부(萬夫) : 수많은 사내. 또는 장정.

육진(六鎭)은 안도(安堵)하게 되었고 오랑캐 땅은 상마(桑麻)[307]를 하게
되었네. 광분한 오랑캐가 반역을 도모하니[308] 바다를 막아서 난을 일으켰
다.

생령(生靈)[309]을 베어죽이니 그 독이 심해 전갈의 독 같구나.

공은 정의를 위해 몸을 버릴 생각하니 시석(矢石)[310]을 무릅쓰고 싸웠
다네.

한 번의 승패(勝敗)는 병가(兵家)의 상사(常事)라,

천리(千里) 길에 왕을 모셨고, 동정서벌(東征西伐)[311] 하였다네.

필마(匹馬)[312]와 단창(單鎗)[313]이었으나 향하는 곳마다 대적할 자 없었
네, 의로운 선비가 창의(倡義)[314]의 군사를 일으키니 중외(中外)[315]에서
협력하였다네.

---

307) 상마(桑麻) : 양잠(養蠶)과 방적(紡績).

308) 반역을 도모하니(射天) : 석천(射天)의 고사. 옛날 은(殷)나라 무을(武乙)이 무
   도(無道)하여 인형(人形)을 만들어 '천신(天神)'이라고 하면서 그와 장기[博]
   를 두되 사람을 시켜 대행(代行)하게 하고는 천신이 이기지 못할 경우 곧 욕을
   보이겠다 하면서 가죽 주머니에 피를 담아 우러러 보고 쏘아 맞히면서 하늘을
   맞혔다고 한 데서 유래한 말로, 포학(暴虐)과 반란(叛亂)의 행위를 가리키는 말
   로 쓰인다. 『십팔사략(十八史略)』 제1권에 보임.

309) 생령(生靈) : 생민(生民)과 같음.

310) 시석(矢石) : 예전에, 전쟁에 쓰던 화살과 돌.

311) 동정서벌(東征西伐) : 동쪽을 정복하고 서쪽을 친다는 뜻으로, 이리저리로 여
   러 전쟁터를 누빔을 이르는 말.

312) 필마(匹馬) : 한 필의 말.

313) 단창(單鎗) : 한 개의 창.

314) 창의(倡義) : 국난을 당하였을 때 나라를 위하여 의병을 일으킴.

315) 중외(中外) : 나라 안팎을 아울러 이르는 말.

중국군을 도영(導迎)[316]하여 먼저 성벽에 올라 적을 격파하였네,

능히 삼경(三京)을 수복(收復)하였고 팔도(八域)를 도순(都巡)[317] 하였다네.

어가를 호종(扈從)하여 서울로 돌아왔고 성덕(聖德)[318]을 선창(宣暢)[319]하였네, 공신(功臣)을 책록(策錄)함에 미쳐서는 봉군(封君)을 사양하여 찾지 않았네.

북도민(北道民)이 사당(祠堂)을 세워 오랫동안 보답하였네. 내가 또한 명(銘)을 지으니, 저 비각(碑閣)이 빛이 나네.

숭정 기원후(崇禎紀元後) 계해년(영조 19년, 1743) 봄 2월 하순(下澣)에 보국숭록대부(輔國崇祿大夫) 판돈령부사(判敦寧府事) 겸 공조판서(工曹判書) 죽산 후인(竹山後人) 안윤행(安允行)은 삼가 짓는다.

行資憲大夫 忠全慶三道巡邊使 武勇大將 漢城判尹 贈正憲大夫 議政府左參贊 刑曹判書 贈諡壯襄李公神道碑銘 并序

我宣祖大王聖武天縱。誕啓中興之業。時則有文武諸臣左右協贊。各效其績。而咸推巡邊使壯襄李公爲當世良將。公諱鎰。字重卿。龍仁人。高麗太史吉卷。其遠祖。在國初。開城留後諱士渭。爲公八世祖。而高祖諱會忠。僉使。曾祖諱承孝。承仕郎贈刑曹參議。祖諱環。副司直贈

---

316) 도영(導迎) : 인도하여 맞이함.
317) 도순(都巡) : <역사> 각 군영의 순라(巡邏)가 성실히 근무하는지를 조사하던 일.
318) 성덕(聖德) : 임금의 덕.
319) 선창(宣暢) : 드러내어 세상에 널리 폄.

戶曹參判。考諱敏德。虞侯。累贈議政府左贊成。妣延安李氏。生員諱
繼壽女。嘉靖戊戌七月七日舉公。幼奇偉。及長。業弓馬。戊午。登武
科。拜宣傳。歷試咸從・碧潼・端川慶興・穩城府使・釜山僉使。擢拜
全羅左水使。時北地藩胡尼湯介者。率野人。陷慶源。掠會寧。勢甚猖
獗。公前後以慶會府使。討平之。尋陞本道兵使。撰進制勝方畧一通。
請令諸武士講習。又陳軍務禁令各二十餘事。請頒示諸鎭堡。使永久遵
行。楸島時錢諸藩胡作亂。殺傷甚多。公督會穩諸鎭將。合擊之。焚穹
廬三百餘所。斬首五百級。上遣使犒勞。命官公一子。移拜公全羅兵
使。南兵使時。朝廷慮南倭釁。柳相成龍請以公代慶尙右兵使之老不任邊
事者。爲豫備計。而廷議謂宿將不可去京師。遂止。翌年壬辰。倭賊大
舉入寇。陷東萊。列郡瓦解。於是始以公爲巡邊使。使往禦之。公倉卒
受命。行收兵僅八九百人。與賊遇於尙州。賊勢大。戰不利。時都元帥
申砬。軍忠州。公欲邀與守鳥嶺。而砬不至。不得已還詣砬。砬陳猘水
上。公屯丹月驛。而賊分道大至。砲敲震天。公突擊斬十餘級。而砬爲
賊所擠。全軍敗沒。公馳至京師。而車駕西狩平壤。公欲引兵救諸將之守
臨津者。到蟹蹯嶺遇賊。力戰大破之斬三十餘級。上遣宣傳官。賜公御
馬。復除巡邊使。時臨津守軍已敗潰。公念平壤孤危。倍道馳赴行在。
旣至。人心倚以爲重。賊漸逼平壤。將渡江。令武士。以强弓射却之。
已而。車駕向義州。而城遂陷。公至海西。欲募兵赴行在。而賊塞路不
得進。遂檄諭守宰。兵民之逃竄者。使還集。乘機討賊。時光海分朝。
駐伊川。公承召馳赴留護。策賊必來襲。遽奉駕移避。而其翌日。賊陷
伊川。人皆驚服。大朝以公爲東邊防禦使。令遮遏平壤以北。累戰輒
勝。斬獲甚多。皇朝褒賞公白金二十兩。將士各有次。公以本道兵使。
兼巡邊使。率諸軍。陣順安。於是。皇朝遣提督李如松。領大軍東救。
進擊平壤賊。公爲前鋒。賈勇先登。天兵繼至。大破賊。賊不能支夜
遁。時六鎭亂民。縛兩王子及諸從臣降賊。殺兵使。又以公爲北道巡邊

使。 公至討殲巨魁。 撫綏藩胡。 北邊乃安。 還至海州。 扈駕還京師。 時賊據南海。 不肯退。 又以公兼忠全慶三道巡邊使。 以備之。 尋還朝。 上慮北胡餘孽。 時時搆釁。 召公問計安出。 公備陳賊衆寡。 地險夷。 防守便宜七八事。 仍請添戍兵助戎械。 毋輕動以致悔。 上覽之曰。 予意以爲然。 命悉依奏施行。 庚子。 公備胡在南營而病。 還至定平卒。 壽六十有四。 葬于龍仁慕賢村。 從先兆也。 公忠義出性。 勇畧過人。 藩胡逆化。 則命公往討。 島夷煽亂。 則命公往禦。 而公威戢惠綏。 袵席我北鄙。 羽翼東征之師。 使社稷再安。 疇非公之力哉。 論者以鳥嶺失守咎公。 然此由朝廷用公不早。 非其智勇有不及也。 當李忠武舜臣失律於造山。 罪將不測。 力請貰罪。 以責來效。 卒有露梁之捷。 其鑑識又如此。 國人之推公爲中興良將。 有以也哉。 前配大興令大春女。 生一女。 後配全州李巨孝女。 生一男。 男崇義進士宗廟令德山縣監贈左承旨。 女宣傳官成文漑。 崇義生四男。 男涌白衣扈從寧國功臣， 沄， 澍， 沜武科宣傳官慶尙左水使。 女洪東， 權偘， 安應聖。 成文漑女參判洪命亨。 涌男震瑞監役不仕， 震豩， 震芳全羅兵使。 女縣監韓公億。 餘不錄。 公之五世孫希逸。 嘗屬不佞爲神道銘。 盖諾而未果。 近者。 其猶子㷆。 請益勤。 不敢辭。 銘曰。

桓桓李公。 萬夫之特。 左右王室。 彈竭忠赤。 羯猘于邊。 騷我北落。 公受梱命。 鉞崩鉅角。 六鎭安堵。 桑麻沙漠。 狂蠻射天。 捲海而作。 屠割生靈。 毒甚蠆螫。 公思捐軀。 衝冒矢石。 一場勝敗。 兵之常績。 千里勤王。 東征西擊。 匹馬單鎗。 所向無敵。 倡起義士。 中外協力。 導迎天兵。 先登破賊。 克復三京。 都巡八域。 扈駕還都。 宣暢聖德。 及其頒勳。 讓封不覓。 北民立祠。 千秋報答。 我爲之銘。 賁彼墓閣。

崇禎紀元後 癸亥 春二月 下澣 輔國崇祿大夫 判敦寧府事 兼工曹判書

竹山後人 安允行 謹撰

순변사(巡邊使) 장양이공(壯襄李公 : 諱 鎰) 신도비명(神道碑銘)

서를 붙임320)

(영의정(領議政) 도곡(陶谷) 이의현(李宜顯), 1744년)

저 옛날 우리 소경대왕(昭敬大王)321)이 좋은 시운(時運)을 타고 훌륭한
정치를 도모하여 준걸스러운 인재들이 등용되어 마침내 중흥(中興)의 업
적을 이룩하였는데, 이때 공과 같이 용맹한 장수로 변경에서 힘을 바치고
위엄을 드날려 적을 무찔러서 그 공적이 더욱 드러났다.『시경(詩經)』에
"나는 분주(奔奏)의 신하가 있었으며 나는 어모(禦侮)의 신하가 있었다고
말한다" 하였으니322) 어찌 진실이 아니겠는가.

북쪽 오랑캐323)는 우리나라의 함경도와 이웃하여 대대로 정성을 바치
고 번호(藩胡 번병의 오랑캐)라고 칭해 왔다. 그러나 오히려 잠시 순종하
다가 다시 반역하곤 하여 변경(邊境)을 여러 번 침략하였다. 계미년(1583)
에 오랑캐 종자인 니탕개(尼湯介)가 은밀히 궁벽한 곳의 야인(野人 : 여진
족을 가리킴)을 유인하여 난리를 일으키고 경원부(慶源府)를 함락하니, 조
정에서는 이를 염려하여 장차 훌륭한 장수를 뽑아 가서 토벌하게 하였다.
용인 이공 일(龍仁李公鎰)이 이때 병사(兵使)에서 해임되어 집에 있었으므
로 특별히 경원부사(慶源府使)를 제수하였다. 공은 밤낮없이 달려가 진무(鎭
撫)하였으며, 적이 또다시 종성(鍾城)을 포위하자, 공이 수진장(守鎭將)이

---

320) 이 비문은 성백효 선생이 국역한 족보의 번역문을 전재하였다.

321) 소경대왕(昭敬大王) : 선조(宣祖)를 가리킨다.

322)『시경(詩經)』에 …… 하였으니 :『시경』대아(大雅) 면편(綿篇)에 보이는 내용
으로 나는 시인(詩人)이 자신을 가리켜 말한 것이다. 분주(奔奏)는 임금의 덕을
백성들에게 말해주고 임금의 훌륭한 명성을 드날려서 천하 사람들이 모두 달려
오게 하는 것으로 문신(文臣)을 이르며, 어모(禦侮)는 국가를 업신여기고 깔보
는 외적을 막는 것으로 무장(武將)을 이르는 바, 문왕(文王)에게 이처럼 훌륭한
신하가 있었음을 찬양한 것이다.

323) 북쪽 오랑캐 : 여진족(女眞族)을 가리킨다.

되어 잘 대비하고 적을 막으니, 오랑캐들은 마침내 포위를 풀고 물러갔다.

다음해에 니탕개의 오랑캐가 2만여 명의 기병(騎兵)을 인솔하고 회령부(會寧府)를 약탈하자, 조정에서는 마침내 공을 회령부사(會寧府使)로 발탁하여 진정(鎭定)하게 하였다. 적들이 길을 가로막고 고령진(高嶺鎭)의 군포(軍布)를 빼앗아 가자, 공은 병력을 인솔하고 곧바로 그들의 소굴로 쳐들어가서 부락(部落)을 모두 불태웠으며 수급(首級)을 베고 사로잡은 것이 매우 많았고 그들이 노략질한 것을 돌려받았다.

또 다음해에는 북도 병사(北道兵使)로 승진하였는데, 공은 북쪽 변방에 어려운 일이 많음을 염려하여 병영(兵營)에 옛 부터 보관되어 오던『제승방략(制勝方略)』을 다시 수정하고 보완하여, 무릇 성지(城池)를 만들어 적을 공제(控制)하며 적을 제압하고 변방을 견고히 하는 계책을 모두 자세히 기재하였다. 인하여 한 본(本)을 임금께 올리고 이것을 여러 장수들에게 시험하여 익히게 할 것을 청하였으며, 겸하여 군무(軍務)와 금령(禁令) 수십 조항을 아뢰니, 성상은 공이 아뢴대로 시행하도록 명하고, 이어서 여러 진보(鎭堡)에 반포하여 보이도록 하였다. 이로부터 변방의 일이 잘 다스려져서 병사와 백성들이 큰 도움을 받게 되었다.

추도(楸島)의 번호(藩胡)가 시전(時錢)의 번호와 함께 침략해 왔다. 공은 경흥부(慶興府)에 도착하여 시전의 번호를 목 베고 사로잡았으며, 우후(虞候) 김우추(金遇秋)로 하여금 추도를 습격하여 적의 소굴을 소탕하고 돌아오게 하였다. 오랑캐들 중에는 무이(撫夷)와 시전(時錢) 등의 부락이 가장 강성하여 제압하기 어려웠는데, 공이 임금께 자세히 아뢰어 토벌하여 섬멸할 것을 청하니, 성상은 칭찬하고 윤허(允許)하였다.

공은 마침내 병력을 크게 징발하여 회령부사 변언수(邊彦琇)와 온성부사(穩城府使) 양대수(楊大樹)를 좌우위장(左右衛將)으로 삼고 고령첨사(高嶺僉使) 유극량(劉克良)과 조방장(助防將) 이천(李薦)을 좌우선봉(左右先鋒)으로 삼아 시전을 함께 포위한 다음, 4개 부락의 천막 3백여 곳을 불태웠으며 4백 여 명의 수급을 베었다. 이에 성상은 병조정랑(兵曹正郎) 이대해(李大海)를 보내어 공로를 치하하고 군사들에게 연향을 베풀었으며, 공의 한 아들에게 벼슬을 내리도록 명하였다. 이 싸움에서 공이 낯빛 한번 변하지 않고 일거(一擧)에 적을 모두 섬멸하니, 오랑캐들은 모두 두려워하고 복종하여 감히 함부로 출동하지 못해서 북쪽 변경이 무사하였다. 호사가(好事家)들이 공이 오랑캐와 싸워 섬멸하는 광경을 그림으로 그려서 지금까지 전해오고 있다. 공은 용감하고 계략이 뛰어나 오랫동안 무신(武臣)의 우두머리가 되었는데, 이때 위엄과 명성이 더욱 크게 떨쳐졌으며, 국가에서는 공을 장성(長城)처럼 굳게 의지하고 믿었다.

임진년 왜구(倭寇)가 처음 분쟁을 일으키자, 성상은 여러 신하들에게 명하여 적을 막을 만한 장재(將才)를 추천하게 하였는데, 여러 신하들은 모두 공을 으뜸으로 여겼다. 그리하여 장차 공에게 영남(嶺南)의 병사(兵使)를 제수하려 하였으나 명장(名將)이 서울을 떠나서는 안된다 하여 마침내 중시뇌었다. 얼마 후 왜적(倭賊)이 국경을 침범하자, 조정에서는 공을 순변사(巡邊使)로 임명하였다. 공은 수백 명의 오합지졸(烏合之卒)로 수많은 왜적들을 상대하여 싸울 수가 없으므로 마침내 후퇴함을 면치 못하였으며, 신립(申砬)이 충주(忠州)에서 전투할 때에 공이 선봉이 되어 단월역(丹月驛)에 주둔하였는데, 신립이 패전하여 군사들이 물에 빠져 죽었으나 공은 천행으로 벗어나 서울로 달려왔다. 이때 성상은 이미 서쪽으로 파천(播遷)한 뒤였으므로 유도대신(留都大臣)은 공으로 하여금 큰 강가에서 군대를 감독하게 하였다. 공은 도중에 왜적을 만나 30여 명의 수급을 베니, 성상은 선전관(宣傳官)을 보내어 공로를 치하하고 어마(御馬)를 하사하였다.

공은 임진(臨津)나루에 이르러 또다시 패하자, 형편상 어쩔 수 없음을 알고는 수하(手下)의 병사를 인솔하고 근왕(勤王)하기로 결심하였다. 이때 성상이 평양(平壤)에 주둔하고 있었으나 왜적들이 장차 압박해오려 하였으므로 사람들이 위태롭게 여기고 두려워하였는데, 공이 왔다는 말을 듣고는 모두들 기뻐하고 반가워하였다. 대신(大臣)은 공에게 강나루를 지켜 적을 막게 하였다. 왜적이 쳐들어오자, 공이 무사(武士)들을 지휘하여 대황(大黃)으로 쏘아 6, 7명의 적을 사살(射殺)하니 적은 그제 서야 후퇴하였다.

성상이 의주(義州)로 향하자 평양이 마침내 함락되어 길이 막혔다. 공은 황해도로 돌아와 장차 병사들을 모집해서 행재소(行在所)[324]로 달려가려 하였다. 이때 조정의 명령이 통하지 않자 백성들 중에는 왜적에게 투항하는 자가 많았으며 수령들은 모두 꿩이나 토끼처럼 도망하였다. 공이 글을 지어 사람들에게 고유(告諭)하자 도망한 자들이 다시 돌아와 인심이 차츰 진정되었다. 행조(行朝)에서는 공을 동변방어사(東邊防禦使)로 임명하여 평양 이북을 차단하게 하였다. 공이 적의 수급을 많이 바치니 명나라 황제는 이를 가상히 여겨 공에게 백금(白金, 銀을 가리킴) 20냥을 하사하고 장병들에게도 각기 차등을 두어 상을 내렸다.

얼마 후 명나라 제독(提督)인 이여송(李如松)이 4만의 병력을 인솔하고 우리나라를 구원하러 왔다. 공은 이때 함경도 병사로 있으면서 임원평(林原坪)에 나가 주둔하여 서로 성세(聲勢)를 도우니 왜적이 감히 출동하지 못하였다. 이제독이 이 지역에 주둔해 있던 왜적(倭賊)을 진격하자, 공은 선봉(先鋒)으로 앞장서서 적을 돌격하여 대파하니 왜적은 밤에 도망하였다. 왜적이 북도(北道 함경도)로 들어가자 반란한 백성들이 왜적에게 붙어 두 왕자(王子)와 수행하는 신하들을 포박하여 바쳤는데[325], 공이 북도순변사(北道巡邊使)가 되니 북쪽 변방이 비로소 편안해졌다. 왜적이 바다를 점거하여 굳게 지키면서 물러갈 뜻이 없으므로 조정에서는 공을 충청·

---

324) 행재소(行在所) : 임금이 멀리 거동하여 임시로 머물러 있는 곳을 이른다.

325) 반란한 …바쳤는데 : 선조 25년(1592) 왜장(倭將) 가등청정(加藤淸正)의 군대가 회령(會寧)으로 육박해 오자, 이곳의 아전으로 있던 국경인(鞠景仁)이 반란을 일으키고 이곳에 피난해 있던 두 왕자인 임해군(臨海君) 진(珒)과 순화군(順和君) 보(보 王+土)와 이들을 수행하는 신하들을 포박하여 왜적에게 바친 사건을 이른다.

전라·경상 삼도(三道)의 순변사(巡邊使)로 삼아 순천(順天)에 주둔해서 왜적을 막게 하였다. 공은 다시 북병사(北兵使)가 되고 돌아와 무용대장 (武勇大將)이 되어 서울에 부서(府署)를 개설하였다.

번호가 이 기회를 틈타 발호(跋扈)하자 이곳을 지키는 신하가 군대를 일으켜 토벌할 것을 청하니, 성상은 공에게 유시(諭示)하기를 "경(卿)은 백전노장(百戰老將)이다. 북쪽의 변방에 익숙하니 오늘의 사태는 장차 어떻게 계책을 세워야 하겠는가?"하였다. 공은 조목조목 대답하고 또 기회를 보아 출동해서 후회스러운 일을 남기지 말 것을 청하니, 성상은 감탄하기를 "이는 참으로 병가(兵家)의 승산(勝算)에 맞는다." 하시고는 이 내용을 가지고 급히 달려가서 이곳을 지키는 신하에게 유시하도록 명하였다.

공이 북쪽 변방에 오래 있었으므로 북쪽 변방에 일이 있게 되면 성상이 언제나 반드시 공에게 묻곤 하였으며, 오랑캐들도 공의 명성을 익숙히 듣고 있어 수십 년 동안 끝내 감히 함부로 날뛰지 못하였는데 옛날 흉노(匈奴)들이 한(漢)나라의 비장군(飛將軍)[326]을 두려워한 것과 같았다.

남쪽 오랑캐[327]의 경보(警報)에 있어서는 조정에서 공을 일찍 등용하지 않고 사태가 위급해진 뒤에야 비로소 등용하였으며, 또 중과부적(衆寡不敵)이라서 자유롭게 행동하지 못하여 실패하였으니 이는 사세(事勢)에 당연한 것이다. 공에게 무슨 상관이 있겠는가. 그러나 공은 국가가 패망하고 전복한 뒤를 당하여 말년에 분발해서 우익(羽翼)하는 공을 충분히 이루었다. 그리하여 명나라 조정에서는 상을 내리는 은전(恩典)을 베풀었고 오랑캐들은 미쳐 날뛰던 기세가 꺾였으니, 기린각(麒麟閣)에 그림을 그리고 기상(旂常)에 이름을 기록한 자[328]에 비하여 또한 어찌 많이 뒤지겠는가.

---

326) 한(漢)나라의 비장군(飛將軍) : 한 무제(漢武帝) 때 북평 태수(北平太守)였던 이광(李廣)을 가리킨다. 그는 용맹과 지혜를 겸비하였으며, 팔이 길고 활을 잘 쏘았으므로 흉노(匈奴)들이 몹시 두려워하여 비장군(飛將軍)이라고도 불렀는데, 곧 날아 다니는 장수란 뜻이다.

327) 남쪽 오랑캐 : 왜구(倭寇)를 가리킨다.

공은 사람을 알아보는 식견이 크게 뛰어났다. 시전(時錢)의 싸움에 조산만호(造山萬戶) 이순신(李舜臣)이 군율(軍律)을 범하여 장차 중한 죄를 입게 되었다. 공은 이순신이 충성스럽고 용맹하여 쓸 만한 인물임을 알고는 우선 용서하여 백의종군(白衣從軍)하게 할 것을 청하였는데, 마침내 명장(名將)이 되었다.

그리고 임진왜란에 광해군(光海君)이 세자(世子)로 이천(伊川)에 분조(分朝)하고 있었는데, 공은 왜적이 습격해 올 것을 염려하여 급히 강을 건너 전진할 것을 청하니, 사람들은 모두 공을 비겁하다고 꾸짖었다. 그런데 겨우 이천을 떠나자마자 왜적이 크게 몰려오니, 이에 사람들은 모두 공의 선견지명(先見之明)에 놀라고 탄복하였다. 당시 유명한 공경(公卿)들은 모두 공을 신임하고 중시하여 큰 일이 있을 적마다 번번이 공을 불러 상의하였으며, 우계(牛溪) 성혼(成渾)선생은 일찍이 오음(梧陰) 윤공 두수(尹公斗壽)에게 편지를 보내어 변방의 기무(機務)를 공에게 자문(諮問)하여 결정할 것을 요청하였으니, 대현(大賢)의 한 마디 말씀의 소중함은 길이 남아 영원히 없어지지 않을 만하다.

공은 만력(萬曆) 무오년(1618년)에 무과에 급제하여 선전관(宣傳官)이 되었고 함종(咸從), 벽동(碧潼), 단천(端川), 경흥(慶興), 온성(穩城), 경원(慶源), 회령(會寧)의 일곱 고을을 차례로 맡았으며, 상토(上土)와 부산(釜山)의 두 첨사(僉使), 전라도의 좌수사(左水使)와 병사(兵使), 평안도의 병사, 함경남북도에 모두 두 번 병사가 되었으며, 여러 번 승진하여 자헌대부(資憲大夫)에 이르렀다. 내직(內職)으로는 한성부 판윤(漢城府判尹)과 지중추

---

328) 기린각(麒麟閣)에 …… 기록한 자 : 기린각은 전한(前漢)의 선제(宣帝)가 중흥 공신(中興功臣) 11명의 화상(畫像)을 그려 모신 누각으로 후대에는 모든 공신 각(功臣閣)을 일컫는 말로 쓰이며, 기(旂)와 상(常)은 모두 깃발로 기는 용 두 마리를 그린 깃발이고 상은 해와 달을 그린 깃발인 바, 옛날 훌륭한 공을 세운 자는 화상을 그려 공신각에 모시고 기상에 이름을 기록하여 보관하였으므로 말한 것이다.

부사 겸 지훈련(知中樞府事兼知訓鍊), 도총관(都摠管), 포도대장(捕盜大將), 군기시 제조(軍器寺提調) 등을 역임하였다.

신축년(1601년) 남병영(南兵營)에 부임해 있다가 병환이 들어 사직하고 돌아올 적에 정평(定平)에 이르러 정월 그믐날 별세하니, 향년이 64세였다. 의정부 좌참찬(議政府左參贊)을 추증하고 용인(龍仁)의 모현촌(慕賢村)에 있는 선영(先塋)의 아래에 장례하였다. 경종조(景宗朝)에 장양(壯襄)이라는 시호를 내리니 이는 여러 번 정벌하여 적을 죽이고 갑주(甲冑)로 공로를 세움이 있다는 두 시법(諡法)을 따른 것이었다.

공은 자가 중경(重卿)이니 고려(高麗) 태사(太師) 길권(吉卷)의 후손이다. 조선조에 유후(留後)를 지낸 휘 사위(士渭)와 관찰사를 지낸 휘 백지(伯持)는 부자(父子)가 연달아 문과에 올라 국초(國初)의 명신(名臣)이 되었으며, 관찰사공 이후로 3세를 전하여 승효(承孝)는 승사랑(承仕郎)으로 참의(參議)에 추증되고, 참의의 아들 환(環)은 부사직(副司直)으로 참판에 추증되었다. 참판의 아들 민덕(敏德)은 병마우후(兵馬虞候)로 좌찬성에 추증되고, 그의 배위(配位) 연안이씨(延安李氏)는 생원 계수(繼壽)의 따님이니, 이 두 분은 공의 고비(考妣)가 되신다.

공의 전취부인(前娶夫人)은 종실(宗室)인 대흥령(大興令) 대춘(大春)의 따님인데, 1녀를 낳아 선전관(宣傳官) 성문개(成文漑)에게 출가하였다. 후취부인(後娶夫人)은 전주(全州) 이거효(李巨孝)의 따님인데, 1남 숭의(崇義)를 낳아 벼슬이 진사 종묘서령(宗廟署令)과 덕산현감을 지냈고 좌승지 증직을 받았다. 호는 망은(忘隱)이고 초서와 예서에 능하고 서법(書法)을 간행하였다. 성씨(成氏) 사위는 계자(繼子) 익(杙)이 있는데 벼슬이 별제(別提)이고, 딸은 승지 홍명형(洪命亨)에게 출가하였다. 숭의는 4남 3녀를 낳았는다.

아들 용(涌)은 의금부 도사이고, 운(沄)과 주(澍)는 모두 벼슬하지 않았으며, 견(汧)은 경상좌수사(慶尙左水使)이고, 딸은 선비인 홍간(洪東)·권한(權價)·안응성(安應聖)에게 출가하였다. 감역(監役) 진서(震瑞)와 진혐(震驞), 동지 진방(震芳)은 용(涌)의 아들이고, 진태(震台)·진주(震柱)·진복(震馥)은 운(沄)의 아들이며, 생원 진시(震蓍)와 진재(震梓)는 주(澍)의 아들이고, 참군(參軍) 진웅(震雄)과 진화(震華)·진행(震行)은 견(汧)의 아들이다. 먼 후손과 서파(庶派)와 외손(外孫)들은 다 기록하지 않는다.

진방(震芳)의 아들 규(葵)가 일찍이 나를 찾아와 말하기를 "우리 선조의 사업을 기록한 글이 있어야 할 터인데 아직도 이루지 못하였으니, 글을 지어 묘도(墓道)를 빛내 주지 않으시겠습니까?" 하였다. 나는 옷깃을 여미고 대답하기를 "불초는 바로 공의 종인(宗人 집안사람)이니, 그대의 말이 없더라도 내 진실로 장차 급급히 표장(表章)하여야 할 터인데, 감히 사양하겠는가." 하고는 마침내 그가 지은 가장(家狀)을 가지고 가감하여 위와 같이 쓰는 바이다.

옛날 한문공(韓文公)은 허국공(許國公)의 비문(碑文)[329]을 지을 적에 동종(同宗)이라 하여 사적(事蹟)을 특별히 자세히 서술하였는데, 이제 나도 공의 전후의 전공(戰功)을 모두 쓰고 함께 기재하고 내외운을 그대로 상세히 기록하고 기록을 남겨 번거로움을 피하지 않은 것은, 이 또한 한문공의 뜻이다. 다음과 같이 명(銘)한다.

내 일찍이 국조(國朝)의 고사(故事)를 두루 보고 또한 일찍이 장양공(壯襄公)의 사적을 살펴보니, 공은 북쪽 변방에 있을 적에 위엄을 떨치고 무예를 드날려서 강성한 오랑캐 부락을 다 소탕하려 하였다. 그리하여 오랑캐들로 하여금 두려워하고 복종해서 감히 기를 펴지 못하게 하여 변경이 무사하고 병란이 영원히 끊기게 되었으니, 그 공이 거룩하고 드높아서 옛

---

329) 한문공(韓文公)은 …… 비문(碑文) : 한문공은 당나라의 대학자이며 문장가인 한유(韓愈)로 문공은 그의 시호이며 허국공(許國公)은 허국공에 봉해진 한홍(韓弘)을 가리킨다. 한홍은 헌종(憲宗) 때 발호하는 절도사(節度使)들을 토벌하는 데 큰 공을 세우고 사도 겸 시중(司徒兼侍中)에 오른 인물로 이에 대한 신도비문(神道碑文)이 ≪한창려문집(韓昌黎文集)≫7권에 수록되어 있다.

날 명장(名將)인 염파(廉頗)와 이목(李牧)330)과 명성을 다툴 수 있었다.

그러다가 섬오랑캐가 쳐들어오자 한 번 출전해서는 상주(尙州)의 궤멸(潰滅)이 있었고 두 번 출동해서는 단월(丹月)의 패전(敗戰)이 있었다. 이로 인하여 사람들은 공이 용맹은 부족하지 않았으나 혹 책략(策略)이 부족하지 않았는가 의심하는데 이는 절대로 그렇지 않다. 용병(用兵)하는 방법은 첫 번째는 기세요, 두 번째는 지형이니 이것을 잃으면 반드시 패한다. 공이 출전하여 전공을 세우지 못했던 것은 혹은 주장(主將)의 실책(失策)에 연유하였고, 혹은 중과부적(衆寡不敵)에 연유하였으니, 이는 참으로 공의 죄가 아니다. 이것을 가지고 공에게 책임을 전가한다면 또한 지혜가 밝지 못한 자임을 알 수 있다.

아! 공과 같은 분은 참으로 한 대의 영걸이요, 백부(百夫)의 특별한 자331)라고 이를 만하다. 나는 이제 명문(銘文)을 지어 비석에 새기니, 뒤에 반드시 나의 글을 읽고 감개하여 크게 탄식하는 자가 있을 것이다.

숭정기원후 二甲(1744년) 元 月 日 대광숭록대부 의정부 영의정
동족후인 의현 근찬 도곡

行資憲大夫 忠全慶三道巡邊使 武勇大將 漢城判尹 都摠府 都摠管 知訓鍊院事 贈正憲大夫 議政府左參贊 刑曹判書 贈諡壯襄李公 神道碑銘 并序

昔我昭敬大王撫運圖治。才雋登庸。迄成中興之烈。乃若熊羆之士。效力邊疆。揚威敵愾。其功績尤彰。詩云予曰有奔奏。予曰有禦侮。豈

---

330) 염파(廉頗)와 이목(李牧) : 모두 전국시대(戰國時代) 조(趙)나라의 명장이다.

331) 백부(百夫)의 특별한 자 : 백부는 백 명의 사나이로, 수많은 사람 중에 특별히 뛰어난 자를 일컫는 바, ≪시경(詩經)≫ 진풍(秦風) 황조(黃鳥)에 보인다.

不信哉。北虜在我國。隣於咸鏡一路。世納欵。稱爲藩胡。然猶乍順乍逆。侵擾多端。歲癸未。其種尼湯介潛誘深處野人作亂。攻陷慶源府。朝廷患之。將選將往討。龍仁李公鎰方解闕任家居。特拜慶源府使。星夜馳赴。賊又圍鍾城。公以守鎭將。備禦中機。虜遂解去。明年。尼胡率二萬餘騎。掠會寧府。乃擢公爲本府使以鎭之。賊邀奪高嶺鎭軍布。公引軍直擣巢穴。盡焚其部落。斬獲首級甚多。還其所掠。又明年。陞北道兵使。公慮北方事多齟齬。取營中舊藏制勝方略。商度增補。凡城池控阨制敵固圉之策。無不備載。仍以一本奏御。請以此試講諸將。仍陳軍務禁令累數十條。上命依奏施行。仍令頒示諸鎭堡。自此邊事得理。兵民大賴。楸島藩胡。與時錢藩胡來侵。公到慶興。捕斬時錢藩胡。使虞候金遇秋襲楸島。蕩其巢窟而還。撫夷，時錢等部落。最強難制。公具啓請討滅之。上褒諭允許。公乃大發兵。使會寧府使邊彦琇，穩城府使楊大樹爲左右衛將。高嶺僉使劉克良，助防將李薦爲左右先鋒。合圍時錢。燒其四部穹廬三百餘所。斬首四百餘級。上遣兵曹正郎李大海。宣勞犒師。命官公一子。是役也。公不動聲色。一擧盡殲。虜皆讋伏不敢肆。而北邊仍以無事。好事者爲圖畵其戰勤狀。至今傳焉。公勇敢饒籌略。久爲武宗。及是威聲尤大振。國家倚恃　若長城矣。壬辰倭釁初啓。命諸臣薦禦敵才。咸以公爲首。將畀嶺閫。有謂名將不當離京師。遂止。已而倭犯境。廟堂以公爲巡邊使。公以數百烏合之卒。當大萬焱驅之賊。勢有不敵。遂不免左次。申砬之戰忠州。公爲前鋒。屯丹月驛。砬兵敗赴水。而公天幸得脫赴京城。上已西狩。留都大臣。使公檢督大灘兵。路遇賊。斬三十餘級。上遣宣傳官。獎諭賜御馬。及臨津兵又衂。公知不可爲。領手下兵勤王。上駐駕平壤。而賊勢將迫。人心危懼。聞公至。無不喜悅。大臣令公把守江津以遏賊。賊至。公麾武士。以大黃射殪賊六七。賊乃退。上前向義州。而平壤遂陷路塞。還至海西。將募聚人衆赴行在。是時朝命不通。民多投賊。守令皆雉兎逃。公爲文告諭。逃者還集。人心稍定。行朝以公爲東邊防禦使。把截平壤以北。多獻首馘。天子嘉之。賜公白金二十兩。將士有差。已而天朝提督李如松領四萬兵來援。公時爲平安兵使。出陣林原坪。聲勢相倚。賊不敢出。提督進攻留屯之賊。公以前鋒。奮身衝突。大破賊。賊宵遁。賊入北道。叛民附賊。縛納兩王子諸從臣。公爲北道巡邊使。而北虜遂妥帖。賊據海爲固。無意捲退。以公兼忠全慶三道巡邊使。鎭順天。使之遮遏。復爲北兵使。還爲武勇大將。開府京師。藩胡乘機跳梁。守臣請興師致討。上諭公曰。卿宿將也。老於北邊。今日之事。計將安出。公條對。且請相機而動。毋貽後悔。上歎曰。此眞得兵家勝筭。命以此馳諭守臣。盖公久於北。凡有北事。上必以詢公。虜亦熟聞公名。數十年間。終不敢肆意大逞。如昔匈奴之畏漢飛將也。至於南夷之警。用公不早。臨急始使。又以寡弱牽掣而敗。此其事勢固然。於公何有。然當喪敗顚頓之餘。克收桑楡奮翼之功。天朝侈賞賚之典。寇賊摧狂桀之氣。其視圖形麟　閣策名旂常者。亦何必多讓。公鑑識絶人。時錢之役。造山萬戶李舜臣。以失律將被重辜。公知其忠勇可用。請姑貰以白衣從軍。後遂爲名將亂日。光海以世子。分朝伊川。公慮賊來襲。請急渡江前進。衆誚公爲怯。才離而賊大入。於是人皆驚服。當時名公卿皆信重大事。輒召公議。成牛溪先生嘗抵書梧陰尹公。要以邊機諮公以決。大賢一言之重。足以永世不朽矣。公萬曆戊午。中武擧。爲宣傳官。歷守咸從，碧潼，端川，慶興，穩城，慶源，會寧七邑。爲上土，釜山二僉使，全羅道左水使，兵使，平安道兵使。咸鏡南北道俱再爲　兵使。屢進秩至資憲大夫。內歷漢城府判尹，知中樞府事。兼知訓鍊都捴管，捕盜大將，軍器提調。辛丑。在南兵營感疾辭遞。歸到定平。卒於正月晦日。享年六十四。贈議政府左參贊。葬于龍仁慕賢村先兆。景宗朝。賜諡莊襄。用屢征殺伐甲冑有勞二法也。公字重卿。高麗太師吉卷後。本朝留後諱士渭觀察使。諱伯持。仍父子登文科。爲國初名臣。觀察公後三世。曰承孝。承仕郎。贈參議。參議子環。副司直。贈參判。參判子敏德。兵馬虞候。贈左贊成。其配延安李氏。生員繼壽女。是爲公之考妣。公前夫人。宗室大興令大春女。生一女。適宣傳官成文漑。後夫人。全州李巨孝女。生一男崇義。進士 宗廟令。德山縣監 贈左承旨 號忘隱 善草隷 有別板 成壻有繼子杙別提。女適承旨洪命亨。崇義生四男三女。男涌義禁都事。沄，澍俱不仕。汧慶尚左水使。女適士人洪柬，權僴，安應聖。曰監役震瑞，震龢。同知震芳，涌之出。震台，震柱，震馥，沄之出。生員震著，震梓，澍之出。參軍震雄，震華，震行，汧之出。後孫之遠者及庶派外裔不盡錄。震芳之子葵間嘗謁余曰。吾祖事業。宜有紀載而尙未也。盍爲文以賁墓道。余斂容曰。不佞卽公之宗人也。微子言。固將表章之不暇。其敢辭旃。遂取其所爲狀。隱括而爲之叙。昔韓文公撰許國公碑。以其同宗也。叙事特詳。今余於公前後戰功。悉書具載。內外雲仍詳記備錄 不避煩絮者。盖亦韓公之意也。其銘曰。

盖余流覽國朝故實。亦嘗屢考壯襄公事蹟。公在北。欲奮威揚武。盡蕩强胡部落。使醜類讋服。不敢出氣。邊境得以無事。而兵塵永熄。此其功奇偉卓絶。足以馳聲頗牧。及至島夷之逞。一出而有尙州之潰。再出而有丹月之衂。因此人或疑公勇猛非不足。而獨少歉乎策略。此未必然。用兵之道。一則勢。一則地。失此必敗績。公之兩出無功。或由主將失策。或因衆寡不敵。斯固非公之罪。以此咎公。亦見其惑矣。噫。如公者眞可謂一時之雄傑。百夫之禦特。我追作銘。樹之貞石。後必有讀余之文。感慨而太息者矣。

崇禎紀元後 二甲 元 月 日 大匡輔國崇祿大夫 議政府 領議政 同族後人 宜顯 謹撰 陶谷

국역 장양공 전서(國譯 壯襄公全書) 3권

박상진(국사편찬위원회 사료조사위원)

장양공전서 권지삼 목록(壯襄公全書卷之三 目錄)

증시(贈諡) 경종조 壬寅(경종 2년, 1722)[1]
사간원(司諫院) 완의(完議)[2]

증좌참찬(贈左參贊) 이일(李鎰) 시호(諡號) 장양공(壯襄公)

　'여러 번 원정에서 적을 죽인 공적(屢征殺伐)'을 장(壯)이라 하고, 갑
주(甲冑)를 입고 수고한 것(甲冑有勞)'를 양(襄)이라 한다.

강희 61년 8월 일(康熙 六十一年(1722) 八月 日)
대사간(大司諫), 사간(司諫), 헌납(獻納), 정언(正言), 정언(正言)

---

1) 원문의 경종조(景宗朝) 을축년(乙丑年 1685, 숙종 11년)은 착오인 것 같고, 후손
　이 보관하고 있는 敎旨에 康熙61년(壬寅, 景宗2년, 1722) 7월 30일에 시호(諡號)
　를 받은 것으로 되어 있으므로 금번 국역에서 바로 잡는 바이다.
2) 완의(完議) : 충분히 의논하여 참석자 전원이 합의한 내용.

사헌부(司憲府) 완의(完議)

증좌참찬(贈左參贊) 이일(李鎰) 시호(諡號) 장양공(壯襄公)

   '여러 번 원정에서 적을 죽인 공적(屢征殺伐)'을 장(壯)이라 하고 '갑
주(甲冑)를 입고 수고한 것(甲冑有勞)'를 양(襄)이라 한다.

강희 61년 8월 일(康熙六十一年 八月 日) 나옴
대사헌(大司憲), 집의(執義), 장령(掌令), 장령(掌令), 지평(持平), 지평(持平)

贈諡。　景宗朝 壬寅

司諫院完議

贈左參贊。　李鎰。　諡號壯襄公。　屢征殺伐曰壯。　甲冑有勞曰襄

康熙六十一年八月 日

大司諫, 司諫, 獻納, 正言, 正言

司憲府完議

贈左參贊。　李鎰。　諡號壯襄公。　屢征殺伐曰壯。　甲冑有勞曰襄

康熙六十一年八月 日出

大司憲, 執義, 掌令, 掌令, 持平, 持平

연시례(延諡禮)3) 축문(祝文)

유세차(維歲次) 신축(辛丑) 삼월 기묘삭(己卯朔) 5일 을미(乙未)에 효현손(孝玄孫) 위(蔿)는 감히 현 고조부(高祖考) 증정헌대부(贈正憲大夫) 의정부 좌참찬(議政府左參贊) 겸 지의금부사(兼知義禁府事) 행자헌대부(行資憲大夫) 충청전라경상삼도도순변사(忠淸全羅慶尙三道都巡邊使) 무용대장(武勇大將) 한성부 판윤(漢城府判尹), 오위도총부 도총관(五衛都摠府都摠管), 군기시 제조(軍器寺提調), 지훈련원사부군(知訓鍊院事府君)께 밝게 고하나이다.

성상(聖上)의 비답(批答)을 지승(祗承)4)하건대 부군(府君)에게 장양공(壯襄公)의 시호(諡號)를 내린 것입니다. 삼가 명하신 글(命書)5)을 살펴보니, "여러번 원정에서 적을 죽인 공적(屢征殺伐)'을 장(壯)이라 하고, '갑주(甲胄)를 입고 수고한 것(甲胄有勞)'를 양(襄)이라 한다"는 글입니다.

성은(聖恩)을 입어 오늘에야 포상(褒賞)의 은전(恩典)이 미처 예관(禮官)이 성상(聖上)의 명을 받들어 베푸니 영총(榮寵)6)이 끝이 없어 기쁨과 슬픔이 교체하옵니다.

(이에) 삼가 주과(酒果)로서 경건히 고하옵니다.

延諡祝

維歲次辛丑三月己卯朔初五日癸未。孝玄孫蔿。敢昭告于。顯高祖考。贈正憲大夫議政府左參贊, 兼知義禁府事, 行資憲大夫, 忠淸全羅慶尙三道都巡邊使, 武勇大將, 漢城府判尹, 五衛都摠府都摠管, 軍器寺提調, 知

---

3) 연시례(延諡禮) : 시호(諡號)를 받들고 나온 선시관(宣諡官)을 그 본가(本家)에서 시호를 받는 이의 신주(神主)를 모시고 나와 의식(儀式)을 행하고 맞아들이는 일.

4) 지승(祗承) : 공경히 받들어 계승한다는 의미.

5) 명서(命書) : 조서(詔書)나 조령(詔令)을 가리킨다.

6) 영총(榮寵) : 임금의 특별한 사랑.

訓鍊院事府君。祗承聖批。贈府君諡壯襄公。謹按命書。有屢征殺伐爲壯。甲冑有勞爲襄之文。獲被恩慶荷。此褒典逮至今日。禮官奉旨臨宣。榮寵無涯。喜感交至。謹以酒果用伸。虔告謹告。

연시운(延諡韻)

1. 임진년(선조 25년, 1592)의 국보(國步)[7]가 어려웠던 일을 어찌 차마 말하랴? 공이 능히 장량(搶攘)[8]간에 힘을 보여주었네.

충성을 다해 여러 번 힘써서 홀로 군사를 출동하였네.

용맹을 떨치니 성총(聖寵)이 남달라 유서(諭書)를 내리셨네.

북쪽 변경에서 그 해에 적을 모두 섬멸(殲滅)하셨고, 의주[西灣]에서 하루 저녁에 어가(御駕)를 호종(扈從)하여 돌아왔네.

맑은 조정[淸朝]에서 과거의 공로(功勞)에 보답코자 시호(諡號)를 내렸네[節惠],[9] 그림 속 영걸(英傑)스런 풍모[英風][10] 황홀(恍惚)하게 다시 보았네.

이조참의(吏曹參議) 외후손(外後孫) 반남(潘南) 박필기(朴弼琦)

배고(拜稿)

---

7) 국보가 … 어려웠던 일 : 임진왜란(壬辰倭亂)을 말함.

8) 창량(搶攘) : 몹시 혼란하고 수선스러움.

9) 절혜(節惠) : 시호(諡號)를 내려 주는 일.

10) 영풍(英風) : 영웅스러운 모습이나 자세

延諡韻

忍說龍蛇國步艱。　公能效力搶攘間。
輸忠幾勵單師出。　倡勇偏荷寵諡頒。

北塞當年殲賊盡。　西灣一夕護鑾還。
淸朝節惠知酬舊。　畫裏英風怳再攀

吏曹參議 外後孫 潘南 朴弼琦 拜稿

2. 젊어서 붓을 던졌을 때 시절이 어려웠으니,
한마(汗馬)[11] 공명(功名)[12]이 시석간(矢石間)에 있었구나.

한폭 남은 진짜 유상(遺像)이 엄숙(嚴肅)한데,
궁중(宮中)에서 시호(諡號) 내려오니 성은(聖恩)이 내림일세.

영웅(英雄)이란 반드시 성패(成敗)를 논할 수 없지만,
충절(忠節)이 더욱 빛남은 호종(扈從)하여 돌아왔기 때문이라.

또다시 북관(北關)[13]에 가서 옛 자취를 찾으니,
오랑캐를 섬멸(殲滅)하고, 무공을 세우신 일 아득하여 의지할 수 없네.

오랑캐를 정벌하여 어려움을 막은 공로 있으니,
긴 세월이 분진(汾晉)의 수운(水雲) 사이일세.[14]

---

11) 한마(汗馬) : 전투장에서 말을 타고 힘겹게 왔다 갔다 함.

12) 공명(功名) : 공을 세워서 자기의 이름을 널리 드러냄. 또는 그 이름.

13) 북관(北關) : <지명> '함경도'의 다른 이름.

선조(先朝)[15])께서 공을 의지함이 장성(長城)같이 굳건하였고,
후손들이 아름다운 시호 내림을 추영(趨迎)[16])하였네.

수령[邑宰]이 자리에서 노래로 보답해 올리니,
촌민(村民)들 눈 씻고 바라보며 취하여 돌아가는 것도 잊네.

동향(桐鄕)[17]) 고택(古宅)에 회나무 그늘이 찬데,
행인(行人)들 말을 세우고 예를 올리려 하네.

천시(天時)[18])가 어찌 없어 큰 어려움 만났나?
7년간 전쟁으로 어수선하였다네.

어가(御駕)를 모시고 도성을 떠나는 날 낭서(囊書)[19])가 급하기만 한데,

---

14) 분진(汾晉)의 … 일세. : 분진(汾晉)은 한(漢) 무제(武帝)가 일찍이 배를 타고 나
    타났던 분수(汾水)의 유역(流域)을 가리키는데, 두보(杜甫)의 팔애(八哀) 시 가
    운데 태원윤(太原尹 : 태원은 곧 분진의 지역임)으로 재직시(在職時)에 죽은 왕
    사례(王思禮)를 슬퍼한 시에 "천추만세토록 분진의 사이에 일이 운수와 함께 희
    리로다[千秋汾晉間 事與雲水白]" 한 데서 온 말임. 『杜少陵詩集 卷3』

15) 선조(先朝) : 전대 조정. 여기서는 선조(宣祖) 임금을 가리킴.

16) 추영(趨迎) : 빨리 뛰어나가 맞아들임.

17) 동향(桐鄕) : 수령으로서 혜정(惠政)을 베푼 고을을 가리킨다. 한(漢) 나라 주읍
    (朱邑)이 동향의 관리가 되어 은혜를 베풀었는데, 병들어 죽을 때에 아들에게 유
    언하기를, "내가 옛날에 동향 관리가 되었을 적에 그 백성들이 나를 사랑하였다.
    그러니 반드시 나를 동향에다가 장사 지내라." 하였다. 주읍이 죽자 그 아들이
    동향에다가 장사 지냈는데, 동향의 백성들이 과연 사당을 세워서 세시(歲時)로
    제사를 지냈다. 『漢書 卷89 循吏傳 朱邑』

18) 천시(天時) : 하늘의 도움이 있는 시기.

19) 낭서(囊書) : 낭서는 봉사(封事) 즉 상서(上書)를 가리킨다. 옛날에 신하가 임금
    에게 장주를 올릴 때 비밀에 관계되는 일인 경우에는 장주를 이 검은 주머니에
    넣어 봉함했던 데서 온 말이다.

274 장양공 이일(壯襄公 李鎰)장군 연구

부월(斧鉞)[20]을 받고 대장에 오르니[登壇], 은총(恩寵)[21]이 밝게 내리네.

잘못된 계책으로 탄오(吞吳)[22]의 유한(遺恨)[23]이 있네.
성심을 다해 막아서 지키니 부기(負羈)[24]가 돌아 온듯 하였네.

구성(駒城)의 옛 집에 시호(諡號) 내리니,
줄 지어 선 운손(雲孫)[25]이 두 손 모아 받아들였네.

진산(晉山) 유수(柳綏) 근고(謹稿)

---

20) 부월(斧鉞) : 출정하는 대장에게 통솔권의 상징으로 임금이 손수 주던 작은 도끼
와 큰 도끼. 정벌, 군기, 형륙(形戮)을 뜻한다.

21) 은총(恩寵) : 높은 사람에게서 받는 특별한 은혜와 사랑.

22) 탄오(吞吳) : 두보의 시 팔진도(八陣圖) 마지막 구에 "유한실탄오(遺恨失吞吳)"
라는 말이 있다. 소양직(蘇養直)에 따르면 두보가 꿈속에 나타나 "세상 사람들
이 이 구절을 '유비와 제갈량이 오나라를 멸망시키지 못한 것을 한으로 여긴다'
는 것으로 오해하는데, 나의 본뜻은 '오나라와 촉나라는 이와 입술과 같은 관계
이므로 서로 멸망시켜서는 안 된다. 진(晉)나라가 촉나라를 이길 수 있었던 것은
촉나라가 오나라를 멸망시키려 하였기 때문이니, 이를 한스러워한다."라고 하
였다 한다. 『補注杜詩 卷31』

23) 유한(遺恨) : 살아서 뜻을 이루지 못하고 남긴 한

24) 부기(負羈) : 희부기(僖負羈)를 지칭함. 춘추 전국 시대 조(曹)나라의 어진 대부
로서 인군에게 정치에 대해 진언하였지만 조나라의 인군은 그의 말을 들어 주지
않았다. 이웃 진(晉)나라에서 곤궁하게 지내면서 조나라 인군의 잘못된 실정을
잘 알고 또 사람을 알아볼 줄 아는 그는 문공에게 남모르는 은혜를 베풀었다. 때
문에 문공이 나중에 본국에 돌아가서 임금이 되어, 조나라를 정복하고는 조나라
인군에게 희부기를 등용하지 않는 죄 등 실책을 책망하면서 장병들에게 명하여
희부기의 집 재산을 노략하는 일이 없도록 명령하였다.

25) 운손(雲孫) : 구름과 같이 멀어진 자손이라는 뜻으로, 팔대(八代)의 자손을 이르
는 말. 자(子), 손(孫), 증손(曾孫), 현손(玄孫), 내손(來孫), 곤손(昆孫), 잉손(仍
孫)의 다음 자손을 이른다.

妙年投筆際時艱。　汗馬功名矢石間。
一幅留眞遺像肅。　九天宣諡聖恩頒。

英雄不必論成敗。　忠節彌彰屆往還。
更向北關尋舊蹟。　殲胡武烈杳難攀。

鞍韀功勞在捍艱。　千秋汾晉水雲間。
先朝倚若長城壯。　後裔趨迎美諡頒。

邑宰登筵歌侑進。　村氓拭目醉忘還。
桐鄕故宅槐陰冷。　駐馬行人手欲攀。

無奈天時屬大艱。　兵戈擾攘七年間。
鑾輿去國囊書急。　斧鉞登壇寵諭頒。
計失吞吳遺恨在。　誠深捍衛負韉還。
駒城故宅宣恩諡。　列立雲孫攢手攀。

晉山 柳綏 謹稿

3. 무용(武勇)을 타고났지만, 시국(時局)이 어려웠도다.
위엄(威嚴)이 남북의 오랑캐26) 사이에 크게 떨쳤네.

제승(制勝)27)의 기이한 방략(方略)28) 선조(宣祖)께서 칭찬하였고,
사시(賜諡)의 은전(恩典)을 성조(聖朝)29)께서 내리셨네.

---

26) 남북의 오랑캐 : 남쪽의 왜적(倭賊)과 북쪽의 여진족(女眞族)을 이름.
27) 제승(制勝) : 겨루어 눌러 이김.
28) 방략(方略) : 일을 꾀하고 해 나가는 방법과 계략.
29) 성조(聖朝) : 어진 임금이 다스리는 조정(朝廷).

유상(遺像)을 보니 귀신이 장군을 호위한 듯하네.

고향에 봄이 오니, 훈봉(勳封)이 따라서 돌아왔네.

나의 서하(西河)[30]를 돌아보니, 어린 아이 병이 오래 가네.

성대한 연회(宴會)엔 관(冠)과 홀(笏)[31]이 넘치건만, 의지할 데 없음을
슬퍼하네.

초계(草溪) 정기(鄭夔) 근고(謹稿)

天生武勇爲時艱。　威振南夷北狄間。

制勝奇方宣廟獎。　易名恩典聖朝頒。

遺圖鬼護將軍在。　故里春隨吏部還。

顧我西河嬰病久。　盛筵冠笏悵難攀。

草溪 鄭夔章 謹稿

4. 장군이 충성(忠誠)과 용맹(勇猛)를 다할 때 시국이 어려웠네

북쪽의 비와 남쪽의 바람에 목욕하였네.[32]

관새(關塞)[33]에서 우뚝 빛이 나니 위열(威烈)[34]이 빛났네.

---

30) 서하(西河) : 공자의 제자 자하(子夏)가 살면서 제자들을 가르쳤던 곳.『사기』
「중니제자열전(仲尼弟子列傳)」에 자하가 이곳에서 아들의 상을 당하여 심하
게 울다가 실명한 일이 있다고 하는데, 후세에 아들의 상을 당한 경우에 '서하의
눈물[西河之淚]' 또는 '서하의 슬픔[西河之痛]'이라는 말을 씀.

31) 관(冠)과 홀 (笏) : 벼슬아치를 지칭함.

32) 남정북벌(南征北伐)을 의미함.

33) 관새(關塞) : 국경에 설치한 관문. 또는 국경의 요새(要塞).

34) 위열(威烈) : 기세나 위력이 강하고 억셈. 또는 그 기세나 위력.

영남(嶺南)과 호남(湖南)에서 잔당을 소탕하니, 임금의 격려가 내리도
다.

공적이 혁혁(赫赫)하니 시호(諡號)가 아름다웠네.
대수(大樹)[35]가 소소(蕭蕭)[36]하니 몇 번이나 갑자년이 돌아왔던고.

옛 사직에 봄이 깊으니, 아이들과 노인이 모였구나.
은광(恩光)[37]에 자리에 앉은 자들 함께 기뻐하네.

우리 공의 공적 조선의 어려움 구했고,
100년이 되었지만 성상(聖上)의 은총(恩寵) 아직도 변함 없네.

시호(諡號)를 내리시어 도성[天衢]에서 패홀(珮笏)을 보내왔네.
성은(聖恩)이 내리니 춘사(春社)[38]에 절하며 사은(謝恩)[39]하네

영웅의 목소리에 북방의 이리들[40] 소굴(巢窟)을 쓰러뜨리며 달아났네.

---

35) 대수(大樹) : 대수장군(大樹將軍). 자신의 전공(戰功)을 자랑하지 않는 장군을
　　이르는 말이다. 후한(後漢)의 개국 공신(開國功臣)인 풍이(馮異)는 광무제(光
　　武帝)를 섬겨 많은 전공을 세웠으나 사람됨이 겸양하여 논공행상(論功行賞)할
　　즈음이면 언제나 자신의 공로를 발표하지 않고 큰 나무 아래에서 한가로이 쉬고
　　있었으므로 대수장군이라는 별칭이 있게 되었다. 『後漢書 卷17 馮異列傳』
　　여기서는 이일장군을 이름.
36) 소소(蕭蕭) : 바람이나 빗소리 따위가 쓸쓸하다.
37) 은광(恩光) : 임금이나 웃어른으로부터 받은 은혜.
38) 춘사(春社) : 입춘(立春)이 지난 뒤 5일째 되는 무일(戊日)에 풍년을 기원하여 토
　　지신에게 지내는 제사.
39) 사은(謝恩) : 받은 은혜에 대하여 감사히 여겨 사례함
40) 북방의 이리들 : 여진족을 이름.

남쪽의 고래[41) 바다로 돌아가게 한 것 한이 남네.

이길 계략, 아름다운 의표(儀表) 서화(書畵) 중에 있으니,
지금도 만져보며 완상하는데 황홀하여 친히 만져보았네.
　　　　　　승지(承旨) 외예(外裔) 반남(潘南) 박사눌(朴師訥) 근고(拜稿)

將軍忠勇際時艱。　北雨南風櫛沐間。
關塞耀蒐威烈彰。　嶺湖收燼寵音頒。

新麻赫赫嘉名易。　大樹蕭蕭幾甲還。
古社春深童老集。　恩光繞席喜同攀。

我公功蹟濟邦艱。　聖眷猶隆百歲間。
宣諡天衢來珮笏。　延恩春社拜髦頒。

雄聲北狼傾巢遁。　遺恨南鯨放海還。
勝畧英儀書畫在。　至今摩翫悅親攀。
　　　　　承旨外 潘南 朴師訥 拜稿

5. 생각건대 옛날 우리나라의 운세가 어려움이 많았는데,
공이 시석(矢石) 사이에서 홀로 몸을 떨쳤네.

멋진 무예로 몇 번이나 강한 왜구 달아나게 하였던가?
병사를 다스림에 지나친 사랑 베풀었네.
행장(行狀) 중에 공적(功績)을 거둔 일 밝게 볼 수 있는데,

---

41) 남쪽의 고래 : 왜적(倭賊)을 이름.

승전보를 아뢰니 임금께서 들으시고 돌아오게 하였네.

공의 남긴 자취 상상하오니 내게 공경심이 일어나네,
장렬(壯烈)[42]을 뒤따르지 못함이 한심하구나.

임진(선조 25년, 1592)·계사년(선조 26년, 1593)간에 국사(國事)가 어려웠네, 창양(搶攘)[43]간에 장군께선 용감히 떨쳐 일어나셨네.

공로(功勞)를 권장하는데 어찌 단서(丹書)[44]에 실리지 못했던고, 시호(諡號)가 내리니, 새로이 자고(紫誥)[45]를 받들어 반포하도다.

충성심이 돈독하여 의주(義州)로 어가를 호종하여 갔고,
깊이 모의하여 북쪽 요새에서 오랑캐를 소탕하고 돌아왔네.

지금까지 편히 잘 수 있는 것 그 누구의 힘이던고?
남기신 화상을 펴보니 황홀하여 다시 살펴보았네.
　　　　　성균진사(成均進士) 서원(西原) 한여두(韓汝斗) 근고(謹稿)

憶昔邦運屬多艱。　公獨奮身矢石間。
耀武幾敎强寇遁。　料兵偏荷寵諭頒。
狀中灼見收功懋。　圖上依聞奏凱還。
想像遺蹤起我敬。　堪嗟壯烈莫追攀。

---

42) 장렬(壯烈) : 의기(意氣)가 씩씩하고 열렬하다.

43) 창양(搶攘) : 몹시 혼란하고 어수선하다.

44) 단서(丹書) : 공신록의 별칭.

45) 자고(紫誥) : 금랑(錦囊)에 담아 자니(紫泥)로 입구를 봉한 뒤 인장(印章)을 찍어서 반포하는 임금의 조서(詔書)를 말한다.

粤在龍蛇國事艱。 將軍奮勇搶攘間。

獎功胡不丹書載。 賜諡新承紫誥頒。

忠篤西灣扈駕往。 謀深北塞掃峀還。

至今安枕知誰力。 披閱遺圖怳再攀。

成均進士 西原 韓汝斗 謹稿

6. 장군께선 시절이 어려움에 번민하여 타수(唾手)46)하셨으니,
북방 오랑캐[胡羯]를 잠깐 동안[指顧間]에 평정하셨네

자취를 더듬으니 우악(優渥)47)한 임금의 은혜[天寵] 입으셨고,
시호(諡號)가 내렸으니[易名], 또다시 임금의 은혜[聖恩] 입으셨네.

연연산(燕然山)에 공적 새길 일48) 누가 이을지 한스럽네.
초사(楚些)로써 초혼(招魂)49)하나 돌아오지 않으니, 한스럽네.

행장(行狀)을 살피고, 화상(畵像)을 여니 내 눈이 시원스럽네.
유풍(遺風)50)이 방불(彷佛)하니, 마치 공을 대한 듯하네.

---

46) 타수(唾手) : 손에 침을 뱉는다는 뜻으로, 기운을 내서 일을 다시 시작함을 비유
    적으로 이르는 말.
47) 우악(優渥) : 은혜가 매우 넓고 두텁다.
48) 연연산(燕然山) … 새길 일 : 후한(後漢) 때 장군 두헌(竇憲)이 흉노(匈奴)를 정
    벌하여 대파시키고 연연산에 이르러 비석을 세워 공업(功業)을 기술했던 데서
    온 말인데, 당시 반고(班固)가 이 명(銘)을 지었다.『後漢書 竇憲列傳』
49) 초사(楚些) … 하나 : 넋을 부른다는 의미를 지닌 노래인『초사(楚辭)』의 초혼
    (招魂)은 초(楚) 나라 민간의 초혼가(招魂歌) 형식을 본떠서 지은 것이어서 구절
    끝에 사(些) 자가 있는데, 이로 인해 초사(楚些)라 명명한 것이다.
50) 유풍(遺風) : 돌아간 조상이나 선배를 닮은 기풍.

저 옛날 변경의 어려움 극복한 일,

우리 공께서 홀로 진중[行間]⁵¹⁾에서 떨쳐 일어 나셨다네.

북벌(北伐)하여 승전한 일 이미 주(周)나라 중옹(仲雍)처럼 많았고, 남쪽을 처서 송원(宋元) 때로 돌이킨 일 어찌 혐오(嫌惡) 하랴?

패향(沛鄉)⁵²⁾에서 편히 잠자는 것 누구 덕이던가?

백전(百戰)⁵³⁾의 위풍(威風)⁵⁴⁾을 대할 수 없음이 한스럽네.

성균 진사(成均進士) 서원(西原) 한몽린(韓夢麟) 근고(拜稿)

將軍唾手憤時艱。　胡羯能平指顧間。
繪迹曾蒙天寵溢。　易名更荷聖恩頒。

燕然勒石嗟誰繼。　楚些招魂恨莫還。
按狀披圖壯我目。　遺風彷佛若親攀。

伊昔邊城事克艱。　我公獨自奮行間。
穹廬燒盡狼烟息。　方略圖呈寵命頒。

北伐旣多周仲捷。　南征何嫌宋元還。
沛鄉安枕知誰賜。　百戰威風恨莫攀。

成均進士 西原 韓夢麟 拜稿

---

51) 행간(行間) : 항오(行伍) 의 사이라는 뜻이니, 즉 군중(軍中) 또는 진중(陣中)이라는 말.

52) 패향(沛鄉) : 한고조(漢高祖) 유방(劉邦)의 고향. 지금의 강소성 패현(沛縣).

53) 백전(百戰) : 수많은 싸움. 여기서는 백전 노장(老將)을 지칭함.

54) 위풍(威風) : 위세가 있고 엄숙하여 쉽게 범하기 힘든 풍채나 기세.

7. 옛날 우리 선조님께선 나라가 어려움을 만난 것을 염려하셨네.
(이에) 팔도에서 성진(腥塵)[55]을 쓸어버리기로 맹세하셨네.

장수(將帥)로 나아가니 분에 넘치게도 원수(元帥)의 명을 받으셨네,
공(功)을 아뢰니, 몇 번이나 성은(聖恩)[56]에 사은(謝恩)[57]했던가?

추증[追榮][58]과 증시(贈諡)[59] 그 몇 년이나 내렸던가?
성지(聖旨)를 받든 관리를 오늘에야 돌려보내네.

하물며 옛날처럼 단청(丹靑)을 입혔으니,
오랑캐를 평정하던 장한 자취를 재삼(再三) 대한 듯하네.
                   5세손(五世孫) 희익(希益) 재배(再拜) 근고(謹稿)

昔吾祖遇國虞艱。 誓掃腥塵八路間。
出閫偏承元帥命。 奏功幾謝聖恩頒。
追榮美號何年贈。 擎旨繡衣今日還。
況復丹靑模舊事。 平胡壯蹟再三攀。
               五世孫 希益 再拜 謹稿

8. 오랑캐 군마(軍馬)에 삼도순변사(三道巡邊使) 맡아 어려움 구했고,
10년 동안 국가 안위(安危) 책임졌었네.

---

55) 성진(腥塵) : 비린내가 나는 먼지라는 뜻으로, 어지러운 세상을 이르는 말.
56) 성은(聖恩) : 임금의 큰 은혜.
57) 사은(謝恩) : 받은 은혜에 대하여 감사히 여겨 사례함.
58) 추증(追贈) : 나라에 공로가 있는 벼슬아치가 죽은 뒤에 품계를 높여 주던 일.
59) 증시(贈諡) : <역사> 죽은 대신이나 장수에게 임금이 시호(諡號)를 내려 주던 일.

북쪽 관문(關門) 굳게 지키니 장성(長城)이 우뚝하고
남도(南道)를 잘 다스리니, 성유(聖諭)가 내려오도다.

한 폭의 영풍(英風)60) 남은 화상(畵像)엔 위엄이 서려있고
궁중(宮中)에서 은혜(恩惠)로운 시호(諡號) 내리니 봄이 돌아왔네.

생황(笙簧)과 퉁소소리, 옛 사직(社稷)의 유손(遺孫)61)이 감흥하네
교목(喬木)62) 가성(家聲)63)을 대할 수 없음이 부끄럽네.

하늘이 우리 공에게 홀로 어려움 막아내게 하셨으니
담소(談笑)의 사이에 무예(武藝)로써 공명(功名)을 이룬 듯하네.64)
청전(靑氈)65)과 보협(寶篋)66)이 유상(遺像)67) 가운데 있고

---

60) 영풍(英風) : 영웅스러운 모습이나 자세.

61) 유손(遺孫) : 세상을 떠난 사람의 후손.

62) 교목(喬木) : <식물> 줄기가 곧고 굵으며 높이가 8미터를 넘는 나무. 수간(樹
幹)과 가지의 구별이 뚜렷하고, 수간은 1개이며, 가지 밑 부분까지의 수간 길이
가 길다. 소나무, 향나무, 감나무 따위가 있다.

63) 가성(家聲) : 한 집안의 명성이나 평판.

64) 양웅(揚雄)의 해조(解嘲)에 "혹은 칠십이 되도록 유세를 해도 의기투합한 군주
를 만나지 못하고, 혹은 잠깐 담론한 끝에 봉후가 되기도 한다.[或七十說而不
遇 或立談而封侯]"고 한 데서 온 말로, 전하여 공명을 아주 수월하게 성취함을
의미한다. 두보(杜甫)의 부수(復愁) 시에 "오랑캐가 어찌 그리도 성했던고, 일찍
이 전쟁이 그칠 날이 없었네. 여염의 어린애들 말을 들어보니, 담소하면서 봉후
를 취했다 하누나.[胡虜何曾盛 干戈不肯休 閭閻聽小子 談笑覓封侯]"라고
하였다.
위의 운(雲)자는 운대(雲臺) 즉 공신각(功臣閣)을 의미한다.

65) 청전(靑氈) : 청전구물(靑氈舊物)의 준말로 으뜸가는 선조(先祖)의 유물(遺物)
이라는 뜻이다. 진(晉)나라 왕헌지(王獻之)의 집에 좀도둑이 들었을 때, 다른 물
건을 훔칠 때에는 모르는 체하고 누워 있다가, 탑상(榻牀)에 올라 손을 대려 하
자, "도둑아, 푸른 모포는 우리 집안의 유물이니, 그것만은 놓고 가는 것이 좋겠

칙서[勅書 : 紫誥]가 동향(桐鄕)68)에 대자(大字)로 내렸다오.

서쪽 변경(邊境)69)에선 어가(御駕)를 호종(扈從)70)한 공(功)이 전해오고,
북쪽 관문(關門)71)에선 개선가(凱旋歌)를 부르며 돌아오니 위엄(威嚴)이
드러났네.

가문[家門 : 門闌]에 봄 술 기울이니 기쁜 빛이 가득하고
아름다운 자리에 임금의 은혜[恩光] 내리니, 다함께 하례(賀禮)하네.
5세손(五世孫) 상로(尙老) 재배 근고(再拜謹稿)

戎馬三邊任濟艱。 安危擔得十年間。
北門鎖鑰長城屹。 南路經綸聖諭頒。

一幅英風當像儀。 九大恩諡訪春還。
笙簫古社遺孫感。 喬木家聲愧莫攀。
天畀吾公獨捍艱。 如雲矛鉞笑談間。
靑氈寶篋遺圖在。 紫誥桐鄕大字頒。

다.[偸兒 靑氈我家舊物 可特置之]"라고 하자, 도둑이 질겁하고 도망쳤다는 고
사에서 유래한 말이다.『晉書 卷80 王獻之列傳』

66) 보협(寶篋) : 보배 상자.

67) 유상(遺像) : 죽은 사람의 초상화

68) 동향(桐鄕) : 일찍이 자신이 다스렸던 고을을 뜻함. 한(漢) 나라 때 주읍(朱邑)이
    동향의 색부(嗇夫)가 되어 그곳을 매우 잘 다스렸는데, 뒤에 그가 죽자 그의 아
    들이 그를 이곳에 장사지냈더니, 이곳 백성들이 모두 그를 사모하여 사당을 지
    어서 그를 향사한 데서 온 말이다.『漢書 循吏傳』

69) 서쪽 변경 : 여기서는 의주(義州)를 말한다.

70) 호종(扈從) : <역사> 임금이 탄 수레를 호위하여 따르던 일. 또는 그런 사람.

71) 관문(關門) : 성문(城門), 세관(稅關) 따위를 엶.

西塞功傳羈勒虜。　北關威著凱歌還。
門闌喜色浮春酌。　綺席恩光賀共攀。

五世孫 尙老 再拜謹稿

9. 공께선 일찍이 몸을 잊으시고 나라의 어려움 돌봤었지
말을 달려 행군[行軍 : 行陣]하기 그 몇 해였던가?

삼도(三道) 순변사(巡邊使)로 위성(威聲)[72]이 장하기만한데
영예(榮譽)로운 이름 궁중에서 무용대장(武勇大將 : 이일)에게 내렸다오.

남쪽 오랑캐(왜적) 얼음 타고 마침내 밤에 달아났고[73]
북쪽 오랑캐(여진족)는 불에 놀라 한 사람도 돌아가지 못 했다네.

기이한 공적(功績) 오늘에야 아름다운 시호(諡號) 내리니
고향(故鄕)의 후손 손을 들어 감사의 인사 올리네[謝恩].
생각건대 우리 할아버님께선 임금의 어려움을 구했고
침식간(寢食間)[74]에도 치욕(恥辱)을 씻고자 하였네.

여진족을 진압할 방략(方略)을 깊이 궁리해 아뢰었고
왜적을 정벌하니 자랑스럽게도 임금께서 백은(白銀)을 내리셨네.

황제(皇帝)에게 이름이 전해지니, 성예(聲譽)[75]가 크게 떨쳤고

---

72) 위성(威聲) : 위광과 명성을 아울러 이르는 말.
73) 평양성 전투 때 적의 돌아갈 길을 열어주니, 밤에 왜적이 모두 얼음을 타고 강을
　　건너가 은거(隱居)한 사실을 말한다. 장양공(壯襄公) 행장(行狀) 참조.
74) 침식간(寢食간) : 잠자는 사이와 음식을 먹는 사이
75) 성예(聲譽) : 세상에 떨치는 이름과 칭송받는 명예.

몸으로써 행궁(行宮)76)을 호위하여 무사히 다녀왔네.

은혜로운 시호(諡號) 몇 년 만인가, 늦출 겨룰 없다오
춘 3월에 서로가 다투어 하례(賀禮)하네.

허국(許國)77)하여 능히 홀로 어려움 막았다 하네
오랑캐 수레에 남북 관문(關門) 몇 번이나 오갔던가?

공(功)을 아뢰니 천조(天朝)78)에서 포상(褒賞)하여 영화(榮華)가 극에 달했고, 그림을 올리니 성은(聖恩)79)이 깊어 성유(聖諭)80)가 내려왔다오.

무용대장(武勇大將)의 영명(英明81))한 모습 남은 화폭(畵幅)에 의젓하고, 장양공(壯襄公)의 아름다운 시호(諡號)가 100년 만에 돌아왔네.

아! 이름난 선조님의 기위(奇偉)82)한 자취여!
적막(寂寞)83)한 우리 가문(家門) 그 누가 맡아 이어갈까?

5세손(五世孫) 희복(希復) 재배 근고(再拜謹稿)

---

76) 행궁(行宮) : <역사> 임금이 나들이 때에 머물던 별궁.

77) 허국(許國) : 몸을 돌보지 아니하고 나라를 위하여 힘을 다함.

78) 천조(天朝) : 천자(天子)의 조정으로 즉 중국 조정을 말함.

79) 성은(聖恩) : 임금의 은혜.

80) 성유(聖諭) : 임금의 칙유(勅諭)를 높여 이르는 말.

81) 영명(英明) : 뛰어나게 지혜롭고 총명하다.

82) 기위(奇偉) : 뛰어나게 훌륭하다.

83) 1. 고요하고 쓸쓸함. 2. 의지할 데 없이 외로움. 여기서는 2번의 뜻으로 쓰임.

公昔忘身衛國艱。 馳驅行陣幾年間。
威聲三道巡邊壯。 榮號九天武勇頒。

南猘乘氷宵竟遁。 北蠻驚火一無還。
奇功今日嘉名易。 故里孱孫拜手攀。

緬思吾祖捍王艱。 灑恥心存寢食間。
鎭北謀深方略奏。 征南恩詑白銀頒。

名傳帝座隆聲譽。 身護行宮好往還。
寵諡幾年延未暇。 春天三月賀爭攀。

許國謂能獨捍艱。 戎車南北幾關間。
奏功榮極天朝獎。 進畫恩深聖諭頒。

武勇英儀遺幅儼。 壯襄嘉諡百年還。
嗚呼名祖奇偉迹。 寂寞吾門孰繼攀

五世孫 希復 再拜謹稿

10. 전란(戰亂)시 나라의 운명이 어려웠었지
충성을 다해 분주(奔走)하기 8년이었네.

북도에서 오랑캐를 평정하고 공(功)을 먼저 아뢰었고
남정(南庭)에선 왜적를 소탕(掃蕩)하니 성유(聖諭)가 내려왔다오.

옛날 황부(黃府 : 궁궐)에 들어가 관직(官職)의 포상(褒賞) 입었거늘, (또

다시) 사시(賜謚)의 성은(聖恩)에 입어, 이제 자의(紫衣)[84]를 받들고 돌아
오네.

예날 관직 읽는 곳에 새로운 영화(榮華)가 넘치니,
추모(追慕)의 감정 일어 여러 후손들 절하며 기리네.
6세손(六世孫) 복춘(復春) 추감 근고(追感謹稿)

臏出當時國步艱。 仗忠奔走八年間。
平胡北路功先奏。 掃倭南庭寵愈頒。

褒秩昔蒙黃府入。 謚恩今奉紫衣還。
舊唧讀處新榮極。 追感諸孫拜稽攀。
六世孫 復春 追感謹稿

11. 천자(天子)께서 선조(宣祖)에게 왕위를 물려주었을 때[遺大投艱][85],
우리 신조님께선 잠깐 동안에 공을 세우셨네.

무용대장(武勇大將)의 의로운 외침 옛날 창의(倡義)할 때였고,
장양공(壯襄公)의 어제(御製) 치제문(致祭文) 이제야 내려왔네.

오랑캐를 섬멸하고 북도(北道)를 진압(鎭壓)한 후 군사를 이끌고 돌아왔
고, 왜구를 소탕(掃蕩)하고 남쪽을 평정한 후 어가(御駕)를 호위하여 돌아
왔네.

---

84) 자의(紫衣) : 임금의 옷. 여기서는 왕이 내린 교지(敎旨)를 뜻함.
85) 유대투간(遺大投艱) : 크고 어려운 짐을 지게 하는 것, 즉 세자에게 왕위를 물려
　　주는 것을 말한다.

앞에는 빛이 있고, 뒤에는 넉넉함이 있으니
뛰어난 훈업(勳業)을 누가 능히 이룩할고.

6세손(六世孫) 함춘(咸春) 재배 근고(再拜謹稿)

天於宣廟大投艱。 吾祖成功閟悲間。
武勇義聲疇昔倡。 壯襄恩誅逮今頒。

殲胡鎭北班師振。 剪倭平南護駕還。
光有于前垂裕後。 離倫勳業孰能攀。

六世孫 咸春 再拜謹稿

12. 북쪽 변경 있을 때를 생각하면 염려되고 어려웠지
오직 공의 부월(斧鉞)에 의지했었다네.

적을 섬멸(殲滅)한 기이한 공적 장수 따라 빛이 났고
사시(賜諡)의 꽃다운 고명(誥命) 천자(天子)에게서 내려왔지.
남쪽에서 종군(從軍)하다 패(敗)했다 말하지 마오
서쪽 고을에서 탈 없이 어가(御駕)를 호위하여 돌아왔다오.

그림속 병사[兵使 : 元戎]86)께선 진을 치고 계시는데
추연(愀然)히 내게 공경심(恭敬心) 일게 하네.

내가 지난번에 공의 후손(後孫) 경(褧)의 요청으로 신도비명(神道碑銘)
을 지어 주었었다. 이제 이미 연시(延諡)87)하였으매, 경(褧)이 또 연석(宴

---

86) 원융(元戎) : 군사를 거느리는 우두머리 장수를 말하는데 여기서는 병사(兵使)를
　　가리키는 말로 쓰였다.

席)88)에서 원운(原韻)을 가지고 와서 차운(次韻)하기를 요구(要求)하였다.
감히 문장(文章)이 졸렬(拙劣)함을 잊고서 엮어서 차운(次韻)할 따름이다.

　　　　　　　판돈령(判敦寧) 죽산(竹山) 안윤행(安允行) 근고(謹稿)

追思北塞際虞艱。　惟寄夫公仗鉞間。
殲賊奇功隨闔煥。　易名花誥自天頒。

莫言南土從軍敗。　無羔西州扈駕還。
畫裏元戎臨戰陣。　愀然起我敬以擧。　予於向昔。　因公後孫襞之請撰贈神
道銘矣。　今已延謚。　襞又以宴席原韻。　來要和。　忘拙敢搆。　追步云耳。

　　　　　　判敦寧 竹山 安允行 謹稿

13. 이 장군이 태어났던 전성기에 시절이 어려웠네.
남북 전쟁터를 몇 번이나 떠돌았던고?

지난 선조(宣祖) 임금 때 아름다운 행적에 포상(褒賞) 입었고,
이제 성대(聖代)89)를 만나 은혜로운 왕명이 내렸다오.

선랑(仙郞)90)이 새로 띠를 두르니91), 남다른 성은(聖恩)을 입었고,

---

87) 연시(延謚) : 시호(謚號)를 받들고 나온 선시관(宣謚官)을 그 본가(本家)에서 시
　　호 받는 이의 신주(神主)를 모시고 나와 의식을 행하고 맞아 들이는 일.

88) 연석(宴席) : 잔치를 베푸는 자리.

89) 성대(聖代) : 어진 임금이 다스리는 세상 또는 시대를 높여 이르는 말.

90) 선랑(仙郞) : 고려 때 이속(吏屬) 중 잡류직(雜類職)의 하나이다. 귀족 가문의 자
　　제(子弟)로서 아직 결혼하지 않은 청년들에게 이 직을 임명하여 호종(扈從)의
　　일을 맡아보게 했다고 한다.

91) 새로 벼슬함을 이름.

성대(盛大)한 연회가 처음으로 열리니 좋은 시절이 돌아왔구나.

운수(運數)가 무공(無功)[92]하니 차라리 감탄스럽구나.
천추(千秋)[93]에 높은 자취 아득하여 따르기 어렵네.

나는 바로 공의 동족이다. 그 후손이 신도비명(神道碑銘)을 지어주기를 굳게 청하였다. 이제 또 시장(諡狀)을 짓고, 또한 일율(一律)로써 원운(原韻)에 차운(次韻)하였다.

영돈령(領敦寧) 족후인(族後人) 의현(宜顯) 지음 호 도곡(稿陶谷)

天生李晟際時艱。南北幾經矢石間。
粤在宣廟褒美荐。今看聖代寵綸頒。

仙郎新帶殊恩到。盛宴初開令節還。
緣數無功寧足歎。千秋高蹟邈難擧。予乃公之同姓也。因其後孫之固請撰神道碑銘。今又撰諡狀。又一律追和原韻。

領敦寧 族後人 宜顯 稿陶谷

장양공 시장(壯襄公 諡狀)

우리 조정의 인재는 선조대왕(宣祖大王)의 치세보다 성한 적이 없었으니 문무(文武)의 여러 인재가 뽑혀나와 숲처럼 우뚝섰는데, (모두) 빼어나

---

92) 무공(무공) : 아무런 공로가 없다. 즉 기박(奇薄)함을 이르는 말.
93) 천추(千秋) : 오래고 긴 세월. 또는 먼 미래.

한 때의 이름난 장수가 되었다. 명성(名聲)이 화이(華夷)[94]에서 드러나고, 사적(事蹟)이 청사(靑史)에 기록되었는데, 순변사(巡邊使)·무용대장(武勇大將), 이장양공(李壯襄公)이 이런 분이다.

공의 휘는 일(鎰)이요, 자는 중경(重卿)이니, 선계(先系)는 용인(龍仁)에서 나왔다. 시조이신 길권(吉卷)은 고려 태조(太祖)를 도와 삼한벽상공신(三韓壁上功臣)에 책록되고 태사(太師)를 지냈는데 뒤를 이어 벼슬이 연이었다. 13세에 이르러 휘가 중인(中仁)이란 분은 구성부원군(駒城府院君)에 봉해졌고, 휘가 사위(士渭)란 분을 낳으니 조선조에 개성유후(開城留後)를 지냈고, 휘가 백지(伯持)란 분을 낳으니, 이조참판(吏曹參判)으로 태종조에 처음으로 청백리에 뽑혔는데, 이 분은 공에게 7대조가 되신다.

고조부(高祖父)의 휘는 회충(會忠)이니, 관직이 첨사(僉使)요. 증조부(曾祖父)의 휘는 승효(承孝)이니 승사랑(承仕郎)으로 형조참의(刑曹參議)의 증직을 받았다. 할아버님의 휘는 환(環)이니, 관직이 부사직(副司直)으로 호조참판(戶曹參判)에 추증되있다. 아버님의 휘는 민덕(敏德)이니 판직이 병마우후(兵馬虞侯)로, 여러번 증직을 받아서 숭정대부(崇政大夫) 의정부좌찬성(議政府左贊成) 겸 판의금부사(判義禁府事)에 이르렀다. 어머님은 연안이씨(延安李氏)이니, 생원(生員)을 지낸 계수(繼壽)의 따님이다.

공은 가정(嘉靖) 무술년(중종 33년, 1538) 7월 7일에 태어났는데, 태어나면서부터 기위(奇偉)[95]하여 노는 것이 일반 아이들과는 달랐다. 자라서는 붓을 던지고 무예(武藝)를 닦았으며 만력(萬曆) 무오년(명종 13년, 1558)에는 무과(武科)에 급제하였다. 경신년(명종 15, 1560)에는 선전관(宣傳官)에 제수되고 청규(廳規)를 창설하니 동료들이 모두 경탄(敬憚)[96]하였으니 용추(龍椎)[97]에 이름을 새겨 지금껏 전해온다.

---

94) 화이(華夷) : 중국 민족과 그 주변의 오랑캐.

95) 기위(奇偉) : 뛰어나게 훌륭하다.

96) 경탄(敬憚) : 공경하면서도 어려워하고 꺼림.

97) 용추(龍椎) : 용을 조각한 방망이.

갑자년(명종 19년, 1564)[98]엔 함종 현령(咸從縣令)으로 나갔고 경오년(선조 3년, 1570)엔 벽동군수(碧潼郡守)로 나갔는데 모두 위해(威惠)[99]가 있었다. 임신년(선조 5년, 1572)엔 부친인 찬성공(贊成公)의 상사(喪事)를 당했는데, 상기(喪期)를 마치자 단천군수(端川郡守)를 거쳐서 경원부사(慶興府使)로 옮겼다가 멀지 않아서 (다시) 온성부사(穩城府使)로 옮겨갔다.

경진년(선조 13년, 1580)[100]엔 부산진 첨사(釜山鎭僉使)에 제수되었다가 임오년(선조 15년, 1582) 전라좌수사(全羅左水使)에 제수되었다. 이보다 앞서 북쪽 변경에 사는 여진족이 관새(款塞)하며[101] 내부하여 우리 나라 땅인 장성(長城) 밖에 와서 머물러 살며 정역(征役)[102]을 바쳤는데 번호(藩胡)라 불렀다.

계미년(선조 16년, 1583)에 니탕개(尼湯介)라는 자가 강 북쪽에 사는 여진족을 유인하니 여진의 여러 부족이 경원부(慶源府)를 포위하여 함락시켰다. 조정에서는 특별히 공을 부사(府使)로 삼아 토벌하게 하였다. 공이 그때마다 진정시키니 백성들은 편안하게 되었고, 오랑캐들은 명에 복종하게 되었다.

을유년(선조 18년, 1585)에 니탕개가 다시 회령부(會寧府)에 군사를 모아 마음대로 빼앗고 노략질하니 자급을 뛰어넘어 회령부사(會寧府使)로 임명하여 진압하게 하였다. 겨울에 오랑캐가 또 장성(長城) 안에 들어와 고령진(高嶺鎭)의 군포(軍布)를 빼앗아가니, 공이 군사를 이끌고 가서 그

---

98) 「장양공 연보」엔 정묘년(명종 22, 1567) 함종현령(咸從縣令)에 제수(除授) 되었다고 하였다.

99) 위혜(威惠) : 감히 범하기 힘든 위엄과 은혜.

100) 「장양공 연보」엔 경진년(선조 13, 1580)에 무고(誣告)로 인해 체포되었다 하였고, 신사년(선조 14, 1581)에 부산진 첨사에 제수된 것으로 되어 있다.

101) 관새(款塞)하며 :『사기(史記)』 태사공자서(太史公自序)에, "중역(重譯)으로 관새(款塞)한다." 하였고, 그 주에, "새문(塞門)을 두들기고 와서 항복한다는 뜻이라." 하였음.

102) 정역(征役 : 일정한 나이 이상에 이른 남녀가 서울에 가서 일에 복역하는 것.

소굴(巢窟)을 공격하여 그 부락(部落)을 전부 불태우고 30여급(級)을 참획(斬獲)하고 약탈한 물건을 되찾아왔다.

병술년(선조 19년, 1586)엔 다시 본도 병사(兵使)로 승차(陞差)하였다. 공의 생각에 오래도록 지켜야할 것이 영구히 북방(北方)을 진수(鎭守)하는 것이라고 생각하고, 곧바로 예로부터 영중(營中)에 보관해오던『제승방략(制勝方略)』을 가져다가 장단점을 헤아려서 증보(增補)하고 윤색(潤色)하였다.

무릇 적로(賊路)의 원근(遠近)과 요해처(要害處)[103]의 공액(控扼), 성지(城池)·기계(機械)의 고위(固圍), 적을 제어할 방책을 갖추어 적었는데, 기록이 상세(詳細)치 않음이 없었으니 고거(考據)[104]하여 이를 준거로 삼아 행하게 되었다. 이어서 1통을 기록하여 임금에게 아뢰고, 이를 여러 장관(將官)에게 시강(試講)토록 청하여 전최(殿最)[105]를 삼게 하였다.

군무(軍務) 29사(事)와 금령(禁令) 27조(條)를 진언(陳言)[106]하니 임금께서 비변사(備邊司)에 명하여 아뢴 바에 따라 시행토록 하였다. 여러 진보(鎭堡)에 반사(頒賜)[107]하여 이로부터 군사를 나누어 방수(防守)[108]토록 하니, 모두 조리(條理)가 있어 의뢰(依賴)[109]하는 바가 있었다. 이 해 가을에 조정(朝廷)에서는 녹둔도(鹿屯島)[110]에 둔전(屯田)을 설치하고 조산만호(造山萬戶) 이순신(李舜臣)으로 동둔관(董屯官)을 겸하게 하였다.

---

103) 요해처(要害處) : 전쟁에서 자기편에는 꼭 필요하면서도 적에게는 해로운 지점

104) 고거(考據) : 자세히 살피고 검토하여 증거로 삼음.

105) 전최(殿最) : 고려, 조선 시대에, 관찰사가 각 고을 수령의 치적을 심사하여 중앙에 보고하던 일. 전(殿)은 맨 아래 등급을, 최(最)는 맨 위 등급을 말하는데, 고과 평정의 뜻으로 썼으며, 해마다 음력 유월과 섣달에 시행하였다.

106) 진언(陳言) : 일정한 사실에 대하여 말을 함.

107) 반사(頒賜) : 임금이 녹봉이나 물건을 내려 나누어 주던 일.

108) 방수(防守) : 막아서 지킴.

109) 의뢰(依賴) : 남을 믿고 의지함.

110) 녹둔도(鹿屯島) : 두만강 하류 조산(造山) 부근에 있었던 하천도서.

정해년(선조 20년, 1587) 가을에는 추도(楸島)와 시전(時錢)의 번호(藩胡)인 하오랑아(何吾郎阿) 등이 짙은 안개를 이용해 침략하였다. 이때 둔병(屯兵)이 모두 나와 곡물을 수확(收穫)하는 작업을 하였는데, 순신(舜臣)이 갑자기 그 예봉(銳鋒)을 당하여 힘을 내어 방어하였지만 겨우 성채를 보호하였을 뿐 백성과 군졸 중에 포로가 되거나 죽고 다친 자가 많았다. 조정의 의논이 장차 잡아들여 추국(推鞫)[111]해야 한다고 하니, 공이 그 재주와 용기를 아까워하여 백의종군(白衣從軍)[112]을 청하여 죄를 용서하게 하였다.

거울에 공이 경흥(慶興)에 도착하여 하오랑아((何吾郎阿)) 등을 잡아서 주살하고, 우후(虞侯) 김우추(金遇秋)에게 명하여 추도(楸島)를 기습하여 깨뜨리고 그 소굴을 소탕하게 하였다. 이때 무이(撫夷)·시전(時錢)·부여지(夫汝只) 등의 여진 부락이 가장 강하여 제어하기가 어려웠다. 공이 사정을 갖추어 치계(馳啓)[113]하기를 "토벌하기를 청합니다" 하니, 임금께서 회유(回諭 : 回信)하기를 "지금 경이 아뢴 바를 살피니 변경(邊境)의 사정이 모두 갖추어져 있도다. 마땅히 한 통을 필사하여 자리 곁에 둘 것이며 아뢴 바를 허락하는 바이다." 하였다.

무자년(선조 21년, 1588) 정월에 공이 본도(함경도)의 병사와 현지의 수졸(戍卒)을 동원하였는데, 회령부사(會寧府使) 변언수(邊彦琇)와 온성부사(穩城府使) 양대수(楊大樹)를 좌·우위장(左右衛將)으로 삼고, 고령첨사(高嶺僉使) 유극량(劉克良)과 조방장(助防將) 이천(李薦)으로 좌·우선봉장(左右先鋒將)을 삼았다. 좌위(左衛)는 백안 연대(白顔烟臺)를 경유하여 산을 돌아 북쪽으로, 우위(右衛)는 무이보(撫夷堡)의 동쪽으로부터 강을 건너 서쪽에서 합하여 여진의 시전(時錢)부락을 포위하고, 그 사부(四部)

---

111) 추국(推鞫) : 조선 때, 의금부(義禁府)에서 임금의 특명에 따라 중죄인(重罪人)을 신문하던 일.

112) 백의종군(白衣從軍) : 벼슬이 없는 사람으로 군대를 따라 싸움터로 나아감.

113) 치계(馳啓) : 급하게 상주(上奏)함.

의 궁려(穹廬) 300여호를 불사르고 머리를 벤 것이 거의 500級이나 되었다. 임금이 병조정랑(兵曹正郎) 이대해(李大海)를 보내어 노고를 위로하고 군사를 배불리 먹이고 공의 한 아들에게 벼슬을 명하였다. 가을엔 공에게 전라 병사(全羅兵使)를 제수하였고, 경인년(선조 23년, 1590)엔 다시 남병사(南兵使)를 제수하였다. 이때 일본이 오랫동안 호시탐탐 기회를 엿보았는데 그 도가 더해갔다.

신묘년(선조 24년, 1591)에 통신사(通信使)가 돌아오자 남쪽에서의 보고가 더욱 급박하니, 조야(朝野)가 크게 두려워하였다. 임금께서 비변사(備邊司)의 여러 신하에게 명하여 각기 장수가 될 만한 인재를 추천하게 하였는데, 공이 무재(武宰)[114] 중에 가장 이름이 있었다. 이때 경상 우병사(慶尙右兵使) 조대곤(曺大坤)이 늙어서 임무를 제대로 수행하지 못하니 정승인 서애(西崖) 유성룡(成龍)이 탑전(榻前)에서 아뢰기를, 공으로서 조대곤을 대신하기를 청하였다.

병조판서 홍여순(洪汝諄)이 아뢰기를 "이일은 이름난 장수이니 서울에 머무름이 마땅하니 보낼 수가 없습니다." 하니, 정승 유성룡이 "일이란 먼저 할 일이 있고, 뒤에 할 일이 있습니다. 하물며 군대를 훈련하고 적을 방어하는 일이니 더욱 갑자기 판단하기 어렵습니다. 하루아침에 변란이 있게 되면 부득이 이일을 보내지 않을 수가 없습니다. 차라리 이때에 하송(下送)[115]하지 못하게 하시면 미리 변란(變亂)에 대비하게 하더라도 만약 급한 일이 닥쳤을 때 급히 보내더라도 반드시 이루는 바가 없으리니 미칠 수 없음을 후회하게 될 것입니다." 하였다. 임금이 홍여순의 말을 가납(嘉納)하여 마침내 공으로서 한성판윤(漢城判尹)·도총관(都摠管)·포도대장(捕盜大將)을 삼았다.

임진년(선조 25년, 1592) 4월 13일 왜적이 국경을 침범하여 17일에는

---

114) 무재(武宰) : 무관 출신으로 판서나 참판의 벼슬을 지낸 사람.

115) 하송(下送) : 내려 보냄.

동래(東萊)를 함락하니, 의정부에서 비로소 계청(啓請)하여 공으로써 순변사(巡邊使)로 삼아 중로(中路)[116]에 내려 보내고, 변기(邊璣)를 조방장(助防將)으로 삼아 조령(鳥嶺)을 지키게 하였다. 공은 수하에 병사가 없으니 서울에서 병사 수백 명을 얻어 가고자 하였다. 병조(兵曹)의 선병안(選兵案)을 가져다가 점검해보니, 모두 시정(市井)의 백도(白徒)[117]로서 유생(儒生)과 서리(胥吏)가 태반이었다. 유건과 도포를 갖춰 입고 시권(試卷)을 들었으며, 평정건(平頂巾)[118]을 쓰고 호소하는 자가 뜰에 가득하였다. 이런 까닭으로 오래도록 출발하지 못하니, 조정에서는 부득이 공을 먼저 가게 하고, 별장(別將) 유옥(兪沃)을 시켜 뒤따라 인솔해 가게 하였다.

공이 겨우 군관(軍官)과 사수(射手) 60여인을 거느리고 문경(聞慶)에 도착하였는데, 고을이 텅 비어 사람을 볼 수 없었다. 공이 스스로 창고의 곡식을 내어 군사들에게 식량을 휴대하게 하고, 상주(尙州)에 이르니, 목사 김해(金澥)는 산속으로 달아나고, 홀로 판관 권길(權吉)이 고을을 지키고 있었다. 공이 병사가 없음을 책망하고 장차 목을 베려하니 권길이 군사를 모아오겠다고 자청하였다. 밤중에 이르러서야 수색해 찾으니 겨우 모집한 것이 수백 명에 불과하였다.

공이 상주에 머물던 첫날에 창고를 열어 쌀을 내어주며 흩어진 백성들을 모아들이니 백성들이 산골짜기로부터 한 사람씩 나오기 시작하는데 또한 수 백인에 불과하였다. 갑작스럽게 대오(隊伍)를 편성하니 모두가 농민(農民)들로서 싸움을 감당할 수 없는 자들이었다. 적이 이미 선산(善山)에 주둔하니 주에서 거리가 20리 정도 되는 가까운 거리였다.

다음날 아침에 공이 오합지졸(烏合之卒)인 민병(民兵)과 서울에서 내려온 장사 8, 9백 명을 인솔하고, 고을 북쪽의 냇가에 진을 치는데 미처 반을

---

116) 중로(中路) : 오가는 길의 중간.

117) 백도(白徒) : 훈련을 전혀 받지 않은 군사.

118) 평정건(平頂巾) : 조선 때, 각 사(司)의 서리가 쓰던 건.

치기도 전에 적이 대거 이르렀다. 포탄을 어지러이 발사하자 여러 장수가 옮겨가기를 청하니 병사를 조금 뒤로 물렀다. 공이 칼을 잡고 큰 소리로, "명을 받아 적을 막는데 어찌 감히 살기를 바라리오" 하며 군사를 독려하며 전투에 임하였다. 왜적이 좌·우익(左右翼)으로 나누어 아군의 뒤쪽으로부터 포위해 들어오니 공이 사세(事勢)가 구제할 방도가 없음을 깨닫고 마침내 말을 돌려 돌아갔다.

문경에 이르러 패배한 장계를 치계(馳啓)하니, 임금께서 회유하시기를, "이기고 지는 것은 병가(兵家)에서 흔히 있는 일이다. 경이 힘을 다하지 않음이 아니니 경의 죄를 용서한다. 임무를 부여하니 경은 반드시 흩어진 백성들을 불러 모으라. 부곡(部曲)에서 불러 모아 신립(申砬)과 서로 힘을 모아 어려움을 구하라. 만약 적병이 바야흐로 나아와 사세가 여의치 않다면 혹은 서울로 와서 호위하거나 혹은 행재(行在)[119]를 따라 호위토록 하라. 또 각 도의 감사(監司)와 병사(兵使), 나라를 지키는 신하들에게 통유(通諭)하노니, 각자는 한 마음으로 힘써 창의(倡義)[120]하여 용감히 사직의 위급함을 구하라." 하였다.

공은 이에 조령(鳥嶺)으로 물러나 지키려다가 신립(申砬)이 충주(忠州)에 있다는 말을 듣고, 함께 모여 험한 고개를 이용하여 싸우자고 하였지만 신립이 듣지 않고 스스로 원수가 되어 여러 장수를 절제(節制)하며 반대로 공을 부르니, 공과 변기(邊璣) 등이 함께 신립에게 나아갔다. 28일 날에 신립이 탄금대(彈琴臺)에 나아와 진을 치고 공에게 전봉(前鋒)을 맡겼다. 잠시 후에 적병이 두 길로 나눠 나아오니 포성과 북소리가 하늘을 진동시키며 군세가 대단하였다.

공이 돌진하여 싸워서 10여급을 베었는데, 적이 이미 신립(申砬)·이빈(李薲)의 양군을 격파한 상태였다. 군사들이 모두 물속으로 들어가 죽으니

---

119) 행재(行在) : 임금이 머무는 곳.
120) 창의(倡義) : 국난을 당하였을 때 나라를 위하여 의병을 일으킴.

시체가 강을 막을 정도였으므로 공은 (할 수 없이) 몸을 빼어 포위를 뚫고 달아났다.

이천(利川)에 이르러 창호지를 잘라 붙여 구계(具啓)[121]하고, 군관(軍官) 이치중(李致中)에게 영을 내려 수급을 올렸는데, 29일 밤에 장계가 서울에 도착하였다. 이튿날 새벽에 어가(御駕)가 의주(義州)로 가고, 우의정 이양원(李陽元)이 남아 도성(都城)을 지켰다. 부원수(副元帥) 신각(申恪)·방어사(防禦使) 문몽헌(文夢軒) 등이 함께 양주 대탄(大灘)을 지켰다.

공이 이천(利川)으로부터 서울로 들어오니, 이양원이 공에게 대탄의 군사를 검독(檢督)[122]하게 하였다. 이때 행조(行朝)가 지사(知事) 한응인(韓應寅)을 보내 이빈·유극량(劉克良) 등과 함께 임진(臨津) 나루를 지키게 하였다. 적이 가까이 다가오자, 형세가 매우 급하게 되니 이양원이 공에게 영을 내려가서 구하게 하였다. 공과 신각·문몽헌 등이 해유령(蟹踰嶺)에 도착하였다. 적을 만나자 공이 먼저 고개에 올라 크게 격파하고 30급을 베었고, 신각과 문몽헌도 40급을 목베었다는 말을 듣고, 임금이 선전관(宣傳官)을 보내 격려하고 어마(御馬)[123]를 하사하였다.

다시 공에게 순변사(巡邊使)를 제수하니, 공이 양주(楊州)로 나아가 군량을 확보하고 군사들에게 지급하였다. 임진강에 도착하여 기병(騎兵)의 보고를 들었는데, 적병이 이미 육박하니 공이 신각·문몽헌 두 장수와 함께 광야(廣野)로 나가 진을 쳤다. 적이 갑자기 들이닥치니 공이 몸을 떨쳐 힘껏 싸웠다. 문몽헌의 군사가 패하자, 공은 이미 우익(羽翼)을 잃고 적을 막아낼 수 없게 되자, 싸우기도 하고 물러나기도 하니, 적이 감히 가까이 오지 못하였다. 오래지 않아 임진강을 파수하여 지키는데, 병사가 모두 패하여 무너졌다.

---

121) 구계(具啓) : 사실의 내용을 자세히 갖추어 신하가 임금에게 글로 아룀.

122) 검독(檢督) : 어떤 일의 진행 상황을 검사하고 일을 열심히 하도록 독촉하여 부추김.

123) 어마(御馬) : 임금이 타던 말.

가토 기요마사(加藤淸正)는 곡산(谷山)으로부터 바로 노리현(老里峴)으로 들어가니, 평양이남 땅이 다시 지킬 수가 없게 되었다. 공이 이에 근왕(勤王)을 결의하고 수하의 군사를 거느리고 주야로 행군하여 평양에 도착하였다. 이때 여러 장수들이 적을 막으려고 남쪽으로 내려오다가 죽어서 한 사람도 어가를 호위하는 자가 없었다. 적이 장차 이른다는 말을 듣고 인심이 더욱 두려워하였으나, 공이 도착한다는 말을 듣고 기뻐하지 않는 자가 없었으니, 공을 의지함이 매우 중하였다.

임금이 공을 인견(引見)[124]하고 노고를 위로하였다. 적병이 점차 다가오니 대가(大駕)[125]가 다시 용천(龍川)으로 향하였고, 도원수 김명원(金命元)이 남아 평양을 지켰다. 잠시 후에 적이 이미 봉산(鳳山)에 이르렀다는 말을 들었다. 서애(西厓) 정승[126]은 적이 강밖에 도달하여 우리 백성을 향도(向導)로 삼을 것을 염려하였는데, 영귀루(詠歸樓)를 거쳐 아래쪽 수심이 얕고 좁은 곳을 이용하여 몰래 강을 건넜다. 그리고 정승인 오음 윤두수(尹斗壽)와 서로 상의하여 급히 공을 보내어 진두(津頭)를 지키게 하였다. 공이 급히 만경대(萬頃臺) 아래에 도착하니 적병 수백명이 이미 남쪽 강가에 모여 있었으므로 강가의 주민이 모두 놀라 흩어졌다. 잠시 후에 적이 이미 강 중간 언덕 가까이에 머무르니 공이 급히 무사(武士)에게 영을 내려 강궁(强弓)을 당겨 쏘아 6,7명의 적을 죽이니 적이 마침내 물러났다.

6월에 적이 평양을 함락하니 공이 신을 벗고 근왕(勤王)하고자 하였으나, 적이 이미 도로를 가득 채우니 부득이 강을 건너서 황해도에 도착하였다. 모집한 군사가 1천여 명으로, 장차 의주 행재소(行在所)로 가려하였는데, 이때 서로(西路)가 단절되어 조정의 명령이 통하지 않은 상태였으므로 많은 백성들이 적에게 투항하였고 수령(守令)들이 모두 산골짜기로 달아

---

124) 인견(引見) : 윗사람이 아랫사람을 불러서 만나 봄.

125) 대가(大駕) : 임금이 타던 수레.

126) 서애(西厓) 정승 : 영의정 유성룡(柳成龍)을 지칭함.

났다.

공이 개탄하면서 "사내가 세상에 태어나서 사직(社稷)을 편안히 하고 국가를 이롭게 하였다면 한 길을 걸었다 할 것이다." 하였다. 마침내 임시 방편으로 서둘러 글을 작성하여 고유(告諭)[127]하기를, "대가(大駕)가 지금 용천(龍川)에 머물고 계시다. 중국 군사 20만이 이미 압록강(鴨綠江)을 건넜고, 호남의 승병과 의병으로 모인 자가 또한 10만이나 된다. 회복할 날을 기대할 수 있게 되었으니 무릇 군량과 건초를 함께 휴대하고 날짜를 정해 고개에 쌓을 것이니, 감히 어긋남이 없게 하라. 만약 이 영을 어긴다면 마땅히 군율(軍律)에 따라 (엄히) 다스릴 것이다." 하였다. 또한 재주 있고 총명한 자 중에 군관(軍官)을 삼아 편의(便宜)에 따라 임시로 군현(郡縣)을 지키게 하여 백성을 안무(安撫)케 하였다.

또한 수하의 군졸 중에 군사를 뽑아 틈을 보아 적을 토벌하니 이때 수령(守令)으로써 달아났던 자들이 사태를 지켜보다가 다투어 나와서 왕의 권위가 다시 서게 되었고, 민심(民心)이 점차 진정되어갔다.

공은 신계(新溪)를 거쳐 토산(兎山)에 이르렀는데, 장차 용천(龍川)의 왜적을 토벌하고자 하였다. 이때 세자의 분조(分朝)[128]가 이천(伊川)에 머물렀는데 공은 승소(承召)[129]에 따라 재빨리 달려가 머물러 호위하였다. 왜적이 세자가 머물고 있다는 말을 듣고서 병사를 내보내 옥등역(玉燈驛)에 육박하게 되었다. 이날 밤 보고가 전해지니 공은 왜적이 갑자기 들이닥칠 것을 염려하여 세자의 가마를 호위하여 다른 곳으로 옮겨가고자 여러 장수와 의논하고 장차 새벽이 오기를 기다렸다. 공이 말하기를, "이 왜적이

---

127) 고유(告諭) : 일정한 직위를 가진 행정관이 일반 백성에게 어떤 사실을 널리 알리던 일. 또는 그런 내용.

128) 분조(分朝) : 임진왜란 때, 선조가 본조정(本朝廷)과 별도로 임시로 설치한 조정. 선조가 의주 방면으로 피난하면서 세자 광해군을 따로 함경도로 피란시킬 때, 선조가 있던 의주의 행재소와 구분하여 세자가 있던 곳을 이르던 말이다.

129) 승소(承召) : 임금이 부르는 명을 받음.

틈을 엿 본지 이미 오래다. 만약 밤을 타서 기습하여온다면 형세가 반드시 지탱하기 어려울 것이다. 급히 성천(成川)을 건너가 상류를 막아 지키니만 못하리라." 하였다. 영을 받들어 먼저 시행하니 사람들이 모두 공을 두렵다고 하였다.

다음날에 왜적이 과연 이천(伊川)으로 들어오니, 군사들이 비로소 공의 선견에 탄복하였다. 이에 임금께서 공을 동변방어사(東邊防禦使)로 삼으니 중화(中和)·상원(祥原)의 여러 별장(別將)들이 모두 이에 속하였다. 공이 평양(平壤) 이북을 평정하도록 영을 내려주기를 강동(江東)에 차자(箚子)[130]를 올리고, 힘을 다해 공격하여 사로잡으니 목을 벤 것이 매우 많았다. 조정에서 전공(戰功)을 중국 조정에 알리니 황제가 공에게 백금(白金) 20냥을 내렸고 장사(將士)들에게도 각각 차등(差等)있게 지급하였다.

이때 이빈(李薲)이 순안(順安)에 머물고 있었는데, 매번 싸울 때마다 패하니 조정의 의논이 마침내 공으로써 본도(本道) 병사(兵使)를 삼고 이빈을 대신하여 순변사(巡邊使)를 겸해 전군을 지휘하게 하였는데, 군진을 순안(順安)으로 옮겨갔다.

12월에 제독(提督) 이여송(李如松)이 요동(遼東)과 절강(浙江)의 군사 4만 명을 거느리고 용만(龍灣)[131]을 건너와 평양의 서쪽에 진을 쳤다. 공이 임원평(林原坪)에 나와 진을 치니 의병장(義兵將) 고충경(高忠卿) 등과 명성(名聲)과 위세(威勢)가 서로 의지할만하였는데, 포로를 잡은 것이 자못 많으니 왜적이 감히 나오지 못하였다.

다음해 정월에 제독 휘하의 삼군(三軍)이 성 아래에 접근하여 모란봉(牧丹峯)의 적을 공격하였는데, 공이 전봉(前鋒)이 되어 용감히 떨쳐 일어나 적을 찔러 죽였다. 제독이 군사를 나누어 성을 포위하자, 공이 별장(別將) 김응서(金應瑞) 등과 아군을 거느리고 선봉(先鋒)이 되어 개미떼처럼 먼저

---

130) 차자(箚子) : 신하가 임금에게 올리던 간단한 서식의 상소문.

131) 용만(龍灣) : 평안도 의주(義州)의 옛 이름.

올라가고 중국 병사들이 뒤를 이었다. 크게 적을 격파하니, 적이 물러나 내성(內城)으로 들어갔다. 제독은 왜구가 곤궁에 처하면 죽을힘을 다해 싸울 것을 염려하여 병사를 거두어 물러나 주둔시키고 적에게 돌아갈 길을 열어주었다.

이날 밤에 적이 모두 얼음을 밟고 강을 건너서 달아났다. 공이 뒤따라 습격하여 모두 죽이려고 하니, 중국 장수가 아군(我軍)을 잡고서 나아가지 못하게 하고, 오히려 엄격히 경계하고 지키지 못했다고 아군을 책망하였다. 이런 까닭으로 공이 장수의 재질이 없으니 이빈(李薲)으로 대신함이 마땅하다고 선언하였는데 대체로 중국 장수가 이빈의 입지를 많이 고려한 까닭이다. 이에 중국 장수가 말과 글로써 자문(咨文)[132]을 보내니, 조정에서는 윤정승[133]에게 영을 내려 평양에 도착해 구문(究問)[134]하여 장차 군법(軍法)을 시행하려다가 한참 있다가 풀어주니 중국 장수의 체면을 생각해 그렇게 한 것이었다.

이때 북도(北道)의 난민(亂民)이 왜적을 육진(六鎭)으로 인도하니, 두 왕자(王子)[135]와 여러 시종신(侍從臣)이 모두 적에게 사로잡히는 신세가 되었다. 삼수(三水)·갑산(甲山)도 난민의 노략질을 벗어나지 못했는데, 병사(兵使) 이혼(李渾)이 해를 입었다.

조정에서 다시 공을 북도 순변사(北道巡邊使)를 삼으니, 공이 곧 부임하여 적 추장을 베고, 협종(脅從)[136]을 불문에 붙이고 잔치를 베푸니 번호(藩胡)들이 모여들었다. 엄히 말로써 꾸짖고 회유하니 북도의 백성이 안도하게 되었고, 변경 감옥은 경계가 필요 없게 되었다. 9월에 공은 해주로 돌아

---

132) 자문(咨文) : <역사>조선 시대에, 중국과 외교적인 교섭, 통보, 조회할 일이 있을 때에 주고받던 공식적인 외교 문서.

133) 윤정승 : 윤두수(尹斗壽)를 지칭함.

134) 구문(究問) : 1. 충분히 알 때까지 캐어물음. 2. 샅샅이 조사함.

135) 두 왕자 : 임해군((臨海君))과 순화군(順和君)을 말함.

136) 협종(脅從) : 남의 위협에 눌리어 복종함.

와 임금의 행차를 호종(扈從)하였다. 10월에는 세자의 가마를 모시고 서울로 돌아와 지중추부사(知中樞府事) 겸 훈련원 도정(訓鍊院都正), 군기시 제조(軍器寺提調)가 되었다. 이때 왜적은 물러나 바닷가에 웅거하여 군사를 나누어 16둔(屯)을 설치한 후, 성을 쌓고 참호를 파서 오래 머물 계획을 세웠다.

공은 지사(知事)로서 충청·전라·경상 삼도 순변사(忠全慶三道巡邊使)가 되어 순천에 진을 쳤다. 윤정승[137]은 체찰사(體察使)가 되자 수군과 육군에게 진군을 독려하였다. 공이 육로로 달려가니 왜적은 전갈도(田遏渡)로 들어가서 높은 망루에서 나오지 않으니 싸우지 못하고 돌아왔다. 오래지 않아 조정에서 공을 소환하니 서울로 돌아와 숙위(宿衛) 일을 총괄하며 왕도(王都)를 지켰다. 이때에 번호(藩胡)가 우리나라가 어려운 때를 이용하여 난을 일으키고자 하였다. 조정의 의논이 공의 위덕(威德)이 본래부터 북방에 드러났다 하니 병신년(선조 29년, 1596)에는 다시 북병사(北兵使)를 제수하였다.

기해년(선조 32년, 1599) 봄에 번호 등이 금표(禁標) 안에서 마음대로 집을 지으니, 공이 먼저 토병(土兵) 등을 보내 잘 타이르고 철거하게 하였다. 일찍이 그 뜻을 시험하여 장차 변심을 살피다가 토벌하니 오랑캐가 말을 듣지 않았다. 공이 영을 내려 마침내 그 토병들을 죽였다. 순찰사(巡察使) 송언신(宋彦愼)이 공이 일을 잘못하였으니 잡아들여 죄줄 것을 청했지만, 이미 용서되어 무용대장(武勇大將)·도총관(都摠管)이 되어 서울에 관아를 개설하였다. 이때 북변에서 오랑캐가 발호(跋扈)[138]하여 아직까지 호시탐탐(虎視眈眈) 틈을 노림이 그치지 않으니, 수령이 급히 군대를 일으켜 토벌하기를 청하였다.

임금이 승정원(承政院)에 하교하기를, "군사를 동원하는 일은 나라의

---

137) 윤정승 : 윤두수를 지칭함.

138) 발호(跋扈) : 권세나 세력을 마음대로 휘두르며 함부로 날뜀.

대사이다. 어제 비변사(備邊司)의 회계(回啓)[139]를 보니, 자못 소루(疎漏)함이 있다. 내가 마음속으로 이를 위태롭게 여긴다. 밭가는 일은 마땅히 종에게 물어보라고 하였으니, 이일(李鎰)을 불러다가 서하(書下)[140]할 조건을 문계(問啓)[141]토록 하라." 하였다.

또 하유(下諭)[142]하기를, "경은 북쪽 변경에서 늙었으니, 정형을 알고 있을 것이다. 오늘의 일은 장차 편안히 나오기를 도모하는 것이니 무릇 품은 바가 있다면 일일이 서계(書啓)[143]할 수 있을 것이다." 하였다. 공이 드디어 적과의 가깝고 먼 거리, 부락의 많고 적음, 형세의 어렵고 쉬움, 산천(山川)의 험하고 평탄함과 복병(伏兵)이 성책(城柵)을 지키는데 요긴함 등 78가지 일을 한 조목씩 써서 글로 올리고, 기미를 자세히 살펴 거사(擧事)하고, 경솔하게 상황을 그르치는 일이 없기를 청하였다.

임금께서 이르시기를, "이 서계(書啓)를 보니, 자못 병법의 계산이 있도다. 내 뜻 또한 그러하다. 그 영을 빠짐없이 기록하여 북도(北道)의 감사(監司)와 병사(兵使)에게 서둘러 전달하여 헤아려 시행토록 대비하라." 하였다. 공이 또 추가로 하나의 소를 올리기를, "남쪽의 적을 염려함이 다하기도 전에 농번기(農繁期)가 닥치니, 조금 더 영남지역이 평정되기를 기다렸다가 가을을 타서 거사를 문죄(問罪)토록 하는 것이 만전(萬全)의 계책이 될 것입니다." 하였다.

임금이 비답(批答)[144]을 내리기를, "족히 경의 나라를 근심하는 충성된

계책을 보았으니, 비변사에 영을 내려 의논하여 처리토록 할 것이다." 하
였다.

경자년(선조 33년, 1600) 여름에 공이 권귀(權貴)[145]들에게 거슬려 일
때문에 잡혀가 심문을 받았는데, 임금의 밝은 지혜로 광명을 얻어서 화의
기틀에서 벗어났다. 가을에 번호가 또다시 소란을 피우니, 공에게 남병사
(南兵使)를 특별히 제수하여 진압하게 하였으나 오래지 않아 그 직을 파였
다. 돌아오는 길에 정평(定平)에 이르러 병을 얻어 죽으니 향년(享年)이 64
세이다. 의정부 좌참찬을 추증하고 특별한 예로써 부의(賻儀)[146]를 행하
였다. 용인 모현촌(慕賢村)에 반장(返葬)[147]하였으니 선영(先塋)을 따른 것
이다.

경종조 갑자년[148]에 장양공(壯襄公)의 시호를 받았으니, 공이 '여러번
원정에서 적을 죽인 공적(屢征殺伐)'을 장(壯)이라 하고, '갑주(甲胄)를 입
고 수고한 것(甲胄有勞)'를 양(襄)이라 하였다. 공은 무예가 남보다 뛰어났
고 지략(智略)[149]을 겸비하였으며, 독서(讀書)를 좋아하고, 대절(大節)을
알았다. 처신(處身)이 맑고 대쪽 같았으며, 벼슬에 있는 동안 근민(勤
敏)[150]하였고, 위풍(威風)[151]이 족히 여러 사람의 마음을 감복시킬만하였
다. 충성으로 나아가니 족히 임금에 대한 충정을 알만하다.

북쪽 변경에 이르러서는 여러 번 곤수(閫帥)[152]를 맡아서, 계미년(선조

---

145) 권귀(權貴) : 지위가 높고 권세가 있음. 또는 그런 사람.

146) 부의(賻儀) : 상가(喪家)에 부조로 보내는 돈이나 물품. 또는 그런 일.

147) 반장(返葬) : 객지에서 죽은 사람을 그가 살던 곳이나 그의 고향으로 옮겨다가
장사를 지냄.

148) 경종 갑자년은 임인년(1722년)의 오기인 듯. 康熙 61년(1722)에 시호를 받음
(화보에서 敎旨 확인됨)*.

149) 지략(智略) : 어떤 일이나 문제든지 명철하게 포착하고 분석, 평가하며 해결 대
책을 능숙하게 세우는 뛰어난 슬기와 계략.

150) 근민(勤敏) : 부지런하고 재빠름.

151) 위풍(威風) : 위세가 있고 엄숙하여 쉽게 범하기 힘든 풍채나 기세.

16년, 1583)으로부터 기해년(선조 32년, 1599)에 이르기까지 16년을 보냈
는데, 번호(藩胡)가 매우 오만하여 분란(紛亂)을 일으켰으나 끝내 감히 맘
대로 날뛰지 못한 것은 공의 힘이다. 옛날 '북쪽 관문의 단속(北門鎖鑰)'이
라 일컬은 것이 공을 가리킴이 아니겠는가?

　임진왜란(壬辰倭亂)에 (인재의) 등용이 빠르지 않았고, 처지가 마땅치
않아서 상주 전투(尙州戰鬪)에선 오합지졸(烏合之卒)을 거느리고 저돌적
(猪突的)이며 사기가 충천한 왜구를 맞이하여 참패(慘敗)를 면치 못했고,
(충주의) 단월역(丹月驛)을 지킬 때는 (여러) 사람의 말을 절제(節制)153)함
으로 인해 충언(忠言)을 받아들이지 않았다가 대군(大軍)이 한순간에 궤멸
(潰滅)154)되었는데 편성을 잘못하여 지탱하기 어려웠으니, 이는 사세(事
勢)의 사연(使然)155)에 말미암은 것이지 공의 죄가 아닌 것이다. 도착할 때
까지의 사이에 도로를 정비하였고, 일찍이 어려움을 당했을 때 별빛이 총
총한 밤이 빨리 찾아오고서야 비로소 행재소(行在所)에 도착했다.

　상하(上下)에서 공을 위지함이 중하여 은연(隱然)중에 장성(長城)과 같
이 여겼으니, 진실로 평일의 위망(威望)156)이 일세(一世)157)를 진정시키고
감복시키는 것이 아니라면 그 누가 이에 이를 수 있겠는가? 공이 비록 상
사(喪事)를 당하여 전돈(顚頓)158) 중에 패하였으나 아직도 산망(散亡)159)
을 수습할 수는 있는 것이다. 능히 놀랄만한 기이한 공적(功績)을 아뢰었

----

152) 곤수(閫帥) : <역사> 조선 시대에, 평안도와 함경도의 병마절도사와 수군절도
　　 사를 통틀어 이르던 말.
153) 절제(節制) : 정도에 넘지 아니하도록 알맞게 조절하여 제한함.
154) 궤멸(潰滅) : 무너져 없어짐. 무너져 못 쓰게 함.
155) 사연(使然) : 그렇게 하도록 시킴.
156) 위망(威望) : 위세와 명망을 아울러 이르는 말.
157) 일세(一世) : 1. 한 사람의 일생. 2. 한 시대나 한 세대.
158) 전돈(顚頓) : 뒤집혀지거나 넘어짐.
159) 산망(散亡) : 흩어져 없어짐.

고, 여러 읍에 격서(檄書)160)를 전했으며, 해서(황해도)의 민심(民心)을 달
랬고, 세자의 가마가 옮겨갈 때 시봉(侍奉)하였으며, 흉악한 적의 선봉이
몰래 기습하려는 모의(謀議)를 막았다.

　중국 장수를 도영(導迎)161)하여 평양(平壤) 수복(收復)에 공을 세우도록
도운 일, 이미 대오(隊伍)를 이탈한 충무공(忠武公) 이순신(李舜臣)의 실수
를 용서하고 임금에게 장계를 올려 추천(推薦)한 일에서도 알 수 있거니와
또한 의병장(義兵將) 김천일(金千鎰)·곽재우(郭再佑) 등과 안팎에서 서로
도와서 끝내는 서로 실수(失手)가 없이 대업(大業)의 중흥(中興)을 이룩할
수 있었던 것이다. 마침내 명망(名望)이 황제의 총명한 마음을 꿰뚫어 장
사(將士)에게 상을 내리게 하였고, 총명한 임금의 인정을 받아 은총(恩寵)
이 식지 않았으니, 이는 공신각(功臣閣)에 화상(畵像)을 그리도록 한 일이
나 단서(丹書)162)와 철권(鐵券)163)에 공(功)을 기록하게 한 일이 그것으로,
또한 어찌 우열(軒輊)을 논할 수 있겠는가?

　공은 먼저 대흥령(大興令) 종실(宗室) 대춘(大春)의 따님에게 장가들어
따님 한 분을 두었고, 뒤에 다시 전주(全州) 이거효(李巨孝)의 따님에게 장
가들어 아들 한 분을 두었다. 따님은 선전관 성문개(成文漑)에게 시집가서
1녀를 낳으니 참판 홍명형(洪命亨)에게 시집갔다.

　아들 숭의(崇義)는 진사(進士)·종묘서 영(宗廟署令)·덕산 현감(德山
縣監)을 지내고 좌승지에 추증되었는데, 호가 망은(忘隱)으로 초서(草書)
·예서(隷書)에 능하였고, 문집이 간행되었다. 처음에는 현령(縣令) 김자
(金滋)의 따님에게 장가들어 아들 한 분을 두었고, 후에 다시 판결사(判決
事) 고덕윤(高德潤)의 따님에게 장가들어 3남 3녀를 두었으니, 장남 용(涌)
은 처음에 감역(監役) 벼슬을 받았으나 나가지 않았고, 갑자년(인조 2년,

160) 격서(檄書) : 급히 사람들에게 알리려고 각처로 보내는 글.
161) 도영(導迎) : 인도하여 맞이함.
162) 단서(丹書) : 공신상훈교서(功臣賞勳敎書)를 지칭함.
163) 철권(鐵券) : 공신녹권을 지칭함.

1624년) 이괄(李适)의 난에 백의(白衣)로서 왕을 호종(扈從)하여 진무원종 1등공신(振武原從一等功臣)[164]에 책록되었고, 금부 도사(禁府都事)를 받았으나 또한 나가지 않았는데, 호가 포곡(蒲谷)이다.

다음은 운(沄)이고, 그 다음은 수(澍)인데 모두 벼슬에 나가지 않았다. 다음은 견(汧)인데 무과(武科)에 급제하여 선전관(宣傳官)과 경상좌수사(慶尙左水使)를 지냈다. 따님은 선비 홍간(洪柬)·권간(權偘)·교리 안응성(安應星)에게 시집갔다. 용(涌)은 정언 허실(許實)의 따님에게 장가가서 1남 1녀를 낳았는데, 아들 진서(震瑞)는 감역(監役) 벼슬을 받았으나 나가지 않았고, 따님은 현감 한공억(韓公億)에게 시집갔다. 새 부인은 동지(同知) 이문헌(李文蕙)의 따님으로 2남을 두었는데, 장남은 진협(震馦)이고, 다음은 진방(震芳)으로 무과에 급제하여 선전관과 전라 병사(全羅兵使)를 지내고 가선대부 동지중추부사(同知中樞府事)에 이르렀다. 내외의 증손(曾孫)과 현손(玄孫) 약간 명이 있다.

불녕이 평생 글에 익숙치 못했지만 공과 같이 몸을 잊고 나라를 위해 죽은 절개를 마음으로 항상 흠모하였다. '획몽(獲蒙)' 두 글자는 충절에 대한 성은(聖恩)을 입었다는 것이니, 저승에 계시는 영령(英靈)의 마음에 많은 위로가 될 것이다. 그러므로 이에 후손의 가장(家狀)에다 약간의 보충과 윤문(潤文)을 가하는 바이다.

숭정 기원 후(崇禎紀元後) 2번째 을축년(영조 21년, 1745) 2월 상한(上澣)에

대광보국숭록대부(大匡輔國崇祿大夫) 의정부 영의정(議政府 領議政) 동족 후인(同族後人) 의현(宜顯)은 삼가 짓는다. (호는 陶谷)

---

164) 비문의 영국원종공신은 진무원종공신의 오기이다.

壯襄公 諡狀

國朝人材。莫盛於穆陵之世。文武諸彦。挺生林立。而傑然爲一時名
將。聲名聳於華夷。事蹟垂於竹素者。巡邊使武勇大將李壯襄公是已。公
諱鎰。字重卿。系出龍仁。鼻祖吉卷。佐麗太祖策三韓壁上功臣爲太師自
後簪組蟬聯。十三世而至諱中仁。策駒城府院君[165]。生諱士謂。入本
朝。爲開城留後。生諱伯持。吏曹參判。太宗朝。首與清白吏選。是於
公爲七代祖。高祖諱會忠。僉使。曾祖諱承孝。承仕郎贈刑曹參議。祖
諱環。副司直贈戶曹參判。考諱敏德。兵馬虞侯[166]。累贈至崇政大夫議
政府左贊成兼判義禁府事。妣延安李氏。生員繼壽之女。公以嘉靖戊戌七
月七日生。生而奇偉。遊嬉異凡兒。及長。投筆事弓馬。萬曆戊午。登
丙科。庚申。拜宣傳官。刱設廳規。同僚皆敬憚之。刻名于龍椎。至今
傳焉。甲子。出令咸從。庚午。守碧潼。俱有威惠。壬申。丁贊成公
憂。服闋。由端川郡守。遷慶興府使。俄陞資。移穩城。庚辰。除釜山
僉使。壬午。拜全羅左水使。先是。北邊野人。欵塞內附。留住長城外
我境。供征役。謂之藩胡。癸未。有尼湯介者。誘引江北野人。女眞諸
種。圍陷慶源。朝廷特以公爲府使。往討之。公綏於中機。民安虜服。
乙酉。尼胡又聚兵會寧。大肆劫掠。超拜公會寧府使以鎭之。冬。賊又
於長城內邀。搶高嶺鎭軍布。公引軍擣其巢。盡焚其部落。斬獲三十餘
級。奪還其所掠。丙戌。又陞本道兵使。公思所以悠久遵守永鎭北方者。
乃取營中舊所藏制勝方略。商度便否。增補潤色。凡賊路遠近。控扼要
害。城池機械固圍制敵之策。無不詳記而備載。使有所考據倣行。仍錄一
通奏御。請以此試講諸將官。以爲殿最。因陳軍務二十九事。禁令二十七
條。上令備局依奏施行。分頒諸鎭堡。自是分軍防守。皆有條理。有所

---

165) 鉤城
166) 折衝將軍行咸鏡北道

依賴。是年秋。朝家設屯鹿島。以造山萬戶李舜臣。兼董屯官。丁亥秋。楸島藩胡與時錢藩胡何吾郎阿等。乘大霧侵掠。時屯兵以穡事盡出。舜臣猝當其鋒。出力捍禦。僅得保寨。而民卒之被虜殺傷者多。朝議將拿鞫。公惜其才勇。請以白衣從軍。得以贖罪。冬。公到慶興。捕誅郎阿等。令虞侯金遇秋襲破楸島。蕩其巢窟。時撫夷，時錢，夫汝只等部落。最強難制。公具啓事情。請討之。上回諭曰。今觀卿啓。備悉邊情。當寫一通。置之座側。因許焉。戊子正月。公發本道兵及赴戍卒。使會寧府使邊彥琇。穩城府使楊大樹。爲左右衛將。高嶺僉使劉克良。助防將李薦。爲左右先鋒。左衛由白顏烟臺。循山而北。右衛自撫夷堡東。越江而西合。圍時錢。燒其四部穹廬三百餘。所斬首幾五百級。上遣兵曹正郎李大海。宣勞犒師。命官公一子。秋。移拜公全羅兵使。庚寅。又拜南兵使。時日本久有搆釁窺覬之漸。及辛卯通信使之還。南報尤急。朝野洶懼。上命備局諸臣。各薦將材。公於武宰中最有名。時慶尙右兵使曹大坤。老不堪任。西崖柳相成龍。啓於榻前。請以公代大坤。兵判洪汝諄曰。某名將。當在京師。不可遣。柳相曰。凡事預而後立。況治兵禦敵。尤不可卒辦。脫一朝有變。不得不遣某往。毋寧及時下送。使預備待變。若臨急驅使。必無所成。悔無及矣。上納汝諄言。竟以公爲漢城判尹都摠管捕盜大將。壬辰四月十三日。倭奴犯境。陷東萊十七日。廟堂始啓請以公爲巡邊使下中路。邊璣爲助防將。守鳥嶺。公手下無兵。欲得京兵數百而去。取兵曹選兵案點閱。皆市井白徒。儒生胥吏。居其半。具巾服持試卷。戴平頂呼訴者盈庭。以故久未得發。朝廷竟不得已令公先行。使別將兪沃隨後領去。公纔率軍官及射手六十餘人。行到聞慶。則縣中空無人。公自發倉穀。餉所帶軍。前至尙州。牧使金澥逃入山。獨判官權吉守邑。公責以無兵。將斬之。吉請自出收募。達夜搜索。僅得數百而至。公留尙州一日。開倉出耀。誘召散民。民箇箇從山谷中來。又數百人。倉卒編伍。皆農民無堪戰者。賊已屯善山。距州二十里而近。

翌朝。公率烏合民兵及京來壯士合八九百。出陣于州北川邊。布陣未半。賊大至。砲丸亂發。諸將請移兵少却。公杖劒厲聲曰。受命禦賊。安敢求生。促軍進戰。賊分左右翼。繞出軍後。公知事不濟。遂撥馬而回。到聞慶。馳啓敗狀。上回諭曰。勝敗。兵家之常。非卿不盡力。姑貰卿罪。以責來效。卿須招集散亡。呼召部曲。與申砬相機猗167)角。圖收桑榆。若賊兵方進而事勢有難如意。或來衛京都。或追護行在。且通諭於各道監兵使及守土之臣。使各一心力。倡義勇以扶顚危。公於是欲退守鳥嶺。而聞申砬在忠州。要與來會。共扼嶺險。砬不聽。自以元帥。當節制諸將。反召公。公與邊璣等俱詣砬。二十八日。砬出陣彈琴臺。使公爲前鋒。屯丹月驛。有頃。賊兵分兩路而進。砲鼓震天。勢如潮湧。公突戰。斬十餘級。而賊已破申砬，李薲兩軍。軍皆赴水死。屍骸塞江。公挺身突圍而出。到利川。割塗窓紙以具啓。令軍官李致中獻馘。二十九日夜。啓至京城。翌曉。大駕西幸。留右相李陽元守都城。副元帥申恪，防禦使文夢軒等。共守楊州大灘。公自利川入京。陽元使公檢督大灘軍。時行朝遣知事韓應寅。與李薲，劉克良等。同守臨津。爲賊所廹。勢甚急。陽元令公馳往救之。公與恪，夢軒等。行到蟹蹻嶺。遇賊。先登力戰大破之。斬三十級。恪，夢軒亦斬四十級以聞。上遣宣傳官。獎諭賜御馬。復除公巡邊使。公將就楊州。粮儲將餉軍。赴臨津候騎報。賊兵已迫。公與申，文兩將。出陣廣野。賊遽來薄。公奮身力戰。夢軒軍先北。公旣失羽翼。不能抵敵。且戰且退。賊不敢逼。未幾。臨津把截之兵。皆敗潰。及清正自谷山直踰老里峴。入北道。則平壤以南。更無可守者。公於是決意勤王。領手下兵。晝夜行到平壤。時諸將以禦賊南下者。或死或亡。無一人扈駕者。聞賊將廹。人心益懼。及聞公至。無不喜悅。倚以爲重。上引見勞勉。已而。賊兵漸逼。大駕又向龍川。留都元帥金命元守箕城。俄聞賊已至鳳山。西厓相恐賊至江外。得我民向

---

167) 猗 : 掎

導。由詠歸樓下江水淺狹處暗渡。與梧陰尹相斗壽相議。急遣公把守津頭。公馳至萬頃臺下。賊兵聚南岸者已數百。洲民皆驚散。俄頃。賊已在江中近岸。公急令武士引强弓射。殪六七賊。賊乃退。六月。賊陷平壤。公欲跋履勤王。而賊已彌滿道路。不得已渡江。至海西。召募得千餘衆。將西赴行在。此時西路斷絶。朝命不通。民多投賊。守宰皆竄山谷。公慨然曰。大夫出疆。有可以寧社稷利國家。專之可也。遂以權宜。馳文告諭曰。大駕今駐龍川。天兵二十萬。已渡鴨綠。湖南僧義兵來會者。亦且十萬。恢復指日可待。凡粮餉芻茭。刻日儲峙。無敢不逮。若違此令。當科以軍律。又擇軍官有才諝者。以便宜假守郡縣。安撫百姓。且使隨便抄兵。乘間討賊。於是守令之逃竄者爭出視事。王靈復振。民心稍定。公由新溪至兎山。將襲龍川賊。時東宮分朝住伊川。公承召馳赴。仍留扈衛。賊聞鶴駕所駐。進兵逼玉燈驛。是夜報至。公慮賊猝犯。欲陪駕移駐。僉議將待曉。公曰。此賊覘覦已久。若乘夜掩襲。將何以支吾。莫若急渡成川阻上流以守。奉而先行。人皆謂公怯。翌日。賊果入伊川。衆始服公先見。於是大朝以公爲東邊防禦使。中和,祥原諸別將。咸屬焉。公令把截平壤以北。進箚江東。盡力勦捕。斬獲甚多。朝廷以戰功奏天朝。天朝賜公白金二十兩。將士各有差。時李薲在順安。每進輒敗。朝議遂以公爲本道兵使。代薲兼巡邊使。都摠諸軍。移陣順安。十二月。提督李如松。領遼浙兵四萬。渡龍灣。進屯平壤西。公出陣林原坪。與義兵將高忠卿等。聲勢相依。俘獲頗多。賊不敢出。翌年正月。提督麾三軍逼城下。進攻牧丹峯之賊。公以前鋒。奮勇衝殺。提督分軍圍城。公與別將金應瑞等。領我軍爲先鋒。蟻附先登。天兵繼之。大破賊賊退入內城。提督慮窮寇致死。收兵退屯。開賊歸路。是夜。賊皆乘氷過江而遁。公欲追襲殄殲。而天將拘我軍使不得進。反以不嚴警守咎我。因宣言公非將才。李薲可以代之。盖天將多爲薲地者故也。於是天將移咨言狀。朝廷令尹相。至平壤究問。將行軍法。良久得釋。爲看天將面也。時北道亂民。導賊入六鎭。兩王子及諸從臣。皆陷賊。三甲亦爲亂民所搶掠。兵使李渾被害。朝廷又以公爲北道巡邊使。公卽赴任。誅止巨魁。不問脅從。譙集藩胡。嚴辭責諭。北民安堵。邊圉無警。九月。公還海州。扈行宮。十月。陪駕還都。以知中樞府事兼訓鍊院都正，軍器寺提調。時賊退據海邊。分設十六屯。築城掘塹。爲久留計。公以知事。兼忠全慶三道巡邊使。軍順天。尹相爲體察使。督水陸軍進戰。公驅陸路賊入田遏渡。而賊高壘不出。不得交鋒而還。未久。朝廷召公還京。摠宿衛護王都。于時藩胡乘我有難。欲作亂。朝議以公威德素著北方。丙申。復拜北兵使。己亥春。藩胡等擅造家舍於禁標之內。公先使土兵等。往陳禍福。使之撤毀。嘗試其意。將觀變致討。胡不聽。公令邃杀其土兵。巡察使宋彦愼。以公爲債事。請罪拿囚。已而蒙原。叙拜武勇大將都摠管。開府京師。時北邊孽胡。猶搆釁不已。守臣遽請興師致討。上下敎于政院曰。用兵。國之大事。昨見備局回啓。頗涉疎漏。予竊危之。耕當問奴。召李鎰以書下條件問啓。又諭曰。卿老於北邊。備諳情形。今日之事。計將安出。凡有所懷。可一一書啓。公遂將賊程遠近。部落多寡。形勢難易。山川險夷及伏兵守柵之要。七八事。逐條書進。仍請相機擧事。毋貽輕率誤機。上曰。觀此書啓。頗有兵筭。予意亦然。其令具錄。馳諭於北道監兵使。以備參酌施行。公又追上一疏曰。南虞未殄。農月已廹。稍俟嶺徼平定。決乘秋問罪之擧。似爲萬全。上批曰。足見卿憂國忠謨。令備局議處。庚子夏。公忤權貴。因事拿問。賴聖明灼見得。脫禍機。秋。藩胡又梗化。特拜公南兵使以弭之。未幾解職。還至定平。感疾而卒。 享年六十四。贈議政府左參贊。優禮致儀。返葬于龍仁慕賢村。從先兆也。景宗朝甲子。贈諡壯襄。公用屢征殺伐爲壯。甲胄有勞爲襄。公雄武過人。兼有智略。而好讀書知大節。律身清簡。居官勤敏。威風足以服衆心。忠藎足以結主知。至於北邊。屢膺閫。寄自癸未至己亥十六年之間。藩胡桀驁屢生釁端而

終不敢肆暴者。公之力也。古所稱北門鎖鑰。非公之謂歟。至於壬辰之
亂。用之不早。處之非所。尙州之戰。以烏合至殘之卒。當豕突方張之
寇。未免敗衄。丹月之守。節制由人。忠言不售。大衆一潰。偏師難
支。此則由於事勢之使然。非公之罪也。及至間關道路備嘗辛苦。星夜馳
赴。始達行在。上下倚重。隱然若長城。苟非平日威望鎭服一世。其孰
能及此哉。公雖當喪敗顚頓之中。猶能收拾散亡。克奏獻馘之奇勳。移檄
列邑。以鎭海西之民心。奉移鶴駕。以防兇鋒暗襲之謀。導迎天將。贊
成箕城克復之功。旣知忠武公李舜臣於行伍之中。奏過薦聞。又與義兵將
金千鎰， 郭再佑等。內外協力。終不相失。使中興大業。得以成就。卒
之名徹帝聰。賞延將士。受知明主。眷注不衰。此與圖像雲臺。策勳丹
鉄者。又何軒輊焉。公先娶大興令宗室大春女。生一女。後娶士人全州
李巨孝女。生一男。女適宣傳官成文漑。生一女。適參判洪命亨。男崇
義。進士宗廟令德山縣監贈左承旨。號忘隱。善草隷刊行。初娶縣令金滋
女。生一男。後娶判決事高德潤女。生三女三男。男長涌。初以監役不
仕。甲子适亂白衣扈從。錄原從一等。寧國功臣禁府都事。又不仕。號
蒲谷。次浤， 次澍。皆不仕。次汧。武科宣傳官慶尙左水使。女適士人
洪柬， 權侗， 校理安應星。涌娶正言許實女。生一男一女。男震瑞。監
役不仕。女適縣監韓公億。後娶同知李文蕙女。生二男。長震馦。次震
芳武科宣傳官全羅兵使嘉善同知。內外曾玄孫摠若干人。不佞生平不嫺詞
章。而若公忘身殉國之節。心常欽慕。獲蒙二字節惠之典。庶慰九原英靈
之心。故玆因後孫家狀。略加修潤焉。

崇禎紀元後 二乙丑 二月 上澣 大匡輔國崇祿大夫 議政府 領議政
同族後人 宜顯 謹撰 陶谷

경원 충렬사(忠烈祠) 배향시 유림이 순영(巡營)에 보고한 글

가만히 살피고 엎드려 생각하옵건대 충렬(忠烈)을 권장하는 것은 국가가 노고에 보답하는 은전이며, 사당을 세워서 공로에 보답함은 사민(士民)[168]의 현인(賢人)을 밝히는 정성입니다. 충성(忠誠)을 하였음에도 정려(旌閭)하지 않음은 충성을 권면(勸勉)하지 않음이요, 공(功)이 있어도 갚지 않는다면 공은 드러나지 않을 것입니다.

(그러므로) 기린각(麒麟閣)[169]에 화상을 그리고 능연각(凌煙閣)[170]에 보이는 것은 세상에 드문 공로를 권장하는 까닭입니다. 양양(襄陽)의 비석과 신야(新野)의 사당이 이를 잊지 않으려는 정성에서 나온 까닭입니다. 옛날 섬 오랑캐와 충돌하던 때를 생각하노라면 오랑캐의 침략을 어찌 차마 말하겠습니까?

당시에 왜적을 토벌하되 공을 세운 장수가 많지 않다고는 할 수 없지만 여러 해 동안 장수로써 공을 쌓아 가장 드러난 자는 홀로 고 절도사(故節度使) 이공 휘 일(鎰)이 있을 뿐입니다. 그 정충(貞忠)[171]과 무열(茂烈)이 방책(方冊)[172]에 소상히 실려 있지만 반드시 일일이 열거할 수가 없사오니, 이제 그 깃치(繁)의 대강을 간략히 진술하기를 청합니다. 생각건대 이

---

168) 사민(士民) : 양반과 평민을 아울러 이르는 말.

169) 기린각(麒麟閣) : 공신들의 화상을 모셔 놓은 전각을 말한다. 한(漢) 나라 무제(武帝) 때 세워졌으며, 선제(宣帝) 때 곽광(霍光) 등 11공신의 화상을 그려서 미앙궁(未央宮) 안에 기린각을 짓고 모시어 그들의 공적을 기렸다.『漢書 蘇武傳』

170) 능연각凌煙閣) : 당(唐)나라 때의 전각(殿閣) 이름인데, 태종(太宗) 연간에 국가에 공로가 가장 큰 신하로 장손무기(長孫無忌), 두여회(杜如晦), 위징(魏徵), 방현령(房玄齡), 이정(李靖) 등 스물네 훈신(勳臣)의 초상을 그려서 이 전각에 걸어 놓게 했던 데서 온 말로, 전하여 공신(功臣)에 책록(策錄)된 것을 의미한다.

171) 정충(貞忠) : 절개가 곧고 충성스러움.

172) 방책(方冊) : 목판이나 대쪽에 쓴 글.

곳 본도(本道)는 본래는 고구려(高句麗)의 땅인데, 여진인(女眞人)들이 빈틈을 타서 들어와서 사니, 전조(고려조)의 윤시중(尹侍中)[173]이 토평(討平)[174]하고 진을 설치하였는데, 아직도 경계가 획정(劃定)되지 않았습니다.

우리 세종조(世宗朝)에 체찰사(體察使) 황보공(皇甫公[175])과 절제사(節制使) 김공(金公)[176]은 강역(疆域)을 개척하고 오랑캐를 방어하였습니다. 설험(設險)[177]하여 변경을 굳게 하니 이에 변경의 오랑캐[178]가 관세(款塞)[179]하고 내부하며 스스로 울타리(藩蔽)를 칭하였습니다. 90여년 후에 회령(會寧)에서 번호(藩胡)[180]인 니탕개(尼湯介)가 각진(各鎭)의 번호들과 함께 세력을 연계하여 난을 일으켰습니다.

3년이 지난 계미년(선조 16년, 1583)에는 경원진(慶源鎭)을 포위하여 함락시키니, 선조조에 조정에서는 공을 경원 부사(慶源府使)로 삼았는데, 공이 장수가 되어 때에 맞게 잘 방어하니 오랑캐는 복종하였고, 백성들은

---

173) 여진족을 정벌하고 9성을 쌓은 문하시중(門下侍中) 윤관(尹瓘) 장군을 지칭한다.

174) 토평(討平) : 무력으로 쳐서 평정함.

175) 체찰사 황보공(皇甫公) : 황보인(皇甫仁 : ?~1453(단종 1)을 지칭함. 1441년 함길도에 파견되어 종성을 수주(愁州) 강변으로 이치(移置)하면서 종성·회령·온성·경원·경흥 등지에 소보(小堡)를 설치해 북방의 방어를 강화하였다. 이후 빈번하게 평안도와 함길도를 출입하면서 김종서(金宗瑞)와 쌍벽이 되어 북변을 개척하고 방어하는 데 공헌하였다. 영의정에 이르렀으나, 계유정란(癸酉靖難)에 수양대군(首陽大君) 일파에게 살해되었다.

176) 절제사 김공(金公) : 김종서(金宗瑞)를 지칭함. 문과 출신으로 육진(六鎭)을 개척하는 등 국경 방어에 공이 많았으나 결국 계유정란(癸酉靖難)에 수양대군(首陽大君) 일파에게 살해되었다.

177) 설험(設險) : 중요한 장소에 방비 시설을 함.

178) 변경의 오랑캐 : 여진족을 지칭함.

179) 관세(款塞)하며 : 『사기(史記)』 태사공자서(太史公自序)에, "중역(重譯)으로 관새(款塞)한다." 하였고, 그 주에, "새문(塞門)을 두들기고 와서 항복한다는 뜻이라." 하였음.

180) 번호(藩胡) : 북쪽 변경에 사는 오랑캐들로, 우리나라에 복종하는 여진족을 말함.

편안하게 되었습니다. 갑신년(선조 17년, 1584)에 적도(오랑캐)들이 또다시 회령에서 군사들을 불러 모으니, 조정에서는 특별히 공을 회령 부사(會寧府使)로 삼아 방어하게 하였습니다.

을유년(선조 18년, 1585) 겨울에 오랑캐 기병(騎兵)이 갑자기 장성(長城) 안에 들어와 고령진(高嶺鎭)의 인마(人馬)와 군수품(軍需品)을 빼앗아 가니, 공이 군사를 이끌고 가서 그 소굴(巢窟)로 깊숙히 들어가 소탕하고 30여급(級)을 참획(斬獲)한 후 그들이 사는 궁려(장막, 파오)[181]를 불태우고 약탈한 물건을 되찾아왔습니다.

이듬해인 병술년(선조 19년, 1586)에는 공을 본도의 병마절도사(兵馬節度使)로 승차(陞差)시키니, 공의 생각에 오랫동안 진수(鎭守)[182]하라는 뜻으로 받아들이고, 옛날 장수들이 모아서 고찰한『제승방략(制勝方略)』을 편리한 점과 불편함 점을 고열(考閱)[183]하여 윤문을 가하고 증보(增補)하였습니다. 무릇 적로(賊路)의 원근(遠近)과 요해처(要害處)[184]의 험이(險夷)[185]에서 가 진(各鎭)의 성지(城池)의 기계(器械) 및 변경을 굳건히 하고 적을 제어할 대책과 전일에 빼앗긴 물건을 되찾아온 행적을 기록하였는데, 갖추지 아니 함이 없었습니다.

또한 군무(軍務) 29사(事)와 금령(禁令) 27조(條)를 진언(陳言)[186]하니, 임금께서 비변사(備邊司)에 명하여 아뢴 바대로 시행토록 윤허하시고 각 진보(鎭堡)마다 1건씩 반사(頒賜)[187]하여 미리 강구(講究)[188]토록 하셨습

---

181) 궁려(穹廬) : 몽고인이 사는, 위가 둥글고 높은 모양의 천막. 파오(包)라 함.

182) 진수(鎭守) : 군대를 주둔시켜 군사적으로 중요한 곳을 지킴.

183) 고열(考閱) : 자세히 살펴보거나 점검하면서 읽음.

184) 요해(要害) : 전쟁에서, 자기편에는 꼭 필요하면서도 적에게는 해로운 지점.

185) 험이(險夷) : 험난함과 평탄함.

186) 진언(陳言) : 일정한 사실에 대하여 말을 함.

187) 반사(頒賜) : 임금이 녹봉이나 물건을 내려 나누어 주던 일.

188) 강구(講究) : 좋은 대책과 방법을 궁리하여 찾아내거나 그런 대책을 세움.

니다. 이로부터 군사를 나누어 지키는데, 각각 조리(條理)가 있었고, 인위
(仁威)가 널리 퍼져 변방이 편안하고 조용해졌으니, 모방하여 행하는데 고
증하여 준거할 바가 있게 되었습니다. 인하여 방략(方略) 1건을 기록하여
임금에게 아뢰어 이를 여러 장관(將官)에게 시강(試講)토록 청하여 전최
(殿最)[189]를 삼게 하였습니다.

정해년(선조 20년, 1587) 가을에는 추도(楸島)의 번호(藩胡)인 마니응개
(麻尼應介)와 시전(時錢)의 번호(藩胡)인 하오랑아(何吾郞阿) 등이 힘을 합
쳐 녹둔도(鹿屯島)의 둔소(屯所)를 노략질하니, 백성과 군졸 가운데 포로
가 되거나 죽고 다친 자가 헤아릴 수 없었습니다. 공이 경흥(慶興)을 순찰
하다가 적의 추장(酋長)을 잡아서 주살(誅殺)[190]하고 인하여 마침내 우후
(虞侯) 김우추(金遇秋)에게 명하여 병력을 거느리고 추도(楸島)부락을 기
습하여 깨뜨리고 그 소굴을 소탕하게 하니, 적의 머리 33급을 베어 돌아왔
습니다. 이때 무이보(撫夷堡)의 오랑캐가 변경을 넘어왔는데, 시전(時錢)
·부여지(夫汝只) 등의 부락과 함께 가장 강성하여 제어하기가 어려웠습
니다.

공이 변경의 사정을 갖추어 장계를 올려서 토벌(討伐)하기를 청하니, 임
금께서 회유(回諭 : 回信)하시기를, "지금 경이 아뢴 바를 살피니 변경(邊
境)의 사정이 모두 갖추어져 있도다. 마땅히 한 통을 필사하여 자리 곁에
둘 것이며, 또한 토벌하는 것을 윤허하는 바이다" 하였습니다.

무자년 정월에 공이 친히 수졸(戍卒)을 거느리고, 군대를 나누어 사방에
서 포위하고 힘을 합쳐 엄습(掩襲)하여 그곳의 궁려(穹廬 : 천막) 300여 곳
을 불태우고 400여 급[191]을 목 벤 후에 돌아왔습니다. 임금께서 병조정랑

---

189) 전최(殿最) : 고려, 조선 시대에, 관찰사가 각 고을 수령의 치적을 심사하여 중
　　　앙에 보고하던 일. 전(殿)은 맨 아래 등급을, 최(最)는 맨 위 등급을 말하는데,
　　　고과 평정의 뜻으로 썼으며, 해마다 음력 유월과 섣달에 시행하였다.
190) 주살(誅殺) : 죄를 물어 죽임.
191) 정토시전부호도(征討時錢部胡圖)에서는 500여급을 베었다고 하였다.

(兵曹正郎) 이대해(李大海)를 파견하여 장사(將士)들에게 음식을 먹여 수
고를 위로하고[犒勞] 공의 아들 한 명에게 관직을 주도록 명하였습니다.

대개 이 전에 신해년(辛亥年 성종 22년, 1491)에 조산보(造山堡)가 포위
된 일, 임자년(壬子年 명종 7년, 1552) 서수라보(西水羅堡)의 함락, 계미년
(癸未年 선조 16년, 1583) 경원(慶源)·안원(安原)·건원(乾元)·아산(阿
山)·훈융(訓戎)의 변란이 모두 이에서 나왔는데, 적이 난을 선동하였지만
감히 대적하지 못하였다가 이 전역을 맞아서 남김없이 섬멸하니 다른 오
랑캐가 감히 다시 방자하게 행동하지 못하였고, 도민(道民)이 지금까지 안
도(安堵)하게 되었으니, 공이 내린 은택이 아님이 없습니다.

그때 참전했던 사람인 김경복(金慶福)이 작전승도(作戰勝圖)를 그려서
선조(宣祖)에게 아뢰게 되니 더욱 칭찬하였습니다. 이제 그 그림이 동산
같아서 시험 삼아 열어보니 군용(軍容)192)이 엄숙하고, 기상(氣像)이 늠름
(凜凜)하여 아직도 사람의 모골(毛骨)을 송연하게 합니다. 군대를 나누어
말을 몰아서 쫓아가서 탕화(湯火)193)일지라도 다투어 달려들듯 하니, 비
록 100년의 거리가 있지만 눈으로 직접 본 것과 같았습니다. 그러나 그 후
로 뒤를 이어 순변사(巡邊使)로 부임하였고, 다시 관북절도사(關北節度使)
로 안찰(按察)할 적에 때에 따라서 처리함이 갈수록 면밀하였으니, 무릇
그 위대한 훈공과 성열(盛烈)을 자세히 거론할 수가 없습니다.

북도에 이르렀지만 절도사의 보직에서 체직(遞職)되어 돌아간 후에는
얼호(孼胡)194)들이 또다시 선동하였습니다. 임금께서 공에게 계책(計策)
을 하문(下問)하시니, 공이 이에 적로(賊路)의 원근(遠近)과 부락의 많고 적
음, 형세의 어렵고 쉬움, 산천의 험하고 쉬움과 복병(伏兵)이 성책을 지킬
곳 등을 조목조목 들어서 진언하였다. 추격(追擊)하여 원조(援助)를 끊는

---

192) 군용(軍容) : 군대의 위용(威容)이나 장비.

193) 탕화(湯火) : 끓는 물과 타는 불.

194) 천한 오랑캐란 뜻으로 여진족을 이름.

데 요긴할 것이니, 모두가 자세치 않음이 없어서 승산(勝算)을 돕는데 도움이 될 것입니다. 추가로 하나의 상소를 올려 만전(萬全)의 대책을 진언하여 대비하게 하니, 또한 충모(忠謨)한 비답을 내려서 마침내 적을 방어하게 하였습니다. 이제 옛날 실행한 대책을 얻으려는 자는 또한 공을 신뢰하여 신통한 계책과 매우 교묘한 꾀를 내게 한다면 매우 만족스러우리라 사료됩니다.

임진년(선조 25년, 1592)의 왜구(倭寇)의 변란(變亂)에 비록 여러 군대가 분패(奔敗)를 당하는 중에도 공이 능히 산망(散亡)[195]을 수습하여 여러 번 적의 수급(首級)을 올리는 전공을 아뢰었고, 적진(賊陳)을 뚫고 들어갔으며, 크게 근왕(勤王)의 의병(義兵)을 일으켜서 여러 고을에 격문(檄文)[196]을 돌려서 해서(海西)[197]의 민심을 진정시켰습니다. 세자(世子)의 가마를 받들어 옮겼으며 흉악한 적의 예봉(銳鋒)의 암습(暗襲)을 막아냈으며 마침내는 명나라 장수를 인도하여 맞이하고 마침내 평양(箕城)을 회복하였습니다. 행궁(行宮)을 호종하여 서울로 돌아오니 천지(天地)가 다시 맑게 되었고, 해와 달은 다시 이름을 얻게 되었으니 중흥지업(中興之業)이 실로 이에서 기반한 것입니다. 이로 말미암아 공(功)을 중국 조정에 전주(轉奏)[198]하여 이름이 천하(天下 : 중국)에 알려졌으니, 이는 실로 나라의 큰 공로요, 이 나라 백성들이 함께 칭송(稱頌)할 바이며, 오직 우리 북방 사람들이 마음에 새겨서 세상이 끝난 후에도 잊을 수 없는 것입니다.

진실로 공은 본도(함경도)에서 다섯 고을의 수령을 역임했고, 거듭 두 번씩이나 절도사로 수십 년간 안찰(按察)할 적에 상황을 보아서 제치(制置)하여 무릇 싸우고 지키는 방략(方略)[199]을 적용하여 전부 쓰지 않음이

---

195) 산망(散亡) : 흩어져 없어짐.

196) 격문(檄文) : 군병을 모집하거나, 적군을 달래거나 꾸짖기 위한 글.

197) 황해도(黃海道)의 별칭.

198) 전주(轉奏) : 이 자문을 토대로 군문에서 중국 조정에 다시 아뢰는 것

199) 방략(方略) : 일을 꾀하고 해 나가는 방법과 계략.

없었으니, 농민들은 창양(搶攘)[200]한 중에도 농업에 전념할 수 있었다. 싸움에 임하는 병졸들은 적과 대진(對陳)하고 있을 때 용기를 발휘하였고, 번호(藩胡)의 추장(酋長)들은 울타리가 되어 전쟁이 그쳐서 북방의 감옥이 편안하고 고요해졌으니 마땅히 지금까지도 영원히 그 배품에 의뢰하는 까닭입니다.

아! 우리 공께서 구하는 바가 없었다면 북도의 백성들은 오래도록 어육(魚肉)이 되었을 것이며, 장성(長城) 남쪽은 거의 오랑캐 땅(左衽之域)이 되었을 것입니다. 이제 우리 유민(遺民)이 편안히 코를 골면서 왼손에는 밥을 오른 손에는 죽을 들고서 쉴 수 있게 된 것이 저 누구의 공력(功力)인데 은공(恩功)에 보답할 까닭을 생각지 않는 것입니까? 또한 엎드려 생각하옵건대 나라에 육진(六鎭)이 있음은 곧 한나라에 풍패(豊沛)가 있고, 당나라에 진양(晉陽)이 있음과 같습니다. 쌓고 뚫고 강역(疆域)을 개척하여 둔소(屯所)를 설치한 것은 우리 절제공(節齊公)[201]의 공로입니다.

오랑캐를 소탕하고 다시 북쪽으로 나아가게 된 것은 곧 우리 징양공(壯襄公)의 공로인 것입니다. 두 분의 사업이 진실로 같거나 다름이 없지만 옛날 절제공(김종서)의 사당을 세우던 날에 이공 홀로 함께 배향(配享)치 못하였습니다. 대개는 저때의 토착민들의 의논에 따른 것인데, 두 분(二公)을 향사(享祀)하는 일이 비록 한꺼번에 시행되지 못하지만 저절로 다음 기회에 시행될 것입니다.

애석합니다! 시간이란 두 번 거두기가 어려운 것이요, 일이란 되돌리기가 쉬운 법인데 함께 제향(祭享)하는 예를 오히려 이곳에서 빠뜨리게 됩니다. 대저 두 분은 한 몸이요, 같은 공인데 혹은 향사(享祀)하고 혹은 제사를 빠뜨린다면 진실로 함께 현창(顯彰)하는 것이 아닐 것이며, 북도민들의 탄식하고 슬퍼하는 이유가 더욱 오래도록 간절할 것이니 진실로 떳떳한 마

---

200) 창양(搶攘) : 몹시 혼란하고 수선스러움.

201) 김종서(金宗瑞)장군을 지칭함.

음에서 나온 것입니다.

또한 이제 가까운 바다에 왜적이 있어서 전하의 잠자리(丙枕)[202]가 편치 않은 때에 무릇 공로를 표창하고, 격려하여 권하는 일을 조금이라도 늦추도록 용납할 수가 없으므로 이에 그 처음에 사당을 세우던 예를 따라서 추가로 배향토록 병상(兵相)[203] 합하(閤下)에게 청하여 여정(輿情)[204]의 살핌을 입게 되어 공론(公論)에 따라 허락하여 이제 이를 좇게 된다면 구천을 맴도는 영령(英靈)도 지난 일이 거의 위로가 될 것입니다.

백성들이 사사로이 감축(感祝)[205]하게 하는 것이 어떻겠습니까? 엎드려 생각하옵건대, 한 도의 공론(公論)에 따라서 풍속(風俗)을 보고 수집(收集)하는 일을 감히 들어서 알지 않으면 아니 되므로 감히 이에 사유를 갖추어 우러러 아뢰옵니다. 백성들에게 맡길 수가 없는 것은 더럽히고 어지럽혀 재가 됨에 이를까 두려운 것입니다.

配享慶源忠烈祠時。 儒林報巡營狀

恐鑑伏以。 旌忠獎烈。 國家酬勞之典。 立祠報功。 士民景賢之誠。 忠而不旌。 則忠不勸。 功而不報則功不顯。 麟閣之畫。 凌烟之贊。 所以獎不世之勳也。 襄陽之碑。 新野之廟。 所以寓不忘之誠也。 念昔島夷之衝突。 山戎之侵掠。 尙忍言哉。 當時。 討賊建功之將。 不爲不多。 而累年制梱。 功績最著者。 獨故節度使李公諱鎰也。 其貞忠茂烈。 昭載方册。 不必一一枚擧。 今請畧陣其繁槪焉。 惟此本道。 本以高句麗之地。 女眞

---

202) 병침(丙枕) : 임금이 침소에 듦. 또는 그런 시각. 하룻밤을 갑, 을, 병, 정, 무의 오야(五夜)로 나누어서 병야(丙夜)를 임금의 취침 시간으로 정한 데서 유래한다.

203) 병상(兵相) : 병조판서를 지칭한듯.

204) 여정(輿情) : 어떤 일이나 행동에 대한 사회 일반의 정적(情的)인 반응.

205) 감축(感祝) : 경사스러운 일을 함께 감사하고 축하함. 또는 받은 은혜에 대하여 축복하고 싶을 만큼 매우 고맙게 여김.

乘虛入居。 前朝尹侍中討平設鎭。 而猶未定界。 逮我世宗朝體察使皇甫公。 節制使金公拓彊禦戎。 設險固邊。 於是乎邊胡款塞內附。 自稱藩蔽。 九十餘年之後。 會寧越邊藩胡尼湯介者。 與各鎭藩胡等。 連勢搆亂。 三去癸未。 圍陷慶源鎭。 宣廟朝。 朝廷以公爲慶源府使。 公綏禦中機。 虜服民安。 甲申賊又聚兵會寧。 朝廷特拜公會寧府使。 以禦之。 乙酉冬。 賊騎突入長城。 劫掠高嶺鎭人馬軍需而去。 公引軍深入擣其巢窟。 斬獲三十餘級。 盡焚其穹廬。 奪還其所掠。 翌年丙戌。 陞公本道兵馬節度使。 公思所以悠久鎭守之計。 取效古將制勝方畧。 商度便否。 增補潤色。 凡賊程遠近。 險夷要害。 各鎭城池器械。 及固邊制敵之策。 與前日被搶奪還之迹。 無不詳記而備載。 使有所攷據倣行。 仍錄一件奏御。 請以此取講諸將。 以行殿最。 又陣軍務二十九事。 禁令二十七條。 上令備局。 依奏許施。 分頒列鎭。 預使講究。 自是。 分軍防守。 各有條理。 仁威廣被邊圉寧謐。 丁亥秋。 楸島藩胡麻尼應介。 與時錢藩胡何吾郎阿等。 合勢劫掠鹿島屯所。 民卒被虜殺傷者無數。 公巡到慶興。 捕誅首酋。 仍令虞候金遇秋襲破楸島。 蕩其巢窟。 斬獲三十三級而還。 時撫夷越邊。 時錢及夫汝只等部落。 最強難制。 公具啓事狀請討之。 上回諭。 曰今觀卿啓備悉邊情。 當寫一通。 置之座側。 因許焉。 戊子正月。 公親領戍卒。 分麾四圍。 幷力掩襲。 燒其穹廬三百餘所。 斬首四百餘級而還。 上遣兵曹正郎李大海。 宣勞犒師。 命官公之一子。 蓋前此辛亥造山之圍。 壬子西水羅之陷。 癸未慶源・安原・乾元・阿山・訓戎之變。 皆出於此。 賊之煽亂而莫之敢敵。 及至此役殄殲無餘。 他賊不敢更肆。 道民至今安堵者。 莫非其賜。 其時參戰人金慶福。 畫作戰勝圖。 以奏宣廟。 益加獎歎。 今其畫厨苑然。 試令披拂。 軍容之肅肅。 氣像之凜凜。 尙能動人毛骨。 而分麾長驅爭赴湯火者。 雖隔百歲而有若目擊者。 然厥後繼莅巡邊。 再按北節。 應機區畫。 愈往愈精。 凡其偉功盛烈。 不可縷擧。 而及至北。 梱遞歸之後。 孼胡更煽。 上詢公計策。 公乃條陳。 賊路遠近。 部落多寡。 形勢難易。

山川險夷。及伏兵守柵之處。追擊絶援之要。無不纖悉。而得蒙勝算之
獎。追上一疏。備陳萬全之策。而又承忠謨之批。竟使禦賊。有方古圍
得策者。亦賴公神算妙計之出。尋常萬萬也。至於壬辰倭寇之變。雖當諸
軍奔敗之中。而公能收拾散亡。累奏獻馘之功。貫穿賊陳。大倡勤王之
義。移檄列邑。而鎭海西之民心。奉移鶴駕。以防凶鋒之暗襲。卒之導
迎天將。執銳先登。克復箕城。扈還行宮。天地再晴。日月重明。中興
之業。實基於此。由是。功奏中朝。名聞天下。則此實邦家之大勳勞。
國人之所共頌。而惟我北人之最所銘鏤。沒世不忘者。誠以公於本道。輪
守五邑。荐按兩節數十年間。相機制置。凡係戰守之方。靡不用極。農
民奠業。於搶攘之餘。戰卒賈勇於對陳之際。藩酋屛戢北圉寧謐。式至
今日。永賴其賜故也。噫嘻。向無我公。則北路之民。久爲魚肉。而長
城以南。幾爲左衽之域矣。今我遺氓晏然。鼾息左飡右粥者。伊誰之
力。而不思所以酬報之功乎。且伏念國家之有六鎭。卽漢之豊沛。唐之晉
陽也。而築斯鑿斯拓疆設屯。卽我節齊公之功也。掃蕩醜類。再奠北陲。
卽我壯襄公之功也。兩賢事業。姑無異同。而昔當節齊公建祠之日。李公
獨未幷享焉。盖緣伊時土人之議。以爲二公之禋享。雖不一時幷擧。自可
次第施行矣。惜乎。時難再獲。事易逡巡。合享之禮。尙此闕然。夫以
二公之一體同功。而或享或否誠未幷展。則北人所以齊咨含惕以愈久愈切
者。豈出於秉彝之性也。矧今近海有賊。丙枕靡安之日。凡係旌褒激勸之
方。尤不容少緩。故玆依厥初刱祠之例。齊申追享之請於兵相閤下。而蒙
察輿情。許伸公議。從今以往庶慰九原之英靈矣。民等感祝之私。當如何
哉。第伏念一道公議之擧。不敢不聞知於觀風採俗之下。故敢此具由仰
達。民等無任瀆撓悚灰之至。

순영의 제사(題辭) 206)

　이공(李公)께서 함께 향사(享祀)함을 얻지 못한 것은 진실로 흠전(欠典)207)이 되는 일인데, 북도(北道)의 선비와 백성들이 공이 남긴 은혜를 추념(追念)하여 축관(尸祝)이 되고자 하였으니, 독축(讀祝)하는 자도 매우 가상(嘉尙)하다고 할만 합니다.

　요사이 법령(令甲)208)에 사액(賜額)209) 여부(與否)와 묘향(廟享)210) 여부를 막론하고, 반드시 조령(朝令)211)을 기다렸다가 마땅히 계품(啓稟)212)을 하도록 하고, 마음대로 허가(許可)를 얻지 말 것이며, 문장 중에서 상고(相考)213)하여 시행(施行)함이 마땅한 일입니다.

---

206) 제사(題辭) : <역사> 백성이 제출한 소장(訴狀)·청원서(願書)·진정서(陳情書 : 所志··白活·單子·等狀·上書·原情 등)의 좌편 하단 여백에 관부에서 써주던 판결문(判決文)이나 처결문(處決文)이다. 데김(題音)이 대개 수령(守令)에게 올린 민원서의 판결문이고, 제사(題辭)는 巡使道(觀察使·巡察使)에게 올린 의송(議送)에 내리는 판결문이다. 따라서 제음과 제사는 민원서의 여백에 써서 제출자에게 교부하는 것이므로 독립된 단독문서가 아니다.

207) 흠전(欠典) : 잘못된 전례(典禮)를 말한다.

208) 영갑(令甲) : 정령(政令) 또는 법령(法令)을 이른다. 원래 천자의 명령을 영(令)이라 하여 법령의 제1조를 영갑(令甲), 제2조를 영을(令乙)이라 하였다.『新書等齊』

209) 사액(賜額) : <역사> 임금이 사당(祠堂), 서원(書院), 누문(樓門) 따위에 이름을 지어서 새긴 편액을 내리던 일.

210) 묘향(廟享) : 종묘 제향. 여기서는 사당에 배향하는 것을 지칭함.

211) 조령(朝令) : 조정(朝廷)의 명령.

212) 계품(啓稟) : <역사> 조선 시대에, 신하가 글로 임금에게 아뢰던 일.

213) 상고(相考) : 서로 견주어 고찰함.

李公之不得同享。固爲欠典。而北路士民追思遺惠。欲爲尸祝。而祝之
者。亦極可尙是矣。近來令甲。勿論賜額與否。廟享與否。必待朝令而
後爲故。從當啓稟。而不得擅許。狀文中相考施行。宜當向事。

충렬사(忠烈祠)에 배향(配享)할 일로 병영(兵營)에 드리는 글

운운(云云)하기를, "절제공(節齊公)[214]의 사당(祠堂)을 창건(創建)하던
처음을 돌아보면 이미 병영(兵營)에서 갖추어 이룩한 것이니, 이제 여기서
장양공(壯襄公)을 추가로 배향(配享)하는 일을 거론하는 것도 또한 병영
(兵營)에 아뢰어 시행(施行)함이 마땅할 것입니다. 이에 감히 제성(齊
聲)[215]하여 간절하게 진언(陳言)[216]하는 바입니다.

엎드려 바라옵건대 "사또께오서는 여정(輿情)[217]을 굽어 살피사 특별
히 추배(追配)[218]를 허락하신다면, 하나는 구천(九泉)을 맴도는 영령(英靈)
을 위로하게 될 것이요, 하나는 백 년 동안의 공의(公議)를 따르게 되는 것
이오니 천만(千萬) 다행이겠습니다" 하였다.

214) 김종서(金宗瑞) 장군을 이름.

215) 제성(齊聲) : 여러 사람이 일제히 소리를 지름.

216) 진언(陳言) : 일정한 사실에 대하여 말을 함.

217) 여정(輿情) : 어떤 일이나 행동에 대한 사회 일반의 정적(情的)인 반응.

218) 추배(追配) : 추가로 배향(配享) 함.

配享忠烈祠事。呈兵營狀

云云。顧念節齊公刱祠之初。旣已齊籲於兵營而成之。則今玆壯襄公追向之擧。亦宜陳稟於兵營而行之。玆敢齊聲陳懇。伏願使道府察輿情。特許追配。一以慰九原之英靈。一以副百歲之公議。千萬幸甚。

병영(兵營)의 제사(題辭)

일찍이 『북관지(北關誌)』를 열람하면서, 윤시중(尹侍中)[219] · 황보공(皇甫公)[220] · 김절제(金節齊)[221] · 이장양(李壯襄)[222] 제공(諸公)의 사적(事蹟)을 차례대로 살펴보니, 모두가 사람들의 이목(耳目)을 빛나게 할 만히여 미치 북쪽 변경이 빛나는듯 하였습니다.

(그러나) 병사들 사이에 고통이 쌓여가니 조목조목 방략(方略)을 작성하여 영원토록 변경의 근심을 막았건만 이공(李公)의 공적(功績)은 숭상(崇尙)치 아니하는듯 합니다.

또한 『징비록(懲毖錄)』 · 『임진일기(壬辰日記)』 등의 책에 이공이 세운 공적을 보니 탁월(卓越)하여 볼만하였는데, 남북(南北)을 어모(禦侮)[223]하

---

219) 윤시중(尹侍中) : ?~1111(예종 6). 여진족을 정벌하고 구성(九城)을 쌓은 윤관(尹瓘) 장군을 가리킴.

220) 황보공(皇甫公) : ?~1453(단종 1). 조선 초기의 문신인 황보인(皇甫仁)을 지칭함. 빈번하게 평안도와 함길도를 출입하면서 김종서(金宗瑞)와 쌍벽이 되어 북변을 개척하고 방어하는 데 공헌하였으나 후에 계유정란(癸酉靖難)에 수양대군 일파에게 피살됨.

221) 김절제(金節齊) : 육진(六鎭)을 개척한 김종서장군을 지칭함.

222) 이장양(李壯襄) : 장양공 이일장군을 지칭함.

223) 어모(禦侮) : 외부로부터 당하는 모욕을 막아냄.

고, 정성을 다해 나라를 호위하였으니, 그 누가 이공 같은 자가 있겠습니까? (그런데도) 아직까지 배향(配享)되지 않은 것은 진실로 흠전(欠典)[224]이 되는데, 이제 이곳 북도민들이 공의 공로에 보답할 생각을 하였으니 더욱 가상(嘉尙)할만 합니다.

곧 마땅히 조정에 계품(啓稟)[225]하여 경원(慶源) 충렬사(忠烈祠)에 추향(追享)한다면 구천(九泉)에 계신 영령(英靈)을 위로하게 될 것이요, 한 도의 공의(公議)에도 부합될 것입니다. 이로써 모두 숙지(熟知)하여 마땅히 시행(施行)할 일입니다.

兵營題辭

嘗閱北關誌。歷數尹侍中·皇甫公·金節齊·李壯襄諸公事蹟。俱可作耀人耳目。而若其光於北邊。積苦兵間。條成方略。永杜邊患。則李公之功。似乎莫尙矣。又於懲毖錄·壬辰日記等書。見公所樹立。卓乎其可觀。則南北禦侮。殫誠衛國。孰有如李公乎。尙未配享。固爲欠典。而今此北民之思報公功。尤極可尙。卽當啓稟于朝。追享于慶源忠烈祠。以報九原之靈。以副一道之議矣。以此知悉宜當向事。

---

224) 흠전(欠典) : 결점이 있는 일. 흠사(欠事).

225) 계품(啓稟) : <역사> 조선 시대에, 신하가 글로 임금에게 아뢰던 일.

경원 충렬사에 추배(追配)할 일로 본부(本府)의 부사(府使)가 순영(巡營)에 보고하는 글

경원도호부사(慶源都護府使)가 첩보(牒報)[226]한 일.
본부의 선비와 무사(武士)가 드리는 단자(單子) 내.

"사람이 국가에 큰 공로(功勞)가 있으면 백성들이 죽은 후에라도 그 은택(恩澤)을 잊을 수가 없어서 사당(祠堂)을 세워 제사(祭祀)하는 것이니, 이것은 진실로 공덕(功德)을 높이고 공로(功勞)에 보답하는 도리(道理)인 것입니다.

장양공(壯襄公) 이일(李鎰)이 북도민(北道民)에게 공덕(功德)이 있는 것이 무엇이겠습니까? 만력(萬曆) 계미년(선조 16년, 1583)에 북쪽 오랑캐가 크게 난을 일으켜 본읍(경원)을 함락시키니, 조정에서는 특별히 공을 본부(本府)의 부사(府使)로 삼았습니다. 적을 겨루어 이길 방책(方策)을 한데 모으니 모두가 그 마땅함을 얻어서 강한 도적을 소탕(掃蕩)하니 북쪽 감옥이 편안하고 조용해졌습니다. (이에) 북도민이 지금까지 안도(安堵)하는데, 이공의 공열(功烈)이 요동백(遼東伯)[227]과 서로 높고 낮은 것이 없으니, 마땅히 사우(祠宇)를 창건(創建)하여, 그 공덕(功德)에 보답해야지만 이 땅이 본래 매우 무무(武武)[228]하여 이공(李公)의 공열(功烈)이 저같이 장함을 알지 못하옵니다.

다행히 가장(家狀)과 고적(古蹟)을 얻어 보았는데, 임진왜란(壬辰倭亂)에 신립(申砬)장군은 충주(忠州)에서 패한 자취가 있고 어가(御駕)가 의주(龍灣)으로 파천(播遷)해 있을 때, 공이 순변사(巡邊使)가 되어 몸을 던져서

---

226) 첩보(牒報) : 서면으로 상관에게 보고함. 또는 그런 보고.

227) 선천부사(宣川府使) 김응하(金應河)장군을 지칭함.

228) 무무(武武) : 교양이 없어 말과 행동이 서투르고 무식하다.

권도(權道)229)로서 마땅히 변란(變亂)을 제어(制御)하고 마침내 삼경(三京)을 회복하였으며, 어가(御駕)를 호위(護衛)하여 서울로 돌아왔습니다.

공이 왜적(倭賊)을 정벌한 업적이 또한 충무공(忠武公)230)과 표리(表裏)231)가 되는데, 그 남정북벌(南征北伐)232)의 자취가 빛나서 마치 눈으로 보는 듯 하여 그 위대한 공적을 우러러 그리워하는 마음을 이기지 못하겠습니다.

정묘년(丁卯年)233) 봄에 사당을 세워 제사지낼 뜻으로 육진(六鎭)의 선비와 무사(武士)가 순상도(巡相道)234)에게 한 목소리로 호소하였습니다. 제사(題辭) 내에 이공만이 홀로 향사(享祀)치 않은 것은 진실로 흠전(欠典)235)이 되옵는데, 요사이 금령(禁令)이 지엄(禁令)하여, 허시(許施)236)를 얻지 못하였는데, 글 가운데 상고(相考)237)하여 시행(施行)하게 하였다 합니다. 이 사당의 제목인 충렬사(忠烈祠)란 이름이 우연한 것이 아닐진데, 부촉(俯燭)함에 미치지 못했으니, 속전(續典)의 절목(節目)이 그러한 것입니다.

삼가 속전의 절목(節目)을 살피건대 새로 사당(祠堂)을 세워야한다고 처

---

229) 권도(權道) : 목적 달성을 위하여 그때그때의 형편에 따라 임기응변으로 일을
　　처리하는 방도.

230) 여기서는 김응하(金應河)공을 지칭함.

231) 표리(表裏) : 물체의 겉과 속 또는 안과 밖을 통틀어 이르는 말.

232) 남정북벌(南征北伐) : 남쪽을 정복하고 북쪽을 토벌함.

233) 정묘년(丁卯年) : 미상(未詳). 경원(慶源)의 충렬사를 세운 해가 숙종 임신년인
　　1692(숙종 18)인데, 이조참판 이담(李襜)이 지은 장양공 행장(壯襄公行狀)에
　　이공이 충렬사(忠烈祠)에 배향된 기록이 보이는 것으로 봐서 정묘년은 영조 23
　　년(1747)이나, 혹은 순조 7년(1807)을 가리킨다고 보지만 자세히 알 수 없다.

234) 순찰사(巡察使)의 존칭.

235) 흠전(欠典) : 잘못된 전례(典禮)를 말함.

236) 허시(許施) : 요청하는 대로 베풂.

237) 상고(相考) : 서로 견주어 고찰함.

음으로 건의(建議)한 유생(儒生)은 정배(定配)[238]하고, 수령(守令)은 고신
(告身)[239]을 거두며, 관찰사(觀察使)는 파직(罷職)한다고 하였습니다. 사액
서원(賜額書院)에 멋대로 배향(配享)한 경우는 처음으로 건의한 유생은 3
년간 과거(科擧)시험에 응시(應試)하는 것을 금지하고, 수령은 파직하고,
관찰사는 추고(推考)[240]한다 하였습니다.

　사액서원(賜額書院)이 아닌 경우에 추향(追享)하는 것은 처음에 거론치
않았습니다. 본 고을의 충렬사(忠烈祠)는 요동백(遼東伯) 김응하(金應河)
와 참판(參判) 최진립(崔震立) 두 분을 아울러 향사하는 사우(祠宇)인데, 처
음에 사액한 일이 없었습니다. 이공(李公)을 추배(追配)하는 일을 만나서
변경민(邊境民)이 만세(萬世)토록 안도(安堵)하하게한 은덕(恩德)과 나라
를 위해 정성을 다해 힘쓴 은공을 갚고자 하였는데, 정묘년(丁卯年) 이후
에 해마다 굶주림과 돌림병으로 세력이 장차 다 죽일듯하여 다른 사람을
돌아볼 생각을 못했습니다. 아직도 제향을 드리는 예를 거행치 못하니, 이
는 진실로 다만 본 고을의 백성만이 아니라 육진 백성들이 차탄(嗟歎)[241]
하고 개탄(慨歎)하옵니다. 여러 해 쌓아올린 정성으로 오늘 삼가 이공을
충렬사(忠烈祠)에 추가로 배향(配享)하는 일을 말하고자 이에 감히 우러러
고하옵니다" 운운하였다.

　이공께서 남정북벌(南征北伐)한 공로는 요동백(遼東伯)·충무공(忠武
公)과 비교하여도 조금도 다르거나 같음이 없지만 아직까지 제사를 받들
지 못하고 있사오니, 이것이 바로 뜻있는 선비가 다 같이 탄식하고 슬퍼하
는 바입니다. 민정(民情)을 살피니, 이제 이에 축관(祝官 : 尸祝)을 삼아서
사후(沒世)에도 안도(安堵)하게한 공로(功勞)에 보답하고자하는 정성이 매

---

238) 정배(定配) : <역사> 죄인을 지방이나 섬으로 보내 정해진 기간 동안 그 지역
　　내에서 감시를 받으며 생활하게 하던 형벌.

239) 고신(告身) : 조정에서 내리는 벼슬아치의 임명장.

240) 추고(推考) : 벼슬아치의 죄과(罪過)를 추문(推問)하여 고찰함.

241) 차탄(嗟歎) : 탄식하고 한탄함.

우 가상(嘉尙)하옵니다. 이것은 한 고을의 큰 일 이온 바 (이런) 연유(緣由)로 치보(馳報)[242]하여 합당하게 행할 일입니다. 조험(照驗)[243] 시행(施行)하여 반드시 첩정(牒呈)[244]하기를 청하옵니다.

追配慶源忠烈祠事。本府府使報巡營狀[245]

慶源都護府使爲牒報事。本府儒武士等呈單內。人有大勳勞於國家。而民有沒世難忘之澤。則立祠樽俎者。此固尙德報功之道也。李壯襄公鎰。有功德於北民者。何也。萬曆癸未。北胡大亂。來陷本邑。朝廷特以公爲本府府使。鳩集之方制勝之策。咸得其宜。掃蕩强寇。寧謐北圉。使北民至今安堵。李公之功烈。與遼東伯不相上下。宜有刱建祠宇。以報其功。而此土素甚貿貿。不知李公功烈之如彼其壯也。幸得見家狀及古蹟。則粤當龍蛇之變。申砬敗積於忠州。鑾駕播遷於龍灣之時。公以巡邊使。挺身擔當。權宜制變。克復三京。扈駕還都。公之征倭之績。亦與忠武公相爲表裏。其南征北伐之蹟。赫然若目擊者也。不勝其偉蹟慕仰之誠。丁卯春。以建祠俎豆之意。六鎭儒武士齊聲仰籲於巡相道。則題辭內李公之獨未享祀。固爲欠典。而近來禁令至嚴。不得許施。於狀文中。相考施行云云。此題意非偶然。而亦未及俯燭。續典節目而然耳。謹按續典節目。則新建祠宇。首倡儒生定配。守令告身。觀察使罷職。賜額書院擅自配享。則首倡儒生限三年停擧。守令罷職。觀察使推考。而未賜額書院則追享。初不擧論。本府忠烈祠。遼東伯諱金應河・崔參判諱震立。兩公幷享之祠宇。而初無賜額之事。卽當追配李公。以報邊民萬世安堵之

---

242) 치보(馳報) : <역사> 지방에서 역마를 달려 급히 중앙에 보고하던 일.

243) 조험(照驗) : 서로 맞대어 보아 앎.

244) 첩정(牒呈) : 서면으로 상관에게 보고함. 또는 그런 보고.

245) 목록의 제목은 配享忠烈祠慶源府使報巡營狀이다.

德。爲國殫誠勞悴之功。而丁卯以後。連年饑疫。勢將盡劉。念不顧
他。尙未行俎豆之禮。此誠非但本府生靈。六鎭民人孰不嗟歎而慨恨也。
積年所蓄之誠。欲伸於今日。謹以李公追享忠烈祠之事。玆敢仰告云云。
則李公南征北伐之功。與遼東伯·忠武公少無異同。而尙未俎豆之享。此
乃志士之所可齊咨含惕者也。第察民情。則今此欲爲尸祝。以報沒世安堵
之功。誠極可尙。而此一邑之大事是乎等。緣由馳報。爲臥乎事合行。
請照驗施行。須至牒呈者

순영(巡營)의 제사(題辭)

은전(恩典)을 잇는 절목(節目)이 이미 이와 같다고 한다면, 충렬사(忠烈
祠)에는 이미 사액(賜額)이 없었다고 한 것입니다만 이공(李公)을 추배(追
配)하는 일을 하필이면 근지(靳持)[246]할 일입니까?

추배(追配)의 일을 이미 계품(啓稟)하였으니, 그 설향(設享)[247]의 절차
를 본읍(本邑)에서 곧 거행한 후에 기록을 작성하여 치보(馳報)[248]함이 마
땅한 일입니다.

巡營題辭

續典節目旣云如此。忠烈祠旣無賜額云。則李公之追配。何必靳持
乎。追配之事。已爲啓稟矣。其設享之節次。自本邑卽爲擧行後。具錄

---

246) 근지(靳持) : 마음이 내키지 않아 미루어 나감.

247) 설향(設享) : 신주를 사당에 배향함.

248) 치보(馳報) : <역사> 지방에서 역마를 달려 급히 중앙에 보고하던 일.

馳報。宜當向事

충렬사(忠烈祠) 배향시 봉안축문(奉安祝文)

오랑캐(玁狁)[249]가 우리나라를 침략하니
곧바로 공을 불러서 쫓아 물리치게 하였습니다.

흉악한 오랑캐가 한양을 노략질하니
위청과 곽거병이 되어[衛霍][250] 날래게 토벌하였습니다.

천지가 우리 강역이 되었고
또한 훌륭한 장수를 배출하였습니다.

영략(英略)[251]은 세상을 뒤덮었고
원대한 전략[謀猷][252]으로 남북을 정벌하였습니다.

훌륭한 이름[大名]이 멀리까지 드날리니
오직 이 육진(六鎭)의 땅입니다.

249) 험윤(玁狁) : 중국 북방의 오랑캐 종족으로, 여기서는 여진족을 가리킨다.
250) 위곽(衛霍) : 한 무제(漢武帝) 때의 명장(名將)으로 흉노(匈奴)를 정벌하여 크
     게 공훈을 세웠던 위청(衛靑)과 곽거병(霍去病)을 합칭한 말이다.
251) 영략(英略) : 뛰어난 계략.
252) 모유(謀猷) : 원대한 꾀.

지경이 완악한 오랑캐와 접하였으니
매번 거리낌 없이 침략(侵掠)하였습니다.

사람들이 안도(安堵)할 수가 없으니
공이 세 번씩이나 북병사(北兵使)의 임무를 맡았습니다.

위엄을 드날리고 무예(武藝)를 떨쳐
여진족[胡羯]을 토벌하였습니다.

백성들은 편안하여 격양가[耕鑿]를 불렀고253)
공로(功勞)는 사직(社稷)을 보전하게 하였습니다.

주(周)나라의 신하요, 한(漢)나라의 장수이니
한 몸이요, 같은 공로(功勞)입니다.

마땅히 공신각[麒麟閣]254)에 화상(畫像)을 그리고
무성(武城)255)에 함께 제사 드려야 합니다.

---

253) 경착(耕鑿)의 노래 : 요 임금 때 어떤 노인이 땅을 두드리면서 불렀다는 격양가
    (擊壤歌) 를 말함.『논형(論衡)』예증(藝增)에, "나이 50이 된 어떤 사람이 길에
    서 노래를 부르고 있었는데, 이를 본 사람이 말하기를, '위대하도다. 요 임금의
    덕이여.' 하자, 땅을 두드리면서 노래를 하고 있던 사람이 말하기를, '나는 해가
    뜨면 일을 하고 해가 지면 쉬면서 우물을 파서 물을 마시고 밭을 갈아서 음식을
    먹는데, 요 임금의 힘이 나와 무슨 관계가 있겠는가.' 하였다." 하였다.

254) 기린각(麒麟閣) : 공신들의 화상을 모셔 놓은 전각을 말한다. 한 나라 선제(宣
    帝) 때 곽광(霍光) 등 11공신의 화상을 그려서 미앙궁(未央宮) 안에 기린각을
    짓고 모시어 그들의 공적을 기렸다.

255) 무성(武城)의 현가(絃歌) : 무성은 춘추 시대 노나라의 하읍(下邑)으로 공자의
    제자 자유(子游)가 무성의 수령이 되어 예악(禮樂)으로써 정사를 펴자 백성들
    이 이에 교화되어 모두 책을 읽고 거문고를 타며 노래하였다고 한다. 공자가 이

국론(國論)이 정해지지 않아서
다만 시호(諡號)만을 내렸습니다.

아직까지 제사를 지내지 못했으므로
오랫동안 여정(輿情)256)이 안타까워하였습니다.

이제 향사[俎豆]257)를 논의(論議)하니
문관(文官)과 무관(武官)이 한 마음이었습니다.

이전에 이곳 고을에선258)과 김장군259)을 제사지냈습니다.

이제 우리 공260)을 봉안(奉安)하여

를 들고 닭을 잡는 데 어찌 소 잡는 칼을 쓰는가?” 했다. 즉 작은 읍(邑)을 다스
리는 데 어찌 반드시 이런 대도(大道)를 썼느냐며 흐뭇해 한 고사가 있다(『論
語 陽貨』). 여기서는 경원(慶源)의 충렬사(忠烈祠)에 함께 제사지내야 함을 뜻
한다.

256) 여정(輿情) : 어떤 일이나 행동에 대한 사회 일반의 정적(情的)인 반응.

257) 조두(俎豆) : 나무로 만든 제기의 한 가지. 여기서는 향사(享祀) 즉 제사를 지내
    는 것을 의미한다.

258) 최장군 : 최진립(崔震立)을 말함.『증보문헌비고(增補文獻備考)』「학교고(學
    校考)」<함경도(咸鏡道)> 편 ‘경원충렬사(慶源忠烈祠)’조에는 김응하(金應
    河) 다음으로 기재되어 있는데, “工曹參判贈兵曹判書 諡貞武公崔震立(공조
    참판증병조판서시정무공최진립)”이라 되어 있다.

259) 김장군 : 김응하(金應河)를 말함. 같은 조에 최진립보다 먼저 나오며, “本朝宣
    川郡守贈領議政諡忠武公明朝贈遼東伯金應河(본조선천군수증영의정시충
    무공명조증요동백김응하)”라 되어 있다. 그런데 1908년(융희 2년))에 간행된『
    증보문헌비고(增補文獻備考)』에 추배(追配)된 장양공(壯襄公) 이일(李鎰)장
    군의 이름이 보이지 않고 김응하와 최진립장군의 이름만이 기재되어 있는 것이
    의아스럽다.

260) 이일(李鎰) 장군을 지칭함.

추향(追享)261)하여 함께 제사지내옵니다.

세 분의 위패가 나란하니
만세(萬世)262)토록 끊어지지 않을 것입니다.

配享忠烈祠奉安祝263)

獫狁侵周。 方召攘斥。
凶奴寇漢。 衛霍剿擊。
天爲我國。 又孕良將。
英略盖世。 謀猷南征北伐。
大名遠揚。 惟玆六鎭。
地接强虜。 每肆侵掠。
人不安堵。 公三仗北鉞。
揚威奮武。 掃蕩胡羯。
民安耕鑿。 功著社稷。
周臣漢將。 一體同功。
宜畫麟閣。 合祀武城。
國論未定。 但賜易名。
猶靳報祀。 久欝輿情。
今謀俎豆。 文武協心。
前此斯邑。 禋祀崔金。
玆奉我公。 追享一祀。

---

261) 추가로 위패(位牌)를 배향(配享)하여 제사함을 지칭함.
262) 만세(萬世) : 아주 오랜 세대.
263) 목록의 제목은 配享時奉安祝이다.

三位并列。萬世不隳。

배향시(配享時) 고유축문(告由祝)

이장양공(李壯襄公)께선
세 번 북병사(北兵使)를 지내셨습니다.

강한 오랑캐를 쓸어서 평정하시니
변방(邊塞)이 안온(安穩)하게 되었습니다.

나라와 백성에게
공(功)이 있었고 덕(德)이 있었습니다.

오래도록 제사(報祀)[264]가 없었으니
사람들이 모두 애달프고 안타까워하였습니다.

이제 장차 제사를 모시고자 하니
여러 분의 의견[詢謨]이 모두 같았습니다.

이에 세 분의 위패(位牌)를
한 사당에 함께 모시고 제사(祭祀)를 받드옵니다

---

264) 보사(報祀) : 해마다 가을 농사를 마친 뒤, 신의 은덕에 감사를 드리기 위하여
지내는 제사.

새로 추배(追配)되어 이미 한될 것이 없으니

옛날 일이 또한 이웃처럼 그립습니다.

정결(淨潔)한 희생(犧牲)[265]으로 정성껏 예(禮)를 올림에

감히 이에 사유(事由)를 고하옵니다.

配享時告由祝[266]

壯襄李公。　三制北梱。

掃平强寇。　邊塞安穩。

於國於民。　有功有德。

久欠報祀。　人皆嗟惜。

今將俎豆。　詢謨僉同

玆以三位。　合享一宮

新旣無憾。　舊亦有隣。

潔牲精禮。　敢此告因

---

265) 희생(犧牲) : 천지신명, 묘사(廟社)에 제사 지낼 때 제물로 바치는 산 짐승. 주로
　　소, 양, 돼지 따위를 바친다.

266) 목록의 제목은 告由祝이다.

양정일(兩丁日)267)의 축문(祝文)

강한 오랑캐를 소탕(掃蕩)하였으니
변민(邊民)268)이 전(奠)269)을 올리기에 이르렀네..

음식을 올려 제사 드리니
오랫동안[千秋] 끊어지지 않으리로다.

兩丁祝

掃蕩强戎。　奠致邊民。
饗祀報功。　不替千春

---

267) 양정일(兩丁日)의 제사 : 봄과 가을에 지내는 석전제(釋奠祭)를 말한다. 상정일
　　(上丁日)은 매달 간지에 정(丁)이 들어간 첫째 날로, 중춘인 2월과 중추인 8월의
　　상정일에 석전제를 지낸다. 여기서는 봄·가을(春秋)의 시향(時享)을 뜻한다.
268) 변민(邊民) : 변방(邊方)에서 사는 백성.
269) 전(奠) : 장례 전 영좌(靈座) 앞에 간단한 술과 과일을 차려 놓는 예식. 여기서는
　　제사를 의미함.

■부록(附錄) Ⅰ · Ⅱ · Ⅲ

부록 I -1

순변사 시장양 이공신도비명
(巡邊使諡壯襄李公神道碑銘)

해좌(海左) 정범조(丁範祖) 지음

우리 선조대왕(宣祖大王)께서는 성무(聖武)가 천종(天縱)[1]하사 중흥(中興)의 업적을 여셨다. 이때 문관(文官)과 무관(武官)의 여러 신하들이 좌우에서 협조하여 도와서 각기 업적을 남겼으나, 모두가 순변사(巡邊使) 장양(壯襄) 이공을 당대의 훌륭한 장수라며 추앙하였다.

공의 휘는 일(鎰)이요, 자는 중경(重卿)이니, 용인(龍仁) 사람이다. 고려 태사(太師)이신 휘 길권(吉卷)은 용인이씨의 시조(遠祖)가 되시며, 조선조에 개성 유후(開城留後)를 지낸 휘 사위(土渭)는 공의 8세조가 되신다. 고조부(高祖父)의 휘는 회충(會忠)이니, 관직이 첨사(僉使)요. 증조부(曾祖父)의 휘는 승효(承孝)이니 승사랑(承仕郎)으로 형조 참의(刑曹參議)의 증직을 받았다. 할아버님의 휘는 환(環)이니, 관직이 부사직(副司直)으로 호조 참판(戶曹參判)에 추증되었다.

---

1) 천종(天縱) : 하늘에서 허락하여 무엇이든 마음대로 하게 한다는 뜻으로, 하늘에서 준 덕(德)을 갖춤을 이르는 말. 또는 그런 성격을 이르는 말.

아버지의 휘는 민덕(敏德)이니 관직이 함경도 병마우후(兵馬虞侯)로, 여러 번 증직을 받아서 좌찬성(左贊成)에 이르렀다. 어머님은 연안이씨(延安李氏)이니, 생원(生員)을 지낸 계수(繼壽)의 따님으로, 가정(嘉靖) 무술년(중종 33년, 1538) 7월 7일에 공을 낳았다. 어려서 기위(奇偉)[2]하였으며, 성장하여서는 활쏘기와 말 타기를 익혀서, 만력(萬曆) 무오년(명종 13년, 1558)에 무과(武科)에 급제하여 선전관(宣傳官)에 제수되었다.

함종 현령(咸從縣令)・벽동 군수(碧潼郡守)・단천 군수(端川郡守)・경흥 부사(慶興府使)・온성 부사(穩城府使)・부산진 첨사(釜山鎭僉使)에 제수되었다가 다시 전라 좌수사(全羅左水使)에 발탁 제수되었다. 이때 북도에서 번호(藩胡)인 니탕개(尼湯介)라는 자가 여진족을 거느리고 경원부(慶源府)를 함락시키고, 회령부(會寧府)를 노략질하였는데, 그 세력이 매우 대단하였다. 이에 공이 전후 경흥과 회령의 부사로서 토벌하여 평정시켰다.

잠시 후에 본도 병사(本道兵使)로 승차(陞差)하였는데, 수어(守禦)하는 방략(方略)) 1통을 지어 올려서 이를 여러 무사에게 강습(講習)토록 청하였다. 또 군무(軍務)와 금조(禁條) 각 20여 가지를 진언(陳言)[3]하여 모든 진보(鎭堡)에 반시(頒示)[4]하여 영구히 준행(遵行)[5]토록 청하였다.

추도(楸島)와 시전(時錢) 등 여러 번호(藩胡)가 난을 일으켜서 죽거나 다친 자가 매우 많았다. 공이 회령(會寧)과 온성(穩城)의 모든 진장(鎭將)을 감독하여 힘을 합쳐 공격하여 천막 300여 곳을 불태웠고, 머리를 벤 것이 거의 500급[6]이나 되었다. 이에 임금이 사자를 보내어 음식을 먹이며 노고

---

2) 기위(奇偉) : 뛰어나게 훌륭하다.

3) 진언(陳言) : 일정한 사실에 대하여 말을 함.

4) 반시(頒示) : 법령 따위를 세상에 널리 펴서 알림.

5) 준행(遵行) : 관례(慣例)・명령을 좇아서 함. 규정을 지켜서 함.

6) '정토시전부호도(征討時錢部胡圖)'와 서(序), 이담(李橝)과 이재(李縡)가 지은 행장(行狀), 안윤행이 지은 신도비문, 후손 이의현(李宜顯)의 시장(諡狀)에는 시전(時錢) 부락 토벌 성과를 모두 불태운 천막이 300여 곳에 참수가 500급이라 하

를 위로하고 공의 한 아들에게 벼슬을 내리도록 명하였고, 공을 전라 병사(全羅兵使)에 옮겨 제수하였다.

남병사(南兵使)로 있을 때, 조정에서 남쪽의 왜적(倭賊)이 분란을 일으킬 것을 염려하니 정승인 유성룡(柳成龍)이 '경상 우병사(慶尚右兵使)가 늙어서 변경의 일을 맡길 수가 없으니 공으로 대신하여 미리 대비하는 계책으로 삼자'고 청하였다. 이에 조정의 논의가 '경험이 많은 장수를 서울을 떠나게 할 수가 없다' 하여 드디어 중지하였다.

다음해 임진년(선조 25년, 1592)에 왜적이 대거 국경을 침범하여 동래(東萊)를 함락하고 여러 고을을 무너뜨리니, 이에 비로소 공을 순변사(巡邊使)로 삼아 가서 방어하게 하였다. 공은 급작스럽게 명을 받고 수행하는데, 불러 모은 병사가 겨우 8, 9백 명에 지나지 않았다. 상주(尚州)에서 왜적과 조우(遭遇)하였는데 적의 세력이 대단하여 싸움에 불리하였다.

이때 도원수(都元帥) 신립(申砬)이 충주(忠州)에 주둔해 있었는데, 공이 맞아들여 함께 조령(鳥嶺)을 지키려고 하였으나 신립이 듣지 않았다. 부득이 하여 신립에게 돌아가니 신립이 달내(獺水)의 상류에 진을 지고 있었다. 공이 단월역(丹月驛)[7]에 주둔하니 왜적이 길을 나누어 크게 들이닥쳤다. 포성과 북소리가 천지를 진동하였는데, 공이 돌격하여 적의 머리 10여 급을 베었지만 신립은 적에게 밀려나고 전군(全軍)이 패몰(敗沒)하였다.

공이 급히 서울에 도착하니, 어가가 서쪽으로 평양(平壤)에 순행(巡幸)하려 하였다. 공이 군사를 이끌고 여러 장수가 임진 나루를 지키는 것을 구하려다가 도착하기도 전에 적을 만났다. 힘껏 싸워서 적의 목 30여급을 베니, 임금께서 선전관(宣傳官)을 보내어 공에게 어마(御馬)를 하사하고, 다시 공에게 순변사(巡邊使)를 제수하였다. 이때 임진 나루를 지키던 군사

였는데, 오직 후손 이의현(李宜顯)이 지은 신도비문에만 불태운 곳이 300여곳에 참수가 400여급이라 하여 100명 정도가 차이가 난다.

7) 단월역(丹月驛) : 충주(忠州)에 있던 역 이름.

가 이미 패하여 다 없어지니, 공은 평양이 고립되어 위태롭다고 여겨 배도 (倍道)[8]하여 급히 행재소(行在所)에 이르렀다. 공이 도착하니 사람들의 마음이 공에게 의지함이 위중하였다. 왜적이 점차 평양(平壤)에 육박하여 장차 강을 건너려하니, 공이 무사(武士)들에게 영을 내려 강궁(强弓)을 쏘아서 물리쳤다.

싸움이 그치고 어가가 의주(義州)로 향하니 성이 드디어 함락되었다. 공은 해서(海西)[9]에 이르러 군사를 모집하여 행재소로 가고자 하였는데, 적이 길을 막는 바람에 나아가지 못하였다. 드디어 격문(檄文)과 유서(諭書)를 수령들에게 보내어 군사와 백성 중에 달아났던 자들을 돌아오도록 불러 모아서 때를 타서 적을 토벌하였다. 이때 세자인 광해군(光海君)의 분조(分朝)[10]가 이천(伊川)에 머물고 있었는데, 공을 승소(承召)[11]하여 급히 와서 머물러 호위하게 하였다. 공은 왜적이 반드시 내습(來襲)하리란 것을 알고 급히 학가(鶴駕)[12]를 받들어 다른 곳으로 옮겨 피신하였는데, 그 다음날 왜적이 이천을 함락하니 사람들이 모두 놀라 감복하였다.

이에 임금께서 공을 동변방어사(東邊防禦使)로 삼고 평양(平壤) 이북을 방어하도록 영을 내렸는데, 여러 번 싸워 이겨 목을 벤 것이 매우 많으니, 중국 조정에서 상으로 공에게 백금(白金) 20냥을 내렸고 장사(將士)들에게도 각각 차등 있게 상을 내렸다.

공은 본도 병사(本道兵使) 겸 순변사(巡邊使)로서 모든 군사를 거느리

---

8) 배도(倍道) : 배도겸행(倍道兼行)의 준말. 이틀에 갈 길을 하루에 걸음.

9) 해서(海西) : 황해도의 이칭.

10) 분조(分朝) : <역사> 임진왜란 때, 선조가 본조정(本朝廷)과 별도로 임시로 설치한 조정. 선조가 의주 방면으로 피난하면서 세자 광해군을 따로 함경도로 피란시킬 때, 선조가 있던 의주의 행재소와 구분하여 세자가 있던 곳을 이르던 말이다.

11) 승소(承召) : 임금이 부르는 명을 받음.

12) 학가(鶴駕) : 왕세자가 타던 수레.

고, 순안(順安)에 진을 쳤다. 이에 중국 조정에서 제독(提督) 이여송(李如松)을 파견하여 대군(大軍)을 거느리고 조선을 구하게 하였다. 나아가 평양의 왜적을 공격하는데, 공이 전봉(前鋒)이 되어 용기를 내어 먼저 성벽을 오르니, 중국 병사가 곧이어 도착하여 크게 왜적을 깨뜨리니, 적이 지탱하지 못하고 밤이 되자 달아났다.

이때 육진(六鎭)의 난민(亂民)이 두 왕자(王子)[13]와 여러 시종신(侍從臣)을 사로잡고서 적에게 항복하였으며, 병사(兵使)[14]를 살해하니, 또다시 공으로써 북도 순변사(北道巡邊使)를 삼았다. 공이 곧 부임하여 토벌하게 되자, 적 추장을 베고, 번호(藩胡)들을 무수(撫綏)[15]하니, 북쪽 변경이 이에 편안하여졌다. 어가를 호종하여 서울로 돌아왔는데, 이때 왜적이 남해(南海)에 웅거(雄據)하여 물러날 기미가 없으니, 또다시 공으로써 충청·전라·경상 삼도 순변사(忠全慶三道巡邊使)를 겸하게 하여 방비토록 하였다.

잠시 후에 조정으로 돌아오자 임금이 북쪽 오랑캐의 남은 무리가 때때로 흔단(釁端)을 일으킬 것을 근심하여 공을 불러 편안히 나아갈 계책을 물었다. 공은 적의 많고 적음과 지형의 험하고 쉬움 등 방수(防守)하는데 편리한 7, 8가지 일을 아뢰어 대비토록 하였다. 이어서 수자리 서는 병사와 병기를 더 보내고 가벼이 움직여 후회하는 일이 없도록 청하였다. 임금이 읽어보시고는 "나의 뜻 또한 그러하다."며 모두 아뢴 바에 따라 시행하게 하였다.

경자년(선조 33년, 1600)[16]에 공은 오랑캐에 대비하여 남병영(南兵營)에 있다가 병이 나서 정평(定平)으로 돌아와서 죽으니 수(壽)가 64세이다. 용인(龍仁) 모현촌(慕賢村)에 장사하니 선영(先塋)을 따른 것이다. 경종조

---

13) 두 왕자 : 임해군((臨海君))과 순화군(順和君)을 말함.

14) 병사 이혼(李渾)이 이때 적에게 살해되었다.

15) 무수(撫綏) : 어루만져 편하게 함.

16) 공이 졸한 것은 신축년(辛丑年)으로 선조 34년인 1601년이니, 비문의 경자년(更子年)은 신축년의 오기이다.

(景宗朝)에는 장양공(壯襄公)의 시호가 내렸다. 공은 충의(忠義)가 타고났으며, 용략(勇略)[17]이 남보다 뛰어났으므로 번호(藩胡 : 여진족)가 모반하면 공에게 명하여 가서 토벌하게 하였고, 섬 오랑캐(왜적)가 선동하여 소란을 일으키면, 공에게 명하여 가서 방어하게 하였다. 공의 위엄으로 싸움이 그치고 은혜로 평안하여지니 우리의 북쪽 변경에선 편히 잠을 자게 되었고, 동쪽을 정벌하는 군대는 우군(友軍)을 얻게 되어, 사직(社稷)이 다시 안정되었으니 진실로 공의 힘이 아니겠는가?

논자(論者)들은 조령(鳥嶺)을 지키지 못했다고 공을 책망한다. 그러나 이는 조정에서 공을 씀이 빠르지 않음에 말미암은 것이지 그 지혜와 용기가 모자라서가 아닌 것이다. 충무공(忠武公) 이순신(李舜臣)이 군율(軍律)을 어겨 죄가 장차 헤아릴 수 없었는데 힘껏 청하여 죄를 용서받게 하고 장차 공을 세워 갚도록 하였는데, 마침내는 노량(露梁)의 승첩(勝捷)이 있게 되었다. 그 감식(鑑識)[18]이 또한 이와 같았으니, 나라 사람들이 공을 추앙(推仰)하여 중흥(中興)의 양장(良將)이라 함이 까닭이 있는 것이다.

처음 부인은 대흥령(大興令) 대춘(大春)의 따님으로 따님 한 분을 낳으셨고, 새 부인은 전주이씨 거효(巨孝)의 따님으로 한 아드님을 두셨으니 휘가 숭의(崇義)로 종묘서 영(宗廟署令)을 지냈으며, 좌승지의 증직을 받았다. 따님은 선전관(宣傳官) 성문개(成文漑, 창녕인)에게 출가했다. 숭의(崇義)가 4남 3녀를 낳으니, 용(涌)은 금부도사(禁府都事)를 지냈고, 다음은 운(沄), 주(澍)요, 다음은 견(汧)인데 경상좌수사(慶尙左水使)를 지냈고, 따님은 홍간(洪柬, 남양인)[19], 교리(校理) 권한(權偘, 안동인), 안응성(安應聖, 순흥인)에게 출가하였다. 성문개(成文漑)의 따님은 참판(參判)

---

17) 용략(勇略) : 용기와 지략을 아울러 이르는 말.

18) 감식(鑑識) : 어떤 사물의 가치나 진위 따위를 알아냄. 또는 그런 식견.

19) 홍간(홍간) : 『용인이씨대동보』권4, 412쪽에는 홍동(洪東, 남양인)으로 기재되어 있고, 그리고 아들 涌의 딸에 대해서는 족보에는 이름과 사위명은 빠져 있음을 부기한다(대동보 권4, 432쪽).

홍명형(洪命亨)에게 출가하였다.

용(涌, 호는 蒲谷, 寧國公)의 아들로 진서(震瑞, 繕工監役), 진혐(震馦), 진방(震芳, 武科, 康津兵使)은 선전관(宣傳官)이요, 따님은 현감 한공억(韓公億)에게 출가하였다. 나머지는 기록하지 않는다. 공의 5세손인 희일(希逸)이 일찍이 불녕(不佞)[20]에게 신도비문(神道碑文)을 부탁하기에, 대개 승낙만 하였지 끝을 맺지 못했는데, 요즈음 도리어 그대가 겉옷차람에 계속하여 더욱 부지런히 청하니 감히 사양하지 못한다.

다음과 같이 명(銘)을 짓는다.

위엄있는 이공께선
만 사내 중에 빼어났네.
옆에서 선조[穆陵]를 도와,
단충(丹忠)[21]을 다해 보필하였네.
변경에선 오랑캐가,
우리의 북쪽 부락을 소란케 하였네.
공이 무예를 떨쳐,
적군을 무찔렀네.
육진(六鎭)은 안도하게 되었고,
오랑캐 땅[沙漠]은 누에치고 길쌈하게 되었네.
미친 오랑캐는 하늘을 쏘았고[射天][22],
사나운 기세로 소란을 일으켰네.
생민(生民)을 베어죽이니,

---

20) 불녕(不佞) : 재능이 부족하다는 말로 자신의 겸칭(謙稱)이다.

21) 단충(丹忠) : 마음에서 우러나오는 참된 충성.

22) 중국 은(殷) 나라의 제25대 임금 무을(武乙) 은 무도한 임금으로 하늘과의 경쟁을 벌여 우상을 만들어 놓고 박혁놀이로 승부를 다투어 하늘이 지면 이를 욕하고, 또 가죽주머니에 피를 담아서 공중에 매달아놓고 활로 쏘면서 "내가 하늘을 쏘아서 이겼다."고 한데서 유래한 말로, 포학(暴虐)과 반란(叛亂)의 행위를 가리키는 말로 쓰인다. 그 뒤 하위(河渭) 가에서 사냥하다가 벼락에 죽었음.

그 독이 팔도[八域]에 미쳤네.

공은 몸을 버리고자 하여,

시석(矢石)을 무릅쓰고 적과 대전(對戰)하였네.

북방에선 아직까지 단충(丹忠)이 남았는데,

그 기세가 더욱 격하구나.

마침내 황제의 군대[23]를 도와,

크게 평양[箕城]의 왜적을 무찔렀네.

어가(御駕)를 호종하여 한양으로 돌아오니,

종거(鍾簴)는 옛날과 같았네.[24]

우뚝한 충성과 무예는,

공이 필적할만 하였네.

종묘사직(宗廟社稷)엔 공로가 있게 되었고,

간책(簡冊)[25]엔 이름이 드리워졌네.

구성(駒城)[26]의 양지 바른 언덕은,

충의로운 넋이 쉬는 유택(幽宅)일세.

큰 비석에 말을 실어,

천억년(千億年)에 고하노라.

※

찬 차 : 정범조(丁範祖) 1723(경종 3)~1801(순조 1).

찬 년(丁範祖) : 미상

간 년(海左集) : 1867年(고종 4) 간

---

23) 황제의 군대 : 중국 명나라 지원군을 말한다.

24) 종거(鍾簴)는……같았네 : 종묘에 설치한 종틀이 여전하다는 말로, 환란을 겪기는 하였지만 그래도 나라가 멸망하지는 않았다는 뜻으로 쓰는 말이다. 『신당서(新唐書)』권203 우공이전(于公異傳)에 "종틀이 옮겨 가지 않았고, 종묘도 예전과 같았다.[鍾簴不移 廟貌如故]"라는 말이 나온다.

25) 간책(簡冊) : 예전에, 종이 대신 글씨를 쓰던 대쪽. 또는 그것으로 엮어 맨 책. 역사 책을 말함.

26) 구성(駒城) : 용인(龍仁)의 옛 이름이다.

巡邊使諡壯襄李公神道碑銘

海左 丁範祖 撰

我宣祖大王聖武天縱。誕啓中興之業。時則有文武諸臣左右協贊。各效其績。而咸推巡邊使壯襄李公爲當世良將。公諱鎰。字重卿。龍仁人。高麗太史吉卷。其遠祖。在國朝。開城留後諱士渭。爲公八世祖。而高祖諱會忠。僉使。曾祖諱承孝。承仕郎贈刑曹參議。祖諱環。副司直贈戶曹參判。考諱敏德。咸鏡道兵馬虞侯。累贈議政府左贊成。妣延安李氏。生員諱繼壽女。嘉靖戊戌七月七日擧公。幼奇偉。及長。業弓馬。戊午。登武科。拜宣傳官。歷試咸從令，碧潼端川守，慶興穩城府使，釜山僉使。擢拜全羅左水使。時北地藩胡尼湯介者。糾野人。陷慶源。掠會寧。勢甚猖獗。公前後以慶會府使。討平之。尋陞本道兵使。撰進守禦方畧一通。請令諸武士講習。又陳軍務禁條各二十餘事。請頒示諸鎭堡。使永久遵行。楸島時錢諸藩胡作亂。殺傷甚多。公督會穩諸鎭將。合擊之。焚穹廬三百餘所。斬首五百級。上遣使犒勞。命官公一子。移拜全羅兵使。南兵使時朝廷慮南倭釁。柳相成龍請以公代慶尙右兵使之老不任邊事者。爲豫備計。而廷議謂宿將不可去京師。遂止。翌年壬辰。倭賊大擧入寇。陷東萊。列郡瓦解。於是始以公爲巡邊使。使往禦之。公倉卒受命。行收兵僅八九百人。與賊遇於尙州。賊勢大。戰不利。時都元帥申砬。軍忠州。公欲邀與共守鳥嶺。而砬不至。遂不得已還詣砬。砬陳獐水上。公屯丹月驛。而賊分道大至。砲皷震天。公突擊斬十餘級。而砬爲賊所擠。全軍敗沒。公馳至京師。而車駕西狩平壤。公欲引兵救諸將之守臨津者。未到遇賊。力戰斬三十餘級。上遣宣傳官。賜公御馬。復除公巡邊使。時臨津守軍已敗潰。公念平壤孤危。倍道馳赴行在。既至。人心倚以爲重。賊漸逼平壤。將渡江。公令武士。以强弩射却

之。而已。車駕向義州。而城遂陷。公至海西。欲募兵赴行在。而賊塞
路不得進。遂檄諭守宰。兵民之逃竄者。使還集。乘機討賊。時光海分
朝。駐伊川。公承召馳赴留護。策賊必來襲。遽奉駕移避。而其翌日。
賊陷伊川。人皆驚服。大朝以公爲東邊防禦使。令遮遏平壤以北。累戰輒
勝。斬獲甚多。皇朝褒賞公白金二十兩。將士各有次。公以本道兵使。
兼巡邊使。擧諸軍。陣順安。於是。皇朝遣都督李如松。領大軍東救。
進擊平壤賊。公爲前鋒。賈勇先登。天兵繼至。大破賊。賊不能支夜
遁。六鎭亂民。縛兩王子及諸從臣降賊。殺兵使。又以公爲北道巡邊
使。公至討殲巨魁。撫綏藩胡。北邊乃安。扈駕還京師。時賊據海堧。
不肯退。又以公兼忠全慶三道巡邊使。以備之。尋還朝。上慮北胡餘孽
時時搆患。召公問計安出。公備陳賊衆寡。地險夷。防守便宜七八事。
仍請添戍兵助戎械。無輕動以致悔。上覽之曰。予意以爲然。命悉依公奏
施行。庚子。公備胡在南營而病。還至定平卒。壽六十有四。葬于龍仁
慕賢村。從先兆也。景宗朝贈諡壯襄公。忠義出性。勇畧過人。藩胡逆
化。則命公往討。島冦煽亂。則命公往禦。而公威戢惠綏。衽席我北
鄙。羽翼東征之師。使社稷再安。疇非公之力哉。論者以鳥嶺之失守咎
公。然此繇朝廷用公不早。非其智勇有不及也。當李忠武舜臣失律。罪將
不測。力請貰其罪。以責來效。卒有露梁之捷。其鑑識又如此。國人之
推公爲中興良將。有以也哉。前配大興令大春女。生一女。後配全州李巨
孝女。生一男。男崇義。宗廟令贈左承旨。女宣傳官成文漑。崇義生四
男三女。男涌禁府都事，沄，澍，沔慶尙左水使。女洪崍，權個校理，
安應聖。成文漑女參判洪命亨。涌男震瑞，震馦，震芳宣傳官。女縣監
韓公億。餘不錄。公之五世孫希逸。甞屬不佞爲神道之銘。盖諾而未
果。近者。其猶子娶。繼而請益勤。不敢辭。銘曰。

桓桓李公。萬夫之特。

左右穆陵。　披竭忠赤。
羯猰于邊。　騷我北落。
公奮其武。　鉞崩距角。
六鎭按堵。　桑麻沙漠。
狂蠻射天。　捲海而作。
屠割生靈。　毒被八域。
公思捐軀。　衝冒矢石。
北尙峋忠。　其氣愈激。
卒翊皇師。　大膊箕賊。
扈還漢京。　鍾簴如昨。
赫赫忠武。　公其匹敵。
勳在宗社。　名垂簡冊。
駒城之陽。　毅魄攸宅。
載辭穹碑。　用告千億。

출처 : 海左先生文集卷之二十四 碑銘

조선역대명신록
(朝鮮歷代名臣錄)

이일(李鎰) 장양공(壯襄公)

자가 중경(重卿)으로 용인(龍仁) 사람이다. 만력(萬曆) 무오년(명종 13년, 1558)에 무과(武科)에 급제하여 명종(明宗)과 선조(宣祖)를 섬겼으며, 벼슬이 순변사(巡邊使)에 이르렀다.

공은 어려서 기위(奇偉)[1]하였으며 성장하여서는 활쏘기와 말 타기를 익혔다. 만력(萬曆) 무오년(명종 13년, 1558)에 무과(武科)에 급제하여 선전관(宣傳官)에 제수되었다가 전라 좌수사(全羅左水使)를 역임하였다. 이때 북도에서 번호(藩胡)인 니탕개(尼湯介)라는 자가 여진족을 거느리고 경원부(慶源府)를 함락시키고, 회령부(會寧府)를 노략질하였는데, 그 세력이 매우 대단하였다. 이에 공이 전후 경흥과 회령의 부사로서 토벌하여 평정시켰다.

잠시 후에 본도 병사(本道兵使)로 승차(陞差)하였는데, 수어(守禦)하는 방략(方略)) 1통을 지어 올려서 이를 여러 무사에게 강습(講習)토록 청하였

---

1) 기위(奇偉) : 뛰어나게 훌륭하다.

다. 또 군무(軍務)와 금조(禁條) 20여 가지를 진언(陳言)[2]하여 모든 진보(鎭堡)에 반시(頒示)[3]하여 영구히 준행(遵行)[4]토록 청하였다.

추도(楸島)와 시전(時錢) 등 여러 번호(藩胡)가 난을 일으켜서 죽거나 다친 자가 매우 많았다. 공이 회령(會寧)과 온성(穩城)의 모든 진장(鎭將)을 감독하여 힘을 합쳐 공격하여 천막 300여 곳을 불태웠고, 머리를 벤 것이 거의 500급(級)[5]이나 되니, 임금이 사자를 보내어 음식을 먹이며, 노고를 위로하였다.

임진년(선조 25년, 1592)에 왜적이 동래(東萊)를 함락하니, 공으로써 순변사(巡邊使)로 삼아 가서 방어하게 하였다. 공은 급작스럽게 명을 받아 수행하는지라, 불러 모은 병사가 겨우 8, 9백 명에 지나지 않았다. 상주(尙州)에서 왜적과 조우(遭遇)하였는데, 적의 세력이 대단하여 싸움에 불리하였다. 이때 도원수(都元帥) 신립(申砬)이 충주(忠州)에 주둔해 있었는데, 공이 맞아들여 함께 조령(鳥嶺)을 지키려고 하였으나 신립이 듣지 않았다. 부득이 하여 신립에게 돌아가니 신립이 달내(㺚水)의 상류에 진을 지고 있었다. 공이 단월역(丹月驛)[6]에 주둔하니, 신립은 적에게 밀려나고 전군이 패몰(敗沒)하였다.

공이 급히 서울에 도착하니, 어가가 서쪽으로 평양(平壤)에 순행(巡幸)하려 하였다. 공이 군사를 이끌고 여러 장수가 임진 나루를 지키는 것을 구하려다가 도착하기도 전에 지키던 군사가 패하여 무너졌다. 공은 평양

---

2) 진언(陳言) : 일정한 사실에 대하여 말을 함.

3) 반시(頒示) : 법령 따위를 세상에 널리 펴서 알림.

4) 준행(遵行) : 관례(慣例)・명령을 좇아서 함. 규정을 지켜서 함.

5) '정토시전부호도(征討時錢部胡圖)'와 서(序), 이담(李橝)과 이재(李縡)가 지은 행장(行狀), 안윤행이 지은 신도비문, 후손 이의현(李宜顯)의 시장(諡狀)에는 시전(時錢) 부락 토벌 성과를 모두 불태운 천막이 300여 곳에 참수가 500급이라 하였는데, 후손 이의현(李宜顯)이 지은 신도비문에는 불태운 곳이 300여 곳에 참수가 400여급이라 하여 100명 정도가 차이가 난다.

6) 단월역(丹月驛) : 충주(忠州)에 있던 역 이름.

이 고립되어 위태롭다고 여겨 배도(倍道)[7]하여 급히 행재소(行在所)에 이르렀다. 공이 도착하니 사람들의 마음이 공에게 의지함이 위중하였다. 어가가 의주(義州)로 향하니 성이 드디어 함락되었다.

이에 황제가 공을 동변방어사(東邊防禦使)로 삼고 평양(平壤) 이북을 방어하도록 영을 내렸는데, 여러 번 싸워 이기니, 중국 조정에서 상으로 공에게 백금(白金) 20냥을 내렸다. 또다시 공으로써 북도 순변사(北道巡邊使)를 삼으니, 공이 곧 부임하여 번호(藩胡)들을 무수(撫綏)[8]하니, 북쪽 변경이 이에 편안하여졌다. 어가를 호종하여 서울로 돌아갔다.

공은 충의(忠義)가 타고났으며, 용략(勇略)[9]이 남 보다 뛰어났으므로 번호(藩胡 : 여진족)가 모반하면 공에게 명하여 가서 토벌하게 하였고, 섬 오랑캐(왜적)가 선동하여 소란을 일으키면, 공에게 명하여 가서 방어하게 하였다. 공의 위엄으로 싸움이 그치고 은혜로 평안하여졌으니, 우리의 북쪽 변경에선 편히 잠을 자게 되었고, 동쪽을 정벌하는 군대(명나라 군사)는 우군(友軍)을 얻게 되어, 사직(社稷)이 다시 안정되었으니 진실로 공의 휘이 아니겠는가?

나라 사람들이 공을 추앙(推仰)하여 중흥(中興)의 양장(良將)이라 함이 까닭이 있는 것이다. 모두 해좌(海左) 정범조(丁範祖)가 지은 비문에 있다.

朝鮮歷代名臣錄

李鎰 壯襄公

字重卿。龍仁人。萬曆戊午。登武科。事明宗宣祖。官至巡邊使。公幼奇偉。及長。業弓馬。戊午。登科。拜宣傳官。歷全羅左水使。時北

---

7) 배도(倍道) : 배도겸행(倍道兼行)의 준말. 이틀에 갈 길을 하루에 걸음.
8) 무수(撫綏) : 어루만져 편하게 함.
9) 용략(勇略) : 용기와 지략을 아울러 이르는 말.

地藩胡尼湯介者。孿野人。陷慶源。掠會寧。勢甚猖獗。公前後以慶會府使。討平之。尋陞本道兵使。撰進守禦方畧一通。請令諸武士講習。又陳軍務禁條二十餘事。請頒示諸鎭堡。使永久遵行。楸島時錢諸藩胡作亂。殺傷甚多。公督會穩諸鎭將。合擊之。焚穹廬三百餘所。斬獲五百級。上遣使犒勞。◎壬辰。島兵陷東萊。以公爲巡邊使。使往禦之。公倉卒受命。行收兵僅八九百人。與遇於尙州。戰不利。時都元帥申砬。軍忠州。公欲邀與共守鳥嶺。而砬不至。遂還詣砬。砬陳獼水上。公屯丹月驛。砬爲賊所擠。全軍敗沒。公馳至京師。而車駕西狩平壤。公欲引兵救諸將之守臨津者。未到臨津守軍已敗潰。平壤孤危。公倍道馳赴行在。旣至。人心倚以爲重。已而車駕向義州。而城遂陷。天朝以公爲東邊防禦使。令遮遏平壤以北。累戰輒勝。皇朝褒賞公白金二十兩。又以公爲北道巡邊使。公至撫綏藩胡。北邊乃安。扈駕還京師。◎忠義出性。勇畧過人。藩胡逆化。則命公往討。島兵煽亂。則命公往禦。而公威戢惠綏。袵席我北鄙。羽翼東征之師。社稷再安。疇非公之力哉。國人之推公爲中興良將。有以此也。並海左丁範祖撰碑

조선중기 鹿屯島 확보와 北兵使李鎰에 관한 일고찰*
-『壯襄公全書』(1893)를 중심으로 -

이원명(서울여자대학교 사학과 교수)

Ⅰ. 머리말

최근 들어 그동안 잊고 지냈던 중국과 관계하여 北方領土에 관한 국경 문제가 크게 부각되고 있다. 왜냐하면 올해는 주지하는 바와 같이 일찍이 압록강-송화강을 경계로 하는 조선의 땅, 間島지역이 白頭山 定界碑 (1712년)의 '西爲 鴨綠江 東爲 土門' 비문 해석을 만주철도부설권과 광산 채굴권을 얻기 위하여 소위 '間島協約'(1909년)을 통하여 日本이 멋대로 해석하고 두만강 이북의 우리 땅 간도 지역(지금의 沿邊)을 불법적으로 中 國에 넘겨 준지 100년이 되는 해이기 때문이기도 하다. 즉 日本이 土門을 두만강 북쪽의 松花江으로 보지 않고 두만강으로 보아 국경선을 압록강 -두만강으로 정하였음은 이미 알려진 사실이다.[1]

---

* 본 논문은『白山學報』83호(2009.4) 수록된 논고로 일부 내용을 보완하여 재수 록하였음을 밝혀둔다.

1) 이에 대한 문제점에 대하여 필자는 접반사 朴權을 재평가하면서 고찰한바 있다

이에 대한 문제점을 살펴본 필자는 최근 北韓이 중국과 백두산 천지를 포함한 '국경선을 어떻게 나눴을까'라든가, 러시아와 국경선을 다시 긋는 협상을 시작했다고 보도를 접한바 있다.[2] 이에 전자에 대하여 최근 일별한바 있는데, 이번에는 러시아와 국경선 문제가 될 수 있는 鹿屯島 지역에 관하여 자연 관심을 가지지 않을 수 없다. 왜냐하면 이 녹둔도[3]는 함경도 경흥진 造山堡 소속의 변방으로 이미 우리의 땅으로 확보하였던 지역이기 때문이다. 1592년 임진왜란 발발 4, 5년 전(1587~1588년)의 상황이었다.

하지만 淸나라 만주족이 1616년 명나라를 정복하여 북경까지 진출하게 되자 만주지역은 텅 빈 지역이 되었다. 이 때 康熙帝는 이 지역을 포함한 간도지역 전체에 대하여 1668년 이후 그들 왕조의 발상지를 보호하고자 封禁政策을 취하여 압록강 · 백두산 북쪽 간도지역을 空曠地帶(중립지대)로 설정하였지만 이 지역은 1881년 봉금이 해제되기까지 200여 년간 조선이 지배 관리하여 오던 지역이었다. 그 과정에 우리나라와 백두산정계비 사건(1712년)이 발생하기도 하였다.

한편 이에 앞서 淸나라는 러시아를 만주의 흑룡강에서 물리치고 네르

(졸고, 「白頭山 定界碑와 接伴使 朴權」, 『白山學報』 80, 2008 참조).

2) '김일성과 周恩來는 국경을 어떻게 나눴을까'(조선일보, 2009. 2.14)와 '이순신이 지킨 녹둔도가 러시아 땅이라니'(조선일보, 2009.2.6) 및 서길수, '국경문제는 국가 생존권의 사활'(간도신문 제16호, 2008.11.12)이 대표적 보도이다. 더구나 최근 고구려가 이미 6세기경 녹둔도 지역이 포함되는 두만강 동쪽의 연해주 남부까지 진출하였음을 알리는 고구려계통의 막새기와 온돌 및 시루 등이 현재 러시아 지역으로 된 이크라스키노(Kraskino) 성터 유적지(발해의 鹽州관할 지역으로 한인들은 연추라 불렀던 지역으로 바다를 통해 일본과 신라와의 교역의 거점지역이기도 함) 발굴 보고서(동북아역사재단, 『2007 러시아 연해주 크라스키노 발해 城 발굴보고서』, 2008, 8쪽)발간과 이에 관한 보도(동아일보 2009.1.7 참조)는 녹둔도와 관련하여 주목할 만 하다고 본다.

3) 녹둔도(鹿屯島)는 두만강 하류에 있는 咸慶道 慶興鎭 造山堡 소속의 지역으로 李舜臣이 조산보 萬戶(종 4품)로서 屯田을 맡아보고 있었던 지역이었는데 당시 李鎰은 함경북도 병마절도사(北兵使, 종2품)였었다.

친스크 조약(1689년)을 맺어 南進을 저지시켰지만, 그 후 淸이 서양열강에 의하여 通商과 傳敎의 문호를 개방시킬 때 러시아는 청조의 영토를 분할하는 과정에서 '淸·露 北京條約'(1860년)을 맺어 블라디보스톡(海蔘威, 러시아어로 '東方의 支配'의 뜻)이 위치한 태평양과 우수리강 사이의 沿海州를 차지하면서 자연히 녹둔도 땅도 러시아로 할양되었던 것으로 보인다.[4]

당시 鹿屯島가 두만강 하류 퇴적으로 러시아 땅에 연결돼 차지하게 된 것 같다. 그러나 국경문제와 관련되었을 때 섬들은 누가 살고 농사를 짓고 있는지에 따라 소유권을 정하고 강 중심에 있는 섬들은 양국협상으로 결정하는 것이 국제적 관례라면,[5] 녹둔도는 우리 조선이 1434년 6진 개척(세종 16) 후 이 지역을 개간하여 농사짓고 屯田官을 둘 정도로 유지해 왔었다. 그러나 여진족인 니탕개 난(1583년) 등으로 일시적 어려움은 있었지만 이를 진압하면서 북병사 이일장군 등이 녹둔도 지역을 포함하는 時錢部落을 점령(1588년)한 이후 확고히 우리의 영토로 소유해 왔었다. 이를 잘 나타낸 것이 오늘날 '壯襄公征討時錢部胡圖'이다.[6]

---

4) 졸고, 전게논문, 407~408쪽 및 존 k. 페어뱅크 外,『東洋文化史』下, 1969, 을유문화사, 199~201쪽 참조. 물론 우리 조정에서도 1883년 魚允中을 서북경략사로 그 실정을 조사한 바 있고, 1885년 안변부사 李重夏를 土門勘界使로 보내어 간도지역에 대한 勘界談判(乙酉·丁亥談判)을 통하여 간도 영유권 문제로 국경 협상(당시 조선측은 압록강~토문강~송화강~흑룡강 주장, 청측은 압록강 ~두만강 주장)별인바 있지만 결렬된 후 1894년 淸·日戰爭이 발발하자 간도영유권 문제는 중단되었다. 그 후 일본은 1905년 조선의 외교권을 빼앗고 1909년 9월 4일 '청·일간 간도협약'이 체결되어 오늘에 이르고 있다. 따라서 이 녹둔도 문제도 그 출발점이 소위 '백두산 정계비'와 관련이 있기 때문에 100년이 되는 올해가 주목된다. 國際法上 국가간 협약은 소멸시효가 100년이란 일부 학설도 있기 때문에 우리정부는 간도지역이 우리 땅이라고 대외적 천명이 국제법상으로도 유리하다는 지적을 펴고 있는 최근 학계와 시민단체의 주장(북방민족나눔협의회 간도 찾기운동본부, 간도신문 제16호, 2008 참조)에 적극 호응할 때라고 본다.

5) 김동섭, 전게 글, 참조.

6) 당시 산악지대인 함경도의 지형지물을 이용한 對女眞 정벌전을 잘 묘사한 '壯襄

필자는 최근 일련의 보도와 아울러 관련하여 100년 전 간도협약 못지않게 지금부터 400여 전 이 지역을 지키며 활동하였던 조선 중기 이일장군을 통해 당시 시대 상황과 활동을 통해 재음미 하고자 한다. 이를 위하여 필자는 기존 사료와 선학들의 연구 성과에 힘입어 임란전후 당시 지방 군사체계와 군정개혁론을 통하여 임란직전의 방어형태를 일별한 후, 李鎰將軍이 임란전후시기에 여진족 정벌과 임진왜란 초기 활동을 『壯襄公全書』(1893)[7]를 활용해 보고자 한다. 종국에는 이를 통하여 종래 李鎰에 대한 역사적 평가를 재음미 하고자 한다.[8]

先學들의 많은 叱正을 바란다.

公征討時錢部胡圖'(宗孫 李宗漢 소장본 및 육군박물관 소장본)는 400여 년 전 전투의 모습을 생생하게 전하고 있어 일찍부터 주목받은바 있다. 이 그림은 그의 손자인 李泙(이견)과 8대손 화가 소당 이재관(小塘 李在寬(1783~1849 後) 등의 노력으로 그려진 그림(견본담채, 101×135㎝, 육군박물관, 개인 박준상 및 宗孫 李宗漢 소장본)으로 이에 대한 설명은 강신엽, 전게 논문(213~214쪽 참조)이 있어 도움을 주고 있다.

7) 『壯襄公全書』(1893년)는 李鎰이 《제승방략》를 행하기를 청하는 狀啓(1588)부터 행장 및 신도비명, 정토시전부호도서 등 300여 년간 후손들에 의하여 수집 정리된 금속활자본 형태의 문집이다. 그의 시호인 壯襄을 붙여 3권으로 분철되어 있으며 전체는 금속활자본 230장(20.9×30.8㎝)으로 되어 있다.

8) 李鎰에 대한 연구로 일찍이 李泰鎭, 『한국군제사』, 1968(육군사관학교 한국사연구실)와 許善道, 「<制勝方略> 研究」上·下『震壇學報』36·37, 1973·1974 :『한국군제사』, 1968(육군사관학교 한국사연구실)를 비롯하여 金世明, 「朝鮮時代 前期 陳法과 制勝方略의 現代的 意義」, 국방대학원석사학위논문, 1992과 姜性文, 「조선시대 여진정벌에 관한 연구」, 『軍事』18호, 강신엽, 「朝鮮中期 李鎰의 關防政策」 − 壯襄公征討時錢部胡圖를 중심으로 −『學藝誌』5, 육군사관학교 육군박물관, 1997, 김두진·이현숙, 「《制勝方略》의 北方 防禦 체제」, 『국역 제승방략』, 세종대왕기념사업회, 1999 및 박재광, 『화염조선』, 글항아리, 2009 등이 있어 도움을 주고 있다.

Ⅱ. 조선 중기 軍事體系와 軍政改革論

1. 조선 중기 지방 軍事體系

여진족 정벌과 임진왜란시 군사체계를 이해하기 위하여 조선시대의 군사체계에 대해 이해할 필요가 있는데 中央과 地方이 전기, 중기, 후기에 따라 좀 달리 운영되었다.9) 즉 중앙의 군사체계는 조선초기(태조~세조)에는 3軍府 체제를, 조선중기 이후(세조~고종)에는 5衛10) 체제가 지속되었다면, 지방의 군사편제는 초기(태조~세조)에는 營鎭軍 체제, 조선 중기(세조~인조)에는 鎭管體制, 조선후기(인조~고종)에는 營將體制를 구축하고 있었다.

그리고 최전선의 兩江지방의 방어체계는 지리적 조건상 조선 초기(태조~세조)에는 翼軍 체제를, 조선 중기(세조~인조)에는 制勝方略 체제를 구축하고 있었다. 조선 후기에는 女眞族이 淸나라를 세우고 중국 내륙으로 모두 이주한 다음에 청나라가 만주지역에 대해 封禁政策 실시하자, 조선 후기 양강지역 방어는 오히려 조선측 농민들의 만주에 유입하는 것을 막는 데에 주력하게 되었다.

특히 지방의 군사체계는 세조의 집권으로 왕실의 위상이 높아지고 부국강병의 강화면에서 1457년(세조3) 10월에 鎭管體制가 구축되었다. 이는 변방중심의 방어체제를 전국적인 지역중심 방어체제로 되어 연해지방과 내륙지방의 중요한 군사 요충지인 巨鎭11)을 중심으로 부근 고을을 중

---

9) 민현구, 「진관체제의 확립과 지방 군제의 성립」, 『한국군제사』, 1968, 159쪽 및 김구진 외, 전게서 5~6쪽.

10) 5衛體制는 衛－部－統의 상위체계와 旅－隊－伍－卒의 하위체제로 구성되었으며 인원은 기본 5배수로 1旅의 군사는 125명이다. 단지 1部는 4統으로 구성되어있다.

11) 『경국대전』권4, 兵典 外官職條에 의하면 절도사의 주재하는 곳을 主鎭, 절제사·첨절제사의 주재하는 곳을 巨鎭이라 하며, 동첨절제사·만호·도위의 주

·좌·우의 3翼 체제에 나누어 소속시켜서 군사의 지휘체계를 일원화하는 군사체계이었다. 하지만 오랫동안 왜구의 침입이 없어 태평시대가 계속되자 자연히 진관체제가 이완되니 바로 1555년(명종 10) 乙卯倭變[12]이 일어났을 때에 진관체제는 아무런 기능을 발휘하지 못하였다.

그에 비하여 북방 오랑캐를 방어하는 데에 아주 효과적이었던 '북방 ≪제승방략≫'의 大分軍[13]을 도입하여 남방의 방어체계를 수비체제에서 공격체제로 개편하여 경상·전라지역 등 南方에서 사용하였는데 이것을 '南方 制勝方略'이라 하였다. 하지만 北方에서는 여진족의 침입(니탕개 난 이후 시전부락 정벌전 등)에 소위 '北方 制勝方略'으로 잘 방어할 수 있지만, 16세기에 이르러 武器體系가 달라지고 지형지물을 제대로 활용할 수 없을 정도로 지휘체계의 모순과 무능이 드러나자, 임진왜란을 맞아 속수무책이 되고 마니 오히려 ≪제승방략≫ 체제가 비판받고 다시 鎭管體制로의 복귀가 강력히 요구받기도 하였다.[14]

재하는 곳을 諸鎭으로 구분하고 있다.

12) 일본인들은 대마도의 지원을 받아 16세기에 들어서서 무역요구가 늘어나면서 소란을 자주 일으키니 중종 5년(1510)에 4~5천명의 三浦(부산, 울산, 웅천)왜변과 명종 10년(1555)에는 60척의 배를 끌고 전라도에 침입 것이 乙卯倭變이었다.

13) 6鎭의 大分軍에 의하면 선봉장(虞侯), 右衛將(온성부사)·前衛將(종성부사)·大將(절도사)·中衛將(회령부사)·後衛將(부령부사)·左衛將(경원부사)를 두고, 각 衛將 밑에는 각각 左·前·中·遊·右·後部將)를 두었다. 그리고 3고을(경성·명천·길주)의 分軍에는 선봉장(서북보 만호)·우위장(명천현감)·대장·중위장(길주목사)·좌위장(부령부사)에도 각각 부장을 두고 특별히 捍後將·繼援將·斬退將·左突擊將·右突擊將을 두고 체계적으로 구성되었음을 알 수 있다.

14) 유성룡,『懲毖錄』과 『雜著』참조. 하지만 전쟁 중에 이미 鎭이이 무너져 복귀가 어려워졌고 전쟁이 끝난 뒤에는 訓練都監이 설치되는 등 5軍營(총융청·어영청·수어청·금위영)이 성립하고, 지방에는 良人과 함께 일부 奴婢도 참여하는 束伍軍 체제로 개편하는 과정에서 진관체제로 환원하게 되었다(한영우, 전게서 398~399쪽 및 김두진, 전게서, 9~13쪽 참조).

2. 16세기 軍役과 軍政改革論

　조선조는 16세기에 이르러 여러 모순이 들어나기 시작한 것은 주지의
사실이다. 먼저 토지제도의 문란은 만병의 기원이 되었는데, 즉 조선초 科
田制가 16세기에 이르러 무너지면서 世祖 때 職田制도 16세기 중엽 明宗
때에 이르러 완전히 폐지되면서 고려말 상황처럼 土地兼倂이 성행하면서
竝作關係는 더욱 확대되고 농민의 계급분화가 촉진되었으며 국가의 田稅
收入은 갈수록 축소되었다. 따라서 농민들의 부담은 가중되었는데 그중
국방과 관계된 軍役이 큰 문제였다.

　15세기 良人皆兵制가 비교적 잘 지켜지고 保法이 있어 거의 모든 장정
들이 군역에 편제되어 있었다. 그러나 15세기 후기인 成宗代 이후 士林들
이 등장하면서 士族은 군역을 피하는 풍조가 일어나니 자연 군사의 질은
떨어지기 마련이었다. 더구나 中宗 32년(1537)에 농민의 군역부담을 줄이
기 위하여 모든 장정에게 軍布(무명 2필씩)을 받아내고 그 경비로 군대를
모집하여 봉급을 지불하는 일종의 雇用軍人이 생겨났다. 그리하여 국민개
병적인 國役의 형태를 띠고 있던 군역이 실제는 募兵制度로 변하였던 것
이다. 따라서 16세기 당시 軍籍에 등록된 군인은 正兵이 18萬 명, 雜色軍
도 18萬 명이었지만 실제 전투에 투입될 만한 군인은 1천명이 못되었던
것이다.[15] 당시 상황을 1592년 4월 壬亂이 발발하여 巡邊使 李鎰은,

　　"서울에 있는 군사 300명을 군사를 모집하여 경상도 尙州에 떠나려
　　兵籍에 오른 보니 모두 여염이나 市井에 있는 白徒(군사훈련을 받지 못

---

15) 당시 正兵에 등록된 사람은 20개월마다 무명 17~18필, 水軍에 등록된 사람은
　　무명 20필을 保人으로부터 助役價라는 이름으로 받아내 이를 삯전으로 내고
　　품을 사서 자신의 役을 대신 지게 하는 代立(혹은 雇立)이 일반화되었다. 대개
　　대립을 하는 사람은 奴婢나 流民인 경우가 많았고 그들은 주로 徭役에 주로 종
　　사하니 군사의 질이 떨어지는 것은 당연하였다(한영우,『다시 찾는 우리역사』,
　　경세원, 2008, 344~345쪽 참조).

한 사람)들이며 胥吏와 儒生이 반수나 되는지라, 임시로 점검하니 유생
들은 冠服을 갖추고 試券을 들고 있으며, 서리들은 平頂巾(頭巾)을 쓰
고 있어서 군사로 뽑히기를 모면하려고 애쓰는 사람들만 뜰에 가득할 뿐
보낼만한 사람은 하나도 없었다. 이일이 명령을 받은 후 3일이 되도록 떠
나지 못하였으므로 조정에서는 하는 수 없이 이일을 혼자서 먼저 가게하
고, 別將 柳沃을 시켜서 군사를 거느리고 뒤따라가도록 하였다."16)

고 할 정도였다.

즉 당시 제승방략에 의거하여 京將이 軍官을 이끌고 현지로 내려가야
하는데 3일이 지나도록 데리고 갈 군사가 없어 장군 혼자 먼저 尙州로 떠
나 전쟁에 임하게 되니, 잘 훈련된 병사와 지형지물을 최대한 이용할 수
있는 북방 두만강 지역에서의 활동과 달리, 임진왜란을 맞아서는 전투의
승패는 싸우기 전에 이미 패배는 기정된 사실이 되고 말았다.17)

이는 이미 당시 국방 등 시대적 한계가 노출된 상황의 반증이라 하겠다.
즉, 16세기에 들어 당시 國政은 士禍와 朋黨으로 치달아 자연 국방에 대한
안이한 풍토가 심화되어 국방과 군역제도는 더욱 허물어졌던 것이다. 물
론 당시 상황을 걱정하여 실정을 지적하며 대안을 제시하는 선현이 바로
율곡 이이와 서애 유성룡이 대표적 인물이다.18)

---

16) 「李鎰欲率京中精兵三百名去 取兵曹選兵案視之 皆閭閻市井白徒 胥吏儒
　　生居半 臨時點閱 儒生具冠服 持試券 吏載平頂巾 自愿(소)求免者 充滿於庭
　　無可遣者 鎰受命三日不發 不得已令鎰先行 使別將兪沃隨後嶺去」(懲毖錄
　　권1 참조).

17) 이 전투가 임란시 큰 패배를 가져왔던 경상북도 상주의 壬亂北川戰이다. 북천
　　전투의 전적지로서 안내문을 보면 이일장군은 '逃走'자로 표기(안내 브로셔 참
　　조)되어 있는데, 아마 이러한 상황에서는 그 어떤 인물이라도 불가피한 상황을
　　맞지 않았을까 한다.

18) 壬亂 직전의 國防에 관한 우려가 심하였던 것은 주지의 사실인데 이에 대하여
　　일찍이 특히 栗谷 李珥(1536~1584)의 10만 養兵說 등 軍政改革論과 西厓 柳
　　成龍(1542~1607)의 여러 대비책(『懲毖錄』에 정리 수록 됨)이 이 대표적이다.

먼저 임란 전의 兵曹判書(1582.12) 西人 李珥(1536~1584)가 니탕개 란을 계기로 10만 良兵說을 내세웠을 때 東人 인사들은 평지풍파라고 배격하였고,[19] 日本에 다녀온 통신사의 보고에서 正使 黃允吉(西人)이 돌아와 일본 정세에 대한 경계를 주장하였을 때 副使 金誠一(東人)은 진술을 달리하면서 對日 안심론을 폈다. 이는 각자 자파의 정치적 기반을 잃지 않기위한 당쟁의 생리가 그대로 나타난 것이라 할 수 있다. 그 중에 율곡 이이는 일찍이 「萬言封事」(선조 7년, 1574)에서 당시 실정을 피력한 중요한 폐단이 지적하고 있다.

그 내용을 보면 당시 ① 兵史, 水使, 僉使, 萬戶, 權管 등 군사지휘관의 녹봉이 지급되지 않은 실정, ② 각 지방 陸·水軍의 留防地와 거주지가 불일치에서 오는 폐단, ③ 每6년의 軍籍改正이 시행되지 않는데서 오는 폐단, ④ 내외 良役의 代立價의 濫徵 등을 들고 있다. 그는 말미에 백성들의 元氣가 이미 쇠뢰하여 10년이 못가서 화란이 일어난다고 경고할 정도였는데 사실 그대로 일어나니 임진왜란이 그것이다.[20]

그 뒤를 임진왜란시 영의정이자 도체찰사로 일선에서 유비무환을 내세웠던 西厓 柳成龍(1542~1607)도 예리한 국내외 정세 파악과 군정 개혁안들이『懲毖錄』[21] 등에 잘 나타나 있다. 특히 전시중의 각종 대비책을 제시

---

19) 율곡 이이의 軍政改革論은 이전부터 있었는데 첫 개혁안인 선조 7년의 萬言封事(1574.1)을 비롯하여 陳海西民弊疏(1574.10), 陳時事疏(1581.5) 등 상소문과 1583년 1월 니탕개란이 발발하자 陳時務六條(1583.2) 상소와 4월에는 그동안 개혁안에 대한 구체성을 띤 10만 양병설을 주창하였던 것이다(이태진, 전게서, 361~171 참조).

20) 『栗谷全書』권5, 疏劄三 萬言封事條「元氣已敗 不可支持 今日之事 實同於此 不出十年禍亂必興」. 참고로 이에 대한 전체적 설명은 이태진, 전게서, 364~367 참조.

21) 『징비록』은 조선중기의 문신 유성룡의 임진왜란 수기 7년간(1592~1598)의 기사로 1647년(인조 5) 간행(16권 7책)된 것으로 최근 서애선생기념사업회에서 종래『서애전서』4책(1991)의 주요부분을 국역하여『국역 서애전서』중『懲毖錄』, 『辰巳錄』(2권),『芹曝集』,『軍門謄錄』및『雜著』,『書』등 7권을 2001년 출

하니, 이르기를

"옛날에 鼂錯(조조)가 병사에 관하여 진언하기를, ① '군대를 사용하여 전장에 나가서 교전하는데 있어 급한 것이 세 가지가 있으니, 첫째는 地形을 얻는 것이고, 둘째는 軍卒이 명령을 잘 듣고 익히는 것이며, 셋째는 兵器가 예리한 것이니, 이 세 가지는 用兵의 大要며 勝負가 결정되는 것이므로 장수된 사랑은 알지 않으면 안되는 것이다'라 하였는데, ② 왜놈은 전쟁하는데 익숙하고 무기가 예리하였으니, 옛 적에 鳥銃이 없었으나 지금은 있어 그것이 멀리 가는 힘과 命中시키는 기교는 화살보다도 여러 갑절(5배)이나 되었다.....대개 화살의 능력은 백보에 불과하지만 조총은 능히 수백까지 미치게 되고, 날아오는 것이 바람과 우박 같으므로 그것을 능히 당해 낼 수 없는 것은 결정적이었다. ③ 그러나 지형을 먼저 선택하여 산이 험준하고 숲이 빽빽한 곳에 射手를 분산, 매복시켜, 적군에게 그 형체를 보이지 않게 하고 좌우편에서 한꺼번에 쏘았더라면 저들이 비록 조총과 창·칼이 있더라도 모두 소용이 없게 되어 크게 승리할 것이다..... ④ 적군이 尙州에 있을 때 신입·이일 등이 만약 이 계책을 쓸 줄 알아서 먼저 兎遷과 鳥嶺의 삼십수리 사이에 사수 수천여명만 매복시켜, 적군이 우리 군사의 많고 적은 것을 헤아리지 못하게 하였더라면 적군을 제어할 수 있을텐데, 이에 오합지졸과 훈련되지 않는 군사로써, 그 험지를 버리고 평지에서 서로 승부를 겨루었으니, 그가 패전한 것은 당연한 일이었다."22)

간하여 임진왜란에 관한 사료로서 학계에 크게 도움을 주고 있다.

22) 『懲毖錄』錄後雜記,「昔鼂錯(조조) 上言兵事曰 用兵臨戰 合刃之急有三 一曰得地形 二曰卒復習 三曰器容利 三者兵之大要 而勝負之所決 爲將者 不可不知也 倭奴習於攻戰 而器械精利 古無鳥銃 而今有之 其致遠之力 命中之巧 倍蓰(사)於弓矢 我若相遇於平原廣野 兩陣相對 以法交戰 則敵之極難 蓋弓矢之技 不過百步 而鳥銃及於數百步 來如豊雹(박)其不能當必矣 然選擇地形 得其山阨險阻 林木茂密處 散伏射手 使賊不見其形 而左右俱發 則彼雖有鳥銃槍刀 皆無所施 而可大勝也....方賊在尙州 申砬·李鎰等 若知出此 先於兎遷鳥嶺三數十里間 伏射手數千人 使賊莫測多少 則可以制敵 乃以烏合之卒 不鍊之兵 棄其險塞 相角於平地 宜其敗也」

라고 하였다.

여기서 서애 유성룡은 먼저 지형과 훈련된 군졸 및 무기의 중요성을 용병의 대요며 승부가 결정된다고 전제하고, 당시 일본은 전쟁에 익숙하고 우리의 화살보다 5배(倍蓰)나 위력이 있는 조총을 감당하기 어렵다는 점을 들었다. 그리고 이러한 와중에 버틸 수 있는 전략으로는 지형을 잘 선택하여 사수를 분산, 매복시켜야 전투의 승리가 가능한데 신립과 이일이 문경새재라는 鳥嶺을 잘 활용했어야 하는데 이를 모르고 오합지졸의 군사들이 모인 상주에서의 전투의 패배는 당연한 코스라고 예리하게 지적하고 있다는 점이다.

한편 北兵使 李鎰은 1588년 북방 함홍지역에서 니탕개 난의 발발과 녹둔도가 침략 당하자, 종래 실시되어왔던 각 진관별로 自戰自守하는 鎭管體制와 달리 유사시에 각 읍의 수령이 소속된 군사를 이끌고 本鎭을 떠나 배정된 방어지역으로 가는 「制勝方略」[23]을 재정비하여 대안을 제시하니 戰時防禦 체제였다. 1588년 3월 「제승방락」을 시행토록 요청하는 狀啓를 보면 용의주도한 방비책이요, 철저한 준비로 유비무환 그 자체였다고 할 수 있다. 그러한 면에서 李鎰 의 關防에 관한 기본 입장과 그의 활동상을 엿 볼 수 있는 대표적 사료인 <「제승방략」 시행을 요청하는 장계>를 보면,

> "臣이 임지에 도착하는 즉시 ≪제승방략≫을 상고하건대, ① 도내의 각 읍 鎭堡의 여러 장수 등을 전혀 分軍하지 않았고, 賊路도 서로 어긋났으며 각 항목의 절목도 소루한 것이 많습니다. 그래서 만약 위급한 경보가 있을 때에는 賊變을 제압할 방책이 없습니다. 經傳에 이르기를, '나

---

23) 원래 『制勝方略』은 일찍이 최초의 立案者는 世宗 때 6鎭을 개척하였던 시기 (1435~1440)에 承旨 출신으로 신임이 두터웠던 함길도도절제사 金宗瑞가 오랑캐의 침략에 대응할 방략으로 세종의 명령으로 만들어졌었던 것인데, 世宗이후 150여 년 동안 큰 전란이 없자 자연 소홀히 전해지다가 1583년 女眞族 尼蕩介 亂 이후 북병사 李鎰이 증보하여 만든 것이 현존하는 『增補 制勝方略』이다.

라의 큰일은 祭祀와 戰爭이다'라고 하였으며 兵法에 이르기를, '준비가
있으면 걱정이 없다'라고 하였으며 兵法에 이르기를, '계책으로는 먼저
국내를 안정시키고 다음에 군사를 국경 밖으로 내보낸다'라고 하였습니
다.... 하물며 6鎭은 賊變을 겪은 땅으로서 함부로 날뛰는 추악한 오랑캐
들이 아침저녁으로 우리를 엿보면서 으르렁대며 보복할 계책을 그만두
지 않습니다. 그러므로 ② 兵馬를 정비하고 士卒을 훈련시켜 항상 戒嚴
을 더하여 마땅하기 때문에 道內의 각 읍에 있는 鎭堡의 여러 장수들은
6鎭에 적변이 있을 때에는 6鎭 5衛로 分軍하고 경성·명천·길주 3고
을의 경내에 있는 山堡에 적변이 있을 때에는 3읍 3衛로 分軍합니다. 그
래서 城을 지키거나 적을 추격하거나 요격하는 절차로 적로의 멀고 가까
움과 體探하는 형편과 伏兵·守護·烟臺·倉庫의 숫자를 상세하게
합쳐서 기록합니다. 敵에 임하여 변고를 제압할 때에 대장의 지휘를 하
는데 奇正의 무궁한 전술을 사용하거니와 군무를 미리 강구하여 行移
(行文移牒)하고, 군사들로 하여금 평상시에 미리 이것을 숙지케 하였다
가 창졸한 변고에 제대로 대응하게 하지 않을 수 없습니다. 20여 가지의
事目과 禁令 27條를 아울러 제승방략의 1건으로 기록하고 이것을 감봉
하여 上達하는 바입니다."[24]

라고 하였다.

이처럼 李鎰은 ① 먼저 당시 북방에서의 관방 형편을 분석하고 제압할

---

24) 狀啓 (咸鏡北道兵馬節度使 臣 李鎰 謹『壯襄公全書』권1)
「啓爲取稟事 臣 到任卽時制勝方略相考爲白乎矣 道內各邑鎭堡諸將等乙
專不分軍賊路段置互相牴牾各項節目多涉疏漏脫有警急制變無策 傳曰國
之大事在祀與戎書曰 有備無患兵法曰計先定於內後兵出於外安不忘危治
不忘亂陰雨之備不可少緩 況六鎭經變之地跳梁孼胡朝夕覘覘報復之計猖
然未已尤當整飭兵馬訓鍊士卒常加戒嚴是白乎等用山良堡道有內變各邑鎭
堡諸將等乙六鎭有變則六鎭五衛分軍鏡明吉境內則三邑三衛分軍 守城追
邀擊節次及賊路程道遠近體探形止伏兵守護煙臺庫數詳細合錄爲白乎 旀
臨敵制變在大將之節制用奇正之無窮是白在果一應禦敵軍務不可不預爲講
究行移使之預知於平時策應於倉卒乙仍于條陳軍務二十餘事及禁令二十七
條幷錄方略一件監封上達」.

계책을 제시하고 ② 6鎭 3衛로 分軍하고 26개의 鎭·堡에 관한 소속·敵
路와의 거리·추격처와 요격처의 거리·봉수현황·藩胡部落 현황뿐 아
니라 故事까지 곁들여 자세히 기술하니 마치 북방지역에 대한 종합사전처
럼 기술하고 있는 列鎭防禦가 그것이다. 이러한 철저한 준비와 대책으로
녹둔도를 포함한 두만강 지역을 장악할 수 있었던 것이다.[25]

특히 북방의 오랑캐들의 침범을 대비한 치밀한 준비를 위해 겨울철에
두만강이 얼었을 때 대개 침범하기 마련인데 이를 방비하기 위하여 여름
철에는 숲이 우거질 때에 작은 가죽배 者皮船(자피선: 1, 2인용 가죽 보트)
을 타고 오거나, 강물이 얕은 곳을 골라서 몰래 건너오는 것을 막기 위하
여 木杙(목익: 나무말뚝)을 설치하도록 준비하였다.

하지만 이처럼 조선조 건국이래 활발하였던 북방 오랑캐에 대한 北疆
회수의식은 조선 중기 이후 女眞族이 힘을 키워 金나라(1644년에는 淸으
로)를 세우고 정묘·병자호란을 일으켜 이 지역을 그들 선조 발상지로 여
겨 封禁地帶로 묶으니 실질적인 국경지대가 되어 버렸다. 이 지역들이
1880년대 이후 우리와 淸나라와의 사이에 그 영유권을 놓고 분쟁하였던
間島 지역으로 오늘에 이르고 있다.[26]

---

25) 李鎰은 「請行制勝方略狀」에서 이 제안이 재가를 받아 확정된다면 '1건은 營
　　에 두고 각 鎭堡에도 각각 1건씩 나누어 두고, 봄·가을철에 巡幸할 때 이것을
　　강론하여 殿最(관리들 근무성적 평정하던 법)에 憑考하므로써 사람들로 하여금
　　시기에 임하여 실수하거나 잘못되지 아니하도록 할 것'이라고 하였는데 그 철저
　　한 의지를 보여주고 있다. 참고로 이를 올린 자신에 대하여『장양공전서』권1에
　　서는『제승방략』의 咸鏡北道兵馬節度使 臣李鎰謹외 丙戌爲北兵使取營中
　　所在方略增減修潤라고 덧붙이고 있다(『장양공전서』권1, 37~40쪽 참조).
26) 박용옥,「白頭山 定界碑의 再檢討와 間島領有權」,『白山學報』30·31합집,
　　1985, 218~219쪽 참조.

Ⅲ. 北兵使 李鎰의 女眞族 정벌과 鹿屯島 확보

1. 조선 중기 女眞族 尼蕩介 亂의 진압

조선왕조는 건국 직후부터 영토 확장 정책을 적극적으로 추진하여 조
선초기 지식인들은 우리나라가 본래 滿洲를 포함한 '萬里의 大國'이라고
생각하고 지도나 지리지를 편찬할 때 만주를 우리 국토에 포함시켰다. 그
래서『고려사』지리지나『동국여지승람』서문에 보면,

> '생각컨데 우리 海東은 3면이 바다에 가리워지고 한 구석이 육지에 연
> 접하여 幅員의 넓이가 거의 萬里나 된다'거나, '다만 西北으로는 압록강
> 을 한계로 삼고 東北으로는 先春嶺을 경계로 삼았으니, 대개 서북은 고
> 구려에 미치지 못하고 동북은 그보다 지나쳤다'.[27]

라고 인식하고 있었다.

따라서 잃어버린 만주 땅에 대한 꿈을 잃지 않으면서 국토확장과 대외
관계를 진취적으로 추진하였던 것이다.[28] 太祖 때 이미 鄭道傳으로 하여
금 함경도 지방의 城堡를 수리하고 여진족과 주민들을 회유하여 행정구역
으로 편입시켰으며 용동정벌운동 계획하였던 것이다. 그러나 太宗대에는
요동수복을 포기한 대신 下三道의 부유한 주민들을 대거 북방으로 이주시
켜 압록강 이남지역의 개발을 추진하고, 世宗에서 成宗대까지는 소위 徙
民政策으로 수만호의 주민을 이주시켰다.

특히 세종 때는 崔潤德과 金宗瑞로 하여금 여진족들을 토벌하고, 각각
평안도 북부 압록강 연변의 4郡(1433년)과 함경도 북부 두만강연안에 6鎭

---

27)『고려사』지리지 「惟我海東 三面阻海 一隅連陸 幅員之廣 幾於 萬里」및『동
　　국여지승람』서문 「但西北以鴨綠爲限 東北以先春嶺爲界 豈西北不及高句
　　麗以東北過之」.

28) 조선초 영토확장과 대외관계에 대해서는 한영우, 전게서, 282~283쪽 및 참조.

(1434년)을 설치토록하고 이 지역들을 영토로 편입시켰다. 그러나 조선왕조는 압록강과 두만강을 국경선으로 생각하지 않았으며 언젠가는 그 이북의 땅도 수복해야 할 땅으로 생각하고 있었다. 한편 이에 따라 군역담당자를 확보하기 위하여 노비를 해방시켜 良人인구를 확대하고 호적 조사사업을 3년마다 실시하여 그 결과 태조 6년에 37萬 명이던 군역담당자가 세종 12년경에는 70萬 명으로, 세조 때에는 80萬~100萬 명으로 늘어났다.[29]

그러나 16세기 조선 중기에 이르면 그 동안 오랜 평화가 지속되고 토지제도의 문란을 비롯한 국정의 해이로 남쪽에서는 왜구들이, 북쪽에서는 여진족들의 자주 침략이 있었다. 즉 왜구들에 의한 三浦倭變(1510년)과 乙卯倭變(1555년) 및 壬辰倭亂(1592년)이 있었고, 여진족들에 의한 침략으로는 선조대의 尼蕩介의 반란(1583년)과 鹿屯島 침입(1587년)이 대표적인 사건이었다.

그 중 여진족들의 니탕개의 반란은 1583년(선조 16) 1월부터 4년 이상 계속된 반란으로, 그 규모도 5천명 내지 2, 3만 명이나 되는 큰 규모이 침략이었다. 원래 니탕개는 함경북도 회령진 부근에 사는 여진족으로 두만강 건너 邊堡가까이 살며 조선과 무역을 하고 공물을 바치며 親附하는 오랑캐인 藩胡였었다. 당시 조선의 홀대에 불만을 품고 종성진 부근의 율보리와 함께 다른 5鎭의 오랑캐들의 호응을 받아 반란을 일으켜 당시 6진 지역에 막대한 피해를 주었다.[30] 6鎭의 43鎭堡 가운데 두만강 연변의 대다수 진보가 모두 그 침략을 받았던 침략사건이었다.

이일의 「신도비명」(『도곡집』권10)에 의하면, 니탕개가 鍾城鎭을 포위하자 전라좌수사로 있던 이일을 慶源府使로 차정하여 군사를 이끌고 오랑

---

29) 한영우, 전게서, 307~313쪽 참조. 이중에 軍兵이 약 30萬 명, 奉足이 약 60萬 명에 달하고 있는데, 일반 평민은 正兵, 留防軍 혹은 水軍에 편입되어 정병은 1년에 2개월, 유방군은 3개월, 수군은 2개월씩 복무하였다.

30) 『제승방략』 수록된 故事의 사건 39건 중 가장 많은 니탕개 난을 포함하여 24건이나 될 정도였다(김두진 외, 전게서, 77쪽 참조)

캐를 격퇴시켰다.[31] 이후 조정에서는 그를 會寧府使로 전보하는데, 회령 지역이 적로의 요충지였을 뿐 아니라 니탕개가 회령진의 번호였기 때문이 었다. 니탕개가 2만여 騎를 거느리고 회령부 고령진을 약탈하자, 이일이 적로를 차단하고 니탕개 무리를 공격하여 큰 타격을 주어 그 이후 니탕개 의 침략은 수그러졌다.[32]

이처럼 여진족 니탕개의 반란은 그 기간도 4년 이상 지속되어 당시 가 장 큰 골칫거리였던 것 같다. 제승방략의 「故事」사건에 수록된 39건 중 1583년부터 1586년까지 21건이나 나올 정도였다. 이 니탕개 난을 격퇴한 공로로 이일은 1587년(선조 20) 9월에 함경도 북병사에 임명되었고,[33] 나 아가 옛『제승방략』을 대폭 보완하고 증보한 소위 '『증보 제승방략』'을 시행하기를 요청하는 狀啓가 이때 제안되고 있다. 이에 대한 備邊司에서 의 關門(답변)은 동년 6월 19일 나오는데, 단지 南道를 제외하고 北道의 수 령만 分軍하도록 하고 나머지 조건들은 方略에 의해서 시행하도록 조치가 내려졌다. 이로 인해 본격적인 함경도 지역을 포함한 東間島(琿春, 汪淸, 延吉, 和龍의 4縣)지역까지 關防이 튼튼해 질 수 있는 결정적 계기가 되었 다는 면에서 '請行制勝方略 狀啓'(咸鏡北道兵馬節度使臣李鎰)는 큰 의미 가 있다고 본다.[34]

---

31) 북병사 이일은 46세가 되는 1583년(선조 16) 니탕개 난 진압 이후 1599(선조 32) 년까지 함경도 지역을 중심으로 '16년간을 보내 여진족 번호들이 끝내 감히 맘 대로 날뛰지 못한 것은 공의 힘'이다(「壯襄公 諡狀」『장양공전서』권3(영의정 이의현 찬, 1745년).

32) 니탕개 난을 진압하는데 당시 온성부사 申砬의 공도 컸던 것으로 보인다. 왜냐 하면 李鎰이 증보한『제승방략』故事條에 니탕개 난을 격퇴한 용맹담이 李鎰 자신보다 더 많이 기록되어 있을 정도이다(김두진 외, 전게서 78~79쪽 및『장 양공전서』참조). 이는 후기 임진왜란을 당하여 탄금대 전투 등에서 서로 갈등상 태에 있는 것과는 차이가 있는 자료라 주목된다.

33) 宣祖實錄 권21, 宣祖 20년 9월 4일(庚寅)조.

34) 宣祖實錄 권21, 宣祖 21년(1588) 3년 3일 및『制勝方略』및『壯襄公全書』권1 및 脚註 24)참조.

2. 두만강 하류 鹿屯島 확보와 '征討時錢部胡圖'

鹿屯島는 두만강 하류에 있는 섬으로 행정상으로는 함경북도 慶興鎭 소속하 造山堡 관할에 있었던 지역이었다. 일찍이 高句麗와 渤海의 지역이었던 이곳 만주에 연해 있는 연해주 지역에는 1,400여 年前 유물이 발굴되고 있는 요즈음, 이곳 두만강 유역 확보에 결정적으로 중요한 두만강 하류 녹둔도 지역의 확보 과정과 당시 그들을 진압하는데 결정적으로 활동한 北兵使 李鎰의 '정토시전부호도'를 고찰하는 것도 의미가 있다고 본다.[35]

니탕개 변란 후 조정에서는 녹둔도 지역에 군량미를 저축하는 屯田을 설치하고자 선전관을 파견하고, 목책을 설치하고 농기구와 밭을 가는 소를 많이 들여보내 본격으로 개간하고자 하였으나 마침 흉년이 들어 군량미를 제대로 보충하지 못하였다. 그러자 조정에서는 1587년(선조 20)에 造山堡 萬戶(종 4품) 李舜臣으로 하여금 그 둔전을 맡아보게 하였다.

당시 녹둔도 침입 사건은 가을철 9월에 들어 경흥부사 李景錄이 그가 관할하는 관내의 煙戶軍을 이끌고 들어가 이순신과 함께 곡식을 수확할 즈음 楸島(두만강 중류지역의 도서)에 살고 있던 오랑캐들인 藩胡의 마니응개와 사송이 등이 중심이 되어 침입해온 사건이다. 撫夷堡 지경에 살고 있던 時錢의 中樞 하오랑과 酋長 김금이, 경원진 지경에 살고 있던 巨酋 이청아·여처, 深處胡[36]의 우디캐 종족 등에게 箭通을 보내어 여러 오랑캐를 불러모아서 추도에 군사를 숨겨 둔뒤에 녹둔도의 수호가 고립되고 허약함을 보고 농민들이 들판에 흩어져서 일할 때 갑자기 쳐들어와 우리측

---

35) 脚註 2), 참조. 특히 녹둔도는 두만강 하류에 있는 섬으로 오늘날 우리나라와 러시아 사이에 영토 분쟁의 대상이 되고 있는 지역이기도 하다(김두진 외, 전게서, 14쪽 참조).

36) 여진족 중 백두산 북쪽에 사는 부족으로 아직 조선에 親附하지 않은 자들을 深處胡라 부르고, 회령·종성·온성 등 국경 지대와 두만강 건너 邊堡가까이 살며 조선과 무역도하고 공물을 바치며 살던 자들을 특히 藩胡라 한다(김두진외, 전게서, 11~12쪽 脚註 4), 참조).

피해가 심하였다. 당시 적에게 살해된 자가 10여명이고 적에게 사로잡힌 자가 160여 명이나 이르러 그 책임문제가 불거졌던 사건이기도 하다.[37)

　　그러므로 조정에서는 '죄를 논할 때 이경록 등을 잡아다가 그 죄를 審問하였으니, 임금이 특별히 그들을 용서하여 白衣從軍하게 하여 공로를 세워서 스스로 충성을 다하게 하였다'고 하였다.[38) 그러나 당시 이 문제에 대하여 「선조수정실록」과 『장양공전서』에 보이는 그의 행장과 신도비명에는 달리 표현되어 있음을 간과해서는 안 되리라 본다. 먼저 「선조수정실록」(1587.9.1)에서 이르기를,

　　'賊胡가 10여 인을 살해하고 1백 60인을 사로잡아 갔다. 이경록·이순신이 군사를 거느리고 추격하여 적 3인의 머리를 베고 포로 50여 인을 빼앗아 돌아왔다. 兵使 李鎰이 이순신에게 죄를 돌림으로써 자신은 벗어나기 위하여 형구를 설치하고 그를 베려 하자 순신이 스스로 변명하기를, "전에 군사가 적은 것을 보고 신보하여 더 보태주기를 청하였으나 병사가 따르지 않았는데 그에 대한 公牒이 있다"하였다. 이일이 수금하여 놓고 조정에 아뢰니 '白衣從軍하여 공을 세워 스스로 贖罪하도록 하라'고 명하였다. 상이 戍兵이 죽은 것을 애도하여 湖堂에 명하여 시를 지어 조문하게 하였다. 이로부터 屯田이 폐지되었는데, 논하는 이들은 鄭彦信이 失策한 것으로 탓하였다. 이순신이 巡邊使의 휘하에 종군하여 反虜 우을기내를 꾀어내어 잡아서 드디어 죄를 사면 받았는데 이로부터 유명해졌다'[39)

---

37) 『制勝方略』권1, 列鎭防禦「造山堡」條 참조. 물론 이경록과 이순신도 군사를 이끌고 적들의 후미를 공격하여 농민 50여 명을 빼앗아 돌아왔고 오랑캐 3級을 참하기도 하였다.

38) 녹둔도 침략사태에 대해 당시 屯田官으로 있었던 造山萬戶(종4품) 李舜臣에 대한 처벌에 관한 기사는 실록 등 종래 기사내용과 달리, 오히려 李鎰이 조정에 건의하여 이루어지게 되었다고 표현된 것이 다르다.

39) 『宣祖修正實錄』권21, 宣祖 20년(1587) 9월 1일(丁亥)「賊胡殺十餘人 擄百六十人而去 慶祿·舜臣率兵追擊 斬賊三級 奪還五十餘人 兵使李鎰欲歸罪舜臣 以自解設刑具 將斬之 舜臣自辨, '前見兵少備單 報請益 而兵使不

고 하였다. 즉 북병사로서 이순신 등의 죄를 취조하는데 이순신의 변을 듣고 조정에 품신하여 백의종군에 처하도록 하였다는 기록이다.

그에 비하여 『장양공전서』에 보면 영의정 이의현(1669~1745)이 찬한 諡狀·神道碑銘 및 이조판서 李縡(1678~1746)가 찬한 行狀을 보면 '조정의 의논이 장차 이순신을 잡아들여 推鞫해야 한다고 하니 이일이 그 재주와 용기를 아까워하여 白衣從軍을 청하여 죄를 용서하게 하였다'고 하였다.[40] 그리고 『제승방략』녹둔도조에 보면 '이경록 등을 잡아다가 그 죄를 심문하였으나, 임금이 특별히 그들을 용서하여 백의종군하게 하여 공로를 세워서 스스로 충성을 다하게 하였다'(朝廷議拿景綠等鞫之 上特使白衣從軍立功自效)고 하였다. 그리고 「정토시전부호도 서문」을 쓴 전 李樺(첨지중추부, 종2품)은 '장수는 신순변사(신립)·이무용대장(이일)·이충무공(이순신) 등 두 세분 정도가 豪俊하였다'(將帥則有申巡邊 李武勇 李忠武二三豪俊)고 하면서 '이일이 이순신의 백의종군을 조정에 청하여 이른바 충무공을 구한 것이다'(將軍請于朝 李公舜臣汝諧白衣從軍 向所謂忠武公也)라고 할 정도이다.[41]

이것을 보면 당시 종2품 함경북도 병마절도사로서 녹둔도 침략에 대한 당시 둔전관 조산보 만호(종4품) 이순신 등에 대한 문책은 불가피 하였을 것이고, 이를 조정에 아뢰어 국왕의 명대로 白衣從軍토록 하였다고 보는 것이 합리적일 것이다.[42] 즉, 「선조실록」(1587.10.16)에도 보면, 녹둔도

從 有公牒在' 鎰繫囚以聞 命白衣從軍 立功自贖. 上悼戍兵死沒 命湖堂賦詩致悼 自是屯田罷 而論者咎彥信失策矣 舜臣從軍巡邊使麾下 誘捕反虜于乙其乃 遂免罪 自此有名」. 그러나 「宣祖實錄」(宣祖 20년 12월 26일)에서는 녹둔도가 함락되었다고 馳啓하였는데 오형·신급제 등 11인의 참혹한 죽음에 대해 아뢰며 그들을 위헤 恤典을 시행토록 건의가 보인다.

40) 도암 이재(우봉인) 찬 行狀과 도곡 이의현(용인인) 찬 시장·신도비명에 보면 「朝議將拿鞫舜臣公惜其才勇啓請白衣從軍得以貰罪」참조.

41) '이로써 이순신이 발탁되어 또한 마침내 임진왜란에 큰 공을 세우게 되었다.' 「賴以擢用 卒成大功於壬辰之亂」(이담 찬, 「행장」『장양공전서』권2) 참조.

사건이 피해가 매우 컸기 때문에 북병사 이일은 이들을 하옥시키고 중앙에 급히 보고하니, 비변사에서 이들을 잡아 취조할 것을 주장하였으나, 宣祖는 '전쟁에서 패배한 사람과는 차이가 있다. 北兵使로 하여금 杖刑을 집행하게 한 다음에 백의종군시켜서 공을 세우게 하라'[43]고 하였던 것이 그중 객관적이고 사실에 맞는 기록으로 보인다.

한편 북병사 이일장군은 녹둔도 사건이 일어난 그해 겨울 11월에 순찰하다가 경흥진에 이르러 비밀히 군관으로 하여금 조산보에 가서 오랑캐가 그곳에 아직 있는지 없는지를 정탐하게 하고, 두만강의 얼음이 단단한지 아니한지를 조사하여 살피게 하였다. 그리고 虞侯 김우추를 衛將으로 정하고, 行營의 군사와 경흥진 군사 400여 騎를 나누어 편성하여 얼음이 언 곳을 통하여 어둠을 틈타 두만강 건너 새벽녘에 楸島의 번호부락을 습격하여 17막사를 불태우고 오랑캐의 머리 33級을 베어서 돌아왔다.

그리고 이어서 다음해(1588년) 1월 길주진 이북·온성진 이남에 거주하는 토착군사와 행영의 군사 등 2,700여 명을 징발한 다음에 변안수(회령진 부사)를 좌위장, 양대수(온성진 부사)를 우위장으로 임명하여 군사와 병마의 편제를 하였는데『제승방략』의 3고을 분군법을 따른 것이다. 정벌 군사는 비밀히 군사를 출동시켜 두만강을 건너가서 새벽녘에 時錢의 오랑캐 부락을 습격하여 모조리 섬멸하여 오랑캐의 가옥 2백 여 채를 불태우고, 오랑캐 383級[44]을 참획하였다. 이는 고려조의 尹瓘(文肅公)과 조선조

---

42) 당시 거의 비슷한 지위에 있어 경쟁관계도 가질듯 한 忠壯公 申砬(평산인)과의 관계에서도 생각보다 매우 호의적인 기록 등으로 보아(申恕庵(靖夏)所撰 贈兵判金慶福神道碑銘,「藩胡尼蕩介圍訓戎鎭 公從申公力戰 斬獲甚衆 申公啓奏公爲第一), 당시 함경북도 예하의 造山萬戶 이순신과의 공적인 만남을 굳이 부정적으로 보는 것은 제반 사료 등으로 보아 그리 설득력이 없다고 본다.

43)「宣祖實錄」권21, 宣祖 20년(1587) 10월 16일(辛未)「備邊司公事 李慶祿·李舜臣等拿來事 入啓 傳曰 '與戰敗者有異 令兵使決杖 白衣從軍 自效可也」

44) 정벌 결과에 대해『國朝寶鑑』권29(宣祖 21년 戊子 正月)과 달리 이담과 이재의 行狀 및 이재관의「정토시전부호도」(1849)에는 시전부락 300여 채를 불사

세종대 6진을 개척한 金宗瑞(節齋) 이후 없었던 쾌거였다.

이를 기념하기 위하여 공의 손자 경상좌수사 李汧(견)이 화공에게 그리게 한 것인데 즉, '시전부락 오랑캐가 여러 차례 국경을 침범하니 公(金慶福)이 또다시 북병사 이일과 함께 장병을 거느리고 기습공격을 감행하여 그 소굴을 불사르고 돌아와 작전승도(作戰勝圖)를 올리니 선조대왕이 격려하고 칭찬하였다'.[45] 그런데 이제 색이 바래고 갈라져 남아있는 것이 한 건 뿐이라 다시 재물을 모아 그림 3건을 새로 그려 예전 법대로 소장하니 이것이 오늘날 전해지는 小塘 李在寬(공의 8세손)이 그린 '征討時錢部胡圖'(1849)가 그것이다.[46]

400여 년 전의 여진족 시전부락에 대한 대외 출병을 후세에 전하기 위해 전쟁 기록화라 할 수 있다. 제목, 전투도, 참가 장수(56명)[47], 전투개요, 제작 년대, 작자 등을 일목요연하게 표현한 이 「정토시전부호도」그림은 현존하는 다른 그림에서는 쉽게 찾아보기 어려운 귀한 것이라 의미가 크다고 본다. 당시 大將으로서 참여한 북병사 이일의 업적을 확실히 해주는 사료적 증거를 떠나, 당시 북방에서의 『제승방략』체제가 지형적 험준한

르고 500여 級(焚三百餘家 斬五百餘級)을 베었다고 하였고, 이의현의 「신도비명」(1745)에는 '4개 부락 300여 곳은 불태우고 400여 명의 수급을 베었다'(燒其四部穹盧三百餘斬首四百餘級)고 하여 차이를 보이고 있다.

45) 「申恕庵(靖夏)所撰 贈兵判金慶福神道碑銘」, 『장양공전서』卷1, 「時錢胡數犯境 公又與北兵使李公鎰將兵襲之 焚其巢穴而還 作戰勝圖以上 宣廟益加獎歎云」

46) 脚註 6), 참조.

47) 이재관의 「정토시전부호도」(1849) 하단 우측에 기술된 장수명단을 보면 大將 함경북도 병마절도사(北兵使) 李鎰 외, 助戰將 서득윤 등 10명, 左衛에는 선봉장 유극량 등 22명, 右衛 선봉장 이천 등 23명 합계 57명의 장수의 이름이 있는데 그 안에는 申恪(조전장 급제), 李億祺(조전장 무이보 병마만호) 金慶福(표확도장 전통례원 인의), 李舜臣(우화열장 급제) 및 元均(일계원장 통정대부 종성진 도호부사) 등이 당시 북병사 이일의 휘하에 소속되어 있음을 알 수 있는데 이들이 후에 임진왜란 등에서 대개 큰 공로를 쌓고 있음은 주지의 사실이다.

국지전에서는 매우 효과적인 전술 운용이었음을 증명해 주는 그림이기도 하다.[48]

이때부터 조선측 영토확장에 유리한 국면을 조성하였던 1712년(숙종 38) '백두산정계비'가 세워 질 때까지 100여 년간 두만강 유역의 北邊을 무사 안정케 하는 큰 밑거름이 되었다고 본다. 따라서 이 당시 李鎰의 공로는 오늘날 중국과 러시아와의 국경문제를 생각할 때 결코 가볍게 볼 수는 없는 큰 역할을 하였다고 본다.

Ⅳ. 李鎰將軍의 생애와 壬亂初期 활동
－『壯襄公全書』(1893)를 중심으로－

1.『壯襄公全書』로 본 李鎰將軍(1538～1601)의 생애

『장양공전서』(1893년)는 이일에 관한 300여 년간(1588～1893)의 사료와 기록들을 모아 필사본 3권으로 分册(21×31㎝)되어 조선말기 高宗 30년(1893)에 마무리된 것 같다. 아래『장양공전서』의 목록을 보면 일찍이 李鎰이 咸鏡北道兵馬節度使로서 유명한 ≪制勝方略≫ 실시를 건의하는 「請行制勝方略狀」(1588년)[49]을 비롯하여 行狀(도암 이재 찬)과 神道碑銘

---

48) 그림에 대한 구체적 설명은 강신엽, 전게 논문, 223쪽 참조. 또한 오늘날 간도지역에 대한 중국이나 러시아와 쟁점이 되었을 때 두만강 하류 녹둔도 정벌과 두만강 너머 시전부락에 대한 확실한 확보는 향후 의미하는바 크다고 본다.

49) ≪制勝方略≫은 현재 규장각 도서(No. 132)로 체제는 98장으로 되어 있는데, 원래 북방에 있던 <북방 제승방략>과 <남방 제승방략>으로 구분하여 이해하고 있는데, 원본은 1588년 북병사 이일의 증보한 ≪제승방략≫이 책으로 출간할 때까지 세상에 그 이름이 알려지지 않았는데 그 사실이 「請行制勝方略狀」를 통해 확인할 수 있어 역사적 의미가 큰 것으로 보고 있다(이태진, 전게서, 321～322쪽 脚註) 302 및 김두진・이현숙, 「≪制勝方略≫의 北方 防禦 체제」, 전게서, 101～102쪽 참조).

(도곡 이의현 찬), 그리고 정토시전부호도 序文(이담, 정기장 찬)과 8세손
화가 이재관의 정토시전부호도(1849), 『장양공전서』서문을 찬(안기수, 민
영준 찬)한 내용이 주요 내역이라 할 수 있다.

일부 사료는 이미 전해지고 있거나 문중사료라 할 수 있어 장황한 면이
있으나, 李鎰에 대한 구체적 사실에 대한 종합적인 이해 차원에서 의미가
있다고 보여 자료소개차원에서 정리하면 아래와 같다. 그 중 문중 중심의
내용을 중심으로 엮어진 1, 2권을 중심으로 자료 소개차원에서 정리하면
아래와 같다.

<卷之 一>
壯襄公全書序(知訓練院事 규장각제학 閔泳駿 찬, 1893), 壯襄公全
書序(竹山人 安淇壽, 1892)
世系(一世~三十四世), 歷仕年譜, 征討時錢時將官姓名(戰圖中詳
載, 八世孫 李在寬 1849)[50], 國朝寶鑑, 申恕庵(靖夏)所撰 贈兵判金慶
福神道碑銘(作戰勝圖를 올리니 宣祖의 격려가 있음), 北關誌(詳見制
勝方略), 征討[51]時錢部胡戰圖序(僉知中樞府事 李樿 찬, 1828), 征討
時錢部胡戰圖序(玄孫婿 草溪仁 鄭夔章 찬, 1829), 請行制勝方略狀
啓(咸鏡北道兵馬節度使臣李鎰 謹, 1588), 備局回關(1588), 報巡營狀,
軍務二十九事[52], 禁令二十七條, 尙州敗報後回諭(壬辰四月初二日
以巡邊使倉卒馳下遇倭兵於此), 楊州蟹踰嶺戰捷後回諭(五月初四
日于此與戰大破之), 忠全慶都巡邊使陣順天時辭職上疏, 伏拜北兵
使時因事拿處原情, 備忘記(書下條件問啓 逐條進對 批答), 逐條問
計, 逐條進對, 又追上一疏 批答

---

50) 戰圖中詳載라 하였지만 軍務 29事와 禁令27條를 조목 조목 진달해서 함께 수
    록하여 제승방략 1건을 만들어 반영할 것을 시행하기를 주청한 사실을 수록한
    '征討時錢部胡圖'(八世孫 在寬, 1849년)는 빠져 있다.
51) 본문 제목은 목차의 征討가 아닌 討滅로 되어 있음.
52) ≪제승방략≫에서는 事가 條로 되어 있음.

<卷之 二>

　紀行, 行狀(이조참판 첨지중추부, 전주인 李樿 찬, 1828), 行狀後序
(李樿, 1828), 行狀後序跋(李樿, 1828), 行狀(자헌대부 이조판서 도암
李縡 찬, 1732), 神道碑銘 幷序(安允行, 1743), 神道碑銘 幷序(영의정
동족후인 도곡공 李宜顯 찬, 1745) 및 <卷之 三>[53)]

　먼저『장양공전서』의 年譜를 통하여 李鎰(1538~1601)의 생애를 보면,
中宗 33년(1538)에 태어나 宣祖 34년(1601)까지 활동한 조선 중기기의 대
표적 武臣 중 한 사람이다. 그의 가계를 보면 시조 吉卷은 高麗 太祖 王建
을 도와 三韓壁上功臣에 책록되고 太師를 지낸 후 고려조에서 내내 벼슬
한 龍仁 사람이다. 고려말 조선초에 이르러서는 中仁이 駒城府院君(中始
祖)에 봉해졌고, 士渭를 낳으니 조선조에 開城留後를 지냈고, 그가 伯持를
낳으니 吏曹參判으로 태종조에 처음으로 淸白吏에 뽑혔는데 이일에게는
7대조가 된다.[54)]

---

53)『장양공 전서』권3의 내역은 贈諡(景宗朝 乙丑, 1709), 司諫院完議, 司憲府完
　　議, 延諡祝, 延諡宴韻(朴弼琦, 柳綏, 鄭夔章, 朴師訥, 韓汝斗, 韓夢麟, 李希
　　益, 李尙老, 李希復, 李復春, 李咸春, 安允行, 李宜顯), 壯襄公 諡狀 李宜顯
　　(1745), 配享忠烈祠 儒林報巡營狀 巡營題辭, 配享忠烈祠 儒林報兵營狀 兵
　　營題辭, 配享忠烈祠慶源府使報巡營狀 巡營題辭, 配享時奉安祝, 告由祝,
　　兩丁祝과 寧國公(李涌, 25世)의 文集附目錄, 行狀(金昌集), 墓碣銘(李亮淵),
　　輓詩(李景奭, 兪橄, 李後山, 尹鑅, 李衿, 鄭斗卿, 李澳, 趙國老, 權翼亮), 祭
　　文(李澳, 趙國老) 및 監役公(李雲瑞, 26世)行狀 附 具赫喜, 祭文(李汝松 沙
　　雲) 등이 있다. 참고로 장양공 이일은 용인이씨 22世孫으로 寧國公 李涌은 그
　　의 4世孫이 되고, 監役公 李雲瑞은 그의 5世孫이 된다.

54) 용인지역에 뿌리를 내린 龍仁李氏는 주로 묘역도 이곳 용인지역에 많이 분포되
　　어 있는데 駒城府院君 李中仁·留後公 李士渭·淸白吏公 李伯持 묘가 3대
　　에 걸쳐 연이어 용인시 향토유적으로 각각 60호·63호·57호로 지정되어 있어
　　이 지역에서 그 위치를 짐작할 수 있다(「龍仁李氏 宗報」제90호, 2009.2.1 참
　　조). 따라서 용인이씨는 이일장군을 비롯한 武科出身이 170여 명으로 알려져
　　있지만, 文科及第者가 86명(생원 진사 入格者는 197명) 정도나 배출하여 일반
　　적으로 전통적 京華士族 집안으로 알려졌다(졸고.「조선후기 近畿地域 京華

그리고 伯持는 5명의 아들을 두니 守綱(府使)·守領(主簿)·守常(判官)·守禮(縣監)·守義(司直)로 그 중 이일은 판관공 守常의 후손이다. 이일의 고조부는 會忠(통정대부 允若의 子)은 관직이 僉使(종3품)요, 증조부는 承仕郎(종8품) 承孝로 刑曹參議의 증직을 받았다. 할아버지 環은 宣略將軍(종4품) 충무위 副司直으로 戶曹參判에 추증되었다. 아버지 敏德은 무과출신으로 함경북도 兵馬虞侯(종3품)로 여러 번 증직을 받아서 崇政大夫 議政府左贊成兼判義禁府事에 이르렀다. 어머니는 延安李氏로 生員을 지낸 李繼壽의 딸이다.55)

北兵使 李鎰은 1558년(명종 13) 약관 20세에 武科 급제한 이후 먼저 外職으로 함종 현령, 벽동 군수, 경흥부사, 단천 군수, 온성부사, 上土·釜山鎭 僉使를 지냈고, 경원, 회령 府使를 역임하였으며, 전라좌수사·전라도병사·평안도병사·함경남북도병사 등을 역임하였다. 내직으로는 한성부판윤·지중추부사·겸지훈련도총관·포도대장·군기시 제조 등을 역임하면서 품계로는 資憲大夫까지 이르렀다.

특히 그는 전라좌수사로 재직 당시 1583년 두만강변의 여진족 泥湯介難56)이 발발하자 慶源府使로 차정된 이후 함경도 방어에 1등공신이 된 대표적 武將이라 할 수 있다.57) 임란 이전 武將으로서 활동을 그의 『장양공

士族 고찰」 — 龍仁李氏 文科及第者를 중심으로—, 『鄕土서울』67호(서울시사편찬위원회), 2006, 171 ~ 180 참조).

55) 『장양공 전서』권1, 世系 歷年仕譜 참조. 그리고 이일은 부인 全州李氏 사이에 진사출신으로 덕산현감과 좌승지(추증)를 지낸 崇義를 낳고, 손자는 호가 蒲谷인 寧國原從功臣 涌과 泟, 澍, 汧를 두었고 증손으로 監役公 震瑞가 있다.

56) 경흥부 藩胡인 尼湯介가 1583년 1월과 5월에 걸쳐 두 번 침략이 있었는데, 1차 때는 온성부사 신립에 의하여 격퇴되었고, 5월 再侵 때는 2만여 병력으로 경성과 동관진을 공격하니 이 때 勝字銃筒이 격퇴에 유효하였다(육군본부, 『한국군제사』, 1968, 年表 참조).

57) 李鎰將軍 직계로는 할아버지, 아버지의 대를 이은 武臣 출신이지만 그의 7대조까지는 전통적인 문과출신 할 수 있다.

전서』권1, 歷仕年譜와 기타 사료 등을 통해 보면, 경원부사(1583.4.7; 니탕개 난 정벌) - 회령부사(1585) - 북병사(1587.9.4; 9월 녹둔도 습격사건 해결과 11월 추도의 오랑캐(17채, 33명 사살) 및 시전부락 정벌(200여 호 불태우고 383級 수확) - 전라병사(1589) - 한성판윤·포도대장(1591)를 역임하였다.

그리고 임진왜란 발발(1592.4.13) 후에는 巡邊使(1592.4.17)로서 명을 받아 왜적의 침입 주요 경로인 제1군(中路)의 충북 鳥嶺 방면에 급파되어 입전하였지만, 당시 군사체계와 무기 전략면에서 전혀 준비가 되어 있지 않은 상태에서 尙州 北川戰(4.25)과 忠州 丹越驛(4.27) 및 彈琴臺(도순변사 신립)에서 패전을 당한 것은 주지의 사실이다. 하지만 곧이어 경기도 양주시 광적면의 '해유령 전투'(1592.5, 30級 수확)와 제2차 '평양전투'(1593. 1)에서 적을 격퇴하는데 공을 세웠다. 이일의 활동은 조정에서도 인정받아 임란 이전 여진족 시전부락 점령의 공로로 아들(崇義)이 덕진현감에서 좌승지로 증직을 받았고, 임란 이후 해유령전투의 공로로 宣祖로부터 御馬 하사와 제2차 평양전투의 공로로 明 황제로부터 백금 20량과 그의 증조부(承孝)가 승사랑(종8품)에서 형조참의 증직을 받기도 하였다.

이처럼 북병사 李鎰은 여진족인 오랑캐 부족 토벌에 특히 戰功이 많은데, 1583년 니탕개의 난으로 경원부사로 차정된 이후, 두만강 녹둔도 지역 및 두만강 건너 시전부락 점령 등 16년간 함경도 지역에서 북병사로서 활동은 주목할만하다고 본다. 왜냐하면 이는 한 개인의 업적을 지나 향후 두만강 지역의 녹둔도를 포함한 간도 및 연해주 지역을 우리 측이 조선조 말까지 확보하고 관리 주체가 될 수 있는데 북병사 이일의 공로가 있음을 간과해서는 않되기 때문이다.

2. 李鎰將軍의 壬亂初期 활동
-『壯襄公全書』(1893)를 중심으로 -

조선조에 들어서 국가적 큰 고통은 임진왜란이 일어나기 전 200여년 그리 심하지는 않았었다. 있다면 북으로 여진족의 침범과 남으로는 왜구들의 노략질이었다. 먼저 만주일대에는 200여 여진 종족이 거주하고 있었는데 그 중 두만강 건너 살면서 우리에 조공하기도 하고 무역도 하던 종족인 藩胡는 가끔 위협적이라 조선의 여진족 정벌은 태종대부터 선조대에 이르기까지 200여 년간 15회나 걸쳐 실시되었다.[58]

그 중 니탕개의 난은 이일장군으로 하여금 1588년 시전부락(時錢部落)을 토벌하게 된 직접적인 동기가 되었고 이를 잘 나타낸 것이 오늘날 '장양공정토시전부호도(壯襄公征討時錢部胡圖)'로 잘 나타났다고 본다. 이에 대한 것은 앞 장에서 이미 언급하였다.

한편 임진왜란시 초기 巡邊使 李鎰의 활동에 대한 것을 보면, 신무기인 鳥銃을 잎세우고 약 20만 대군을 이끌고 釜山부터 침략해온 倭寇들의 전면전쟁인 壬辰倭亂에는 당시 국가 전체가 속수무책이었다고 할 수 있다. 즉 산악지대인 험악한 함경도지역에서의 게릴라식 침략과 달리, 당시 남부지방에서의 조총을 앞세운 전면전쟁에는 거의 무방비 상태로 놓여 진 것이 현실이었다. 물론 우리도 니탕개 난과 여진정벌시 함경도 지역에서 鐵丸 3개~15개 씩 쏟아 위협적인 공포를 자아내는 화약무기 勝字銃筒을 사용하여 큰 효과를 보았다는 기록(『제승방략』권2, 軍務 29條 및 실록 등)이 있지만, 조총에 비하여 점화장치와 휴대성면에서 불편한 점이 많아 조총을 장비한 일본군의 보병전술 앞에 무너지는 결과를 초래했던 것이다.

북방에서 국지적인 女眞族 침략에 대한 철저한 준비와 달리, 남방지역

---

58) 강상문, 전게논문, 71쪽 표 <여진정벌의 종합> 참조. 그중 이일장군과 크게 관계된 것은 니탕개 정벌전(제9차, 1583.2)과 제10차 녹둔도 정벌전(1587.11) 및 제11차 시전부락 정벌전(1588.1)이 대표적이다.

에서는 倭寇에 대한 경계가 느슨해져 거의 무방비 상태로 맞이한 것이 바로 壬辰倭亂이었다. 더구나 활보다도 그 위력이 5배나 되는 신무기 鳥銃을 앞세우고 1592년(선조 25) 4월에 약 20만 왜군이 아홉 부대로 나뉘어 조선을 침략하여 18일 만에 수도 한양이 유린되었던 것이다.

이 시기가 대체로 文治의 극성기와 오랜 昇平으로 군사의 해이를 가져왔다. 즉 16세기 이래 초기의 완성된 조선전기의 軍制가 붕괴의 기미를 들어내면서 모든 戰備는 상대적으로 소홀해졌다. 물론 燕山君 시대부터 宣祖대까지 북부 지역과 남부지역에서의 소규모 침략과 소란이 있었다. 즉 함경도 지역을 중심으로 일부 女眞族의 침략(丁卯胡亂) 이전까지 200여년 사이 131회 소규모 침범에 따른 우리 측 15차례의 征伐이 그런대로 성공을 거두었고, 남부지역에서는 倭寇의 침략(三浦倭亂, 1515년)이 있었으나 잘 마무리가 되었었다.

따라서 왜구들의 乙卯倭變(1555년) 이후 여진족의 泥蕩介 亂(1583년)이 일어나기 전 약 30년간은 남쪽이나 북쪽의 왜구와 야인이 거의 잠잠한 상태라, 군제의 근간을 동요시킨 내적인 모순의 제거를 위한 어떤 조치도 취하지 않아 16세기말에 이르러서는 국방과 군역제도가 더욱 허물어져 있었다. 따라서 李珥(1536~1584)의 10萬 養兵說을 포함한 군정개혁론이나 유성룡의 지적은 통할 수 없었다.[59]

이러한 와중에 300명을 인솔하고 상주로 떠날 예정인 장군이 3일을 기다려도 군사가 없어 혼자 떠나야 하는 당시 군사체계로는 巡邊使 李鎰로 하여금 초기 전투지인 경상도 尙州와 忠州지역에서 敗走와 敗北는 이미 예약되었던 것이다. 이러한 상황에다 武器의 한계와 천하요새인 鳥嶺에서 그의 방어전략 제안도 무시당하는 여건이었다. 따라서 그 후 임진왜란 중 이일의 국지적 戰功도 파묻힐 수밖에 없었다고 본다. 자연 그에 대한 역사

---

59) 李泰鎭,「近世朝鮮前期 軍事制度의 動搖」『韓國軍制史』근세조선 전기편, 육군본부, 1968, 363~371쪽 참조.

에서 평가는 인색하였던 것이다.[60]

  그러한 평가가 초기 전투 결과의 영향으로 볼 때 무리가 아닐 수 있지만, 좀 더 객관적이고 종합적인 측면에서 공정한 평가는 할 수 없을까라는 아쉬움을 저버릴 수 없다고 본다. 특히 경기도 양주시 백석읍 '蟹踰嶺 戰捷碑'는 임진왜란 때 李鎰장군이 申恪·李渾 장군등과 함께 싸워 왜군 70여 명을 죽여 宣祖의 御馬를 같이 하사 받았던 첫 승리지로 유서 깊은 곳[61]이기도 한 곳이다. 당시 이 때 戰功으로 宣祖의 御馬를 받은 사실의 상징인 御馬 墓를 보면 그의 행적과 업적에 대한 재평가를 통한 보완이 필요하다고 본다.[62]

  이미 북방에서 북병사로서 이일장군이 큰 활약할 수 있는 여건이라면 남방에서도 임진왜란 때 허무하게 무너지지 않았을 것이다. 하지만 거의 무방비 상태로 당한 상주 및 충주의 탄금대에서의 전투는 어느 한 두 인물에게 승전을 바라는 것은 지나친 기대가 아닐 수 없다고 본다.

  이는 임진왜란에 의해 국토가 유린된 사실을 생각할 때 아쉬움의 강한 표현은 될 수 있겠지만, 16세기 말 시대적 상황에서는 전면적인 침략전쟁에서는 한 인물의 有不能의 차원을 떠났다는 지적은 당시 시대적 상황을

---

60) 李鎰에 대한 평가는 현존하는 전적지의 안내문이나 설명문 등을 보면 실감난다고 할 수 있다. 즉, 임란시 첫 전투에서 큰 패배를 가져왔던 경상북도 상주의 ① 壬亂北川戰跡地 안내문의 '逃走'로 표기한 것을 비롯하여, ② 신립장군의 지시로 싸운 충주 丹月驛 전투 내용에 대한 것은 표지판 하나 없을 뿐 아니라, ③ 경기도 양주 '蟹踰嶺戰捷碑'처럼 30級을 베는 공로로 선조의 御馬를 받은 역사적 사실 인데도 언급조차 하지 않은 경우가 그것이다.

61) 임진왜란 후 첫 승리지로 유명한 이곳에 이를 기념하기 위하여 해유령 전첩비(경기도기념물 제39호, 높이 10.6m, 둘레 4.8m, 1976년)가 세워졌다. 하지만 바로 이 지역에서 李鎰장군도 申恪·李渾 등과 함께 왜구 30級을 벤 전적지이기만, 이에 대한 사실내용이 안내문 어디에도 찾아볼 수 없는 것이 현실이다. 보완이 필요하다고 본다.

62) 『장양공전서』「楊州蟹踰嶺戰捷後回 諭」五月初四日遇倭于此與戰大破地, 참조. 지금도 장양공 이일장군 묘(용인시 모현면 매산리 산108－1) 아래에 御馬 墓가 현존하고 있다.

올바로 지적한 것이라 본다.[63]

Ⅴ. 맺음말
- 역사상 인물 평가의 신중성 -

역사에서의 인물에 대한 평가는 그리 간단치 않다고 본다. 한 인물의 생애를 전시기로 볼 때 아마 우여곡절이 있기 마련이기 때문일 것이다. 더구나 그 대상 인물이 전쟁터에서 생애를 바쳤던 武臣이라면 더욱 그러하다고 본다. 그러나 전쟁터에서 승전보를 가져오던 패배하였던 최종 죽음을 맞이한 인물이라면 殉國烈士로 추모해온 것이 일반적이라면, 敗戰의 불운도 경험하면서 끝까지 전쟁터에서 생애를 마감한 인물에 대한 평가는 그와 반대로 인색하게 평가해 왔다고 본다.[64]

하지만 역사에서 인물에 대한 평가는 한 인물이 감당하기 어려운 당시 시대적 여건이나 상황에 대한 올바른 이해보다는 결과만 가지고 평가한다거나,[65] 후대의 기대와 아쉬움 속에서 그 인물을 평가하다 보니까 우리는

---

63) 그러한 면에서 임란 초기 '敗退의 원인을 李鎰의 無能에 두지 않고 당시의 방어체제의 非合當性에 두어야 한다'는 지적은 한 인물에 대한 평가에서 올바른 자세라 할 수 있다(이태진, 상게서, 296쪽 참조).

64) 조선 중기 女眞族 정벌과 壬辰倭亂을 당하여 거의 같은 시기에 활동하면서 戰場에서 죽음을 맞이하였던 忠武公 李舜臣(1545~1598)과 忠壯公 申砬(1546~1592)에 비해, 여진족 정벌에 혁혁한 활동에도 불구하고 壬亂時 당시 軍事編制와 武器體系上 불리한 여건 등으로 초기 패배를 맞보면서 끝까지 분투하였지만 여전히 비판적인 평가를 받고 있는 인물이 壯襄公 李鎰(1538~1601)이 아닌가 한다.

65) 예를 들면 종래 충무공 이순신 장군에 대하여 '祖父 때부터 가세가 기울기 시작해서 가정형편이 빈한해 母親이 삯바느질을 하는 상황'으로 널리 알려져 공의 활동에 더 감동적이었다면, 최근 연구된 바로는 '충무공의 집안은 유서 깊은 문반 가문 집안으로 20세까지는 武科가 아니라 文科공부를 했고, 이 과정에서 자연스럽게 文武兼全의 소양을 갖춰지게 되었고 母親으로부터 外居奴婢 6~8명

역사에서 인물에 대한 평가도 인색하게 대하였지 않나한다.[66] 더구나 전쟁에서 승패가 개인의 능력도 중요하지만 당시 군사제도와 국방시책 및 무기체계 등 당시의 방어체계가 더욱 중요한 國防과 관계된 인물이라면, 더욱 전체 상황을 판단하면서 신중하게 功過를 논할 때에야 객관적이고 설득력 있는 평가가 가능하다고 본다.[67]

그러한 평가를 받고 있는 인물 중 한 사람이 조선 중기 女眞族과 倭寇의 침략에 맞서 그 한가운데서 서있던 李鎰이 아닌가 한다. 그는 武科에 급제한 이후 주로 평안도와 함경도에서 활동하면서 16세기 말 당시 女眞族 오랑캐 부족 토벌에 결정적 역할을 하여 신임을 조야에 크게 받았지만, 당시 국방상 무방비 상태로 조총을 앞세운 일본의 임란 침략시 초기 상주전과 충주전에서 패전으로 그 후 '해유령전투'나 '평양전투'(제2차) 등에서의 전공에도 불구하고 不運의 장군으로 비판적인 평가를 받고 있다고 할 수 있다.

하지만 소위 尼湯介 난(1583년)으로 慶元府使로 차정된 이후 16년 가까이 함경도 지역에서 활동하였던 인물이 북병사 이일이었다. 李鎰의 활동은 여진족 뿐 아니라 임란시에도 함경도 지역까지 침략한 왜구에 대한 방어책으로 조정에서 李鎰만이 유일한 대안이라는 실록기사를 자주 찾을 수

씩 증여받은 상당히 안정된 경제적 기반을 갖춘 양반 사대부 집안 출신'으로 밝혀졌는데 이는 한 인물에 대한 평가를 하는데 시사하는 바 크다고 본다(이민웅, <충무공 이순신 사료집성, 출판기념회 및 제10회 학술세미나>, 2009).

66) 필자는 최근 白頭山 定界碑 건립(숙종 38년, 1712) 당시 朴權이 接伴使로서 역할을 게을리 한 것이 아니라, 조선 전후기 北方 疆域에 대한 認識의 變化와 肅宗朝 朝廷의 전략 한계 등을 고려해야지 시대를 초월한 역할을 요구하기는 무리라 보았다(졸고, 「白頭山 定界碑와 接伴使 朴權」, 『白山學報』 80, 2008, 421쪽).

67) 李泰鎮, 전게서, 296~298 참조. 특히 '軍士의 피폐는 물론, 당시 방어체제인 鎮管體制가 그 기능이 마비된 상태가 결국은 임란당시의 상황일 것이다'라면서 초기 巡邊使 李鎰의 敗退는 결코 李鎰의 無能에 둘 수 없다고 단언하고 있음은 시사하는 바 크다고 본다.

있다는 점을 간과해서는 안 될 것이다. 즉, '李鎰은 북도에서 공이 있었기 때문에 北道 사람들이 모두 李鎰이 오기를 바랍니다. 북도를 수습하는데 이만한 사람이 없습니다'.[68]라고 이구동성으로 추천 받은 인물이었다.

특히 오늘날 중국과 러시아와 국경문제가 쟁점이 되었을 때, 400여 년 전 北兵使 李鎰의 활동은 실로 돋보인다고 할 수 있다. 그의 두만강 하류 鹿屯島 지역을 침범한 니탕개 난의 진압과 두만강 하류 녹둔도 확보 및 여진족 정벌의 상징인 '征討時錢部胡圖'의 사적(1588년)을 생각하면, 인물에 대한 역사적 평가는 신중성을 요구하기에 충분하다고 본다.[69]

---

68) 「宣祖實錄」 권35, 宣祖 26년 2월 4일(己丑條) 「吏曹判書 李山甫曰 鎰有功於 北道 北道人皆望鎰之來 收拾北道 無如此人也, 上曰 北胡南倭有異 鎰之捕 倭 未可期也」

69) 따라서 이일이 증보한 『제승방략』에 대해 '무관출신어서 문장을 잘 짓지 못하였 으므로 아마 그의 종사관인 박홍장이라고 짐작 된다'(김구진 외, 전게서, 76쪽) 는 지적은 장양공 이일의 여러 狀啓(請行制勝方略 狀啓)나 현존하는 그의 서 간문을 보면 달리 평가하리라 본다. 왜냐하면 당시 武科 시험에서 弓術이 兵書 와 함께 중요한 비중을 차지하고 있기 때문(심승구, 「조선시대 무과에 나타난 궁 술과 그 특성」, 『학예지』7집, 육군박물관, 2000. 105~106쪽)에 당시 양반자제 들이 武科를 통해 많이 진출하는 신분제 사회에서 정상적인 武科에서의 급제자 는 상당한 식자층이었음을 간과해서는 안된다고 본다.

문화재(유형 부문) 지정 검토 요청서

문화재명	장양공정토시전부호도 (壯襄公征討時錢部胡圖)	수량	2점
크기	101×135.5㎝	규모	
재질	견본담채	구조·형식	액자 및 표구
연대	1849년(헌종 15)	화가	소당 이재관(1783~1849 後)
소유자 성명 및 주소	육군박물관	서울 노원구 공릉동 사서함 77-1호
	李宗漢(이일장군 종손)	경기 광명시 철산동 467-71, 덕산 가동202호
주민등록 번호	육군박물관(02-2197-6451, 6452)	
	이종한(02-461-1176)	
내력	장양공정토시전부호도'(壯襄公征討時錢部胡圖) 그림은 조선 중기 함경북도병마절도사(北兵使) 이일(李鎰 : 1538~1601, 시호 壯襄, 본관 용인)장군이 함경도 지역을 침략하곤 하는 여진족 시전부락 정벌모습을 조선 후기 화가 이재관이 그린 그림(1849년)이다. 　조선 중기 함경도 지역에서 이일장군은 여진족의 니탕개 반란(1583)과 녹둔도 침입(1587)이 있자, 1588년(선조 21) 두만강 너머 북간도 지역의 시전부락(時錢部落)을 토벌하여 300여 호를 불사르고 적 500級을 베는 큰 전과를 올린 전쟁기록화 그림이다. 특히 전투장면을 부감법(俯瞰法)을 사용하여 지표 모양을 입체적으로 표현하고 원근 효과가 뛰어나 작은 지면에 많은 사실을 회화적으로 그려낸 그림이다. 당시 조선기병이 사용한 갑옷과 투구 및 양익 포위 진법을 전개하면서 전술을 이용하였음을 알 수 있는 귀한 그림으로 사료적 가치가 높다고 사료된다. 　당시 산악지대인 함경도의 지형지물을 이용한 對女眞 정벌전을 잘 묘사한 그림으로 400여 년 전 전투의 모습을 생생하게 전하고 있어 일찍부터 주목받은바 있다(1981.12.8. 육군박물관 구입. 구입가 당시 800만원). 이 그림은 그의 손자 경상좌수사 李沜(이견)이 당시 한 점밖에 없는 그림이 민멸되고 닳아서 없어질까 염려하여 재물을 모

	아 남아 장양공의 8대손 화가 소당 이재관(小塘 李在寬 : 1783~18 49 後)에게 의뢰하여 3점을 새로 그렸다는 사실이 밝혀져 그 출처가 분명한 160여 년 전 그림으로 확인되었다(『장양공전서』1권, 1893). 본 그림은 임진왜란 직전 16세기 후반 여진족 정벌전에 대한 거의 유일한 귀한 자료로 파악되며 당시 《제승방략》에 의한 전투 전개 장면과 복식사 연구에도 귀한 사료로 사료적 가치가 매우 큰 그림으로 보인다.
그동안 보수 내력	없음
문화재 현황	육군박물관 소장본은 현재 액자화되어 전시 중이고, 종손 이종한씨가 소유한 그림은 일반 가정집에 원 그림 그대로 보관 중임(그림 파일 참조)
上記의 대상에 대한 문화재 지정 검토를 요청합니다. 2009년 9월 일 요청자 노원구청장 (인)	

<참고문헌>

① 이강칠, 「육군박물관이 군사문화재의 보고가 되기까지」, 학예지4, 육군사관학교 육군박물관, 1995, 58쪽

② 강신엽, 「조선중기 이일의 관방정책」(『학예지』5, 육군사관학교 육군박물관, 1997, 211~214쪽),

③ 세종대왕기념사업회, 『국역 제승방략』, 1999, 1쪽 그림 사진

④ 이원명, 「조선중기 녹둔도 확보와 북병사 이일에 관한 연구 - 장양공전서(1893)를 중심으로」(백산학보 83호, 2009.4, 493~494쪽)

⑤ 용인이씨대종회, 『용인이씨대동보』 부록편(2008.12, 103~126쪽)

⑥ 그림 사진과 원문류

* 장양공정토시전부호도(종손 이종한 보관 그림, 사진 파일)

** '장양공정토시전부호도' 발문 및 당시 將官 성명(이일, 이순신 및 원균 등)

*** 초안 작성자 : 이원명(노원구문화재자문위원회 위원장)

찾아보기

[ㄱ]

221, 296, 320, 381
무이(撫夷) 부락 63
무허세(無虛世) 142
문몽헌(文夢軒) 178, 179, 225, 226,
300,
문천상(文天祥) 38
민영준(閔泳駿) 37, 40, 383

[ㅂ]

박가(朴加) 149, 157
박권(朴權) 361, 362, 391
박명현(朴名賢) 139
박산동(朴山同) 142
박윤(朴潤) 68
박인봉(朴仁鳳) 68
박종남(朴宗男) 140
박지진(朴知進) 67
박홍장(朴弘長) 66, 99, 392
박희량(朴希亮) 78
방소(方召) 38
방수절목(防守節目) 168, 169
백두산정계비(白頭山定界碑) 361,
362, 363, 373, 382, 391
백안 연대(白顔烟臺) 64, 84, 221,
296

백의종군(白衣從軍) 77, 85, 170,
221, 258, 296, 378, 379
번호(藩胡) 73, 75, 78, 84, 140,
141, 142, 143, 160, 169,
186, 187, 190, 219, 220,
230, 233, 243, 244, 246,
253, 254, 294, 296, 304,
305, 308, 318, 320, 323,
346, 349, 357, 358, 359,
375, 377, 385, 387
변기(邊璣) 173, 177, 222, 224,
298, 299
변양준(邊良俊) 67
변언수(邊彦琇) 64, 67, 73, 78, 170,
221, 254, 296
보을하(甫乙下) 142, 158, 188
복병장(伏兵將) 113
봉금정책(封禁政策) 362, 365
봉금지대(封禁地帶) 373
부여지(夫汝只) 부락 63, 170
부패(部牌) 133
북경(北京) 160
북경조약(北京條約) 363
북관지(北關誌) 74, 329
북방 제승방략(北方 制勝方略) 366,
382

▌장양공 이일(壯襄公 李鎰)장군 연구
-『국역 '장양공전서'』(國譯 '壯襄公全書')- 편집 후기

필자의 『장양공전서』와의 인연은 20여 년 전 지인으로부터 필자가 용인이씨 후손이라는 것을 알고 복사본을 기증받은 데서부터 시작되었다. 하지만 당시는 대학교 전임이 된지 얼마 안되었고 박사학위 논문 관계로 여유가 없었던 관계로 그냥 소중하게 보관하고 있었다. 그러나 언젠가는 활용할 기회가 있다고 생각하고 잘 보관만 하고 있었다. 그러던 차 1986년 종보에 관여하다가 1988년부터는 「용인이씨 종보」 주간으로 본격적으로 활동하게 되어 자연 용인이씨 선조들의 행적과 유적 및 문집 등에 자료를 찾게 되었다.

따라서 그동안 사료들을 종보에 수록하면서 간직해 놓았던 자료들을 새로 정리한 것이 2005년에 출간된 『용인이씨 현조사적』(1권, 86면)으로 개인적으로 애정이 가는 용인이씨 보학관련 첫 출판이기도 하다. 그리고 용인이씨대동보(癸亥譜) 발간 4반세기를 맞추어(2008) 3년 전부터 본격적으로 『용인이씨 대동보』(부록편, 762면) 책임 맡아 6개월 걸친 묘비 탁본과 집필 및 편집을 무사히 발간(2009)하기에 이르렀다. 본인으로는 그 어떤 전공 서적 못지않게 귀하게 여기는 서적이 되었다. 이는 단순한 자료 모음의 부록이라기보다 그동안 20여 년간 필자가 종보 주간으로서 활동한 열정과 내용을 책으로 정리한 것으로 감히 다른 문중에서는 쉽게 찾아볼 수 없는 것이라 본인뿐 아니라 종인들께서도 자부심을 가질 수 있다 하겠다.

보학관련 애정과 관심은 자연 옛 조상의 자취가 서린 묘역에 대한 소중함을 느끼게 된다. 필자는 용인이씨 유후공·청백리공파 종회 회장으로 있던 李源福(현 명예회장)과 이사 李光燮(용인문화원 이사 겸 향토학자)와 함께 용인이씨 선조들 중 16世孫 淸白吏公 李伯持 묘역(용인시 향토유적 제 57호, 06.7.31)의 문화재 지정은 선조 묘역에 대한 인식을 바꾸기 시작하였다고 본다. 그러한 면에서 이를 먼저 주도한 이광섭 종인의 선조를 향한 그 열정에 박수를 보내지 않을 수 없다고 본다.

이에 힘입어 용인이씨 中始祖(14世孫)이자 駒城府院君 李仲仁 묘역(향토유적 제60호, 07.7.9)을 대종회와 함께 필자, 원복회장, 광섭이사가 중심이 되어 문화재로 지정받아 용인의 뿌리가 용인이씨로 부터임을 증명 받았다고 할 수 있다. 그리고 이어서 다시 부원군의 아드님이자 청백리공의 아버님인 15世孫 유후공 李士渭 묘역(향토유적 제63호, 09.1.22)도 용인시 향토유적으로 지정되는 쾌거를 올린 사실이다. 이를 지역 신문에서도 문화면에 크게 다루어 '용인이씨 3대가 나란히 문화재 지정돼 화재'(용인시민일보, 09.4.9)란 기사가 오를 정도가 되기도 하였다. 이는 선조에 대한 열정과 끈질긴 노력의 산물이기도 하여 필자로서는 여간 감회가 서리지 않을 수 없다.

이러한 감회가 가시기 전에 또 선조에 대한 유업을 되살리기 위한 작업을 유후공 청백리공 명예회장 李源福 종인께서 제안을 하였다. 문화재로 지정 받은 유후공 이사위나 청백리공 이백지에 대한 연구를 제안하였었다. 하지만 필자로서는 용인이씨는 경화사족의 대표적 문중임이 밝혀졌기 때문에 이번에는 용인이씨 중 무신으로 아직도 평가를 제대로 받지 못하고 있는 유후공과 청백리공의 후손인 장양공 이일 장군(판관공파 23世, 1538.7.7~1601.1.30) 연구의 필요성을 제안하여 연구를 시작하기에 이르렀다.

이는 20여 년부터 소장하고 있던『장양공전서』를 활용하면 새로운 사실
이 밝혀질 것 같았고, 당시 제안 받은 2008년을 기준으로 탄생 470주년을
맞는 이일장군을 기념하는 것도 의미 있다고 생각하였기 때문이었다. 이
일 장군이 탄생한 지역이기도 한 용인시 포곡읍 신원리 유후공·청백리
공종중 재실(회관)에서 '호국의 명장, 장양공 이일장군 활동의 역사적 재
평가' ─ 특히『장양공전서』를 중심으로 ─ 를 소략하게 발표(09.2.26)하기
에 이르렀고, 이를 보완 및 정리한 논문으로 학계(백산학보 제83호)에 발
표한 것이 '조선중기 鹿屯島 확보와 北兵使 李鎰에 관한 고찰' ─ 장양공전
서(1893)를 중심으로 ─ 이란 논문이다.

이는 필자가 문중과 관련하여 학계에 발표(향토서울 제67호, 2006)한
첫 번째 논문인 '조선후기 近畿地域 京華士族 고찰' ─ 용인이씨 문과급제
자를 중심으로 ─ 이래 두 번째이기도 하다. 즉, 용인이씨가 대표적인 문신
집안의 후손이지만 나라가 위태로울 때는 국가를 위한 충직한 마음을 지
녔던 훌륭한 武官들의 배출 문중이라는 것을 밝힐 수 있어 또 다른 큰 의
미가 있다고 본다. 또한 한편으로는 이 논문과 금번『장양공전서』국역으
로 그 동안 임진왜란을 맞아 호국명장으로 충장공 신립(申砬)장군과 충무
공 이순신(李舜臣) 장군에 비해 평가 절하 내지 폄하 받았던 장양공 이일
장군에 대한 새로운 평가를 하는 계기가 되었으면 하는 바람도 필자로서
가지 않을 수 없다.

한편 이번 장양공 이일장군에 대한 연구 발표는 원복 명예회장과의 약
속을 지키게 되었고, 그 마무리로서『장양공 이일장군 연구』를 '장양공

전서’(壯襄公全書) 국역과 함께 출판하게 된 것도 의미가 크다고 본다. 그러나 무엇보다도 이러한 출판물이 나오게 된 것은 많은 분들의 지원과 격려가 있었기에 가능하였다. 먼저 연구비와 출판비를 마련하느라 애써주신 이원복 유후공·청백리공 명예회장님에게 깊은 감사 인사를 하지 않을 수 없고, 또한 장양공에 대한 자료와 이에 따른 답사안내 및 고증에 필요한 증언을 수시로 해주셨던 이광섭 이사님에게 감사함을 전하는 바이다. 또한 출판비를 위해 협조해주신 이원찬 용인이씨대종회 명예회장님을 비롯하여 이호현 참판공파종회장, 이대영 판관공파 우곡종회장, 이원무 사맹공종회장, 이원구 헌납공파종회장, 이원보 대종회고문님들의 후원에 감사함을 전하며, 아울러 출판 격려와 출판기념회를 마련해주신 李鍾麒 용인이씨 대종회 회장님과 李弘根 상근 부회장을 비롯하여 회장단님들에게 감사함을 표하는 바이다.

그리고 국역과 각주 및 부록부분을 찾아 수록하느라 애써주신 유학전공자이며 향토사학자인 朴相進 선생에게 감사인사를 빼 놓을 수 없다. 한편 용인이씨 연구와 관련하여 평소 관심과 격려해준 서울여자대학교 원로 명예교수 이종철, 오영환, 이영철 선생님과 동료 교수 오수환, 박기석, 김택중님, 고려대학교 종인 이성동교수님에게 감사한 마음과 ‘장양공전서’ 원본의 사진 촬영하느라 수고한 서울여자대학교 박물관 윤원영·김희진 조교에게도 고마운 마음을 전하고 싶다. 또한 이 책을 ‘韓國史 國譯叢書’ 1권으로 일반인에게 선을 보이게 출판을 맡아준 국학자료원 정찬용 사장과 10여 차례 교정·편집을 꼼꼼히 보느라 애쓴 박지연 팀장과 편집부원들에게 심심한 감사의 마음을 전하고 싶다.

이 처럼 많은 분들의 관심과 정성으로 출판된 ≪장양공 이일(李鎰)장군 연구 -『국역 '장양공전서'』(國譯 '壯襄公全書')- ≫는 이제 '호국의 名將 장양공 이일장군' 탄신 470여 년 만에 새롭게 태어났다고 하지 않을 수 없다고 본다. 이를 계기로 필자는 일찍이 장양공께서 여진족 정벌(1588년)에 활약한 장면(소당 이재관, 1849 作)을 그린 '장양공 정토시전부호도'(壯襄公征討時錢部胡圖)를 국가 문화재로 지정되도록 노력할 것이며, 나아가 전쟁기념관에서 지정하는 '이달의 인물'로 지정되도록 노력하여 壯襄公 李鎰 장군이 재조명되도록 경주할 예정임을 밝히는 바이기도 하다.

끝으로 2010년 60년 만에 돌아 온 庚寅年 '白虎 해'를 맞아 출판 기념회를 가지게 됨을 필자로서는 감회가 깊다 하겠다. 다시 한번 출판에 협조해 주신 모든 분들에게 감사함을 전하며, 그동안 현지 답사준비와 더불어 항상 건강을 살펴 준 아내 선정현에게도 고마움을 전하며 편집 후기를 맺을까 합니다. 감사합니다.

2010. 2.

서울여자대학교 인문대학장

(사학과 교수겸 박물관장)

李 源 明

壯襄公全書

壯襄公全書 目次

壯襄公全書卷之一目錄

壯襄公全書序

治世無文無以圖治亂世無武無以靖亂一治一亂闗天
地之運行也若夫春氣和暢天地之文秋氣肅殺天地之
武武文之德相爲終始無往不復故書曰天工人其代之
昔黃帝戰蚩尤於涿鹿者風后之用武也武王伐商紂於
牧野者太公之揚武也是爲武家之宗肖而方召之撝籔
孫吳之撰蕭侯西漢之韓彭東漢之鄧馮以至諸葛武
侯岳武穆文天祥之屬皆其分派徐流耳逮我東邦
廟盛際文武諸彥挺生萃立而龍蛇之變申忠壯敗沒於
忠州李忠武戰亡於露上于斯時也忘身殉國碑馮袤赤
左籌右謨担着安危南征北伐掃蕩夷狄奏致中興之業
贊成再造之烈者獨巡邊使壯襄李公是已其豐功盛烈
因無讓於古之名將而叅天地肅殺之氣者非邪尙州之
潰丹月之魁寶出於節制由人嶺險失守而已奚足爲瓶
於公也沒已三百年而嗣孫圭相收集遺稿編次全書分
爲三卷入梓壽傳僮佚續也要予作序冠其篇首前賢備
述更何贅附僅掇拙辭以副閟懇云爾
崇禎二百六十六年癸巳元月日崇祿大夫前行內務府
事兼機器局摠辦兼理鍊武公院事務知訓鍊院事　奎
章閣提學　親軍經理使　世子右副賓客　[印]

壯襄公全書序

有等百世而不朽之德然後可以爲等百世而不朽故文
可爲章武可爲勇則文不可以無武武不可以無文是以
方叔吉甫三代之將也留侯孔明兩漢之譽也至我海東
雖是偏邦禮樂文物忠義烈節不下於三代兩漢之時故
宣廟良將壯襄李公文可爲章武可爲勇雖在三代兩漢
之時少不愧於諸列矣使義赴陣勇冠三軍扶青邱於將
霽濟若生於塗炭其殫竭誠力負忠大義足可法於後世
也且觀於一疏則文之有章義理森嚴武之有勇策備無
涯鞠躬盡悴立節義於一代孰不欽歎於下風乎朱子曰
道學上有節義節義上有道學公之丹心只有節義而無
道學歟公之貫誠只有道學而無節義歟若無節義而有
道學則武無勇矣若無道學而有節義則文無章矣豈有
無文而有武哉道學節義具是武文之德而足可鑑於百
世之下也公之前後實蹟一一遍見則不佞之高祖瀘軒
公撰其碑銘有日左右　王室碑碣忠赤盆覺全鼎之味
矣公之嗣孫圭相鳩財侵梓以壽永世要予爲序敢不辭
獲催搆數文以備徵悃云爾
崇禎二百六十五年壬辰嘗月甲戌竹山安洪寀敬序

壯襄公全書卷之一　世系

世	이름	비고(官職)
一世	吉券	高麗三韓壁上三重大匡太師
二世	憲貞	元尹
三世	靖	尚書左僕射太子太師
四世	懷	司空尚書左僕射知政事
五世	孝恭	尚書禮部○
六世	[illegible]	川新郎寺丞
七世	光輔	尚書○同正
八世	晉文	重長同正
九世	仁渾	丞同正
十世	唐漢	尚書戶部令史同正
十一世	惟精	尚書工部郎中
十二世	寅	檢校少卿行體閤門承化候○　配夫人全州郡○　後孫○外
十三世	光時	同知作善　司書州列上典直儀　軍列寺延昌○竹山朴氏夫　人德陽○[illegible]氏　人少李陽尹延奇瑞女
十四世	承令／中敏／中仁	通直郞弘　同知郞判州　官東進濩化　德賢護補　理功臣　城府封君　讀山配會院亭　松配天安氏○慈女　全氏○　恩橋子坐
十五世	士頔／士渭	司馬文科　節圖○僺科　下使酉城徵　寀後從關遊　留牧臨世長　任○氏配世正古　女○○墓齋古　梅谷齋坐

十六世　十七世　十八世　十九世　二十世

伯持
守澗

守領
守常
守禮
守義

允若

會忠

承孝

二十一世　二十二世　二十三世　二十四世　二十五世

環

洞德
敏德

銓
鎰

崇元
崇義

湧

二十六世　二十七世　二十八世　二十九世　三十世

震瑞

蕆

希禹

恒春

應祜

三十一世　三十二世　三十三世　三十四世

在淳

仁鉉

源泰
源喆

圭相
畯相

歷仕年譜

嘉靖戊戌七月七日生
壬寅丁先妣喪 延安[illegible]氏
萬曆戊午登宣傳官及弟
己未越宣傳官爲
庚申拜宣傳官
辛酉丁繼妣喪 昌原朴氏
丁卯除咸從縣令
庚午陞碧潼郡守
壬申丁贊成公喪
乙亥拜鹿興府使
丙子移端川府使
丁丑移穩城府使
己卯除上土僉使
庚辰因誣被拿
辛巳敍拜釜山僉使
壬午陞全羅左水使
癸未擇差慶源府使
乙酉移令[illegible]
丙戌陞北兵使
丁亥襲破叛胡
戊子大破時錢胡 平定六鎮
己丑移拜全羅兵使
庚寅移南兵使
辛卯拜慶城判尹
壬辰拜巡邊使
復除副元帥
復除巡邊使
追護行在
復拜東邊防禦使 于伊川寫
復拜平安兵使
癸巳爲前鋒 正月陳州牧使 九月還京都 十月還邊
復爲北道巡邊使
知中樞正府事
等拜元帥 元帥降順天朝大將軍 忠全羅巡邊[illegible]
丙申復爲北兵使
己亥遞還[illegible]管[illegible]府京衛
庚[illegible]復[illegible]

征討時錢時將官姓名

大將咸鏡北道兵馬節度使李公諱鎰 字重卿 龍仁人
助戰將咸鏡北道兵馬虞候徐得運 字德六 [illegible]州人
從事官咸鏡北道兵馬評事李瑞淳 字士和 全州人
承議郎輸城道察訪沈克明 字芳叔 青松人
審藥宣教郎李蕙汀 全州人
助戰將及第曹大坤
助戰將及第元[illegible] 高原人
助戰將及第李[illegible]
助戰將及第申[illegible]
[illegible]公李令[illegible]
助戰將前列官韓仁濟 清州人
助戰將撫夷堡兵馬萬戶李億祺 清州人
助戰將前訓鍊院參軍朴弘長 字士任 蕃安人

左衛
先鋒將高嶺鎮兵馬僉節制使劉克良 字景善 白川人
龍驤都將及弟李瓔 字戚不[illegible]人
虎賁都將前縣監李宗仁 字三彦 全州人
獅吼都將及第馬應台 丹陽人
彪援都將前通禮院引儀金慶福 字伯脩
熊搏都將知訓鍊院奉事黃文鵬 字[illegible]云

左鴞翠將及第徐霞元

右鴞翠將前都摠府經歷朱弘得　字伯實

左火烈將及第李沃　字子渭

右火烈將及第邊良俊　字國華

左部將及第姜仲龍　字時用

前都將及第朴知進　字退面

衛將僉寧鎭都護府使邊彦琇　字君岳

從事官前判官趙徽

中部將訓鍊院主簿龜典文　字[?]成平人

游軍悲將龍驤衛後部將李瑛　字[?]叔　金州人

右部將及第權洪　字克仲　安東人

後部將副司果朱梯　字友叔　南陽人

斬退將及第朴仁鳳　字[?]

捍後將永建堡兵馬萬戶朴潤　字德用

一繼援將富寧鎭都護府使李之詩　字[?]　丹山人

二繼援將慶興鎭都護府使鄭見龍　字雲卿　東萊人

右衛

先鋒將折衝將軍咸鏡北道助防將李鷹

領將權知訓鍊院奉事姜萬男

龍驤都將折衝將軍行副護軍宣居怡

領將保人李用濟

虎賁都將折衝將軍前虞候金過秋

獅吼都將及第吳彦良

彪援都將前察訪黃進

熊搏都將及第李忠獻

左鴞翠將訓鍊院僉正元熹

右鴞翠將及第李慶祿

左火烈將及第菜成天祉

右火烈將及第李舜臣　字[?]　德水人

左部將前守門將洪筋

前部將權知訓鍊院奉事辛礎

衛將穩城鎭都護府使楊大樹

從事官及第金聲○

中部將權知訓鍊院奉事金夢麟

游軍將前判官田鳳

右部將訓鍊院習讀元裕男

斬退將前萬戶金光曄

捍後將西水羅堡權管秀喬　字芳仲　晉州人

一繼援將穩城鎭都護府使元均　字平仲　原州人

二繼援將明川縣監

國朝寶鑑〇

宣廟戊子正月北兵使李鎰巡到慶興道虞候金遇秋領
四百騎乘氷渡江曉襲椴島叛胡斬三十三級繼發吉州
以北端鎮兵二千餘騎會寧府使邊彦琇穩城府使楊大
樹富寧府使李之詩爲將領潛師渡江夜襲賊時賊敗初炎
三百餘家斬五百餘級

申恕庵[菊夏] 所撰贈兵列金慶福神道碑銘

云云巾巡邊間金公名牧爲恭屬癸未藩胡尼湯介圍訓
戎鎮公從申公力戰斬獲甚衆申公 啓奏公功爲第一
宣廟召見公手賜補忠錄立拜通禮院 引筬乙酉祚利城
縣監時鎰初數犯境公又與北兵使李公鎰將兵襲之焚
其巢穴而還作戰勝圖以上 宣廟釜加獎歎云

北關誌[神見制勝方器]

故事癸未生變以後監司鄭彦愼欲償軍糧屯田于鹿島
使慶興府使元豪開墾作田然本府力薄所耕甚少丙戌
年分 朝廷遣宣傳官金景訥號稱屯田官設柵於烏巾
以南道闕軍隸爲農軍多入農器及耕牛廣開種植而逃
因年歉得不保功翌年丁亥令造山萬戶李舜臣兼寧屯
田依上年例耕作至秋九月慶興府使李景承奉寧內烟
戶軍入烏中與舜臣收覆之際揪烏藩胡盧尼廳介沙送

〇壯襄公全書

道等傳箭於鎮爽境府鎰中樞何吾乃阿會長厚逃阿渾
道等及阿吾地境會長金伊與慶源境巨會伊靑阿如
虜深處亏知介等嘯聚羣胡藏兵於椴島後見守護孤弱
農民布野衆突出先使騎兵來圍本柵縱兵大掠守護
將及第吳亨及監打官林景蕃等見其勢大力不能拒縱
馬突圍而走吳亨被戰而死林景蕃帶箭入柵與景承舜
臣同力拒戰又中賊箭而斃是時柵中將士皆出柵頭徐
者無幾將不能支幸賴將吏殊死戰得免陷敗會民盧尼
應介跳埈而凡將欲踰柵及第李夢瑞一箭倒代徐賊
徒亦多中箭者賊乃退去舜臣景承率兵尾躡尊農民
五十餘名斬馘賊胡三級獲胡馬一匹而還然兵少不能
追農民及將士之被虜者一百六十餘名殺死者亦十餘
人故 朝廷謀拿李景承舜臣等鞠之 上特使白衣從軍
立功自效是冬十一月初吉兵使李鎰巡到慶興密使
官往造山潛探虜人有無審視江氷堅否以虞候金遇秋
定衛將部分營軍及慶興境內軍並四百餘騎乘氷暗渡
揪烏部落焚燒十七區舍斬馘三十三級而還
故事癸未夏尼胡率二萬餘騎登臺巖上每來揚兵然知
助防將士多集終不敢來犯夜遣騎步胡十次餘名白弓
知介灘渡涉潛入塔洞圓頭直男女兒並四名生二等探

去乙酉冬。高嶺軍官及叢林中椵軍需木十同載五馬入
下長城門。向高嶺到吾喬草烟臺下。賊兵十餘騎聽伏於
沙吾耳洞部落處來搶奪仲椵與罪馬人陪牌等來而走
爲賊全奪入下椵直將自莪趙繼宗閒奇與士兵尹德麟
狄忘其罪率蒲胡春等四名盡死力追逐深入彼地奔還
木四十餘正第三日府使李鎰與虞候朴希亮領軍直搗
賊隱伏部落盡焚穹廬斬獲三十餘級全還
故事丁亥秋中樞何吾郞阿等省炭厚通兩渾道等。與慶
源境巨會伊靑阿如虛等。及深虜等知介事締結人寇鹿
屯烏大掠軍民。是冬兵使李鎰逃至慶與裕猶何吾郞阿
金金伊金頭叱介首唱三胡誄之翌年戊子正月簽發吉
州以北穩城以南一二等士兵及營軍士京將士與慶典
四堡軍馬並二千七百名以會寧府使邊彥琇爲左衛將
穩城府使楊大樹爲右衛將。部分士馬乘其不意分道並
進渡師渡江曉襲賊窟則賊胡悉衆而出將欲突圍官軍
合聲慶衆則滅焚蕩二百餘家斬首三百八十三級大衆
壬子西水羅之陽辛亥造山之圍癸未慶源安原乾元阿
山訓戎之變皆出於此部落賊胡之所首謀而不卽加兵
及至鹿屯之敗致討殲殄焉。

前邊時發部胡戰圍所
我朝人才之盛。明宣嗣爲最道學則有若退陶石潭牛
溪諸先生焉。文章則有若簡易月沙象村西厓諸公彬彬
輩出。相業則推東皐白沙漢陰梧里將帥則有申巡邊李
武勇李忠武二三豪俊。及至壬辰之亂退栗兩先生東皐
丞相已作故人。而或聘詞龜毃或左右王室相與致邦國
之中興獨申巡邊敗歿于忠州之彈琴臺李忠武破倭于
海上。而終不免中丸而死。悲夫悲夫今之
貞忠壯烈固炳如日星而申李二公素負重名退賊遂敗
爲深恨于嘗胃然而茲曰物不素具不可以應卒當國家
昇平日久民不知兵一朝邊報急至推轂出兩將。乃以市
井白徒烏合之衆不滿千百徑值百萬強寇越海遠來其
鋒甚銳事之不濟固勢也雖古之名將亦不能爲之用武
矣是以武勇李將軍尙州敗狀之間也。聖朝慰諭令曰
桑楡之效及至忠州之敗績武勇猶能脫身蒙矢石竄荊
棘達于　行在則百官六軍倚以爲重應若長城。上亦
爲之面勞其在摧敗之餘人情如是將軍威武勇畧爲世
所服可推而知也古所謂莫以成敗論英雄者正爲將軍
道也噫爲夷擔撅憤㓥神人然限以萬里重溟一時跳踉
適足爲自來送死至於山戎境連壤接狼顧虎視伊川被

遂之邊自前世爲忠臣壯士之藪實高麗尹文肅公威勒石
于後春之嶺我　朝節齋金相國鼓鑄于豆江之上威薛
遂盪凶奴震響萬曆戊子寇我、昭敬大王之二十一年
也武勇大將杖鉞北回睡武二公則滅醜類宣暢王靈
上命遣兵部卽中李大海犒勞將士特官將軍之一子偉
伴績也先是癸未巡察使鄭彦信建議設屯田于鹿島至
丁亥春藩胡雜種潛相結聚大肆殺掠將軍以計或捕誅
之或摯破之惟時鐵部落最强難制逵馳　啓請討　上
寵批師之是歲正月簽發吉州以北穩城以南　一二等土
兵及營中健兒京來福神與慶興四堡軍馬　並二千七百

壯襄公合書　五一

偏人分左右衛操鍊于行營蓐食于德明驛左軍由師
卽地白頭烟臺循山而北右軍自撫夷堡城東越江而西
合圍時鐵地面四部落側討立盡焚燒窩盧三百餘所斬
首五百餘級蓋文蕭節齋以後所未有者也嗚呼陰山絕
漠火烈風迅猛將如雲金甲耀日胡見之命重在破竹展
彤涉血殺伐用張不其壯歟移之靈厨掛于堂壁眞覺子
龍一身都是膽也是役也將軍蕭于　朝李公舜臣汝諧
白丞從軍而所謂忠武公也且劉公克良景普左衛先鋒
後亦爲壬辰名將而節死焉有以知虎下之多人也噫乎
明宣間傷才已多不可復見而北豈長白燕氣圓闊南臨

富海節以羣孫愛虞盜目變硬驚心李牧不在之藪鉅鹿
一飯之思自不能已也前後成敗之數似若不同要亦一
代元戎千古人傑安得如忠武勇壇人偉居笠轂之間
少紆我　聖上中朝之愛邪摩掌繡幅不禁涕流滿裳也
將軍家世出於駒城之李諱鎰字重鼎武勇大將乃　聖
朝賜號也將軍之曾孫震芳爲予持戰圖要得一言于於
是咸奮而爲之敍。　　全義李禪蓮序

征討時鐵部胡戰圖序

粤我　明宣之際文武賢才並駕於一世名帥良將之捍

壯襄公合書　六一

衛　王室扶危濟艱不特爲二三豪俊之爲時出而若其
終始盡瘁夷險一致忘身報　國輸忠仗節者就有如壯
襄李公之偉且奇也試言其功烈之最著則有若討北征
南其所條陳之疏別論之旨莫非謀猷之克贓倚毗之偏
凍而此皆　國乘之昭載前賢之備錄固不可贅說而惟
此二幅卽公征討時鐵胡之圖也其軍容之肅肅陳法之
正正瞭然在目宛如開展而能使後人買勇起敵夷元而
不顧者其在於茲矣嗚呼繄胡搆黌侵掠邊陲而爲我北
顧之愛者其來久矣惟被時鐵部落最强難制而公以英
武不羈之才値風雲際會之期受知　宣廟最承　隆春

屏障北圖備盡防守而席累勝之威敢死之旅則蕩其巢穴殲盡其醜類三百等壘之地復爲我有而數千驍悍之勇無復侵暴使百年離亂之民獲一朝貼席之安則公之茂績不但爲臨機制敵之勝而古所謂爲國家隱然作長城者非邪　奏凱三　天門榮寵及嗣遣使靑油　恩賁褔番名動一世功冠諸帥則其與古人之圖像雲臺策勳丹幾者亦足相將而並駕炎北方之人模盡其像撫揭爲覽或世守而榮奉焉或歲酹而尊閟焉龕玉帳遺像微然彪攬熊搏申律整肅森森劍氣直射天狼之聚凜凜威風勁若雲臺之浮沸狀披擎可見英委之颯爽辣骨竪是不覺凜然而起敬夫噫圖之不足以寄慕於醴奠時之彌久而弗頹之不已童隸之無知尪魏之蠢愚尚能誦名服威至于今不衰則其雄豪之氣英烈之風何令人景仰若是邪苟非神威之動人而人不敢不服盛德之及人而人不能不成亦何以致此也嗚呼以公忠義之心武畧非不競也征諜非不臧也而龍蛇之變未途扼嶺之計恨失莫之策者其非天不助願而簡制不自由也固不足爲累於公而公以數百鳥合之衆當十萬鴟張之寇兵不成伍策不見用其不心驚鶴唳身爲鼠竄而公獨能敗拾散亡傳職乎暨音徽　鶴駕逸邁　行在大倡義勇幷麾天

兵克復三京奠安　宗祧都巡三邊建幟武勇終能輒奏中朝名聞天下使知東方之有人而永有辭於萬世則此所謂垂翅回谿奮翼澠池而豐功偉績兩無讓於古名將矣雖或有慨惜於李廣之不封而此不過爲一時之緣數苟而已亦何足爲公之遺恨也噫昔予在東城書爲爾若所要訪見李僉柩撰定公之行狀而其臨陣制敵之策仗義勘亂之蹟凜凜生色尚宿於眉宇之間矣今當延譽幸又赴安被既斯圖遺像宛然悅心寄在於鳴金縱之下而賈勇揚武不知九原之雖作而千古之世殊也噫知公忠義之心者得之於記事之實見公忠義之蹟者得之於模像之真二者相須不可相無則攷諸記而可知其心覽其圖而可想其蹟後之忘身殉國臨陣對敵者誦其記瓻此圖而輸忠扶義之心油然而生矣然則惟此一幅圖爲之象亦不爲無助於世敎矣噫北望長白燕廳闉闉南顥滇游鯨波森森千古平城尙有未淪之羞一髮稽山靚進孤樓之圖日暮人間倐痛莫伸悲吟　聖批徒增扼腕摩挲遺盡自不覺擊節長歎敢忘燕詞之批客彼驪威之懷云爾仍赴一韻于圖末蹙公遺過際時覿一片貞忠矢石閒制北功高方界奏征南恩厚　玉綸頒賜陽戈幾奮天驕邊陲手能狀　曰御征

遺像加今召最畫雄豪武烈更誰奪

歲乙丑暮春之日乙酉玄孫婿草溪後人鄭羲章謹撰

請行制勝方略狀 丙戌爲北兵使取營中所在方略增減修潤

咸鏡北道兵馬節度使 臣 李鎰謹

啟爲取稟事 臣到任卽時制勝方略相考爲白乎矣道內各邑鎮堡諸將等乙專不分平賊路段置互相低悟各項節目多涉疎漏脫有警急制變無策傳曰國之大事在祀與戎書曰有備無患兵法曰計先定於內後兵出於外去不忘危治不忘亂陰雨之備不可不慮六鎮輕變之地跳梁尊胡朝夕覘覦報復之計新然未已允當整飭兵馬訓鍊士卒常加戒嚴是白乎等用良道內各邑鎮堡諸將等乙六鎮有變則六鎮五衛分軍鏡明吉境內山堡有變則三邑三衛分軍守城道邀擊節次及賊路程道遠近慮探形止伏兵守護畑臺庫數詳細合錄爲白乎旅臨葮制變在大將之飾制用奇正之無窮是白在果一應禁嚴軍務不可不預爲講究行移使之預知於平時策應於介卒乙仍于條陳軍務二十餘事及禁令二十七條並錄方略一件監封 上達此亦未免疎脫是白昆施行便否令該司商確定奪下送爲白良在等一件營上各鎮堡各一件分上春秋濾行時講論以憑殷最倖無臨機失誤爲白齊

南道各官段置同道有事變以乎爲白在果若無辭息而北道有大變則不可不馳援是白乎等以依舊例或繼援將邀擊或助防將差定各衛分軍並爲分軍爲白在果同道守介等彼我道凡行移專不舉行爲白去等腠有緩急馳援不冬爲白在如中噎臍莫及極爲可處爲白置南道守令及軍馬等乙介監可預爲整槊爲白有如可癸未年例登時馳援事各別申明舉行敎矣到任卽時鎮堡分軍嚴傷爲白在果同分軍方略 上達定奪後行用事是白乎賊路形勢部落多少山川險夷道路遠近守城節次追邀擊等事不得不已再次遂審泰酌證止乙仍于簡沙與監司李洸同議 臣矣軍官訓鍊奉事朴弘長准授上送爲白乎上項南道各官幷入分軍事幷以 朝廷處置爲白只爲萬曆十六年三月初二日

備局回關

備邊司爲知音事節 啟下敎道 啟本內備該方略各鎮堡互相低悟預爲講究條陳及禁令方略一件 上達令該司商確南道有變依舊繼援南各官分軍事幷 朝廷處置事 啟本據司粘連 啟目 序下是白有亦向前上送方略一件頗似詳悉是白在果唯只分軍一事深爲未穩爲白置南北道各有專閫帥臣各營道內守令各

有所屬爲去等萬一一道生變一道無事則其緩急以
此救彼之際自有監司可以指揮節制是白去乙預先分
軍文移號令有若管下之人事體不當爲白昆南道除良
北道守令以分軍爲白手矣他條件依方善施行爲白
只爲南道守令乙良南道無事而北道生變時馳援次以
預先整齊爲白有如可待其北道馳報登時入送爲白只
爲觀察使處并以行移何如萬曆十六年六月十八日右
副承旨　臣　李純仁次知
啟依允敎事是去有等以
旨內貌如　　　　敎
萬曆十六年六月十九日
報巡營狀
北道兵馬節度使爲相考事南道各官守令段置南道有
事變是乎爲在果若無聲息而北道有大變則不可不
援是乎等以依舊例或繼援將遊擊將助防將差定各衛
分屬分軍令監司預爲整齊如癸未年例登時馳援事
啓達而備邊司同
啟曰南北道各有相帥守令亦有所
屬而他道守令預爲分軍文移號令有若管下之人則事
儻不當是如防　啟爲有臥乎等以不爲分軍爲在果若
南道無事北道有事令監司南道守令及軍馬預先整齊
待北道馳報登時入送事　啟下成公事爲㫆昆若未道

生變南道守令乙領軍馳援事移文爲臥乎事
軍務二十九事
一鏡明吉三邑下番營軍士及各鎮堡下番恒防軍士等
乙良六鎮生變則各其防所馳到待變事預先知委爲
有如可問變卽時以事知品官定率領將色吏一同押
領不分晝夜交付授到付上使爲於營上成冊一應雜
色軍士分三運一運守城將領率守城二運守令親領
先變處登時馳援爲矣邊綏者依軍令施行亦
一端川利城北青三邑下番軍士及各鎮堡士兵恒防軍
士等乙良道內生變則各其防所馳到待變事預先知
委爲有如可問變卽時亦以事知品官定率領將色吏
一同押領不分晝夜馳到交付授到付上使爲于矣稽
緻者不撿擧守令并以依軍令施行事
一凡待變軍令四更初初吹稱馬四更末二吹五更初三
吹分番相遞聚會待變廳不明乃罷事
一守城元軍幾名乙良守城次以每弓家幾名式均分軍其
傈老弱男女乙內抄擇精兵逐次以依軍法分軍其
良中小名昔塡爲於男則持弓矢女則變着男服持棱
杖與鎗斧鎌子城頭把立亦常川敎誨爲有如可賊若
現形則守城將大小角并吹擊疾藥則率男女發抄

揀精兵幷以城上立柱處卽地把立賊若緣城而上搖
綦則皷噪大呼弓家者發射或以槍搖胃或投石碎頭
使不得登城賊若退兵鎭堡將領兵追擊使隻馬不返
且以枯乾二丈眞木擂碎作炬每弓家二三柄儲待爲
如可賊若夜圍緣城而上守城將以燃火懸之旗竿各
其弓家一時燃炬貫女墻穴以照則賊不得遁形勢可
易制城中則優備以鑑不足爲乎矣吹角用虎在將之
指揮爲在果賊若某弓家越入則守弓家男女及左右
不救者幷與追擊時失衆者幷斬事
一彼兵往來之際軍人等路次及各鎭堡止宿時或鷄　〔一三一〕
犬打殺或禾穀刈取甚至家藏雜物公然劫掠蕭薩盡
屋草盡爲撤取炊飯百姓不勝其苦閭里蕭然極爲寒
心如有犯者不檢擧管領幷以依軍令施行事
一凡生變處諸將等以同是守令邊將分屬爲乎乙喻良
置軍中不可無等級是昆職上處受節制爲旀候到
則虞候處受節制節度使到則節度使處受節制爲乎
炙各其所屬將處用牒呈事
一追擊程道載在方器爲在果若孤軍追敵深入賊境則
不無見誘反敗之患兵法日見可而進知難而退惟當
臨機制變無失軍機爲乎矣若我境則不在此限事

一某鎭堡有變則左右隣鎭堡守城軍計除率精銳登時
馳援爲乎矣萬一逗遛則自有其律事
一生變處雖被圍城從間道傳道爲良沙隣鎭堡相救亦
可追邀擊事是去乙各鎭堡凡報變公事趁不嚜報極
爲駭愕今後乙良能走人多抄書名掛壁爲有如可生
變卽時左右隣鎭堡及道良中星火飛報毋令稽緩爲
乎矣同公事楷書除良走筆馳報事
一稟嚴最關者莫如勝字銃筒而邊將等不勤敎誨生疎
者甚多自今以後年四十以下十五以上無遺抄擇常
川敎誨以備緩急之用爲乎矣萬一軍士中頭頭人脫　〔壯襄公全書　一三二〕
漏爲有如可現露爲在如中當身及鎭堡將幷以重治
事是昆巡行時都目狀進呈事
一守護段置五更初令小角則守護將率軍逢點凌晨出
歸江邊親邏兀到守護廳不解甲卸鞍瞭望常如敵至
爲有如可日沒時農民無遺揀後入來事
一農民出歸時人皆佩持軍裝無軍裝者或劍槍斧鎌持
歸耕耘爲如可若有賊變則農民一處聚會守護軍合
力則捕爲矣軍裝斧鎌不持者鎭將及守護將摘奸依
軍令治罪爲矣不檢擧將守護將亦依軍令治罪事
一各鎭堡軍士每下番時例爲城頭發入習陣能未見等

事等習坐作進退申明教誨以備不虞之變軍法曰以虞待不虞者是也萬一鎮堡將不勤教誨爲如可巡行時轡隸不通者都訓導及鎮堡將并以重治事

一各鎮堡土兵等鎮堡將不爲試射能射者鮮少極爲無謂每番遞日試射爲矣萬一不勤試射爲有如可巡行時先甚抽射爲在如中邊將并以重治事

一各鎮堡擊臺隨其多少上直軍人兒童除良五名及別米一名射甲二名式定體每擊臺狗子二口式牽歸輪木一介式亦爲別作每更一人式相遞犯近擊臺良中一時突犯傳遞更擊臺初更遞授之人弋只二更吹爲限循環不絕使不得㸑到連嶺輪曳時城外賊形有無詳細探聽先告別將使之嚴備一邊卽報鎮將爲乎矣二更吹角卽將各其處所夜第人遞授以此自初史至五更輪回不得任情休息是於上直人段置勢難熟睡是置上直五人內一人一更式循環輪曳則一人巡更四人宿歇亦不至困耗別將是在如中同上直軍人等檢擧率領每更輪木巡更事專掌檢飭毋令休息爲乎矣其等徒警守勤慢形止乙鎮堡將或躬親或別遣可信軍官時時摘奸毋令懈怠爲於萬二賊形未能看望不卽報知脫有踰越之弊是在如中當初警守繫臺將

及巡更軍人等依軍令並斬事

一山堡是在如中各其定日賊凝有無詳細探栖木研取年月日書塡分半剖取上使以憑合驗爲乎矣不時摘奸同所取處合驗遠端現捉則依軍令遍行事

一烟臺段防備最關爲去乙射甲軍人等乙以殘劣人荷充其數至爲骸愕賊若不意圍臺則捍禦無策爲是近後乙良曉勇人定將射甲擇定謹烽燧望賊形烟臺近處多方設險使賊不得突入㙨鐵亦布事

一親邏无體探時賊初聽伏草樹間則不能搞發不無遇害之處爲盟便士兵等狗子一口牽歸使之先導事

一戰場馳突馬爲最關爲去乙各鎮堡土兵等立馬者鮮少至爲可處鎮堡將嚴令備立爲乎矣一應軍裝蒸米一斗乾太五升米食五升馬鐵二部朶亦斜足幷以各各備持眞綱巨乙綱良中入盛待變爲如可不時摘奸干貼爲在如中當身等及鎮堡將并以治罪事是在果同歲馬相考次以上中下分等無遺別成冊上使爲旀軍裝段置不爲鎮將爲有在如中各別重治事

一將士軍士等一應軍裝精緻不冬行軍時遺失爲去乃倫取現捉者依軍令施行事

一南各官軍士等同變卽時不意入來裹根不穉[illegible]

處所到官小名懸錄軍粮題給秋成卽時耗穀除良還
上捧上爲矣六鎮軍士乙喩良置裏糧輕赴在所難能
亦依南方軍士例題給事
一鎮堡將等有時棄鎮主鎮及降領堡良中互相聚會至
狀經宿醉倒中道者滔滔皆是若空鎮時有不虞之變
則非徒身伏重刑　國辱某大戒可寒心自今以後操
心謹慎毋踵前習爲乎矣士兵段置毋令縱醉以貽後
悔萬一有所聞爲在如中依軍令施行事
一各鎮堡亦依陣法分軍時兵多則一衛五部中則一衛
三部小則一部四統各隨兵之多少爲陣事
一賊若長驅入擣則鎮堡將先相阻阨之地要害之虜多
設弓弩亂布菱鐵又選精銳勇敢之士伏兵將差定率
領持勝字銃筒鐵九藏藥埋伏爲有如可賊至其前弓
弩銃筒一時齊發急擊夫鎮堡將亦率兵登時馳援內
外夾攻則減爲矣賊衆我寡則勿爲交鋒淸野堅壁以
待其勢兵法曰避其銳氣擊其惰歸者是也
一設伏以勇健人定將預送遠處夜黑後三處夜伏每更
相遞伺候使賊不知伏處萬一失誤則依軍令施行事
一賊若昏夜變着我國之服混我軍卒不無慮軍中須
明軍號以辨彼我事

一待賊近城有必中之勢然後乃發射勿爲妄動恐矢易
盡也不從命妄射者依軍令施行若矢盡則石塊如大
鉄小枕者亦可禦賊石塊預爲多積以備不虞事
一賊來犯則堅壁送出以戰勢弱則加出兵助戰勢若
則還鎮休士如此則有必勝之道無潰散之患賊雖見
散大奔亦勿空壁追之恐墮誘引之患也
一各鎮堡每月初一日十五日例爲體探若雨雪則待晴
而行事

禁令二十七條

一各衛將是在如中本鎮及所屬鎮堡軍士等乙曉勇
軍精擇三分以一分乙良老弱幷各其鎮堡守城軍計
除二分以五衛及游軍斥候良中量宜分軍爲矣堡將
等所率士兵等乙互相奪給爲在如中將不知卒不
知將上下離心臨陣制敵失宜是置各其士兵以分軍
餘數移給不足處使之各得其意事
一繼援將及逃擊龍驤虎賁等將是在如中各其邑驍勇
人預先精擇爲有如可間變卽時率領星火馳援爲矣
若不及期則以從軍法事
一亡大將者斬其偏將亡偏將者斬其部將游軍將亡部
將游軍將者斬其統將領將亡統將領將者斬其旅帥

亡旅帥者斬其隊正亡隊正者斬其伍長亡伍長者斬其伍卒左右近卒不能相救者并斬

一呼名不應點視不到違期不至勁乖師律者斬

一夜傳刁斗息而不報更籤違度軍號不明者斬

一多出怨言怒其主將不聽約束馴化難治者斬

一揚聲笑語若無其上不有禁約鼠突軍門者斬

一妖言詭語造捏鬼神假托夢寐大肆邪說蠱惑吏士者斬

一奸舌利齒妄為是非調發吏士令其不和者斬

一所到之地毀人室屋逼人婦女者斬

一竊人財物以為己有奪人首級以為己功者斬

一軍中聚眾議事潛近帳下探聽軍機者斬

一戎間所謀及號令漏洩於外使賊知之者斬

一調用之際結舌不應低眉俯首顧有難色者斬

一出延行伍擠前亂後言語諠譁不遵禁訓者斬

一托傷詐病以避趕戰扶傷假死因為逃避者斬

一主將賞物頒給軍糧之時阿私所親使士卒結怨者斬

一覘寇不審到不言到多或言少少或言多者斬

一弓弦破絕箭無羽鏃刀槍不利金鉦不鳴旗麾翔燹者

従軍令治罪事

一亡其章表不明軍號者罰

一怯者不可獨退勇者不可獨進一齊心力

一行軍時絕糧者罰

一圍抱賊窟任賊突圍不能捕捉者斬而見可知難亦勿窮追

一貪於胡物不顧其死潛入胡家者罰

一軍中若有死傷者所屬部伍看護載來若棄而來則屬將吏次次有罰

一軍中高聲唱名者罰

一凡違令者事急則立斬事緩則報大將處置其於斬刑之際十分斟酌勿為妄殺

一師行之日招將士立壇下誓之曰惟爾將士各謹乃心母犯禁令莊賈監軍而糧菹立斬殷蓋貴戚而辟信卽戮馬謖之奇才武侯不貸鄉人之親厚呂蒙施刑軍法念施從古而然苟或有犯寧容毫私用命則賞不用命則誅趨令則功不趨令則刑可不勗哉可不戒哉

尙州敗報後回諭〈壬辰四月初二日以敗兵於此〉
見卿狀啓知我軍又不利勝敗兵家常事非卿不盡力而
然也姑貰卿罪以責後效卿須收集散亡呼召部曲與申
砬相掎角以圖桑楡之效若賊兵方進未已而其處事
勢有難如意則或來衛京都或追護行在卿其盡心施行
兼且通論於各道監司兵使及守土之臣各自一其心力
大倡義勇以狀頻危事有 旨同副承旨李
楊州鬄踰嶺賊捷後回諭〈五月初四日退倭于此 典禮大夫之〉
見卿狀啓知我軍之大捷盖自倭寇入境由東萊至京城
千餘里之間列郡瓦解百姓魚肉而牧伯不能拒將帥不
能敵滅爲寒心矣幸於嶺踰嶺之戰卿能奮威破賊奏凱
獻歲可謂垂翅桑楡奮翼澠池也其令御馬二匹賜給復
除巡過使把截平壤以南事有 旨同副承旨全
忠全慶都巡邊使陣順天時餘職上疏〈癸巳拜任〉〈出倭于海〉
以無狀濫廁 恩命叨此細外重任臣雖至愚極鄙常
此變亂罔極之時豈不欲竭盡心力少效涓埃之報而臣
才分有限識甚淺短凡干事務未及施設而謗言先集使
臣左牽右掣不得一有所爲以至於今日臣之負 君欺
國罪合萬死 臣眷來事目內本邑人民無遺抄出勿論士
族公私賤皆令助糧云者其意盖欲儲峙軍餉也 臣初到

湖西接視軍簿則只有元額正兵而公私段不曾括出故
〈臣〉所巡過之邑責令各里色掌刷出閑遊人大邑則數百
儕名小邑則百名或六七十名叅酌事勢務從簡便與事
日本意亦大有間爲白去乙監司尹承勳以寃號徹天十
室十空歸罪於〈臣〉至於狀啓爲白有味于所發生三年
居田卒荒〈臣〉未下來之前列邑人民在在流散若以十
十空爲盡由於〈臣〉之括平之故則其辭不亦過于嶺南接
境如求禮石柱雲峰八良峙等處伏兵自前監司面議伏兵
送故〈臣〉巡審各處伏兵之後到南原與監司面議伏兵定
送則依前例監司主之至於檢擧軍卒便之入防則巡邊

〔壯襄公全書 二十二〕

使亦不可不知云云脈後監司以落榜成冊送于〈臣〉處令
分定於伏兵諸處〈臣〉答以伏兵分定事則在前始此監司
亦可移文往復而監司發怒遠爲 啓達詆斥備至此則
專掌云云此事非但前日已爲而議設或有誤初非大叚
別無所失而被斥如是〈臣〉實惟之連年失稔飢饉已甚
無賴之民起而爲盜如古阜井邑長城等處陸賊橫行白
蓋建旗殺掠人物所在郡縣相續馳報〈臣〉意以爲賊窟間
親往必憚於督捕其勢必自散故所率軍官牙兵陪牌
多數虛張榜出先文非必實有是事也巡察使洪世恭到
淳昌見〈臣〉先文未轄〈臣〉心謂其實有率衆捕賊之計爲

論

啓 臣聞將相協心則士豫附目今 國勢如乘朽敗
之船泛彼洋洋之海當胡越一心手足齊舉期於艤船而
已可也況臣忝爲兩湖主兵之任加守築城池制造器械
措置糧餉等事必須與本道監司可否相濟而緣臣愚妄
不能隨事善處凡有動作輒被譏斥尋常之間尚不能遍
其情意如此而可以望其濟大事乎臣既被侮於人其號
令之不行於州郡勢所必至甚或卑臣所爲論報方伯夫
人必自侮而後人侮之臣之受侮固不足惟第臣名爲主
將見輕如此一牙兵之調一砲手之遣郡縣必力爲搪塞
延遷時月早晚賊騎衝突誰肯抑心聽命爲主將之用乎
乃以臣見輕之故軍律解弛 國綱不張如事目中遲稽

銳習火砲築城險等悠泛玩愒百不一措徒爲坐費糧料
貽笑州府臣常仰屋噓唏欲死無地爲白齊當初 朝廷
以臣句管兩湖邊事者其意在於領精勇時軍與習戈兵
據要害爲且戰且守之備而臣下來未久復被 旨令駐
劄於湖嶺之間臣巡視伏兵把守之處而後仍留順天既
未得巡檢郡邑抄得軍兵既駐順天之後亦可分抄各官
軍人輪番營門敎以坐作習其弓砲爲緩急之用而州縣
物力既竭於天兵支供餉軍之資百計難辦爲白乎等用
良調練軍卒久未舉行爲白有如戎其天兵撤歸秋事

已登 臣器抄羅州等五官軍人數百餘名留置訓習計料
爲白乎矣軍糧如前缺乏乙仍于不得已還爲罷遣爲白
乎所 朝廷倚臣爲兩湖輕重而臣咸望素輕加之以事
多拘礙趂前顯後著手無地徒擁枏寄未見實效異日債
臣則雖族誅難贖誤 國之罪今者三京雖已收復而
削賊尙留南雲屯列柵築壘處處相望雖不可與作庶務擾
害民生而亦不可全然無事坐而待變當此之時必得戚
名素著爲衆人所推服者爲主將乃可以鎮群情制軍務
如臣疲軟庸陋決不可一日冒據惡 命鐫罷以重軍政
則臣當裂裳裹足備使令於行伍之末死無所恨爲白乎

去億恐眯死以 間爲白臥乎事是良𣸣夫以善 啓向
敎是事萬曆二十一年九月二十一日

再荏北兵使因事全處時原情（丙申卷任已亥以善朝明看老等疫家于）
（禁標之內入金委領等開營鐺誅吳反覆書監司關罪共公論啓）
云云僅得千餘分部習陣（此二句上臥有關文百餘字翌 面虜薄大集壬辰時事悲）
日早朝賊鋒奄至以千餘烏合之衆當十萬銳精之寇其
時見敗賓出於勢力之相懸而迫保喘息 聖恩罔極爲
白齊至於忠州之戰斬賊十級奪馬二十四匹軍官李致中
乙用良馳 啓蠻踰嶺之衆又斬三十餘級明城正緯乙
用良馳 啓其後駐兵江東軍官朴名賢定將率兵捕斬

平壤中和往來之賊這這驢　啓名賢以其功至陞堂上
及圍平壤之日天將亦矣身乙先鋒將定體督令前進矣
身領軍先登殊死力戰緣由段皆有證驗前後曲折難以
悉擧爲白齊矣身乙多發軍馬遠探虎穴激怒犬豕全師
被陷是如爲白良置向前會寧境藩胡老土明看老等亦
深處胡例不諭累世來附爲國藩蔽至於都營長定體春
秋安享多受賞給誠心歸順大小賊變有無常常進告而
如有開諭之事則鎭堡將等段置通事陪牌等乙用良持
傳令諸藩部落良中往來開諭已成格例其來久遠爲白
云等矣身部當梱寄典師勤衆之事以乎爲白在果至於
開諭亦段自前兵使常用號令乙仍于
壽進告據會寧府使朴宗男牒呈內上項明看老等三兄
弟亦政丞破吾達紅澺兩間此邊禁境之地无胡避亂稱
云假幕排設是如爲白去乙矣身竊伏念政丞破吾達以
南段國家分界之地在前始叱連年伐穀使不得容足以
絶禍根其意有在爲白去等同胡等以歸順藩胡不有
國法擅入禁地在於造家爲白臥乎所招朋引類漸至滋
蔓則難圖之患有不可勝言當興師問罪之不暇而犬豕
之罪不先開諭遽加征討則於　國家待爽秋之道似爲
未穏乙仍于開諭後觀其順逆　啓聞處置次熟藷虜情

姜億弼姜彦壽等亦中通事陪牌等以依常時開諭時例
招給同胡等當爲開諭曰爾等仍　國藩胡以非不知禁
介而自前限界之地任意造家原其事狀極爲駭愕斯速
撤毀還居舊基事乙諄諄開諭使之自戢亦指授入送爲
白乎所實出於區區衛國之心也徃在癸未年開戰胡兄
湯介段策驁之尤者而曾不殺一使者今此明看老等不
思革心悔過遠肆蜂蠆之毒至於殺害初非意慮之所及
而當初矣身差送人段十四名其等徒所牽炊子七名幷
二十一名內朴山同奴丙　金伊等段因病落後金漢忠
流入金伊等段逃還楊古音金伊段藩胡無虛世等刷納
〔壯襄公全書〕
其餘十六名叛殺是如各鎭堡馳報是白齊
使宋彦縝傳令內南道惠山鎭傳通披甲
乾天岐住胡伊忠巨進告內南甫乙下境藩胡老土等亦朝
鮮人物十五名殺害是如異口同辭爲白去爲開諭藩胡
不比遠探虎穴激怒犬豕是白乎於抄送十四名不足多
發人馬是白齊矣身乙報主將稟　朝廷受其指揮不足多
驕傲自用輕擧妄動開釁敗軍是如爲白置矣身常時策
應之開應報主將事段未嘗不馳報應稟
嘗不　啓稟爲白有在果今此開諭一事段矣身儻擅節
段之命又受斧鉞之賜使之專制爲白有去等尋常通行

之規至亦報　稟未安循例經行爲白有如可不惹刑喩之人參潘胡所殺矣身亦知萬死無憾是白在果被殺人名數多少乙良所納巡察使傳令及其時入歸逃還金漢忠等所供叅攻則事狀立見爲白齊至於貪虐縱委等之淺自有一道人耳目而天地鬼神昭布森列爰叱何放列於
聖明之下哉受國厚恩心功戚禮常欲效死圖報而處事失當罪實難原是白罪分揀施行敎是

備忘記〈己亥以彼北朝海邊守臣[illegible]上召公問計〉
傳于政院曰此地圖一張〈地形[illegible]圖上〉雖見之其形勢不得解見矣大抵用兵國之大事古人必謀於廟堂叅之以天塹地利酌之以人乎知彼知己謀定而衆故百歲不殆未知今日之事果如此未耶覲老賊部落頗似强盛又問形勢似險云以北道羸兵弱卒萬一蹉跌是促其亡也昨觀備邊司回啟殊似疎漏不過曰依啟請施行予病危之耕當問奴召李鎰以書下條件問計

逐條問計
一老土明看等部落自我邊鎮發兵處幾里若非事則一日之內可以往還乎將經宿而還乎若經宿則結陣於何處乎經宿則我兵素不習戰不知立柵設營之術爲賊夜襲不無可慮也

一自我地至賊部落道路平坦乎狹隘乎騎可以並驅步可以戒列乎抑無奈攀緣鳥道魚貫而行乎又無乃有或大川難涉或樹林薈蔚賊可以伏兵處乎
一道路迂直山川險夷部落多少邊人能一一詳知乎
一賊部落幾何計男丁幾何
一本道兵力可以能討滅掃蕩乎
一器械不精是以士卒與敵本道軍器可以足用乎
一分三協以進三協之路遠近不同則必不能一時如期而進一協先進攻打若不利而退兩協難爲功如之何
一卿老於北道備諳形勢今日之事計將安出人有所懷

可二二書啟
逐條進對
一自茂山由車踰嶺路至能主部落六十五里能主部落至明看部落三里又至老土部落十八里若自茂山勤兵至能主部落而回則一日之間僅可往還若過明老兩部落而回則往來之路已至百有六十二里雖日長之時決難一日往還不得已如綿頭間近處可以結陣輕宿而至於防賊夜襲之患則自當設柵嚴備大衆擧兵深入必於綿頭間大設伏兵以防大小朴加等部落胡之來扼設令大軍深入而伏兵之卒賷可窮日力而

設經宿之柵矣

一自我地至賊部落其間道路雖不至鳥道而左右絕壁
樹木參天而然不至於騎不得並驅步不得成列矣又
有一大川縈廻果渡秋後水落則亦不至難涉我軍沿
道相地臨忠伏兵則我為先據使無賊伏之患矣

一道路之迂直山川之險夷部落多少老兵宿卒多有詳
知者矣

一賊之部落某賊居某地而大栗幾戶則問而知之其餘
男丁幾許則雖其處土兵亦無知之者矣

一本道兵力自經倭變之後死亡被虜者不知其幾日今
吉州以北各鎮堡土兵合三等僅五六千其中一二等
不滿二千而有馬之軍復十分之二三又其添防出身
將士率皆徒步之人以如彼之兵力其於討滅掃蕩似
難易言之矣

一各鎮器械自經倭變幾盡散失雖或收拾舊件措備新
樣豈能有裕稍精且優者本營軍器而茂山兩度之戰
及賊路伏兵幾盡費射決難以見在軍器豈此大事也

一所謂三協之路有四五息之不同進兵之會難以一時
為期既不能偕作則成敗利鈍亦難預論矣大抵此賊
盤據險阻小小部落項背相望若分三協進兵則似無

壯襄公全書　二十九

網漏之患而必我兵什倍處處設伏連營三路以防背
後來援之賊然後可期取捷若以五六千賊卒分道以
進則兵少力分決不能萬全故〇鎰在北道時欲從正
瑜之路合兵先則能主部落矣至於本道兵力之單弱
器械之疎語素所諳熟故屢請添防武士箭竹弓角者
非一再矣此賊搆釁邊上不征則為患無窮欲征則兵
力單弱不得已以梢兵砲手多數添防强弓勁砲亦須
優送然後非但為獵時之用旣剿之後亦可防乘慣侵
犯之賊矣若兵勢浩大則雖只從車踰嶺之路一面分
絕於明老兩胡之窠一面從能承部落捲而分則日勢
獵幕亦可結陣經宿矣焚蕩時鎰則天時人亦似或兩
全面今則九月望前時尚差早本道軍兵又為單弱須
待遠處梢兵可以舉事而抄送調送之際師期必迫若
於十月望前則不但調兵為便賊窟秋穫之歲或因糧
武英盡似為得利矣抑有區區一計我之兵力旣如此
形勢之難又如此懇以重賞〇以碩利購捕賊會使香
從自戕貿出於不得已之計前日尼胡　胡之購捕雖
是覘遲亦係兵家之一奇也

批曰觀此李鎰所啓頗有兵家之算予意亦然之其非勝
算之十分則明矣豈不殆哉傳敎及回啓之辭下備邊司

一面俱錄啓論於咸鏡監兵使以備來歲酌施行且京中砲手火器軍器及京中近都武勇之士多數精抄及期入送亦言于備邊司兵曹且圖之大事在戎至殿者軍械今此北道之事若懈慢不卽擧行或循私不爲精抄該曹卽廳當下獄依軍律定罪堂上亦重治此意并言于備邊司兵曹暢念施行

又追上一疏

臣屢厯府北任伏見邊上亦勢　祖宗朝瑪廗北虜規盡甚至春秋宴享以悅其心分遣上京以中其欲然而鼠竊之投猾忠難防今則羈亂之後中外蕩然犬豕不得逞　國家豢養之恩將至十年其猖然反噬者勢所必至而自去春金肆蓄毒此所以同罪之擧不得不爾者也第念南虞未珍農月已迫復兵北上道當風和之節脫或捲歸之賊復乘帆棉之便則彼此措應實爲狼狽而兵無常勝聚是危道如使一舉而蕩其巢窟固爲善矣若其空穴而遁或有蹉跌之變六鎮之事極可寒心而羔我不利蜂屯豕突則兵舉之患難保其必無智者不能善其後正謂此也之愚意以爲茂山一堡正當要害近則改丞破吾達虛水羅蔞部落遠則朴加洪央洪丹等諸胡皆其所控制今若閫爲戶爲堂上僉使稱加成兵設關市於此堡令遠近諸

胡皁蒙魚塩之利則狼貪之輩復將弭耳以趄而山外之賊必至少褒矣然自　祖宗朝斬自甫乙下通其買賣者其意有在固不可妄開而輕許之當募諸部豪會有能捕老土明看老而納降者方可於此堡廳然而通行關市云則惟利是趄之徒不無潛圖之理而降問一播則將必自相疑貳大可以瞬魁尊示典刑小可以灘部種羽狗偸矣然後詳探南報密觀北邊加其虜不悔過而嶺後稍定乃決乘秋間罪之擧則搽之事勢似爲便當矣此之不爲而欲罪經亂未蘇之兵進擣虎穴雪水之乏渡道路之泥淳峻坂回蹊前遝後藪騎步之行很失其便雖幸而勝猶未

免動泉之非時剋乎其未可必者乎　曾爲會寧府使時管下豐山堡屢有零賊而堡境胡人有願於本堡通市者即將利害申報巡察使鄭彦愼依願開市自後無竊發之賊南道憲山乞波如等處亦自項年許其歸欤是雖因亦勢之迄而旣許之後補無營急此實前後之明驗也況虜山梁永等處雖有潛商之禁草伏夜行因難永杜其姦細而近因中嚴禁令城內居閒雜人等失其利源幾盡逃移若設關市則非徒已散者選集邊民逐末者必將相率而趄之城內人戶不勞刷入而漸至稠密已陳山田亦從而

願其通市而淸商之路如彼其難防故 臣意以爲姑從權
宜一開關市以中胡人之欲則庶可以慰悅彼此之心得
爲諸鎮定之道而其視農月與師則似爲有間矣前於承
命條陳之日未盡上 達臣子有懷不敢終默下備邊司
商確便否而處之何如且六鎮藩胡久未上京其爲缺望
極矣今日之勢已無上京之期茹於咸興刱爲設享之所
各鎮胡人上送運領據大典減半其賞物羸餼亦加儉省
保無難繼之患使彼得與本府往來商人變貢土物則喜
人之羣冀復有漸大刱京之路雖有煽動之變必將中止
而效順矣 臣之往復北方積有年紀大小事勢不無所睹
摩者此寔一得之愚不敢以爲合於時宜在 朝廷量施
臣無任祈懇屛縮之至惶恐昧死以 聞
批曰足見卿愛國忠讜與備邊司議處

壯襄公全書卷之一終

壯襄公全書卷之二目錄

壯襄公全書卷之二

紀行

行狀

資憲大夫忠淸全羅慶尙三道巡邊使武勇大將行漢城判尹兼五衞都摠府都摠管知訓鍊院事　贈正憲大夫議政府左叅贊知義禁府事李公行狀

公諱銓字重卿姓李氏龍仁人也始祖三韓壁上三重大匡太子太師諱吉卷爲東邦甲乙族界世蟬聯不絶至十三代孫諱中仁封駒城府院君生開城留後諱萍士渭始本朝詔後生吏曹叅判諱伯持　太宗朝首選淸白吏世襲調用之典三世有諱會忠令使於公爲高祖也曾祖諱承孝承仕郞　贈刑曹叅議祖諱珚宣畧將軍忠武衞副司直　贈戶曹叅判考諱敏德折衝將軍咸鏡北道兵馬虞候贈崇政大夫議政府左贊成贊成公娶生員延安李謙壽之女以嘉靖庚戌七月七日生公於龍仁萯第公生而奇偉少小遊戲動止異凡兒早失所恃服勤事嚴父投筆習弓馬萬曆戊午丙科及第庚申　除宣傳官翶殻廳規見曹司則用懲罰行椎法刻名于椎同僚敬憚辛酉丁繼母貞敬夫人昌原朴氏喪服闋更補前職仕滿出爲咸從縣令民仰威德如父母茲遞去思立碑庚午陞爲碧潼郡守壬申丁外艱喪舉除端川郡守乙亥春罷後慶興府使爲政淸簡邊境盡階陞上移拜穩城府使秩滿除上土僉使庚辰李典時在江邊捕盧梅毒等而境上生事公誤坐拿問經一夜而蒙放除釜山僉使壬午陞拜全羅左水使先是北邊野人款塞內附　朝廷給其廩虜聽其僑居六鎮城底至癸未尼湯介潛誘越邊深處野人作亂攻陷慶源府　朝廷特以公爲慶源府使以討之賊又圍鍾城穩城府使申砬馳往救之以十餘騎突擊虜解去是時公以守鎮將鳩集制勝咸得其宜民安帖服乙酉尼胡又率二萬餘騎駐會寧臺巖上揚兵搶掠於是　朝廷褒陞公嘉善移拜會寧府使以鎮之是冬高嶺鎮軍官林忟橃領載軍需木十同入下長城門到吾弄萯鎮

賊胡馳來搶奪中橾等盡乘軍木而走爲賊全奪公遂領軍直搗賊所隱伏盡焚其部落穹廬斬獲三十餘級奪還其軍木丙戌　朝廷又陞公北兵使營中令有制勝方畧其行雖久而各邑鎮堡諸將各不分爲賊路所由亦不的指五相觝䛴凡干防守佈目多涉疎漏一有警急制變失宜及公到任仰爲考問便否增補洞明分嚴飭賊路遠近追聲要害以至城池器械凡係因邊制敵之策與夫被搶奪回之由無不畢書而備錄仍又條陳軍務二十九事禁令二十七條并錄方畧一件類　御建請取講諸將以行殿最　上命下仁遠司特令施之仍使分頒一件於各鎮堡預爲講究俾無臨機失誤之患方畧之詳備頒行蓋自公始而征謀籌畫邊堡故事開卷瞭然公之忠勤勳勞尤可表於百代也由是仁威廣被邊圉寧謐是年秋　朝廷設屯于鹿島以金景訥爲屯官景訥擅許胡人入耕因被拿罷　朝廷乃以造山萬戶李舜臣兼靈屯官以護鹿島丁亥秋梀島藩胡廬尼應介與將錢蕭胡何吾郞阿等潛結其黨一日乘大霧出不意搶掠鹿島屯所而屯兵盡出救禾柵中但有十餘人舜臣獨當其鋒射賊數十奪其所掠率而得保其寨然以兵少不能窮追農民及將士之被虜殺傷亦參以此　朝廷有拿鞫舜臣之議公惜其才

勇啓請于　朝白衣從軍賴以擢用卒成大功於壬辰之亂冬公自本營巡到慶興密捕何吾郞阿等誅之遂令虜侯金遇秋領兵襲破梀島部落蕩其巢穴是時慶興撫夷時錢部落強盛夫汝只部落最強難制公遂將邊上事情條陳塊　啓　上回諭曰今觀卿啓備悉邊情當書一通置之座側因許討之公以戊子正月發本道兵副以赴戌兵使會寧府使彦珎穩城府使楊大樹爲左右衞將高嶺僉使劉克良助防將李鷹爲左右衞先鋒習陣于行營韓食于德明驛左軍由阿吾郞地白顏烟臺循山而北右平白撫夷堡城東越江而西合圍時發地面四部落焚燒穹廬三百餘所斬首幾五百級　上命遣宣勞官兵曹正郞李大海犒勞將士　命官公之一子是時日本國使橘康廣平調信等來致關白平秀吉書契以求通信　朝廷不許調信久留東平館　朝廷責言上年損竹島之役虜我邊民敢來求和此不可許調信卽以此歸報其國明年五月秀吉又使平義智玄蘇等盡刷我國被虜邊民而且綁送我國叛民沙乙肯同及丁亥賊倭緊時要等日入寇之非非我所知乃貴國邊民沙乙肯同誘五島倭搶掠邊經盜欲謎此以求通信也　朝廷始以庚寅三月差正使黃允吉副使金誠一書狀許筬同義智等行四月渡海十

月至其國明年三月始還而報書中有曰吾國六十餘州
比年分離不聽朝政三四年間伐叛國討逆徒異國遠塗
悉歸掌握焉能鬱鬱久居此乎不屑邦國之遠山河之隔
一起直入大明國易吾朝風俗於四百餘州帝朝億萬
斯年者在吾方寸中貴國先歸入朝依有遠慮無近憂者
乎　朝廷見書因聖節使金應南之行具奏其情形又因
冬至使李裕仁之行再陳賊情冬又專差陪臣韓應寅因
卜我國被誣事先是公自北藩移拜全羅兵使至庚寅秋
又拜南兵使　朝廷於南北邊事皆倚公爲重也然於
湖南未能久於其職未及措置邊備北邊界受圖寄自癸

未至巳亥十有六年之間藩胡生釁而不敢作亂者皆公
前後平定之功也辛卯春南報尤急朝野洶懼不已　上
命備邊司各薦才堪將帥者武臣則宰中知訓練院事申
砬及公最有名慶尚右兵使曺大坤年老無勇不堪閫寄
西崖柳相公　楊前啓請以公代大坤兵曹判書洪汝諄
曰名將當在京師錙不可遣柳相公再啓曰凡事貴預治
兵糴嚴尤不可卒辦一日有變鑑終不得不遣寺遣之寧
早往一日使預備待變庶或有金不然倉卒以客將馳下
既不諳本道形勢且不識軍士勇怯兵家所忌必有後悔
上頗信洪汝諄重內之策竟不允巳乃以別爲列尹五衛

都摠府都摠管捕盜大將壬辰四月十三日倭寇犯境陷
釜山十七日賓廳　啓請公爲巡邊使下中路邊璜爲助
防將守鳥嶺皆令自擇軍官而去公欲率京中精兵數百
而行途取兵曹遞兵柔視之皆市井白徒書吏儒生居半
臨時點閱儒生具巾服持試矣吏戴平頂巾自愿求免者
（兩）庭公受命三日不得發　朝廷不得巳令公先行使別
將命沃隨後領去催得軍官及射手六十餘人以行到聞
慶則縣中巳空不見一人先是乙卯有倭變時金秀文在
尚州則牧使金辟托以出站通入山中獨列官權吉守邑
湖南始改　祖宗朝鎭管法割道內諸邑散屬於巡邊使
防禦使則防禦都元帥及本道兵水使亦（名）之曰制勝方
諸道皆效之鎭管之名雖存而實不相維繫至是監司

金（○）聞變依方暑分軍法移文列邑各率所屬屯聚信地
以待巡邊使故聞慶以下守令皆引軍赴大丘露沃川邊
數日巡邊使未及至而賊兵漸近衆軍自相驚動會大雨
衣裝沾溫糧餉不繼夜皆潰散守令悉以單身奔遁故聞
慶亦無出符之人公遂發倉穀以餉所率而行過咸昌至
尚州則牧使金辟托以出站通入山中獨列官權吉守邑
公責以無兵曳出庭欲斬之吉哀告願自出招呼達夜搜
崇村落僅得數百人以至則皆農民也公留尚州一日發
散民民從山谷箇箇而來又數百俗人倉卒

緝伍爲軍無一堪戰者是時賊已至善山夜屯長川古縣
距尙州二十里而未及斥候賊來不知翌朝公奉鳥合民
軍幷京來將士僅八九百以習陣于州北川邊逶倚山爲
陣中立大將旗下立馬布陣未半望見數人從林木
間出徘徊眺望而回又見城中數處烟起公使軍官一人
往探倭兵已先伏橋下以鳥銃中之斬首而去俄而賊兵
大至亂發鳥銃中者卽斃將士皆願從兵少却公杖劒屬
曩日昨日有旨督戰安敢退生乎督令軍人發射矢皆數
十步輒墜不能傷賊賊乃分出左右翼以繞軍後未及交
鋒而左次至聞◯馳　懲敗狀　上回龍日見卿狀啓如
我軍又不利勝敗兵家常事非卿不盡心而然也姑責卿
罪以責後效卿須收集散亡呼召部曲與申砬相機掎角
以圖桑楡之效若賊兵方逃未已而其處步勢有難加意
則戎來衞京都或追護行在而卿其盡心施行兼且通輸
於各道監司兵使及守土之臣各自一其心力大倡義勇
以狀顚危公於是奉承　有旨欲退守鳥嶺間元帥申砬
行到忠州且被其召與邊遽等俱到忠州二十八日砬出
陣于彈琴臺兩水間以公爲先鋒屯于丹月驛少頃賊兵
分路而至勢如風雨一路循山而東一路沿江而下砲聲
動起應埃接天公遂突戰斬賊十餘級而賊兵左右翼已

破申砬李薲◯兩陣萬軍悉赴江中蔽薮江而下公匹馬單
鎗突圍而出遶迤到利川割塗窓紙以具　啓令軍官李
致中獻歲二十九日夜漏下狀　啓至京城而塑聽　大
錫西率初　朝廷間賊兵盛憂公之獨力難支以申砬一
將名將士卒恐服爲都巡邊使使引重兵隨其後欲兩將
協夢麻幾捍賊不幸本道水陸將皆望風遠避不一交兵
及賊登陸鳴皷橫行晝夜北上無一人敢惶悟少綏其勢
者不十日已至尙州公以客將無軍莽與相角勢固不敵
元帥亦遂退失據而狼狽矣西幸之議初定　上命留右
□元爲右都大將使守京城副元帥申恪防禦使文
夢軒等共守楊州大灘公自利川入京則陽元以公檢督
大灘上下是時　行朝遣知亦韓應寅率精兵三千人赴
臨津聲賊應寅遂與李薲劉克良同守臨津方被賊術亦
勢奔黃陽元使公馳赴以救之公與恪夢軒等行到遺踰
嶺諸賊賊光登督最斬三十餘級恪夢軒繼至亦斬四
十級以　啓　上遣宣傳官賜公御馬復除巡邊使公問
楊州◯有軍糧將欲餉軍以赴臨津之急方進楊州値賊
遊兵賊自畏慚盡棄糗飯衣服而走公因留右軍候騎馳
□□公與兩將奮身力戰夢軒之軍先自敗北賊兵

乘銳崩之公既失羽翼不能抵戲牽率精兵且戰且退賊不
散遁是時體察使金命元在臨津軍中約以五月十八日
會戰公道路迤戢日期差遲而臨津把截軍已敗潰散故
公乃還守大灘先是臨海順和兩　王子與原任大臣二
入及宰臣三四人皆轉入北道故入京之賊同渡臨津至
海西安城驛謀所以分撥兩界各議所向未決二城拒關
行兵得平安道清正得咸鏡道途分路以進體察使初意
賊必由北路欲與公退據鐵嶺及清正從谷山踰老峴
出於鐵嶺之北則平壤以南更無可守者於是公遂決意
西上戰
王不從體察使獨領手下軍兵同晝夜兼行到
平壤是時諸將自京棄賊南下者或死或走無一人西來
走之餘人間公至無不喜悅公既竄身荊棘間關道路夜
宿空寺足趼猛疐逢賊擇步行奔馬及至　行朝容貌
憔悴視者欷息西崖柳相公曰此處人將倚君為重而樞
枯如此何以慰衆乎遂索行橐中藍紗帖裹與之於是諸
宰咸與聰笠或與銀頂子彩纓當面改換服飾一新
即命引見勞其盡瘁時賊已迫於府治之南境　大駕將
離箕城轉向龍川途命留都元帥金命元以守之既而碧
蹄土兵任旭梁探報賊至鳳山西崖柳相公曰橋陰尹相

公斗擻曰賊之斥候應至江外此間詠歸樓下江水岐而
為二水淺可涉萬一賊得我民嚮導而暗渡猝至則城危
何不急遣李鎰往把淺灘以防不測乎尹相曰然卽遣公
是時公所率江原軍僅數十餘人益以他軍由城西門出
無指路者誤向江西路過平壤座首金胤問之使前引馳
至萬項盎下距城繞十餘里望見城南岸賊兵來聚者
數百江中小艇居民驚呼奔散公急令武士十餘人入為
中射之軍士畏不卽進公拔劍欲斬之然後乃進賊已
江中而近岸公急以強弓射之連斃六七而賊遂退乃留
守淺口平壤以六月十三日城陷公欲跋履觀
王而賊
已彌路不得已牽軍渡江召募於黄海道得千餘衆從安
岳至海州由新溪路將西向　行在其時西路塞絕　朝
廷命令不通民皆投賊守令竄谷公慨然曰大夫出疆有
寧社復利國家事之可也途以權宜馳文知委曰　大駕
今駐龍川天兵二十萬已渡鴨綠湖南僧義兵十萬皆已
輻湊收復可指日而待凡糧餉蒭草刻日措備毋致臨時
窘急若違此令者以軍律科之文所到處王靈赫如民心
悅順於是又擇軍官有才智者假守郡邑使攝百姓而又
方便抄兵討賊向來逃竄守令爭出視事公自新溪至谷
山天兵方覓出將毀龍川賊窟是時　東宮分朝駐駕

伊川間公住兵近地有旨召公公帥領兵赴命仍留尾衛俄而賊聞 鶴駕之所住稍進屯聚公申明戒嚴設伏要路倭賊放砲燒蘆來逼玉燈驛夜初更把守諸將星散弃報公慮賊幷至欲令 小朝移駐僉日待朝將發公獨日此賊之觀覬久矣若乘夜掩襲抵當極難其如急渡成川上流阻江以緩追兵遂奉 鶴駕先行啓途人皆以公為惻及行渡成川翌曉賊入伊川人無不喪魄始以公為智大朝聞之以公為東邊防禦使又以中和祥原諸別將戒屬于公把截平壤以北往來之賊公進軍江東盡力剿捕斬首最多以前後功階陞資憲追 贈祖考官爵以其功矜獎天朝又賜公銀二十兩斬殺將士各五兩是時李薈在順安每進輒北撫軍司從官皆欲以公代薈元帥金命元獨主李薈與撫軍司論議不協頗有相激之端朝議皆言公勝薈又間天兵將出恐薈不勝任遂以公朝廷乃使西崖柳相公往于順安軍中使之鎮定詢戢院為本道兵使代李薈兼巡邊使令都統諸軍移陣順安間平壤之賊將攻順安乃與巡察使李元翼新壽川川合諮將約束歃血盟鍊兵待變及壬辰十二月提督李如松領遼浙兵四萬餘人渡龍灣進軍以屯於平壤之西公又領陣于林原坪在平壤東北十餘里與義兵衆高忠卿等

殺辟頗有斬獲賊由是不得出明年正月初六日提督李如松領三協將楊元張世爵李如栢等指揮諸軍逼城下因以一枝兵進攻牧丹峰之賊公亦為前鋒領我軍先發大破之賊走入城不出初八日早提督傳令三營將分統平壤城外公又為前鋒從搗兵駱尚志進陣於含毬門外途與別將金應瑞等領我軍蟻附登城以入而天兵繼之以攻普通七星兩門之賊以大砲火箭大破賊焚殺幾盡賊不能支退入內城城上為土壁多穿孔穴如蜂窠從穴中亂發鳥銃天兵多傷提督處窮寇致死途與我軍收兵退屯城外以開賊之歸路夜賊皆乘氷遁江渰去公於是欲追擊賊盡殲而天將拘禁我軍令不得進使倭悉遁面反咨我軍不警守因以宣言公非將材李薈可代言狀天將往來順安多與薈相熟者也於是天將移咨言狀朝廷令左相尹斗壽至平壤究問公罪欲行軍法良久釋之是時北道亂民導倭入六鎮兩 王子陷賊從臣并被就三甲亦為亂民所擒掠兵使李渾為民所害 朝廷又以公為北道巡邊使以鎮遏亂兼察虜情於是公即赴任此誅魁首餘從罔治宴享蕃胡嚴辭開諭北民安堵邊無警急癸巳九月公還赴海州尾衛 行宮十月陞 大匡還京都以知中樞府事兼訓鍊都正

督李如松追賊至聞慶而回賊退分屯海邊自蔚山西生浦至東萊金海熊川巨濟首尾相連凡十六屯皆倚山憑海築城窟壘而爲久留計　天朝又使泗川摠兵劉綎率福建西蜀南蠻等處召募兵五千繼而出來南下屯于星州八莒南將吳惟忠屯于善山鳳溪李寧祖承訓蔦遂夏屯于居昌駱尚志王必迪屯于慶州環四面而相持不進根徊取之兩湖民力益困兩　王子雖因沈惟敬和議而遂歸然而賊圍晋州金卺八日而城陷倡義使金千鎰本道兵使黃進復晉大將高從厚等皆死之劉綎勝晉州城陷自八莒馳至陜川吳惟忠自鳳溪至草溪以護右道是時公以知事兼忠清全羅慶尙三道巡遠使陣順天府體察使尹相公斗壽督戍水陸軍公途由陸路入田過渡而釜山之賊固壘不出未得交鋒而遠頓天未幾　朝廷召公還京都摠宿衛諸軍尼衛王城上下倚重隱然爲一國中權協應內外者至於三年之久卒成中興之業蓋自倭亂以後　中朝與我國盡天下之兵力餉委輸於東南而北方蕭胡猶且屈强欲乘時閧作亂六鎮於是　朝廷以公威德素著北方丙申特拜公北兵使以鎮之是時富寧藩胡尤爲强盛外雖歸順而內畜異志乙亥春老乙可希老等揭意造家於禁境公以爲問罪之

兵待時當乘姑令甫乙下土兵姜億弼等十餘人首倡入送開陳禍福使之撤毀以嘗試其意老士等不聽懷緩之一途殺億弼等於是巡察使朱言愼以公爲僨事乃以喪師誤國請罪　朝廷拿囚原情卽曰　家恩得釋以公爲武勇大將都摠管開府京師是時孽胡搆舋舂猶未已守臣遠有興師之請　上特下備忘記于政院曰用兵固之大事古人必謀之廟堂參之以天時地利酌之以人事知彼知已謀定而戰故百戰不殆未知今日之舉果如此未邪覩此老賊部落頗似强盛又聞形勢似險云以北道羸兵弱卒萬一蹉跌則是促其亡也昨覩備邊司回啓殊草草不過曰依舊施行予竊危之玆當開閫召李鎰以書下條件問啓　上又下敎曰卿老於北道備諳形勢今日之事計將安出凡有所懷可一一書啓將賊路形勢部落多少山川險夷道路遠近伏兵守隘邀擊絕援等事七八條歷歷書進而又陳本道兵力單弱器械粗疏仍請添防稍兵砲手優送强弓勁砲以爲相機乘事之得宜　上曰覩此李鎰書啓頗有兵家之算予意亦然之其非勝算之十分則明矣豈不殆哉　備邊司一面具錄馳輸於咸鏡監兵使以備參酌施行且京中砲手軍器近道武勇之士多數措抄及期入送事言

于備邊司兵曹着實施行公又追上一疏曰南虞未盡農
月已迫欲驅經亂未蘇之兵進搏虎穴不無蹉跌之患姑
設關市於茂山以為狼貪蜚趑利之地而募令諸部豪會
購捕老賊使之自相疑亂稍待徵援平定乃決乘秋問罪
之非似為萬全　上下批曰足見卿憂國忠謀與備邊司
讓處公之勤勞王室勳業較著其不可誣者既如彼受知
宮廟眷注庇倚亦如此而非但不賞反見忤於權貴及庚
于夏因事拿問名經三府幾陷不測幸賴　主上灼見其
惼僅脫禍穽叢者其不寒心秋藩胡又梗化　朝廷特拜
公南兵使以領之未幾以直道不容屏職而還因得疾于
本常以萬曆辛丑正月晦日到定平而卒發靷以返龍仁
葬于恭賢村古梅谷辛坐之原從先兆也公享年六十四
初娶大興令全州李大春之女生一女後娶士人全州李
巨孝之女生一男男崇義德山縣監　贈左承旨號忘隱
普弘隷有刊行女適宣傳官成文漑崇義娶縣令高寨金
滋之女生一男涌　仁廟甲子适亂白首尾從錄原從一
等勳國功臣禁府都事不仕後娶列決事高德潤之女生
三男男長沄夫㴻皆不任季沂武科宣傳官慶尚左
水使女適士人洪東校理權倜士人安應聖涌娶正言陽
月下公之女生一男一女男震瑞繡工監役不仕女適縣

監韓公億後娶同知新平李文蕙之女生二男長震謙夫
庶芳武科宣傳官嘉善僉知羅兵使內外曾玄孫摠若干人
公英武絕世勇器超倫少離投筆性好讀書以知忠孝大
了操身清簡居官勤飭遭遇　宣廟盛際早建戰功成名
蓋世及壬辰倭變建牙登壇武器非不足忠誠非不多而
熟不能譜麟閣名不能照竹帛者蓋以時命之不同謀倆
制之不自由也且於錄勳之時公與漢陰李公一體辭勳
讓封以避權竹三耳惜乎壬辰之亂　朝廷既以公齊名
頗牧擢為副元帥而惟其昇平百年人不知兵其所領軍
皆市井白徒畝農民忿卒南下一兩日賊已深入編伍
未成布陣未半獨當賊鋒衆寡懸殊始雖敗衂終建軍功
能以功準其過能以心照其迹豈不偉哉當時　朝廷若
於南報之初至亟以公杖鉞督大軍南下踰嶺行且收兵
扼諸鷄林之險阻鰲山之天塹以逸待勞逆戰破賊則公
之平生夙唔塊志庶幾可成而　大駕豈至播越龍灣至
狄內附箕陷三京之後惟公獨能收拾散亡貫穿賊陣
克敵獻馘稍振聲勢以迎天兵克復箕城自是八年撝摝
之際都巡三邊建號武勇轉奏中朝名聞天下雙南賜金
榮踰胙土恩典及祖先寵光冠諸將其視丹書鐵卷茅土
耀名數者亦無愧焉以故從宮論第六一時攻城諸將

多公而惟其所大者當時奇材皆出公幕下以主訓本慶
與藩胡一時名武皆奮其鎮下故壬辰之亂終始致力王
室以至中興者皆公之所以試用於慶興之戰而驗其能
者也既能知忠武公李舜臣於行伍之中救其貴災薦聞
朝廷又能奉西路義兵將金應瑞等防守賊路導迎天兵
又與倡義大將金千鎰紅衣大將郭再祐等能不相失內
外協力卒成大功此其所以專一代之美而薦賢上賞亦
皆歸之於公者也嗚呼人慕公名豈不然哉況且北覺之
生始於癸未南蒙之動著於辛卯而當時塞微無能身作
長城者公獨以武勇見知於　宣廟南㢩北顧皆委於公
公能威服恩懷以基壬辰中興之業是以有戀之士皆有

破胡圖及其家狀一通以示之予乃敬受而讀之曰此足
以照後人之耳目何待予蕪拙之文而傳於後乎子蓁講
之益固予遂取西崖柳相公德業錄及月沙尹相公壬辰
日記國朝寶鑑大東稗林等書公行于世者叅以公之家
狀及有旨備忘供辭　啓草之藏于其家者通其會而
其括剛其繁而潤其畧一字一何無敢私撰穿鑿以取
僭之罪云爾
歲舍戊子五月五日嘉善大夫吏曹叅判兼知中樞府事
全羲後人李榘謹撰

追題李逡邊使行狀後小序

戊子夏予客東城隅有友人李君震芳來見問其先故乃
宣廟朝三道都巡邊使知訓鍊院事李公鎰之子孫也聽
言視貌自有將家儀風思其人猶愛屋上烏況其子孫乎
一卷語予遂慫慂得欲論其世以賁歎士因崇其家狀
見之益以會所見於壬辰記事之文則其狀中之辭多有
疏漏錯誤處予爲李君歷叅其事而言之於是李君知予
願聞東方故事遂講其行狀予乃益加博攷外史所記及
其所述文字若干草定一本以示當世讀書知義之士則
公寶記亦可爲壬辰信史不可不傳於後

予遂使李君之婿鄭生蓁章繕寫一通以示韓城君李公
其夏盖以予與韓城戚誼交分甚厚而韓城時在知訓鍊
院事壬辰以來前人往事得失之迹不可不知也未幾鶴
城松楸舊居偶閒牛溪成先生文集得萬曆癸巳年間與
梧陰尹左相書語及李巡邊使一欸則可證予所立論不
以不難得罪於後世途以其書中語書諸本狀之後其書

有日今者 乘輿遷都南道把截極為虛踈賊兵歷境凶
謀叵測部分諸將各守要害斯為至急之務而李鎰令公
亦憂此事倘蒙一賜訪問則方畧之便必有可行者云云
鳴呼李公當壬辰大亂籌策詢問之際禍見重於大賢名
公卿之間有如此者則尚論其迹以圖不朽者捨此何哉
予乃使鄭生蓁章追書狀文之下

又題巡邊使行狀後跋

歲舍戊子夏予既重遠李君震芳之請撰定其會祖武勇
大將行狀越明年冬予以 恩命書謝更入城東鄭生蓁
章袖武勇大將尚州敗報後 宣廟回諭有旨已亥備忘
記條件回啓草本并其所陳疏以示予曰武勇大將投筆
事弓馬出身 明宣間四十餘年分憂南北守土制閫最

赴戊子十月之筵吏曹叅判全義李㮣謹撰

眷注則別論之旨條陳之疏非不多矣而屢膺兵火

殂無餘存惟此數紙零落於其家藏故紙中無非血字金
玉其言白日丹忱照其遺墨子不可不以一言跋行狀之
後予嘗跪以受而讀之曰惜哉此為太史之所闕文而若
又不入於外史之葦則何由照後人之耳目乎況且武勇
大將當其兵潰尚州戰敗丹月之日竄身褰藜呼召招諭
轉戰千里斬級獻賊首衛 鶴駕以脫賊追護 行在
殿後平壤嚮導天兵克復三京其能因敗有成轉危為安
奇功壯烈先入於 膚算回諭之文而前後明驗鑒蓋皆
合如持左契以合其右鳴呼君既推赤心而置人腹中臣
且受君命而不負其德有君有臣中興王業振以冝洪

凡此文字一語一句皆可書也已鄭生且為予言曰故叅
判全州李公運在北評事時以武勇所著制勝方畧入梓
刊行盖欲以此試用於後如漢賈誼晁錯所陳於文景之
彙衆而惜之於武宣之間者也且有可質於此而卜之者
李叅判跋文中以為方畧之文未知初此於誰手而疑是
飾齋金相公所草翔而武勇李公所增補修明者若然則
設置六鎮討平北初飾齋金相之功武勇李公能繼之而
修舉廢墜述諸文字以為遣用閫邊之地李公泰列又從而
禱其傳更欲試用於後其功既大而其意亦盛矣竊伏念

有旨 聖上每將將下諭諸大將方講制勝之哥榮敗陣

之法若使諸大將先將此一冊奏　御他日試用於北
邊則從合談笑折衝樽俎之功猶可辦得此亦可書也已
歲之巳丑臘月晦日嘉善大夫吏曹叅判兼知中樞府事
全義李禪跋

資憲大夫忠全慶巡邊使武勇大將漢城判尹五衛
都摠府都摠管　贈議政府左叅贊李公行狀
粤我
明宣之際人材輩出文武林立而數一時名將者
必以巡邊使李公爲之最至今童隸猶誦其名豈無自而
然哉蓋由辭實素孚于人而其所樹立卓乎有不可掩焉
咨也謹按公諱鎰▢▢系出德仁鼻祖吉卷佐麗太祖
三韓壁上功臣大匡太師▢祖蟬媽十三世至諱中仁策
勳城府院君生諱士渭仕　本朝爲開城留後生諱伯持
吏曹叅判首與清白吏遷是於公爲六代祖也高祖諱合
夊使兪祖諱承孝承仕郎　贈刑曹叅議祖諱瑥忠武
衛洲司直　贈戶曹叅判考諱鐵德咸鏡北道兵馬虞候
照贈至崇政大夫議政府左贊成妣延安李氏生員繼壽
女公以嘉靖戊戌七月七日生生而奇偉遊戲異凡兒及
長投筆弓馬萬曆戊午登丙科庚申拜宣傳官同僚皆
後焉甲子出令咸從庚午守碧潼俱有威惠民追思立
碑壬申丁贊成公憂服闋由端川郡守遷慶興府使俄陞

資穢穩城庚辰除釜山僉使壬午擢拜全羅左水使先是
北邊野人欵塞內附留住長城外我境世供征役謂之藩
胡癸未有尼湯介者誘引江北野人圍陷慶源　朝廷特
以公爲府使往討之公綏禦中機民安防服乙酉尼湯又
於長城內邀擊高靈鎭軍布公引軍擣其巢盡焚其部落
聚兵會寧大肆劫掠　特拜公會寧府使以報之冬賊又
以公久遞守永鎭北方者乃取營中藏所勝方召商
斬覆三十餘級搶禦丙戌又陞本道兵使公會寧府使城
度便否增補潤色凡賊路遠近險夷要害各鎮防守城池
斷惡之策被脅奉遷之迹無不詳記而備載
使有所攻據做行仍錄一件奏　御講以此乃講諸將以
行殿是又陳軍務二十九事禁令二十七條　上令備局
依奏許試分頒諸鎮堡各一件預使講究無致臨時失誤
於是分軍防守各有條理仁威廣被邊鄙寧謐是年秋
朝家設屯鹿島以造山萬戶李舜臣兼董屯官丁亥秋賊
萬藩胡嬴尼應介與時僉使藩胡何吾郞阿等乘大霧來掠
將屯兵以稱平盡出舜臣卒當其鋒奮力捍禦僅得保塞
而氏卒之被虜殺傷者亦多　朝議將拿鞫舜臣公惜其
材身▢啓請白乪從軍得以贖罪冬公巡到慶興捕誅何
吾郞阿等令僉候金遇秋襲破柵焚蕩其巢窟時撫夷時

錄及夫汝只部落最强悪者公 啓事情詳討之 上回
諭曰今觀卿啓備悉邊情當寫一通置之座側因許焉戊
子正月公發本道兵及赴戍卒使會寧府使邊彥琇穩城
府使楊大樹爲左右衛將高嶺僉使劉克良助防將李薦
爲左右先鋒左衛由白顔烟臺循山而北右衛自撫夷堡
東越江而西合圍時錢焚燒穹廬三百餘所斬首幾五百
級 上遣兵曹正郞李大海宣勞犒師 命官公之一子
秋移拜全羅兵使庚寅又拜南兵使時日本久有搆釁窺
覘之漸及辛卯通信使之回南報尤聳朝野洶懼 上命
備局諸臣各薦將帥材公於武宰中最有名慶尙右兵使
曹大坤老恸不堪任西崖柳相公啓於 榻前請以公代
大坤兵曹判書洪汝諄曰鎰名將當在京師不可遣柳相
公曰凡事豫然後立况治兵禦敵尤不可猝辦倘一朝有
變不可不遣鎰往無寧及時下送使預備待變若臨急驟
遣必無所成將有後悔 上以汝諄重內之言爲然竟不
允以公爲漢城府判尹兼都摠管捕盜大將壬辰四月十
三日倭寇犯境陷東萊十七日賓廳始 啓請以公爲巡
邊使下中路邊璣爲助防將守鳥嶺公欲率京兵三百而
去取兵曹選兵案點閱皆市井白徒儒生胥吏居其半具
巾服持試券戴平頂呼訴者盈庭以故久未得發 朝廷

不得已令公先行使別將兪沃隨後領去公幾率軍官及
射手六十餘人行到聞慶則縣中空無人公自發倉穀餉
所帶軍前至尙州則牧使金澥逃入山獨判官權吉守邑
公責以無兵將斬之吉請自出收募達夜搜索僅得數百
而至公留尙州一日開倉出糶誘召散民民箇箇從山谷
中來又數百人倉卒編伍皆農民無堪戰者時賊已屯善
山距州二十里而近未及斥候不得知翌朝公率烏合民
兵及京來將士合八九百出陣於州北川邊布陣未半賊
大至砲丸亂發諸將皆請移兵少却公杖劍厲聲曰受命
討賊安敢退生從軍進戰賊分左右翼繞出其後衆驚潰
公知事不濟回到聞慶馳 啓 上回諭曰見卿狀啓知
我軍又不利勝敗兵家之常非卿不盡力姑貰卿罪以責
後效卿須招集散亡呼召部曲與申砬相機犄角圖收桑
楡若賊兵方進而事勢有難如意或來衛京都追護行在
且通諭於各道監兵使及守土之臣使各一心力倡義勇
以扶顚危公遂欲退守鳥嶺聞申砬在忠州要與來會共
扼嶺險砬不聽自以元帥當節制諸將反召公公與邊璣
等俱詣砬二十八日砬出陣彈琴臺使公爲前鋒屯丹月
驛有頃賊兵分兩路而進砲鼓震天勢如潮湧公突戰斬
十餘級而賊已破申砬李薲兩軍軍皆赴水屍骸塞江公

挺身突出到利川割塗窓紙以具
啓令軍官李致中啓
二十九日夜　啓至京城翌曉　大駕西幸留右相李
陽元守都城副元帥申恪防禦使文夢軒等守楊州大灘
公自利川入京陽元使公檢督大灘軍時　行朝道知李
韓應寅與李薲劉克良等同守臨津爲賊兵所迫勢甚急
陽元令公馳救之公與恪夢軒繼到斬四十級以啓　上
登力戰斬三十餘級恪夢軒等行到瑩峴賞過賊勢先
道宜傳官賜公御馬復除巡邊使公就楊州銀僑將餉軍
赴臨津候騎報賊兵已近公與申文兩將出陣廣峴賊遠
來薄公督身方戰夢軒軍先北公既失羽翼不能抵敵且
賊且退賦不敢逼未幾臨津把截之兵皆敗潰及清正自
谷山直臨老里峴入北道則平壤以南更無可守處公於
是決意觀　王領手下兵行到平壤時諸將以禦賊南下
者或死或亡無一人扈駕者聞賊將追人心益懼及公至
無不喜悅　上引見勞勉已而賊兵漸逼　大駕又向龍
川都元帥金命元守箕城俄聞賊已至鳳山西邊柳相公
怨賊至江外得我民向導由詠歸樓下江水淺狹處皆渡
與悟陰尹相壽相議急遣公往把守公馳至萬頃彦下
城兵衆南岸者已數百洲民皆驚散猶賊已往江中迤
岸公急令武士引强弓射殪六七賊乃退六月十二日

平壤陷公欲跌履觀　王而賊已彌滿道路不得已渡江
至海西召募得千餘衆將欲西赴　行在此時西路斷絶
朝命不通民多投賊守宰皆罹山谷公慨然曰大夫出疆
有可以寧社稷利國家專之可也途以權宜敷告論曰
大駕今駐龍川天兵二十萬已渡鴨綠湖南僧義兵十萬
亦且來會帜復指日可待凡糗餉芻茭刻日貯峙無敢不
遣若逃此令當科以軍律又擇軍官本寶者假守郡邑安
撫百姓且使隨機募兵乘間討賊於是逃竄守令爭出視
事　王靈復振民心補定公由新溪至兔山兼軍將毅龍
川賊是時　東宮分朝住伊州公承召馳赴仍留扈衛賊
問
鵠駕駐此進兵逼玉燈驛是夜報至公處賊奔犯欲
陪　鵠駕移駐　僉議將待曉公曰此賊觀覬已久若乘夜
掩襲勢必離支莫若急渡成川阻上流以守途奉以先行
人皆謂侮翌曉賊入伊川衆始以公爲先知於是　大朝
以公爲東邊防禦使中和祥原諸別將咸屬于公令把截
平壤以北公進剿江東盡力剿捕斬獲甚多　朝廷以公
軍功轉奏中朝中朝賜公銀二十兩斬級壯士各賜五兩
是時李薲在順安每進輒敗朝議以薲不勝任遂以公爲
本道兵使代薲兼巡邊使都統諸軍移陣順安十二月天
朝提督李如松領遼浙兵四萬餘人渡龍灣進屯平壤西

公出陣林原坪與義兵將高忠卿等掎勢相援多有斬獲
賊不敢出明年正月六日提督麾三軍逼城下以公爲前
鋒進攻牧丹峰之賊奮勇衝殺賊大敗走入城八日提督
分軍圍城公又與別將金應瑞等領我軍爲前鋒蟻附先
登天兵繼之大破賊賊退入內城提督慮窮寇致死遂收
軍退屯開賊歸路是夜賊皆乘氷過江遁去公欲追覆盡
職而天將拘我軍使不得進反以不謹守咎我因宣言公
非將材李賓可代蓋天將多爲賣地者故也於是天將移
容言狀 朝廷令尹相斗壽至平壤究問將行軍法良久
得釋是雖公之無罪而爲看天將之面也時北道亂民導
賊入六鎮兩 王子及諸從臣皆陷賊三甲亦爲亂民所
搶掠兵使李渾被害 朝廷又以公爲北道巡邊使公卽
赴任誅止巨魁不問脅從謹集藩胡嚴薛開諭北民安堵
邊圉無弊九月公還海州尾 行宮十月陪駕還都以知
中樞府事兼訓鍊院都正軍器寺提調時賊退據海邊分
設十六屯築城宜重爲久留計公以知事兼忠金慶三道
都巡邊使平順天體察使尹公斗壽督水陸軍進取公由
陸路入田過渡而賊高壘不出不得交鋒而還未久 朝
廷召公還京師摠宿衛尾王都上下倚重隱然爲一國干
城于時藩胡乘我有難更欲作亂 朝議以公成德素著

丙申復拜公北兵使己亥春老土明年看老土等擅於禁境內
造家公先使土兵姜億弼等往陳禍使之撤毀以嘗試
其意將待時致討老土等不慮途殺億弼等巡察使宋言
嶺以公爲憤事誣國請罪拿囚旋蒙原敕夏以公爲武勇
六將都摠管開府京師時夢胡宵是搏撥叹辱守臣道請
興師 上下備忘記于政院曰用兵國之大事昨視備局
回啓頗涉疎漏予寫危之耕當同奴召李鎰以書下條件
關聯又下諭曰卿老於北邊備諳形勢今日之事計將安
出危有所懼可一一書啓公途將賊程遠近部落多寡形
勢衆易出川爽險及伏兵守柵之處追擊絕援之要七八
事遂條書進仍請添防精兵砲手優送强弓勁砲相機乘
事無貽輕率誤機之悔 上曰觀此書啓頗有兵家之算
予意亦然之其令備局參傳敎及回啓龜鑑於北道監
兵使以備參酌施行且京中砲手及近道武士多數精抄
軍器亦優備入送公又追上一疏曰南虜未殄農月已迫
欲罷經亂未蘇之民進搏虎穴不無蹉跌之患姑設別市
於茂山以爲狼貪羈縻之地仍募藩部豪會降老賊使
自疑亂稍俟嶺徼平定乃決乘秋同罪之舉似宜爲萬全
上批曰足見卿憂國忠赤令備局議處庚子夏公忤權貴
因事拿同幾陷不測賴 聖明灼見其情得脫禍藩秋

胡又梗化特拜公南兵使以弱之未幾解職還至定平卒
享年六十四返葬于龍仁之慕賢村古梅谷辛坐之原從
先兆也公雄武絕人勇畧起世而好讀書知大節律身清
簡居官勤敏成風足以服衆忠義足以感物早建戰功名
震一時其於北邊屢受福寄自癸未至巳亥十六年之間
藩胡生釁而不敢肆暴者繄公是賴古所謂御侮舊長城非
公之謂歟至於壬辰之變　朝廷用之不豫處之非所尚
州之戰以烏合零星之卒當鳥突方張之寇未免敗衂丹
月之戰師制由人忠言不售主師既償偏師難支及平境
賊徒之齊進忠又爲天壽牽掣不得施其追襲奮擊之計
使公之大才莫展而功烈不成此志士所以至今歎惜者
也然猶能獻戰於奔敗之中驅　啟於蒼黄之際收拾散
亡賾茅歐陣跂涉勤　王以軀　行朝之犀情後徹列邑
以嶺海西之民心率復　鸞駕以防凶鋒之暗襲卒之尊
迎天將挑銳先登克復箕城而中興之業已基於此矣至
於當時效力之名將皆出於北幕時幕下亦能知忠武公
李舜臣於行伍之中救過薦聞又能牽屬義兵將金應瑞
等共成平壃復城之功又與倡義大將金千鎰紅衣大將
郭再祐等內外協力終不相失賓成再造之勳者非公
伊誰由是名徹帝聽賞延將士榮典及於祖先隆渥冠乎

諸將而　祖宗之眷注倚毗始終不衰邊謀之下詢　恩
批之寵諭有非他人所可得者此與圖像雲臺筞勳丹儀
者又何先後爲公先娶大與令企州李大春女生一女後
娶士人李巨孝女生一男女適宣傳官成文涙生一女適
漆川洪命亨男崇義進士宗廟令德山縣監　贈左承旨
號忘隱善草隷有刊行初娶縣令金進女生一男後娶判
尹洪德潤女生三男三女男長湧監役不仕號蒲谷大法大
溺女近武科宣傳官慶尚左水使女適洪東權侗安應聖
涌娶正言許寊女生一男一女男震瑞繼二監役不仕女
適縣監嗸公億後娶同知李文憲女生二男長震祿夫震
芳武科宣傳官全羅兵使嘉善內外會玄孫穩若干人以
公之忠武勳業沒已數百年而未得紀行世非子孫之至
感乎予於同鄉世居之地爲其後孫累請之固敢忘拙蕘
報公事績之表表在人耳目者爲之狀謹以聞於太史氏

○
崇祿大夫元後玄孫之歲暮春之月上幹草野後學資憲大

行資憲大夫忠全慶三道都巡邊使武勇大將漢城
判尹　贈正憲大夫議政府左參贊刑曹判書李公
李辤謹撰

神道碑銘　董序

我
宣祖大王聖武天縱誕啓中興之業時則有文武諸
臣左右協賛各効其績而咸推巡邊使李公爲當世良將
公諱鎰字重卿龍仁人高麗大師吉巻其遠祖在 國初
開城留後諱士渭爲公八世祖而高祖諱會忠僉使僉祖
諱承孝承仕郎 贈刑曹叅議祖諱璟副司直 贈戶曹
叅判考諱敏德虞候累 贈議政府左賛成妣延安李氏
生員諱繼壽女嘉靖戊戌七月七日半公幼奇偉及長某
弓馬戊午登武科拜宣傳歷試咸從碧潼瑞川慶興穩城
府使釜山僉使擢拜全羅左水使時北地藩胡尼湯介者
革野人陌慶源掠會寧勢甚猖獗公前後以廬會府使討
平之澤歷本道兵使撰進制勝方畧一道講令當武士講
習又陳軍務禁令各二十餘事請頒試諸鎭堡使承久邊
行振爲時錢諸藩胡作亂殺傷甚多公督會穩諸鎭將合
翠之焚寫區三百餘所斬首五百級 上遣使犒勞 命
宮公一子袞拜公全羅兵使南兵使時 朝廷慮南倭釁 命
柳相成龍講以公代慶尙右兵使之老不任邊事者爲預
備計而廷議留宿將不可去京師遂止翌年壬辰倭賊大
擧入寇陷束萊列郡无解於是始以公爲巡邊使使往禦
之公會辛受命行收兵催八九百人與賊遇於尙州賊勢
大戰不利時都元帥申砬軍忠州公欲邀與守鳥嶺而砬

不至不得已遣蕭砬砬陣殁水上公屯丹月驛而賊分道
大至砲礮震天公突擊斬十餘級而砬爲賊所擠全軍敗
沒公馳至京師而 車駕西狩平壤公欲引兵赴蕭將之
守臨津者到鑑踰嶺遇賊力戰大破之斬三十餘級 上
遯宣傳官賜公御馬復除巡邊使時臨津守軍已敗潰公
念平壤孤危倍道馳赴 行在既至人心倚以爲重賊瀰
遞平壤將渡江令武士以強弓射卻之已而 車駕向義
州而城途陷公至海西欲募兵赴 行在而 車駕向義
進途撤益守宰兵民之逃竄者使還集乘機討賊時光海
分朝駐伊川公永召馳赴留護策賊必來覺邊率 駕殿
避而其翌日賊陷伊川人皆驚服 大朝以公爲東邊防
禦使令遞過平壤以北累戰輒勝斬獲甚多 皇朝獎賞
公白金二十兩將士各有大公以本道兵使兼巡邊使率
諸軍陣順安於是 皇朝遣提督李如松領大軍東救進
擊平壤賊公爲前鋒賈勇先登天兵繼之大破賊殺兵使
支夜追時六鎭亂民絢兩 王子及諸從臣降賊殺兵使
又以公爲北道巡邊使公至討賊巨魁撫緩藩胡北邊乃
安遠至海州寇 駕還京師時賊據南海不肯退又以公
兼忠全慶三道巡邊使以備之尋還朝 上慮北闢餘孼
時畤措勢召公同計安出公備陳賊泉寇地險夷防守便

宜七八事仍請添戍兵助戍樓毋輕動以致悔 上覽之
日子意以為然命悉依奏施行庚子公備胡在南營而病
遷至定平卒葬六十有四葬于龍仁慕賢村從先兆也公
忠義出性勇畧過人藩胡違化則命公往討為夷煽亂則
命公往禦而公咸我惠綏往席我北鄙羽翼東征之師使
社稷再安崎非公之力哉論者以鳥嶺失守咎公然此由
朝廷用公不早非其智勇有不及也當李忠武舜臣失律
於造山罪將不測力請貸罪以責來效卒有露梁之捷其
鑑識又如此國人之推公為中興良將有以也哉前配大
與令大春女生一女後配全州李巨孝女生一男男崇義
進士宗廟令德山縣監　贈左承旨女宣傳官成文懺崇
襄生四男男涌白承尾從寧國功臣沄澍沂武科宣傳官
慶尚左水使女洪東權佃安應聖成文溉女泰判洪命亨
泗男震瑞監役不仕震薇震芳全羅兵使女縣監韓公億
粲近者其猶子娶請益勤不敢辭銘曰
餘不銖公之五世孫希逸嘗屬不佞為神道銘蓋諾而未
祖祖李公萬夫之特左右王室弼竭忠赤翔剌于邊職我
北荒公受綑命鉞崩鉅角六鎮安堵桑壟沙漠徃輦射天
瀚海前作屠割生靈甚夥藝公思捐軀衝冒矢石一場
勝敗兵之常驅千里勤 王東征西羣匹馬單鎗所向無

敵倡起義士中外協力導迎天兵先登破賊克復三京都
巡八域尾 駕還都宣暢聖德及其頒勳襄封不覓北民
立祠千秋報答兼為之銘責彼基同
崇政祀元後癸亥春二月下澣輔國崇祿大夫列敦寧府
事兼工曹判書竹山后人安允行謹撰
行資憲大夫忠全慶三道巡邊使武勇大將漢城判
尹都摠府都摠管知訓鍊院事 贈正憲大夫議政
府左參贊刑曹判書 贈諡壯襄李公神道碑銘 序
昔我 昭敬大王撫運圖治才喬登庸迄成中興之業乃
若熊羆之士劾力邊疆揚威敵慴其功績尤彭詩云予曰
有奔走予曰有禦侮豈不信哉北虜在我國降於咸鏡一
路世納狀將為藩胡然宿乍順乍逆擾多端歲癸未其
稨尼湯介溷誘深處野人作亂攻陷慶源府 朝廷忠之
將遣將往討 㟬仁李公鎰方解綑任家居特拜慶源府使
星夜馳赴賊又圍雄城公以守鎮將備禦中機房途解去
明年尼胡率二萬騎掠會寧府乃擢公為本府使以鎮之
賊意春高嶺鎮寧布公引軍直擣巢穴盡焚其部落斬獲
首級甚多還其所掠又明年陞本道兵使公處北方事多
絕語取瘁中菖蕆制勝方畧商度增補城池控扼綦敵州
圖之筭無不備載仍以一本表　御覽以此武藝諸將仍

陳軍務禁令累數十條　上命依奏施行仍令頒示諸領鑒自此邊事得理兵民大賴揪爲藩胡與時錢藩胡來侵公到慶興捕斬時錢蕩胡使虜候金過秋襲揪爲蕩其巢寞而遁撫夷時錢等部落最強難制公具　啓請討滅之　上褒論允許公乃大發兵使會寧府使邊彥琇穩城府使楊大樹爲左右衛將高靈僉使劉克良助防將李蔦爲左右先鋒合圍時錢燒其四部穹廬三百餘所斬首四百餘級　上遣兵曹正郞李大海宣勞犒師命官公一子是役也公不動聲色一擧盡殲虜皆讋伏不敢肆而北邊仍以無事好事者爲圖畫其像則像至今傳爲公勇敢嫺籌策公爲武宗及是威聲尤大振國家猗恃若長城矣壬辰倭亂初啓命廟臣薦將材咸以公爲首將素有謂名將不常離京師遂此及倭犯境廟堂以公爲巡邊使公以數百之卒當十萬衆聚之賊勢有不敢逼不免左次申砬之戰忠州公爲前鋒屯丹月驛兵敗赴水而公天幸得脫走京城　上已西狩留都大臣使公檢督大灘兵格禦賊大衆破賊于蟹踰嶺斬三十餘級　上遣宣傳官獎論賜御馬復除巡邊使臨津兵又潰公知不可爲領手下兵勤　王　上駐駕平壤而賊勢將追人心危懼闔公至無不喜悅大臣令公把守江津以過賊賊至公庵武士以

大黃射殪六七賊賊乃退　上前向義州而平壤遂陷公還海西募聚人衆將赴　行在是時西路塞絕朝命不通民多投賊守令皆娃走兔逃公爲文告諭逃者還集人心稍定　行朝以公爲東邊防禦使把截平壤以北多獻首級　天子嘉之賜公白金二十兩將士有差已而天朝援督李如松領四萬兵來援公時爲平安兵使出陣林原坪薜勢相倚賊不敢出提督進攻留屯之賊公以前鋒奮身衝突大破賊賊宵遁時一路之賊入北道叛民附賊縛綱兩王子矞從臣公又爲北道巡邊使而北沮途安貼賊退之遝復爲北兵使還爲武勇大將開府京師藩胡乘機跳梁守臣請典師致討　上諭公曰卿宿將也老於北邊今日之事計將安出公條對且請相機而動毋貽後悔上歎曰此眞得兵家勝筭命以此龜鑑守臣蓋公久於北任凡有北事　上必以諭公虜亦熟聞公名數十年間終不敢肆意大遝如昔凶奴之畏漢飛將也至於南夾之釁用公不早臨急始使又以疲弱牽率而敗此其事勢固然於公何有然當喪敗頓頓之餘克收桑楡奮翼之功天朝參賁之典寇賊擢狂集之氣與圖像麟臺策名旂常著亦何必多讓公鑑嶽絕人時錢之役造山萬戶李舜臣以

失律將彼重奉公知其忠勇可用請姑貸以白衣從軍後遂爲名將亂日光海以世子分朝伊川公應賊晤蒙請急渡江萹進衆請公開惻繾難而賊大入於是人皆驚服當時名公卿皆信重大事輒召公議成牛溪先生嘗抵書悟陰尹公要以邊機諮公以決大賢一言之重足以永世不朽夫公萬曆戊午中武科爲宣傳官歷守咸從碧潼端川慶興穩城慶源會寧七邑爲上土釜山二僉使全羅道左水使兵使咸鏡道南北俱再爲兵使八道皆爲巡邊使歷進秩至贊憲內歷漢城府判尹知中樞府事兼知訓鍊都摠管捕盜大將軍器提調辛丑在南兵營感疾辭遞歸到定平卒於正月晦日享年六十四 贈議政府左叅贊葬于龍仁叅賢村古梅谷先兆辛坐之原 景宗朝贈謚壯襄用屢征殺伐甲冑有勞二法也公字重鄉高麗太師吉仍本 朝留後諱士渭觀察使諱伯持仍父子登文科爲國初名臣觀察公後四世曰承孝承仕郎 贈叅議叅議公子璟副司直 贈叅列叅判公子敏德兵馬虞候贈左贊成其配延安李氏生員繼壽女是爲公之考妣公前夫人奈親大與令大春女生一女適宣傳官成文洸彼夫人金州李臣孝女生一男崇義進士宗廟令德山縣監贈左承旨號志聽善草隸有刊板成婿有繼子代別提女

欽容曰不佞卽公之宗人也微子言固將表章之不服其敢辭庶遂取其家狀棄括而爲之序昔韓文公撰許曰公碑以其同姓也敍事特詳今予於公前後戰功悉著其狀內外雲仍詳記備錄不避煩絮者亦韓文公之意也其銘曰 蓋予流覽國朝故實亦嘗屢考壯襄公事蹟公在北路奮威揚武掃蕩強胡部落使覩類讋伏不敢出氣邊境得以無事而兵塵永熄此其功奇偉卓絕足以聳羣顏收及至嵩爽之逞一出而有尙州之潰再出而有丹月之衂因此人或疑公勇猛非不足而獨少歉乎籌畧此未必然用兵之道一則勞一則地失此必敗公之兩出無功或由主將失鏡武固柔寨不敢窺圖非公之罪以此咎公亦見其戒孝憶蕭公者眞可謂一時之雄傑百夫之禦特我追作銘

壯襄公全書卷之三

贈諡〔乙丑〕

司諫院完議
康熙六十一年八月　日
贈左參贊李[illegible]號壯襄公〔屢征殺伐曰壯　甲冑有勞曰襄〕
大司諫　司諫　獻納　正言　正言

司憲府完議
康熙六十一年八月　日出
贈左參贊李[illegible]號壯襄公〔屢征殺伐曰壯　甲冑有勞曰襄〕
大司憲　執義　掌令　掌令　持平　持平

延諡祝
告丁
維歲次乙丑三月己卯朔初五日癸未孝玄孫義敦昭告于
顯高祖考贈正憲大夫議政府左參贊兼知義禁府事
行資憲大夫忠淸全羅慶尙三道都巡邊使武勇大將
漢城府判尹五衛都摠府都摠管軍器寺提調知訓鍊院事府君
聖批贈府君諡壯襄公謹按命書有屢征殺伐爲壯
甲冑有勞爲襄之文獲被恩霈蔫此襄典遠至今日
禮官奉旨臨宣榮寵無涯喜懼交至謹以酒果用伸虔

告寵告

廷益安韻

忍說寵蛇回步親公能效力抡振問翰忠幾鳥單師出倡
勇傷荷　寵龕頒北塞當年曠賦盡西灣一夕護　墓還
淸朝節惠知聞舊靈裹英風悅再舉

　吏曹參叢外後孫潘南朴弼琦拜稿

少年投筆際時親汗馬功名矢石間一幅貂裘遺像篇九
天　宜盦聖恩頒英雄不必論成敗忠節彌彰屍往還更
向北關拳舊蹟魂胡武烈杏羅舉

蘇輅功勞在捍親千秋汾晉水雲間先　朝倚若長城壯
復裔起迎美　益頒邑宰登筵歌侑進村眠拭目醉忘還
桐鄉故宅視陰冷駐馬行人手筊舉

無奈天時屬大覯兵戈攘攘七年間　豐典去國裹香參
荼毅坐壇　寵龕頒計失吞吳遺恨在藏深捍衞負寫還
刑城故宅宣　恩益列立雲孫撰手舉

　　晉山柳綏蕙稿

天生武勇為時親威振南夷北狄間制勝哥方　宣廟歎
易名　恩典　聖朝頒遺圖兒護將軍在故里春題吏部
還顧我西河嬰病久盛筵冠舄悵羅舉

　　草溪邨後章籌稿

將軍忠勇深時親北雨南風柿沐間圈塞羅蒐戍烈彰嶺
湖收燼　寵音頒新廬赫赫嘉名易大樹蕭蕭幾甲遷古
社春深童老集　恩光繞席喜同舉

我公功蹟濟邦親　聖眷偏隆百歲間　宣益天衢來狐
荡延　恩春社拜當頒雄聲北狼傾巣遺遺恨南鄉放海
還勝多英儀書晝在至今摩惦悅親舉

　承旨外潘南朴師諟拜稿

慎昔邦運屬多親公獨奮身矢石間耀武幾教彊寇通料
兵偏荷　寵龕頒狀中灼見收功悉圖上依間奏凱還想
像遺羅起我敬堪嗟壯烈莫追舉

粵在龍蛇回車親將軍奮勇搶攘間奏功胡不丹青稿
賜益新承　紫誥頒忠鴛西渭尾　駕往謀深北塞掃會
遷至今安枕知誰力披閮遠圈悅再舉

　成均進士西原韓汝斗謹稿

將軍唾手憤時親胡羯能平指顧間繪迹會蒙　天寵溢
易名更荷　聖恩頒燕然勒石嗟誰繼楚些招魂恨莫還
按狀披圖壯我目遺風彷彿若親舉

伊昔遼城事克親我公獨自奮行間寫廬燒盡狼烟息方
嗇國呈　寵命頒北伐既多周仲捷南征何兼朱元還沛
鄉安枕知龍賜百戰威風恨莫舉

成均進士西原韓夢麟拜稿

昔吾祖迅國虎親普捕腥塵八路間出閭偏承元帥命奏
功幾謝　聖恩頌追榮美竟何年賸拳　旨繪灵今日還
況復丹青模前事平胡壯蹟再三拳
　　五世孫希益再拜謹稿

戊馬三逯任濟眼安危攜得十年間北門領繪長城屹南
路經綸　聖詭頌一幅英風詔像儗九天　恩詭前春還
筐籍古社遺孫成喬木家聲愧英拳
天昇吾　公獨捍親如雲矛鉞笑談開青甄寶筐遊圖在
諸桐鄰大宇頌西塞功傳羈勒尾北闕成著凱歌還
　　五世孫尚老再拜謹稿
門閭喜色浮春酌綺席　恩光賀共拳

今日嘉名易故里屛孫拜手拳
就九天武勇頌南剿乘氷宵竟通北壘驚火一無遺奇功
公甞忘身衛國艱軆屢行陣變年間成薜三道巡邊壯榮
緝恩吾　祖捍　王親灑忠心存寢食間領北漠深方要
泰征南　恩舵白銀頌名傳　帝座隆薜橐身護　行宮
好往還　寵詭幾年延末服春天三月賀孛拳
許國謂能獨捍親戎車南北幾關間美功榮極　天朝襲
進盡　恩深　聖諭頌武勇英儀遺帽像壯裘嘉　盤石

年遙嗚呼名　祖奇偉遙寂寞吾門執繼拳
廟出常時國步艱仗忠奔走八年間平胡北路功先奏播
　　五世孫希復再拜謹稿
俊南庭　寵念頌　袞秩昔蒙黃府入　益恩今來紫泵
遠荷卯頊處新棠極追咸諸孫拜稽拳
　　六世孫復春追咸謹稿
天於　宣廟大校親吾　祖成功圖悆間武勇義薜噞昔
偈壯裘　恩諫逮今頌藏胡鎮北班師振剪倭平南護
鶴遠光有子前垂裕後難倫熟裘執能拳
　　六世孫咸春再拜謹稿

追思北塞虞親惟寄夫公仗鉞間藏賦音功隨間煖揚
名　花濤自天頌莫言南土從軍敗無羞西州尾　駕還
　　判敦寧竹山安允行謹稿
先今記逯　頷末要例忘　繪態歌陣愀然起我敬而拳
　　　　　　于秋向昔日公祓之翦檀逡步元耳
天先李晟際時親南北幾經矢石間粵在　宣廟裘澆荐
今在　聖代寵繪頌仙郎新帶殊恩到盛宴初開令術還
緣數無功寧足歎千秋高躅遘難拳
　　　　　于乃公之剛毅也四其後孫之圖猜禪
道禅繻今又頷繪歀　又一律重和原韻
　　領敦寧族後人宜顥稿　南谷

壯襄公　諡狀

國朝人材莫盛於
穩陵之世文武諸彥挺生林立而傑
然爲一時名將辭名登於華夷事蹟垂於竹素者巡邊使
武勇大將李壯襄公是已公諱鎰字重卿系出龍仁鼻祖
吉卷佐麗太祖策三韓壁上功臣爲太師自後簪組蟬聯
十三世而至諱中仁策駒城府院君生諱士渭入　本朝
爲開城留後生諱伯持吏曹叅判　太宗朝首與清白吏
之選於公爲七代祖高祖諱會忠翊僉使曾祖諱承孝承仕
郎　贈刑曹叅議祖諱環副司直　贈戶曹叅判考諱敏
德兵馬虞候累　贈至崇政大夫議政府左賛成兼判義
禁府事妣延安李氏生員㷓壽之女公以嘉靖戊戌七月
七日生生而奇偉逾嬉異凡兒及長投筆事弓馬萬曆戊
午登丙科庚申拜宣傳官翔設廳規同儕皆敬憚之刻名
于籠椎至今偁爲甲子出令咸從庚午守碧潼俱有成
由端川郡守遞慶興府使超陞資
穩城庚辰除釜山僉使壬午拜全羅左水使先是北邊
棼人狄塞內附留住長城外我境供征役謫之藩胡叅未
有尼湯介者誘引江北野人女真蕭種圍陷慶源　朝廷
以公爲府使往討之公綏禦羣中機民安撫服乙酉尼胡
聚兵會寧大肆刦掠起拜公會寧府使以鎮之冬賊又

於長城內遂搶高嶺鎮軍布公引軍搗其巢荄盡荄其部
所獲三十餘級奪還其所掠丙戌又臕本道兵使公思所
以悠久遮守永鎮北方者乃取營中貯所藏制勝方畧商
度便否增補溜邑凡賊路遠近挫扼要害城池器械因圖
制敵之策無不詳記而備盡使有所攻攄倣行仍錄一通
奏　御請以此試講諸將官以爲殿最因陳軍務二十九
非禁令二十七條　上令備局依奏施行分頒諸鎮堡白
是分軍防守皆有條理有所攷賴是年秋　朝家設屯鹿
鳥以造山萬戶僉使臣兼董屯官丁亥秋掀鳥藩胡與時
錢藩胡何吾郎阿等乘大霧俊掠時屯兵以稍事盡出舜
臣莽當其鋒出力捍粟催得保寨而民卒之被滿殺傷者
多　朝議將拿鞫公惜其才勇請以白衣從軍得以贖罪
冬公到慶興捕誅郎阿等令虞候金迅秋襲破掀鳥蕩其
巢窟時錢夫汝只等部落最強難制公具　啓事
情乞討之　上回諭曰今觀卿啓備悉邊情當寫一通置
之庶側因許焉戊子正月公發本道兵及赴戍卒使會寧
府使邊彥琇穩城府使楊大樹爲左右衛將高嶺僉使劉
克良助防將李蔦爲左右先鋒左衛由白頭爲迤循山而
北右衛自撫夷堡東越江而西合圍時燼燒其四部穹廬
三百餘所斬首幾五百級　上卷兵曹正郎李大溟宣勞

錄勳命官公一子秋陞拜公全羅兵使庚寅又拜南兵使
將日本久有搆釁窺覦之漸及辛卯通信使之還南報尤
悤朝野洶懼　上命備局諸臣各薦將材公於武宰中最
有名時慶尙右兵使曹大坤老不堪任西崖柳相成龍啓
於　楊請以公代大坤兵判洪汝諄曰某名將當在京
師不可遣柳相曰凡事預而後立況治兵粲歈尤不可卒
辭脫一朝有變不得不遣某往毋寧及時下送使預備待
變若臨急畢使必無所成悔無及矣　上納汝諄言竟以
公爲漢城判尹都摠管捕盜大將壬辰四月十三日倭奴
犯境陷東萊十七日廟堂始　啓請以公爲巡邊使下中
路邊飛爲助防將守鳥嶺公手下無兵欲得京兵數百而
去取兵曹選兵抄點閱皆市井白徒儒生胥吏居其半具
甲服弓矢發裁平頃呼訴者盈庭以故久未得發　朝廷
竟不許令公先行使別將俞沃臨夜領去公緫率軍官
及射手六十餘人行到聞慶則縣中空無人公自發倉穀
倒所帶京兵將斬之吉請自出收募逮夜搜索從得數百
公責以束兵將至尙州牧使金澥逃入山獨判官權吉守邑
而至公前尙州一日開倉出穀誘召散民民稍稍從山谷
中來父老入倉卒編伍皆農民無堪戰者賊已屯善山
距州二十里而近至朝公率烏合民兵及京來將士合八

九百出陣于州北川邊布陣未半賊大至砲丸亂發諸將
謂後兵少勸公杖劍馳陣曰受命討賊安敢求生促軍進
賊分左右翼挾出軍後公知事不濟遂策馬而回到聞
慶馳　啓敗狀　上回諭曰勝敗兵家之常非卿不盡力
姑貰卿罪以責來效卿須招集散亡呼召部曲與申砬相
爲掎角圖取若賊兵方進而事勢有難如意或來衛
京都或追護行在且通諭於各道監兵使及守土之臣使
各一心力倡義勇以扶顚危公於是欲退守鳥嶺而聞申
砬在忠州欲與公會共扼嶺險砬不聽自以元帥當節制
諸將反召公公與遼疲等俱赴砬二十八日砬出陣彈琴
臺使公爲前鋒屯丹月驛有頃賊兵分兩路而進砲皷亂震
賊勢如潮湧公突戰斬十餘級而賊已薄申砬李贇
投水死賊愈逼水屍縱橫公挺身突圍而出到利川劚塗窓紙
以具　啓宣傳官李致中獻馘二十九日夜　啓至京城
翌曉大駕西幸留右相李陽元守都城副元帥申恪防
禦使文夢軒等共守楊州大灘公自利川入京陽元使公
檢討大灘形勢　行朝遣知事韓應寅與李贇劉克良等
同守臨津爲賊所迫勢甚急陽元令公馳往救之公與恪
夢軒等行到蠶嶺遇賊先登力戰大破之斬三十級恪
夢軒又斬四十級以聞　上遣宣傳官獎諭賜御馬復除

公還邊使公將就楊州補償軍赴臨津倒驟報賊兵已迫公與申文兩將出陣廣野賊遠來薄公奮身力戰夢軒軍先北公涚失羽翼不能抵敵且戰且退賊不敢逼未幾臨津把截之兵皆敗潰及清正自谷山直蹈老里峴入北道則平壤以南更無可守者公於是決意勤王領手下兵盡夜行到平壤時蕭將以禀賊南下者或死或亡無一人尼駕者聞賊將迫人心益懼及聞公至無不喜倚以爲重上引見勞勉已而賊兵漸逼大駕又向龍川留都元帥金命元守箕城俄聞賊已至鳳山西崖相恐賊至江外得我民向導由詠歸樓下江水淺狹處暗渡與梧除尹相斗壽相議急遣公把守津頭公聞至萬馬蓋下賊兵鰥南岸者已敢百洲民皆驚散俄項賊已在江中近岸公恐令武工引强弓射疵六七賊乃退六月賊陷平壤公欲敗舩勤王而賊已彌滿道路不得已渡江至海西仝寮得李偉桌將西赴行在此時西路斷絕朝命不通大夫投躄守寧皆瓺山谷公慨然曰大夫出疆有可以寧而楊利湖家專之可也遂以權宜貽文告論曰大駕今綠道川夭兵二十萬已渡鴨綠湖南倡義兵來會者亦且爲恢復猶日可待凡糧餉芻炎刻日備峙無敢不遠若慈此令當科以軍律又擇軍官有才謀者以便宜假守硓

著孛出視事王靈復振民心稍定公由新溪至兔山將裴遂川賊將來害分朝住伊川公承召龜赴仍留尼衛賊聞鶴駕所住進兵逼玉燈驛是夜報至公慮賊奔犯欲陪狐移住飭議將待曉公曰此賊觀艱已久若乘夜拖襲將何以支吾莫若急渡成川阻上流以守奉而先行人吾謂公惻塑曰防禦米入伊川泉始服公先見於是以公爲東邊防禦使中和祥原諸別將咸屬焉公令把截干壤以北進剿江京奮力勦捕斬覆甚多朝廷以戰功奏天朝天朝賜公白金二十兩將士各有差時李貴在順安每進輒敗朝義遂以公爲本道兵使代蒯兼巡邊使都總諸軍移陣順安十二月提督李如松領遼浙兵四禑渡龍淵遑屯平壤西公出陣林原坪與義兵將高忠卿等莽勢相錯作殺頗多賊不敢出翌年正月提督塵三平迤城下進兵袭丹峰之賊公以前鋒奮勇衝殺提督分軍圍城公與別將金應瑞等領我軍爲先鋒犧附先登天兵義之大破賊勢退入內城提督慮窮寇致死收兵退屯開賊歸路是夜賊皆乘冰過江而遁公欲追襲殄藏而天將卻我罹使下車進反以不嚴警守答我因宣言公非將材李藎可以代公盖天將多爲賊地者故也於是天將移略

言狀
朝廷令尹相至于境寃聞將行軍法良久得罪爲
省天將而也時北道亂民導賊入六鎭兩王子及諸從
臣皆陷賊三甲亦爲亂民所搶掠兵使李渾被害朝廷
又以公爲北道巡邊使公卽赴任誅此巨魁不問脅從撫
集藩胡嚴辭責諭北民安堵邊圉無虞九月公遷海州
行宮十月陷駕還都以知中樞府事兼訓鍊院都正軍
器寺提調時賊退據海邊分設十六屯築城窩裏爲久
計公以知事兼忠全慶三道巡邊使以順天尹相爲體察
使督水陸軍進戰公驅陸路賊入閭延而賊高壘不出
不得交鋒而還未久朝廷召公還京撫宿衞于王都

時藩胡乘我有難欲作亂朝議以公威德素著北方而
甲復拜北兵使己亥春藩胡等搶造家舍於禁標之內公
先使土兵等往陳禍福使之撤毀嘗試其意將親變致討
胡不聽公令遠殺其土兵巡察使宋彥愼以公爲擅
非余命已而蒙原敍拜武勇大將都摠管開府京師時北
虜致侵掠搬費不已守臣累請興師致討上下敎于政
院曰用兵國之大事昨觀備局回啓頗涉疎漏予竊危之
仍命召李籤以書下條件問啓又敎曰鄕老於北
遠嶺諳情形今日之事計將安出凡有所懷可一一書啓
公深諭賊程遠近部落多寡形勢難易山川險夷及伏兵

機
上曰觀此書啓頗有兵算予意亦然其令具錄馳諭
於北道監兵使以備叅酌施行公又追上一疏曰南虜未
殄殘冬已迫稍俟明春至平定決乘秋同擧之擧仍爲萬全
上批曰足見卿憂國忠悃念切備局籌慮庚子夏公作權
貴所忌因事見問賴聖明灼見得脫觧職遷機
虜藩胡又梗化特拜公北兵使以禦之未幾觧職遷至
定平以疾而卒享年六
十四贈議政府左叅贊優禮致儀返葬于龍仁恭賢村
從先兆也宣宗朝甲子贈諡壯襄公
壯甲胄有勞爲叅二法追

書知大畧律身淸儉居官勤敏威風足以服衆心忠信足
以結主知至於北邊閫寄自癸未至己亥十六年之
間藩胡桀驁屢生釁端而終不敢肆暴者公之力也古所
稱北門鎖鑰非公之謂歟至於壬辰之亂方張之寇未免
非所倚仗州之戰以烏合至殘之卒當豕突之寇未免
玫訥丹月之守節制由人忠言不售大衆一潰閫帥支
此則山事勢之使然非公之罪也及至閫道路備嘗卒
苦星夜馳赴始達行在上下倚重隱若長城苟非平日
滅望鎮服一世者其孰能及此裁雖當襄敗顚沛之中孰
能散拾散亡克奏獻馘之奇熟能撤列邑以鎮海西之民

心本移鶴鴒以防兒奔暗變之謀導迎天將貧成其城
兄復之功既知忠武公李舜臣於行伍之中救過屢聞又
與義兵將金千鎰郭再祐等內外協力終不相失使中興
大業得以成就卒之名微帝聰賞延將士受知　明主眷
注不衰此與圖像雲臺策勳丹鐵者又何軒輊焉公先娶
大興令宗室大春女生一女後娶士人全州李巨孝女生
一男女適宣傳官成文漑生一女適森列洪命亨男崇羲
進士宗廟令德山縣監　贈左承旨號忘隱善草隷刊行
初娶縣令金溢女生一男後娶列決事高德洞文生三女
三男男長涌初以監役不仕甲子适亂白衣願從錄原從

一等寧國功臣禁府都事又不仕戲蒲谷大沄大滿皆不
仕大讱武科宣傳官慶尚左水使女適士人洪東權偶校
男安德聖涌娶正言許賓女生一男一女男震瑞監役不
仕有孝行學業女適縣監韓公億後娶同知李文蕙女生
二男辰震芳武科宣傳官全羅兵使嘉善同知內
外會玄孫想召千人不侫生平不烔詞章而若公忘身殉
心故茲固後孫家狀器加修洞焉
心常欽慕覆裳二字飾惠之典庶慰九原英靈之
宗祖乾元後二乙丑二月上澣大匡輔國崇祿大夫議政
府窓派政同族後人宜顯謹撰

配享慶源忠烈祠時儒林報巡營狀
恋　鎰伏以崔忠奬烈　國家爾勞之典立祠報功士民
崔賢之滅忠而不旌則忠不勸功而不報則功不顯四
之蟊烟之贄所以獎不世之勳也襄陽之神新野之廟
所以寓不忘之誠也念昔烏夷之衝突山戎之侵掠尙忍
言哉當時尚賊建功之將不爲不多而累年制相功蹟最
耆者祠後佛度使李公諱鎰也其貞忠茂烈昭載方冊不
必一一枚舉今諱界陳其蔡藥焉惟此本道本以高句麗
之地女真雜虜入居前朝尹侍中討平設鎮而猶未定界
逮我　世宗朝體察使皇甫公節制使金公拓疆槷戎設

險固邊於是乎邊胡欵塞內附自稱藩藩九十餘年之後
合寧趄邊藩胡尼湯介者與各鎮藩胡等連勢搆亂三去
癸未圍鹿源鎮　宣廟朝朝廷以公爲慶源府使公綏
集中樞峸服民安甲申賊又聚兵會寧　朝廷特拜公會
寧府使以禦之乙酉冬賊騎突入长城刧掠高嶺鎮人馬
本需而去公引軍深入擣其巢窟斬獲三十餘設盡焚其
寫庭奪還其所掠翌年丙戌陞公本道兵馬節度使公恩
所以悠久鎮守之計取攻古將制勝方忍高度便否增補
洞色凡賊程遠近險夷要害各鎮城池器械及固邊制敵
之策與前日被掯奪遺之迹無不詳記而當就使有所逑

據倣行仍錄一件奏 御講以此取講諸將以行殿錄文
陳軍務二十九事禁令二十七條 上令備局依奏許施
分領列鎭預使講究自是分軍防守各有條理仁成質被
遠闊守隘丁亥秋楸島藩胡廬尼應介與時袋藩胡何吾
鄔阿等合勢却掠鹿島屯所民卒被虜殺傷者無數公遯
到慶與捕誅首酋仍令虞候金迅秋襲破楸島蕩其巢窟
聯獲三十三級而還時撫夷越邊時銭及夫汝只等部落
最強難制公具 啓事狀請討之 上回諭曰今觀卿啓
備悉邊情當寫一通置之座側因耆爲戊子正月公親領
戊卒分庀四圍并力掩襲燒其穹廬三百餘所斬首四百
餘級而還 上遣兵曹正郎李大海宣勞犒師命官公之
一子蓋前此辛亥造山之圍壬子西水羅之陷癸未慶源
安原乾元阿山訓戎之變皆出於此賊之煽亂而莫之散
敢及至此役珍犠無餘他賊不敢更肆道民至今安堵喜
莫非其時泰戰人金慶福靈作歲厭郁以奏 宣廟
念加獎歎今其靈厨宛然試令披拂軍容之肅肅氣像之
凜凜尙能動人毛骨而分庀長驅爭赴湯火者雖隔百歲
而有若目擊者然厭後繼莅巡邊再按北節應機區畫念
往念稍凡其偉功盛烈不可縷擧而及至北褫還歸之後
夢胡更焆 上詢公計策公乃條陳賊路遠近部寇變態

形勢難易山川險夷及伏兵守柵之處追擊絶援之要無
不纖悉而得蒙勝算之獎追上一疏備陳萬全之策而又
承忠蓋之 批竟使禦賊有方因得策者亦賴公神算
妙計之出寧常萬萬也至於壬辰倭寇之變雖當諸軍奔
潰之中而公能收拾散亡累奏獻捷之功貫穿賊陣大倡
朝 王之義移撤列邑以鎭海西之民心奉移 鶴駕以
防凶鋒之暗孽卒之導迎天將挺銳先登克復箕城扈還
行宮天地再晴日月重明中興天將之業實於此由是功
中朝名問天下則此實邦家之大勳勞圖入之所共頒而
惟我北人之最所銘鏤沒世不忘者誠以公於本道輪守
五邑容按兩節數十年間相機制置凡保戰守之方靡不
用極晟民奠業於搶攘之餘戟卒賈勇於對陣之際藩會
屛蔽北鄙寧謐式至今日永賴其賜故也噫嘻向無我公
則北路之民久爲魚肉而長城以南幾爲左衽之域矣今
我遠謳然胥息左疫右弟者伊誰之力而不思所以闡
玆之功乎且伏念 國家之有六鎭卽漢之豐沛唐之吾
陽也而欵北匯卽我壯襄公之功也卽我節齋公之功也
嗚呼炎北匯卽我壯襄公之功也姑無異同而
前當飾廟公建祠之日李公獨未并享爲蓋緣伊時士人
之議以爲二公之禮享雖不一時并擧自可次第施行矣

惜乎時難再獲事易遷延合享之禮尚此闕然夫以二公
之一體同功而或享或否誠未并展則北人所以齊合
物而愈久愈切者直出於秉彝之性也別今近海有賦
丙枕靡安之日凡保楚褒激勸之方尤不容少緩故茲依
厥初捌祠之例齊申追享之論於兵相間下而蒙察輿情
許仲公議從今以往底慰九原之英靈矣民等咸祝之私
當如何哉弟伏念一道公議之舉不敢不聞知於　觀風
懷作之下故敢此具由仰達民等無任漬挽怵伏之至

巡營題辭

李公之不得同享固為欠典而北路士民追思遺惠欲
尸祝而祝之者亦極可尚是矣近來令甲勿論賜領
與否崩享與否必待　朝令而後為故從當　啟稟而
不得擅許狀文中相考施行宜當向享

配享忠烈祠事呈兵營狀

云云順念節齊公捌祠之初旣已齊（領）於兵營而成之則
今兹襄公追享之舉亦宜陳稟於兵營而行之茲敢齊
辤陳懇伏願　使道俯察輿情特許追配一以慰九原之
英靈一以副百歲之公議千萬幸甚

兵營題辭

當閱北關誌歷數尹侍中皇甫公金節齋李壯襄諸

事蹟俱可作輝人耳目而若其光於北邊積苦兵間條
成方畧永杜邊患則李公之功似乎莫尚矣又於懲毖
錄壬辰日記等書見公所樹立卓乎其可觀則南北襄
俾碑波衛　國獘有如李公乎尚未配享固為欠典而
今此北民之思報公功尤極可尚卹當　啟稟于朝追
享于慶源忠烈祠以報九原之靈以副一道之議矣以
此知悉宜當向事

追配慶源忠烈祠事本府府使報巡營狀

慶源都護府使爲牒報事本府儒武士等呈單內人有大
勲勞於國家而民有汊世難忘之澤則立祠檜俎者此岡
尚德報功之道也李壯襄公釜有功德於北民者何也蓋
曆癸未北胡大亂來陷本邑　朝廷特以公為本府府使
爲集之方制勝之策咸得其宜掃蕩彊寇寧謐北圖使
民至今安堵李公之功烈與遼東伯不相上下宜有翔建
祠宇以報其功而此土素甚貿貿不知李公功烈之如彼
其壯也幸得見家狀及古蹟則粵當龍蛇之變申硡敗績
於忠州　蠻駕播遷於龍灣之時公以巡邊使挺身擔當
權宜制變克復三京凥　駕還都公之征倭之績亦與忠
武公相爲表裏其南征北代之蹟赫然若目睹者也不勝
其偉蹟慕仰之誠丁卯春以建祠祖豆之意六鎭儒武十

齊薩伯額於巡相道則題辭內李公之獨未享祀固為久
典而近來禁令至嚴不得許施於狀文中相考施行云云
此題意非偶然而亦未及俯燭嶺典飾目而然耳謹按嶺
典飾目則新建祠宇首倡儒生定配守令告身觀察使罷
職賜額書院擅自配享則首倡儒生限三年停擧守令罷
職觀察使推考而未賜額書院則追享初不畢論本府忠
烈祠逐東伯薛金應河崔森判薛震立而公并享之祠宇
而初無賜額之平師當追配李公以報邊民萬世安堵之
德為國碑誠勞悴之功而丁卯以後連年癘疫勞將盡劉
念不遑他尚未行俎豆之禮此誠非但本府生靈六鎮民
人說不嗟嘆而慨恨也積年所著之誠欲伸於今日謹以
李公追享忠烈祠之事茲敢仰告云云則李公南征北伐
之功與巡東伯忠武公少無異同而尚未俎豆之享此乃
志士之所可齋容含惕者也第察民情則今此欲為尸祝
以報沒世安堵之功誠極可尚而此一邑之大事豈乎等
緣由馳報為臥乎事合行講照驗施行須至牒呈者

○巡營題辭

續典飾目既云如此忠烈祠既無賜額云則李公之追
配何必斯持乎追配之事已為　啓稟矣其設享之節
夫自本邑即為舉行後具錄馳報宜當向事

配享忠烈祠奉安祝

蔑抗侵周方召攘斥凶奴寇漢衛霍則擎天為我國又孕
與衛英器蓋世謀猷　南征北伐大名遠揚惟茲六鎮
礮授強虜每肆侵掠人不安堵公　三仗北鉞揚威
奮武掃蕩胡羯民安耕鑿功著社稷周臣漢將一體同功
宜置麟閣合祀武城國論未定但賜易名猶新報祀久
興情今謀俎豆文武協心前此斯邑醴祀崔金茲來我公
延享一祠三位并列萬世不隳

配享時告由祝

莊襄李公三祠北樞掃平強寇邊塞安德於國於民有功
功德久次報人皆嗟惜今將俎豆諭謀僉同茲以三位
合享一宮新既無憾舊亦有隳涼牲精醴敢此告因

雨丁祝

掃蕩強戎克致遠民襲祀報功不替千春

莊襄公余普卷之三終

이원명(李源明)

1950년 서울 종로구 팔판동에서 출생

성균관대학교 사학과 졸업하고, 고려대학교 대학원 사학과 수료(문학박사 취득)

고려대학교, 성균관대학교 사학과 강사와 서울특별시 시사편찬위원회 연구원을 거쳐

현재 서울여자대학교 사학과 교수, 박물관장, 50년사편찬위원장, 인문대학장

전 서울여자대학교 박물관장(초대), 교수협의회장, 40년사편찬위원장, 학생처장 및 수선사학회(首善史學會) 회장

현 국사편찬위원회 사료조사 위원, 서울특별시시사편찬위원회 부위원장, 노원구문화재자문위원회 위원장, (사)서울문화사학회 고문

논문과 저서

「조선전기 鄭道傳의 사상연구」,「조선조 '주요 성관' 문과 급제자 성관 분석」,「문과 방목으로 본 조선조 서울의 위상」,「조선후기 근기지역 경화사족 고찰」,「백두산정계비와 접반사 박권」외 다수

『고려시대 성리학 수용연구』,『조선시대 문과 급제자 연구』,『동대문성당 25년사』,『노원의 역사와 문화』및『서울여자대학교 40년사』,『서울 6백년사』,『조선시대 서울사람들』,『한국문화 산책』(공저)외 다수

박상진(朴相進)

1963년 경북 예천 태생

성균관대 대학원 한국철학과 박사과정 수료

국사편찬위원회 사료조사위원

은평향토사학회 부회장·연구위원

(사) 서울문화사학회 이사

논저 및 국역

「歷代王室世系圖에 대한 考察」,「손재(遜齋) 박광일(朴光一)의 호연장문답(浩然章問答) 연구」외 다수

『짝짓기로 배우는 세계사』,『베일 속의 한국사』,『내시와 궁녀』,『은평구의 문화유산』,『은평구의 금석문화』,『평성부원군 충렬공실기』,『조선조 영의정 박원종 연구』,『내시와 궁녀, 비밀을 묻다』,『은평의 역원과 봉수제도』,『국역 환구음초』(國譯 環璆唫艸)외 다수

韓國史國譯叢書 1

장양공 이일(壯襄公 李鎰)장군 연구
　　－『국역 '장양공전서'』(國譯 '壯襄公全書')－

저자	이원명 · 박상진
감수	李源福(용인이씨 유후공 · 청백리공파종회 명예회장)
후원	龍仁李氏大宗會
초판 1쇄 인쇄일	2010년 3월 1일
초판 1쇄 발행일	2010년 3월 10일
펴낸이	정구형
총괄	박지연
편집 · 디자인	이솔잎 채지선 채지영
마케팅	정찬용
관리	한미애 강정수
펴낸곳	국학자료원

등록일 2006 11 02 제2007 – 12호
서울시 강동구 성내동 447 – 11 현영빌딩 2층
Tel 442 – 4623 Fax 442 – 4625
www.kookhak.co.kr
kookhak2001@hanmail.net

ISBN	978 – 89 – 6137 – 492 – 7 *93810
가격	34,000원

* 저자와의 협의하에 인지는 생략합니다.
　잘못된 책은 구입하신 곳에서 교환하여 드립니다.